UCZTA DLA WRON

George R.R. Martin

UCZTA DLA WRON

Sieć spisków

Przełożył Michał Jakuszewski

ZYSK I S-KA
WYDAWNICTWO

Tytuł oryginału
A Feast for Crows. Vol. 2

Copyright © 2005 by George R.R. Martin

All rights reserved
Copyright © 2006, 2012 for the Polish translation by Zysk i S-ka
Wydawnictwo s.j., Poznań

Mapy wykreślił James Sinclair

Ilustracja na okładce
Jan P. Krasny

Redakcja
Bogumiła Widła

ISBN 978-83-7506-990-7

Zysk i S-ka Wydawnictwo
ul. Wielka 10, 61-774 Poznań
tel. 61 853 27 51, 61 853 27 67
Dział handlowy, tel./faks 61 855 06 90
sklep@zysk.com.pl
www.zysk.com.pl

Dla Stephena Bouchera,
czarodzieja Windows, smoka DOS-a,
bez którego pomocy
musiałbym napisać tę książkę kredkami

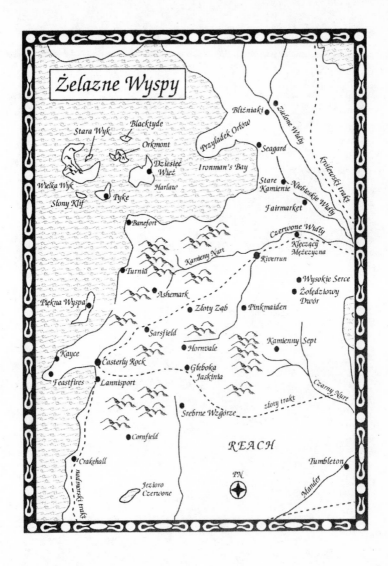

BRIENNE

To Hyle Hunt uparł się, żeby zabrali głowy.

— Tarly będzie chciał je zatknąć na murach — oznajmił.

— Nie mamy smoły — przypomniała mu Brienne. — Ciało zgnije. Zostawmy je.

Nie miała ochoty wędrować przez mroczny, zielony, sosnowy las z głowami ludzi, których zabiła.

Hunt nie chciał jednak jej słuchać. Osobiście odrąbał zabitym głowy, związał je razem za włosy i przytroczył sobie do siodła. Brienne nie miała innego wyboru, jak udawać, że ich nie widzi. Czasem jednak, zwłaszcza nocami, czuła na plecach martwe spojrzenia. Raz też śniło się jej, że słyszy, jak szepczą do siebie.

Podczas ich podróży powrotnej na Szczypcowym Przylądku było zimno i wilgotno. W niektóre dni padało, a w inne zanosiło się na deszcz. Nigdy nie było im ciepło. Nawet gdy rozbijali obóz, mieli trudności ze znalezieniem suchego drewna do ogniska.

Kiedy dotarli do bram Stawu Dziewic, Huntowi towarzyszył rój much, oczy Shagwella wyjadła wrona, a po Pygu i Timeonie łaziły czerwie. Brienne i Podrick jechali sto jardów przed Huntem, żeby nie czuć smrodu zgnilizny. Ser Hyle twierdził, że utracił już zmysł węchu.

— Pochowaj je — powtarzała mu za każdym razem, gdy zatrzymywali się na noc, ale Hunt był wyjątkowo uparty. *Zapewne powie lordowi Randyllowi, że sam zabił wszystkich trzech* — myślała wówczas. Rycerz zachował się jednak honorowo i nie zrobił nic w tym rodzaju.

— Giermek jąkała rzucił kamieniem — oznajmił, gdy zaprowadzono ich na dziedziniec zamku Mootona, gdzie czekał Tarly. — Resztę zrobiła dziewka.

— Wszystkich trzech? — zapytał z niedowierzaniem lord Tarly.

— Walczyła tak, że mogłaby załatwić trzech więcej.

— A czy znalazłaś Starkównę? — zapytał ją Tarly.

— Nie, panie.

— Za to zabiłaś kilka szczurów. Spodobało ci się to?

— Nie, panie.

— Szkoda. No, ale posmakowałaś krwi. Udowodniłaś, czego tam chciałaś dowieść. Pora już, żebyś zdjęła tę zbroję i ubrała się, jak przystoi kobiecie. W porcie stoją statki. Jeden z nich zawija do Tarthu. Znajdę ci na nim miejsce.

— Dziękuję, panie, ale nie.

Wyraz twarzy lorda Tarly'ego sugerował, że najchętniej zatknąłby on głowę Brienne na palu nad bramą Stawu Dziewic, razem z głowami Timeona, Pyga i Shagwella.

— Zamierzasz kontynuować to szaleństwo?

— Zamierzam odnaleźć lady Sansę.

— Jeśli łaska, wasza lordowska mość — wtrącił ser Hyle. — Widziałem, jak walczyła z Komediantami. Jest silniejsza niż większość mężczyzn i szybka...

— To miecz jest szybki — warknął Tarly. — Taka jest natura valyriańskiej stali. Silniejsza niż większość mężczyzn? To prawda. Jest wybrykiem natury, temu bynajmniej nie przeczę. *Tacy jak on nigdy mnie nie polubią, cokolwiek bym uczyniła* — pomyślała.

— Panie, niewykluczone, że Sandor Clegane wie coś o tej dziewczynie. Gdyby udało mi się go znaleźć...

— Clegane został wyjęty spod prawa. Wygląda na to, że przystał do Berica Dondarriona. Albo i nie. Krążą różne opowieści. Pokaż mi, gdzie się ukrywają, a z radością otworzę im brzuchy, wypruję trzewia i spalę ich. Powiesiliśmy już dziesiątki banitów, ale przywódcy nadal nam się wymykają. Clegane,

Dondarrion, czerwony kapłan i teraz ta kobieta Kamienne Serce... Jak zamierzasz ich znaleźć, skoro ja nie potrafię tego dokonać?

— Panie, mogę... — Na to pytanie nie miała dobrej odpowiedzi. — Mogę tylko spróbować.

— No to próbuj. Masz ten list, więc nie potrzebujesz mojego pozwolenia, ale i tak ci go udzielę. Jeśli ci się poszczęści, otrzymasz w nagrodę za fatygę tylko odparzenia od siodła. W przeciwnym razie może Clegane pozwoli ci żyć, gdy on i jego banda skończą już cię gwałcić. Będziesz mogła poczołgać się z powrotem do Tarthu z bękartem jakiegoś psa w brzuchu.

Brienne zignorowała te słowa.

— Panie, czy mógłbyś mi powiedzieć, ilu ludzi ma Ogar?

— Sześciu, sześćdziesięciu albo sześciuset. Zależy, kogo spytasz.

Randyll Tarly miał już wyraźnie dosyć tej rozmowy. Zaczął się odwracać.

— Czy mój giermek i ja moglibyśmy prosić o gościnę pod twoim...

— Proście, ile chcecie. Nie wpuszczę cię pod swój dach.

Ser Hyle Hunt podszedł bliżej.

— Wasza lordowska mość, jeśli łaska, mam wrażenie, że to nadal jest dach lorda Mootona.

Tarly obrzucił rycerza jadowitym spojrzeniem.

— Mooton ma odwagę robaka. Nie życzę sobie, byś o nim wspominał w mojej obecności. A jeśli chodzi o ciebie, pani, powiadają, że twój ojciec jest dobrym człowiekiem. Jeśli to prawda, współczuję mu. Niektórzy mężczyźni są pobłogosławieni synami, inni córkami. Nikt nie zasługuje na to, by przeklęto go takim dzieckiem jak ty. Może przeżyjesz, a może zginiesz, lady Brienne, ale nie wracaj do Stawu Dziewic, dopóki ja tu władam.

Słowa to tylko wiatr — powiedziała sobie Brienne. *Nie mogą mnie zranić. Niech po prostu po mnie spłyną.*

— Wedle rozkazu, wasza lordowska mość — zaczęła odpowiadać, ale Tarly zdążył się już oddalić. Zeszła z dziedzińca jak we śnie, nie wiedząc, dokąd idzie.

Ser Hyle podążył za nią.

— W mieście są gospody.

Potrząsnęła głową. Nie miała ochoty rozmawiać z Hyle'em Huntem.

— Pamiętasz gospodę „Pod Śmierdzącą Gęsią"?

Płaszcz Brienne nadal zachował jej odór.

— Dlaczego pytasz?

— Spotkajmy się tam jutro w południe. Mój kuzyn Alyn był jednym z ludzi, których wysłano na poszukiwania Ogara. Pogadam z nim.

— Dlaczego miałbyś to robić?

— A czemu by nie? Jeśli uda ci się tam, gdzie Alyn przegrał, będę mógł z niego drwić przez długie lata.

Ser Hyle miał rację, w Stawie Dziewic rzeczywiście były jeszcze gospody. Niektóre jednak spłonęły, gdy miasto splądrowano, raz, a potem drugi, a w pozostałych było pełno ludzi z zastępu lorda Tarly'ego. Brienne i Podrick odwiedzili po południu wszystkie, ale nigdzie nie znaleźli noclegu.

— Ser? Pani? — odezwał się Podrick, gdy słońce już zachodziło. — Są jeszcze statki. Na statkach są łóżka. To znaczy hamaki. Albo koje.

Portu nadal pilnowali ludzie lorda Randylla. Było tu od nich gęsto jak od much na głowach trzech Krwawych Komediantów. Ich sierżant znał jednak Brienne z widzenia i przepuścił ją. Miejscowi rybacy cumowali już łodzie przed nocą, ją jednak interesowały większe jednostki, pływające po burzliwych wodach wąskiego morza. W porcie stało ich sześć, choć jeden z nich, galeasa zwana „Córką Tytana", odcumowywał już, by wypłynąć na morze z wieczornym odpływem. Oboje z Podrickiem ruszyli odwiedzić pozostałe. Kapitan „Dziewczyny z Gulltown" wziął Brienne za kurwę i oznajmił jej, że jego statek to nie zamtuz, a harpunnik z ibbeńskiego statku wielorybniczego zaproponował, że kupi od niej chłopca. Na innych statkach mieli jednak więcej szczęścia. Na „Morskim Obieżyświacie" Brienne kupiła Podrickowi pomarańczę. Koga przypłynęła ze Starego Miasta, zawijając po drodze do Tyrosh, Pentos i Duskendale.

— Teraz płyniemy do Gulltown — oznajmił kapitan. — Potem ominiemy Paluchy i popłyniemy do Sisterton i Białego Portu, jeśli sztormy pozwolą. „Obieżyświat" to czysty statek, jest tu mało szczurów. Będziemy też mieli na pokładzie świeże jaja i masło. Szukasz transportu na północ, pani?

— Nie.

Jeszcze nie. Kusiło ją to, ale…

Gdy szli ku następnemu nabrzeżu, Podrick zaszurał nagle nogami.

— Ser? Pani? — odezwał się. — A co, jeśli pani wróciła do domu? To znaczy ta druga pani. Ser. Lady Sansa.

— Spalili jej dom.

— Wszystko jedno. Tam są jej bogowie. A bogowie nie mogą umrzeć.

Bogowie nie mogą umrzeć, ale dziewczynki tak.

— Timeon był mordercą i okrutnikiem, nie sądzę jednak, by kłamał w sprawie Ogara. Nie możemy popłynąć na północ, dopóki się nie upewnimy. Będą jeszcze inne statki.

Na wschodnim końcu portu udało im się wreszcie znaleźć schronienie na noc na pokładzie uszkodzonej przez sztorm handlowej galery o nazwie „Dama z Myr". Statek przechylał się paskudnie, jako że stracił podczas sztormu maszt i połowę załogi, ale kapitan potrzebował pieniędzy na remont, z radością więc przyjął kilka groszy od Brienne i pozwolił jej oraz Podrickowi przespać się w pustej kajucie.

Noc minęła im niespokojnie. Brienne budziła się trzy razy. Raz, gdy zaczęło padać, a raz, gdy usłyszała jakieś skrzypnięcie i pomyślała, że Zręczny Dick skrada się do niej, by ją zabić. Za drugim razem obudziła się z nożem w ręku, ale okazało się, że niepotrzebnie. W ciasnej kajucie było ciemno i minęła chwila, nim Brienne sobie przypomniała, że Zręczny Dick nie żyje.

Gdy w końcu udało się jej znowu zasnąć, śnili się jej ludzie, których zabiła. Tańczyli wokół niej, drwili z niej i próbowali jej dotknąć, podczas gdy ona uderzała w nich mieczem. Pocięła wszystkich na plasterki, ale nadal nie przestawali wokół niej krążyć... Shagwell, Timeon i Pyg, ale również Randyll Tarly, Vargo Hoat i Rudy Ronnet Connington. Ronnet trzymał w palcach różę. Gdy spróbował podać ją Brienne, ucięła mu rękę.

Obudziła się zlana potem. Resztę nocy spędziła zwinięta pod kocem, słuchając szumu deszczu uderzającego o pokład nad jej głową. To była szalona noc. Od czasu do czasu słyszała w oddali huk gromu i myślała o statku z Braavos, który odpłynął z wieczornym odpływem.

Rano udała się „Pod Śmierdzącą Gęś", obudziła niechlujną oberżystkę i zapłaciła jej za kilka tłustych kiełbas, podsmażany chleb, pół kubka wina, dzban przegotowanej wody i dwa czyste kubki. Stawiając wodę na ogniu, właścicielka przyjrzała się uważnie Brienne.

— Pamiętam cię. Jesteś tą wielką kobietą, która wyruszyła w drogę ze Zręcznym Dickiem. Oszukał cię?

— Nie.

— Zgwałcił?

— Nie.

— Ukradł ci konia?

— Nie. Zabili go banici.

— Banici? — Kobieta wyglądała raczej na zaciekawioną niż na wstrząśniętą. — Zawsze myślałam, że go powieszą albo wyślą na Mur.

Zjedli podsmażany chleb i połowę kiełbas. Podrick Payne popił je wodą z dodatkiem wina, podczas gdy Brienne ściskała w dłoniach kubek wina rozcieńczonego wodą, zastanawiając się, dlaczego tu przyszła. Hyle Hunt nie był prawdziwym rycerzem. Jego szczera twarz okazała się jedynie komediancką maską. *Nie potrzebuję jego pomocy, nie potrzebuję jego opieki i jego też nie potrzebuję* — powtarzała sobie. *Pewnie w ogóle nie przyjdzie. To był tylko kolejny żart.*

14

Miała już zamiar wyjść, gdy ser Hyle jednak się zjawił.

— Pani. Podrick — rzucił na powitanie. Zerknął na kubki, talerze i stygnące w tłuszczu niedojedzone kiełbasy. — Bogowie, mam nadzieję, że nie jedliście tego, co tu dają.

— Nie twój interes, co jedliśmy — odparła Brienne. — Znalazłeś swojego kuzyna? Co ci powiedział?

— Sandora Clegane'a ostatnio widziano w Solankach, w dzień ataku. Odjechał na zachód, kierując się wzdłuż Tridentu.

Zmarszczyła brwi.

— Trident to długa rzeka.

— To prawda, ale nie sądzę, żeby nasz pies oddalił się zbytnio od jej ujścia. Wygląda na to, że Westeros straciło dla niego urok. W Solankach szukał statku. — Ser Hyle wyjął z cholewy zwój owczej skóry, odsunął kiełbasy na bok i rozwinął go. Okazało się, że to mapa. — Ogar zabił trzech ludzi swego brata w starej gospodzie na skrzyżowaniu dróg, tutaj. Dowodził atakiem na Solanki, tutaj. — Postukał palcem w mapę. — Mógł się znaleźć w pułapce. W Bliźniakach siedzą Freyowie, na południe od Tridentu wznoszą się zamki Darry i Harrenhal, na zachodzie ma walczących ze sobą Blackwoodów i Brackenów, a tutaj, w Stawie Dziewic, czai się lord Randyll. Drogę do Doliny zamknął śnieg, nawet gdyby zdołał się przedostać przez górskie klany. Dokąd ma się udać?

— Jeśli przyłączył się do Dondarriona...

— Nie przyłączył się. Alyn jest tego pewien. Ludzie Dondarriona również go szukają. Ogłosili, że powieszą go za to, co uczynił w Solankach. Nie mieli z tym nic wspólnego. To tylko lord Randyll rozpuszcza takie wieści, w nadziei że prostaczkowie zwrócą się przeciwko Bericowi i jego bractwu. Nie złapie lorda błyskawicy, dopóki będą go osłaniać. Jest też druga banda, którą dowodzi ta kobieta, Kamienne Serce... według jednej z wersji jest kochanką lorda Berica. Ponoć powiesili ją Freyowie, ale Dondarrion pocałował ją i przywrócił do życia. Dlatego teraz nie może umrzeć, tak samo jak on.

Brienne przyjrzała się mapie.

— Jeśli Clegane'a ostatnio widziano w Solankach, tam należałoby poszukać jego śladu.

— Alyn mówił, że w Solankach nie ma już nikogo poza starym rycerzem ukrywającym się w zamku.

— Może i tak, ale najlepiej będzie zacząć właśnie tam.

— Jest taki człowiek — dodał ser Hyle. — Septon. Przybył do miasta dzień przed tobą. Nazywa się Meribald. Urodził się w dorzeczu i tu spędził całe życie. Jutro wyrusza w dalszą drogę. Podczas swego objazdu zawsze odwiedza Solanki. Powinniśmy dołączyć do niego.

Brienne uniosła nagle wzrok.

— My?

— Pojadę z tobą.

— Nie ma mowy.

— No cóż, w takim razie pojadę z septonem Meribaldem do Solanek. Ty i Podrick możecie sobie jechać, dokąd tylko zechcecie.

— Czy lord Randyll znowu ci nakazał mnie śledzić?

— Rozkazał mi trzymać się od ciebie z daleka. Jest zdania, że porządny gwałt dobrze by ci zrobił.

— Dlaczego więc chcesz ze mną jechać?

— Mam do wyboru to albo powrót do służby przy bramie.

— Jeśli twój lord ci rozkazał...

— Nie jest już moim lordem.

Zdumiała się.

— Porzuciłeś służbę u niego?

— Jego lordowska mość oznajmił mi, że nie potrzebuje już mojego miecza czy może mojej bezczelności. W sumie na jedno wychodzi. Od tej pory będę się radował pełnym przygód życiem wędrownego rycerza... choć jeśli znajdziemy Sansę Stark, wyobrażam sobie, że spotka nas hojna nagroda.

Złoto i ziemie, oto, co w tym widzi.

— Zamierzam jej bronić, nie sprzedać. Złożyłam przysięgę.

— Nie przypominam sobie, żebym ja ją składał.

— I dlatego właśnie ze mną nie pojedziesz.

16

Wyruszyli w drogę następnego ranka, gdy wschodziło słońce.

Tworzyli dziwny orszak: ser Hyle na kasztanowatym rumaku, Brienne na wielkiej, siwej klaczy, Podrick Payne na swej łękowatej szkapie i septon Meribald, który wędrował na piechotę z kosturem w ręku, prowadząc małego osiołka i wielkiego psa. Osiołek dźwigał tak ogromny ciężar, że Brienne bała się, iż grzbiet się mu załamie.

— To prowiant dla biednych i głodujących w dorzeczu — wyjaśnił septon Meribald pod bramą Stawu Dziewic. — Ziarno, orzechy, suszone owoce, owsianka, mąka, jęczmienny chleb, trzy kręgi żółtego sera z gospody „Pod Bramą Głupca", solony dorsz dla mnie, solona baranina dla Psa... aha, i jeszcze sól. Cebule, marchewki, rzepy, dwa worki fasoli, cztery worki jęczmienia i dziewięć worków pomarańczy. Przyznaję, że mam do nich słabość. Kupiłem je od marynarza i obawiam się, że to będą ostatnie, jakie zjem przed wiosną.

Meribald był septonem bez septu, stojącym w hierarchii wiary tylko jeden stopień wyżej od braci żebrzących. Były setki takich jak on, obdarta banda, której skromna praca polegała na wędrowaniu od jednego sioła do drugiego, by odprawiać nabożeństwa, udzielać ślubów i odpuszczać grzechy. Ci, do których przybywał, powinni go nakarmić i dać mu dach nad głową, ale z reguły byli równie biedni jak on, więc Meribald nie mógł się nigdzie zatrzymywać zbyt długo, żeby nie być obciążeniem dla swych gospodarzy. Dobrzy oberżyści pozwali mu niekiedy spać w kuchni albo w stajni, były też septory, warownie, a nawet kilka zamków, w których mógł liczyć na gościnę. Gdy w pobliżu nie było takich miejsc, sypiał pod drzewami lub pod żywopłotami.

— W dorzeczu jest mnóstwo pięknych żywopłotów — tłumaczył Meribald. — Najlepsze są te stare. Nie ma nic wspanialszego od stuletniego żywopłotu. Można w nim spać wygodnie jak w gospodzie, a na dodatek jest tam mniej pcheł.

Septon nie umiał czytać ani pisać, co ze śmiechem wyznał

im po drodze, znał jednak sto różnych modlitw i potrafił wyrecytować z pamięci fragmenty *Siedmioramiennej gwiazdy*. W wioskach nie potrzebował niczego więcej. Miał pomarszczoną, ogorzałą od wiatru twarz, gęstą, siwą czuprynę i zmarszczki w kącikach oczu. Choć był wysoki — miał całe sześć stóp wzrostu — garbił się podczas wędrówki i robił wrażenie znacznie niższego. Miał wielkie, stwardniałe dłonie o czerwonych kostkach i brudnych paznokciach, a także największe stopy, jakie Brienne w życiu widziała, bose, czarne i twarde jak róg.

— Nie wkładałem butów od dwudziestu lat — poinformował ją. — Pierwszego roku miałem na nich więcej pęcherzy niż palców, a kiedy tylko nadepnąłem na ostry kamień, krwawiły mi podeszwy, ale modliłem się długo i w końcu Szewc Na Górze utwardził moją skórę.

— Nie ma żadnego szewca na górze — zaprotestował Podrick.

— Jest, chłopcze... choć może ty nazywasz go inaczej. Powiedz mi, którego z siedmiu bogów kochasz najbardziej?

— Wojownika — odparł Podrick bez chwili wahania.

Brienne odchrząknęła.

— W Wieczornym Dworze septon ojca zawsze mówił, że jest tylko jeden bóg.

— Jeden bóg o siedmiu aspektach. To prawda, pani, i słusznie o tym przypominasz, ale tajemnicę Siedmiu Którzy Są Jednym niełatwo jest pojąć prostym ludziom, a ponieważ ja z pewnością jestem prosty, zawsze mówię o siedmiu bogach. — Meribald znowu spojrzał na Podricka. — Nigdy jeszcze nie spotkałem chłopca, który nie kochałby Wojownika najbardziej, ale ja jestem już stary i dlatego kocham Kowala. Gdyby nie jego praca, czego mógłby bronić Wojownik? W każdym miasteczku i w każdym zamku jest kowal. To kowale robią pługi potrzebne, by orać pola, gwoździe, których używamy do budowy statków, żelazne podkowy chroniące kopyta naszych wiernych koni i błyszczące miecze naszych lordów. Nikt nie wątpi w wartość kowali i dlatego to właśnie imię nadaliśmy jednemu z Siedmiu... ale równie dobrze moglibyśmy go nazwać Rolnikiem, Rybakiem, Cieślą albo Szewcem. Nie ma znaczenia, na czym polega jego praca. Ważne jest jedynie to, że pracuje. Ojciec włada, Wojownik walczy, a Kowal pracuje. We trzech zajmują się wszystkim, co przystoi mężczyźnie. Kowal jest jednym z aspektów bóstwa, a Szewc jednym z aspektów Kowala. To on wysłuchał moich modłów i uzdrowił mi stopy.

— Bogowie są łaskawi — wtrącił z przekąsem Hyle — ale po co zawracać im głowę, kiedy mogłeś po prostu zachować buty?

— Chodzenie boso było moją pokutą. Nawet święci septonowie mogą być grzesznikami, a moje ciało okazało się wyjątkowo słabe. Byłem młody i pełen soku, a dziewczęta... jeśli dziewczyna nigdy dotąd nie spotkała mężczyzny, który kiedykolwiek zawędrował dalej niż milę od jej wioski, septon może się jej wydawać równie rycerski jak książę. Recytowałem im ustępy z *Siedmioramiennej gwiazdy*. Najlepsza do tego była *Księga Dziewicy*. Och, naprawdę byłem niegodziwcem, dopóki nie zrzuciłem butów. Wstydzę się na samą myśl o wszystkich dziewczętach, które rozprawiczyłem.

Brienne poruszyła się nerwowo w siodle, wracając myślą do obozu pod murami Wysogrodu i zakładu między ser Hyle'em a pozostałymi o to, kto pierwszy zaciągnie ją do łoża.

— Szukamy dziewczyny — wyznał Podrick Payne. — Szlachetnie urodzonej trzynastoletniej dziewicy o kasztanowatych włosach.

— Myślałem, że szukacie banitów.

— Ich też — przyznał Podrick.

— Większość wędrowców stara się unikać podobnych ludzi — zauważył septon Meribald. — A wy chcecie ich znaleźć.

— Szukamy tylko jednego banity — odparła Brienne. — Ogara.

— Tak mi mówił ser Hyle. Niech Siedmiu ma cię w swojej opiece, dziecko. Powiadają, że on zostawił za sobą trop z pomordowanych dzieci i zgwałconych dziewic. Słyszałem, jak zwano go Wściekłym Psem z Solanek. Czego dobrzy ludzie mogą chcieć od takiego potwora?

— Możliwe, że jest z nim dziewczyna, o której wspominał Podrick.

— Naprawdę? W takim razie musimy się modlić za biedactwo.

I za mnie też — pomyślała Brienne. *Zmów modlitwę również za mnie. Poproś Staruchę, żeby zapaliła dla mnie lampę i zaprowadziła mnie do lady Sansy, i Wojownika, żeby dał siłę mojemu ramieniu, bym mogła jej bronić.* Nie powiedziała jednak tego na głos, bo Hyle Hunt mógłby ją usłyszeć i wyśmiać jej kobiecą słabość.

Ponieważ septon Meribald wędrował na piechotę, a jego osiołek dźwigał wielki ciężar, przez cały dzień posuwali się naprzód bardzo powoli. Nie podążyli na zachód głównym traktem, którym Brienne jechała ongiś z ser Jaimem do Stawu Dziewic, by przekonać się, że miasteczko jest splądrowane i pełne trupów. Ruszyli na północny zachód wzdłuż brzegu Zatoki Krabów, krętą ścieżką tak wąską, że nie była zaznaczona na żadnej z dwóch cennych map ser Hyle'a narysowanych na owczych skórach. Po tej stronie Stawu Dziewic nie było stromych wzgórz, czarnych mokradeł ani sosnowych lasów, które znaleźli na Szczypcowym Przylądku. Ziemie, przez które wędrowali, były płaskie i podmokłe, piaszczyste wydmy i słone bagna ciągnące się bez końca pod ogromną, niebieskoszarą kopułą nieba. Droga często znikała wśród trzcin i pozostałych po cofnięciu się przypływu sadzawek, po to tylko, by po mili pojawić się znowu. Brienne wiedziała, że bez Meribalda z pewnością by zabłądzili. Grunt często był miękki, więc w niektórych miejscach septon szedł przodem, badając ziemię kosturem. W promieniu wielu mil nie było drzew, tylko morze, niebo i piasek.

Żadna okolica nie mogłaby być bardziej różna od Tarthu z jego górami i wodospadami, górskimi łąkami i cienistymi dolinami. Mimo to Brienne dostrzegała tu piękno. Minęli kilkanaście leniwych strumieni, nad którymi grały żaby i świerszcze, przyglądali się krążącym wysoko nad zatoką rybitwom, słyszeli biegusy nawołujące się pośród wydm. Raz drogę przebiegł im lis i pies Meribalda rozszczekał się jak szalony.

Spotykali też ludzi. Jedni mieszkali pośród trzcin w lepiankach z gliny i słomy, a inni w skórzanych czółnach łowili ryby i budowali na wydmach domy wsparte na chwiejnych palach. Większość żyła samotnie, z dala od innych ludzkich osad. Na ogół sprawiali wrażenie bojaźliwych, ale około południa pies znowu zaczął szczekać i z trzcin wyszły trzy kobiety, które ofiarowały Meribaldowi wiklinowy kosz pełen małży. Dał każdej z nich po pomarańczy, choć na tym świecie małże były pospolite jak błoto, a pomarańcze rzadkie i kosztowne. Jedna z kobiet była bardzo stara, druga w zaawansowanej ciąży, a trzecia — dziewczyną świeżą i ładną jak wiosenny kwiatek. Gdy Meribald odprowadził je na bok, by wysłuchać ich grzechów, ser Hyle zachichotał.

— Widzę, że towarzyszą nam bogowie... a przynajmniej Dziewica, Matka i Starucha.

Podrick miał tak zdumioną minę, że Brienne musiała go zapewnić, iż to tylko trzy kobiety z bagien.

Potem, gdy wznowili podróż, podjechała do septona.

— Ci ludzie mieszkają niespełna dzień drogi od Stawu Dziewic, a wydaje się, że wojna w ogóle ich nie tknęła — zauważyła.

— Nie mają wielu rzeczy, które mogłaby tknąć, pani. Ich skarby to muszle, kamienie i skórzane łodzie, a ich najlepszą bronią są noże z zardzewiałego żelaza. Rodzą się, żyją, kochają i umierają. Wiedzą, że ich ziemiami włada lord Mooton, ale tylko niewielu go widziało, a Riverrun i Królewska Przystań to dla nich tylko nazwy.

— A jednak znają bogów — stwierdziła Brienne. — Myślę, że to twoja zasługa. Od jak dawna wędrujesz po dorzeczu?

— Niedługo będzie czterdzieści lat — odparł septon. Pies zaszczekał głośno. — Od Stawu Dziewic do Stawu Dziewic. Ta droga zajmuje mi pół roku, czasami więcej, ale nie powiem, że znam Trident. Zamki wielkich lordów oglądam tylko z daleka, lecz dobrze poznałem targowe miasta, warownie i wioski tak małe, że nawet nie mają nazwy, żywopłoty i wzgórza, ruczaje, w których spragniony człowiek może się napić, oraz jaskinie, gdzie można znaleźć schronienie. A także drogi, po których wędrują prostaczkowie, kręte błotniste szlaki, których nie znajdzie się na pergaminowych mapach. Je również znam. — Zachichotał. — I nic w tym dziwnego. Moje stopy co najmniej dziesięć razy deptały każdą milę tych dróg.

Bocznymi drogami wędrują banici, a jaskinie to dobre kryjówki dla ściganych ludzi. Brienne poczuła ukłucie podejrzliwości. Nie była pewna, jak dobrze ser Hyle zna tego człowieka.

— To musi być samotne życie, septonie.

— Siedmiu zawsze jest ze mną — odparł Meribald. — Mam też swego wiernego sługę i Psa.

— A czy twój pies ma jakieś imię? — zapytał Podrick Payne.

— Z pewnością — odrzekł Meribald — ale to nie jest mój pies. Nie on.

Pies zaszczekał i zamerdał ogonem. Wielkie, kudłate zwierzę ważyło co najmniej dziesięć kamieni. Zachowywało się jednak przyjaźnie.

— To do kogo właściwie należy? — dopytywał się Podrick.

— Ależ do siebie samego i do Siedmiu. A jeśli chodzi o jego imię, nie przedstawił mi się, więc nazywam go Psem.

— Aha. — Podrick wyraźnie nie wiedział, co sądzić o psie, który ma na imię Pies. Chłopak zastanawiał się nad tym przez chwilę. — Kiedy byłem mały, też miałem psa — oznajmił wreszcie. — Nazwałem go Bohaterem.

— I był nim?

— Kim?

— Bohaterem.

— Nie. Ale to był dobry pies. Potem zdechł.

— Pies dba o moje bezpieczeństwo na drogach, nawet w tak niebezpiecznych czasach. Żaden wilk ani banita nie odważy się mnie zaczepić, kiedy on jest przy mnie. — Septon zmarszczył brwi. — Wilki zrobiły się ostatnio straszliwie groźne. Są okolice, gdzie samotny wędrowiec postąpiłby roztropnie, śpiąc na drzewie. Znam te tereny od wielu lat i największe stado, jakie do tej pory widziałem, składało się może z dziesięciu wilków, a wielka wataha, która krąży teraz nad Tridentem, liczy setki sztuk.

— Spotkałeś to stado? — zapytał ser Hyle.

— Oszczędzono mi tego doświadczenia, chwała Siedmiu, ale słyszałem je nocą, i to nieraz. Tyle głosów... ten dźwięk mrozi człowiekowi krew w żyłach. Nawet Pies drżał, a on zabił już kilkanaście wilków. — Pogłaskał psa po głowie. — Niektórzy powiadają, że to nie wilki, ale demony. Przewodnikiem stada jest ponoć monstrualna wilczyca, złowrogi cień, straszny, szary i ogromny. Ludzie mówią, że kiedyś sama powaliła tura, podobno nie powstrzyma jej żadna pułapka ani sidła, nie boi się stali ani ognia, zabija każdego wilka, który próbuje ją pokryć, i nie je żadnego mięsa oprócz ludzkiego.

Ser Hyle Hunt roześmiał się głośno.

— Popatrz, co zrobiłeś, septonie. Biedny Podrick ma oczy wielkie jak jaja na twardo.

— Nieprawda — oburzył się chłopak. Pies zaszczekał.

Nocą rozbili obóz na wydmach. Nie rozpalili ogniska. Brienne wysłała chłopaka na brzeg po trochę wyrzuconego przez fale drewna, ale chłopak wrócił z pustymi rękami, ubłocony aż po kolana.

— Jest odpływ, ser. Pani. Nie ma tam wody, tylko błoto.

— Uważaj na to błoto, dziecko — ostrzegł go septon Meribald. — Ono nie lubi obcych. Jeśli wejdziesz w niewłaściwym miejscu, pochłonie cię w całości.

— To tylko błoto — sprzeciwił się Podrick.

— Do chwili, gdy wypełni ci usta i zacznie wciskać się do nosa. Wtedy to już nie będzie błoto, tylko śmierć. — Uśmiechnął się, by złagodzić wymowę swych słów. — Wytrzyj się i zjedz kawałek pomarańczy, chłopcze.

Następny dzień wyglądał mniej więcej tak samo. Zjedli na

23

śniadanie solonego dorsza i do tego po kawałku pomarańczy, a potem ruszyli w drogę, nim jeszcze słońce wzeszło na dobre. Za sobą mieli różowe niebo, a przed sobą fioletowe. Pies szedł przodem, obwąchując każdą kępę trzciny i zatrzymując się od czasu do czasu, by którąś z nich podlać. Wydawało się, że zna drogę równie dobrze jak Meribald. W porannym powietrzu unosiły się krzyki rybitw. Nadchodził przypływ.

Około południa zatrzymali się w maleńkiej wiosce, pierwszej, którą napotkali. Nad wąskim strumieniem wznosiło się osiem zbudowanych na palach chat. Mężczyźni wypłynęli w czółnach na połów, ale kobiety i młodzi chłopcy zeszli na dół po sznurowych drabinkach i zgromadzili się wokół septona Meribalda, żeby się pomodlić. Po nabożeństwie udzielił im rozgrzeszenia i zostawił trochę rzep, worek fasoli i dwie cenne pomarańcze.

— Dziś w nocy powinniśmy być czujni, przyjaciele — odezwał się septon, gdy już wrócili na szlak. — Wieśniacy mówią, że po wydmach krąży trzech złamanych, na zachód od wieży strażniczej.

— Tylko trzech? — Ser Hyle uśmiechnął się. — Trzech to miód dla naszej mieczowej dziewki. Nie odważą się zaczepiać uzbrojonych ludzi.

— Chyba że cierpią głód — sprzeciwił się septon. — Na tych bagnach można znaleźć żywność, ale trzeba umieć patrzeć, a ci ludzie są tu obcy. To niedobitki z jakiejś bitwy. Jeśli staną nam na drodze, błagam, zostaw ich mnie, ser.

— A co z nimi zrobisz?

— Nakarmię ich. Poproszę, żeby wyznali swe grzechy, bym mógł im je wybaczyć. Zaproponuję, żeby poszli z nami na Cichą Wyspę.

— To tak, jakbyś ich poprosił o poderżnięcie nam gardeł — obruszył się Hyle Hunt. — Lord Randyll ma lepszy sposób na złamanych. Stal i konopny sznur.

— Ser? Pani? — zapytał Podrick. — Czy złamany to to samo co banita?

24

— Mniej więcej — odparła Brienne.

Septon Meribald był odmiennego zdania.

— Raczej mniej niż więcej. Są różne rodzaje banitów, tak samo jak różne gatunki ptaków. Biegus ma skrzydła, tak jak bielik, ale te ptaki różnią się od siebie. Minstrele lubią pieśni o dobrych ludziach, którzy zostają wyjęci spod prawa za to, że sprzeciwili się jakiemuś złemu lordowi, ale większość banitów przypomina raczej wściekłego Ogara niż lorda błyskawicę. To źli ludzie, ulegający chciwości i wypaczeni nienawiścią. Gardzą bogami i dbają tylko o siebie. Złamani bardziej zasługują na litość, choć mogą być równie niebezpieczni. Niemal zawsze są nisko urodzeni. To prości ludzie, którzy nigdy nie oddalili się bardziej niż o milę od rodzinnego domu, aż wreszcie pewnego dnia jakiś lord zabrał ich na wojnę. Maszerują pod jego chorągwiami, kiepsko odziani i marnie uzbrojeni, często ich jedyną bronią jest sierp, zaostrzona motyka albo młot, który sami sobie zrobili, przywiązując rzemieniami kamień do kija. Bracia maszerują razem z braćmi, synowie z ojcami, przyjaciele z przyjaciółmi. Słyszeli pieśni i opowieści, więc mają ochocze serca, marzą o cudach, które zobaczą, bogactwie, które zdobędą, i chwale, jaką się okryją. Wojna wydaje im się piękną przygodą, największą, jaka ich w życiu spotka. A potem poznają smak bitwy. Dla niektórych jeden raz to dosyć, żeby ich złamać. Inni walczą latami, aż w końcu tracą rachubę bitew, w których brali udział. Nawet jednak człowiek, który widział sto bitew, może się złamać w sto pierwszej. Bracia widzą śmierć braci, ojcowie tracą synów, przyjaciele przyglądają się, jak ich przyjaciele próbują wepchnąć z powrotem do brzucha wyprute toporem trzewia. Widzą, jak lord, który ich prowadził, pada w boju, a jakiś inny lord krzyczy, że teraz należą do niego. Zostają ranni, a nim rana zdąży się do końca zagoić, otrzymują następną. Nigdy nie mogą się najeść do syta, ich buty rozpadają się od marszu, ubrania się drą i butwieją, a połowa z nich sra w portki od picia zepsutej wody. Jeśli chcą mieć nowe buty, cieplejszy płaszcz albo może zardzewiały, żelazny półhełm, muszą zabrać je trupom. Nie mija wiele czasu, a zaczynają okradać też żywych, prostaczków, na których ziemiach walczą, ludzi bardzo podobnych do tych, jakimi sami kiedyś byli. Zabijają ich owce i kradną kury, a od tego już tylko niewielki krok do porywania córek. Pewnego dnia rozglądają się wokół i uświadamiają sobie, że nie mają już przyjaciół ani krewnych, że walczą u boku nieznajomych pod chorągwią, którą ledwie poznają. Nie wiedzą, gdzie są i jak mogą wrócić do domu, a lord, za którego walczą, nawet nie zna ich imion, a mimo to wykrzykuje rozkazy, każe im ustawiać się w szereg, łapać za włócznie, kosy czy zaostrzone motyki i walczyć. A gdy uderzają na nich rycerze, zakuci w stal ludzie bez twarzy, żelazny grzmot ich szarży zdaje się wypełniać cały świat... W takich chwilach człowiek się łamie. Odwraca się i ucieka albo po ciałach poległych odczołguje się na bok bądź też wymyka się ciemną nocą, by znaleźć jakąś kryjówkę. Wszelkie myśli o domu już go opuściły, a królowie, lordowie i bogowie znaczą dla niego mniej niż zepsuty udziec, który pozwoli przeżyć kolejny dzień, albo bukłak podłego wina, które pozwoli na kilka godzin zapomnieć o strachu. Złamany żyje z dnia na dzień, od posiłku do posiłku, jest raczej zwierzęciem niż człowiekiem. Lady Brienne ma rację. W czasach takich jak te wędrowiec musi się wystrzegać złamanych... ale powinien również litować się nad nimi.

Gdy Meribald skończył, nad ich małą grupką zapadła głęboka cisza. Brienne słyszała wiatr szeleszczący w kępie wierzb oraz dobiegający z oddali krzyk nura. Słyszała ciche dyszenie Psa, który z wywalonym jęzorem biegł obok septona i jego osła. Milczenie trwało bez końca.

— Ile miałeś lat, gdy wyruszyłeś na wojnę? — zapytała wreszcie.

— Nie więcej niż twój chłopiec teraz — odparł Meribald. — Prawdę mówiąc, byłem za młody, ale wszyscy moi bracia szli, a ja nie chciałem zostać sam. Willam powiedział, że będę jego giermkiem, choć Will nie był rycerzem, a tylko kuchcikiem uzbrojonym w kuchenny nóż, który ukradł z gospody. Umarł na

Stopniach, nie zdążywszy zadać nawet jednego ciosu. Zabiła go gorączka, tak samo jak mojego brata Robina. Owen zginął od ciosu buzdygana, który rozbił mu głowę, a jego przyjaciela Jona Francę powieszono za gwałt.

— To była wojna dziewięciogroszowych królów? — zapytał Hyle Hunt.

— Tak ją zwali, choć nie widziałem żadnego króla, a i nie zarobiłem ani grosza. Ale z całą pewnością była to wojna.

SAMWELL

Sam stał przy oknie, kołysząc się nerwowo, i patrzył, jak ostatnie promienie słońca znikają za szeregiem spiczastych dachów. *Na pewno znowu się upił* — pomyślał z przygnębieniem. *Albo spotkał kolejną dziewczynę.* Nie wiedział, czy przeklinać, czy płakać. Dareon rzekomo był jego bratem. *Jeśli poprosić go, żeby zaśpiewał, nikt nie będzie lepszy od niego. Ale jeśli poprosić go o coś innego...*

Pojawiła się już wieczorna mgła. Jej szare palce wpełzały na mury stojących przy starym kanale budynków.

— Obiecał, że wróci — powiedział Sam. — Ty też go słyszałaś.

Goździk skierowała na niego zaczerwienione, podpuchnięte oczy. Włosy opadały jej na twarz, niemyte i pozlepiane. Wyglądała jak jakieś płochliwe zwierzątko wyglądające zza krzaka. Minęło już wiele dni, odkąd ostatnio palili ogień, ale dzika dziewczyna nadal kuliła się przy kominku, jakby w zimnych popiołach przetrwały jeszcze resztki ciepła.

— Nie lubi być z nami — wyszeptała, by nie budzić dziecka. — Tu jest smutno. Lubi być tam, gdzie jest wino i uśmiechy.

Tak — pomyślał Sam. *A wino jest wszędzie, tylko nie tutaj.* W Braavos było pełno gospód, piwiarni i burdeli. Jeśli Dareon wolał ciepły ogień i kielich grzanego wina od czerstwego chleba oraz towarzystwa płaczącej kobiety, grubego tchórza i chorego starca, któż mógł mieć do niego za to pretensję? *Ja. Ja bym mógł. Obiecał, że wróci przed zmierzchem, że przyniesie wino i jedzenie.*

Raz jeszcze wyjrzał przez okno, w płonnej nadziei, że ujrzy

wracającego do domu minstrela. W ukrytym mieście zapadł już zmrok wypełniający powoli zaułki i kanały. Dobrzy ludzie z Braavos wkrótce już będą zamykać okiennice i zasuwać rygle w drzwiach. Noc należała do zbirów i kurtyzan. *Do nowych przyjaciół Dareona* — pomyślał z goryczą Sam. Ostatnio minstrel mówił tylko o nich. Próbował napisać pieśń o pewnej kurtyzanie, kobiecie zwanej Cieniem Księżyca, która słyszała jego śpiew przy Księżycowej Sadzawce i nagrodziła go pocałunkiem.

— Trzeba ją było poprosić o srebro — obruszył się Sam. — Potrzebujemy pieniędzy, nie pocałunków.

— Niektóre pocałunki są warte więcej od żółtego złota, Zabójco — odparł z uśmiechem minstrel.

To również rozgniewało Sama. Zadaniem Dareona nie było układanie pieśni o kurtyzanach. Powinien śpiewać o Murze i o odwadze Nocnej Straży. Jon miał nadzieję, że jego pieśni przekonają choć garstkę młodzieńców do przywdziania czerni. On jednak śpiewał o złotych pocałunkach, srebrnych włosach i czerwonych ustach. Nikt nigdy nie przywdział czerni dla czerwonych ust.

Czasami jego granie budziło dziecko. Chłopczyk zaczynał wtedy płakać, Dareon krzyczał na niego, żeby się zamknął, Goździk zalewała się łzami, a minstrel wychodził, trzaskając drzwiami, i nie wracał przez kilka dni.

— Od tego płaczu mam ochotę dać jej po gębie — poskarżył się pewnego razu. — Nie mogę przez nią spać.

Ty też byś płakał, gdybyś miał syna i go stracił — o mało nie odpowiedział Sam. Nie mógł mieć do Goździk pretensji o jej żal. Oskarżał Jona Snow, zastanawiając się, kiedy jego serce obróciło się w kamień. Któregoś dnia, gdy Goździk poszła do kanału po wodę, zadał to pytanie maesterowi Aemonowi.

— Wtedy, gdy uczyniłeś go lordem dowódcą — odparł staruszek.

Nawet teraz, gdy gnił w tej zimnej izbie pod okapem, Sam nie chciał do końca uwierzyć, że Jon uczynił to, o czym mówił maester Aemon. *Ale to musi być prawda. W przeciwnym razie Goździk nie płakałaby tak bardzo.* Mógł jedynie zapytać ją, czyje dziecko ma u piersi, ale na to brakowało mu odwagi. Bał się odpowiedzi, jaką mógłby usłyszeć. *Nadal jestem tchórzem, Jon.* Dokądkolwiek zawędruje na tym szerokim świecie, jego lęki zawsze będą mu towarzyszyć.

Rozległ się głuchy łoskot, odbijający się echem od dachów Braavos niczym brzmienie odległego gromu. To stojący po drugiej stronie laguny Tytan oznajmiał, że zapadła noc. Dźwięk był tak donośny, że dziecko się obudziło. Jego nagły płacz wyrwał ze snu maestera Aemona. Gdy Goździk podała chłopcu pierś, starzec otworzył oczy i poruszył się lekko na wąskim łóżku.

— Jajo? Tu jest ciemno. Dlaczego tu jest tak ciemno?

Dlatego, że jesteś ślepy. Odkąd przybyli do Braavos, Aemona coraz częściej opuszczał rozum. W niektóre dni nie wiedział, gdzie jest, a w inne w połowie zdania zapominał, co chciał powiedzieć, i zaczynał gadać o ojcu i o bracie. *Ma sto dwa lata* — powiedział sobie Sam, ale przecież w Czarnym Zamku nie był młodszy, a tam zawsze miał jasny umysł.

— To ja — musiał powiedzieć. — Samwell Tarly. Twój zarządca.

— Sam. — Maester Aemon oblizał wargi i zamrugał. — Tak. Jesteśmy w Braavos. Wybacz, Sam. Czy już jest rano?

— Nie. — Sam dotknął czoła staruszka. Skóra była wilgotna od potu, chłodna i lepka w dotyku. Aemon przy każdym oddechu charczał cicho. — Jest noc, maesterze. Spałeś.

— Za długo. Tu jest zimno.

— Nie mamy drewna — wyjaśnił Sam. — Oberżysta nie da nam więcej, dopóki nie zapłacimy.

Toczyli tę rozmowę już czwarty czy piąty raz. *Trzeba było wydać nasze pieniądze na drewno* — czynił sobie nieustannie wyrzuty Sam. *Trzeba było zadbać, żeby mu było ciepło.* Zamiast tego zmarnował resztę srebra na uzdrowiciela z Domu Czerwonych Dłoni, wysokiego, bladego mężczyznę, na którego szacie wyhaftowano czerwone i białe pasy układające się w spirale. Za całe swe srebro Sam otrzymał tylko pół butelki sennego wina.

— To ułatwi mu odejście — rzekł Braavos ze współczuciem w głosie. Gdy Sam zapytał go, czy nie może zrobić nic więcej, uzdrowiciel potrząsnął głową.

— Mam maści, eliksiry i napary, tynktury, jady i kataplazmy. Mógłbym mu puścić krew, przeczyścić go, przystawić pijawki... ale po co? Żadna pijawka nie przywróci mu młodości. Jest stary i w jego płucach czai się śmierć. Podawaj mu to i pozwól mu spać.

Sam robił to, dzień i noc, ale teraz staruszek próbował usiąść.

— Musimy iść do statków.

Znowu mówi o statkach.

— Jesteś za słaby, żeby wychodzić — musiał odpowiedzieć. Maester Aemon przeziębił się podczas rejsu i choroba wniknęła do jego piersi. Gdy dotarli do Braavos, był już tak słaby, że musieli go wynieść na brzeg. Mieli wtedy jeszcze pełen mieszek srebra i Dareon zamówił największe łoże w gospodzie. Było ono tak duże, że mogłoby w nim spać ośmiu ludzi, więc oberżysta zażądał zapłaty za tylu.

— Rano możemy pójść do portu — obiecał Sam. — Będziesz mógł zapytać, który statek płynie do Starego Miasta.

Nawet jesienią Braavos było ruchliwym portem. Gdy tylko Aemon odzyska siły, powinni bez trudu znaleźć statek, który zabierze ich, dokąd tylko zechcą popłynąć. Trudniej będzie zapłacić za przewóz. Najlepszą nadzieją byłby dla nich statek z Siedmiu Królestw. *Może jakiś kupiec ze Starego Miasta, który miałby kuzyna w Nocnej Straży. Muszą jeszcze być jacyś ludzie szanujący tych, którzy strzegą Muru.*

— Stare Miasto — wycharczał maester Aemon. — Tak. Śniło mi się Stare Miasto, Sam. Znowu byłem chłopcem, był ze mną Jajo i ten wyrośnięty rycerz, któremu służył. Piliśmy w starej gospodzie, w której robią okrutnie mocny cydr. — Znowu spróbował wstać, lecz okazało się to dla niego za trudne. Po chwili dał za wygraną. — Statki — powtórzył. — Tam znajdziemy odpowiedź. Smoki. Muszę się dowiedzieć.

Nie — pomyślał Sam. *Musisz się dobrze najeść i ogrzać. Potrzebny ci pełny brzuch i ciepły ogień na kominku.*

— Jesteś głodny, maesterze? Mamy jeszcze trochę chleba i kawałek sera.

— Nie w tej chwili, Sam. Potem, gdy trochę odzyskam siły.

— Jak możesz odzyskać siły, jeśli nic nie jesz?

Na morzu, gdy już minęli Skagos, nikt z nich nie jadł zbyt wiele. Przez całą drogę prześladowały ich jesienne wichury. Czasami nadciągały z południa, przynosząc gromy, błyskawice i czarny deszcz, który padał całymi dniami, a niekiedy nadchodziły z północy, zimne, gwałtowne i przenikające aż do kości. Raz zrobiło się tak zimno, że gdy Sam się zbudził, zobaczył, iż cały statek skuł biały lód, lśniący perłowym blaskiem. Kapitan rozebrał maszt i przywiązał go do pokładu, by skończyć rejs na samych wiosłach. Kiedy ujrzeli Tytana, nikt na pokładzie nie był w stanie nic przełknąć.

Jednakże gdy tylko wyszli bezpiecznie na brzeg, Sam poczuł się głodny jak wilk. Tak samo było z Dareonem i Goździk. Nawet niemowlę zaczęło ssać z większym zapałem. Ale Aemon...

— Chleb jest czerstwy, ale mogę wybłagać w kuchni trochę sosu do niego — zaproponował staruszkowi Sam. Oberżysta był twardym człowiekiem o zimnym spojrzeniu, nieufnym wobec odzianych w czerń cudzoziemców, którzy zamieszkali pod jego dachem, kucharka była jednak bardziej wyrozumiała.

— Nie. Ale może masz łyk wina?

Nie mieli wina. Dareon obiecał, że kupi im trochę, za pieniądze, które zarobił, śpiewając.

— Później będziemy mieli wino — musiał odpowiedzieć Sam. — Mamy trochę wody, ale to nie jest dobra woda.

Dobra woda docierała do miasta wielkim ceglanym akweduktem, zwanym przez Braavosów słodkowodną rzeką. Do domów bogaczy płynęła rurami, a biedacy napełniali wiadra w publicznych fontannach. Sam wysłał po nią Goździk, zapominając, że dzika dziewczyna całe życie spędziła w zasięgu wzroku od Twierdzy Crastera i nigdy nie widziała nawet zwykłego miasta targowego. Kamienny labirynt wysp i kanałów, jakim było Braavos, pozbawiony trawy i drzew, a za to pełen nieznajomych, którzy przemawiali do niej niezrozumiałymi słowami, przeraził ją tak bardzo, że zgubiła mapę, a wkrótce potem drogę. Sam znalazł ją, gdy płakała u kamiennych stóp jakiegoś dawno nieżyjącego morskiego lorda.

— Mamy tylko wodę z kanału — wyjaśnił maesterowi Aemonowi. — Ale kucharka ją przegotowała. Jest też senne wino, gdybyś go potrzebował.

— Na razie wystarczy mi snów. Niech będzie woda z kanału. Pomóż mi, jeśli łaska.

Sam pomógł staruszkowi usiąść i podsunął kubek do jego suchych, spękanych warg. Mimo to połowa wody wylała się maesterowi na pierś.

— Starczy — wykasłał Aemon po zaledwie kilku łykach. — Bo mnie utopisz. — Zadrżał w ramionach Sama. — Dlaczego tu jest tak zimno?

— Nie mamy już drewna. — Dareon zapłacił podwójnie za pokój z kominkiem, ale nikt z nich nie wiedział, że drewno będzie tu takie drogie. W Braavos, poza dziedzińcami i ogrodami wielmożów, drzewa nie rosły. Braavosowie nie ścinali też sosen porastających wyspy otaczające ich wielką lagunę, jako że były one dla nich tarczą osłaniającą przed sztormami. Drewno na opał dostarczano tu barkami, które docierały odnogami rzeki do laguny, a następnie ją przekraczały. Nawet nawóz był tu drogi. Braavosowie zamiast koni używali łodzi. Nic z tego nie miałoby znaczenia, gdyby zgodnie z planem bezzwłocznie wypłynęli do Starego Miasta, ale uniemożliwiła im to choroba maestera Aemona. Sam nie wątpił, że kolejna morska podróż zabije staruszka.

Aemon pomacał ręką koc, szukając ramienia Sama.

— Musimy iść do portu, Sam.

— Kiedy tylko poczujesz się lepiej. — W tym stanie staruszek nie wytrzymałby słonych bryzgów i wilgotnych wiatrów wiejących nad morzem, a tutaj całe miasto leżało nad morzem. Na północy znajdował się Fioletowy Port, gdzie braavoskie statki handlowe cumowały w cieniu kopuł i wież Pałacu Morskiego Lorda. Na zachodzie leżał Port Łachmaniarza, gdzie tłoczyły się statki z innych Wolnych Miast, z Westeros, Ibbenu oraz legendarnych, dalekich krain wschodu. Oprócz dwóch wielkich portów w mieście pełno też było maleńkich przystani, pomostów, do których przybijały promy, oraz starych, poszarzałych nabrzeży, przy których cumowali rybacy, poławiacze krabów oraz krewetek, trudzący się na przybrzeżnych błotach i w ujściach rzeki. — To byłoby dla ciebie zbyt męczące.

— To ty idź za mnie — nalegał Aemon. — I przyprowadź mi kogoś, kto widział te smoki.

— Ja? — Ta sugestia przeraziła Sama. — Maesterze, to tylko opowieść. Marynarskie bajania.

To również była wina Dareona. Minstrel przynosił im z piwiarni i burdeli najrozmaitsze dziwaczne opowieści. Niestety, gdy usłyszał historię o smokach, był pijany i nie potrafił przypomnieć sobie szczegółów.

— Dareon mógł to wszystko sobie wymyślić. Minstrele często tak robią.

— To prawda — przyznał maester Aemon. — Ale nawet najbardziej fantastyczna pieśń może zawierać ziarenko prawdy. Znajdź dla mnie tę prawdę, Sam.

— Nie wiedziałbym, kogo o to pytać ani w jakim języku. Znam tylko trochę starovalyriańskiego, a kiedy mówią do mnie po braavosku, nie rozumiem połowy słów. Ty znasz więcej języków, a gdy tylko poczujesz się lepiej, będziesz mógł... będziesz mógł...

— A kiedy poczuję się lepiej, Sam? Odpowiedz mi.

— Niedługo. Musisz tylko odpocząć i najeść się do syta. Kiedy będziemy w Starym Mieście...

— Nie wrócę już do Starego Miasta. Wiem o tym. — Starzec zacisnął dłoń na ramieniu Sama. — Niedługo spotkam się z braćmi. Niektórych połączyły ze mną śluby, innych krew, ale wszyscy byli moimi braćmi. I z ojcem... on nigdy nie myślał, że tron przypadnie jemu, ale tak właśnie się stało. Zawsze powtarzał, że to dla niego kara za cios, którym zabił brata. Modlę się, by znalazł po śmierci pokój, którego nie zaznał za życia. Septonowie śpiewają o słodkim odpoczywaniu, mówią, że odłożymy swe brzemiona i powędrujemy do dalekiego, słodkiego kraju, gdzie będziemy mogli śmiać się, kochać i ucztować aż po kres dni... ale co, jeśli za murem zwanym śmiercią nie ma krainy światła i miodu, a tylko zimno, ciemność i ból?

On się boi — uświadomił sobie Sam.

— Nie umrzesz. Jesteś chory, to wszystko. To przejdzie.

— Nie tym razem, Sam. Śniło mi się... ciemną nocą człowiek zadaje sobie wszystkie pytania, których nie odważy się postawić za dnia. Mnie, po wszystkich tych latach, zostało tylko jedno pytanie. Dlaczego bogowie odebrali mi oczy i wzrok, ale skazali mnie na długie lata wegetacji w zimnie i zapomnieniu? Do czego był im potrzebny taki znużony starzec jak ja? — Palce Aemona drżały niczym gałązki pokryte plamistą skórą. — Ja pamiętam, Sam. Wciąż pamiętam.

Gadał od rzeczy.

— Co pamiętasz?

— Smoki — wyszeptał Aemon. — Chwałę i nieszczęście naszego rodu.

— Ostatni smok dokonał żywota, zanim się urodziłeś — sprzeciwił się Sam. — Jak możesz je pamiętać?

— Widzę je w snach, Sam. Widzę czerwoną gwiazdę krwawiącą na niebie. Nadal pamiętam czerwień. Widzę ich cienie na śniegu, słyszę łopot skórzastych skrzydeł, czuję ich gorący oddech. Moi bracia również śnili o smokach i te sny zabiły ich wszystkich. Sam, kołyszemy się na krawędzi na wpół zapomnianych proroctw, cudów i okropności, jakich nikt z żyjących nie zdoła pojąć. Albo...

— Albo? — powtórzył Sam.

— Albo nie. — Aemon zachichotał cicho. — Albo jestem tylko konającym na gorączkę starcem. — Zamknął ze znużeniem białe oczy, ale zaraz otworzył je znowu. — Niedobrze się stało, że opuściłem Mur. Lord Snow nie mógł o tym wiedzieć, lecz ja powinienem był zrozumieć. Ogień pochłania, ale zimno zachowuje. Mur... już jest za późno, żeby tam wrócić. Pod moimi drzwiami czeka Nieznajomy i nie zdołam go powstrzymać. Zarządco, wiernie mi służyłeś. Zrób dla mnie jeszcze to jedno, wykaż się odwagą. Idź do statków, Sam. Dowiedz się wszystkiego, czego zdołasz, o tych smokach.

Sam wysunął ramię z uścisku staruszka.

— Zrobię to. Jeśli tego pragniesz. Ja tylko...

Nie wiedział, co jeszcze mógłby powiedzieć. *Nie mogę mu odmówić.* Znajdzie też Dareona, gdzieś w Porcie Łachmaniarza. *Najpierw znajdę Dareona, potem razem pójdziemy do statków. A kiedy wrócimy, przyniesiemy jedzenie, wino i drewno. Rozpalimy ogień i zjemy dobrą, ciepłą kolację.* Wstał.

— Dobrze, lepiej już pójdę. Jeśli mam iść. Goździk tu zostanie. Goździk, zamknij za mną drzwi.

Pod drzwiami czeka Nieznajomy.

Dziewczyna skinęła głową, tuląc dziecko do piersi. Oczy miała pełne łez. *Zaraz się rozpłacze* — uświadomił sobie Sam. Tego już nie mógł znieść. Jego pas do miecza wisiał na kołku, obok starego, popękanego rogu, który dał mu Jon. Zdjął pas i zapiął go, a potem narzucił na ramiona czarny, wełniany płaszcz, wyszedł z izby i zszedł na dół po drewnianych schodach, które skrzypiały pod jego ciężarem. W gospodzie były dwie pary drzwi. Jedne wychodziły na ulicę, a drugie na kanał. Sam opuścił budynek przez te pierwsze, by uniknąć przechodzenia przez główną salę, gdzie oberżysta z pewnością obrzuciłby go kwaśnym spojrzeniem, jakie rezerwował dla gości zbyt długo okupujących miejsce w gospodzie.

Było chłodno, ale mgła nie była tak gęsta, jak się to niekiedy zdarzało. Sam cieszył się przynajmniej z tego. Czasami opary unoszące się nad ziemią były tak gęste, że nie widział własnych stóp. Pewnego razu zabrakło tylko jednego kroku, by wpadł do kanału.

W dzieciństwie Sam czytał księgę o historii Braavos i marzył, że pewnego dnia odwiedzi to miasto. Pragnął zobaczyć, jak Tytan wznosi się ponad morskie fale, srogi i straszliwy, popłynąć wężową łodzią po kanałach, obok tych wszystkich pałaców i świątyń, zobaczyć, jak zbiry tańczą swój wodny taniec, a ich miecze lśnią w blasku gwiazd. Ale teraz, gdy już się tu znalazł, chciał jedynie jak najszybciej odpłynąć do Starego Miasta.

Ruszył brukowanym zaułkiem w stronę Portu Łachmaniarza. Postawił kaptur, a płaszcz powiewał za nim. Pas ciągle mu się obsuwał, grożąc upadkiem na ziemię, musiał go więc co chwila podciągać. Trzymał się węższych, mroczniejszych uliczek, gdzie było mniejsze ryzyko, że kogoś spotka. Mimo to każdy przechodzący kot słyszał walenie jego serca... a w Braavos było mnóstwo kotów. *Muszę znaleźć Dareona* — pomyślał. *On jest człowiekiem z Nocnej Straży, moim zaprzysiężonym bratem. Razem zastanowimy się, co robić.* Maestera Aemona opuściły siły, Goździk zaś czułaby się tu zagubiona, nawet gdyby nie zawładnęła nią żałoba, ale Dareon... *Nie powinienem myśleć o nim źle. Może coś mu się stało, może dlatego nie wrócił. Może leży martwy w jakimś zaułku w kałuży własnej krwi albo pływa twarzą w dół w którymś z kanałów.* Nocą po mieście grasowały zbiry w dwubarwnych strojach, zawsze chętne dowieść, jak biegle władają swoimi cienkimi mieczykami. Niektórzy z nich byli gotowi walczyć z byle powodu, a nawet w ogóle bez powodu, a Dareon zawsze był pyskaty i wybuchowy, zwłaszcza kiedy pił. *Jeśli ktoś potrafi śpiewać o bitwach, to jeszcze nie znaczy, że umie walczyć.*

Najlepsze piwiarnie, gospody i burdele znajdowały się w pobliżu Fioletowego Portu albo Księżycowej Sadzawki, ale Dareon wolał okolice Portu Łachmaniarza, gdzie więcej było gości mówiących w języku powszechnym. Sam rozpoczął poszukiwania od gospód „Pod Zielonym Węgorzem", „Pod Czarnym Flisakiem" i „U Morogga", gdzie Dareon wcześniej występował. Nie znalazł go w żadnym z tych lokali. Pod „Domem Mgły" cumowało kilka wężowych łodzi czekających na klientów i Sam próbował wypytać przewoźników, czy nie widzieli ubranego na czarno minstrela, ale żaden z nich nie rozumiał jego starovalyriańskiego. *Nie rozumieją albo udają, że nie rozumieją.* Potem zajrzał do obskurnego winnego szynku pod drugim przęsłem Mostu Nabba, tak małego, że ledwie mieściło się tam dziesięciu ludzi. Nie było wśród nich Dareona. Sprawdził w gospodzie „Pod Wyrzutkiem", w „Domu Siedmiu Lamp" oraz w burdelu zwanym „Kociarnią", gdzie obrzucono go dziwnymi spojrzeniami, ale nie otrzymał pomocy.

Wychodząc, omal nie wpadł pod czerwoną latarnią „Kociarni" na dwóch młodych mężczyzn. Jeden z nich miał ciemne włosy, a drugi jasne. Ciemnowłosy powiedział coś po braavosku.

— Przepraszam — powiedział Sam. — Nie rozumiem.

Odsunął się od nich przestraszony. W Siedmiu Królestwach szlachetnie urodzeni odziewali się w aksamity, jedwabie i brokaty w stu różnych kolorach, podczas gdy chłopi i prostaczkowie nosili niewyprawioną wełnę albo brązowy samodział. W Braavos było inaczej. Zbiry pyszniły się jak pawie, nie zdejmując dłoni z rękojeści mieczy, a potężni ubierali się w stroje ciemnoszare i fioletowe, granatowe tak ciemne, że niemal czarne, i czarne jak bezksiężycowa noc.

— Mój przyjaciel Terro mówi, że niedobrze mu się robi na widok takiego grubasa jak ty — oznajmił jasnowłosy zbir. Jego kurtka była z jednej strony uszyta z zielonego aksamitu, a z drugiej ze srebrnogłowiu. — Mówi też, że od grzechotu twojego miecza boli go głowa.

Mówił w języku powszechnym. Drugi, ciemnowłosy mężczyzna, odziany w burgundowy brokat i żółty płaszcz, najwyraźniej zwany Terrem, dodał coś po braavosku. Jego jasnowłosy towarzysz ryknął śmiechem.

— Mój przyjaciel Terro mówi, że nosisz strój, który nie

przystoi twojej pozycji. Czy jesteś jakimś wielkim lordem, że ubierasz się na czarno?

Sam chciał uciekać, ale zapewne tylko potknąłby się o własny pas. *Nie dotykaj miecza* — powiedział sobie. Gdyby musnął rękojeść choć jednym palcem, któryś ze zbirów mógłby to uznać za wyzwanie. Próbował wymyślić jakieś słowa, które mogłyby ich udobruchać.

— Nie jestem... — zdołał tylko wykrztusić.

— On nie jest żadnym lordem — odezwał się dziecięcy głos.

— Jest z Nocnej Straży, ty durniu. Z Westeros. — W świetle pojawiła się dziewczynka pchająca pełną wodorostów taczkę. Była chuda, niechlujna, miała wielkie buty i wystrzępione, niemyte włosy. — W „Szczęśliwym Porcie" jest drugi, śpiewa pieśni Marynarskiej Żonie — poinformowała zbirów. Spojrzała na Sama. — Jeśli cię zapytają, kto jest najpiękniejszą kobietą na świecie, powiedz im, że Słowik, bo inaczej cię wyzwą. Chcesz kupić parę tych małży? Ostrygi już sprzedałam.

— Nie mam pieniędzy — odpowiedział Sam.

— Nie ma pieniędzy — zadrwił jasnowłosy zbir. Jego ciemnowłosy towarzysz uśmiechnął się i powiedział coś po braavosku.

— Mojemu przyjacielowi Terrowi jest zimno. Bądź tak dobry, mój gruby przyjacielu, i oddaj mu swój płaszcz.

— Tego też nie rób — ostrzegła go dziewczynka z taczką. — Bo potem zażądają od ciebie butów i za chwilę będziesz nagi.

— Małe koty, które za głośno miauczą, często toną w kanałach — ostrzegł jasnowłosy zbir.

— Nie, jeśli mają pazurki.

W lewej dłoni dziewczynki nagle pojawił się długi nóż, równie smukły jak ona. Mężczyzna zwany Terrem powiedział coś do przyjaciela i obaj się oddalili, chichocząc do siebie.

— Dziękuję — powiedział Sam, gdy już sobie poszli.

Nóż zniknął.

— Jeśli nocą nosisz miecz, to znaczy, że można cię wyzwać. Czy chciałeś z nimi walczyć?

— Nie!

To słowo zabrzmiało tak piskliwie, że Sam aż się skrzywił.

— Naprawdę jesteś z Nocnej Straży? Nigdy jeszcze nie widziałam takiego czarnego brata. — Dziewczynka wskazała na taczkę. — Możesz sobie wziąć ostatnie małże, jeśli chcesz. Jest ciemno i nikt już ich nie kupi. Płyniecie na Mur?

— Do Starego Miasta. — Sam wziął pieczonego małża i pożarł go w jednej chwili. — Czekamy na statek.

Małż był smaczny, więc Sam zjadł następnego.

— Zbiry nigdy nie zaczepiają nikogo, kto nie ma miecza. Nawet takie głupie, wielbłądzie pizdy jak Terro i Orbelo.

— Kim jesteś?

— Nikim. — Dziewczynka śmierdziała rybą. — Kiedyś kimś byłam, ale już nie jestem. Możesz mi mówić Cat, jeśli chcesz. A jak ty się nazywasz?

— Samwell z rodu Tarlych. Dobrze mówisz w języku powszechnym.

— Mój ojciec był wiosłomistrzem na „Nymerii". Zbir zabił go za to, że powiedział, że moja matka była piękniejsza niż Słowik. Nie jeden z tych wielbłądzich pizd, które widziałeś, ale prawdziwy zbir. Pewnego dnia poderżnę mu gardło. Kapitan powiedział, że na „Nymerii" nie potrzeba małych dziewczynek, i wysadził mnie na brzeg. Brusco mnie przyjął i dał mi taczkę. — Dziewczynka popatrzyła na niego. — Na jakim statku zamierzacie popłynąć?

— Kupiliśmy miejsce na „Lady Ushanorze".

Dziewczynka przymrużyła podejrzliwie oczy.

— Ona już odpłynęła. Nie wiedziałeś o tym? Przed wieloma dniami.

Wiem — mógłby powiedzieć Sam. Stali z Dareonem na nabrzeżu, patrząc, jak wiosła się unoszą, a galera zmierza ku Tytanowi i otwartemu morzu.

— No cóż — powiedział minstrel. — To po sprawie.

Gdyby Sam był odważniejszy, mógłby go wówczas wepchnąć do wody. Kiedy chodziło o namówienie dziewcząt do zdjęcia ubrania, Dareon miał język słodki jak miód, ale w kapitańskiej kajucie mówił tylko Sam, daremnie starając się przekonać Braavosa, żeby na nich zaczekał.

— Czekałem na tego starca całe trzy dni — odparł kapitan.

— Ładownie mam pełne, a moi ludzie wyruchali już żony na pożegnanie. „Lady" opuści port z odpływem, z wami albo bez was.

— Proszę — błagał Sam. — Tylko kilka dni. Żeby maester Aemon mógł odzyskać siły.

— On już nie ma sił. — Nocą kapitan odwiedził gospodę, by na własne oczy zobaczyć maestera Aemona. — Jest stary i chory. Nie chcę, żeby umarł na „Lady Ushanorze". Zostańcie z nim albo zostawcie go, wszystko mi jedno. Ja odpływam. — Na domiar złego kapitan nie chciał zwrócić pieniędzy, które zapłacili za bezpieczny transport do Starego Miasta. — Kupiliście moją najlepszą kajutę i ona na was czeka. Jeśli nie chcecie jej zająć, to już nie moja wina. Czemu ja miałbym na tym stracić?

Moglibyśmy już być w Duskendale — pomyślał z żalem Sam. *Albo nawet w Pentos, gdyby wiatry okazały się dla nas łaskawe.*

Dla dziewczynki z taczką nic z tego nie miało jednak znaczenia.

— Mówiłaś, że widziałaś minstrela...

— W „Szczęśliwym Porcie". Miał poślubić Marynarską Żonę.

— Poślubić?

Wzruszyła ramionami.

— Ona sypia tylko z mężczyznami, którzy się z nią ożenią.

— Gdzie jest ten „Szczęśliwy Port"?

— Naprzeciwko „Statku Komediantów". Mogę ci pokazać drogę.

— Znam ją. — Sam widział „Statek Komediantów". *Dareon nie może się ożenić! Powiedział słowa!* — Muszę iść.

Zerwał się do biegu. Droga była daleka, a bruk śliski. Po krótkiej chwili Sam sapał już ze zmęczenia. Długi, czarny płaszcz łopotał za nim hałaśliwie. Biegnąc, musiał trzymać dłoń na rękojeści miecza. Mijał tylko niewielu ludzi, którzy obrzucali go zaciekawionymi spojrzeniami. W pewnej chwili spłoszony kot syknął nań ze złością. Gdy Sam dotarł do „Statku", chwiał się na nogach ze zmęczenia. „Szczęśliwy Port" był po drugiej stronie zaułka.

Gdy tylko wszedł do środka, zdyszany i zaczerwieniony, jakaś jednooka kobieta zarzuciła mu ręce na szyję.

— Nie rób tego — powiedział jej Sam. — Nie po to tu przyszedłem. — Powiedziała coś po braavosku. — Nie mówię w tym języku — odparł Sam po starovalyriańsku. Paliły się tu świece, a na kominku buzował ogień. Ktoś rzępolił na skrzypkach. Sam zobaczył dwie trzymające się za ręce dziewczyny, pląsające wokół czerwonego kapłana. Jednooka kobieta przycisnęła piersi do jego klatki piersiowej. — Nie rób tego! Nie po to tu przyszedłem!

— Sam! — zabrzmiał znajomy głos Dareona. — Yna, zostaw go, to Sam Zabójca. Mój zaprzysiężony brat!

Jednooka kobieta odsunęła się od Sama, choć nadal dotykała jedną ręką jego ramienia.

— Może mnie zabić, jeśli chce! — zawołała jedna z tancerek.

— Myślisz, że pozwoli mi dotknąć swojego miecza? — zapytała druga.

Za dziewczętami widać było namalowaną na ścianie fioletową galeasę. Jej załoga składała się z kobiet ubranych wyłącznie w sięgające ud buty. W kącie spał tyroshijski marynarz, chrapiący w wielką, szkarłatną brodę. W innym miejscu starsza kobieta o olbrzymich piersiach grała w płytki z potężnie zbudowanym Letniakiem odzianym w czarne i czerwone pióra. Pośrodku tego wszystkiego siedział Dareon. Twarz wtulił w szyję kobiety, która przysiadła mu na kolanach. Miała na sobie jego czarny płaszcz.

— Zabójco — zawołał pijackim głosem minstrel — chodź, poznaj moją panią żonę. — Miał włosy koloru piasku i miodu, a jego uśmiech był ciepły. — Śpiewałem jej pieśni miłosne.

Kobiety topnieją jak masło, kiedy usłyszą mój głos. Jak mógłbym się oprzeć tej twarzy? — Pocałował ją w nos. — Żono, pocałuj Zabójcę, to mój brat.

Kiedy dziewczyna wstała, Sam zauważył, że pod płaszczem jest naga.

— Tylko nie próbuj teraz obmacywać mojej żony, Zabójco — ciągnął ze śmiechem Dareon. — Ale jeżeli masz ochotę na jedną z jej sióstr, proszę bardzo. Powinno mi wystarczyć na to pieniędzy.

Mogłeś za nie kupić dla nas coś do jedzenia — pomyślał Sam. *Mogłeś kupić drewno, żeby maester Aemon nie musiał marznąć.*

— Co ty zrobiłeś? Nie możesz się ożenić. Powiedziałeś słowa, tak samo jak ja. Mogą ci za to ściąć głowę.

— To ślub tylko na jedną noc, Zabójco. Nawet w Westeros nikogo za to nie zetną. Czy nigdy nie chodziłeś do Mole's Town szukać zakopanych skarbów?

— Nie. — Sam poczerwieniał. — Nigdy bym...

— A co z tą twoją dziką dziewką? Na pewno wyruchałeś ją kilka razy. Wszystkie te noce w lesie, kiedy siedzieliście razem pod twoim płaszczem, nie mów mi, że nigdy jej go nie wsadziłeś. — Wskazał na krzesło. — Siadaj, Zabójco. Wypij trochę wina. Weź sobie kurwę. Zrób jedno i drugie.

Sam nie chciał wina.

— Obiecałeś, że wrócisz przed zmierzchem. Miałeś nam przynieść wino i coś do jedzenia.

— Czy tak właśnie zabiłeś Innego? Zanudziłeś go na śmierć swoimi wyrzutami? — Dareon roześmiał się głośno. — To ona jest moją żoną, nie ty. Jeśli nie chcesz wypić za moje małżeństwo, idź stąd.

— Chodź ze mną — prosił Sam. — Maester Aemon się obudził. Chce się czegoś dowiedzieć o tych smokach. Mówi o krwawiących gwiazdach, białych cieniach, snach i... jeśli dowiemy się czegoś o tych smokach, to może go uspokoić. Pomóż mi.

— Jutro. Nie w noc poślubną.

Dareon wstał, wziął żonę za rękę i ruszył ku schodom, ciągnąc ją za sobą.

Sam przeciął mu drogę.

— Obiecałeś, Dareon. Powiedziałeś słowa. Jesteś moim bratem.

— Tylko w Westeros. Wydaje ci się, że jesteśmy w Westeros?

— Maester Aemon...

— ...umiera. Tak powiedział pasiasty uzdrowiciel, na którego zmarnowałeś całe nasze srebro. — Dareon zacisnął zęby w twardym grymasie. — Weź sobie dziewczynę albo zmiataj, Sam. Psujesz mi wesele.

— Pójdę — zgodził się Sam. — Ale ty pójdziesz ze mną.

— Nie. Skończyłem już z tobą. Skończyłem z czernią. — Dareon zerwał płaszcz ze swej nagiej żony i cisnął go Samowi prosto w twarz. — Masz. Przykryj starego tym łachem, może będzie mu trochę cieplej. Mnie już nie jest potrzebny. Niedługo będę się ubierał w aksamit. Za rok będę nosił futra i jadł...

I wtedy Sam go uderzył.

Nie zastanawiał się nad tym. Uniósł rękę, zacisnął pięść i zdzielił minstrela w usta. Dareon zaklął, a jego naga żona krzyknęła przeraźliwie. Sam rzucił się na przeciwnika i obalił go na plecy na niski stół. Byli mniej więcej tego samego wzrostu, ale Sam ważył dwa razy więcej, a gniew pozwolił mu zapomnieć o strachu. Walnął minstrela w twarz, potem w brzuch, a później zaczął go okładać po ramionach obiema rękami. Gdy Dareon złapał go za nadgarstki, Sam uderzył go bykiem i rozbił mu wargę. Kiedy minstrel go puścił, grubas walnął go w nos. Gdzieś słychać było śmiech mężczyzny i przekleństwa kobiety. Samowi wydawało się, że bijatyka zwolniła tempo, jakby byli dwiema czarnymi muchami walczącymi w bursztynie. Potem ktoś ściągnął go z minstrela. Sam uderzył również intruza i coś twardego walnęło go w głowę.

Kiedy się ocknął, był już na dworze, leciał na łeb na szyję przez mgłę. Przez pół uderzenia serca widział na dole czarną wodę. Potem wpadł z pluskiem do kanału.

Poszedł na dno jak kamień, jak ciężki głaz, jak góra. Woda wdarła mu się do oczu i nosa, ciemna, zimna i słona. Kiedy spróbował zawołać o pomoc, połknął kolejny haust. Przetoczył się na plecy, kopiąc i dysząc. Z nosa trysnęły mu pęcherzyki. *Płyń* — powtarzał sobie. *Płyń.* Gdy otworzył oczy, słona woda zaszczypała w nie boleśnie, oślepiając go. Wystawił na chwilę głowę nad powierzchnię i zaczerpnął haust powietrza. Machał rozpaczliwie jedną ręką, drugą obmacując ścianę kanału. Kamienie były jednak śliskie i pokryte szlamem. Nie mógł znaleźć uchwytu i znowu poszedł pod wodę.

Ubranie nasiąknęło wodą. Poczuł na skórze dotknięcie chłodu. Pas zsunął mu się z bioder, oplątując się wokół kostek. *Utonę* — pomyślał, porażony ślepą paniką. Miotał się jak szaleniec, próbując wrócić na powierzchnię, ale uderzył tylko twarzą w dno kanału. *Mam głowę skierowaną w dół* — uświadomił sobie. *Tonę.* Coś poruszyło się pod jego szamoczącą się rozpaczliwie ręką. Węgorz albo jakaś inna ryba, ocierająca mu się o palce. *Nie mogę utonąć, beze mnie maester Aemon umrze, a Goździk nie będzie miała nikogo. Muszę płynąć, muszę...*

Rozległ się głośny plusk. Coś owinęło się wokół niego, złapało go za ramiona i za pierś. *Węgorz* — brzmiała pierwsza myśl Sama. *Capnął mnie węgorz. Wciągnie mnie pod wodę.* Otworzył usta, żeby krzyknąć, i przełknął kolejny łyk wody. *Utopiłem się* — brzmiała jego ostatnia myśl. *Och bogowie, bądźcie łaskawi, utopiłem się.*

Kiedy otworzył oczy, leżał na plecach, a potężnie zbudowany, czarny Letniak ugniatał mu brzuch pięściami wielkimi jak szynki. *Przestań, to boli* — chciał zawołać Sam, lecz zamiast słów z ust popłynęła mu woda. Cały był mokry i drżał z zimna. Na bruku wokół niego utworzyła się kałuża. Letniak ponownie nacisnął jego brzuch i z nosa Sama znowu trysnęła woda.

— Przestań — wydyszał grubas. — Nie utopiłem się. Nie utopiłem się.

— To prawda. — Jego zbawca pochylił się nad nim. Był

wielki, czarny i ociekał wodą. — Jesteś winien Xhondowi wiele piór. Woda zniszczyła piękny płaszcz Xhonda.

Sam zauważył, że Letniak mówi prawdę. Płaszcz z piór przylepiał się do potężnych ramion czarnoskórego mężczyzny. Był mokry i brudny.

— Nie chciałem...

— Pływać? Xhondo to widział. Za dużo pluskania. Grubasy powinny się unosić na wodzie. — Złapał Sama za wams wielką czarną dłonią i postawił go na nogi. — Xhondo jest matem na „Cynamonowym Wietrze". Wiele języków zna, trochę. Xhondo śmieje się w duchu, kiedy widzi, jak dajesz w nos temu minstrelowi. I Xhondo słyszy. — Uśmiechnął się szeroko, odsłaniając białe zęby. — Xhondo zna te smoki.

JAIME

— Miałam nadzieję, że w końcu znudzi ci się ta broda. Z tymi kłakami wyglądasz jak Robert.

Jego siostra zdjęła już żałobę, zastępując czarną suknię nefrytowozieloną z rękawami ze srebrnych myrijskich koronek. Na szyi miała szmaragd wielkości gołębiego jaja, wiszący na złotym łańcuchu.

— Robert miał czarną brodę. Moja jest złota.

— Złota? Czy srebrna? — Cersei wyrwała mu włos spod podbródka i uniosła go do oczu. Był siwy. — Kolor z ciebie odpływa, bracie. Stałeś się cieniem tego, kim byłeś niegdyś, bladym, bezkrwistym kaleką, zawsze odzianym w biel. — Odrzuciła włos na bok. — Wolałam, kiedy nosiłeś czerwień i złoto.

A ja wolałem, kiedy byłaś spowita w promienie słońca, a na twojej nagiej skórze perliły się kropelki wody. Pragnął ją pocałować, zanieść do sypialni, rzucić na łoże. „...pierdoliła się z Lancelem, Osmundem Kettleblackiem, a całkiem możliwe, że również z Księżycowym Chłopcem...".

— Zawrzyjmy umowę. Zwolnij mnie z tego obowiązku, a będziesz mogła mi rozkazać użyć brzytwy.

Zacisnęła usta. Piła grzane wino z korzeniami i pachniała gałką muszkatołową.

— Chcesz się ze mną targować? Czy muszę ci przypominać, że przysięgałeś posłuszeństwo?

— Przysięgałem bronić króla. Moje miejsce jest u jego boku.

— Twoje miejsce jest tam, gdzie wyśle cię król.

— Tommen przybija pieczęć na każdym papierze, który mu podsuniesz. To twoja robota i to także szaleństwo. Po co mianowałaś Davena namiestnikiem zachodu, jeśli nie wierzysz w jego możliwości?

Cersei siedziała przy oknie. Za nim Jaime widział poczerniałe ruiny Wieży Namiestnika.

— Skąd te opory, ser? Czyżbyś razem z ręką utracił odwagę?

— Przysiągłem lady Stark, że nigdy już nie wyruszę w pole przeciwko Starkom albo Tullym.

— Obietnica złożona po pijanemu z mieczem przystawionym do gardła.

— Jak mam bronić Tommena, jeśli nie będę przy nim?

— Pokonując jego wrogów. Ojciec zawsze powtarzał, że szybkie uderzenie miecza jest lepszą obroną niż jakakolwiek tarcza. Co prawda, żeby uderzyć mieczem, trzeba mieć rękę, ale nawet kaleki lew może wzbudzić strach. Chcę dostać Riverrun. Chcę, żeby Brynden Tully zginął lub znalazł się w łańcuchach. Ktoś musi też zaprowadzić porządek w Harrenhal. Pilnie potrzebujemy Wylisa Manderly'ego, o ile jeszcze żyje i jest naszym więźniem, ale garnizon zamku nie odpowiada na nasze kruki.

— W Harrenhal stacjonują ludzie Gregora — przypomniał Jaime. — On lubił głupich i okrutnych podkomendnych. Najpewniej zjedli twoje kruki razem z listami.

— Dlatego właśnie cię tam wysyłam. Ciebie też mogą zjeść, mój dzielny bracie, ale liczę na to, że przyprawisz ich o niestrawność. — Cersei poprawiła spódnicę. — Chcę, żeby pod twoją nieobecność Królewską Gwardią dowodził ser Osmund.

„...pierdoliła się z Lancelem, Osmundem Kettleblackiem, a całkiem możliwe, że również z Księżycowym Chłopcem...".

— Decyzja nie należy do ciebie. Jeśli muszę wyjechać, zastąpi mnie ser Loras.

— Czy to żart? Wiesz, co sądzę o ser Lorasie.

— Gdybyś nie wysłała Balona Swanna do Dorne...

— Jest mi tam potrzebny. Tym Dornijczykom nie można ufać. Ich czerwony wąż walczył w obronie Tyriona, czyżbyś o tym zapomniał? Nie zostawię córki na ich łasce. I nie pozwolę, żeby Loras Tyrell dowodził Gwardią Królewską.

— Ser Loras jest trzy razy lepszym mężczyzną niż ser Osmund.

— Widzę, że twoje wyobrażenie o męskości się zmieniło, bracie.

Jaime poczuł, że narasta w nim gniew.

— To prawda, że Loras nie gapi się na twoje cycki tak jak ser Osmund, ale nie myślę...

— Lepiej pomyśl o tym.

Cersei go spoliczkowała.

Jaime nie próbował się zasłonić.

— Widzę, że muszę zapuścić gęstszą brodę, żeby mnie osłoniła przed pieszczotami mojej królowej.

Pragnął zerwać z niej suknię i zamienić jej uderzenia w pocałunki. Robił to już przedtem, gdy jeszcze miał dwie ręce.

Oczy królowej przerodziły się w zielony lód.

— Lepiej już idź, ser.

„...Lancelem, Osmundem Kettleblackiem i Księżycowym Chłopcem...".

— Czy jesteś nie tylko kaleki, lecz również głuchy? Drzwi znajdziesz za sobą, ser.

— Wedle rozkazu.

Jaime odwrócił się na pięcie i wyszedł.

Gdzieś na górze z pewnością słychać było śmiech bogów. Cersei nigdy nie lubiła, gdy jej się sprzeciwiano. Łagodniejsze słowa mogłyby ją przekonać, ale ostatnio na sam widok siostry ogarniał go gniew.

Jakaś część jego jaźni ucieszyła się na myśl, że opuści Królewską Przystań. Nie lubił towarzystwa lizusów i głupców, którzy otaczali Cersei. Addam Marbrand mówił, że w Zapchlonym Tyłku zwano ich „najmniejszą radą". A Qyburn... mógł uratować Jaimemu życie, ale nie przestał z tego powodu być Krwawym Komediantem.

— Qyburn śmierdzi tajemnicami — ostrzegał Cersei, lecz ona go wyśmiała.

— Wszyscy mamy swoje tajemnice, bracie — odparła.

„...pierdoliła się z Lancelem, Osmundem Kettleblackiem, a całkiem możliwe, że również z Księżycowym Chłopcem...".

Pod stajniami Czerwonej Twierdzy czekało na niego czterdziestu rycerzy i drugie tyle giermków. Połowę stanowili ludzie z zachodu, zaprzysiężeni rodowi Lannisterów, a drugą połowę niedawni wrogowie zmienieni w niepewnych przyjaciół. Ser Dermot z Deszczowego Lasu miał nieść sztandar Tommena, Rudy Ronnet Connington białą chorągiew Gwardii Królewskiej, a Paege, Piper i Peckledon mieli podzielić się zaszczytem służenia lordowi dowódcy jako giermkowie.

„Zawsze miej przyjaciół za plecami, a wrogów tam, gdzie będziesz ich widział" — poradził mu kiedyś Sumner Crakehall. A może to był ojciec?

Miał dwa konie: rudogniadą klaczkę i pięknego, siwego ogiera. Minęło wiele lat, odkąd Jaime ostatnio nadał imię któremuś ze swoich wierzchowców. Zbyt często widział, jak giną w bitwach, a kiedy miały imiona, trudniej mu było to znieść, ale kiedy chłopak Piperów zaczął je nazywać Chwałą i Honorem, Jaime roześmiał się i zaakceptował imiona. Honor miał rząd barwy lannisterskiej czerwieni, a Chwała nosiła biel Gwardii Królewskiej. Josmyn Peckledon przytrzymał wodze klaczki i Jaime jej dosiadł. Giermek był chudy jak włócznia, miał długie ręce i nogi, przetłuszczone, myszowate włosy i policzki pokryte młodzieńczym puszkiem. Nosił karmazynowy lannisterski płaszcz, ale na jego opończy widniało dziesięć fioletowych barwen na żółtym polu — herb rodu chłopaka.

— Czy mam ci podać nową rękę, panie? — zapytał Josmyn.

— Pokaż ją im, Jaime — zachęcał go ser Kennos z Kayce. — Jeśli pomachasz nią do prostaczków, będą mieli o czym opowiadać dzieciom.

— Nie sądzę. — Jaime nie miał zamiaru pokazywać tłumom złotego kłamstwa. *Niech zobaczą kikut. Niech zobaczą kalekę.* — Jeśli tylko chcesz, możesz nadrobić mój niedostatek, ser Kennosie. Pomachaj do nich obiema rękami i stopami też, jeśli przyjdzie ci ochota. — Ujął wodze w lewą dłoń i zawrócił konia. — Payne! — zawołał, gdy ludzie się ustawiali. — Pojedziesz obok mnie.

Ser Ilyn Payne podjechał do Jaimego. Wyglądał jak żebrak na balu. Miał na sobie starą, zardzewiałą kolczugę nałożoną na poplamioną kurtę z utwardzanej skóry. Ani jeździec, ani koń nie nosili żadnych herbów. Tarcza ser Ilyna była tak poobtłukiwana, że trudno było określić, na jaki kolor ją ongiś pomalowano. Z ponurą twarzą i zapadniętymi oczyma ser Ilyn mógłby uchodzić za samą śmierć... tak jak działo się to od lat.

Ale z tym już koniec. Ser Ilyn był połową ceny, jakiej zażądał Jaime za to, że przełknął rozkaz małoletniego króla niczym grzeczny, mały lord dowódca. Drugą połową był ser Addam Marbrand.

— Potrzebuję ich — oznajmił siostrze i Cersei nie stawiała oporu. *Zapewne cieszy się, że się ich pozbyła.* Ser Addam był przyjacielem Jaimego z dzieciństwa, a niemy kat był człowiekiem jego ojca, o ile w ogóle można go było zwać czyimkolwiek człowiekiem. Gdy Payne był kapitanem straży namiestnika, ktoś usłyszał, jak przechwalał się, że to lord Tywin włada Siedmioma Królestwami i mówi królowi Aerysowi, co ma robić. Aerys Targaryen kazał mu za to wyciąć język.

— Otwórzcie bramę — rozkazał Jaime.

— Otwórzcie bramę! — powtórzył donośnym głosem Silny Dzik.

Gdy Mace Tyrell opuszczał miasto przez Błotnistą Bramę przy akompaniamencie bębnów i skrzypek, na ulice wyległy tysiące ludzi, żegnających go głośnym aplauzem. Mali chłopcy dołączyli do kolumny, maszerowali obok żołnierzy Tyrellów, unosząc dumnie głowy i poruszając zawzięcie nogami, a ich siostry przesyłały z okien całusy bohaterom.

Dzisiaj było inaczej. Kilka kurew wykrzyczało do nich po drodze zaproszenia, a sprzedawca pasztetów zachęcał ich do nabycia swych wyrobów. Na placu Szewskim dwóch obdartych wróbli głosiło kazanie kilkuset prostaczkom, obiecując zgubę bezbożnikom i czcicielom demonów. Tłum rozstąpił się, by przepuścić kolumnę. Wróble i szewcy spoglądali na jeźdźców pozbawionymi wyrazu oczami.

— Lubią zapach róż, ale nie darzą miłością lwów — zauważył Jaime. — Moja siostra postąpiłaby rozsądnie, gdyby zwróciła uwagę na ten fakt.

Ser Ilyn nie odpowiedział. *To idealny towarzysz na długą podróż. Wymarzony kompan do rozmów.*

Większa część oddziału czekała na Jaimego za miejskimi murami: ser Addam Marbrand ze swymi zwiadowcami, ser Steffon Swyft z taborami, Setka Świętych starego ser Bonifera Dobrego, konni łucznicy Sarsfielda, maester Gulian z czterema klatkami kruków oraz dwustuosobowy oddział ciężkiej jazdy pod dowództwem ser Flementa Braksa. Zważywszy na wszystko razem, nie był to wielki zastęp. Liczył sobie mniej niż tysiąc ludzi. Liczebność była jednak ostatnim, czego potrzebowali w Riverrun. Zamek oblegała już armia Lannisterów i jeszcze liczniejsze oddziały Freyów. Ostatni ptak, który do nich dotarł, przyniósł wiadomość, że oblegający mają kłopoty ze znalezieniem prowiantu. Brynden Tully ogołocił okolice zamku, nim skrył się za jego murami.

Nie wymagało to zbyt wiele wysiłku. Podczas swej wędrówki przez dorzecze Jaime zorientował się, że spalono tam prawie wszystkie pola, splądrowano prawie wszystkie miasta i zbezczeszczono prawie wszystkie dziewice. *A teraz moja słodka siostra rozkazuje mi dokończyć dzieła, które rozpoczęli Amory Lorch oraz Gregor Clegane.* Ta myśl pozostawiła w jego ustach gorzki posmak.

Blisko Królewskiej Przystani na królewskim trakcie było tak bezpiecznie, jak to tylko możliwe w tych czasach. Mimo to Jaime wysłał przodem Addama Marbranda z jego zwiadowcami.

— Robb Stark zaskoczył mnie w Szepczącym Lesie — powiedział mu. — To już się nie powtórzy.

— Masz na to moje słowo. — Gdy tylko Marbrand znowu dosiadł konia, poczuł wyraźną ulgę. Zamienił złoty, wełniany płaszcz Straży Miejskiej na strój w barwach swego rodu, koloru dymu. — Jeśli w promieniu trzydziestu mil pojawi się nieprzyjaciel, będziesz o tym wiedział.

Jaime wydał stanowcze rozkazy zakazujące wszystkim odłączania się od kolumny bez jego pozwolenia. Wiedział, że jeśli tego nie zrobi, młode, znudzone paniątka zaczną się ścigać po polach, płosząc inwentarz i tratując zboże. W pobliżu miasta widziało się jeszcze krowy i owce, jabłka na drzewach i jagody na krzakach, jęczmień, owies i zimową pszenicę na polach oraz wozy na trakcie. Dalej od Królewskiej Przystani nie będzie to już wyglądało tak różowo.

Jadąc na przedzie kolumny w towarzystwie milczącego ser Ilyna, Jaime czuł się niemal zadowolony. Słońce grzało mu plecy, a wiatr pieścił jego włosy niczym palce kobiety. Gdy Mały Lew Piper podjechał galopem z hełmem pełnym jeżyn, Jaime zjadł trochę i powiedział chłopcu, żeby podzielił się resztą z innymi giermkami oraz z ser Ilynem Payne'em.

Payne nosił swe milczenie z równą swobodą jak zardzewiałą kolczugę i utwardzaną skórę. Jedynymi towarzyszącymi mu dźwiękami były stukot kopyt wałacha oraz brzęk miecza w pochwie. Choć jego naznaczona śladami po francy twarz miała ponury wyraz, a oczy były zimne jak lód na zamarzniętym jeziorze, Jaime wyczuwał, że ser Ilyn cieszy się, iż mu towarzyszy. *Dałem mu wybór* — powiedział sobie. *Mógł mi odmówić i nadal pozostać królewskim katem.*

Nominacja ser Ilyna na owo stanowisko była ślubnym podarunkiem Roberta Baratheona dla jego nowego teścia, synekurą, która miała wynagrodzić Payne'owi brak języka utraconego w służbie rodowi Lannisterów. Okazał się znakomitym fachowcem. Nigdy nie spartaczył egzekucji i tylko w nielicznych przypadkach potrzebował drugiego uderzenia. W dodatku jego milczenie miało w sobie coś przerażającego. Rzadko się zdarzało, by królewskim katem zostawał człowiek tak świetnie się nadający na to stanowisko.

Gdy Jaime postanowił zabrać ser Ilyna ze sobą, odszukał jego komnaty na końcu alei Zdrajcy. Najwyższe piętro przysadzistej, półokrągłej wieży podzielono na cele przeznaczone dla więźniów, którym należało zapewnić pewne wygody — pojmanych rycerzy i lordów oczekujących na okup albo wymianę. Wejście do właściwych lochów znajdowało się na poziomie ziemi, za drzwiami z kutego żelaza, a potem za drugimi, z szarego, spękanego drewna. Na pośrednich piętrach ulokowano pokoje przeznaczone dla głównego klucznika, lorda spowiednika oraz królewskiego kata. Ten ostatni poza wykonywaniem egzekucji zwyczajowo sprawował nadzór nad lochami i opiekującymi się nimi ludźmi.

A do tego drugiego zadania ser Ilyn Payne nadawał się wyjątkowo kiepsko. Ponieważ nie umiał czytać, pisać ani mówić, zostawiał je swym podwładnym, którzy nie byli zbyt liczni. Królestwo nie miało lorda spowiednika od czasów drugiego Dareona, a ostatnim głównym klucznikiem był kupiec bławatny, który kupił ten urząd od Littlefingera podczas panowania Roberta. Z pewnością przez kilka lat przynosił mu on niezłe dochody, ale potem kupiec popełnił fatalny błąd, knując razem z innymi bogatymi głupcami spisek mający na celu przekazanie Żelaznego Tronu Stannisowi. Nadali sobie nazwę „Rogatych", więc Joff przybił im do głów jelenie poroża, a potem wystrzelił ich z trebuszy poza miejskie mury. Dlatego to Rennifer Longwaters, garbaty podklucznik zanudzający Jaimego wywodami o „kropli smoczej krwi", która rzekomo płynęła w jego żyłach, otworzył przed nim drzwi lochów i poprowadził go krętymi, biegnącymi wewnątrz murów schodami w miejsce, gdzie od piętnastu lat mieszkał Ilyn Payne.

Śmierdziało tu zepsutą żywnością, a w sitowiu roiło się od robactwa. Wchodząc do środka, Jaime omal nie nadepnął na szczura. Wielki miecz Payne'a spoczywał na ustawionym na kozłach stole, obok osełki i brudnej od oliwy szmaty. Klinga była nieskazitelna, błyszczała niebiesko w bladym świetle… ale na podłodze walały się brudne ubrania, a także czerwone od rdzy fragmenty kolczugi i zbroi płytowej. Jaime nie był w stanie policzyć potłuczonych dzbanów po winie. *Tego człowieka nie obchodzi nic poza zabijaniem* — pomyślał, gdy ser Ilyn wyszedł z cuchnącej przepełnionym nocnikiem sypialni.

— Jego Miłość rozkazał mi odzyskać dorzecze — poinformował go Jaime. — Chciałbym, żebyś mi towarzyszył... jeśli potrafisz się wyrzec tego wszystkiego.

Odpowiedziała mu cisza i długie nieruchome spojrzenie. Gdy Jaime miał już odwrócić się i odejść, Payne skinął głową. *A teraz jedzie ze mną.* Jaime zerknął na towarzysza. *Być może jest jeszcze nadzieja dla nas obu.*

Nocą rozbili obóz pod wzniesionym na szczycie wzgórza zamkiem Hayfordów. Gdy słońce zachodziło, u podstawy pagórka, po obu brzegach płynącego tam strumienia, wyrosło około stu namiotów. Jaime osobiście wyznaczył wartowników. Tak blisko miasta nie spodziewał się kłopotów... ale jego wuj Stafford też kiedyś uważał, że jest bezpieczny pod Oxcross. Lepiej było nie ryzykować.

Gdy z zamku przysłano zaproszenie na wieczerzę od kasztelana lady Hayford, Jaime zabrał ze sobą ser Ilyna, ser Addama Marbranda, ser Bonifera Hasty'ego, Rudego Ronneta Conningtona, Silnego Dzika oraz kilkunastu innych rycerzy i lordów.

— Pewnie powinienem przytroczyć sobie tę rękę — powiedział Peckowi, zanim ruszył na górę.

Chłopak bezzwłocznie mu ją przyniósł. Wykuta ze złota ręka wyglądała jak prawdziwa. Miała paznokcie z macicy perłowej, a palce były na wpół zamknięte, jakby chciały pochwycić nóżkę pucharu. *Nie mogę walczyć, ale z piciem jakoś sobie radzę* — pomyślał Jaime, gdy chłopak zawiązywał rzemienie na jego kikucie.

— Od dzisiaj ludzie będą cię zwać Złotą Ręką, panie — zapewnił zbrojmistrz, zakładając mu ją po raz pierwszy. *Nie miał racji. Pozostanę Królobójcą aż do śmierci.*

Podczas kolacji wielu gości głośno wyrażało podziw dla złotej ręki, przynajmniej do momentu, gdy Jaime przewrócił puchar z winem. Wtedy stracił cierpliwość.

— Jeśli tak bardzo podziwiasz to cholerstwo, każ sobie odrąbać prawą rękę, a dam ci je w prezencie — oznajmił Flementowi Braksowi. Potem nie było już więcej rozmów o ręce i Jaime mógł w spokoju napić się wina.

Pani zamku należała przez małżeństwo do rodu Lannisterów. Była tłustym berbeciem, wydanym w pierwszym roku życia za kuzyna Jaimego, Tyreka. Lady Ermesande zaprezentowano gościom, spowitą w małą sukienkę ze złotogłowiu, na której maleńkimi, nefrytowymi paciorkami wyszyto zieloną kratę i falę rodu Hayfordów. Po chwili jednak dziewczynka zaczęła wrzeszczeć i mamka bezzwłocznie zabrała ją do łóżka.

— Czy nie ma żadnych wieści o naszym lordzie Tyreku? — zapytał kasztelan, gdy podano pstrągi.

— Żadnych.

Tyrek Lannister zaginął podczas zamieszek w Królewskiej Przystani, gdy Jaime był jeszcze jeńcem w Riverrun. Chłopak miał już czternaście lat, o ile jeszcze żył.

— To ja dowodziłem poszukiwaniami, na rozkaz lorda Tywina — wyznał Addam Marbrand, obierając rybę. — Jednakże nie znalazłem więcej niż Bywater przede mną. Ostatni raz widziano chłopaka, gdy tłum przerwał linię złotych płaszczy. Siedział na koniu, ale najpewniej ściągnęli go z siodła i zabili. Gdzie jednak podziało się ciało? Inne trupy tłuszcza zostawiła na ziemi.

— Więcej byłby wart żywy — zasugerował Silny Dzik. — Za każdego Lannistera można otrzymać godziwy okup.

— Z pewnością — zgodził się Marbrand. — Ale nikt nigdy nie zażądał okupu. Chłopak po prostu zniknął.

— Tyrek nie żyje. — Jaime wypił już trzy kielichy wina i jego złota ręka z każdą chwilą stawała się coraz cięższa. *Hak służyłby mi równie dobrze.* — Jeśli uświadomili sobie, kogo zabili, z pewnością wrzucili go po prostu do rzeki ze strachu przed gniewem mojego ojca. Lord Tywin zawsze płacił swe długi.

— Zawsze — zgodził się Silny Dzik i to był koniec dyskusji.

Potem jednak, gdy Jaime został sam w komnacie w wieży, którą przydzielono mu na noc, zaczął się zastanawiać. Tyrek służył królowi Robertowi jako giermek, razem z Lancelem. Wiedza mogła być równie cenna jak złoto, bardziej śmiercionośna niż sztylet. Pomyślał wówczas o Varysie, uśmiechniętym i pachnącym lawendą. Eunuch miał w całym mieście agentów i informatorów. Mógłby z łatwością porwać Tyreka podczas zamieszania... pod warunkiem, że wiedziałby z góry, iż dojdzie do rozruchów. *A Varys wiedział wszystko, a przynajmniej starał się nas o tym przekonać. Mimo to nie ostrzegł Cersei przed zamieszkami. Nie odprowadził też Myrcelli do portu.*

Otworzył okiennicę. Noc była zimna, na niebie lśnił sierp księżyca. Złota ręka błyszczała słabo w jego świetle. *Nieszczególnie się nadaje do duszenia eunuchów, ale można by nią rozbić tę fałszywie uśmiechniętą gębę na krwawą miazgę.* Miał ochotę kogoś uderzyć.

Poszedł do ser Ilyna i zastał go przy ostrzeniu katowskiego miecza.

— Już czas — powiedział mu. Kat wstał i podążył za nim. Jego stare skórzane buciory skrzypiały, gdy schodzili po stromych schodach. Drzwi zbrojowni wychodziły na mały dziedziniec. Jaime znalazł tam dwie tarcze, dwa półhełmy oraz parę stępionych, turniejowych mieczy. Jeden z nich dał Payne'owi, a drugi wziął w lewą rękę. Prawą wsunął w pętle tarczy. Palce złotej ręki były zakrzywione i mogły służyć jako hak, ale nie był w stanie ich zacisnąć, więc trzymał tarczę bardzo niepewnie.

— Byłeś kiedy rycerzem, ser — powiedział. — Ja również. Przekonajmy się, kim jesteśmy teraz.

Ser Ilyn uniósł w odpowiedzi miecz i Jaime natychmiast ruszył do ataku. Payne prawie już zapomniał, jak się walczy, i nie był też tak silny jak Brienne, lecz mimo to zatrzymywał każdy cios Jaimego mieczem albo tarczą. Tańczyli wokół siebie w świetle sierpa księżyca, a ich stępione miecze śpiewały pieśń stali. Niemy rycerz przez pewien czas pozwolił Jaimemu prowadzić taniec, ale w końcu zaczął odpowiadać ciosem na cios. Kiedy już przeszedł do ataku, trafił przeciwnika w udo, bark i w przedramię. Trzykrotnie też hełm Jaimego zabrzęczał pod

57

jego ciosami. Kolejnym uderzeniem ser Ilyn wyrwał mu tarczę, omal nie przerywając rzemieni przytwierdzających złotą rękę do kikuta. Kiedy opuścili miecze, Jaime był posiniaczony i poobijany, ale wino w jego żyłach się wypaliło i miał jasno w głowie.

— Jeszcze zatańczymy — obiecał ser Ilynowi. — Jutro i pojutrze. Będziemy tańczyć codziennie, aż wreszcie będę walczył lewą ręką równie dobrze jak ongiś prawą.

Ser Ilyn otworzył usta i wydał z siebie klekoczący dźwięk. *On się śmieje* — uświadomił sobie Jaime, czując nagły ucisk w brzuchu.

Rankiem nikt nie ośmielił się wspominać o jego siniakach. Najwyraźniej żaden z jego ludzi nie słyszał nocą szczęku mieczy. Gdy jednak wrócili do obozu, Mały Lew Piper zadał pytanie, którego nie odważyli się postawić rycerze i lordowscy synowie. Jaime uśmiechnął się do niego.

— W zamku Hayfordów mają gorące dziewki. To miłosne ukąszenia, chłopcze.

Po kolejnym pogodnym i wietrznym dniu nastał pochmurny, a potem trzy deszczowe. Wiatr i deszcz nie przeszkadzały im jednak. Kolumna miarowo posuwała się na północ królewskim traktem i każdej nocy Jaime znajdował jakieś odosobnione miejsce, by zarobić jeszcze kilka miłosnych ukąszeń. Walczyli w stajni, gdzie przyglądał się im jednooki muł, w piwnicy gospody, pośród beczek wina i *ale*, w wypalonej skorupie wielkiej, kamiennej stodoły, na lesistej wysepce pośrodku płytkiego strumienia i wreszcie na otwartym polu, gdzie ich hełmy i tarcze rosił lekki deszczyk.

Jaime starał się jakoś usprawiedliwić swoje nocne wypady, ale nie był na tyle głupi, by sądzić, że ludzie mu wierzą. Addam Marbrand z pewnością wiedział, co się dzieje, a niektórzy pozostali kapitanowie musieli podejrzewać prawdę. Nikt jednak nie wspominał przy nim o tym... a ponieważ jedyny świadek nie miał języka, nie było obaw, że ludzie się dowiedzą, jak nieudolnym szermierzem stał się obecnie Królobójca.

Wkrótce ze wszystkich stron otoczyły ich ślady wojny. Pola, na których powinna dojrzewać jesienna pszenica, zarosły chwasty, cierniste krzewy, a nawet małe drzewka, sięgające na wysokość końskiego łba. Na królewskim trakcie nie spotykali wędrowców, a od zmierzchu do świtu znużonym światem władały wilki. Większość z nich trzymała się z dala, ale gdy jeden ze zwiadowców Marbranda zsiadł z konia i poszedł się odlać, wilki dopadły i zabiły jego wierzchowca.

— Żadne zwierzę nie mogłoby być tak zuchwałe — stwierdził ser Bonifer Dobry o poważnej, smutnej twarzy. — To są demony w skórach wilków, zesłane tu jako kara za nasze grzechy.

— To musiał być wyjątkowo grzeszny koń — zauważył Jaime, zatrzymując się nad szczątkami biednego zwierzęcia. Rozkazał je poćwiartować i zasolić mięso. Będą jeszcze mogli go potrzebować.

W miejscu zwanym Rogiem Maciory znaleźli starego, twardego rycerza, który nazywał się ser Roger Hogg. Bronił uparcie swej wieży przy pomocy sześciu zbrojnych, czterech kuszników i około dwudziestu chłopów. Ser Roger był gruby i porośnięty szczeciną, tak jak sugerowało jego nazwisko*. Ser Kennos stwierdził, że może on być nieznanym Crakehallem, jako że ten ród miał w herbie moręgowatego dzika. Ser Lyle potraktował tę sugestię poważnie i przez całą godzinę wypytywał ser Rogera o jego przodków.

Jaimego bardziej interesowało, co Hogg ma do powiedzenia o wilkach.

— Mieliśmy trochę kłopotów z bandą wilków od białej gwiazdy — odpowiedział stary rycerz. — Węszyli tu za tobą, panie, ale ich przegnaliśmy, a trzech pochowaliśmy na polu rzepy. Przedtem było tu stado cholernych lwów, za wybaczeniem. Ten, który nimi dowodził, miał na tarczy mantykorę.

— Ser Amory Lorch — stwierdził Jaime. — Mój ojciec rozkazał mu pustoszyć dorzecze.

---

* Hog — (ang.) wieprz (przyp. red.).

— Ten zamek nie leży w dorzeczu — oznajmił stanowczo ser Roger Hogg. — Jestem winien wierność rodowi Hayfordów, a lady Ermesande ugina swe kolanko w Królewskiej Przystani, a przynajmniej zrobi to, gdy już będzie chodzić. Powiedziałem mu to, ale ten Lorch nie chciał słuchać. Zarżnął połowę moich owiec i trzy dobre mleczne kozy, a potem próbował spalić mnie w wieży. Ale moje mury są z kamienia i mają osiem stóp grubości, więc gdy ogień się wypalił, Lorch znudził się i odjechał. Potem przyszły czworonożne wilki i zeżarły owce, które zostawiły mi mantykory. Mam za to kilka ładnych skórek, ale futrem człowiek się nie naje. Co mamy robić, panie?

— Siać — odpowiedział Jaime — i modlić się o jeszcze jedne żniwa.

Ta odpowiedź nie dawała zbyt wiele nadziei, ale nie miał im do zaoferowania nic więcej.

Następnego dnia przekroczyli strumień stanowiący granicę między ziemiami składającymi hołd Królewskiej Przystani a tymi, które były lennem Riverrun. Maester Gulian popatrzył na mapę i oznajmił, że ciągnące się dalej lasy należą do braci Wode, dwóch rycerzy na włościach zaprzysiężonych Harrenhal... jednakże ich dwory były zbudowane z ziemi i drewna. Zostały po nich tylko poczerniałe belki. Nie spotkali żadnych Wode'ów ani ich prostaczków, choć w piwnicy pod twierdzą drugiego z braci ukrywała się garstka banitów. Jeden z nich miał na sobie strzępy karmazynowego płaszcza, ale Jaime powiesił go razem z pozostałymi. Poczuł się dzięki temu dobrze. To była sprawiedliwość. *Postaraj się, żeby to weszło ci w nawyk, Lannister. Może ludzie jednak nazwą cię Złotą Ręką. Złotą Ręką Sprawiedliwym.*

W miarę jak zbliżali się do Harrenhal, świat stawał się coraz bardziej szary. Jechali pod niebem barwy łupku, obok wód, które wydawały się stare i zimne jak płyta kutej stali. Jaime zastanawiał się, czy Brienne przejeżdżała tędy przed nim. *Jeśli doszła do wniosku, że Sansa Stark mogła pojechać do Riverrun...* Gdyby spotkali jakichś wędrowców, mógłby się zatrzymać, by ich zapytać, czy któryś z nich widział ładną dziewczynę o kasztanowatych włosach albo brzydką, o gębie, od widoku której kwaśniało mleko. Na trakcie nie było jednak nikogo oprócz wilków, a w ich wyciu nie doszuka się odpowiedzi.

W końcu ujrzeli po drugiej stronie szarego jak ołów jeziora wieże budowli zwanej szaleństwem Harrena Czarnego, pięć wykręconych, kamiennych palców sięgających ku niebu. Choć lordem Harrenhal mianowano Littlefingera, wydawało się, iż nie śpieszy mu się do objęcia nowej siedziby. Dlatego Jaime Lannister musiał, po drodze do Riverrun, zaprowadzić porządek w Harrenhal.

Nie ulegało wątpliwości, że faktycznie trzeba go zaprowadzić. Gregor Clegane odebrał ogromne, posępne zamczysko Krwawym Komediantom, zanim Cersei odwołała go do Królewskiej Przystani. Podkomendni Góry z pewnością siedzieli jeszcze w środku, jak suszone ziarenka grochu grzechoczące w pustej zbroi, nie byli oni jednak najlepszymi kandydatami do przywrócenia nad Tridentem królewskiego pokoju. Jedynym rodzajem pokoju, jaki można było otrzymać od ludzi ser Gregora, był pokój grobu.

Zwiadowcy ser Addama zameldowali, że brama Harrenhal jest zamknięta. Jaime zwołał swych ludzi i rozkazał ser Kennosowi z Kayce zadąć w Róg Herrocka, czarny i kręty, z okuciami ze starego złota.

Gdy od murów odbił się echem trzeci sygnał, usłyszeli zgrzyt żelaznych zawiasów i brama powoli się otworzyła. Mury szaleństwa Harrena Czarnego były tak grube, że Jaime przejechał pod tuzinem otworów machikuł, nim w końcu znalazł się na słonecznym dziedzińcu, na którym nie tak dawno pożegnał się z Krwawymi Komediantami. Z twardo ubitej ziemi wyrastały chwasty, a wokół martwego konia latały bzyczące muchy.

Z wież wyległa garstka ludzi ser Gregora, którzy przyglądali się zsiadającemu z konia Jaimemu. Wszyscy mieli twardo zaciśnięte usta i twarde spojrzenia. *I nic dziwnego, w końcu to towarzysze Góry.* O ludziach Gregora w najlepszym wypadku można było powiedzieć, że nie byli aż tak okrutni i gwałtowni jak Dzielni Kompanioni.

— O kurwa, to Jaime Lannister — wygarnął jakiś posiwiały zbrojny. — Ten cholerny Królobójca, chłopaki. Niech mnie wyruchają włócznią!

— A kim ty jesteś? — zapytał Jaime.

— Ser zwał mnie Gębosrajem, jeśli łaska, panie.

Splunął w dłonie i wytarł nimi policzki, jakby mogło to w jakiś sposób nadać mu atrakcyjniejszy wygląd.

— To urocze. Czy ty tu dowodzisz?

— Ja? Kurwa, nie. Panie. Niech mnie wyruchają w dupę cholerną włócznią. — Gębosraj miał w brodzie tyle okruchów, że można by nimi nakarmić cały garnizon. Jaime nie mógł powstrzymać śmiechu. Mężczyzna uznał to za zachętę.

— Niech mnie wyruchają w dupę cholerną włócznią — powtórzył i również zaczął się śmiać.

— Słyszałeś go — powiedział Jaime do Ilyna Payne'a. — Znajdź jakąś ładną długą włócznię i wsadź mu ją w dupę.

Ser Ilyn nie miał włóczni, ale Bezbrody Jon Bettley z radością rzucił mu swoją. Pijacki śmiech Gębosraja umilkł nagle.

— Trzymaj to cholerstwo z dala ode mnie.

— Zdecyduj się — skwitował Jaime. — Kto tu dowodzi? Czy ser Gregor mianował kogoś kasztelanem?

— Pollivera — odpowiedział inny mężczyzna. — Ale zabił go Ogar, panie. Jego, Łaskotka i tego chłopaka Sarsfieldów.

Znowu Ogar.

— Wiecie, że to był Sandor? Widzieliście go?

— Nie, panie. Tak nam powiedział oberżysta.

— To się wydarzyło w gospodzie na rozstajach dróg, panie. — Mówiący był młodszym mężczyzną o rudoblond czuprynie. Miał na szyi noszony ongiś przez Vargo Hoata łańcuch z monet z kilkudziesięciu różnych miast: srebrnych i złotych, miedzianych i brązowych, kwadratowych i okrągłych, trójkącików, pierścieni i kawałków kości.

— Oberżysta przysięgał, że ten człowiek miał poparzoną

połowę twarzy. Kurwy mówią to samo. Sandor miał ze sobą jakiegoś chłopaka, obdartego chłopskiego syna. Ponoć porąbali Polly'ego i Łaskotka na krwawe kawałeczki, a potem odjechali w dół Tridentu.

— Wysłaliście za nimi ludzi?

Gębosraj zmarszczył brwi, jakby ta myśl sprawiała mu ból.

— Nie, panie. Nie zrobiliśmy tego, niech nas chuj.

— Kiedy pies się wścieknie, trzeba mu poderżnąć gardło.

— Hmm — odparł mężczyzna, pocierając usta. — Nigdy za bardzo nie lubiłem Polly'ego, tego kutasa, a pies był bratem ser, więc...

— Jest z nas wredna zgraja, panie — wtrącił człowiek z monetami. — Ale żeby mierzyć się z Ogarem, trzeba być szaleńcem.

Jaime przyjrzał mu się uważnie. *Jest śmielszy od innych i nie tak pijany jak Gębosraj.*

— Baliście się go.

— Nie powiedziałbym, że się baliśmy, panie. Po prostu woleliśmy go zostawić lepszym od nas. Komuś takiemu jak ser. Albo ty.

Ja, kiedy miałem dwie ręce. Jaime nie oszukiwał się. W obecnej chwili Sandor szybko by się z nim załatwił.

— Jak się nazywasz?

— Rafford, jeśli łaska. Ludzie mówią mi Raff.

— Raff, zbierz ludzi z garnizonu w Komnacie Stu Palenisk. Jeńców również. Chcę ich zobaczyć. I te kurwy z rozstajów dróg. Aha, jeszcze Hoat. Bardzo mnie zmartwiła wieść o jego śmierci. Chciałbym zobaczyć jego głowę.

Kiedy mu ją przynieśli, zobaczył, że Kozłu obcięto wargi, podobnie jak uszy i większą część nosa. Oczy wydziobały mu wrony. Nadal jednak było widać, że to Hoat. Jaime wszędzie poznałby jego brodę, niedorzeczny sznur włosów długi na dwie stopy, zwisający z ostro zakończonego podbródka. Poza nim do czaszki Qohorika przylegało jeszcze tylko kilka skrawków mięsa.

— A gdzie jest reszta? — zapytał.

Nie chcieli mu tego powiedzieć. Wreszcie Gębosraj spuścił wzrok i wymamrotał:

— Część zgniła, ser. Resztę zeżarli jeńcy.

— Jeden z nich ciągle domagał się żarcia — przyznał Rafford. — Ser powiedział, żeby dać mu pieczonej koziny. Ale na Qohoriku nie było za dużo mięsa. Ser najpierw odrąbał mu dłonie i stopy, a potem resztę kończyn.

— Najwięcej zeżarł ten gruby skurwiel, panie — ciągnął Gębosraj. — Ale ser rozkazał, żeby dać trochę wszystkim po kolei. Hoatowi też. Kozioł jadł sam siebie. Skurwysyn ślinił się, kiedy go karmiliśmy, i tłuszcz spływał mu po tej chudej brodzie.

Ojcze — pomyślał Jaime. *Oba twoje psy się wściekły.* Przypomniał sobie opowieści, które po raz pierwszy usłyszał jako dziecko w Casterly Rock. Mówiły one o szalonej lady Lothston, która kąpała się w wannach wypełnionych krwią i podawała na ucztach ludzkie mięso. Działo się to w tym właśnie zamku.

Z jakiegoś powodu zemsta straciła dla niego smak.

— Wrzuć to do jeziora. — Jaime cisnął głowę Hoata Peckowi i spojrzał na ludzi z garnizonu. — Dopóki nie zjawi się tu lord Petyr, by objąć we władanie swoją siedzibę, władzę nad Harrenhal w imieniu korony przejmie ser Bonifer Hasty. Ci, którzy tego zapragną, mogą się do niego przyłączyć, jeśli zgodzi się was przyjąć. Reszta uda się ze mną do Riverrun.

Ludzie Góry popatrzyli na siebie nawzajem.

— Coś nam się należy — odezwał się któryś z nich. — Ser nam obiecał. Mówił o sutej nagrodzie.

— Tak właśnie powiedział — zgodził się Gębosraj. — „Wszyscy, którzy ze mną pojadą, otrzymają sutą nagrodę".

Kilkunastu innych poparło go głośno.

Ser Bonifer uniósł urękawicznioną dłoń.

— Każdy, kto ze mną zostanie, dostanie pod uprawę łan ziemi, drugi, kiedy się ożeni, a trzeci, gdy urodzi mu się pierwsze dziecko.

— Ziemi, ser? — warknął Gębosraj. — Szczać na to. Gdybyśmy chcieli orać cholerną ziemię, mogliśmy zostać w domu.

Ser mówił, że otrzymamy sutą nagrodę. To znaczy złoto.

— Jeśli czujecie się pokrzywdzeni, możecie się udać do Królewskiej Przystani i poskarżyć się mojej słodkiej siostrze. — Jaime spojrzał na Rafforda. — Chcę zobaczyć tych jeńców. Zaczynając od ser Wylisa Manderly'ego.

— To ten grubas? — zapytał Rafford.

— Mam szczerą nadzieję, że tak. Tylko nie opowiadaj mi smutnych historii o tym, w jaki sposób umarł, bo wszyscy możecie pójść w jego ślady.

Wszelkie nadzieje na odnalezienie w lochach Shagwella, Pyga albo Zolla rozwiały się bardzo szybko. Wyglądało na to, że Dzielni Kompanioni porzucili Vargo Hoata, wszyscy co do jednego. Z ludzi lady Whent zostało tylko troje: kucharz, który otworzył tylną furtę przed ser Gregorem, garbaty płatnerz, zwany Benem Czarnym Kciukiem oraz dziewczyna imieniem Pia, która nie była już taka ładna jak wtedy, gdy Jaime widział ją ostatnio. Ktoś złamał jej nos i wybił połowę zębów. Ujrzawszy Jaimego, padła mu do stóp, łkając i czepiając się jego nogi z histeryczną siłą. Silny Dzik musiał ją odciągnąć.

— Nikt już cię nie skrzywdzi — zapewnił Jaime, ale ona rozpłakała się jeszcze głośniej.

Pozostałych jeńców potraktowano lepiej. Był wśród nich ser Wylis Manderly, a także kilku innych szlachetnie urodzonych ludzi z północy, pojmanych przez Górę, Która Jeździ podczas walk przy brodach Tridentu. To byli użyteczni zakładnicy — każdy z nich wart sporego okupu. Wszyscy byli obszarpani, brudni i zarośnięci. Niektórzy mieli też świeże siniaki, połamane zęby i brakowało im palców. Jednakże ich rany wyczyszczono i zabandażowano, widać też było, że żaden z nich nie głodował. Jaime zastanawiał się, czy któryś ma pojęcie, co jedli, doszedł jednak do wniosku, że lepiej o to nie pytać.

Żaden z nich nie był już chętny do walki, a zwłaszcza nie ser Wylis, brodaty, opasły wieprz o tępym spojrzeniu i pożółkłych, obwisłych policzkach. Gdy Jaime oznajmił, że da mu eskortę do Stawu Dziewic, gdzie będzie mógł wsiąść na statek do Białego Portu, ser Wylis zwalił się na podłogę i zaczął łkać, dłużej i głośniej niż Pia. Potrzeba było czterech ludzi, żeby go postawić na nogi. *Za dużo pieczonej koziny* — pomyślał Jaime. *Bogowie, jak ja nienawidzę tego cholernego zamku.* Harrenhal widział przez trzysta lat więcej okropności niż Casterly Rock w ciągu trzech tysiącleci.

Jaime rozkazał rozpalić ogień w Komnacie Tysiąca Palenisk i wysłał utykającego kucharza do kuchni, by przygotował gorący posiłek dla ludzi z jego oddziału.

— Może być wszystko, byle nie kozina.

Sam zjadł kolację w Komnacie Myśliwego w towarzystwie ser Bonifera Hasty'ego, wysokiego, poważnego mężczyzny, który w rozmowie miał skłonność co chwila odwoływać się do Siedmiu.

— Nie chcę żadnego z ludzi ser Gregora — oznajmił, krojąc gruszkę równie wysuszoną jak on. Robił to bardzo ostrożnie, by mieć pewność, że nieistniejący sok nie splami nieskazitelnego, fioletowego wamsu, na którym wyhaftowano biały pas ukośny z bordiurą jego rodu. — Nie zgodzę się, by służyli mi tacy grzesznicy.

— Mój septon mawiał, że wszyscy ludzie są grzesznikami.

— Nie mylił się — przyznał ser Bonifer. — Niektórzy z nich są wszak czarniejsi od innych, a ich odór jest wstrętniejszy w nozdrzach Siedmiu.

A ty nie masz nosa, zupełnie jak mój mały brat, bo w przeciwnym razie, czując smród moich grzechów, zadławiłbyś się tą gruszką.

— Jak sobie życzysz. Zabiorę stąd bandę Gregora.

Zawsze będzie mógł zrobić jakiś użytek z wojowników. W ostateczności wyśle przodem na drabiny, jeśli będzie zmuszony do szturmowania murów Riverrun.

— Weź też ze sobą kurwę — zażądał ser Bonifer. — Wiesz którą. Tę dziewczynę z lochów.

— Pię. — Kiedy Jaime był tu poprzednim razem, Qyburn przysłał mu ją na noc, sądząc, że to go zadowoli. Jednakże Pia przyprowadzona z lochów była kimś zupełnie innym niż słodkie, proste, rozchichotane stworzenie, które wśliznęło się wówczas pod jego koc. Popełniła ten błąd, że się odezwała, kiedy ser Gregor pragnął ciszy, więc Góra wybił jej zęby zakutą w stal pięścią, łamiąc przy okazji ładny nosek. Z pewnością zrobiłby jej coś jeszcze gorszego, gdyby Cersei nie odwołała go do Królewskiej Przystani, gdzie czekała nań włócznia Czerwonej Żmii. Jaime nie zamierzał go opłakiwać.

— Ona się tu urodziła — oznajmił ser Boniferowi. — Harrenhal jest jedynym domem, jaki znała w życiu.

— Jest rozsadnikiem zepsucia — zaprotestował ser Bonifer. — Nie chcę, żeby była blisko moich ludzi i obnosiła się ze swoimi... częściami.

— Myślę, że dni obnoszenia się już dobiegły dla niej końca — rzekł Jaime. — Ale jeśli aż tak cię oburza, zabiorę ją. — Zawsze będzie mógł z niej zrobić praczkę. Jego giermkowie nie mieli nic przeciwko rozbijaniu namiotu Jaimego, szczotkowaniu jego konia i czyszczeniu zbroi, ale pranie jego łachów uważali za zajęcie niegodne mężczyzny. — Czy zdołasz utrzymać Harrenhal z samą tylko Setką Świętych? — zapytał. Właściwie oddział powinien się zwać Osiemdziesięciu Sześciu Świętych, jako że stracił czternastu ludzi nad Czarnym Nurtem. Z pewnością jednak ser Bonifer uzupełni jego stan, gdy tylko znajdzie odpowiednio pobożnych rekrutów.

— Nie przewiduję trudności. Starucha oświetli nam drogę, a Wojownik doda sił naszym ramionom.

Albo Nieznajomy przyjdzie po całą waszą świętą zgraję. Jaime nie był pewien, kto przekonał jego siostrę do mianowania ser Bonifera kasztelanem Harrenhal, ta nominacja śmierdziała mu jednak Ortonem Merryweatherem. Przypominał sobie niejasno, że Hasty służył ongiś dziadkowi Merryweathera, a ryży najwyższy sędzia był typowym przykładem prostodusznego głupca, mogącego uznać, że ktoś zwany „Dobrym" będzie najlepszym balsamem na rany zadane dorzeczu przez Roose'a Boltona, Vargo Hoata i Gregora Clegane'a.

Całkiem możliwe, że ma rację. Hasty wywodził się z krain burzy, nie miał więc nad Tridentem przyjaciół ani wrogów, nie uczestniczył w tutejszych wendetach, nie był nikomu nic winien i nie musiał nagradzać żadnych swoich fagasów. Był trzeźwy, sprawiedliwy i obowiązkowy, a jego Osiemdziesięciu Sześciu Świętych uważano za jeden z najbardziej zdyscyplinowanych oddziałów w całych Siedmiu Królestwach. Do tego ludzie ser Bonifera świetnie się prezentowali na swych wielkich, siwych wałachach. Ich reputacja była tak nieskalana, że Littlefinger zażartował kiedyś, iż ser Bonifer z pewnością kastruje nie tylko konie, lecz również jeźdźców.

Niemniej jednak Jaime nie miał przekonania do żołnierzy, którzy słynęli raczej z pięknych koni niż z zabitych wrogów. *Na pewno świetnie się modlą, ale czy potrafią walczyć?* O ile było mu wiadomo, nad Czarnym Nurtem nie okryli się hańbą, lecz również nie wyróżnili się specjalnie w boju. W młodych latach ser Bonifer był obiecującym rycerzem, jednakże jakieś wydarzenie — porażka, hańba czy bliskie spotkanie ze śmiercią — spowodowało, że uznał, iż turnieje to tylko marność, i na zawsze odłożył kopię.

Musimy jednak utrzymać Harrenhal, a nasz Baelor Barania Dupa jest człowiekiem, któremu Cersei powierzyła to zadanie.

— Ten zamek otacza zła sława — ostrzegł ser Bonifera — i to nie bez powodu. Powiadają, że nocą po jego komnatach snują się płonące widma Harrena oraz jego synów. Ten, kto je ujrzy, natychmiast ginie w płomieniach.

— Nie boję się żadnego cienia, ser. W *Siedmioramiennej gwieździe* napisano, że duchy, upiory i wskrzeszeńcy nie mogą skrzywdzić pobożnego człowieka, dopóki otacza go zbroja wiary.

— Otocz się więc tą zbroją, ale nie zapominaj też o stalowej. Wygląda na to, że każdego, kto włada tym zamkiem, spotyka zły koniec. Górę, Kozła, nawet mojego ojca...

— Wybacz, ser, ale to nie byli pobożni ludzie, tacy jak my. Nas broni Wojownik, a gdyby pojawił się jakiś straszliwy wróg, maester Gulian zostanie tu ze swoimi krukami, w Darry jest lord Lancel ze swym garnizonem, a w Stawie Dziewic stacjonuje lord Randyll. We trzech wytropimy i wytępimy wszystkich banitów, jacy jeszcze pozostali w tych stronach. A gdy już to uczynimy, Siedmiu poprowadzi dobrych wieśniaków z powrotem do ich siół, by mogli orać, siać i budować od nowa.

Przynajmniej tych, których nie zabił Kozioł. Jaime otoczył palcami złotej dłoni nóżkę pucharu.

— Jeśli wpadnie ci w ręce któryś z Dzielnych Kompanionów Vargo Hoata, natychmiast mnie o tym powiadom.

Nieznajomy mógł zabrać Kozła, nim Jaime zdążył go dopaść, ale Zollo gdzieś tam jeszcze był, podobnie jak Shagwell, Rorge, Urswyck Wierny i cała reszta.

— Żebyś mógł ich torturować i zabić?

— Ty pewnie na moim miejscu byś im wybaczył?

— Gdyby szczerze żałowali za grzechy... tak, uznałbym ich za braci i pomodlił się razem z nimi, zanim oddałbym ich katu. Zbrodnie muszą zostać ukarane. — Hasty złożył dłonie w piramidkę, w sposób nieprzyjemnie przywodzący Jaimemu na myśl ojca. — A jeśli to Sandora Clegane'a spotkamy, co mam wtedy zrobić?

Modlić się i zwiewać, ile sił w nogach — pomyślał Jaime.

— Wyślij go do jego ukochanego brata i ciesz się, że bogowie stworzyli siedem piekieł, bo jedno z pewnością nie pomieściłoby dwóch Clegane'ów. — Wstał niezgrabnie. — Ale Beric Dondarrion to co innego. Gdyby udało się go wam pojmać, zatrzymajcie go tu do chwili mojego powrotu. Berica będę chciał zaprowadzić do Królewskiej Przystani ze sznurem na szyi, żeby ser Ilyn mógł mu ściąć głowę na oczach połowy królestwa.

— A co z tym myrijskim kapłanem, który mu towarzyszy? Ponoć wszędzie szerzy swą fałszywą wiarę.

— Możesz go zabić, pocałować albo pomodlić się razem z nim, jak zechcesz.

— Nie pragnę go całować, panie.

— Z pewnością on powiedziałby to samo o tobie. —

Uśmiech Jaimego przerodził się w ziewnięcie. — Wybacz. Opuszczę cię już, jeśli nie masz nic przeciwko temu.

— Proszę bardzo, panie — zgodził się Hasty. Z pewnością miał ochotę się pomodlić.

Jaime miał zaś ochotę powalczyć. Zbiegał ze schodów po dwa stopnie, śpiesząc się tam, gdzie nocne powietrze było zimne i rześkie. Na oświetlonym pochodniami dziedzińcu Silny Dzik i ser Flement Brax okładali się nawzajem zawzięcie, zagrzewani do boju przez otaczających ich kręgiem zbrojnych. *Ser Lyle z pewnością zwycięży* — pomyślał Jaime. *Muszę znaleźć ser Ilyna.* Znowu poczuł świąd w palcach. Nogi poniosły go daleko od hałasu i światła. Przeszedł pod krytym mostem i minął Dziedziniec Stopionego Kamienia, nim sobie uświadomił, dokąd zmierza.

Gdy był już blisko dołu dla niedźwiedzia, ujrzał blady jak słońce zimą blask lampy, padający na pierścienie ustawionych na stromych stopniach kamiennych ław. *Chyba ktoś tu dotarł przede mną.* Dół byłby świetnym miejscem do tańca. Być może ser Ilyn go uprzedził.

Stojący nad dołem rycerz był jednak roślejszy od Payne'a. Brodaty mężczyzna miał na sobie czerwono-białą opończę ozdobioną gryfami. *Connington. Co on tu robi?* Na dole wciąż leżały szczątki niedźwiedzia, choć zostały z niego tylko kości i strzępy futra, na wpół zagrzebane w piasku. Jaime poczuł nagle litość dla bestii. *Niedźwiedź przynajmniej zginął w walce.*

— Ser Ronnecie — zawołał. — Czyżbyś zabłądził? Wiem, że to wielki zamek.

Rudy Ronnet uniósł lampę.

— Chciałem zobaczyć, gdzie niedźwiedź tańczył z dziewicą nie tak bardzo cud. — Jego broda lśniła w blasku lampy, jakby płonęła. Jaime czuł w jego oddechu zapach wina. — Czy to prawda, że dziewka walczyła nago?

— Nago? Nie. — Zastanawiał się, w jaki sposób opowieść wzbogacono o ten szczegół. — Komedianci ubrali ją w różową, jedwabną suknię i dali turniejowy miecz. Kozioł chciał, żeby jej śmierć była śmieszna — zaseplenił. — W przeciwnym razie...

— ...na widok nagiej Brienne przerażony niedźwiedź mógłby uciec.

Connington ryknął śmiechem.

Jaime tego nie zrobił.

— Mówisz tak, jakbyś ją znał.

— Byłem z nią zaręczony.

To zaskoczyło Jaimego. Brienne nigdy nie wspominała o żadnych zaręczynach.

— Ojciec próbował ją wydać za mąż...

— Trzy razy — uściślił Connington. — Ja byłem drugi. To był pomysł mojego ojca. Słyszałem, że dziewka jest brzydka, i powiedziałem mu to, ale on oznajmił, że wszystkie kobiety są takie same, jak już zdmuchnie się świecę.

— Pomysł twojego ojca. — Jaime zerknął na opończę Rudego Ronneta, na której dwa gryfy spoglądały na siebie na polach czerwonym i białym. *Tańczące gryfy.* — On był... bratem zmarłego namiestnika, prawda?

— Kuzynem. Lord Jon nie miał braci.

— To prawda.

Jaime wszystko sobie przypomniał. Jon Connington był przyjacielem księcia Rhaegara. Kiedy Merryweather poniósł rozpaczliwą klęskę w swych wysiłkach powstrzymania buntu Roberta, a księcia Rhaegara nie można było nigdzie znaleźć, Aerys postanowił postawić na przyjaciela syna i mianował namiestnikiem Conningtona. Jednakże Obłąkany Król co chwila odrąbywał własne ręce. Lorda Jona odrąbał po bitwie dzwonów. Pozbawił go tytułów, ziem oraz majątku i wygnał za wąskie morze, gdzie lord Jon wkrótce zapił się na śmierć. Ale kuzyn... ojciec Rudego Ronneta... przyłączył się do buntu i po bitwie nad Tridentem nagrodzono go Gniazdem Gryfów. Dostał jednak tylko zamek. Złoto Robert zatrzymał dla siebie, a większą część włości Conningtonów oddał bardziej zagorzałym zwolennikom.

Ser Ronnet był rycerzem na włościach, nikim więcej. Dla kogoś takiego Dziewica z Tarthu byłaby bardzo smakowitym kąskiem.

— A jak to się stało, że się nie pobraliście? — zapytał Jaime.

— Pojechałem na Tarth, żeby ją zobaczyć. Byłem od niej sześć lat starszy, ale dziewka mogła mi patrzeć prosto w oczy. Była maciorą odzianą w jedwab, chociaż maciory na ogół mają większe cycki. Kiedy spróbowała coś powiedzieć, omal nie udławiła się własnym językiem. Dałem jej różę i powiedziałem, że to wszystko, co ode mnie dostanie. — Connington zajrzał do dołu. — Widzę, że niedźwiedź był mniej włochaty od tego wybryku...

Jaime zdzielił go złotą ręką w gębę tak mocno, że drugi rycerz poleciał w dół po schodach. Lampa wypadła mu z rąk i pękła. Płonący olej rozlał się na ziemię.

— Mówisz o szlachetnie urodzonej damie, ser. Masz mówić po imieniu. Masz mówić „Brienne".

Connington odsunął się na rękach i kolanach od szerzących się płomieni.

— Brienne. Jak sobie życzysz, panie. — Splunął krwią pod stopy Jaimego. — Piękna Brienne.

CERSEI

Wspinaczka na szczyt wzgórza Visenyi trwała długo. Konie wlokły się powoli, a królowa rozparła się wygodnie na miękkiej, czerwonej poduszce. Z zewnątrz dobiegał głos ser Osmunda Kettleblacka.

— Z drogi. Zejdźcie z ulicy. Zróbcie przejście dla Jej Miłości królowej.

— Dwór Margaery jest pełen życia — mówiła lady Merryweather. — Mamy żonglerów, komediantów, poetów, marionetki...

— Minstreli? — podpowiedziała Cersei.

— Bardzo wielu, Wasza Miłość. Hamish Harfiarz gra dla niej raz na dwa tygodnie, a wieczorami czasami dostarcza nam rozrywki Alaric z Eysen. Jej ulubieńcem jest jednak Błękitny Bard.

Cersei pamiętała go ze ślubu Tommena. *Był młody i urodziwy. Czy to możliwe, że coś się za tym kryje?*

— Słyszałam, że są tam również inni mężczyźni. Rycerze i dworacy. Wielbiciele. Powiedz mi prawdę, pani. Wierzysz, że Margaery jest jeszcze dziewicą?

— Zapewnia, że tak, Wasza Miłość.

— Rzeczywiście zapewnia. A jak ty uważasz?

W czarnych oczach Taeny pojawiły się figlarne błyski.

— Kiedy wyszła za lorda Renly'ego w Wysogrodzie, pomagałam rozebrać pana młodego przed pokładzinami. Jego lordowska mość był mężczyzną co się zowie, i do tego jurnym. Widziałam dowód na własne oczy, gdy wrzucaliśmy go do łoża małżeńskiego. Panna młoda czekała nań naga jak w dzień imienia, czerwieniąc się ładnie pod narzutami. Ser Loras sam wniósł

73

ją na górę po schodach. Margaery może mówić, że małżeństwo nie zostało skonsumowane, że lord Renly wypił na uczcie weselnej za dużo wina, ale zapewniam cię, że fragment, który nosił między nogami, wyglądał bardzo żwawo.

— Widziałaś przypadkiem małżeńskie łoże następnego ranka? — zapytała Cersei. — Była krew?

— Nie pokazano nam prześcieradła, Wasza Miłość.

Szkoda. Niemniej brak krwi na prześcieradle jeszcze o niczym nie świadczył. Cersei słyszała, że wiejskie dziewuchy krwawią w noc poślubną jak świnie, ale w przypadku szlachetnie urodzonych dziewcząt, takich jak Margaery Tyrell, sprawy nieraz miały się inaczej. Ludzie powiadali, że lordowskie córki częściej oddają dziewictwo koniom niż mężom, a Margaery jeździła konno, odkąd nauczyła się chodzić.

— Jak rozumiem, mała królowa ma licznych wielbicieli wśród naszych domowych rycerzy. Bliźniacy Redwyne'owie, ser Tallad... i kto jeszcze?

Lady Merryweather wzruszyła ramionami.

— Ser Lambert, głupiec, który zasłania zdrowe oko przepaską. Bayard Norcross, Courtenay Greenhill. Bracia Woodwrightowie, czasami Portifer, a często Lucantine. Aha, regularnie odwiedza nas też wielki maester Pycelle.

— Pycelle? Naprawdę?

Czyżby ten stary, zniedołężniały robak porzucił lwa dla róży? Jeśli tak, to pożałuje — pomyślała.

— Kto jeszcze?

— Ten Letniak w płaszczu z piór. Jak mogłam o nim zapomnieć? Ma skórę czarną jak inkaust. Przychodzą też inni, którzy zalecają się do jej kuzynek. Elinor jest obiecana chłopakowi Ambrose'ów, ale uwielbia flirtować, a Megga ma co dwa tygodnie nowego zalotnika. Kiedyś pocałowała kuchcika w kuchni. Słyszałam, jak mówiono, że ma wyjść za brata lady Bulwer, ale gdyby Megga mogła sama sobie wybrać męża, jestem pewna, że wolałaby Marka Mullendore'a.

Cersei roześmiała się głośno.

— Motylego rycerza, który stracił rękę nad Czarnym Nurtem? Co za pożytek z półmężczyzny?

— Megga uważa, że jest słodki. Prosiła lady Margaery, żeby jej pomogła znaleźć dla niego małpkę.

— Małpkę. — Królowa nie wiedziała, co na to powiedzieć. *Wróble i małpki. Doprawdy, całe królestwo ogarnia obłęd.* — A co z naszym dzielnym ser Lorasem? Jak często odwiedza siostrę?

— Częściej niż ktokolwiek inny. — Gdy Taena marszczyła brwi, między jej ciemnymi oczyma pojawiała się maleńka bruzda. — Przychodzi do niej każdego ranka i każdego wieczoru, chyba że przeszkodzą mu w tym obowiązki. Brat ją uwielbia, dzielą się wszystkim... och. — Przez chwilę Myrijka robiła niemal wrażenie zgorszonej. Potem na jej twarzy pojawił się uśmiech. — Nasunęła mi się nadzwyczaj niegodziwa myśl, Wasza Miłość.

— Lepiej zachowaj ją dla siebie. Na tym wzgórzu roi się od wróbli, a wszyscy wiemy, że wróble brzydzą się niegodziwością.

— Słyszałam, że brzydzą się też wodą i mydłem, Wasza Miłość.

— Być może nadmiar modlitw pozbawia człowieka zmysłu węchu. Z pewnością zapytam o to Jego Wielką Świątobliwość.

Zasłony z karmazynowego jedwabiu kołysały się miarowo.

— Orton powiedział mi, że Wielki Septon nie ma imienia. Jak to możliwe? — zdziwiła się lady Taena. — W Myr wszystkim nadaje się imiona.

— Och, kiedyś je miał. Wszyscy je mają. — Królowa machnęła lekceważąco ręką. — Nawet septonowie wywodzący się ze szlacheckich rodów wyrzekają się swych nazwisk, gdy tylko przyjmą święcenia. Kiedy któryś z nich zostanie Wielkim Septonem, wyrzeka się również imienia. Wiara uczy, że nie potrzebuje już wówczas ludzkich imion, albowiem stał się awatarem bogów.

— To jak się odróżnia Wielkich Septonów od siebie?

— Z trudem. Trzeba mówić „ten gruby" albo „ten, który był przed tym grubym". Jeśli ktoś chce, zawsze może się dowiedzieć, jak brzmiały ich imiona, ale oni się obrażają, gdy ktoś ich używa. To im przypomina, że urodzili się jako zwyczajni ludzie, a tego nie lubią.

— Mój pan mąż mówi, że ten nowy urodził się z brudem pod paznokciami.

— Podejrzewam, że to prawda. Z reguły Najpobożniejsi wynoszą na to stanowisko kogoś ze swego grona, ale zdarzały się już wyjątki. — Wielki maester Pycelle udzielił jej długiego i nudnego wykładu na ten temat. — Podczas panowania króla Baelora Błogosławionego na Wielkiego Septona wybrano prostego kamieniarza, który obrabiał kamień tak pięknie, że Baelor doszedł do wniosku, iż jest on żywym wcieleniem Kowala. Ten człowiek nie umiał czytać ani pisać i nie był w stanie nauczyć się nawet najprostszych modlitw. — Niektórzy po dziś dzień utrzymywali, że namiestnik Baelora rozkazał otruć nowego Wielkiego Septona, żeby oszczędzić królestwu wstydu. — Po jego śmierci wyniesiono ośmioletniego chłopca. Jego Miłość ogłosił, że dzieciak czyni cuda, choć nawet jego uzdrawiające rączki nie zdołały ocalić Baelora podczas ostatniej głodówki.

Lady Merryweather roześmiała się w głos.

— Ośmioletniego? Może mój syn też mógłby zostać Wielkim Septonem? Ma już prawie siedem lat.

— A czy często się modli? — zapytała królowa.

— Woli się bawić mieczami.

— Czyli że to prawdziwy chłopiec. A czy potrafi wymienić wszystkich siedmiu bogów?

— Sądzę, że tak.

— W takim razie będę musiała rozpatrzyć jego kandydaturę.

Cersei nie wątpiła, że wielu małych chłopców przyniosłoby kryształowej koronie większy zaszczyt niż nędznik, któremu postanowili oddać ją Najpobożniejsi. *Takie właśnie są skutki, jeśli się pozwala, żeby głupcy i tchórze sami sobą rządzili. Następnym razem sama wybiorę ich pana.* A następny raz mógł nadejść szybko, jeśli nowy Wielki Septon nie przestanie jej irytować. W tych sprawach Cersei Lannister nie musiała się uczyć od namiestnika Baelora.

— Z drogi! — krzyczał ser Osmund Kettleblack. — Przejście dla Jej Królewskiej Miłości!

Lektyka zaczęła zwalniać, co z pewnością znaczyło, że dotarli już na szczyt wzgórza.

— Powinnaś sprowadzić swojego syna na dwór — powiedziała Cersei do lady Merryweather. — Sześć lat to nie jest zbyt młody wiek. Tommen potrzebuje towarzystwa innych chłopców. Czemu nie twojego syna?

Przypomniała sobie, że Joffrey nigdy nie miał bliskiego przyjaciela we własnym wieku. *Biedny chłopak był zawsze samotny. Kiedy ja byłam w jego wieku, miałam Jaimego... i Melarę, dopóki nie wpadła do studni.* Joff zawsze lubił Ogara, ale to nie była przyjaźń. Szukał ojca, którego nie znalazł w Robercie. *Mały przybrany brat może być akurat tym, czego potrzebuje Tommen, żeby go odciągnąć od Margaery i jej kur.* Z czasem mogą się stać sobie tak bliscy, jak Robert i jego przyjaciel z dzieciństwa Ned Stark. *Głupiec, ale lojalny głupiec. Tommen będzie potrzebował lojalnych przyjaciół, by strzegli jego pleców.*

— Wasza Miłość jest łaskawa, ale Russell nigdy nie znał innego domu niż Długi Stół. Obawiam się, że w tak wielkim mieście czułby się zagubiony.

— Z początku tak — przyznała królowa. — Ale szybko by się przyzwyczaił, tak jak kiedyś ja. Gdy ojciec wysłał po mnie, każąc mi przyjechać na dwór, rozpłakałam się, a Jaime się wściekł, ale ciotka zaprowadziła mnie do Kamiennego Ogrodu i wytłumaczyła mi, że w Królewskiej Przystani nie ma nikogo, kogo musiałabym się bać. Powiedziała: „Jesteś lwicą i słabsze zwierzęta powinny się bać ciebie". Twój syn również odnajdzie odwagę. Z pewnością wolałabyś, żeby był tu, gdzie mogłabyś go codziennie oglądać. To twoje jedyne dziecko, prawda?

— Jak dotąd. Mój pan mąż prosił bogów, żeby pobłogosławili nas drugim synem, na wypadek...

— Rozumiem.

Pomyślała o Joffreyu trzymającym się desperacko za szyję. W ostatnich chwilach życia syn spoglądał na nią z wyrazem rozpaczliwego błagania. Nagłe wspomnienie sprawiło, że serce stanęło jej na moment: kropelka czerwonej krwi sycząca w płomieniu świecy, ochrypły głos mówiący o koronach, całunach i śmierci z rąk *valonqara*.

Na zewnątrz ser Osmund coś krzyczał i ktoś mu odpowiadał. Lektyka zatrzymała się z szarpnięciem.

— Umarliście czy co? — ryknął Kettleblack. — Z drogi, do cholery!

Królowa odsunęła skraj zasłony i skinęła na ser Meryna Tranta.

— W czym kłopot?

— To wróble, Wasza Miłość. — Ser Meryn miał pod płaszczem białą, łuskową zbroję. — Obozują na ulicy. Przegonimy je.

— Zróbcie to, ale spokojnie. Nie chcę wywołać kolejnych zamieszek. — Cersei opuściła zasłonę. — To absurd.

— Zgadzam się, Wasza Miłość — potwierdziła lady Merryweather. — To Wielki Septon powinien przyjść do ciebie. A te okropne wróble...

— On karmi tych obdartusów, rozpieszcza ich i błogosławi. Ale króla pobłogosławić nie chce. — Błogosławieństwo było pustym rytuałem, ale w oczach ciemnego tłumu rytuały i ceremonie miały wielką moc. Nawet sam Aegon Zdobywca uznał za początek swego panowania dzień, gdy Wielki Septon namaścił go w Starym Mieście. — Ten przeklęty kapłan mnie posłucha albo przekona się, że nadal jest słabym człowiekiem.

— Orton mówi, że jemu chodzi tylko o złoto. Nie udzieli błogosławieństwa, dopóki korona nie wznowi płatności.

— Wiara otrzyma należne złoto, gdy tylko powróci pokój.

Septon Torbert i septon Raynard rozumieli jej sytuację... w przeciwieństwie do tego niegodziwego Braavosa, który prześladował biednego lorda Gylesa z taką zawziętością, że staruszek uciekł do łoża, kasząc krwią. *Musieliśmy zbudować te okręty.* Nie mogła polegać na flocie Arbor. Redwyne'owie byli zbyt blisko z Tyrellami. Potrzebowała własnych sił morskich. Staną się nimi budowane na Czarnym Nurcie dromony. Jej flagowy okręt będzie miał dwa razy więcej wioseł niż „Młot Króla Roberta". Aurane poprosił ją o pozwolenie nadania mu nazwy „Lord Tywin" i udzieliła mu go z radością. To była dromona i Cersei nie mogła się doczekać, aż usłyszy, jak ludzie będą mówili o jej ojcu w rodzaju żeńskim. Drugi okręt otrzyma nazwę „Słodka Cersei" i będzie miał pozłacany galion wykonany na podobieństwo królowej. Figura będzie odziana w kolczugę, jej głowę ozdobi lwi hełm, a w dłoni będzie trzymała włócznię. Potem zostaną zwodowane „Dzielny Joffrey", „Lady Joanna" i „Lwica", a także „Królowa Margaery", „Złota Róża", „Lord Renly", „Lady Olenna" i „Księżniczka Myrcella". Królowa popełniła błąd, zgadzając się, by pięć ostatnich okrętów nazwał Tommen. Chłopak wybrał dla jednego z nich nazwę „Księżycowy Chłopiec". Dopiero gdy lord Aurane zasugerował, że ludzie mogą nie chcieć służyć na okręcie nazwanym na cześć błazna, Tommen z niechęcią zgodził się uhonorować swą siostrę.

— Jeśli temu obdartemu septonowi wydaje się, że zmusi mnie do kupienia błogosławieństwa dla Tommena, wkrótce się przekona, że się myli — zapewniła Cersei. Królowa nie zamierzała poniżać się przed zgrają kapłanów.

Lektyka zatrzymała się znowu tak nagle, że Cersei podskoczyła na siedzeniu.

— Och, to mnie doprowadza do pasji.

Wychyliła się z lektyki i zobaczyła, że są już na szczycie wzgórza Visenyi. Przed nimi majaczył Wielki Sept Baelora ze wspaniałą kopułą i siedmioma błyszczącymi wieżami. Między lektyką a marmurowymi schodami ciągnęło się jednak morze posępnych ludzi odzianych w brązowe łachmany, obdartych i niemytych. *Wróble* — pomyślała Cersei, pociągając nosem. Prawdziwe wróble tak jednak nie śmierdziały.

Cersei była przerażona. Qyburn przynosił jej raporty o ich liczebności, ale usłyszeć to jedno, a zobaczyć to coś całkiem innego. Na placu obozowały setki ludzi, a kolejne setki tłoczyły się w ogrodach. Ich ogniska wypełniały powietrze dymem i smrodem. Nieskazitelny biały marmur szpeciły namioty z samodziału i nędzne szałasy zbudowane z błota oraz kawałków drewna. Wróble siedziały nawet na schodach, pod wysokimi drzwiami Wielkiego Septu.

Ser Osmund podjechał do niej truchtem. Obok niego podążał jego brat ser Osfryd, dosiadający ogiera złocistego jak jego płaszcz. Osfryd — drugi z braci Kettleblacków — był spokojniejszy od pozostałych i częściej się zasępiał, niż uśmiechał. *Jest też od nich okrutniejszy, jeśli wierzyć opowieściom. Może to jego powinnam wysłać na Mur.*

Wielki maester Pycelle chciał, żeby złotymi płaszczami dowodził starszy mężczyzna, „bardziej doświadczony w sprawach wojny". Kilku innych doradców Cersei zgadzało się z nim. Musiała im w końcu powiedzieć: „Ser Osfryd ma wystarczające doświadczenie", ale nawet wtedy nie chcieli się zamknąć. *Ujadają na mnie jak stado irytujących, pokojowych piesków.* Jej cierpliwość do Pycelle'a już się wyczerpywała. Wielki maester miał nawet czelność sprzeciwić się jej decyzji wysłania do Dorne po nowego dowódcę zbrojnych, twierdząc, że może to obrazić Tyrellów.

— A jak ci się zdaje, dlaczego to robię? — zapytała wówczas ze wzgardą.

— Wybacz, Wasza Miłość — odezwał się ser Osmund. — Mój brat wezwał więcej złotych płaszczy. Nie obawiaj się, utorujemy ci drogę.

— Nie mam na to czasu. Pójdę dalej na piechotę.

— Błagam, Wasza Miłość. — Taena złapała ją za ramię. — Boję się ich. Są ich setki i wszyscy są tacy brudni.

Cersei pocałowała ją w policzek.

— Lew nie boi się wróbla... ale cieszę się, że obchodzi cię mój los. Wiem, że darzysz mnie miłością, pani. Ser Osmundzie, bądź tak łaskaw i pomóż mi wysiąść.

Gdybym wiedziała, że będę musiała iść piechotą, ubrałabym się odpowiednio. Miała na sobie białą suknię z wstawką ze złotogłowiu, obszytą koronkami, ale skromną. Minęło kilka lat, odkąd królowa ostatnio ją nosiła, i przekonała się, że suknia uciska ją w talii.

— Ser Osmundzie, ser Merynie, pójdziecie ze mną. Ser Osfrydzie, przypilnuj, żeby mojej lektyce nic się nie przytrafiło.

Niektóre wróble były bardzo chude i miały zapadnięte oczy. Sprawiały wrażenie gotowych zjeść jej konie.

Przedzierając się przez masę obdartusów, mijając ich ogniska, wozy i proste schronienia, królowa przypomniała sobie inny tłum, który zebrał się ongiś na tym placu. Kiedy brała ślub z Robertem Baratheonem, zgromadziły się tu tysiące ludzi. Wszystkie kobiety włożyły najlepsze ubrania, a połowa mężczyzn niosła na ramionach dzieci. Gdy Cersei wyszła z septu, ręka w rękę z młodym królem, gapie ryknęli tak głośno, że było ich słychać aż w Lannisporcie.

— Lubią cię, pani — szepnął jej do ucha Robert. — Spójrz, wszyscy się uśmiechają.

Na krótką chwilę poczuła się szczęśliwą żoną... ale potem spojrzała na Jaimego. *Nie* — pomyślała wówczas. *Nie wszyscy, panie.*

Teraz nikt się nie uśmiechał. Wróble obrzucały ją ponurymi, wrogimi spojrzeniami. Tłum rozstąpił się przed nią, lecz niechętnie. *Gdyby naprawdę byli wróblami, wystarczyłby krzyk, żeby ich spłoszyć. Sto złotych płaszczy z drągami, mieczami i buzdyganami szybko by się uporało z tą tłuszczą.* Tak właśnie postąpiłby lord Tywin. *Stratowałby ich, zamiast przedzierać się między nimi.*

Kiedy królowa zobaczyła, co tłuszcza zrobiła z Baelorem Umiłowanym, jej miękkie serce wypełnił gorzki żal. Ogromny, marmurowy posąg, który od stulecia spoglądał na plac z pogodnym uśmiechem, otaczał sięgający pasa stos kości i czaszek. Na niektórych z nich zachowały się jeszcze skrawki mięsa. Na jednej z takich czaszek przysiadła wrona, radując się suchą, twardą ucztą. Wszędzie było pełno much.

— Co to ma znaczyć? — zawołała Cersei, zwracając się do tłumu. — Chcecie pochować Błogosławionego Baelora w górze padliny?

Podszedł do niej jakiś jednonogi mężczyzna, wspierający się na drewnianej kuli.

— Wasza Miłość, to kości świętych mężów i niewiast, pomordowanych za wiarę. Septonów, sept, braci brązowych, brunatnych i zielonych, sióstr białych, niebieskich i szarych. Niektórych powieszono, innym wypruto wnętrzności. Bezbożnicy i czciciele demonów bezczeszczą septy, gwałcą dziewice i matki. Molestują nawet milczące siostry. Matka Na Górze krzyczy z bólu. Znieśliśmy tu ich kości z całego królestwa, by były świadkami cierpień Świętej Wiary.

Cersei czuła ciężar spoczywających na niej spojrzeń.

— Król dowie się o tych okrucieństwach — obiecała z powagą. — Tommen również będzie oburzony. To robota Stannisa i jego czerwonej wiedźmy, a także barbarzyńców z północy, którzy oddają cześć drzewom i wilkom. — Podniosła głos. — Dobrzy ludzie, wasi zabici zostaną pomszczeni!

Garstka wróbli odpowiedziała radosnymi okrzykami, ale było ich niewielu.

— Nie prosimy o zemstę za zabitych — oznajmił jednonogi — tylko o opiekę nad żywymi. O obronę septów i świętych miejsc.

— Żelazny Tron musi bronić wiary — warknął jakiś potężnie zbudowany kmiotek z siedmioramienną gwiazdą wymalowaną na czole. — Król, który nie zapewnia obrony swemu ludowi, nie jest prawdziwym królem.

Wszędzie wokół rozległy się pomruki zgody. Jeden z wróbli miał nawet czelność złapać ser Meryna za nadgarstek.

— Pora już, by wszyscy namaszczeni rycerze porzucili służbę u świeckich panów i bronili naszej Świętej Wiary — powiedział. — Zostań z nami, ser, jeśli miłujesz Siedmiu.

— Puść mnie — warknął ser Meryn i wyszarpnął rękę.

— Słyszałam cię — oznajmiła Cersei. — Mój syn jest młody, ale darzy Siedmiu miłością. Otoczy was swą opieką i ja również. To nie zadowoliło mężczyzny z gwiazdą na czole.

— Wojownik nas obroni — burknął. — Nie ten tłusty chłopak.

Meryn Trant sięgnął po miecz, ale Cersei powstrzymała go, nim zdążył wyciągnąć broń. Miała tu tylko dwóch rycerzy, a otaczało ją morze wróbli. Widziała drągi i kosy, pałki i maczugi, nawet kilka toporów.

— Nie pozwolę na przelew krwi w tym świętym miejscu, ser. — *Dlaczego mężczyźni są takimi dziećmi? Gdyby go zabił, tłuszcza rozerwałaby nas na strzępy.* — Wszyscy jesteśmy dziećmi Matki. Chodźmy, Jego Wielka Świątobliwość czeka.

Gdy jednak ruszyła przez tłum ku schodom septu, pojawiła się grupka uzbrojonych mężczyzn, którzy stanęli w drzwiach. Mieli na sobie kolczugi i utwardzane skóry, a niektórzy również powgniatane fragmenty zbroi płytowych. Niektórzy byli uzbrojeni we włócznie, inni w miecze, ale większość wolała topory. Na białych opończach mieli wyszyte czerwone gwiazdy. Dwóch z nich miało czelność skrzyżować włócznie i zagrodzić jej przejście.

— Czy tak witacie królową? — zapytała. — A gdzież są Raynard i Torbert?

Nie wydawało się prawdopodobne, aby tych dwóch pozwoliło, by ominęła ich szansa ubiegania się o jej łaski. Torbert zawsze demonstracyjnie padał na kolana, żeby umyć jej stopy.

— Nie znam ludzi, o których mówisz — odparł jeden z mężczyzn z czerwoną gwiazdą na opończy. — Ale jeśli to słudzy Wiary, z pewnością Siedmiu potrzebowało ich usług gdzie indziej.

— Septon Raynard i septon Torbert należą do Najpobożniejszych i będą oburzeni, jeśli się dowiedzą, że stanęliście mi na drodze — odparła Cersei. — Czy chcecie mi odmówić wstępu do świętego septu Baelora?

— Wasza Miłość — odpowiedział jej siwobrody, przygarbiony mężczyzna. — Jesteś tu mile widzianym gościem, ale twoi ludzie muszą zostawić miecze. Nie wolno tu wchodzić z bronią. To rozkaz Wielkiego Septona.

— Rycerze Gwardii Królewskiej nigdy nie rozstają się z mieczami, nawet w obecności króla.

— W domu króla królewskie słowo jest prawem — odparł postarzały rycerz. — Jednakże to jest dom bogów.

Jej policzki zarumieniły się gwałtownie. Wystarczyłoby jedno słowo do Meryna Tranta, by siwobrody staruszek spotkał się ze swoimi bogami szybciej, niżby tego pragnął. *Ale nie tutaj. Nie w tej chwili.*

— Zaczekajcie na mnie — rozkazała krótko rycerzom i wspięła się sama na schody. Włócznicy unieśli przed nią włócznie, a dwaj inni mężczyźni popchnęli drzwi, które otworzyły się z głośnym zgrzytem.

W Komnacie Lamp Cersei znalazła około dwudziestu septonów. Wszyscy klęczeli, ale nie po to, by się modlić. Mieli wiadra wypełnione wodą z mydłem i szorowali posadzkę. Nosili szaty z samodziału i sandały, więc Cersei z początku pomyślała, że to wróble, ale nagle jeden z nich uniósł głowę. Twarz miał czerwoną jak burak, a na dłoniach krwawiące pęcherze.

— Wasza Miłość?

— Septon Raynard? — Królowa ledwie wierzyła własnym oczom. — Czemu tu klęczysz?

— Szoruje posadzkę. — Mówiący był o kilka cali niższy od królowej i chudy jak trzonek miotły. — Praca jest formą modlitwy, szczególnie miłą Kowalowi. — Wstał, trzymając w ręce szczotkę do szorowania. — Wasza Miłość. Czekaliśmy na ciebie.

Mężczyzna miał krótko przystrzyżoną, siwobrązową brodę, a włosy wiązał sobie z tyłu głowy w ciasny węzeł. Choć szaty miał czyste, były też wystrzępione i połatane. Podwinął sobie rękawy po łokcie, ale poniżej kolan tkanina szaty przesiąknęła wodą. Jego twarz miała ostre rysy, a głęboko osadzone oczy były brązowe jak błoto. *Jest bosy* — uświadomiła sobie przerażona królowa. Stopy miał obrzydliwe, zniekształcone, pokryte twardą, zrogowaciałą skórą.

— Jesteś Jego Wielką Świątobliwością?

— Jesteśmy nim.

Ojcze, dodaj mi sił. Królowa wiedziała, że powinna uklęknąć, ale podłoga była mokra od mydła i brudnej wody, a ona nie chciała zniszczyć sobie sukni. Zerknęła na klęczących staruszków.

— Nie widzę mojego przyjaciela septona Torberta.

— Zamknięto go w celi pokutniczej o chlebie i wodzie. To grzech, żeby człowiek był tak gruby, gdy połowa królestwa głoduje.

Cersei zniosła już dziś wystarczająco wiele. Postanowiła zademonstrować swój gniew.

— Tak mnie witasz? Ze szczotką w ręce, ociekający wodą? Wiesz, kim jestem?

— Wasza Miłość jest królową regentką Siedmiu Królestw — odparł mężczyzna. — Ale w *Siedmioramiennej gwieździe* napisano, że tak, jak ludzie kłaniają się lordom, a lordowie królom, tak królowie i królowe muszą się kłaniać Siedmiu Którzy Są Jednym.

Czy chce mi powiedzieć, żebym uklękła? Jeśli tak, to Wielki Septon nie znał jej zbyt dobrze.

— Powinieneś spotkać mnie na schodach, odziany w najlepsze szaty, z kryształową koroną na głowie.

— Nie mamy korony, Wasza Miłość.

Cersei zasępiła się jeszcze bardziej.

— Twój poprzednik otrzymał od mojego pana ojca niezwykle piękną koronę z kryształu i złotych nici.

— I za ten dar dziękujemy mu w swych modlitwach — odparł Wielki Septon. — Ubogim bardziej wszak potrzebne jest jedzenie w żołądkach niż kryształy i złoto na naszej głowie. Sprzedaliśmy tę koronę, tak samo jak inne, które mieliśmy w skarbcu, a także pierścienie i wszystkie szaty ze złoto- i srebrnogłowiu. Wełna ogrzewa człowieka równie dobrze. Po to Siedmiu dało nam owce.

To szaleniec. Najpobożniejsi również musieli oszaleć, jeśli wynieśli tę kreaturę... oszaleli albo przestraszyli się żebraków u swych drzwi. Szeptacze Qyburna utrzymywali, że septonowi Luceonowi brakowało dziewięciu głosów do wybrania, gdy drzwi ustąpiły i do Wielkiego Septu wtargnęły wróble ze swym przywódcą na ramionach i toporami w dłoniach.

Cersei przeszyła niskiego człowieczka lodowatym spojrzeniem.

— Czy jest tu jakieś miejsce, gdzie moglibyśmy porozmawiać na osobności, Wasza Świątobliwość?

Wielki Septon wręczył szczotkę jednemu z Najpobożniejszych.

— Czy Wasza Miłość zechce pójść za nami?

Poprowadził ją przez wewnętrzne drzwi do właściwego septu. Dźwięk ich kroków odbijał się echem od marmurowej podłogi. W snopach kolorowego światła wpadającego do środka przez barwione szyby wielkiej kopuły widać było unoszące się w powietrzu drobinki pyłu. W powietrzu unosił się słodki zapach kadzidła, a przed siedmioma ołtarzami paliły się liczne jak gwiazdy świece. Dla Matki zapalono ich chyba z tysiąc, a dla Dziewicy prawie tyle samo, ale świece płonące dla Nieznajomego można było policzyć na palcach obu dłoni i jeszcze kilka by zostało.

Nawet tutaj wtargnęły wróble. Kilkunastu niechlujnych wędrownych rycerzy klęczało przed Wojownikiem, prosząc o pobłogosławienie mieczy, które złożyli u jego stóp. Pod ołtarzem Matki septon prowadził modlitwę setki obdartusów. Ich odległe głosy brzmiały niczym szum uderzających o brzeg fal. Wielki Septon zaprowadził Cersei w miejsce, gdzie Starucha unosiła swoją lampę. Kiedy ukląkł przed ołtarzem, królowa nie miała innego wyboru, jak zrobić to samo. Na szczęście ten Wielki Septon nie był takim gadułą, jak tamten gruby. *Pewnie powinnam się cieszyć przynajmniej z tego.*

Jego Wielka Świątobliwość nie podniósł się z klęczek, gdy skończył modlitwę. Najwyraźniej mieli toczyć rozmowę na kolanach. *To dlatego, że jest taki niski* — pomyślała rozbawiona.

— Wasza Świątobliwość — zaczęła. — Te wróble budzą strach w mieszkańcach miasta. Chcę, żeby sobie poszły.

— A dokąd miałyby pójść, Wasza Miłość?

Jest siedem piekieł, każde z nich się nada.

— Pewnie tam, skąd przyszły.

— Przyszły zewsząd. Podobnie jak wróbel jest najskromniejszym i najpospolitszym z ptaków, tak oni są najskromniejszymi i najpospolitszymi spośród ludzi.

Są pospolici, w tym przynajmniej się zgadzamy.

— Widziałeś, co ci ludzie uczynili z posągiem Błogosławionego Baelora? Splugawili plac swoimi świniami, kozami i swoim kałem.

— Kał łatwiej jest zmyć niż krew, Wasza Miłość. Jeśli plac splugawiono, to egzekucją, która się tu odbyła.

Śmie wypominać mi Neda Starka?

— Wszyscy tego żałujemy. Joffrey był młody i brakowało mu jeszcze należytej mądrości. Trzeba było ściąć lorda Starka gdzie indziej, z szacunku dla Błogosławionego Baelora... ale nie zapominajmy, że ten człowiek był zdrajcą.

— Król Baelor wybaczył tym, którzy przeciwko niemu spiskowali.

Król Baelor kazał uwięzić własne siostry, których jedyna zbrodnia polegała na tym, że były piękne. Gdy Cersei po raz pierwszy usłyszała tę historię, poszła do dziecinnego pokoju Tyriona i uszczypnęła małego potwora tak mocno, że aż się popłakał. *Trzeba było zatkać mu nos i wetknąć skarpetkę w usta.* Rozciągnęła usta w wymuszonym uśmiechu.

— Król Tommen również wybaczy wróblom, gdy już wrócą do domów.

— Większość z nich straciła domy. Wszędzie jest pełno cierpienia... bólu i śmierci. Nim przybyłem do Królewskiej Przystani, opiekowałem się chyba z połową setki wiosek, zbyt małych, by mogły mieć własnego septona. Wędrowałem od jednej do drugiej, udzielałem ślubów, rozgrzeszałem grzeszników i nadawałem imiona nowo narodzonym dzieciom. Tych wiosek już nie ma, Wasza Miłość. Tam, gdzie ongiś były ogrody, rośnie zielsko i cierniste krzewy, a na poboczach dróg walają się kości.

— Wojna jest straszna. Te okrucieństwa są winą ludzi z północy oraz lorda Stannisa i jego czcicieli demonów.

— Niektóre z moich wróbli mówiły o bandach plądrujących lwy... i o Ogarze, który był twoim zaprzysiężonym człowiekiem. W Solankach zabił starego septona i zgwałcił dwunastoletnią dziewczynkę, niewinne dziecko obiecane Wierze. Wziął ją, nie zdejmując zbroi, a jego kolczuga zmiażdżyła i poszarpała jej delikatne ciało. Kiedy skończył, oddał ją swoim ludziom, którzy ucięli jej nos i brodawki sutkowe.

— Nie można obwiniać Jego Miłości o zbrodnie każdego człowieka, który kiedykolwiek służył rodowi Lannisterów. Sandor Clegane to zdrajca i dzika bestia. Jak ci się zdaje, dlaczego się go pozbyłam? Walczy teraz dla wyjętego spod prawa Berica Dondarriona, nie dla króla Tommena.

— Skoro tak mówisz. Musimy jednak zapytać, gdzie byli królewscy rycerze, gdy działy się te rzeczy? Czyż Jaehaerys Pojednawca nie przysiągł ongiś na Żelazny Tron, że zawsze będzie bronił Wiary?

Cersei nie miała pojęcia, co mógł przysiąc Jaehaerys Pojednawca.

— Przysiągł — zgodziła się. — A Wielki Septon namaścił go i pobłogosławił jako króla. Zgodnie z tradycją każdy nowy Wielki Septon udziela królowi swego błogosławieństwa... a ty odmówiłeś pobłogosławienia króla Tommena.

— Wasza Miłość jest w błędzie. Nie odmówiliśmy.

— Nie przyszedłeś do niego.

— Czas jeszcze nie dojrzał.

Jesteś kapłanem czy sprzedawcą warzyw?

— A w jaki sposób mogłabym uczynić go... dojrzalszym?

Jeśli ośmieli się wspomnieć o złocie, policzę się z nim tak samo jak z poprzednim, i włożę kryształową koronę na głowę jakiemuś pobożnemu ośmiolatkowi.

— W królestwie jest pełno królów. Żeby Wiara mogła wynieść jednego z nich nad pozostałych, musimy mieć pewność. Trzysta lat temu, gdy Aegon Smok wysadził swoje wojska pod tym wzgórzem, Wielki Septon zamknął się w Gwiezdnym Sepcie Starego Miasta i modlił się przez siedem dni i siedem nocy, żyjąc tylko chlebem i wodą. Gdy wreszcie opuścił sept, ogłosił, że Wiara nie będzie się przeciwstawiać Aegonowi i jego siostrom, albowiem Starucha uniosła lampę, by pokazać mu przyszłość. Gdyby Stare Miasto stawiło zbrojny opór Smokowi, pochłonęłyby je płomienie. Wysoka Wieża, Cytadela i Gwiezdny Sept uległyby zniszczeniu. Lord Hightower był pobożnym człowiekiem. Kiedy usłyszał proroctwo, rozkazał swym żołnierzom pozostać na kwaterach i otworzył bramy miasta przed Aegonem. A Jego Wielka Świątobliwość namaścił Zdobywcę siedmioma olejami. Ja muszę postąpić tak samo, jak on przed trzystu laty. Konieczne będą modlitwa i post.

— Przez siedem dni i siedem nocy?

— Tak długo, jak będzie trzeba.

Cersei miała wielką ochotę wymierzyć policzek w tę poważną, nabożną gębę. *Mogłabym ci pomóc w poszczeniu* — pomyślała. *Zamknęłabym cię w jakiejś wieży i rozkazała, żeby nikt nie przynosił ci jedzenia, dopóki bogowie nie przemówią.*

— Ci fałszywi królowie modlą się do fałszywych bogów — przypomniała mu. — Tylko król Tommen broni Świętej Wiary.

— A mimo to wszędzie pali się i plądruje septy. Nawet milczące siostry zaznały gwałtów i ich krzyki bólu niosą się pod niebo. Czy Wasza Miłość widziała kości i czaszki naszych męczenników?

— Widziałam — była zmuszona odpowiedzieć. — Pobłogosław Tommena, a on położy kres tym niegodziwościom.

— A w jaki sposób, Wasza Miłość? Czy przydzieli każdemu bratu żebrzącemu rycerza, który będzie wędrował z nim traktami? Czy da nam ludzi, którzy będą strzegli naszych sept przed wilkami i lwami?

Będę udawała, że nie wspomniałeś o lwach.

— W królestwie trwa wojna. Jego Miłość potrzebuje wszystkich swych ludzi. — Cersei nie zamierzała marnować sił Tommena na opiekę nad wróblami ani na strzeżenie pomarszczonych pizd tysiąca skwaszonych sept. — Wasze wróble mają pałki i topory. Niech się bronią same.

— Zabraniają tego prawa wprowadzone przez króla Maegora, o czym Wasza Miłość z pewnością wie. To jego dekret nakazał Wierze odłożyć miecz.

— Królem jest teraz Tommen, nie Maegor. — Co ją obchodziło, jakie dekrety wprowadził Maegor Okrutny przed trzystu laty? *Zamiast odbierać wiernym miecze, powinien był wykorzystać ich do własnych celów.* Wskazała na posąg Wojownika, ustawiony nad ołtarzem z czerwonego marmuru. — Co on trzyma w ręku?

— Miecz...

— Czy zapomniał, jak się nim posługiwać?

— Prawa Maegora...

— Można znieść.

Pozwoliła, by te słowa zawisły w powietrzu, czekając, aż Wielki Wróbel chwyci przynętę.

Nie rozczarował jej.

— Powrót Wiary Wojującej... to byłaby odpowiedź na trzysta lat modlitw, Wasza Miłość. Wojownik znowu uniósłby swój błyszczący miecz, by oczyścić nasze grzeszne królestwo z wszelkiego zła. Jeśli Jego Miłość pozwoli mi odrodzić starożytne błogosławione zakony Miecza i Gwiazdy, wszyscy pobożni ludzie w Siedmiu Królestwach zrozumieją, że to on jest naszym prawowitym władcą.

Słodko było to słyszeć, ale Cersei nie chciała okazywać zbytniej radości.

— Wasza Wielka Świątobliwość wspominał przedtem o wybaczeniu. Czasy są trudne i król Tommen byłby bardzo wdzięczny, gdybyś zgodził się umorzyć długi korony. Mam wrażenie, że jesteśmy wam winni jakieś dziewięćset tysięcy smoków.

— Dziewięćset tysięcy sześćset siedemdziesiąt cztery. Za to złoto można by nakarmić głodnych i odbudować tysiąc septów.

— A więc to złota pragniesz? — zapytała królowa. — Czy raczej odwołania staroświeckich praw Maegora?

Wielki Septon zastanawiał się przez chwilę.

— Jak sobie życzysz. Zgodzimy się umorzyć dług i pobłogosławić króla Tommena. Zaprowadzą mnie do niego Synowie Wojownika, zbrojni w chwałę swej Wiary, a tymczasem moje wróble pójdą bronić cichych i skromnych, jako odrodzeni Bracia Ubodzy z dawnych lat.

Królowa wstała i wygładziła spódnice.

— Każę przygotować dokumenty, a Jego Miłość podpisze je i zaopatrzy w królewską pieczęć.

Jeśli w królowaniu było coś, co Tommen naprawdę lubił, z pewnością była to zabawa z pieczęcią.

— Niech Siedmiu chroni Jego Miłość. Oby jego panowanie trwało długo. — Wielki Septon złożył dłonie w piramidkę i wzniósł wzrok ku niebu. — A niegodziwcy niechaj drżą!

Słyszysz to, lordzie Stannisie? Cersei nie mogła powstrzymać uśmiechu. Nawet jej pan ojciec nie sprawiłby się lepiej. Za jednym zamachem uwolniła Królewską Przystań od plagi wróbli, zdobyła błogosławieństwo dla Tommena i zmniejszyła zadłużenie korony o prawie milion smoków. Gdy Wielki Septon odprowadzał ją z powrotem do Komnaty Lamp, serce Cersei silnie biło z zachwytu.

Lady Merryweather uradowała się równie mocno jak królowa, choć nigdy dotąd nie słyszała o Synach Wojownika ani o Braciach Ubogich.

— Te zakony wywodzą się z czasów sprzed podboju Aegona — wyjaśniła jej Cersei. — Synowie Wojownika byli rycerzami, którzy oddali swe ziemie i złoto, a potem poprzysięgli służbę Jego Wielkiej Świątobliwości. Bracia Ubodzy... byli skromniejsi, chociaż nieporównanie liczniejsi. To byli swego rodzaju bracia żebrzący, ale zamiast miseczek nosili topory. Wędrowali traktami, eskortując wędrowców od septu do septu i od miasta do miasta. Ich godłem była siedmioramienna gwiazda, czerwona na białym tle. Dlatego prostaczkowie zwali ich Gwiazdami. Synowie Wojownika nosili tęczowe płaszcze oraz inkrustowane srebrem zbroje nakładane na włosiennice. W gałki mieczy wprawiali kryształy w kształcie gwiazdy. Zwano ich Mieczami. Święci mężowie, asceci, fanatycy, czarnoksiężnicy, smokobójcy, łowcy demonów... krąży o nich wiele opowieści, wszystkie jednak zgadzają się co do tego, że byli nieprzejednani w swej nienawiści do wszelkich wrogów Świętej Wiary.

Lady Merryweather natychmiast zrozumiała, w czym rzecz.

— Takich, jak na przykład lord Stannis i jego czerwona czarodziejka?

— Tak się składa, że masz rację — odparła Cersei, chichocząc jak mała dziewczynka. — Może otworzymy dzbanek hipokrasu i wypijemy po drodze do domu za zapał Synów Wojownika?

— Za zapał Synów Wojownika i geniusz królowej regentki! Za Cersei, Pierwszą Tego Imienia!

Hipokras był słodki i smakowity jak jej triumf. Królowa miała wrażenie, że lektyka unosi się nad ziemią. Jednakże u podstawy Wielkiego Wzgórza Aegona spotkała Margaery Tyrell i jej kuzynki, wracające z przejażdżki. *Wszędzie mnie prześladuje* — pomyślała poirytowana Cersei, spoglądając na małą królową.

Za Margaery podążał liczny orszak dworzan, strażników i służących. Wielu z nich dźwigało kosze świeżych kwiatów. Każda z jej kuzynek ciągnęła za sobą wielbiciela. Obok Elinor jechał patykowaty giermek Alyn Ambrose, który był z nią zaręczony, nieśmiałej Alli towarzyszył ser Tallad, a pulchnej, roześmianej Megdze jednoręki Mark Mullendore. Dwie kolejne damy dworu Margaery, Meredyth Crane i Jannę Fossoway, eskortowali bliźniacy Redwyne'owie. Wszystkie dziewczęta miały we włosach kwiaty. Jalabhar Xho również przyłączył się do grupy, podobnie jak ser Lambert Turnberry z okiem zasłoniętym przepaską oraz przystojny minstrel znany jako Błękitny Bard.

Oczywiście małej królowej musi towarzyszyć rycerz Gwardii Królewskiej i rzecz jasna jest nim Rycerz Kwiatów. Ser Loras wręcz błyszczał w swej białej, łuskowej zbroi inkrustowanej złotem. Choć nie udawał już, że uczy Tommena władania bronią, król nadal spędzał stanowczo zbyt wiele czasu w jego towarzystwie. Za każdym razem, gdy chłopiec wracał po popołudniu spędzonym ze swą małą żoną, opowiadał nową historię o tym, co powiedział albo co zrobił ser Loras.

Margaery przywitała Cersei, gdy obie kolumny się spotkały, i ruszyła obok lektyki królowej. Policzki miała zarumienione, a brązowe loki opadały jej swobodnie na ramiona, poruszane każdym podmuchem wiatru.

— Zbieraliśmy jesienne kwiaty w królewskim lesie — oznajmiła.

Wiem, gdzie byłaś — pomyślała królowa. Jej informatorzy nadzwyczaj sprawnie informowali ją o wszelkich poczynaniach Margaery. *Nasza mała królowa jest bardzo niespokojną dziewczyną.* Rzadko się zdarzało, by Margaery wytrzymywała dłużej niż trzy dni bez konnej przejażdżki. Niekiedy ruszała ze swym orszakiem traktem do Rosby, żeby szukać muszelek i spożywać posiłek nad brzegiem morza. Innym razem przeprawiała się z całą świtą na drugi brzeg Czarnego Nurtu, by spędzić popołudnie na polowaniu z sokołami. Mała królowa lubiła też pływać łódkami i często bez dostrzegalnego powodu żeglowała wzdłuż Czarnego Nurtu. A gdy ogarniał ją pobożny nastrój, opuszczała zamek, by pomodlić się w Sepcie Baelora. Korzystała z usług kilkunastu różnych krawcowych, dobrze znali ją miejscy złotnicy i zdarzało się nawet, że odwiedzała targ rybny przy Błotnistej Bramie, by obejrzeć, co dzisiaj złowiono. Dokądkolwiek się udała, prostaczkowie witali ją radośnie, a lady Margaery robiła, co mogła, żeby podsycić ogień ich uczuć. Ciągle dawała jałmużnę żebrakom, kupowała gorące bułki od pchających wózki piekarzy albo ściągała wodze, by porozmawiać z prostymi rzemieślnikami.

Gdyby zależało to od niej, Tommen robiłby to samo. Ciągle zapraszała go, żeby towarzyszył jej i jej kurom w tych wyprawach, a chłopiec wiecznie błagał matkę, by mu na to pozwoliła. Królowa kilka razy wyraziła zgodę, choćby tylko po to, by pozwolić ser Osneyowi spędzić kilka godzin w towarzystwie Margaery. *Ale to wszystko nic nie dało. Osney bardzo mnie rozczarował.*

— Pamiętasz ten dzień, gdy twoja siostra popłynęła do Dorne? — zapytała syna Cersei. — Może przypominasz sobie, co się wydarzyło, gdy wracaliśmy do zamku? Wyjący tłum, kamienie, przekleństwa?

Ale król był głuchy na głos rozsądku, dzięki swej małej królowej.

— Jeśli będziemy się spotykać z prostaczkami, zdobędziemy ich miłość.

— Tłuszcza kochała grubego Wielkiego Septona tak bardzo, że rozerwała go na strzępy, mimo że był świętym mężem — przypomniała, ale chłopak tylko się na nią obraził. *Idę o zakład, że tego właśnie chce Margaery. Próbuje mi go ukraść na wszelkie możliwe sposoby.* Joffrey natychmiast przejrzałby ten podstępny uśmiech i pokazałby dziewczynie, gdzie jej miejsce, ale Tommen był bardziej łatwowierny. *Wiedziała, że Joff był dla niej za silny* — pomyślała Cersei, wspominając złotą monetę znalezioną przez Qyburna. *Jeśli ród Tyrellów miał przejąć władzę, trzeba było go usunąć.* Przypomniała sobie, że Margaery i jej obrzydliwa babcia uknuły kiedyś spisek mający na celu wydanie Sansy Stark za kalekiego brata małej królowej, Willasa. Lord Tywin ubiegł ich, wydając Sansę za Tyriona, ale pozostawało prawdą, że utrzymywali z nią kontakty. *Wszyscy są ze sobą w zmowie* — uświadomiła sobie nagle. *Tyrellowie przekupili kluczników, by uwolnić Tyriona, a potem przemycili go* z miasta różanym traktem, żeby połączył się ze swoją obmierzłą małżonką. Teraz oboje siedzą bezpiecznie w Wysogrodzie, ukryci za ścianą z róż.

— Szkoda, że nie pojechałaś z nami, Wasza Miłość — paplała mała intrygantka, gdy kolumna wjeżdżała na Wielkie Wzgórze Aegona. — Mogłybyśmy spędzić razem urocze chwile. Wszystkie drzewa noszą korony, złote, czerwone i pomarańczowe. Wszędzie jest pełno kwiatów. I kasztanów. Upiekliśmy trochę po drodze do domu.

— Nie mam czasu na jeżdżenie po lesie i zbieranie kwiatków — oświadczyła Cersei. — Muszę władać królestwem.

— Tylko jednym, Wasza Miłość? A kto włada pozostałymi sześcioma? — Margaery parsknęła radosnym śmieszkiem. — Mam nadzieję, że wybaczysz mi ten żart. Wiem, iż dźwigasz ciężkie brzemię. Powinnaś pozwolić, bym ci ulżyła. Z pewnością są sprawy, w których mogłabym pomóc. To położyłoby kres gadaniu, że rywalizujemy ze sobą o względy króla.

— Ludzie rzeczywiście tak gadają? — zapytała z uśmiechem Cersei. — Cóż za głupstwo. Nigdy nie uważałam cię za rywalkę, nawet przez chwilę.

— Słyszę to z przyjemnością. — Dziewczyna najwyraźniej nie potrafiła rozpoznać sarkazmu. — Następnym razem ty i Tommen musicie wybrać się z nami. Wiem, że Jego Miłość byłby zachwycony taką wycieczką. Błękitny Bard grał dla nas, a ser Tallad pokazał nam, jak się walczy drągiem na sposób prostaczków. Jesienią w lesie jest pięknie.

— Mój zmarły mąż też kochał las. — We wczesnych latach małżeństwa Robert ciągle ją błagał, żeby pojechała z nim na polowanie, ale Cersei zawsze się wymawiała. Jego łowieckie wyprawy pozwalały jej spędzać czas w towarzystwie Jaimego. *Złote dni i srebrne noce.* Trzeba przyznać, że to był niebezpieczny taniec. W Czerwonej Twierdzy pełno było oczu i uszu, a poza tym nigdy nie byli pewni, kiedy wróci Robert. Z jakiegoś powodu niebezpieczeństwo czyniło spędzone razem chwile jeszcze bardziej ekscytującymi. — Ale pod pięknem może się niekiedy ukrywać śmiertelna groźba — ostrzegła małą królową. — Robert stracił życie w lesie.

Margaery uśmiechnęła się do ser Lorasa. To był słodki, siostrzany uśmiech, pełen czułości.

— Wasza Miłość jest łaskawa, że się o mnie boi, ale brat zadba o moje bezpieczeństwo.

Jedź na polowanie — powtarzała dziesiątki razy Robertowi Cersei. *Brat zadba o moje bezpieczeństwo*. Przypomniała sobie, co usłyszała wcześniej od Taeny, i z jej ust wyrwał się śmiech.

— Wasza Miłość tak ładnie się śmieje. — Lady Margaery uśmiechnęła się do niej pytająco. — Czy mogłabym też usłyszeć ten żart?

— Usłyszysz go — obiecała królowa. — Zapewniam, że usłyszysz.

ŁUPIEŻCA

Bębny wybijały bitewny werbel, a „Żelazne Zwycięstwo" mknęło naprzód, prując taranem wysokie, zielone fale. Mniejszy okręt widoczny z przodu zakręcił nagle, mącąc wiosłami morską wodę. Powiewały nad nim chorągwie z różami: na dziobie i na rufie białymi na tle czerwonej tarczy herbowej, a na maszcie złotą na polu zielonym jak trawa. „Żelazne Zwycięstwo" otarło się o burtę przeciwnika z takim impetem, że połowa oddziału abordażowego zwaliła się z nóg. Rozległ się trzask pękających wioseł, słodka muzyka dla uszu kapitana.

Przeskoczył przez nadburcie, lądując na pokładzie na dole. Złoty płaszcz powiewał za nim. Wszystkie białe róże cofnęły się trwożnie, jak zawsze robili to ludzie, gdy ujrzeli Victariona Greyjoya z bronią w ręku, zakutego w pełną zbroję i z twarzą ukrytą pod hełmem w kształcie krakena. Ściskali w rękach miecze, włócznie i topory, ale tylko co dziesiąty nosił zbroję, a i wtedy były to tylko metalowe łuski naszyte na koszule. *To nie są żelaźni ludzie* — pomyślał Victarion. *Boją się utonąć.*

— Bierzcie go! — zawołał któryś. — Jest sam!

— Chodźcie! — ryknął. — Zabijcie mnie, jeśli zdołacie.

Różani wojownicy rzucili się nań ze wszystkich stron. W rękach trzymali szarą stal, ale w ich oczach błyszczało przerażenie, strach tak silny, że Victarion czuł jego smak. Machnął mieczem na obie strony, pierwszemu przeciwnikowi odcinając rękę w łokciu, a drugiemu przerąbując bark. Topór trzeciego ugrzązł w dębowej tarczy Victariona. Greyjoy walnął głupca tarczą w twarz, zwalił go na pokład i zabił, nim tamten zdążył się podnieść. Gdy wyszarpywał topór z klatki piersiowej trupa, w miejsce między łopatkami trafiła go włócznia. To było tak, jakby ktoś klepnął go w plecy. Victarion odwrócił się i uderzył toporem w głowę włócznika. Poczuł lekki wstrząs w ramieniu, gdy ostrze przebiło się przez hełm, włosy i czaszkę. Mężczyzna chwiał się jeszcze na nogach przez pół uderzenia serca, nim żelazny kapitan wyszarpnął topór z taką siłą, że trup zatoczył się po pokładzie, wyglądając raczej na pijanego niż na zabitego.

Tymczasem na pokład rozbitego okrętu zeskoczyli już kolejni żelaźni ludzie. Słyszał, jak Wulfe Jednouchy zawył radośnie, a potem wziął się do roboty, zobaczył Ragnora Pyke'a w zardzewiałej kolczudze, ujrzał, jak Nute Balwierz rzucił toporkiem i trafił jednego z przeciwników w pierś. Victarion zabił następnego człowieka, a potem jeszcze jednego. Zabiłby też trzeciego, ale Ragnor załatwił go przed nim.

— Niezły cios — ryknął do niego Victarion.

Odwrócił się w poszukiwaniu następnej ofiary i zobaczył po drugiej stronie pokładu wrogiego kapitana. Białą opończę mężczyzny zbrukała krew, ale Victarion zdołał rozpoznać herb na jego piersi: białą różę na czerwonej tarczy. Ten sam herb widniał na jego tarczy, umieszczony na białym polu z czerwoną obwódką.

— Hej, ty! — zawołał żelazny kapitan, przekrzykując zgiełk walki. — Ty z różą! Jesteś lordem Południowej Tarczy?

Mężczyzna uniósł zasłonę, ukazując bezbrodą twarz.

— Jego synem i dziedzicem. Jestem ser Talbert Serry. A kim ty jesteś, krakenie?

— Twoją śmiercią.

Victarion runął na niego.

Serry wybiegł mu na spotkanie. Miał miecz z dobrej, wykutej w zamku stali, który śpiewał w jego dłoniach. Pierwsze cięcie młody rycerz wyprowadził dołem i Victarion sparował je toporem. Drugi cios trafił w hełm, nim żelazny kapitan zdążył unieść tarczę. Victarion odpowiedział, uderzając na odlew toporem. Atak powstrzymała tarcza Serry'ego. W powietrze posypały się drzazgi, a biała róża pękła wzdłuż ze słodkim, ostrym trzaskiem. Miecz młodego rycerza trafił go w udo raz, drugi i trzeci, zgrzytając o stal zbroi. *Chłopak jest szybki* — uświadomił sobie żelazny kapitan. Walnął Serry'ego tarczą w twarz, aż młodzieniec zatoczył się na reling. Victarion uniósł topór, wspierając uderzenie całym ciężarem swego ciała, gotowy rozpruć przeciwnika od szyi aż po pachwinę. Serry zdążył się jednak wywinąć. Topór walnął w reling, sypiąc drzazgami, i ugrzązł w drewnie. Gdy Victarion spróbował go wyszarpnąć, pokład zakołysał się, obalając go na jedno kolano.

Ser Talbert odrzucił strzaskaną tarczę i ciął nisko mieczem. Gdy Victarion stracił równowagę, jego tarcza obróciła się na drugą stronę, chwycił więc miecz Serry'ego w żelazną pięść. Klepsydrowa rękawica zgrzytnęła głośno. Victarion stęknął, czując nagłe ukłucie bólu, ale nie zwolnił uścisku.

— Ja też jestem szybki, chłopcze — rzekł. Wyrwał rycerzowi miecz z ręki i cisnął do morza.

— Mój miecz... — wyjąkał ser Talbert.

Victarion okrwawioną pięścią złapał chłopaka za gardło.

— Idź go poszukać — warknął i zepchnął go za burtę w zabarwione krwią morze.

To dało mu chwilę potrzebną, by wyrwać topór. Białe róże cofały się przed żelazną falą. Niektórzy z obrońców próbowali skryć się pod pokładem, a inni prosili pardonu. Victarion czuł ciepłą krew ściekającą mu po palcach pod skórzaną kurtą, kolczugą i klepsydrową stalą; to jednak nie miało znaczenia. Pod masztem broniła się jeszcze spora grupa przeciwników ustawionych w pierścień ramię przy ramieniu. *Ci tam to przynajmniej mężczyźni. Wolą zginąć, niż się poddać.* Victarion postanowił spełnić niektórym to życzenie. Uderzył toporem o tarczę i rzucił się do ataku.

Utopiony Bóg nie stworzył Victariona Greyjoya po to, by walczył na słowa podczas królewskiego wiecu albo toczył bój z podstępnymi wrogami na bezkresnych moczarach. To był cel, dla którego się narodził: stawać do walki, zakuty od stóp do głów w stal, i dzierżyć w dłoni ociekający krwią topór, każdym jego ciosem zadając śmierć.

Zasypywali go uderzeniami z przodu i z tyłu, ale ich miecze równie dobrze mogłyby być wierzbowymi witkami. Nie wyrządzały mu żadnej krzywdy. Żadne ostrze nie było w stanie przebić jego ciężkiej płytowej zbroi, nie dawał też przeciwnikom czasu potrzebnego, by znaleźć słabe punkty w stawach, gdzie chroniła go wyłącznie kolczuga i skóra. Mogli go atakować we trzech, czterech czy nawet w pięciu naraz, to nie miało znaczenia. Zabijał ich kolejno, ufając, że stalowy pancerz osłoni go przed ich mieczami. Gdy jeden wróg padał, Victarion obracał swój gniew przeciw następnemu.

Ostatni mężczyzna, z którym się zmierzył, z pewnością był kowalem. Miał bary jak u byka, na jego zbroję składała się wysadzana ćwiekami brygantyna oraz czapka z utwardzanej skóry. Jedyny cios, jaki zdołał zadać, dokończył dzieła zniszczenia tarczy Victariona, ale odpowiedź kapitana rozpłatała mu głowę na dwoje. *Gdybym tylko z Wronim Okiem mógł się policzyć równie łatwo.* Kiedy Victarion wyrwał topór, czaszka kowala rozprysnęła się na wszystkie strony. Wokół pełno było krwi, kawałków kości i mózgu. Ciało upadło do przodu, na nogi żelaznego kapitana. *Już za późno błagać pardonu* — pomyślał Victarion, uwalniając się z objęć trupa.

Pokład pod jego stopami zrobił się już śliski. Zewsząd otaczały go sterty zabitych i konających. Odrzucił tarczę i wessał powietrze w płuca.

— Lordzie kapitanie — rozległ się za jego plecami głos Balwierza. — Zwyciężyliśmy.

Na morzu roiło się od okrętów. Niektóre płonęły, inne tonęły, a jeszcze inne rozpadły się na fragmenty. Woda pomiędzy nimi była gęsta jak gulasz, pełna trupów, połamanych wioseł oraz ludzi czepiających się kawałków drewna. W oddali widać było sześć drakkarów południowców, mknących w stronę Manderu. *Niech sobie płyną* — pomyślał Victarion. *Niech opowiedzą, co się tu stało.* Ten, kto raz umknął z podkulonym ogonem z bitwy, przestawał być mężczyzną.

Oczy szczypały go od potu, który spływał po czole podczas walki. Dwaj wioślarze pomogli mu zdjąć krakenowy hełm i Victarion wytarł czoło.

— Co z tym rycerzem? — mruknął. — Tym z białą różą? Czy któryś z was go wyciągnął?

Syn lorda z pewnością był wart sporego okupu. Od jego ojca, jeśli lord Serry przeżył dzisiejszy dzień. Od jego seniora w Wysogrodzie, jeśli zginął.

Jednakże żaden z ludzi Victariona nie widział, co się stało z rycerzem po wypadnięciu za burtę. Zapewne utonął.

— Oby ucztował, tak jak walczył, w podwodnych komnatach Utopionego Boga.

Choć ludzie z Tarczowych Wysp zwali się żeglarzami, bali się morskich podróży i stawali do bitwy lekko odziani w obawie przed utonięciem. Młody Serry był inny. *To był odważny człowiek* — pomyślał Victarion. *Mógłby niemal pochodzić z żelaznego rodu.*

Oddał zdobyty okręt Ragnorowi Pyke'owi, wybrał dwunastu ludzi do jego załogi i wdrapał się z powrotem na pokład „Żelaznego Zwycięstwa".

— Zabierzcie jeńcom broń i zbroje, a potem opatrzcie im rany — rozkazał Nute'owi Balwierzowi. — Konających wrzućcie do morza. Jeśli będą prosić o łaskę, poderżnijcie im najpierw gardła. — Miał dla takich ludzi jedynie pogardę. Lepiej utonąć w morzu niż we własnej krwi. — Chcę poznać liczbę zdobytych okrętów oraz wziętych do niewoli rycerzy i lordowskich synów. Przynieście mi też ich chorągwie.

Pewnego dnia powiesi je w swej komnacie, by jako słabowity starzec mógł sobie przypomnieć wszystkich wrogów, których zabił, gdy był młody i silny.

— Tak jest. — Nute wyszczerzył zęby w uśmiechu. — To wielkie zwycięstwo.

Zaiste — pomyślał Victarion. *Wielkie zwycięstwo dla Wroniego Oka i jego czarodziejów.* Gdy wieść o nim dotrze do Dębowej Tarczy, pozostali kapitanowie raz jeszcze wykrzykną imię jego brata. Euron uwiódł ich swą gładką mową i swym uśmiechniętym okiem, związał ich ze swą sprawą za pomocą łupów z pół setki różnych krain: złota i srebra, zdobnych zbroi, zakrzywionych bułatów z pozłacanymi gałkami, sztyletów z valyriańskiej stali, futer pręgowanych tygrysów i skór cętkowanych kotów, nefrytowych mantykor i starożytnych valyriańskich sfinksów, skrzyń gałki muszkatołowej, goździków i szafranu, kłów słoni i rogów jednorożców, zielonych, pomarańczowych i żółtych piór znad Morza Letniego, bel pięknego jedwabiu i połyskliwego brokatu… ale wszystko to było drobiazgiem w porównaniu z tym, co wydarzyło się dzisiaj. *Dał im triumf i należą do niego na dobre* — pomyślał kapitan, czując na języku smak goryczy. *To było moje zwycięstwo, nie jego. Gdzie wtedy był? Siedział na Dębowej Tarczy, leniuchował w zamku. Ukradł mi żonę, potem tron, a teraz kradnie należną mi chwałę.*

Posłuszeństwo było dla Victariona Greyjoya czymś naturalnym. Urodził się do niego. Dorastał w cieniu braci i wiernie naśladował we wszystkim Balona. Potem, gdy Balon dochował się synów, Victarion pogodził się z myślą, że pewnego dnia klęknie również przed którymś z nich, gdy ten odziedziczy po ojcu Tron z Morskiego Kamienia. Jednakże Utopiony Bóg wezwał Balona i jego synów do swych podmorskich komnat, a gdy Victarion zwał królem Eurona, zawsze czuł w gardle smak żółci.

Wiatr przybierał na sile, a Victarionowi dokuczało palące pragnienie. Po bitwie zawsze łaknął wina. Powierzył dowództwo Nute'owi i zszedł pod pokład. W ciasnej kabinie na rufie czekała nań smagła kobieta, gotowa i wilgotna. Być może bitwa rozgrzała również jej krew. Wziął ją dwa razy, w krótkim odstępie czasu. Kiedy skończyli, miała na piersiach, udach i brzuchu krew, ale to była jego krew, z rany na dłoni. Smagła kobieta przemyła ją gotowanym octem.

— Muszę przyznać, że plan był dobry — mówił Victarion, gdy klęczała obok niego. — Mander znowu jest dla nas otwarty, jak za dawnych czasów.

To była ospała rzeka, szeroka, leniwa, pełna zdradzieckich pniaków i piaszczystych łach. Większość morskich statków nie ważyła się płynąć nią dalej niż do Wysogrodu, ale drakkary dzięki małemu zanurzeniu mogły dotrzeć aż do Gorzkiego Mostu. W dawnych czasach żelaźni ludzie śmiało pływali Manderem i jego dopływami, plądrując brzegi... aż do chwili, gdy królowie od zielonej dłoni uzbroili rybaków z czterech wysepek położonych u ujścia rzeki i nazwali je swymi tarczami.

Minęły już dwa tysiące lat, ale w wieżach strażniczych wzniesionych na skalistych brzegach siwobrodzi staruszkowie nadal pełnili swą odwieczną straż. Gdy tylko ujrzeli drakkary, zapalali ognie i od wzgórza do wzgórza oraz od wyspy do wyspy płynął zew. „Biada! Wróg! Łupieżcy! Łupieżcy!". Kiedy rybacy dostrzegli płonące na wieżach ognie, odkładali na bok sieci i pługi, zamieniając je na miecze i topory. Ich lordowie opuszczali zamki, prowadząc ze sobą rycerzy i zbrojnych. Nad wodami niosło się echo rogów z Zielonej Tarczy, Szarej Tarczy, Dębowej Tarczy i Południowej Tarczy. Z omszałych, kamiennych przystani na brzegach wysp wysuwały się drakkary, by zamknąć ujście Manderu i ścigać łupieżców w górę rzeki, ku ich zgubie.

Euron wysłał w górę Manderu Torwolda Brązowego Zęba i Rudego Wioślarza. Dał im dwanaście szybkich łodzi, by lordowie Tarczowych Wysp ruszyli za nimi w długi pościg. Gdy przybyła jego główna flota, na wyspach pozostała tylko garstka uzbrojonych ludzi. Żelaźni ludzie przybyli z wieczornym przypływem, by blask zachodzącego słońca ukrył ich przed spojrzeniami siwobrodych. Wiatr dął im w plecy, tak jak przez całą drogę ze Starej Wyk. Ludzie szeptali, że mieli z tym wiele wspólnego czarodzieje Eurona, że Wronie Oko przebłagał Boga Sztormów krwawą ofiarą. Jak inaczej mógłby się odważyć pożeglować tak daleko na zachód, zamiast zgodnie z tradycją płynąć wzdłuż linii brzegowej?

Żelaźni ludzie wyciągnęli drakkary na kamieniste plaże i z błyszczącymi mieczami w dłoniach popędzili w fioletowy mrok. Na wzgórzach zapalono już ogniska, ale na wyspach został niewielu obrońców. Szara Tarcza, Zielona Tarcza i Południowa Tarcza padły przed wschodem słońca. Dębowa Tarcza broniła się pół dnia dłużej. A gdy ludzie z Czterech Tarcz, zaprzestawszy pościgu za Torwoldem i Rudym Wioślarzem, zawrócili w dół rzeki, zastali w ujściu czekającą na nich Żelazną Flotę.

— Wszystko rozegrało się tak, jak mówił Euron — prawił Victarion smagłej kobiecie, gdy ta wiązała mu na ręce płócienny bandaż. — Na pewno przepowiedzieli to jego czarodzieje.

Quellon Humble wyznał mu szeptem, że na pokładzie „Ciszy" jest ich trzech. To byli straszliwi, niesamowici ludzie, ale Wronie Oko uczynił ich swoimi niewolnikami.

— Nadal mnie potrzebuje — upierał się Victarion. — Czarodzieje mogą być przydatni, ale wojny wygrywa się krwią i stalą. — Od octu rana rozbolała go jeszcze silniej niż przedtem. Odepchnął kobietę na bok i zacisnął pięść ze srogą miną. — Daj mi wina.

Wypił je po ciemku, rozmyślając o bracie. *Jeżeli nie zadam ciosu własnoręcznie, czy nadal będę zabójcą krewnych?* Victarion nie bał się nikogo z ludzi, ale na myśl o klątwie Utopionego Boga ogarniał go niepokój. *Jeżeli kto inny powali go na mój rozkaz, czy jego krew splami moje ręce?* Aeron Mokra Czupryna mógłby znać odpowiedź na to pytanie, ale kapłan został na Żelaznych Wyspach. Nadal liczył na to, że uda mu się podburzyć ludzi z żelaznego rodu do buntu przeciw nowemu królowi. *Nute Balwierz potrafi ogolić człowieka toporkiem rzuconym z odległości dwudziestu jardów. Żaden z kundli Eurona nie mógłby się mierzyć z Wulfe'em Jednouchym albo z Andrikiem Nieuśmiechniętym. Każdy z nich mógłby tego dokonać.* Victarion wiedział jednak, że móc i chcieć to dwie różne sprawy.

— Bluźnierstwa Eurona ściągną na nas wszystkich gniew Utopionego Boga — przepowiedział Aeron, gdy rozmawiali na Starej Wyk. — Musimy go powstrzymać, bracie. Nadal jesteśmy braćmi Balona, czyż nie tak?

— On również — przypomniał Victarion. — Nie podoba mi się to tak samo jak tobie, ale Euron jest królem. Wybrał go twój królewski wiec. Sam włożyłeś mu na głowę koronę z wyrzuconego przez morze drewna!

— Włożyłem mu ją na głowę — przyznał kapłan, potrząsając pełnymi ociekających wodą wodorostów włosami. — I z chęcią mu ją zerwę, by przekazać tobie. Tylko ty masz dość sił, aby z nim walczyć.

— Utopiony Bóg wyniósł go na tron — poskarżył się Victarion — więc niech on teraz go obali.

Aeron rzucił złowróżbne spojrzenie, od jakiego ponoć woda w studniach kwaśniała, a kobiety stawały się bezpłodne.

— To nie bóg do nas przemówił. Wszyscy wiedzą, że Euron trzyma na swym czerwonym statku czarodziejów i obmierzłych czarnoksiężników. To oni rzucili na nas jakieś zaklęcie, byśmy nie słyszeli głosu morza. Kapitanowie i królowie upili się jego słowami o smokach.

— Upili się jego słowami i przestraszyli się rogu. Słyszałeś jego dźwięk. Ale to już nie ma znaczenia. Euron jest naszym królem.

— Nie moim — oznajmił kapłan. — Utopiony Bóg pomaga śmiałym, nie tym, którzy kryją się pod pokładem, gdy nadciąga sztorm. Jeśli nie zdobędziesz się na to, by strącić Wronie Oko z Tronu z Morskiego Kamienia, będę musiał uczynić to sam.

— Jak? Nie masz okrętów ani mieczy.

— Mam swój głos — odparł kapłan. — I bóg jest ze mną. Stoi za mną potęga morza, z którą moc Wroniego Oka nie może się mierzyć. Fale rozbijają się o górę, ale nie przestają nadchodzić, jedna po drugiej, aż w końcu z góry zostaną jedynie kamyki. A potem nawet je unosi woda i na wieczność znikają w morskiej otchłani.

— Kamyki? — mruknął Victarion. — Musisz być szalony, jeśli sądzisz, że zdołasz obalić Wronie Oko gadaniem o falach i kamykach.

— Ludzie z żelaznego rodu będą falami — wyjaśnił Mokra

Czupryna. — Nie wielcy lordowie, lecz prości oracze i rybacy. Kapitanowie i królowie wynieśli Eurona na tron, ale prosty lud go z niego strąci. Popłynę na Wielką Wyk, na Harlaw, na Orkmont i na samą Pyke. Ludzie we wszystkich miasteczkach i wioskach usłyszą moje słowa. Bezbożnik nie może zasiadać na Tronie z Morskiego Kamienia!

Aeron Greyjoy potrząsnął kudłatą głową i oddalił się w noc. Gdy rankiem wzeszło słońce, kapłana nie było już na Starej Wyk. Nawet jego utopieni nie wiedzieli, gdzie się podział. Ludzie powiadali, że Wronie Oko roześmiał się tylko, gdy o tym usłyszał.

Choć kapłan odszedł, Victarion nie zapomniał o jego złowrogich ostrzeżeniach. Pamiętał również słowa, które usłyszał od Baelora Blacktyde'a. Młody lord rzekł wówczas: „Balon był szalony, Aeron jest jeszcze bardziej szalony, a Euron najbardziej szalony z nich wszystkich". Po królewskim wiecu próbował pożeglować do domu, nie chcąc uznać Eurona za swego seniora, lecz Żelazna Flota zamknęła zatokę. Nawyk posłuszeństwa głęboko zakorzenił się w Victarionie Greyjoyu, a Euron nosił na głowie koronę z wyrzuconego przez morze drewna. „Żeglarza Nocy" zatrzymano i lorda Blacktyde'a zaprowadzono w łańcuchach do króla. Niemowy i kundle Eurona porąbali jeńca na siedem części, by nakarmić siedmiu bogów z zielonych krain, których czcił.

W nagrodę za wierną służbę nowo ukoronowany król dał Victarionowi smagłą kobietę, zabraną z jakiegoś niewolniczego statku płynącego do Lys.

— Nie chcę resztek po tobie — oznajmił ze wzgardą Victarion, ale gdy Wronie Oko zagroził, że zabije kobietę, jeśli nie zgodzi się jej przyjąć, żelazny kapitan zmiękł. Wyrwano jej język, ale poza tym nie brakowało jej niczego. Była też piękna, skórę miała brązową jak lśniące od oliwy, tekowe drewno. Gdy jednak Victarion na nią patrzył, czasami przypominał sobie pierwszą kobietę, którą dał mu brat, by uczynić z niego mężczyznę.

Miał ochotę jeszcze raz zrobić użytek ze smagłej kobiety, ale nie był już w stanie.

— Przynieś jeszcze jeden bukłak wina — rozkazał. — A potem zostaw mnie.

Gdy wróciła z bukłakiem kwaśnego, czerwonego trunku, kapitan zabrał go ze sobą na pokład, gdzie mógł oddychać czystym morskim powietrzem. Wypił połowę bukłaka, a resztę wina wylał do morza, za wszystkich, którzy dziś polegli.

„Żelazne Zwycięstwo" czekało u ujścia rzeki jeszcze przez wiele godzin. Większa część Żelaznej Floty popłynęła na Dębową Tarczę, ale Victarion zatrzymał również „Żałobę", „Lorda Dagona", „Żelazny Wicher" i „Zgubę Dziewicy" jako tylną straż. Wyławiali z morza ocalałych i przyglądali się, jak „Twarda Ręka" tonie powoli, wciągana pod wodę przez wrak okrętu, który staranowała. Gdy zniknęła w odmętach, Victarionowi wreszcie podano liczby, o które prosił. Stracił sześć okrętów, a zdobył trzydzieści osiem.

— Całkiem nieźle — powiedział Nute'owi. — A teraz do wioseł. Wracamy do Miasta Lorda Hewetta.

Jego wioślarze wzięli się do roboty, zmierzając ku Dębowej Tarczy, a żelazny kapitan wrócił pod pokład.

— Mógłbym go zabić — oznajmił smagłej kobiecie. — Chociaż to wielki grzech pozbawić życia króla, a jeszcze większy zamordować brata. — Zmarszczył brwi. — Asha powinna była mnie poprzeć.

Jak mogła liczyć na to, że zdobędzie poparcie kapitanów i królów dzięki swym szyszkom i rzepom? *W jej żyłach płynie krew Balona, ale nadal pozostaje kobietą.* Po królewskim wiecu Asha uciekła. Zniknęła bez śladu razem ze swoją załogą tej samej nocy, gdy Euronowi włożono na głowę koronę z wyrzuconego przez morze drewna. Jakąś drobną częścią jaźni Victarion cieszył się z tego. *Jeśli dziewczyna będzie rozsądna, wyjdzie za jakiegoś północnego lorda i zamieszka w jego zamku, z dala od morza i Eurona Wroniego Oka.*

— Miasto Lorda Hewetta, lordzie kapitanie! — zawołał jeden z jego ludzi.

Victarion wstał. Wino złagodziło pulsujący ból w jego dłoni. Być może każe maesterowi Hewetta obejrzeć ranę, jeśli go nie zabito. Gdy wyszedł na pokład, mijali właśnie przylądek. Widok górującego nad portem zamku przypominał mu Lordsport, choć to miasto było dwukrotnie większe. Po wodach przed wejściem do portu krążyło około dwudziestu drakkarów ze złotymi krakenami na żaglach. Setki kolejnych wyciągnięto na plażę albo na nabrzeża portu. Przy kamiennym molu cumowały trzy wielkie kogi i kilkanaście mniejszych statków, na które ładowano łupy i zapasy. Victarion rozkazał rzucić kotwicę.

— Przygotujcie szalupę.

Gdy podpływali do brzegu, w mieście panował dziwny spokój. Większość sklepów i domów splądrowano, o czym świadczyły porozbijane drzwi oraz okiennice, ale tylko sept puszczono z dymem. Na ulicach walały się trupy, a przy każdym z nich zebrało się już stadko padlinożernych wron. Po ulicach łaziła grupa przygnębionych niedobitków, którzy przeganiali czarne ptaszyska i rzucali zabitych na wóz, żeby ich pochować. Ta myśl wypełniała Victariona niesmakiem. Żaden prawdziwy syn morza nie chciałby gnić pod ziemią. Jak mógłby wtedy odnaleźć podwodne komnaty Utopionego Boga, by pić w nich i ucztować przez całą wieczność?

Jednym z okrętów, które minęli po drodze, była „Cisza". Spojrzenie Victariona przyciągnęła żelazna figura dziobowa, pozbawiona ust panna o targanych wiatrem włosach, wyciągająca przed siebie jedną rękę. Miał wrażenie, że śledzi go spojrzeniem oczu z macicy perłowej. *Miała kiedyś usta, tak jak każda kobieta, ale Wronie Oko je zaszył.*

Gdy zbliżyli się do brzegu, zauważył szereg kobiet i dzieci wprowadzanych na pokład jednej z wielkich kog. Niektórym z nich związano z tyłu ręce, a wszyscy mieli na szyjach konopne pętle.

— Kim oni są? — zapytał ludzi mocujących cumy jego szalupy.

— To wdowy i sieroty. Mamy ich sprzedać jako niewolników.

— Sprzedać? — Na Żelaznych Wyspach nie było niewolników, tylko poddani. Poddany musiał służyć, ale nie był własnością. Jego dzieci rodziły się wolne, pod warunkiem że przyjęły Utopionego Boga. Co więcej, poddanych nigdy nie kupowano ani nie sprzedawano za złoto. Człowiek płacił za poddanych żelazem albo ich nie miał.

— Powinni zostać poddanymi albo morskimi żonami — poskarżył się Victarion.

— To rozkaz króla — odparł mężczyzna.

— Silni zawsze brali od słabych, co tylko chcieli — stwierdził Nute Balwierz. — Poddani czy niewolnicy, co za różnica? Mężczyźni nie potrafili ich obronić, więc teraz należą do nas i możemy z nimi zrobić, co chcemy.

To sprzeczne z dawnymi zwyczajami — mógłby powiedzieć Victarion, ale nie było już na to czasu. Wieści o zwycięstwie dotarły tu przed nim i natychmiast otoczyli go ludzie pragnący mu pogratulować. Victarion pozwolił obsypywać się komplementami, dopóki któryś z nich nie zaczął wychwalać śmiałości Eurona.

— Pożeglować z dala od lądu, żeby nikt nie mógł ostrzec przed nami tych wyspiarzy, to przejaw śmiałości — warknął — ale wyprawić się na drugi koniec świata w pogoni za smokami to coś zupełnie innego.

Nie czekał na odpowiedź. Przepchnął się przez tłum i ruszył w stronę zamku.

Zamek lorda Hewetta był mały, ale trudny do zdobycia. Miał grube mury i dębową, nabijaną żelaznymi ćwiekami bramę, która przywodziła na myśl starożytny herb jego rodu: dębową tarczę nabijaną żelazem na tle niebiesko-białych fal. Nad wieżami o zielonych dachach powiewał teraz jednak kraken rodu Greyjoyów, a wielka brama była spalona i roztrzaskana. Po murach chodzili żelaźni ludzie z włóczniami i toporami, a także grupka kundli Eurona.

Na dziedzińcu Victarion spotkał Gorolda Goodbrothera i starego Drumma, którzy rozmawiali cicho z Rodrikiem Harlawem. Nute Balwierz wrzasnął radośnie na ich widok.

— Czytaczu, czemu masz taką skwaszoną gębę? — zawołał. — Twoje obawy się nie sprawdziły. Zwyciężyliśmy i wyspy należą do nas!

Lord Rodrik skrzywił usta.

— Masz na myśli te cztery skały? Wszystkie razem nie złożyłyby się na jedną Harlaw. Zdobyliśmy trochę kamieni, drzew i błyskotek, a na dodatek wrogość rodu Tyrellów.

— Róż? — Nute ryknął śmiechem. — A któraż to róża może skrzywdzić krakena z morskich głębin? Zabraliśmy im ich tarcze i roztrzaskaliśmy je na kawałki. Kto ich będzie teraz bronił?

— Wysogród — odpowiedział Czytacz. — Wkrótce stanie przeciwko nam cała potęga Reach, Balwierzu. Wtedy możesz się przekonać, że niektóre róże mają stalowe kolce.

Drumm pokiwał głową, trzymając jedną rękę na rękojeści Czerwonego Deszczu.

— Lord Tarly ma wielki miecz Jad Serca, wykuty z valyriańskiej stali. Zawsze jeździ w przedniej straży lorda Tyrella.

W Victarionie zapłonął gniew.

— Niech tu przybędzie. Wezmę sobie jego miecz, tak jak twój przodek wziął Czerwony Deszcz. Niech przybędą tu wszyscy i niech przyprowadzą ze sobą Lannisterów. Na lądzie lew może być groźną bestią, ale na morzu kraken włada niepodzielnie.

Oddałby połowę zębów za szansę wypróbowania swego topora w walce z Królobójcą albo Rycerzem Kwiatów. Taką walkę rozumiał. Zabójca krewnych był przeklęty w oczach bogów i ludzi, ale wojownika otaczał podziw i szacunek.

— Nie obawiaj się, lordzie kapitanie, przybędą — zapewnił Czytacz. — Tego właśnie pragnie Jego Miłość. W przeciwnym razie czemu miałby nam rozkazać, żebyśmy pozwolili krukom Hewetta odlecieć?

— Za dużo czytasz, a za mało walczysz — stwierdził Nute. — Masz mleko zamiast krwi.

Czytacz udał jednak, że tego nie słyszał.

Gdy Victarion wszedł do komnaty, trwała w niej hałaśliwa uczta. Przy stołach rozsiedli się ludzie z żelaznego rodu, pijący, wrzeszczący i rozpychający się łokciami. Wszyscy przechwalali się liczbą zabitych wrogów, dokonanymi czynami i bogactwem zdobytych łupów. Niektórzy z nich nawet się w nie ubrali. Leworęczny Lucas Codd i Quellon Humble zerwali ze ścian arrasy i zrobili sobie z nich płaszcze. Germund Botley nosił sznur pereł i granatów na pozłacanym lannisterskim napierśniku. Andrik Nieuśmiechnięty wszedł do komnaty chwiejnym krokiem. Pod obiema pachami niósł kobiety. Choć nadal się nie uśmiechał, na każdym palcu miał pierścień. Zamiast z wydrążonych bochnów czerstwego chleba kapitanowie jedli z talerzy ze szczerego srebra.

Twarz Nute'a Balwierza pociemniała z gniewu na ten widok.

— Wronie Oko wysłał nas na bój z nieprzyjacielskimi drakkarami, a jego ludzie tymczasem zajęli zamki i wioski, zagarniając wszystkie łupy i kobiety. Co zostało dla nas?

— Zdobyliśmy chwałę.

— Chwała jest dobra — zgodził się Nute. — Ale złoto jest lepsze.

Victarion wzruszył ramionami.

— Wronie Oko zapewnia, że będziemy mieli całe Westeros. Arbor, Stare Miasto, Wysogród... tam znajdziesz swoje złoto. Ale dość już gadania. Jestem głodny.

Płynąca w jego żyłach krew dawała Victarionowi prawo do miejsca na podwyższeniu, lecz on nie chciał jeść w towarzystwie Eurona i jego sługusów. Usiadł obok Ralfa Chromego, kapitana „Lorda Quellona".

— To wielkie zwycięstwo, lordzie kapitanie — stwierdził Ralf. — Zwycięstwo godne lordowskiego tytułu. Powinieneś dostać w nagrodę wyspę.

Lord Victarion. Czemu by nie? Może to i nie Tron z Morskiego Kamienia, ale zawsze coś.

Po drugiej stronie stołu siedział Hotho Harlaw, zajęty ogryzaniem kości. Nagle odrzucił ją na bok i pochylił się nad blatem.

— Rycerz ma dostać Szarą Tarczę. Mój kuzyn. Słyszałeś o tym?

— Nie. — Victarion spojrzał na drugi koniec komnaty, gdzie siedział ser Harras Harlaw, popijając wino ze złotego pucharu. Był wysokim, poważnym mężczyzną o pociągłej twarzy. — Dlaczego Euron miałby dać mu wyspę?

Hotho uniósł pusty puchar i blada, młoda kobieta w sukni z niebieskiego aksamitu i pozłacanych koronek nalała mu wina.

— Rycerz w pojedynkę zdobył Grimston. Wbił swój sztandar w ziemię pod zamkiem i wezwał Grimmów, żeby wyszli i stawili mu czoło. Jeden to zrobił, a potem drugi i trzeci. Zabił wszystkich... no, prawie wszystkich, dwóch się poddało. Kiedy siódmy reprezentant padł, septon lorda Grimma doszedł do wniosku, że bogowie przemówili, i poddał zamek. — Hotho ryknął śmiechem. — Rycerz będzie lordem Szarej Tarczy i niech mu to wyjdzie na zdrowie. Pod jego nieobecność ja zostanę dziedzicem Czytacza. — Stuknął się pucharem w pierś. — Hotho Garbus, lord Harlaw.

— Mówisz siedmiu.

Victarion zastanawiał się, jak Zmierzch spisałby się w starciu z jego toporem. Nigdy nie walczył z człowiekiem uzbrojonym w miecz z valyriańskiej stali, ale gdy byli młodzi, nieraz złoił skórę Harrasowi Harlawowi. Harlaw był bliskim przyjacielem najstarszego syna Balona, Rodrika, który zginął pod murami Seagardu.

Uczta się udała. Wino było w najlepszym gatunku. Podano też pieczonego, krwistego wołu, nadziewane kaczki oraz całe wiadra świeżych krabów. Uwagi lorda kapitana nie umknął fakt, że usługujące im dziewki mają na sobie piękne ubrania z wełny i aksamitu. Brał je za służki przebrane w suknie lady Hewett i jej dam, dopóki Hotho nie powiedział mu, że to są lady Hewett i jej damy. Wronie Oko rozbawił pomysł zmuszenia ich do usługiwania przy stole. Kobiet było osiem: sama lady Hewett, nadal urodziwa, choć już dość tęga, oraz siedem młodszych kobiet w wieku od dwudziestu pięciu do dziesięciu lat — jej córki i dobre córki.

Sam lord Hewett siedział na swym zwyczajowym miejscu na podwyższeniu, w pięknym, herbowym stroju. Ręce i nogi przywiązano mu do krzesła, a do ust wepchnięto wielką, białą rzodkiew, nie mógł więc nic powiedzieć... choć wszystko widział i słyszał. Wronie Oko zajął honorowe miejsce po prawej stronie jego lordowskiej mości. Na jego kolanach siedziała ładna siedemnasto-, osiemnastoletnia dziewczyna o obfitych kształtach. Była bosa, rozchełstana i obejmowała Eurona za szyję.

— Kto to jest? — zapytał Victarion.

— Bękarcia córka jego lordowskiej mości — wyjaśnił ze śmiechem Hotho. — Zanim Euron zdobył zamek, musiała usługiwać jego innym córkom przy stole i jadać posiłki ze służbą.

Euron przycisnął sine wargi do jej szyi. Dziewczyna zachichotała i wyszeptała mu coś do ucha. Uśmiechnął się i znowu pocałował ją w szyję. Białą skórę młódki pokrywały czerwone ślady jego ust, otaczające naszyjnikiem szyję i ramiona. Kolejny szept do ucha — tym razem Wronie Oko ryknął głośnym śmiechem i walnął pucharem w stół, nakazując wszystkim się uciszyć.

— Miłe panie — zawołał do szlachetnie urodzonych posługaczek. — Falia boi się o wasze piękne suknie. Nie chciałaby, żeby splamiły je tłuszcz, wino i brudne paluchy obmacujących was ludzi, bo obiecałem jej, że po uczcie będzie mogła wybrać sobie z waszej garderoby, co tylko zechce. Dlatego lepiej się rozbierzcie.

Wielką komnatę wypełnił gromki rechot. Twarz lorda Hewetta poczerwieniała tak gwałtownie, że Victarion obawiał się, iż głowa zaraz mu pęknie. Kobiety nie miały innego wyboru, jak go posłuchać. Najmłodsza z nich trochę płakała, ale matka pocieszyła ją i pomogła rozwiązać sznurówki na plecach. Potem wszystkie usługiwały przy stole tak samo jak poprzednio, chodząc między stołami z dzbanami wina, tyle że nago.

Zawstydza Hewetta, tak jak kiedyś zawstydził mnie — pomyślał kapitan. Przypomniał sobie, jak jego żona płakała, kiedy ją bił. Wiedział, że ludzie z Czterech Tarcz często żenią się między sobą, tak jak ludzie z żelaznego rodu. Jedna z tych nagich dziewek służebnych mogła być żoną ser Talberta Serry'ego. Co innego zabić wroga, a co innego go zhańbić. Zacisnął dłoń w pięść. Zbrukała ją przesączająca się przez płócienny bandaż krew.

Euron odtrącił na bok swojego kocmołucha i wszedł na stół. Kapitanowie zaczęli walić kielichami w stół i tupać w podłogę.

— Euron! — wrzeszczeli. — Euron! Euron! Euron!

To było tak, jakby wrócił królewski wiec.

— Przysiągłem, że dam wam Westeros — zaczął Wronie Oko, gdy tumult ucichł. — I teraz zacząłem spełniać obietnicę. To tylko drobny kąsek, nic więcej… ale nim zapadnie noc, będziemy ucztować! — Pochodnie na ścianach gorzały jasno i on również zdawał się płonąć; jego sine wargi, niebieskie oko oraz cała reszta. — Co kraken złapie, tego już nie wypuści. Te wyspy należały kiedyś do nas i teraz znowu są nasze… ale potrzebujemy silnych ludzi, by ich bronili. Wstań, ser Harrasie Harlaw, lordzie Szarej Tarczy.

Rycerz wstał. Jedną dłoń trzymał na księżycowym kamieniu wprawionym w gałkę Zmierzchu.

— Wstań, Andriku Nieuśmiechnięty, lordzie Południowej Tarczy.

Andrik odepchnął swoje kobiety i podniósł się ciężko niczym góra wynurzająca się z morza.

— Wstań, Maronie Volmark, lordzie Zielonej Tarczy.

Volmark, bezbrody, szesnastoletni chłopak dźwignął się niepewnie. Wyglądał jak lord królików.

— I wstań, Nute Balwierzu, lordzie Dębowej Tarczy.

W oczach Nute'a pojawił się wyraz nieufności, jakby bał się, że padł ofiarą jakiegoś okrutnego żartu.

— Lordzie? — wychrypiał.

Victarion spodziewał się, że Wronie Oko przyzna lordowskie tytuły swym fagasom, Kamiennej Ręce, Rudemu Wioślarzowi i Leworęcznemu Lucasowi Coddowi. *Król musi być hojny* — próbował przekonać sam siebie, ale inny głos w jego czaszce wyszeptał: *Dary Eurona są zatrute.* Po chwili zastanowienia wszystko zrozumiał. *Rycerz był dziedzicem wybranym przez*

114

Czytacza, a Andrik Nieuśmiechnięty silnym prawym ramieniem Dunstana Drumma. Volmark to tylko niedorostek, ale po matce w jego żyłach płynie krew Harrena Czarnego. A Balwierz...

Victarion złapał go za przedramię

— Odmów mu!

Nute popatrzył na niego, jakby oszalał.

— Mam odmówić? Nie przyjąć ziem i lordowskiego tytułu? A czy ty uczynisz mnie lordem?

Wyrwał rękę i wstał, napawając się brawami.

A teraz kradnie moich ludzi — pomyślał Victarion. Król Euron zawołał lady Hewett, domagając się napełnienia kielicha, po czym wzniósł go wysoko nad głowę.

— Kapitanowie i królowie, wznieście kielichy za lordów Czterech Tarcz!

Victarion wypił razem z całą resztą. „Żadne wino nie jest słodsze od zabranego wrogowi". Ktoś mu to kiedyś powiedział. Ojciec albo brat, Balon. *Pewnego dnia wypiję twoje wino, Wronie Oko, i odbiorę ci wszystko, co dla ciebie drogie.* Ale czy dla Eurona cokolwiek było drogie?

— Jutro przygotujemy się do dalszej żeglugi — mówił król. — Napełnijcie beczki źródlaną wodą, zabierzcie wszystkie worki zboża i beczki wołowiny, a także tyle owiec i kóz, ile zdołamy załadować. Ranni, którzy są w stanie wiosłować, będą to robić. Pozostali zostaną tutaj, żeby pomóc nowym lordom tych wysp w ich obronie. Wkrótce wrócą Torwold i Rudy Wioślarz z dodatkowymi zapasami. Podczas rejsu na wschód nasze pokłady będą śmierdziały świniami i kurami, ale kiedy wrócimy, przyprowadzimy ze sobą smoki.

— Kiedy? — To był głos lorda Rodrika. — Kiedy wrócimy, Wasza Miłość? Za rok? Za trzy lata? Za pięć? Twoje smoki są na drugim końcu świata, a już zaczęła się jesień. — Czytacz mówił dalej, wyliczając wszystkie niebezpieczeństwa. — Cieśnin Redwyne'ów strzegą galery. Dornijskie wybrzeża są suche i niegościnne, to tysiąc dwieście mil wirów, urwisk i ukrytych zatoczek. Prawie nigdzie nie znajdziemy tam bezpiecznej przystani. Dalej czekają Stopnie ze swymi sztormami oraz gniazdami lyseńskich i myrijskich piratów. Jeśli tysiąc okrętów wyruszy w tę podróż, być może trzysta dotrze na drugą stronę wąskiego morza... i co dalej? W Lys nie przywitają nas miło i w Volantis też nie. Gdzie chcesz znaleźć świeżą wodę, prowiant? Pierwszy sztorm rozproszy nas na pół świata.

Na sinych wargach Eurona pojawił się drwiący uśmieszek.

— Ja jestem sztormem, lordzie Rodriku. Pierwszym i ostatnim. Wyprawiałem się „Ciszą" w dłuższe rejsy i znacznie niebezpieczniejsze. Zapomniałeś o tym? Żeglowałem po Dymiącym Morzu i widziałem Valyrię.

Każdy z obecnych wiedział, że Zagłada nadal trzyma Valyrię w swych szponach. Nawet morze wokół niej wrzało i buchało dymem, a na lądzie było pełno demonów. Powiadano, że każdy marynarz, który choć na chwilę ujrzy ogniste góry Valyrii wynurzające się z fal, wkrótce zginie straszliwą śmiercią... ale Wronie Oko wrócił cały i zdrowy,

— Naprawdę? — zapytał cichutko Czytacz.

Z sinych ust Eurona zniknął uśmiech.

— Czytaczu — odparł jeszcze ciszej — lepiej byś zrobił, gdybyś trzymał nos w księgach.

Victarion czuł wypełniający komnatę niepokój. Wstał z krzesła.

— Bracie — zagrzmiał. — Nie odpowiedziałeś na pytania Harlawa.

Euron wzruszył ramionami.

— Cena niewolników rośnie. Sprzedamy naszych w Lys i w Volantis. Suma, jaką za nich dostaniemy, a także zdobyte tu łupy, wystarczą, żeby kupić zapasy.

— A więc zostaliśmy teraz handlarzami niewolników? — zapytał Czytacz. — W imię czego? Smoków, których nikt z nas nie widział na oczy? Czy mamy płynąć aż na kres ziemi w pogoni za jakąś opowiastką pijanego marynarza?

Jego słowa wywołały w komnacie pomruki zgody.

— Zatoka Niewolnicza jest za daleko stąd — zawołał Ralf Chromy.

— I za blisko Valyrii — dodał Quellon Humble.

— Wysogród jest bliżej — odezwał się Fralegg Silny. — Mówię wam, tam poszukajmy smoków. Tych złotych!

— Po co płynąć na koniec świata, kiedy Mander leży przed nami otwarty? — poparł go Alvyn Sharp.

Rudy Ralf Stonehouse zerwał się z krzesła.

— Stare Miasto jest bogatsze, a Arbor jeszcze bogatsze od niego. Flota Redwyne'ów jest daleko. Wystarczy, byśmy wyciągnęli rękę, a zerwiemy najsłodszy owoc w Westeros.

— Owoc? — Oko króla wydawało się raczej czarne niż niebieskie. — Tylko tchórz zrywa owoc, gdy może sobie wziąć cały sad.

— Chcemy do Arbor — zawołał Rudy Ralf, a inni mężczyźni podchwycili jego okrzyk. Wronie Oko pozwolił, by ich krzyki wypełniły salę. Potem zeskoczył ze stołu, złapał kocmołucha za ramię i wyciągnął za sobą z komnaty.

Uciekł jak pies. Władza Eurona nagle przestała wydawać się tak pewna, jak jeszcze przed chwilą. *Nie popłyną za nim do Zatoki Niewolniczej. Być może wcale nie są tak wielkimi głupcami i psami, jak się obawiałem.* To była myśl tak radosna, że Victarion musiał popić ją winem. Wypił z Balwierzem kielich, a potem drugi, by pokazać, że nie ma mu za złe przyjęcia lordowskiego tytułu, nawet jeśli otrzymał go z rąk Eurona.

Tymczasem słońce już zaszło. Na dworze zapadła ciemność, ale w komnacie paliły się pochodnie, wypełniające ją czerwonawopomarańczowym blaskiem, a pod krokwiami komnaty skupiały się gęste chmury dymu. Pijani mężczyźni zaczęli tańczyć taniec palców. W pewnej chwili Leworęczny Lucas Codd zdecydował, że ma ochotę na jedną z córek lorda Hewetta. Wziął ją na stole, przy akompaniamencie krzyków i łkania jej sióstr.

Victarion poczuł, że ktoś klepnął go w bark. Stał za nim jeden ze skundlonych synów Eurona, ponury dziesięcioletni chłopak o wełnistych włosach i skórze koloru błota.

— Ojciec chce z tobą mówić.

117

Victarion podniósł się chwiejnie. Był potężnie zbudowanym mężczyzną i mógł w sobie pomieścić mnóstwo wina, ale dziś wypił za dużo. *Zatłukłem ją własnymi rękami* — myślał. *Ale to Wronie Oko ją zabił, kiedy jej go wepchnął. Nie miałem wyboru.* Wyszedł za małym bękartem z komnaty i wstąpił na kręte, kamienne schody. W miarę jak wchodził na górę, dźwięki gwałtów i zabawy stawały się coraz cichsze, aż wreszcie słyszał tylko drapanie butów po kamieniu.

Wronie Oko wziął sobie sypialnię lorda Hewetta razem z jego bękarcią córką. Gdy Victarion wszedł do środka, dziewczyna leżała naga na łożu i pochrapywała cicho. Euron stał przy oknie, pijąc ze srebrnego pucharu. Miał na sobie sobolowe futro, które zabrał Blacktyde'owi, czerwoną przepaskę na oku i nic więcej.

— Gdy byłem małym chłopcem, śniło mi się, że umiem latać — zaczął. — Kiedy się obudziłem, okazało się, że tego nie potrafię... tak przynajmniej powiedział maester. Ale co, jeśli kłamał?

Victarion czuł zapach morza wpadający przez otwarte okno, choć w pokoju śmierdziało winem, krwią i seksem. Zimne, słone powietrze rozjaśniło mu w głowie.

— O co ci chodzi?

Euron zwrócił się ku niemu, wykrzywiając sine wargi w słabym uśmieszku.

— Być może umiemy latać. Wszyscy. Jak mamy się o tym dowiedzieć, jeśli nie skoczymy z jakiejś wysokiej wieży? — Wpadający przez okno wiatr poruszył czarnym płaszczem. Nagość Eurona miała w sobie coś obscenicznego i niepokojącego. — Żaden człowiek nie dowie się, na co go stać, dopóki nie odważy się skoczyć.

— Tu masz okno. Skacz. — Victarion nie cierpiał takiego gadania. Bolała go zraniona ręka. — Czego chcesz?

— Świata. — W oku Eurona odbijał się blask ognia. *W jego uśmiechniętym oku.* — Wypijesz kielich wina lorda Hewetta? Żadne wino nie jest słodsze od zabranego pokonanemu wrogowi.

— Nie. — Victarion odwrócił się. — Okryj się.

Euron usiadł i poprawił płaszcz, zakrywając intymne części.

— Zapomniałem już, jak mali i hałaśliwi są ludzie z żelaznego rodu. Chcę im dać smoki, a oni domagają się winogron.

— Winogrona są rzeczywiste. Można się nimi najeść do syta. Ich sok jest słodki i robi się z nich wino. A co dają ludziom smoki?

— Niedolę. — Wronie Oko pociągnął łyk ze srebrnego pucharu. — Trzymałem kiedyś w dłoni smocze jajo, bracie. Pewien myrijski czarodziej przysięgał, że potrafi je wykluć, jeśli dam mu rok i tyle złota, ile tylko zażąda. Gdy już znudziłem się jego usprawiedliwieniami, zabiłem go. Kiedy patrzył, jak wnętrzności wyślizgują mu się między palcami, powiedział: „Przecież rok jeszcze nie minął". — Euron ryknął śmiechem. — Wiesz, że Cragorn umarł?

— Kto?

— Człowiek, który zadął w mój smoczy róg. Kiedy maester go otworzył, okazało się, że jego płuca są zwęglone i czarne jak sadza.

Victarion zadrżał.

— Pokaż mi to smocze jajo.

— Wyrzuciłem je do morza, kiedy znowu dopadła mnie chandra. — Euron wzruszył ramionami. — Tak sobie myślę, że Czytacz miał rację. Zbyt wielka flota musiałaby się rozproszyć podczas tak długiej podróży. Odległość jest za duża i czyha na nas zbyt wiele niebezpieczeństw. Tylko najlepsze okręty z najlepszymi załogami mogą dopłynąć do Zatoki Niewolniczej i wrócić. Żelazna Flota.

Żelazna Flota należy do mnie — pomyślał Victarion. Nie powiedział jednak nic.

Wronie Oko wypełnił dwa puchary niezwykłym, czarnym winem, które było gęste jak miód.

— Wypij ze mną, bracie. Spróbuj tego trunku.

Podał jeden z kielichów Victarionowi.

Kapitan wziął w rękę ten drugi puchar i podejrzliwie pową-

119

chał jego zawartość. Widziany z bliska płyn wydawał się raczej granatowy niż czarny. Był gęsty, oleisty i cuchnął zepsutym mięsem. Victarion spróbował mały łyczek i natychmiast go wypluł.

— Cóż to za świństwo? Chcesz mnie otruć?

— Chcę ci otworzyć oczy. — Euron pociągnął długi łyk ze swego kielicha i uśmiechnął się. — To cień wieczoru, wino czarnoksiężników. Znalazłem jego beczułkę na zdobytej galeasie z Qarthu. Było tam też trochę goździków i gałki muszkatołowej, czterdzieści bel zielonego jedwabiu oraz czterech czarnoksiężników, którzy opowiedzieli mi niezwykłą historię. Jeden z nich śmiał mi grozić, więc go zabiłem i nakarmiłem jego ciałem pozostałych. Z początku nie chcieli jeść przyjaciela, ale kiedy przycisnął ich głód, zmienili zdanie. Ludzie to tylko mięso.

Balon był szalony, Aeron jest jeszcze bardziej szalony, a Euron najbardziej szalony z nich wszystkich. Victarion odwrócił się ku wyjściu, lecz powstrzymał go głos brata.

— Król musi mieć żonę, która da mu dziedziców. Bracie, jesteś mi potrzebny. Czy popłyniesz do Zatoki Niewolniczej, by przywieźć mi moją ukochaną?

Ja też kiedyś miałem ukochaną. Victarion zacisnął pięści. Na podłogę skapnęła kropelka krwi. *Mógłbym cię zatłuc i rzucić krabom, tak samo jak zrobiłem z nią.*

— Masz już synów — odpowiedział bratu.

— To nieprawo urodzone kundle, pomiot kurew i płaczek.

— Zrodzili się z twojego ciała.

— Podobnie jak zawartość mojego nocnika. Żaden z nich nie zasługuje na to, by zasiąść na Tronie z Morskiego Kamienia, nie wspominając już o Żelaznym Tronie. Nie, żeby spłodzić dziedzica, który będzie tego godny, potrzebuję innej kobiety. Gdy kraken poślubi smoczycę, bracie, na cały świat padnie trwoga.

— Jaką smoczycę? — zapytał Victarion, marszcząc brwi.

— Ostatnią ze swego rodu. Powiadają, że jest najpiękniejszą kobietą na świecie. Włosy ma srebrnozłote, a oczy barwy ametystów... ale nie musisz mi wierzyć na słowo, bracie. Popłyń do Zatoki Niewolniczej, ujrzyj na własne oczy urodę tej, o której mówię, i przywieź ją do mnie.

— A dlaczego miałbym to zrobić? — zapytał Victarion.

— Z miłości. Z poczucia obowiązku. Dlatego, że twój król ci kazał. — Euron zachichotał. — I dla Tronu z Morskiego Kamienia. Oddam ci go, gdy już zdobędę Żelazny Tron. Możesz mi służyć, tak jak służyłeś Balonowi... i jak twoi prawowici synowie będą któregoś dnia służyli tobie.

Moi synowie. Ale żeby spłodzić prawowitego syna, trzeba najpierw mieć żonę, a Victarion nie miał szczęścia do żon. *Dary Eurona są zatrute* — pomyślał. *Ale z drugiej strony...*

— Wybór należy do ciebie, bracie. Możesz żyć jako poddany albo umrzeć jako król. Czy masz odwagę latać? Jeżeli nie skoczysz, nigdy się tego nie dowiesz.

W uśmiechniętym oku Eurona pojawił się drwiący błysk.

— A może żądam od ciebie zbyt wiele? Strasznie jest żeglować wokół Valyrii.

— Jeśli będzie trzeba, mogę popłynąć z Żelazną Flotą choćby do piekła. — Victarion otworzył pięść. Wewnętrzna powierzchnia jego dłoni była czerwona od krwi. — Zgoda, popłynę do Zatoki Niewolniczej. Znajdę tę smoczą kobietę i przywiozę ją tutaj.

Ale nie dla ciebie. Ukradłeś mi żonę i splugawiłeś ją, więc teraz ja ukradnę twoją. Najpiękniejsza kobieta na świecie będzie należała do mnie.

JAIME

Pola pod murami Darry znowu orano. Spalone plony zniknęły pod skibami ziemi, a zwiadowcy ser Addama meldowali, że widzieli kobiety wyrywające chwasty w bruzdach oraz zaprzęg wołów orzący nową ziemię na skraju pobliskiego lasu. Pracujących pilnowało kilkunastu brodatych mężczyzn z toporami.

Gdy Jaime dotarł na czele kolumny do zamku, wszyscy uciekli już za mury. Bramy Darry zamknęły się przed nim, tak jak poprzednio bramy Harrenhal. *Kuzyn wita mnie chłodno.*

— Zadmij w róg — rozkazał. Ser Kennos z Kayce ujął w rękę Róg Herrocka i zagrał na nim. Czekając na odpowiedź, Jaime spoglądał na brązowo-karmazynową chorągiew powiewającą nad barbakanem jego kuzyna. Najwyraźniej Lancel umieścił na swej tarczy lannisterskiego lwa razem z oraczem Darrych. Jaime dostrzegał w tym rękę swego stryja, podobnie jak w wyborze żony dla Lancela. Ród Darrych władał tymi ziemiami od czasów, gdy Andalowie podbili Pierwszych Ludzi. Ser Kevan z pewnością uświadomił sobie, że jego syn będzie miał łatwiejsze zadanie, jeśli chłopi uznają go za kontynuatora dawnego rodu, który rządzi tu prawem małżeństwa, nie dzięki królewskiemu dekretowi. *To Kevan powinien zostać namiestnikiem Tommena. Harys Swyft to nędzna kreatura, a moja siostra jest głupia, jeśli tego nie widzi.*

Brama zamku otworzyła się powoli.

— Mój kuzynek nie znajdzie miejsca dla tysiąca ludzi — powiedział Jaime do Silnego Dzika. — Rozbijemy obóz pod murami od zachodniej strony. Chcę, żeby go okopano i otoczono palikami. W tych okolicach nadal grasują bandy ludzi wyjętych spod prawa.

— Musieliby być szaleni, żeby zaatakować tak silny oddział.

— Szaleni albo bardzo wygłodniali. — Jaime nie zamierzał podejmować żadnego ryzyka, dopóki nie dowie się czegoś więcej o tych bandach i ich sile. — Okopcie go i otoczcie palikami — powtórzył, zanim spiął Chwałę i popędził ku bramie. U jego boku jechali ser Dermot z królewską chorągwią z jeleniem i lwem oraz ser Hugo Vance z białym sztandarem Gwardii Królewskiej. Zadanie odwiezienia Wylisa Manderly'ego do Stawu Dziewic Jaime zlecił Rudemu Ronnetowi, żeby nie musieć już więcej na niego patrzeć.

Pia towarzyszyła giermkom Jaimego, jadąc na wałachu, którego znalazł dla niej Peck.

— Ale maleńki zamek — zdziwiła się.

Nie znała innego domu niż Harrenhal — pomyślał Jaime. *Każdy zamek w królestwie wyda się jej mały, tylko poza Skałą.*

Josmyn Peckledon powiedział jej to samo.

— Nie możesz porównywać innych zamków z Harrenhal. Harren Czarny wybudował stanowczo za wielkie zamczysko.

Pia słuchała go z uwagą, jak pięcioletnia dziewczynka nauk septy. *Tym właśnie jest, małą dziewczynką w ciele kobiety, przerażoną i naznaczoną bliznami.* Peck był nią jednak zachwycony. Jaime podejrzewał, że chłopak nigdy nie znał kobiety, a Pia nadal była całkiem ładna, dopóki trzymała usta zamknięte. *Nic się nie stanie, jeśli pójdzie z nią do łoża, o ile dziewczyna jest chętna.*

Jeden z ludzi Góry próbował zgwałcić Pię w Harrenhal i wydawał się szczerze zdziwiony, gdy Jaime rozkazał Ilynowi Payne'owi go ściąć.

— Miałem ją już przedtem, setkę razy — powtarzał, gdy obalili go na kolana. — Setkę razy, panie. Wszyscy ją mieliśmy.

Gdy ser Ilyn pokazał Pii jego głowę, dziewczyna uśmiechnęła się, odsłaniając pozostałości zębów.

Podczas walk Darry kilkakrotnie przechodziło z rąk do rąk. Zamek raz spalono i co najmniej dwukrotnie splądrowano, ale najwyraźniej Lancel, nie tracąc czasu, postanowił zaprowadzić tu porządek. Zamontowano nową bramę z surowych, dębowych desek wzmocnionych żelaznymi ćwiekami. Na miejscu starej, spalonej stajni wyrastała nowa. Zbudowano też nowe schody do donżonu, a w wielu oknach umieszczono nowe okiennice. Na kamieniach było jeszcze widać czarne ślady płomieni, ale czas i deszcz dadzą sobie z nimi radę.

Po wałach chodzili kusznicy, niektórzy w karmazynowych płaszczach i lwich hełmach, inni w niebiesko-szarych strojach rodu Freyów. Gdy Jaime mijał kłusem dziedziniec, spod kopyt Chwały pierzchały kury, owce beczały, a chłopi obrzucali go ponurymi spojrzeniami. *Uzbrojeni chłopi* — zauważył w duchu. Niektórzy mieli kosy, inni drągi, a jeszcze inni groźnie zaostrzone motyki. Byli tu też ludzie z toporami. Jaime wypatrzył sporo brodatych mężczyzn z czerwonymi, siedmioramiennymi gwiazdami wyszytymi na brudnych, podartych bluzach. *Znowu te cholerne wróble. Skąd się ich tyle bierze?*

Nigdzie jednak nie widział swego stryja Kevana ani Lancela. Przywitał go jedynie maester, odziany w szarą szatę powiewającą wokół chudych nóg.

— Lordzie dowódco, Darry czuje się zaszczycone tą... niespodziewaną wizytą. Wybacz, że nie jesteśmy przygotowani. Słyszeliśmy, że zmierzasz do Riverrun.

— Darry leżało po drodze — skłamał Jaime. *Riverrun może zaczekać.* Gdyby jakimś trafem oblężenie skończyło się, zanim tam dotrze, nie będzie musiał walczyć przeciwko rodowi Tullych.

Zsunął się z siodła i powierzył Chwałę chłopcu stajennemu.

— Czy znajdę tu stryja?

Nie musiał wymieniać imienia. Ser Kevan był jedynym stryjem, jaki mu pozostał, ostatnim żyjącym synem Tytosa Lannistera.

— Nie, panie. Ser Kevan opuścił nas wkrótce po ślubie. — Maester pociągnął za swój łańcuch, jakby zrobił się on dla niego za ciasny. — Lord Lancel z pewnością ucieszy się na twój widok... i na widok twych dzielnych rycerzy, choć muszę z bólem wyznać, że Darry nie zdoła nakarmić aż tylu.

— Mamy swój prowiant. Jak się nazywasz?

— Maester Ottomore, jeśli łaska. Lady Amerei chciała przywitać cię osobiście, ale zajęła się przygotowaniem uczy na twoją cześć. Ma nadzieję, że razem ze swymi najznamienitszymi rycerzami i kapitanami zjesz z nami dzisiaj wieczerzę.

— Gorący posiłek bardzo by się nam przydał. Pogoda była zimna i deszczowa. — Jaime rozejrzał się po dziedzińcu, spoglądając na brodate twarze wróbli. *Jest ich tu za dużo. I Freyów również.* — Gdzie znajdę Twardego Kamienia?

— Dotarły do nas wieści, że za Tridentem spotkano banitów. Ser Harwyn wziął pięciu rycerzy oraz dwudziestu łuczników i pojechał się z nimi policzyć.

— A lord Lancel?

— Modli się. Jego lordowska mość zabronił przeszkadzać mu, kiedy to robi.

Świetnie by się dogadali z ser Boniferem.

— Niech i tak będzie. — Znajdzie jeszcze czas, by porozmawiać z kuzynem. — Zaprowadź mnie do mojej komnaty i każ przygotować kąpiel.

— Jeśli nie masz nic przeciwko temu, panie, zakwaterowaliśmy cię w Wieży Oracza. Wskażę ci drogę.

— Znam ją.

Jaime odwiedzał już ten zamek. Gościli tu z Cersei dwukrotnie. Raz z Robertem po drodze do Winterfell i potem drugi raz, gdy wracali do Królewskiej Przystani. Choć zamek nie należał do dużych, był większy niż gospoda, a nad rzeką rozciągały się dobre tereny łowieckie. Robert Baratheon nigdy nie miał oporów przed nadużywaniem gościnności poddanych.

Wieża wyglądała mniej więcej tak samo, jak ją zapamiętał.

— Ściany nadal są nagie — zauważył Jaime, gdy maester prowadził go galerią.

— Lord Lancel ma nadzieję pewnego dnia zakryć je arrasami — odparł Ottomore. — Będą na nich święte sceny.

Święte sceny. Jaime ledwie zdołał powstrzymać śmiech. Podczas jego pierwszej wizyty w zamku ściany również były nagie. Tyrion pokazywał mu ciemniejsze plamy na murach, gdzie kiedyś wisiały arrasy. Ser Raymun mógł kazać je zdjąć, ale nie był w stanie zatrzeć śladów po nich. Potem Krasnal zapłacił garść jeleni jednemu ze służących Darry'ego i ten dał mu klucz do piwnicy, w której ukryto zdjęte tkaniny. Pokazał je później Jaimemu w świetle świecy, uśmiechając się szeroko. To były portrety wszystkich królów z dynastii Targaryenów, od pierwszego Aegona do drugiego Aerysa.

— Jeśli pokażę je Robertowi, może zrobi mnie lordem Darry — rzekł karzeł ze śmiechem.

Maester Ottomore zaprowadził Jaimego na sam szczyt wieży.

— Mam nadzieję, że będzie ci tu wygodnie, panie. Jest tu wychodek, gdybyś poczuł zew natury. Okno wychodzi na boży gaj. Sypialnia sąsiaduje z sypialnią pani. Pośrodku jest komórka dla służącego.

— To komnaty lorda Darry'ego.

— Tak jest, panie.

— Mój kuzyn jest zbyt łaskawy. Nie zamierzam wyganiać Lancela z jego własnej sypialni.

— Lord Lancel sypia w sepcie.

Sypia z Matką i Dziewicą, mimo że ma za tymi drzwiami ciepłą żonę? Jaime nie wiedział, czy się śmiać, czy płakać. *Może modli się o to, żeby mu kutas stwardniał.* W Królewskiej Przystani krążyły plotki, że na skutek odniesionych ran Lancel został impotentem. *Niemniej powinien mieć choć tyle rozsądku, by spróbować.* Prawa jego kuzyna do nowych ziemi nie będą bezpieczne, dopóki nie spłodzi syna ze swą żoną, która po matce pochodziła z rodu Darrych. Jaime zaczynał żałować impulsu, który kazał mu tu przyjechać. Podziękował Ottomore'owi, przypomniał o kąpieli i kazał Peckowi odprowadzić go do wyjścia.

Lordowska komnata zmieniła się od czasu jego poprzedniej wizyty, i to nie na lepsze. Zamiast pięknego, myrijskiego dywanu podłogę pokrywało stare sitowie, a wszystkie meble były nowe i kiepsko wykonane. Łoże Raymuna Darry'ego było tak wielkie, że mogłoby w nim spać sześć osób. Miało brązowe, aksamitne zasłony i dębowe słupki pokryte rzeźbionymi pnącza-mi i liśćmi. Lancel zastąpił je nierównym siennikiem położo-nym pod oknem, gdzie z pewnością obudziłyby go pierwsze promienie słońca. Tamto łoże z pewnością ukradziono, spalono albo rozbito, ale...

Gdy przyniesiono balię, Mały Lew ściągnął Jaimemu buty i pomógł mu odpiąć złotą dłoń. Peck i Garrett przynieśli wodę, a Pia znalazła mu czyste ubranie do kolacji. Rozkładając wams, dziewczyna zerknęła nieśmiało na Jaimego, który ze skrępowa-niem zauważył krzywiznę jej bioder i piersi ukrytych pod suk-nią z brązowego samodziału. Przypomniał sobie słowa, które Pia szeptała mu w Harrenhal, gdy Qyburn przysłał ją do niego. *Czasami, kiedy jestem z jakimś mężczyzną, zamykam oczy i wy-obrażam sobie, że to ty leżysz na mnie.*

Poczuł ulgę, gdy balię wypełniono gorącą wodą na wystar-czającą głębokość, by ukryć jego podniecenie. Kiedy się zanu-rzył, przypomniał sobie inną kąpiel, którą dzielił z Brienne. Dręczyła go wówczas gorączka, był osłabiony z powodu upły-wu krwi, a od gorąca kręciło mu się w głowie i wygadywał rze-czy, jakich nie powinno się mówić. Tym razem jednak nie miał takiego usprawiedliwienia. *Pamiętaj o swoich ślubach. Pia bar-dziej się nadaje do łoża Tyriona niż do twojego.*

— Przynieś mi mydło i twardą szczotkę — rozkazał Pecko-wi. — Pia, możesz nas zostawić.

— Tak jest, panie. Dziękuję, panie.

Mówiąc, zasłaniała usta, żeby nie pokazywać połamanych zębów.

— Pragniesz jej? — zapytał Jaime Pecka, gdy dziewczyna wyszła.

Giermek poczerwieniał jak burak.

— Weź ją, jeśli jest chętna. Nie wątpię, że nauczysz się od niej kilku rzeczy, które przydadzą ci się w noc poślubną, a ra-czej wątpliwe, byś spłodził z nią bękarta.

Pia rozkładała nogi dla połowy armii jego ojca i nie poczęła ani razu. Zapewne była bezpłodna.

— Ale jeśli weźmiesz ją do łoża, bądź dla niej dobry —
dodał.

— Dobry, panie? Jak... jak mam...?

— Słodkie słówka. Delikatny dotyk. Nie chciałbyś się z nią
ożenić, ale gdy będziecie w łożu, traktuj ją tak, jak traktował-
byś żonę.

Chłopak pokiwał głową.

— Panie, gdzie... gdzie miałbym z nią pójść? Nigdy nie ma
miejsca, gdzie... gdzie...

— ...moglibyście być sami? — dokończył z uśmiechem Jaime. — Kolacja potrwa kilka godzin. Siennik wygląda na twardy, ale chyba się nada.

Peck wybałuszył oczy.

— W twoim łożu, wasza lordowska mość?

— Jeśli Pia zna się na rzeczy, kiedy skończysz, sam poczujesz się jak lord.

*Co więcej, ktoś powinien wreszcie zrobić użytek z tego nie-
szczęsnego siennika.*

Schodząc na ucztę, Jaime Lannister włożył wams z czerwonego aksamitu ze wstawkami ze złotogłowiu, a do tego złoty
łańcuch wysadzany czarnymi diamentami. Przytroczył też złotą rękę, którą kazał wypolerować, by ładnie świeciła. To nie
było odpowiednie miejsce na biały strój. Obowiązki czekały
na niego w Riverrun. Tutaj przyciągnęła go inna, mroczniej-
sza sprawa.

Wielka komnata zamku Darry była wielka jedynie z nazwy.
Od ściany do ściany zastawiono ją wspartymi na kozłach stołami, a sufitowe krokwie były czarne od sadzy. Jaimemu dano miejsce na podwyższeniu, na prawo od pustego krzesła Lancela.

— Mój kuzyn nie przyjdzie na kolację? — zapytał, siadając.

— Mój pan mąż woli pościć — wyjaśniła żona Lancela, lady
Amerei. — Jest chory z żalu po biednym Wielkim Septonie.

Dziewczyna miała długie nogi, pełne piersi i była wysoka.
Wyglądała na jakieś osiemnaście lat. Robiła wrażenie zdrowej
dziewki, choć jej chuda, pozbawiona podbródka twarz przywo-

dziła Jaimemu na myśl jego kuzyna Cleosa, po którym zbytnio nie płakał. Cleos zawsze przypominał mu nieco łasicę.

Pościć? To znaczy, że jest jeszcze większym głupcem, niż mi się zdawało. Jego kuzyn powinien pracowicie płodzić z młodą wdową dziedzica o twarzy łasicy, zamiast głodzić się na śmierć. Jaime zastanawiał się, co ser Kevan mógłby mieć do powiedzenia na temat niespodziewanego ferworu swego syna. Czyżby właśnie dlatego stryj odjechał tak nagle?

Nad miskami zupy fasolowej z boczkiem lady Amerei opowiedziała Jaimemu o tym, jak Gregor Clegane zabił jej pierwszego męża, gdy Freyowie jeszcze walczyli za Robba Starka.

— Błagałam go, żeby nie jechał, ale mój Pate koniecznie musiał być tak bardzo odważny. Poprzysiągł, że zabije tego potwora. Pragnął, by jego imię okryło się chwałą.

Wszyscy tego pragniemy.

— Kiedy byłem giermkiem, obiecywałem sobie, że to ja zabiję Uśmiechniętego Rycerza.

— Uśmiechniętego Rycerza? — powtórzyła zdziwiona. — A kto to był?

Góra z lat mojego dzieciństwa. Dwa razy od niego mniejszy, ale dwukrotnie bardziej szalony.

— Banita. Dawno już nie żyje. Nie musisz zawracać sobie nim głowy, pani.

Usta Amerei zadrżały. Z jej brązowych oczu popłynęły łzy.

— Musisz wybaczyć mojej córce — oznajmiła jakaś starsza kobieta. Lady Amerei przywiozła ze sobą do Darry około dwudziestu Freyów: siostry, stryja, stryjecznego brata, rozmaitych kuzynów… a także matkę, która z domu nazywała się Darry. — Nadal opłakuje ojca.

— Zabili go banici — szlochała lady Amerei. — Ojciec chciał tylko zapłacić okup za Petyra Pryszcza. Przyniósł im złoto, którego żądali, a oni i tak go zawiesili.

— Powiesili, Ami. Twój ojciec nie był arrasem. — Lady Mariya spojrzała na Jaimego. — Mam wrażenie, że go znałeś, ser.

— Byliśmy razem giermkami w Crakehall. — Jaime nie zamierzał się posunąć tak daleko, by twierdzić, że byli przyjaciółmi. Kiedy tam przybył, Merrett Frey był małym tyranem dręczącym wszystkich młodszych chłopców. *A potem spróbował zabrać się do mnie.* — Był... bardzo silny.

Żadna inna pochwała nie przychodziła mu na myśl. Merrett był powolny, niezgrabny i głupi, ale z pewnością silny.

— Walczyliście razem przeciwko Bractwu z Królewskiego Lasu — mówiła lady Amerei, pociągając nosem. — Ojciec mi o tym opowiadał.

Chciałaś powiedzieć, że ojciec się przechwalał i kłamał.

— To prawda.

Wkład Freya do tej walki polegał na tym, że zaraził się francą od markietanki i dał się pojmać Białej Łani. Królowa banitów wypaliła mu na dupie swój znak, zanim oddała go za okup Sumnerowi Crakehallowi. Merrett nie mógł potem siedzieć przez dwa tygodnie, choć Jaime podejrzewał, że rozżarzone do czerwoności żelazo nie było nawet w połowie tak bolesne, jak całe to gówno, które musiał potem znieść ze strony innych giermków. *Chłopcy są najokrutniejszymi stworzeniami na ziemi.* Jaime ujął kielich wina w złotą dłoń i uniósł go.

— Za pamięć Merretta — wzniósł toast. Łatwiej było za niego pić, niż o nim rozmawiać.

Po toaście lady Amerei przestała płakać i przy stole zaczęto mówić o wilkach, tych czworonożnych. Ser Danwell Frey twierdził, że nawet ser Walder nie pamięta czasów, gdy było ich tak wiele.

— W ogóle przestały się bać ludzi. Kiedy jechaliśmy z Bliźniaków, całe stada atakowały nasz tabor. Dopiero gdy łucznicy trafili kilkanaście, reszta uciekła.

Ser Addam Marbrand przyznał, że ich kolumna miała podobne kłopoty po drodze z Królewskiej Przystani.

Jaime skupił uwagę na posiłku, lewą ręką odrywając kawały chleba, a prawą trzymając kielich. Przyglądał się, jak Addam Marbrand próbuje oczarować siedzącą obok dziewczynę, a Steffon Swyft toczy na nowo bitwę o Królewską Przystań za pomocą chleba, orzechów i marchewek. Ser Kennos z Kayce posadził sobie na kolanach dziewkę służebną, namawiając ją, żeby pogłaskała jego róg, a ser Dermot zanudzał giermków opowieściami o błędnych rycerzach w deszczowym lesie. Siedzący nieco dalej Hugo Vance zamknął oczy. *Medytuje o tajemnicach życia* — pomyślał Jaime. *Albo śpi między daniami*. Ponownie spojrzał na lady Mariyę.

— Ci banici, którzy zabili twojego męża... czy to była banda lorda Berica?

— Tak z początku sądziliśmy. — Choć włosy lady Mariyi naznaczyły pasemka siwizny, nadal pozostawała atrakcyjną kobietą. — Zabójcy rozproszyli się, gdy tylko opuścili Stare Kamienie. Lord Vypren podążał za jedną bandą aż do Fairmarket, ale tam zgubił trop. Czarny Walder zapuścił się w ślad za drugą grupą na Bagno Jędzy, prowadząc ze sobą psy i tropicieli. Chłopi zaprzeczali, by ich widzieli, ale kiedy zapytał ostrzej, zaczęli śpiewać inaczej. Mówili o jednookim mężczyźnie, o drugim, odzianym w żółty płaszcz... i o kobiecie w płaszczu z kapturem.

— O kobiecie? — Można by pomyśleć, że Biała Łania nauczy Merretta trzymać się z dala od wyjętych spod prawa dziewek. — W Bractwie z Królewskiego Lasu też była kobieta.

— Wiem. — Jej ton sugerował, że chciała powiedzieć: „Jak mogłabym o niej nie wiedzieć? Zostawiła na ciele mojego męża swój znak". — Ale Biała Łania była ponoć młoda i piękna. Zakapturzona kobieta taka nie jest. Chłopi mówią, że twarz ma rozdartą i naznaczoną bliznami, a jej oczy są straszliwe. Twierdzą, że to ona dowodziła bandą.

— Dowodziła? — Jaimemu trudno w to było uwierzyć. — Beric Dondarrion i czerwony kapłan...

— Ich nie widziano — odparła lady Mariya z pewnością w głosie.

— Dondarrion nie żyje — zapewnił Silny Dzik. — Góra wbił mu nóż w oko. Są z nami ludzie, którzy to widzieli.

131

— Tak brzmi jedna z opowieści — zauważył Addam Marbrand. — Inni powiedzą ci, że jego nie można zabić.

— Ser Harwyn zapewnia, iż te opowieści są kłamstwem. — Lady Amerei oplotła warkocz wokół palca. — Obiecał mi głowę lorda Berica. Jest bardzo rycerski.

Zaczerwieniła się przez łzy.

Jaime przypomniał sobie głowę, którą dał Pii. Słyszał niemal chichot swego małego braciszka. *Co się stało ze zwyczajem dawania kobietom kwiatów?* — mógłby zapytać Tyrion. Na pewno dodałby też kilka barwnych słów określających Harwyna Plumma, choć „rycerski" zapewne nie byłoby jednym z nich. Bracia Plumma byli wysokimi, tęgimi mężczyznami o grubych szyjach i czerwonych twarzach. Głośni i pełni wigoru, łatwo się śmiali, łatwo wpadali w gniew i łatwo wybaczali. Harwyn był jednak innym rodzajem Plumma. Ten małomówny człowiek o twardym spojrzeniu nie zwykł wybaczać... i władał młotem ze śmiercionośną sprawnością. Był dobrym dowódcą garnizonu, ale trudno było go kochać. *Chociaż...* Jaime popatrzył na lady Amerei.

Służba podała ryby, rzeczne szczupaki pieczone w ziołach i tłuczonych orzechach. Żona Lancela skosztowała kawałek, skinęła głową z aprobatą i kazała podać pierwszą porcję Jaimemu. Gdy postawili przed nim rybę, wyciągnęła rękę nad talerzem przeznaczonym dla jej męża i dotknęła jego złotej ręki.

— Ty mógłbyś zabić lorda Berica, ser Jaime. Zabiłeś Uśmiechniętego Rycerza. Błagam, panie, zostań z nami i pomóż nam poradzić sobie z lordem Berikiem i Ogarem.

Jej białe palce pieściły jego złote.

Czy wydaje się jej, że coś czuję?

— Miecz Poranka zabił Uśmiechniętego Rycerza, pani. Ser Arthur Dayne lepszy rycerz ode mnie. — Ser Jaime cofnął złotą rękę i ponownie spojrzał na lady Mariyę. — Do jakiego miejsca udało się Czarnemu Walderowi wytropić tę zakapturzoną kobietę i jej ludzi?

— Jego psy znowu odnalazły trop na północ od Bagna Jędzy — odpowiedziała starsza kobieta. — Przysięga, że był najwyżej pół dnia za nimi, gdy zniknęli na Przesmyku.

— I niech tam zgniją — oznajmił radosnym tonem ser Kennos. — Jeśli bogowie będą łaskawi, pochłoną ich ruchome piaski albo pożrą jaszczurolwy.

— Albo wezmą ich pod opiekę żabole — sprzeciwił się ser Danwell Frey. — Wcale bym się nie zdziwił, gdyby się okazało, że wyspiarze osłaniają banitów.

— Gdybyż to byli tylko oni — dodała lady Mariya. — Niektórzy z lordów dorzecza również idą ręka w rękawicę z ludźmi lorda Berica.

— I prostaczkowie też — chlipnęła jej córka. — Ser Harwyn mówi, że ukrywają ich i dają im jeść, a kiedy ich pyta, dokąd poszli, kłamią. Okłamują swoich lordów!

— Wyrwijcie im języki! — zasugerował Silny Dzik.

— Na pewno dużo wam wtedy powiedzą — zauważył Jaime.

— Jeśli chcecie ich pomocy, musicie zdobyć ich miłość. Tak właśnie zrobił ser Arthur Dayne, kiedy walczyliśmy z Bractwem z Królewskiego Lasu. Płacił prostaczkom za żywność, którą spożywaliśmy, przekazywał ich skargi królowi Aerysowi, powiększał pastwiska wokół wiosek, a nawet zdobył dla nich prawo ścinania co roku pewnej liczby drzew, a jesienią także upolowania garstki królewskich jeleni. Leśni ludzie szukali przedtem opieki Toyne'a, ale ser Arthur zrobił dla nich więcej, niż kiedykolwiek mogłoby zrobić Bractwo. Dlatego przeszli na naszą stronę. Reszta była już łatwa.

— Lord dowódca mówi mądrze — poparła go lady Mariya.

— Nigdy nie uwolnimy się od banitów, jeśli prostaczkowie nie pokochają Lancela, tak jak kiedyś kochali mojego ojca i dziadka.

Jaime zerknął na puste krzesło kuzyna. *Lancel nie zdobędzie ich miłości modlitwą.*

Lady Amerei wydęła usta.

— Ser Jaime, błagam, nie opuszczaj nas. Mój pan mąż cię potrzebuje i ja również. Czasy są tak okropne, że niektórymi nocami ledwie mogę spać ze strachu.

— Moje miejsce jest u boku króla, pani.

— Ja przyjadę — zapewnił Silny Dzik. — Gdy tylko skończymy z Riverrun, będę pragnął kolejnej walki. Co prawda, Beric Dondarrion nie jest zbyt trudnym przeciwnikiem. Pamiętam go z dawnych turniejów. To był przystojny chłopak w ładnym płaszczyku. Szczupły niedorostek.

— To było przedtem, zanim zginął — sprzeciwił się młody ser Arwood Frey. — Prostaczkowie mówią, że śmierć go zmieniła. Można go zabić, ale wraca do życia. Jak walczyć z takim człowiekiem? I jest też Ogar. Zabił w Solankach dwudziestu ludzi.

Silny Dzik ryknął śmiechem.

— Chyba dwudziestu grubych oberżystów. Dwudziestu posługaczy, którzy zlali się w portki. Dwudziestu braci żebrzących uzbrojonych w miseczki. Ale nie dwudziestu rycerzy, takich jak ja.

— W Solankach jest rycerz — nie ustępował ser Arwood. — Schował się za murami, pozwalając, by Clegane ze swymi wściekłymi psami spustoszył miasto. Nie widziałeś, co on tam zrobił, ser. Ja widziałem. Kiedy wieści dotarły do Bliźniaków, pojechałem tam z Harysem Haighem i jego bratem Donnelem. Zabraliśmy pięćdziesięciu ludzi, łuczników i zbrojnych. Myśleliśmy, że to robota lorda Berica, i mieliśmy nadzieję złapać jego trop. Z Solanek został tylko zamek. Stary ser Quincy tak się wystraszył, że nie chciał nam otworzyć bramy. Krzyczał tylko coś z murów. Reszta to tylko popioły i kości. Całe miasteczko. Ogar podpalił budynki, wyrżnął mieszkańców i odjechał ze śmiechem. Kobiety... nie uwierzyłbyś, co zrobił z niektórymi. Nie będę o tym mówił przy stole. Zrobiło mi się niedobrze na ten widok.

— Płakałam, kiedy o tym usłyszałam — dodała lady Amerei.

Jaime popił łyk wina.

— Skąd pewność, że to był Ogar?

Opis sugerował raczej, że to robota Gregora, nie Sandora.

Sandor mógł być twardy i brutalny, ale to jego starszy brat był prawdziwym potworem w rodzie Clegane'ów.

— Widziano go — odparł ser Arwood. — Ten jego hełm trudno pomylić z innym i trudno też o nim zapomnieć. Garstka mieszkańców ocalała i opowiedziała o wszystkim. Dziewczyna, którą zgwałcił, kilku chłopców, którzy się ukryli, kobieta, którą znaleźliśmy uwięzioną pod nadpaloną belką, rybacy, którzy obserwowali rzeź ze swych łodzi...

— Nie nazywaj tego rzezią — sprzeciwiła się cichym głosem lady Mariya. — Znieważasz w ten sposób uczciwych rzeźników na całym świecie. Solanki to była robota jakiejś bestii w ludzkiej skórze.

Nadeszła pora bestii — pomyślał Jaime. *Czasy dla lwów, wilków i rozwścieczonych psów, dla kruków i padlinożernych wron.*

— To było czyste zło. — Silny Dzik znowu napełnił sobie kielich. — Lady Mariyo, lady Amerei, wzruszyła mnie wasza niedola. Macie moje słowo, że gdy tylko Riverrun padnie, wrócę tu, by dopaść Ogara i zabić go dla was. Nie boję się psów.

Tego powinieneś się bać. Obaj mężczyźni byli wysocy i potężnie zbudowani, ale Sandor Clegane był znacznie szybszy i walczył z gwałtownością, z którą Lyle Crakehall nie mógł się mierzyć.

Lady Amerei zareagowała jednak zachwytem.

— Jesteś prawdziwym rycerzem, ser Lyle. Zgodziłeś się pomóc uciemiężonej kobiecie.

Przynajmniej nie nazwała siebie „dziewicą". Jaime sięgnął po kielich i przewrócił go. Wino wsiąkło w płócienny obrus. Czerwona plama rosła szybko, lecz wszyscy udawali, że niczego nie zauważyli. *Uprzejme zachowanie przy stole* — pomyślał Jaime, ale przypominało to raczej litość. Wstał nagle.

— Wybacz, pani. Muszę już iść.

— Chcesz nas opuścić? — zapytała lady Amerei ze zrozpaczoną miną. — Mają jeszcze podać dziczyznę i kapłony nadziewane porami i grzybami.

— Z pewnością są bardzo smakowite, ale nie dam już rady zjeść więcej. Muszę porozmawiać z kuzynem.

Jaime pokłonił się i opuścił ucztujących.

Na dziedzińcu ludzie również jedli. Wróble zgromadziły się wokół kilkunastu ognisk, grzejąc przy nich ręce i przyglądając się, jak tłuste kiełbasy skwierczą nad płomieniami. Było ich chyba ze stu. *Bezużyteczne gęby.* Jaime zastanawiał się, ile kiełbas ma w zapasie jego kuzyn i jak zamierza karmić wróble, gdy ten zapas się skończy. *Zimą będą żarli szczury, chyba że zdołają jeszcze zebrać plon.* Tak późną jesienią szanse na kolejne żniwa nie były jednak zbyt wielkie.

Sept znalazł przy wewnętrznym dziedzińcu zamku — drewniany, podmurowany budynek o siedmiu ścianach z rzeźbionymi drewnianymi drzwiami i krytym dachówką dachu. Na schodach siedziały trzy wróble. Gdy Jaime podszedł bliżej, wszystkie wstały.

— Dokąd idziesz, panie? — zapytał jeden z nich. Był najmniejszy, ale za to miał największą brodę.

— Do środka.

— Jego lordowska mość tam się modli.

— Jego lordowska mość jest moim kuzynem.

— W takim razie, panie — odezwał się drugi wróbel, potężny łysy mężczyzna z siedmioramienną gwiazdą namalowaną nad okiem — chyba nie chcesz przeszkadzać kuzynowi w modlitwie?

— Lord Lancel prosi Ojca Na Górze o przewodnictwo — wyjaśnił trzeci, bezbrody wróbel. Jaime wziął go z początku za chłopca, ale głos świadczył, że to kobieta. Miała na sobie porozciągane łachmany oraz zardzewiałą kolczą koszulę. — Modli się za dusze Wielkiego Septona i wszystkich, którzy umarli.

— Jutro nadal będą nieżywi — odparł Jaime. — Ojciec Na Górze ma więcej czasu ode mnie. Wiesz, kim jestem?

— Jakimś lordem — odparł potężny mężczyzna z gwiazdą nad okiem.

— Jakimś kaleką — dodał niski człowieczek z wielką brodą.

— Jesteś Królobójcą — rzekła kobieta. — Ale my nie jesteśmy królami, tylko Braćmi Ubogimi. Nie możesz wejść, chyba że jego lordowska mość cię wpuści.

Podrzuciła w ręce nabijaną gwoździami pałkę, a niski mężczyzna uniósł topór.

Drzwi za nimi otworzyły się nagle.

— Pozwólcie mojemu kuzynowi wejść w pokoju, przyjaciele — rozkazał cicho Lancel. — Spodziewałem się go.

Wróble odsunęły się na bok.

Lancel sprawiał wrażenie jeszcze chudszego niż w Królewskiej Przystani. Był bosy i miał na sobie prostą bluzę z samodziału, w której wyglądał raczej na żebraka niż na lorda. Czubek głowy wygolił sobie gładko, ale za to nosił teraz coś w rodzaju brody. Powiedzieć, że to meszek jak na brzoskwini, byłoby zniewagą dla tego owocu. Zarost wyglądał dziwacznie w zestawieniu z białymi włosami za uszami młodzieńca.

— Kuzynie — odezwał się Jaime, gdy już znaleźli się w sepcie. — Czy do cna straciłeś rozum?

— Wolę mówić, że znalazłem wiarę.

— Gdzie twój ojciec?

— Odjechał. Pokłóciliśmy się. — Lancel klęknął przed ołtarzem swego drugiego Ojca. — Pomodlisz się ze mną, Jaime?

— Jeśli odmówię ładną modlitwę, czy Ojciec da mi nową rękę?

— Nie. Ale Wojownik da ci odwagę, Kowal użyczy ci siły, a Starucha ześle ci mądrość.

— To ręki potrzebuję. — Posągi siedmiu bogów majaczyły nad rzeźbionymi ołtarzami, ciemne drewno lśniło w blasku świec. W powietrzu unosił się delikatny zapach kadzidła. — Sypiasz tutaj?

— Co noc rozkładam posłanie pod innym ołtarzem i Siedmiu zsyła mi wizje.

Baelor Błogosławiony też miewał wizje. *Zwłaszcza gdy pościł.*

— Kiedy ostatnio jadłeś?

— Nie potrzebuję żadnego pokarmu oprócz wiary.

— Wiara jest jak owsianka. Lepsza z mlekiem i miodem.

— Śniło mi się, że przybędziesz. W tym śnie wiedziałeś, co uczyniłem. W jaki sposób zgrzeszyłem. Zabiłeś mnie za to.

— Prędzej sam siebie zabijesz głodówką. Czyż Baelor Błogosławiony nie skończył z powodu postu na marach?

— W *Siedmioramiennej gwieździe* napisano, że nasze życie jest jak płomień świecy. Może je zdmuchnąć każdy powiew. Na tym świecie śmierć nigdy nie jest daleko, a grzeszników, którzy nie okażą skruchy za swoje grzechy, czeka siedem piekieł. Pomódl się ze mną, Jaime.

— A czy zjesz miskę owsianki, jeśli to zrobię? — Gdy jego kuzynek nie odpowiadał, Jaime westchnął. — Powinieneś sypiać z żoną, nie z Dziewicą. Jeśli chcesz utrzymać ten zamek, potrzebujesz syna, w którego żyłach płynęłaby krew Darrych.

— To tylko kupa zimnych kamieni. Nie prosiłem o niego. Nigdy go nie chciałem. Chciałem tylko… — Lancel zadrżał. — Niech mnie Siedmiu ma w swojej opiece, chciałem być tobą.

Jaime nie mógł powstrzymać śmiechu.

— Lepiej mną niż Baelorem Błogosławionym. Darry potrzebuje lwa, kuzynku. Twoja mała Freyówna również. Za każdym razem, gdy ktoś wspomni o Twardym Kamieniu, robi się wilgotna między nogami. Jeśli jeszcze z nim nie spała, wkrótce to uczyni.

— Jeśli go kocha, życzę im szczęścia.

— Lew nie powinien nosić rogów. Wziąłeś ją sobie za żonę.

— Powiedziałem kilka słów i dałem jej czerwony płaszcz, ale tylko po to, by zadowolić ojca. Małżeństwo musi zostać skonsumowane. Król Baelor był zmuszony poślubić siostrę, Daenę, lecz oddalił ją, gdy tylko włożył koronę.

— Lepiej by się przysłużył królestwu, gdyby zamknął oczy i ją wyruchał. Uczyłem się trochę historii i tyle przynajmniej wiem. Zresztą, nikt cię raczej nie weźmie za Baelora Błogosławionego.

— To prawda — przyznał Lancel. — On był człowiekiem

niezwykłego ducha, czystym, odważnym i niewinnym, nietkniętym przez całe zło świata. Ja jestem grzesznikiem i mam za co pokutować.

Jaime położył dłoń na ramieniu kuzyna.

— Co ty wiesz o grzechu, kuzynku? Ja zabiłem króla.

— Odważny człowiek zabija mieczem, tchórz bukłakiem. Obaj jesteśmy królobójcami, ser.

— Robert nie był prawdziwym królem. Niektórzy mogliby nawet powiedzieć, że jeleń jest dla lwa naturalną zwierzyną. — Jaime czuł kości pod skórą kuzyna... a także coś jeszcze. Lancel nosił pod bluzą włosienicę. — Co jeszcze uczyniłeś, że potrzebujesz tak srogiej pokuty? Powiedz mi.

Jego kuzyn pochylił głowę. Po twarzy spływały mu łzy. Jaime nie potrzebował innej odpowiedzi.

— Zabiłeś króla — stwierdził — a potem pierdoliłeś się z królową.

— Nigdy... nigdy...

— ...nigdy nie spałeś z moją słodką siostrą?

Powiedz to. Powiedz to!

— Nigdy nie zostawiłem nasienia w... w jej...

— Piździe? — podpowiedział Jaime.

— ...macicy — dokończył Lancel. — To nie jest zdrada, jeśli nie skończy się w środku. Chciałem ją pocieszyć po śmierci króla. Ty byłeś w niewoli, twój ojciec toczył wojnę, a twój brat... bała się go, i to nie bez powodu. Zmusił mnie, żebym ją zdradził.

— Naprawdę? — *Lancel, ser Osmund i ilu jeszcze? Czy z tym Księżycowym Chłopcem to była tylko drwina?* — Czy ją zniewoliłeś?

— Nie! Kochałem ją. Chciałem jej bronić.

Chciałeś być mną. Jaime czuł świąd w fantomowych palcach. Gdy jego siostra przybyła do Wieży Białego Miecza błagać go, żeby się wyrzekł swych ślubów, wyśmiała go, kiedy odmówił, i pochwaliła się, że okłamała go tysiąc razy. Jaime wziął to wówczas za nieudolną próbę zranienia go, tak jak on

139

zranił ją. *To mógł być jedyny przypadek, kiedy powiedziała mi prawdę.*

— Nie myśl źle o królowej — poprosił go Lancel. — Ludzkie ciało jest słabe, Jaime. Z naszego grzechu nie wynikło nic złego. Nie… nie spłodziliśmy bękarta.

— To prawda. Bękarty rzadko się płodzi, spuszczając się na brzuch.

Jaime zastanawiał się, co powiedziałby jego kuzyn, gdyby wyznał mu własne grzechy, trzy zdrady, którym Cersei nadała imiona Joffrey, Tommen i Myrcella.

— Po bitwie byłem zły na Jej Miłość, ale Wielki Septon powiedział, że muszę jej wybaczyć.

— Wyznałeś swoje grzechy Jego Wielkiej Świątobliwości?

— Modlił się za mnie, kiedy zostałem ranny. Był dobrym człowiekiem.

A teraz nie żyje. Zagrały dla niego dzwony. Jaime zadał sobie pytanie, czy chłopak uświadamia sobie, do czego doprowadziły jego słowa.

— Lancelu, jesteś cholernym głupcem.

— Nie mylisz się — przyznał młodzieniec. — Ale zostawiłem już własną głupotę za sobą, ser. Modliłem się do Ojca Na Górze, by wskazał mi drogę, i spełnił moją prośbę. Wyrzekam się lordowskiego tytułu oraz żony. Twardy Kamień może sobie wziąć zamek i Amerei, jeśli ich pragnie. Jutro ruszam do Królewskiej Przystani, by przysiąc służbę Wielkiemu Septonowi i Siedmiu. Złożę śluby i wstąpię w szeregi Synów Wojownika.

Chłopak gadał od rzeczy.

— Synów Wojownika rozwiązano przed trzystu laty.

— Nowy Wielki Septon przywrócił ich do życia. Wzywa wszystkich godnych rycerzy do zaprzysiężenia życia i miecza służbie Siedmiu. Braci Ubogich również przywrócono.

— Dlaczego Żelazny Tron miałby na to pozwolić?

Jaime przypominał sobie, że jeden z wczesnych królów z dynastii Targaryenów przez długie lata toczył walkę o likwidację obu militarnych zakonów. Nie pamiętał jednak który. Być może Maegor albo pierwszy Jaehaerys. *Tyrion by to wiedział.*

— Jego Wielka Świątobliwość pisze, że król Tommen wyraził zgodę. Jeśli chcesz, pokażę ci list.

— Nawet jeśli to prawda... jesteś lwem ze Skały, lordem. Masz żonę, zamek, ziemie, których musisz bronić, ludzi, którzy polegają na twojej opiece. Jeśli bogowie będą łaskawi, będziesz miał synów, którzy zajmą twoje miejsce. Czemu chcesz wyrzec się tego wszystkiego dla... dla jakichś ślubów?

— A czemu ty to zrobiłeś? — zapytał cicho Lancel.

Dla honoru — mógłby odpowiedzieć Jaime. *Dla chwały.* To jednak byłoby kłamstwo. Honor i chwała odegrały pewną rolę, ale przede wszystkim zrobił to dla Cersei. Z ust wyrwał mu się śmiech.

— Uciekasz do Wielkiego Septona czy do mojej słodkiej siostry? Módl się, byś potrafił odpowiedzieć na to pytanie, kuzynku. Módl się ze wszystkich sił.

— A pomodlisz się ze mną, Jaime?

Rozejrzał się po sepcie, spojrzał na bogów. Na Matkę, pełną łaskawości. Na Ojca, surowego sędziego. Na Wojownika, który jedną dłoń trzymał na mieczu. Na stojącego w cieniach Nieznajomego o półludzkiej twarzy skrytej pod kapturem. *Myślałem, że ja jestem Wojownikiem, a Cersei Dziewicą, ale ona od początku była Nieznajomym, skrywała swą prawdziwą twarz przed moim spojrzeniem.*

— Pomódl się za mnie, jeśli chcesz — odparł. — Ja zapomniałem słów.

Gdy Jaime wyszedł z septu w noc, wróble nadal czekały na schodach.

— Dziękuję — powiedział do nich. — Czuję się teraz znacznie świętszy,

Potem poszedł poszukać ser Ilyna i dwóch mieczy.

Na zamkowym dziedzińcu pełno było oczu i uszu. Żeby przed nimi umknąć, udali się do bożego gaju Darrych. Tam nie było wróbli, tylko drzewa, nagie i posępne, wyciągające czarne gałęzie ku niebu. Pod ich stopami chrzęścił dywan zeschłych liści.

— Widzisz to okno, ser? — Jaime wskazał na nie mieczem. — Tam była sypialnia Raymuna Darry'ego. Kiedy wracaliśmy z Winterfell, spał tam król Robert. Jak pewnie pamiętasz, córka Neda Starka uciekła po tym, jak jej wilk zaatakował Joffa. Moja siostra chciała, żeby uciąć dziewczynce rękę. To uświęcona tradycją kara za uderzenie kogoś królewskiej krwi. Robert powiedział jej, że jest okrutna i szalona. Kłócili się przez pół nocy... to znaczy Cersei się kłóciła, a Robert pił. Po północy królowa wezwała mnie do siebie. Król urżnął się i chrapał na myrijskim dywanie. Zapytałem siostrę, czy mam go zanieść na łoże, a ona odpowiedziała, że to ją mam tam zanieść, i zrzuciła szatę. Wziąłem ją na łożu Raymuna Darry'ego, przeszedłszy przedtem nad Robertem. Gdyby Jego Miłość się obudził, zabiłbym go na miejscu. Nie byłby pierwszym królem, który zginąłby od mojego miecza... ale tamtą historię znasz, prawda? — Ciął mieczem gałąź, przerąbując ją na pół. — Kiedy się z nią pierdoliłem, Cersei krzyczała: „Chcę...". Myślałem, że to mnie chce, ale okazało się, że chodzi jej o to, bym okaleczył albo zabił Starkównę. — *Czego się nie robi z miłości.* — To był czysty przypadek, że ludzie Starka znaleźli dziewczynkę przede mną. Gdybym to ja był pierwszy...

Ślady po francy na twarzy ser Ilyna wyglądały w blasku pochodni jak ciemne dziury, czarne niczym dusza Jaimego.

Payne wydał z siebie swój klekoczący dźwięk.

Śmieje się ze mnie — uświadomił sobie Jaime Lannister.

— Całkiem możliwe, że ty też się pierdoliłeś z moją siostrą, francowaty skurwysynu — warknął. — A teraz zamknij tę cholerną gębę i zabij mnie, jeśli zdołasz.

BRIENNE

Septor zbudowano na wysepce piętrzącej się w odległości połowy mili od brzegu, w miejscu, gdzie szerokie ujście Tridentu
poszerzało się jeszcze bardziej, przechodząc w Zatokę Krabów.
Nawet z brzegu można było dostrzec, że jest bogaty. Zbocza
pokrywały tarasy pól, na dole było widać stawy rybne, a na
górze wiatrak. Jego skrzydła, zrobione z drewna i płótna, obra-
cały się powoli na wiejącym od zatoki wietrze. Brienne widziała pasące się na stoku owce oraz bociany brodzące w płytkich
wodach wokół przystani promu.

— Solanki leżą tuż za wodą — rzekł septon Meribald, wskazując na północny brzeg. — Bracia zawiozą nas do nich z porannym przypływem, choć boję się tego, co tam znajdziemy.
Zjedzmy dobry, gorący posiłek, nim będziemy musieli stawić
temu czoło. Bracia zawsze mają kość dla Psa.

Pies zaszczekał i zamerdał ogonem.

Szybko nadciągał odpływ. Wody dzielące wysepkę od brzegu opadały, odsłaniając szeroki obszar połyskliwych, brązowych błot upstrzonych sadzawkami błyszczącymi w świetle
popołudniowego słońca niczym złote monety. Brienne podrapa-
ła się po karku, gdzie ugryzł ją jakiś owad. Upięła wysoko włosy i słońce grzało jej skórę.

— Dlaczego nazywają ją Cichą Wyspą? — zapytał Podrick.

— Ci, którzy tam mieszkają, są pokutnikami pragnącymi
odkupić grzechy poprzez kontemplację, modlitwę i milczenie.
Tylko Starszemu Bratu i jego gwardianom wolno się odzywać,
a tym ostatnim wyłącznie jednego dnia na każde siedem.

— Milczące siostry nigdy nic nie mówią — zauważył Podrick. — Słyszałem, że nie mają języków.

— Matki straszyły córki tą opowieścią już w czasach, gdy byłem w twoim wieku — odparł z uśmiechem septon Meribald. — Nie było w tym prawdy wtedy i nie ma jej teraz. Śluby milczenia są aktem skruchy, poświęceniem dowodzącym naszego oddania dla Siedmiu Na Górze. Gdyby niemy złożył śluby milczenia, to byłoby tak samo, jakby beznogi wyrzekł się tańca. — Sprowadził osła ze zbocza, gestem nakazując towarzyszom podążyć za sobą. — Jeśli chcecie dziś w nocy spać pod dachem, musicie zsiąść z koni i przejść ze mną przez błoto. Nazywamy to ścieżką wiary. Tylko wierni mogą przedostać się tędy bezpiecznie. Niegodziwych pochłaniają ruchome piaski albo zatapia ich nadchodzący przypływ. Mam nadzieję, że nikt z was nie zalicza się do niegodziwych... ale lepiej uważajcie, gdzie stawiacie nogi. Stąpajcie po moich śladach, a przejdziecie przez błota.

Uwagi Brienne nie umknął fakt, że ścieżka wiary jest kręta. Choć wysepka znajdowała się na północny wschód od miejsca, gdzie przekroczyli linię brzegu, septon Meribald nie ruszył w tamtym kierunku, lecz poszedł prosto na wschód, ku głębszym wodom zatoki, które świeciły w oddali błękitnosrebrnym blaskiem. Miękkie, brązowe błoto właziło mu między palce. Od czasu do czasu zatrzymywał się, by zbadać kosturem drogę przed sobą. Pies trzymał się blisko jego nóg, obwąchując każdy kamień, muszlę i skupisko wodorostów. Tutaj nie wybiegał naprzód ani nie skręcał na boki.

Brienne szła za nimi, trzymając się blisko śladów pozostawionych przez psa, osła i świętego męża. Za nią podążał Podrick, a na końcu szedł ser Hyle. Po mniej więcej stu jardach Meribald skręcił nagle na południe, zwracając się niemal plecami do septoru. Pokonał kolejne sto jardów, idąc w tym kierunku między dwiema płytkimi sadzawkami. Pies wsadził nos w jedną z nich i pisnął z bólu, gdy uszczypnął go krab. Nastała krótka, ale zacięta walka, po której pies przytruchtał do nich, mokry i uwalany błotem. W pysku trzymał pokonanego skorupiaka.

— Czy nie tam chcemy iść? — zawołał podążający z tyłu ser

Hyle, wskazując na septor. — Mam wrażenie, że zmierzamy w zupełnie innym kierunku.

— Więcej wiary — uspokoił go septon Meribald. — Wiara, wytrwałość i trzymanie się wyznaczonej ścieżki pozwolą nam znaleźć spokój, którego szukamy.

Ze wszystkich stron wędrowców otaczały błota, błyszczące połową setki różnych odcieni. Ich powierzchnia była brązowa, tak ciemna, że wydawała się niemal czarna, ale zdarzały się tu też połacie złocistego piasku, szare i czerwone skały sterczące nad muł oraz skupiska czarnych i zielonych wodorostów. W sadzawkach brodziły bociany, ślady ich łap otaczały wędrowców ze wszystkich stron, a po tafli płytkich sadzawek biegały kraby. W powietrzu unosił się zapach morza i zgnilizny, błoto wsysało ich stopy i uwalniało je niechętnie, z trzaskiem i głośnymi mlaśnięciami. Septon Meribald zmienił kierunek raz, drugi i trzeci. Ślady jego stóp natychmiast wypełniała woda. Pokonali przynajmniej półtorej mili, nim grunt pod ich stopami zrobił się twardszy i zaczął się podnosić.

Gdy wspięli się na popękane głazy znaczące linię brzegową wysepki, czekało tam na nich trzech mężczyzn. Mieli na sobie brązowobure szaty braci, z szerokimi rękawami i ostro zakończonymi kapturami. Dwóch otoczyło dolne połowy twarzy kawałkami wełny i widać było tylko ich oczy. Przywitał ich trzeci brat.

— Septonie Meribaldzie — zawołał. — Nie było cię tu prawie rok. Witaj. I wy również witajcie.

Pies zamerdał ogonem, a Meribald strząsnął błoto ze stóp.

— Czy możemy prosić o gościnę na jedną noc?

— Oczywiście. Na wieczerzę będzie gulasz rybny. Będziecie rano potrzebowali promu?

— Jeśli nie prosimy o zbyt wiele. — Meribald popatrzył na towarzyszy podróży. — Brat Narbert jest gwardianem w zakonie. Wolno mu się odzywać jednego dnia z każdych siedmiu. Bracie, ci dobrzy ludzie pomogli mi podczas wędrówki. Ser Hyle Hunt jest rycerzem z Reach. Ten chłopak to Podrick Payne, pochodzi z krain zachodu. A to jest lady Brienne, znana jako Dziewica z Tarthu.

Brat Narbert znieruchomiał.

— Kobieta.

— Tak, bracie. — Brienne rozpięła włosy i rozpuściła je. — Nie macie tu kobiet?

— W tej chwili nie — przyznał Narbert. — Te, które nas odwiedzają, są chore, ranne albo spodziewają się dzieci. Siedmiu pobłogosławiło naszego Starszego Brata uzdrawiającymi dłońmi. Przywrócił zdrowie wielu ludziom, których nawet maesterzy nie potrafili wyleczyć. Były wśród nich także kobiety.

— Nie jestem chora, ranna ani nie spodziewam się dziecka.

— Lady Brienne jest dziewicą-wojownikiem — wyznał septon Meribald. — Poszukuje Ogara.

— Naprawdę? — Narbert sprawiał wrażenie nieprzyjemnie zaskoczonego. — A w jakim celu?

Brienne dotknęła rękojeści Wiernego Przysiędze.

— Chcę z nim skończyć — oznajmiła. Gwardian przyjrzał się jej uważnie.

— Jesteś... dobrze umięśniona, jak na kobietę, to prawda, ale... ale być może powinienem cię zaprowadzić do Starszego Brata. Na pewno widział, jak przechodziliście przez błoto. Chodźmy.

Narbert poprowadził ich wysypaną żwirem ścieżką w stronę sadu jabłoniowego. Potem dotarli do bielonej stajni ze stromym, krytym strzechą dachem.

— Możecie tutaj zostawić zwierzęta. Brat Gillam nakarmi je i napoi.

Stajnia była wypełniona niespełna w jednej czwartej. Na jednym jej końcu stało kilka mułów. Zajmował się nimi niski krzywonogi brat, którego Brienne uznała za Gillama. Na drugim końcu, z dala od innych zwierząt, stał wielki, kary ogier, który zarżał, słysząc ich głosy, i kopnął drzwi boksu.

Ser Hyle, obrzuciwszy wielkie zwierzę pełnym podziwu spojrzeniem, wręczył wodze swego wierzchowca bratu Gillamowi.

— Piękny rumak — zauważył.

Brat Narbert westchnął.

— Siedmiu zsyła nam błogosławieństwa albo poddaje nas próbom. Znajda może być piękny, ale z pewnością zrodził się w piekle. Kiedy próbowaliśmy go zaprząc do pługa, kopnął brata Rawneya i złamał mu obojczyk w dwóch miejscach. Mieliśmy nadzieję, że kastracja wyleczy go ze złośliwości, ale... bracie Gillamie, czy zechcesz im pokazać?

Brat Gillam zdjął kaptur. Pod spodem miał blond czuprynę, wygoloną tonsurę oraz bandaż w miejscu, gdzie powinno być ucho.

Podrick wciągnął gwałtownie powietrze.

— Koń odgryzł ci ucho?

Gillam skinął głową i znowu postawił kaptur.

— Wybacz, bracie — rzekł ser Hyle. — Ale ja mógłbym odgryźć ci drugie, gdybyś podszedł do mnie z ogrodniczymi nożycami.

Żart nie przypadł do gustu bratu Narbertowi.

— Ty jesteś rycerzem, ser. Znajda jest zwierzęciem pociągowym. Kowal dał ludziom konie, by pomagały im w pracy. — Odwrócił się. — Chodźmy, jeśli łaska. Starszy Brat z pewnością już na nas czeka.

Stok był bardziej stromy, niż wydawało się z daleka. Żeby ułatwić wejście na szczyt, bracia zbudowali drewniane schody, wijące się po zboczu i między budynkami. Po długim dniu spędzonym w siodle Brienne cieszyła się z szansy rozprostowania nóg.

Minęli po drodze kilkunastu braci, zakapturzonych mężczyzn w burobrązowych szatach, którzy spoglądali na przybyszy z ciekawością, ale nie przywitali ich ani słowem. Jeden z nich prowadził dwie mleczne krowy w stronę niskiej obory krytej darnią, inny zaś ubijał masło w maselnicy. Wyżej spotkali trzech chłopaków pasących owce, a jeszcze wyżej minęli cmentarz, gdzie brat roślejszy niż Brienne trudził się przy kopaniu grobu. Jego ruchy wyraźnie świadczyły, że jest kulawy.

Kiedy przerzucił przez ramię łopatę pełną kamienistej gleby, część upadła im pod stopy.

— Uważaj, bracie — skarcił go brat Narbert. — O mały włos nie sypnąłeś septonowi Meribaldowi ziemią w usta.

Grabarz pochylił głowę. Gdy Pies podszedł go obwąchać, brat odrzucił łopatę i podrapał go po uchu.

— To nowicjusz — wyjaśnił Narbert.

— Dla kogo jest ten grób? — zapytał ser Hyle, gdy ruszyli dalej w górę po drewnianych schodach.

— Dla brata Clementa, niech Ojciec osądzi go sprawiedliwie.

— Czy był stary? — zaciekawił się Podrick Payne.

— Jeśli uważasz, że czterdzieści osiem lat to starość, to był, ale nie wiek go zabił. Zmarł z ran odniesionych w Solankach. Tego dnia, gdy banici napadli na miasto, wybrał się na targ z naszym miodem.

— To był Ogar? — zapytała Brienne.

— Inny banita, równie brutalny. Kiedy biedny Clement nie chciał odpowiedzieć, wyciął mu język. Powiedział, że skoro złożył śluby milczenia, nie będzie go potrzebował. Starszy Brat będzie wiedział więcej na ten temat. Najgorsze wieści z zewnątrz zatrzymuje dla siebie, by nie mącić panującego w septorze spokoju. Wielu z braci przybyło tu po to, by uciec przed okropnościami świata, a nie, żeby je wspominać. Brat Clement nie był jedynym z nas, który odniósł rany. Niektórych ran nie ujrzy się okiem. — Brat Narbert wskazał ręką w prawo. — Tam jest nasza letnia winnica. Grona są małe i cierpkie, ale wino nadaje się do picia. Warzymy też własne *ale*, a nasz miód i cydr cieszą się powszechnym uznaniem.

— Wojna tu nie dotarła? — zapytała Brienne.

— Nie ta wojna, dzięki Siedmiu. Chronią nas nasze modlitwy.

— I wasze pływy — zasugerował Meribald. Pies zaszczekał na znak zgody.

Szczyt wzgórza wieńczył niski murek z niepołączonych zaprawą kamieni, otaczający skupisko dużych budynków — poskrzypiący skrzydłami wiatrak, sypialnie dla braci, refektarz, w którym spożywali posiłki, drewniany sept, w którym się modlili oraz medytowali. Miał on okna z barwionego szkła, szerokie drzwi, w których wyrzeźbiono podobizny Matki i Ojca, a na dachu siedmioboczną wieżyczkę otoczoną chodnikiem. Dalej znajdował się ogród warzywny, który właśnie pieliło kilku wiekowych braci. Brat Narbert poprowadził gości wokół kasztanowca ku drewnianym drzwiom wprawionym w zbocze wzgórza.

— Jaskinia z drzwiami? — zdziwił się ser Hyle.

— Nazywa się Pieczarą Pustelnika — wyjaśnił z uśmiechem septon Meribald. — Mieszkał w niej pierwszy święty mąż, który trafił na wyspę. Czynił cuda tak wspaniałe, że rychło przyłączyli się do niego następni. Powiadają, że było to dwa tysiące lat temu. Drzwi wprawiono później.

Być może przed dwoma tysiącami lat Pieczara Pustelnika była wilgotna i ciemna, zamiast podłogi miała klepisko i wypełniał ją dźwięk skapującej z góry wody, ale teraz wyglądała inaczej. Z jaskini, do której zaprowadzono Brienne i jej towarzyszy, uczyniono ciepłe, przytulne schronienie. Na ziemi leżały wełniane dywany, a na ścianach wisiały arrasy. Wysokie, woskowe świece wypełniały pomieszczenie jasnym blaskiem. Meble były niezwykłe, ale proste: długi stół, ława ze skrzynią, kilka wysokich kufrów pełnych ksiąg oraz krzesła. Wszystko zrobiono z wyrzuconego na brzeg drewna, jego fragmenty o osobliwym kształcie połączono zręcznie w całość i wypolerowano, by lśniły w blasku świec ciemnozłotym blaskiem.

Wygląd Starszego Brata zaskoczył Brienne. Przede wszystkim trudno go było zwać starszym. Bracia trudzący się w ogrodzie mieli pochylone plecy i przygarbione barki, on zaś był wysoki, wyprostowany i poruszał się z wigorem mężczyzny w sile wieku. Nie miał też dobrej, łagodnej twarzy, jakiej można by się spodziewać u uzdrowiciela. Jego głowa była wielka i kanciasta, spojrzenie sprytne, a czerwony nochal pokrywały drobne żyłki. Choć miał tonsurę, pokrywała ją szczecina, podobnie jak wydatną szczękę.

Wygląda raczej na człowieka stworzonego do łamania kości, nie do ich gojenia — pomyślała Dziewica z Tarthu, gdy Starszy Brat podszedł do nich, by uściskać septona Meribalda i pogłaskać Psa.

— Zawsze się raduję, gdy nasi przyjaciele Meribald i Pies zaszczycają nas wizytą — oznajmił, nim zwrócił się ku pozostałym gościom. — Zawsze też cieszy mnie widok nowych twarzy. Oglądamy je tu tak rzadko.

Meribald zgodnie z wymogami uprzejmości przedstawił wszystkich, a potem usiadł na ławie. W przeciwieństwie do septona Narberta Starszy Brat nie sprawiał wrażenia zaniepokojonego płcią Brienne, lecz gdy septon powiedział mu, w jakim celu przybyła tu z ser Hyle'em, uśmiech zniknął z jego twarzy.

— Rozumiem — rzekł tylko i odwrócił się. — Na pewno jesteście spragnieni — kontynuował. — Proszę, napijcie się trochę naszego słodkiego cydru, by spłukać z gardeł pył podróży. — Nalał im osobiście. Kubki również były wykonane z wyrzuconego przez morze drewna i każdy z nich wyglądał inaczej. Brienne pochwaliła ich wykonanie.

— Jesteś zbyt łaskawa, pani — odparł. — My tylko przycinamy i gładzimy drewno. Mieszkamy w błogosławionym miejscu. Rzeka spotyka się tu z zatoką, prądy walczą ze sobą i na naszych brzegach ląduje wiele niezwykłych i cudownych rzeczy. Drewno to tylko drobiazg. Znajdujemy srebrne puchary i żelazne garnki, worki wełny i bele jedwabiu, zardzewiałe hełmy i błyszczące miecze... a nawet rubiny.

To zainteresowało ser Hyle'a.

— Rubiny Rhaegara?

— Być może. Któż to wie? Bitwę stoczono wiele mil stąd, ale rzeka jest cierpliwa i niestrudzona. Znaleźliśmy już sześć i wszyscy czekamy na siódmy.

— Lepiej rubiny niż kości. — Septon Meribald pocierał sobie stopę. Błoto spadało płatkami pod dotykiem jego palca. — Nie wszystkie dary rzeki są miłe. Dobrzy bracia wyławiają też utopione krowy i jelenie, padłe świnie rozdęte tak bardzo, że są wielkie prawie jak konie. A także ludzkie trupy.

— W dzisiejszych czasach jest ich stanowczo zbyt wiele — stwierdził z westchnieniem Starszy Brat. — Nasz grabarz nie zna odpoczynku. Ludzie z dorzecza, z zachodu, z północy, wszyscy tu wypływają. Zarówno rycerze, jak i łotrzyki. Chowamy ich obok siebie. Starków i Lannisterów, Blackwoodów i Brackenów, Freyów i Darrych. Spełnienia tego obowiązku żąda od nas rzeka w zamian za wszystkie swoje dary. Staramy się robić to najlepiej, jak potrafimy. Czasami jednak znajdujemy kobietę... albo, co gorsza, małe dziecko. To są najokrutniejsze dary. — Spojrzał na septona Meribalda. — Mam nadzieję, że znajdziesz czas, by odpuścić nam grzechy. Od czasu, gdy łupieżcy zabili starego septona Benneta, nie mamy nikogo, kto wysłuchałby naszych spowiedzi.

— Znajdę czas — zgodził się Meribald. — Mam jednak nadzieję, że usłyszę o jakichś ciekawszych grzechach niż poprzednim razem.

Pies zaszczekał.

— Widzicie? Nawet Pies się znudził.

— Myślałem, że nikt tu nie mówi — odezwał się zdziwiony Podrick Payne. — To znaczy nie nikt. Bracia. Inni bracia oprócz ciebie.

— Podczas spowiedzi wolno nam złamać śluby milczenia — wyjaśnił Starszy Brat. — Trudno jest wyznać grzechy gestykulacją i kiwaniem głową.

— Czy spalili sept w Solankach? — zapytał Hyle Hunt.

Uśmiech zniknął z twarzy Starszego Brata.

— Spalili wszystko oprócz zamku. Tylko on był zbudowany z kamienia... choć i tak nie przyniósł miasteczku żadnego pożytku. Równie dobrze mógł być zbudowany z łoju. Przypadło mi w udziale opatrzenie ran niektórych ocalonych. Rybacy przywieźli ich przez zatokę, gdy pożary już wygasły, i uznali, że mogą bezpiecznie przybić do brzegu. Jedną nieszczęsną kobietę zgwałcono kilkanaście razy, a jej piersi... pani, nosisz kolczugę, jak mężczyzna, więc nie oszczędzę ci opisu okropności. Jej piersi były rozerwane, pogryzione i... zjedzone, jakby napadła ją jakaś straszliwa bestia. Zrobiłem dla niej, co mogłem, ale nie na wiele się to zdało. Kiedy umierała, najstraszliwiej przeklinała nie mężczyzn, którzy ją zgwałcili, ani nie potwora, który pożarł jej żywe ciało, ale ser Quincy'ego Coksa, który zamknął wrota zamku, gdy przybyli banici, i siedział bezpiecznie za kamiennymi murami, gdy jego ludzie ginęli, krzycząc z bólu.

— Ser Quincy jest stary — zauważył łagodnym tonem septon Meribald. — Jego synowie i dobrzy synowie przebywają daleko albo nie żyją, wnukowie są jeszcze dziećmi i ma też dwie córki. Co mógł sam zdziałać przeciw tak wielu?

Mógł spróbować — pomyślała Brienne. *Mógł zginąć. Prawdziwy rycerz, stary czy młody, przysięga bronić tych, którzy są od niego słabsi, albo oddać za nich życie.*

— W twoich słowach jest prawda i mądrość — oznajmił septonowi Meribaldowi Starszy Brat. — Kiedy popłyniesz do Solanek, z pewnością ser Quincy poprosi cię o wybaczenie. Cieszę się, że tu jesteś, by mu go udzielić, bo ja nie potrafiłem tego uczynić. — Odsunął kubek i wstał. — Za chwilę zabrzmi dzwon na kolację. Przyjaciele, czy pójdziecie ze mną do septu pomodlić się za dusze dobrych ludzi z Solanek, nim zasiądziemy do stołu, by podzielić się chlebem, mięsem i miodem?

— Chętnie — zgodził się Meribald. Pies zaszczekał.

Kolacja w septorze była najbardziej niezwykłym posiłkiem, jaki Brienne w życiu spożyła, sprawiła jej jednak radość. Jedzenie podano proste, ale bardzo smaczne: jeszcze ciepłe bochny chrupiącego chleba, garnuszki świeżo ubitego masła, miód z miejscowych uli oraz gęsty gulasz z krabów, małży i co najmniej trzech różnych gatunków ryb. Septon Meribald i ser Hyle popijali warzony przez braci miód pitny i orzekli, że jest bardzo dobry. Brienne i Podrick zadowolili się słodkim cydrem. Nastrój przy wieczerzy nie był też smutny. Nim podano jedzenie, Meribald odmówił modlitwę, a gdy siedzący przy czterech ustawionych na kozłach stołach bracia spożywali posiłek, jeden z nich przygrywał na stojącej harfie, wypełniając salę cichymi, słodkimi dźwiękami. Kiedy Starszy Brat zwolnił muzyka, by on również się najadł, brat Narbert i inny gwardian czytali na zmianę ustępy z *Siedmioramiennej gwiazdy*.

Gdy skończyli czytać, resztki jedzenia zabrali nowicjusze, których zadaniem było usługiwanie przy stole. Większość stanowili chłopcy w wieku Podricka albo młodsi, ale byli wśród nich również dorośli. Jednym z nich był potężnie zbudowany grabarz, którego spotkali po drodze. Utykał wyraźnie, co świadczyło o jakiegoś rodzaju kalectwie. Gdy sala się opróżniła, Starszy Brat poprosił Narberta, by zaprowadził Podricka i ser Hyle'a do ich sienników w budynkach sypialnych.

— Mam nadzieję, że nie przeszkadza wam spanie we wspólnej celi? Nie jest duża, ale wygodna.

— Wolę zostać z ser — odparł Podrick. — To znaczy z moją panią.

— To, co robicie z lady Brienne gdzie indziej, to sprawa między wami a Siedmioma — oznajmił brat Narbert. — Ale na Cichej Wyspie mężczyźni i kobiety nie śpią pod tym samym dachem, chyba że są mężem i żoną.

— Mamy kilka skromnych chat przeznaczonych dla kobiet, które nas odwiedzają, czy są to szlachetnie urodzone damy czy wiejskie dziewczyny — rzekł Starszy Brat. — Nie korzystamy z tych chat często, ale jest tam ciepło i sucho. Lady Brienne, czy mogę wskazać ci drogę?

— Tak, dziękuję. Podricku, idź z ser Hyle'em. Jesteśmy gośćmi świętych braci. Pod ich dachem obowiązują ich zasady.

Chaty dla kobiet znajdowały się po wschodniej stronie wyspy. Rozciągał się z nich widok na rozległe błota i odległe wody Zatoki Krabów. Było tu zimniej niż po osłoniętej przed wiatrem stronie, a okolica wydawała się dziksza. Zbocze było bardziej strome, ścieżka wiła się między zielskiem, głogiem, rzeźbionymi wiatrem skałami oraz powykręcanymi, ciernistymi drzewami, które uparcie czepiały się kamienistego gruntu. Starszy Brat wziął ze sobą lampę, by oświetlała im drogę. Na kolejnym zakręcie zatrzymał się nagle.

— W pogodną noc można stąd zobaczyć ognie Solanek. Tam, po drugiej stronie zatoki.

Wyciągnął rękę.

— Nic nie widzę — stwierdziła Brienne.

— Został tam tylko zamek. Nawet rybacy odpłynęli, garstka szczęśliwców, która była na morzu, gdy nadeszli łupieżcy. Widzieli, jak ich domy płonęły, i słuchali niosących się nad wodą krzyków, bojąc się przybić do brzegu. A gdy wreszcie to zrobili, mogli tylko pochować przyjaciół i rodziny. Co tam dla nich zostało, oprócz kości i gorzkich wspomnień? Przenieśli się do Stawu Dziewic albo do innych miast. — Wskazał lampą w dół i ruszyli w dalszą drogę. — Solanki nigdy nie były ważnym portem, ale od czasu do czasu przypływały tam statki. O to właśnie chodziło łupieżcom, o galerę albo kogę, która zabrałaby ich na drugi brzeg wąskiego morza. Gdy żadnej nie znaleźli, wyładowali swój gniew i desperację na mieszkańcach. Zastanawiam się, pani... co masz nadzieję tam znaleźć?

— Dziewczynę — odpowiedziała. — Szlachetnie urodzoną trzynastoletnią dziewicę o urodziwej twarzy i kasztanowatych włosach.

— Sansę Stark — rzekł bardzo cicho. — Uważasz, że to biedne dziecko jest z Ogarem?

— Dornijczyk powiedział, że wędrowała do Riverrun. Timeon. Był najemnikiem, jednym z Dzielnych Kompanionów, zabójcą, gwałcicielem i kłamcą, ale nie sądzę, by w tej sprawie mnie okłamał. Mówił, że Ogar porwał ją i zabrał ze sobą.

— Rozumiem. — Ścieżka znowu zakręciła i ujrzeli przed sobą chaty. Starszy Brat nazwał je skromnymi. Miał rację. Wyglądały jak ule z kamienia, niskie, okrągłe i pozbawione okien. — Tutaj — powiedział, wskazując na najbliższą z nich, jedyną, nad którą unosił się wydobywający się przez dziurę w dachu dym. Brienne musiała się schylić, by nie uderzyć głową o nadproże. W środku znalazła klepisko, siennik, futra i koce, którymi mogła się przykryć, miskę wody, dzbanek cydru, trochę

154

chleba i sera, płonący na palenisku ogień oraz dwa niskie krzesła. Starszy Brat usiadł na jednym z nich i odstawił lampę.

— Mogę zostać na chwilę? Chyba powinniśmy porozmawiać.

— Jak sobie życzysz.

Brienne odpięła pas, powiesiła go na drugim krześle i usiadła ze skrzyżowanymi nogami na sienniku.

— Twój Dornijczyk nie kłamał — przyznał Starszy Brat. — Jednakże obawiam się, że źle go zrozumiałaś. Idziesz tropem niewłaściwej wilczycy, pani. Eddard Stark miał dwie córki i Sandor Clegane porwał drugą, tę młodszą.

— Aryę Stark? — Brienne rozdziawiła szeroko usta i wytrzeszczyła oczy. — Jesteś tego pewien? Siostra lady Sansy żyje?

— Wtedy żyła — odparł Starszy Brat. — Teraz… nie wiem. Mogła być wśród dzieci zabitych w Solankach.

Te słowa były jak nóż wbity w jej brzuch. *Nie* — pomyślała. *Nie, to byłoby zbyt okrutne.*

— Mogła być… to znaczy, że nie jesteś pewien?

— Jestem pewien, że dziewczynka była z Sandorem Clegane'em w gospodzie na rozstajach dróg, tej samej, która ongiś należała do starej Mashy Heddle, zanim powiesiły ją lwy. Jestem pewien, że jechali razem do Solanek. Co wydarzyło się dalej… nie, nie wiem, gdzie jest ani nawet, czy żyje. Ale jedno wiem z całą pewnością. Człowiek, którego szukasz, umarł.

To był kolejny szok.

— W jaki sposób?

— Żył z mieczem w ręku i zginął od miecza.

— Wiesz to z całą pewnością?

— Sam go pochowałem. Jeśli chcesz, mogę ci powiedzieć, gdzie jest jego grób. Nakryłem go kamieniami, żeby padlinożercy nie dobrali się do jego ciała, i położyłem na kopcu jego hełm, by zaznaczyć miejsce, w którym spoczywa. To był fatalny błąd. Jakiś inny wędrowiec znalazł go i zabrał sobie. Człowiek, który zabijał i gwałcił w Solankach, nie był Sandorem Clegane'em, choć może być równie niebezpieczny. W dorzeczu jest pełno podobnych łupieżców. Nie nazwę ich wilkami. Wilki są szlachetniejsze... i psy również, jak sądzę. Niewiele wiem o tym Sandorze Cleganie. Przez wiele lat był zaprzysiężoną tarczą księcia Joffreya. Nawet tutaj słyszeliśmy o jego czynach zarówno dobrych, jak i złych. Jeśli choć połowa z tego, co o nim mówiono, to prawda, był zgorzkniałą, udręczoną duszą, grzesznikiem, który drwił z bogów i ludzi. Służył, ale nie był dumny ze służby. Walczył, ale zwycięstwo nie przynosiło mu radości. Pił, by utopić swój ból w morzu wina. Nie kochał nikogo ani nikt nie kochał jego. Kierowała nim nienawiść. Choć popełnił wiele grzechów, nie prosił o wybaczenie. Inni marzą o miłości, bogactwie albo chwale, a ten Sandor Clegane marzył o tym, że zabije własnego brata. To grzech tak straszliwy, że drżę, mówiąc o nim. To jednak był chleb, którym się karmił, paliwo, dzięki któremu płonął jego ogień. Choć to haniebna myśl, nadzieja, że ujrzy krew brata na własnym mieczu, była wszystkim, co pozwalało żyć temu smutnemu, pełnemu gniewu człowiekowi... a nawet to mu odebrano, gdy książę Oberyn z Dorne dźgnął ser Gregora zatrutą włócznią.

— Mówisz, jakbyś się nad nim litował — zauważyła Brienne.

— Bo tak było. Ty również byś się nad nim ulitowała, gdybyś go widziała przed końcem. Znalazłem go nad Tridentem, przyciągnęły mnie jego krzyki bólu. Błagał o dar łaski, ale ja przysiągłem, że już nie będę zabijał. Wodą z rzeki przemyłem jego rozpalone czoło, dałem mu wina i zrobiłem okład na ranę, ale było już za późno, żeby mu pomóc. Ogar skonał w moich ramionach. Być może widziałaś w naszej stajni wielkiego, czarnego ogiera. To był jego rumak, Nieznajomy. To bluźniercze imię. Wolimy go nazywać Znajdą, bo znalazłem go nad rzeką. Obawiam się, że ma naturę swego dawnego pana.

Koń. Widziała ogiera, słyszała jego kopnięcia, ale nic nie zrozumiała. Bojowe rumaki uczono kopania i gryzienia. Podczas wojny były bronią, tak jak dosiadający ich ludzie. *Jak Ogar.*

— A więc to prawda — powiedziała przygnębiona. — Sandor Clegane nie żyje.

— Wreszcie odnalazł spokój. — Starszy Brat umilkł. — Jesteś młoda, dziecko. Ja widziałem już czterdzieści cztery dni imienia... mam wrażenie, że jestem z górą dwa razy starszy od ciebie. Czy zdziwiłabyś się, gdybyś usłyszała, że byłem kiedyś rycerzem?

— Nie. Wyglądasz raczej jak rycerz niż jak święty mąż. — Można to było wyczytać z jego klatki piersiowej, barów i tej wydatnej szczęki. — Dlaczego wyrzekłeś się rycerstwa?

— Nie wybrałem sobie tego zajęcia. Mój ojciec był rycerzem i jego ojciec przed nim. Moi bracia także, wszyscy co do jednego. Uczyłem się walki od dnia, gdy uznano, że jestem wystarczająco duży, by unieść drewniany miecz. Miałem sporo mieczy i nie okryłem się hańbą. Miałem też kobiety, ale w tym przypadku się zhańbiłem, bo niektóre z nich wziąłem siłą. Była dziewczyna, z którą pragnąłem się ożenić, młodsza córka pomniejszego lorda, ale byłem tylko trzecim synem mojego ojca i nie mogłem jej zaoferować ziemi ani bogactwa... jedynie miecz, konia i tarczę. Zważywszy na wszystko razem, wiodłem raczej nędzne życie. Kiedy nie walczyłem, byłem pijany. Mój los był spisany czerwienią, czerwienią krwi i wina.

— A kiedy to się zmieniło? — zapytała Brienne.

— Gdy zginąłem w bitwie pod Tridentem. Walczyłem za księcia Rhaegara, choć on nawet nie znał mojego imienia. Nie potrafię ci powiedzieć, dlaczego za niego. Lord, któremu służyłem, służył lordowi, który służył lordowi, który postanowił poprzeć smoka, nie jelenia. Gdyby zdecydował inaczej, mógłbym się znaleźć po drugiej stronie rzeki. Bitwa była krwawa. Minstrele chcieliby nam wmówić, że to tylko Rhaegar i Robert bili się ze sobą w rzecznym nurcie o kobietę, którą obaj ponoć kochali, ale zapewniam cię, że walczyli tam również inni. Byłem jednym z nich. Oberwałem strzałą w udo i drugą w stopę, potem zabito pode mną konia, ale nie dałem za wygraną. Do dziś pamiętam, jak rozpaczliwie szukałem nowego wierzchowca. Nie miałem pieniędzy, żeby go sobie kupić, a bez konia nie mógłbym być rycerzem. Prawdę mówiąc, to było wszystko, o czym wówczas myślałem. Nawet nie zauważyłem ciosu, który mnie powalił. Usłyszałem tętent kopyt za plecami i pomyślałem: „koń!", ale nim zdążyłem się odwrócić, coś walnęło mnie w głowę i zwaliłem się do rzeki. Powinienem był w niej utonąć, lecz ocknąłem się tutaj, na Cichej Wyspie. Ówczesny Starszy Brat powiedział mi, że przyniosła mnie fala, nagiego jak w dzień imienia. Jedyne wyjaśnienie, jakie mi przychodzi do głowy, to że ktoś znalazł mnie na płyciznach, zabrał mi zbroję, buty i spodnie, a potem zepchnął mnie na głęboką wodę. Resztę zrobiła rzeka. Wszyscy rodzimy się nadzy, więc pewnie nic dziwnego w tym, że do nowego życia narodziłem się w ten sam sposób. Następne dziesięć lat przeżyłem w milczeniu.

— Rozumiem.

Brienne nie wiedziała, dlaczego jej to opowiada i co innego mogłaby mu rzec.

— Naprawdę? — Pochylił się, wspierając wielkie dłonie na ramionach. — Jeśli tak, wyrzeknij się tych poszukiwań. Ogar nie żyje, a zresztą nigdy nie miał twojej Sansy Stark. Jeśli chodzi o bestię, która nosi teraz jego hełm, znajdą ją i powieszą. Wojny dobiegają już końca, a ci banici nie mają szans podczas pokoju. Randyll Tarly poluje na nich wokół Stawu Dziewic, Walder Frey wokół Bliźniaków, a w Darry osiadł nowy, młody lord, pobożny człowiek, który z pewnością zaprowadzi porządek na swych ziemiach. Wracaj do domu, dziecko. Masz dom, a w tych mrocznych dniach jest wielu takich, którzy nie mogą tego o sobie powiedzieć. Masz szlachetnego ojca, który z pewnością cię kocha. Pomyśl o żałobie, jaka go czeka, jeśli nie wrócisz. Być może po twojej śmierci przyniosą mu twoją tarczę i miecz, być może nawet powiesi je w swej komnacie i będzie spoglądał na nie z dumą... ale gdybyś go zapytała, z pewnością powiedziałby ci, że woli żywą córkę od poobtłukiwanej tarczy.

— Córkę. — Oczy Brienne zaszły łzami. — Zasługuje na nią. Na córkę, która śpiewałaby dla niego, była ozdobą jego komnaty i urodziła mu wnuków. Zasługuje też na syna, silnego, rycerskiego młodzieńca, który przyniósłby zaszczyt jego nazwisku. Ale Galladon utonął, kiedy ja miałam cztery lata, a on osiem, a Alysanne i Arianne umarły w kołysce. Ja jestem jedynym dzieckiem, jakie bogowie pozwolili mu zatrzymać. Dziwoląg, niegodny zwać się córką ani synem.

Wszystko nagle wypłynęło z Brienne niczym czarna krew z rany: zdrady i zaręczyny, Rudy Ronnet i jego róża, tańczący z nią lord Renly, zakład o jej dziewictwo, gorzkie łzy, które przelała wieczorem, gdy król poślubił Margaery Tyrell, walka zbiorowa w Gorzkim Moście, tęczowy płaszcz, z którego była tak dumna, cień w namiocie króla, Renly umierający w jej ramionach, Riverrun i lady Catelyn, droga w dół Tridentu, pojedynek z Jaimem w lesie, Krwawi Komedianci, Jaime krzyczący: „szafiry", Jaime w wannie w Harrenhal, para buchająca z jego ciała, smak krwi Vargo Hoata, gdy odgryzła mu ucho, dół z niedźwiedziem, Jaime skaczący na piasek, długa droga do Królewskiej Przystani, Sansa Stark, przysięga, którą złożyła Jaimemu, przysięga, którą złożyła lady Catelyn, Wierny Przysiędze, Duskendale, Staw Dziewic, Zręczny Dick, Szczypcowy Przylądek, Szepty, ludzie, których zabiła...

— Muszę ją odnaleźć — skończyła. — Szukają jej też inni. Wszyscy pragną ją pojmać i sprzedać królowej. Muszę odszukać dziewczynę pierwsza. Obiecałam Jaimemu. Nazwał miecz Wiernym Przysiędze. Muszę spróbować ją ocalić... albo zginąć.

CERSEI

— Tysiąc okrętów! — Brązowe włosy małej królowej były rozczochrane, a jej policzki w blasku pochodni wydawały się zaczerwienione, jakby przed chwilą uwolniła się z objęć jakiegoś mężczyzny. — Wasza Miłość musi na to odpowiedzieć z całą gwałtownością!

Ostatnie słowo odbiło się echem od krokwi, wypełniając swym brzmieniem ogromną salę tronową.

Siedząca na swym wysokim złoto-karmazynowym fotelu pod Żelaznym Tronem Cersei poczuła, że mięśnie jej szyi się napięły. *Muszę* — pomyślała. *Ona śmie mi mówić, co muszę.* Świerzbiło ją, by spoliczkować dziewczynę. *Powinna paść na kolana i błagać mnie o pomoc, ale wydaje się jej, że może rozkazywać prawowitej królowej.*

— Tysiąc okrętów? — wycharczał Harys Swyft. — To z pewnością nieprawda. Żaden lord nie ma tak wielu.

— Jakiś przerażony dureń policzył je podwójnie — zgodził się Orton Merryweather. — Albo chorążowie lorda Tyrella okłamują nas, podając przesadzoną liczbę, byśmy nie posądzili ich o niedbałość.

W blasku zatkniętych na tylnej ścianie pochodni Żelazny Tron rzucał na podłogę długi, pełen zadziorów cień, sięgający aż do połowy długości komnaty. Jej dalszy koniec niknął w mroku i Cersei nie mogła się oprzeć wrażeniu, że cienie zamykają się również wokół niej. *Moi wrogowie są wszędzie, a z moich przyjaciół nie ma żadnego pożytku.* By uświadomić sobie ten fakt, musiała tylko przyjrzeć się swym doradcom. Jedynie lord Qyburn i Aurane Waters nie wykazywali objawów senności. Pozostałych wyrwali ze snu dobijający się do drzwi posłańcy Margaery. Byli rozczochrani i nie do końca przytomni. Zapadła już ciemna, głęboka noc. Zamek i miasto spały. Boros Blount i Meryn Trant również sprawiali wrażenie śpiących, tyle że na stojąco. Nawet Osmund Kettleblack ziewał. *Ale nie Loras. Nie nasz Rycerz Kwiatów.* Z mieczem u pasa stał za swą małą siostrą niczym jasny cień.

— Połowa tej liczby to nadal byłoby pięćset okrętów, panie — uświadomił Ortonowi Merryweatherowi Waters. — Tylko Arbor dysponuje flotą zdolną się przeciwstawić podobnej potędze.

— A co z naszymi nowymi dromonami? — zapytał ser Harys. — Drakkary żelaznych ludzi z pewnością nie mogą się im oprzeć. „Młot Króla Roberta" jest najpotężniejszym okrętem w całym Westeros.

— Był — poprawił go Waters. — „Słodka Cersei" będzie równie wielka, gdy ją ukończymy, a „Lord Tywin" będzie dwukrotnie większy od nich. Ale tylko połowa z naszych dromon jest już w pełni gotowa, a żadna nie ma skompletowanej załogi. A nawet gdyby wszystkie mogły wypłynąć, nieprzyjaciel ma zbyt wielką przewagę liczebną. To prawda, że przeciętny drakkar jest mały w porównaniu z naszymi galerami, ale żelaźni ludzie mają też większe okręty. „Wielki Kraken" lorda Balona i drakkary Żelaznej Floty są zbudowane z myślą o bitwach morskich, nie wyprawach łupieżczych. Dorównują szybkością i siłą naszym mniejszym galerom, a większość z nich ma lepsze załogi i kapitanów. Żelaźni ludzie całe życie spędzają na morzu.

Robert powinien był zamienić wyspy w pustynię po buncie Balona Greyjoya — pomyślała Cersei. *Rozbił ich flotę, puścił miasta z dymem i zdobył zamki, ale gdy już padli na kolana, pozwolił im wstać. Powinien był zrobić jeszcze jedną wyspę z ich czaszek.* Tak właśnie postąpiłby jej ojciec, ale Robertowi zawsze brakowało odwagi potrzebnej królowi, który chce utrzymać pokój w swym królestwie.

— Żelaźni ludzie nie odważyli się napadać na Reach od czasów, gdy na Tronie z Morskiego Kamienia zasiadał Dagon

Greyjoy — zauważyła Cersei. — Dlaczego mieliby zrobić to teraz? Co ich ośmieliło?

— Mają nowego króla. — Qyburn stał z dłońmi skrytymi w rękawach. — Brata lorda Balona. Zwą go Wronim Okiem.

— Padlinożerne wrony ucztują na ciałach poległych i konających — stwierdził wielki maester Pycelle. — Nie atakują zdrowych zwierząt w pełni sił. Lord Euron nasyci się złotem i łupami, ale gdy wyruszymy przeciwko niemu, wróci na Pyke, tak jak robił w swoim czasie lord Dagon.

— Mylisz się — sprzeciwiła się Margaery Tyrell. — Łupieżcy nie uderzają takimi siłami. Tysiąc okrętów! Lord Hewett i lord Chester polegli, podobnie jak syn i dziedzic lorda Serry'ego. Serry uciekł do Wysogrodu z resztką floty, a lord Grimm jest więźniem we własnym zamku. Willas pisze, że żelazny król mianował na ich miejsce czterech własnych lordów.

Willas — pomyślała Cersei. *Ten kaleka. Wszystko to jego wina. Przygłup Mace Tyrell powierzył obronę Reach bezradnemu słabeuszowi.*

— Droga z Żelaznych Wysp do Tarcz jest długa — zauważyła. — W jaki sposób tysiąc okrętów mogło ją pokonać niepostrzeżenie?

— Willas jest przekonany, że żelaźni ludzie nie płynęli wzdłuż brzegu — wyjaśniła Margaery. — Nieprzyjaciel wypłynął daleko na Morze Zachodzącego Słońca i uderzył na Tarczowe Wyspy od zachodu.

Prędzej uwierzę, że kaleka nie obsadził wież strażniczych, a teraz boi się, iż się o tym dowiemy. Mała królowa szuka usprawiedliwień dla brata. Cersei poczuła, że zaschło jej w ustach. *Potrzebny mi kielich złotego arborskiego.* Jeśli żelaźni ludzie postanowią teraz zdobyć Arbor, pragnienie może wkrótce zagrozić całemu królestwu.

— Niewykluczone, że ma w tym swój udział Stannis. Balon Greyjoy proponował sojusz mojemu panu ojcu. Być może jego następca zaoferował go Stannisowi.

Pycelle zmarszczył brwi.

— A co mógłby lord Stannis zyskać…

— Kolejny przyczółek. A także łupy. Stannis potrzebuje złota, by opłacić swoich najemników. Liczy też na to, że atakując zachód, odciągnie nas od Smoczej Skały i Końca Burzy.

Lord Merryweather skinął głową.

— Chcą odwrócić naszą uwagę. Stannis jest sprytniejszy, niż nam się zdawało. Wasza Miłość w swej mądrości przejrzała jego plan.

— Lord Stannis stara się pozyskać ludzi z północy — zauważył Pycelle. — Jeśli zawrze przyjaźń z ludźmi z żelaznego rodu…

— Ludzie z północy nie chcą z nim mieć nic wspólnego — odparła Cersei, zastanawiając się, jak to możliwe, że podobnie uczony człowiek jest aż tak głupi. — Lord Manderly uciął cebulowemu rycerzowi głowę i ręce. Freyowie potwierdzili tę wiadomość. Kilku innych północnych lordów również przeszło na stronę lorda Boltona. Wrogowie naszych wrogów są naszymi przyjaciółmi. Do kogo może się zwrócić Stannis, jeśli nie do żelaznych ludzi i dzikich, nieprzyjaciół północy? Jeśli jednak myśli, że dam się złapać w jego pułapkę, jest większym głupcem od ciebie. — Odwróciła się plecami do małej królowej. — Tarczowe Wyspy należą do Reach. Grimm, Serry i cała reszta przysięgali Wysogrodowi i Wysogród musi odpowiedzieć na ich błagania.

— Wysogród odpowie — zapewniła Margaery Tyrell. — Willas wysłał wieści do Leytona Hightowera w Starym Mieście, by zadbał o obronę miasta. Garlan zbiera już ludzi, żeby odzyskać wyspy. Jednakże większa część naszych sił towarzyszy mojemu panu ojcu. Musimy natychmiast wysłać wiadomość do jego wojsk pod Końcem Burzy.

— I przerwać oblężenie? — Cersei oburzyła bezczelność dziewczyny. *Mówi do mnie „natychmiast". Czy ma mnie za służącą?* — Nie wątpię, że lord Stannis byłby z tego zadowolony. Czy nie słuchałaś, co mówiłam, pani? Jeśli odciągniemy swoje siły od Smoczej Skały i Końca Burzy, żeby bić się o te skały…

163

— Skały? — wydyszała Margaery. — Czy Wasza Miłość powiedziała skały?

Rycerz Kwiatów położył rękę na ramieniu siostry.

— Wasza Miłość, wysłuchaj mnie, jeśli łaska. Jeżeli żelaźni ludzie panują nad tymi skałami, mogą zagrozić Staremu Miastu i Arbor. Wypływając z twierdz na Tarczach, łupieżcy mogą zapuścić się w górę Manderu, aż do samego serca Reach, jak to robili w dawnych czasach. Jeśli zbiorą wystarczające siły, mogą nawet zagrozić Wysogrodowi.

— Naprawdę? — zapytała królowa z całą niewinnością. — W takim razie twoi dzielni bracia muszą ich szybko przepędzić z tych skał.

— A jak twoim zdaniem mają osiągnąć ten cel bez okrętów, pani? — zapytał ser Loras. — Willas i Garlan mogą w dwa tygodnie zwołać dziesięć tysięcy ludzi, a w ciągu całego księżyca dwukrotnie więcej, ale nie potrafią chodzić po wodzie, Wasza Miłość.

— Wysogród leży nad Manderem — przypomniała mu Cersei. — Wasz ród i jego wasale sprawują rządy nad trzema tysiącami mil wybrzeża. Czy na tych brzegach nie ma rybaków? Nie macie barek wycieczkowych, promów, rzecznych galer ani łodzi?

— Mamy ich całe mnóstwo — przyznał ser Loras.

— Sądzę, że to powinno wystarczyć, by przetransportować armię przez odrobinę wody.

— A co się stanie, gdy drakkary żelaznych ludzi uderzą na naszą prowizoryczną flotę w trakcie przeprawy przez ten kawałek wody? Co zdaniem Waszej Miłości powinniśmy wtedy uczynić?

Utonąć — pomyślała Cersei.

— Wysogród ma również złoto. Pozwalam wam wynająć morskich najemników zza wąskiego morza.

— Piratów z Myr i Lys? — zapytał z pogardą Loras. — Hołotę z Wolnych Miast?

Jest równie bezczelny jak jego siostra.

164

— Z przykrością stwierdzam, że wszyscy musimy od czasu do czasu mieć do czynienia z hołotą — oznajmiła z trującą słodyczą. — Być może masz lepszy pomysł?

— Tylko Arbor ma wystarczająco wiele galer, by odebrać żelaznym ludziom panowanie nad ujściem Manderu i zapewnić moim braciom osłonę przed ich drakkarami podczas przeprawy. Błagam, Wasza Miłość, wyślij wieści na Smoczą Skałę, rozkaż lordowi Redwyne'owi natychmiast stawiać żagle.

Przynajmniej ma choć tyle rozsądku, by błagać. Paxter Redwyne miał dwieście okrętów wojennych, a do tego pięć razy tyle kupieckich karak, winnych kog, handlowych galer i statków wielorybniczych. Redwyne obozował jednak pod murami Smoczej Skały, a większa część jego floty była zajęta przewożeniem ludzi przez Czarną Zatokę na wyspę, gdzie mieli wziąć zamek szturmem. Reszta patrolowała leżącą na południu Zatokę Rozbitków. Tylko obecność okrętów Redwyne'a uniemożliwiała zaopatrywanie Końca Burzy drogą morską.

Aurane Waters obruszył się na sugestię ser Lorasa.

— Jeśli lord Redwyne odpłynie ze swoją flotą, jak będziemy zaopatrywać naszych ludzi na Smoczej Skale? Bez galer z Arbor jak zdołamy utrzymać oblężenie Końca Burzy?

— Zawsze możemy wrócić do niego później, gdy już…

— Koniec Burzy jest wart sto razy więcej niż Tarczowe Wyspy — przerwała mu Cersei. — A Smocza Skała… dopóki pozostaje w rękach Stannisa Baratheona, jest nożem wymierzonym w gardło mojego syna. Pozwolimy odpłynąć lordowi Redwyne'owi i jego flocie dopiero wtedy, gdy zamek padnie. — Królowa wstała. — Audiencja skończona. Wielki maesterze Pycelle, chcę zamienić z tobą słówko.

Staruszek poderwał się gwałtownie, jakby jej słowa wyrwały go ze snów o młodości, nim jednak zdążył odpowiedzieć, Loras Tyrell podszedł do królowej tak szybko, że Cersei cofnęła się zaniepokojona. Chciała już zawołać ser Osmunda, by jej bronił, gdy Rycerz Kwiatów opadł przed nią na jedno kolano.

— Wasza Miłość, pozwól, bym ja zdobył Smoczą Skałę.

Jego siostra uniosła dłoń do ust.

— Lorasie, nie.

Ser Loras puścił jej błaganie mimo uszu.

— Żeby wziąć Smoczą Skałę głodem, tak jak planuje lord Paxter, potrzeba będzie co najmniej pół roku. Przekaż mi dowództwo, Wasza Miłość, a zamek będzie twój przed upływem dwóch tygodni, choćbym musiał go rozwalić gołymi rękami.

Nikt nie oferował Cersei równie pięknego daru od dnia, gdy Sansa Stark przybiegła do niej, by zdradzić plany lorda Eddarda. Z zadowoleniem zauważyła, że Margaery pobladła.

— Twoja odwaga zapiera mi dech w piersiach, ser Lorasie — stwierdziła Cersei. — Lordzie Waters, czy któraś z dromon jest już gotowa do wypłynięcia na morze?

— „Słodka Cersei", Wasza Miłość. To szybki okręt i silny jak ta, na której cześć go nazwano.

— Znakomicie. Niech „Słodka Cersei" natychmiast przetransportuje naszego Rycerza Kwiatów na Smoczą Skałę. Ser Lorasie, dowództwo należy do ciebie. Przysięgnij mi, że nie wrócisz, dopóki Smocza Skała nie będzie należała do Tommena.

— Przysięgam, Wasza Miłość.

Ser Loras wstał.

Cersei pocałowała go w oba policzki. Jego siostrę pocałowała również.

— Masz dzielnego brata — wyszeptała do niej. Margaery nie raczyła odpowiedzieć. Być może strach ukradł jej wszystkie słowa.

Gdy Cersei opuściła komnatę przez królewskie drzwi usytuowane za Żelaznym Tronem, do świtu pozostało jeszcze kilka godzin. Ser Osmund szedł przed nią, trzymając w ręku pochodnię, a Qyburn posuwał się u jej boku. Pycelle'owi trudno było za nimi nadążyć.

— Wasza Miłość, jeśli łaska — wysapał. — Młodzi mężczyźni często bywają zbyt śmiali i myślą tylko o wojennej chwale, a nie o niebezpieczeństwach. Ser Loras... ten jego plan jest bardzo ryzykowny. Szturm na mury Smoczej Skały...

— Świadczy o wielkiej odwadze...

— To prawda, ale...

— Nie wątpię, że nasz Rycerz Kwiatów pierwszy wedrze się na mury.

I być może pierwszy padnie. Bękart o naznaczonej francą twarzy, któremu Stannis powierzył obronę zamku, nie był młodocianym, turniejowym rycerzem, lecz doświadczonym zabójcą. Jeśli bogowie będą łaskawi, zapewni ser Lorasowi chwalebną śmierć, której ten najwyraźniej pragnął. *Pod warunkiem, że chłopak nie utonie po drodze.* Poprzedniej nocy znowu doszło do gwałtownego sztormu. Deszcz lał czarnymi strumieniami przez długie godziny. *Czyż to nie byłoby smutne?* — pomyślała królowa. *Utonięcie to taka zwyczajna śmierć. Ser Loras pożąda chwały, jak normalni mężczyźni pożądają kobiet. Bogowie mogliby przynajmniej przyznać mu śmierć godną pieśni.*

Bez względu na to, co się stanie z chłopakiem na Smoczej Skale, królowa odniesie zwycięstwo. Jeśli Loras zdobędzie zamek, będzie to straszliwy cios dla Stannisa, a flota Redwyne'a będzie mogła popłynąć na spotkanie z żelaznymi ludźmi. Jeśli mu się nie uda, Cersei postara się, by lwia część winy spadła na niego. Nic nie umniejsza bohatera skuteczniej niż porażka. *A jeśli wróci na tarczy, okryty krwią i chwałą, jego pogrążona w żałobie siostra zostanie pozbawiona osłony, a ser Osney będzie na miejscu, gotowy ją pocieszyć.*

Nie mogła już dłużej powstrzymywać śmiechu. Wyrwał się on z ust Cersei, niosąc się echem po korytarzu.

— Wasza Miłość? — Wielki maester Pycelle zamrugał, rozdziawiając szeroko usta. — Dlaczego... dlaczego się śmiejesz?

— Dlatego, że w przeciwnym razie mogłabym się rozpłakać — musiała odpowiedzieć. — Serce mi pęka z miłości do naszego ser Lorasa i jego dzielności.

Zostawiła wielkiego maestera na serpentynowych schodach. *Z tego starca nie ma już żadnego pożytku* — pomyślała. Ostatnio Pycelle nie robił nic poza prześladowaniem jej ostrzeżeniami i obiekcjami. Sprzeciwił się nawet porozumieniu, jakie zawarła z Wielkim Septonem. Gdy rozkazała mu przygotować niezbędne papiery, otworzył szeroko przyćmione, zaropiałe oczy i zaczął coś bredzić o starych, martwych dziejach, dopóki go nie uciszyła.

— Czasy króla Maegora minęły i jego dekrety nie mają już znaczenia — oznajmiła stanowczo. — Teraz mamy czasy króla Tommena i moje.

Trzeba było pozwolić, żeby zgnił w ciemnicy.

— Jeśli ser Loras padnie, Wasza Miłość będzie musiała znaleźć nowego rycerza do Gwardii Królewskiej — odezwał się Qyburn, gdy przeszli przez most nad suchą, pełną kolców fosą otaczającą Warownię Maegora.

— To będzie musiał być ktoś wspaniały — zgodziła się. — Ktoś tak młody, szybki i silny, że Tommen zapomni o ser Lorasie. Odrobina rycerskości nie zaszkodzi, ale lepiej niech głowy nie wypełniają mu głupstwa. Znasz kogoś takiego?

— Niestety, nie znam — odparł Qyburn. — Miałem na myśli obrońcę innego rodzaju. Brakuje mu rycerskości, ale po dziesięćkroć nadrobi ten brak gorliwością. Będzie bronił twojego syna, zabijał twych wrogów i dochowywał twoich tajemnic. Nikt z żywych mu nie sprosta.

— Skoro tak mówisz. Słowa to tylko wiatr. Gdy nadejdzie odpowiednia chwila, przedstawisz mi tego niezrównanego wojownika i przekonamy się, czy rzeczywiście jest taki wspaniały.

— Przysięgam, że będą o nim śpiewać pieśni. — W oczach lorda Qyburna zalśniły iskierki wesołości. — Czy mogę cię zapytać o zbroję?

— Przekazałam twoje zamówienie. Płatnerz pomyślał, że oszalałam. Zapewniał, że żaden człowiek nie jest wystarczająco silny, by poruszać się i walczyć w tak ciężkiej zbroi. — Cersei przeszyła pozbawionego łańcucha maestera ostrzegawczym spojrzeniem. — Jeśli mnie oszukasz, umrzesz, krzycząc z bólu. Mam nadzieję, że zdajesz sobie z tego sprawę?

— Zawsze, Wasza Miłość.

— To świetnie. Nie mówmy już o tym więcej.

— Królowa jest mądra. Te ściany mają uszy.

— Istotnie.

Nocą Cersei czasami słyszała ciche dźwięki, nawet we własnych komnatach. *To tylko myszy w ścianach* — powtarzała sobie. *Nic więcej.*

Przy jej łożu paliła się świeca, ale ogień na kominku zgasł już, a żadnego innego światła tu nie było. W komnacie było też zimno. Cersei rozebrała się i wsunęła pod koce, zostawiając suknię na podłodze. Leżąca po drugiej stronie łoża Taena poruszyła się.

— Wasza Miłość? — wyszeptała. — Która godzina?

— Godzina sowy — odpowiedziała królowa.

Choć Cersei często sypiała sama, nigdy tego nie lubiła. Jej najstarsze wspomnienia dotyczyły tego, jak dzieliła łoże z Jaimem. Byli jeszcze wówczas tak młodzi, że nikt nie potrafił ich odróżnić od siebie. Potem, gdy ich rozdzielono, miała cały szereg towarzyszek snu i zabaw. Z reguły były to dziewczęta w jej wieku, córki domowych rycerzy i chorążych jej ojca. Żadna z nich jednak nie zadowoliła Cersei i tylko nieliczne utrzymały się długo. *Wszystko to były małe żmije. Mdłe, płaczliwe stworzenia, bez przerwy powtarzające plotki i próbujące się wślizgnąć między mnie a Jaimego.* Niemniej jednak w mrocznych trzewiach Skały zdarzały się noce, gdy Cersei cieszyła się z ich bliskości i ciepła. Puste łoże było zimne.

Zwłaszcza tutaj. W komnacie panowały przeciągi, a na domiar złego pod tym baldachimem skonał jej przeklęty królewski mąż. *Robert Baratheon, Pierwszy Tego Imienia. Oby nigdy nie było drugiego. Tępe, zapijaczone bydlę. Niech płacze w piekle.* Taena ogrzewała łoże równie skutecznie jak Robert i nigdy nie próbowała siłą rozsuwać jej nóg. Ostatnio częściej dzieliła łoże z królową niż z lordem Merryweatherem. Wydawało się, że Orton nie miał nic przeciwko temu... a jeśli nawet miał, wiedział, że lepiej nie mówić tego głośno.

— Zaniepokoiłam się, kiedy się obudziłam i zauważyłam, że cię nie ma — wyszeptała lady Merryweather, siadając na poduszkach z narzutami podciągniętymi do talii. — Czy coś się stało?

— Nic — uspokoiła ją Cersei. — Wszystko w porządku. Rankiem ser Loras wypłynie na Smoczą Skałę, żeby·zdobyć zamek, uwolnić flotę Redwyne'ów i udowodnić nam wszystkim, że jest mężczyzną. — Opowiedziała Myrijce o wszystkim, co wydarzyło się w cieniu Żelaznego Tronu. — Bez swego dzielnego brata nasza mała królowa będzie niemal bezbronna. Rzecz jasna, ma strażników, ale widywałam w zamku ich kapitana. To stary gaduła z wiewiórką na opończy. Wiewiórki uciekają przed lwami. Nie zdobędzie się na to, by sprzeciwić się Żelaznemu Tronowi.

— Margaery ma też innych obrońców — ostrzegła lady Merryweather. — Pozyskała na dworze wielu przyjaciół, a wszystkie jej młode kuzynki mają wielbicieli.

— Kilku zalotników nie spędza mi snu z powiek — odparła Cersei. — Ale armia oblegająca Koniec Burzy…

— Co zamierzasz uczynić, Wasza Miłość?

— Czemu pytasz? — Te słowa zabrzmiały zdaniem Cersei nieco zbyt ostro. — Mam nadzieję, że nie zamierzasz podzielić się moimi rzuconymi od niechcenia słowami z naszą biedną, małą królową?

— Nigdy w życiu. Nie jestem Senelle.

Cersei nie chciała myśleć o Senelle. *Odpłaciła mi za okazaną dobroć zdradą.* Sansa Stark postąpiła tak samo, podobnie jak Melara Hetherspoon i gruba Jeyne Farman, gdy wszystkie trzy były jeszcze młodymi dziewczętami. *Nie poszłabym do tego namiotu, gdyby nie one. Nie pozwoliłabym, żeby Maggy Żaba poczuła smak mojego jutra w kropli krwi.*

— Bardzo by mnie zasmuciło, gdybyś zdradziła moje zaufanie, Taeno. Nie miałabym innego wyboru, niż oddać cię lordowi Qyburnowi, ale wiem, że płakałabym z tego powodu.

— Nigdy nie doprowadzę cię do łez, Wasza Miłość. A gdybym to zrobiła, powiedz tylko słowo, a sama oddam się w ręce Qyburna. Chcę tylko być blisko ciebie. Służyć ci tak, jak tego zapragniesz.

— A jakiej nagrody oczekujesz za tę służbę?

— Żadnej. Sprawianie ci przyjemności jest dla mnie radością.

Taena przewróciła się na bok. Jej oliwkowa skóra błyszczała w blasku świec. Piersi miała większe niż królowa, a ich wielkie sutki były czarne jak z rogu. *Jest młodsza ode mnie. Piersi nie zaczęły jej jeszcze opadać.* Cersei zastanawiała się, jak by to było pocałować drugą kobietę. Nie lekko w policzek, jak często robiły szlachetnie urodzone damy, ale w usta. Taena miała pełne usta. Cersei zastanawiała się, jak by to było ssać te piersi, położyć Myrijkę na plecach, rozsunąć jej nogi i wykorzystać ją, tak jak zrobiłby to mężczyzna, jak Robert wykorzystywał ją, gdy wypełniał go trunek i Cersei nie była w stanie zaspokoić go dłonią albo ustami.

To były najgorsze noce, gdy leżała bezsilnie pod nim, a on robił z niej użytek. Śmierdział winem i chrząkał jak dzika świnia. Kiedy skończył, z reguły natychmiast staczał się z niej i zasypiał. Nim jego nasienie wyschło na jej udach, zaczynał chrapać. Zawsze potem dokuczał jej ból między nogami i w przygniecionych przez niego piersiach. Zrobiła się z nim wilgotna tylko raz, podczas nocy poślubnej.

Kiedy wzięli ślub, Robert był całkiem przystojny, wysoki i silny, ale włosy miał czarne i gęste, obficie porastające pierś i intymne okolice. *Znad Tridentu wrócił niewłaściwy mężczyzna* — myślała niekiedy królowa, kiedy ją ugniatał. W ciągu kilku pierwszych lat, kiedy brał ją częściej, zamykała czasami oczy i wyobrażała sobie, że to Rhaegar. Nie mogła udawać, że jest z Jaimem, gdyż za bardzo się od niego różnił, był zbyt obcy. Nawet pachniał nie tak, jak trzeba.

Dla Roberta nic z tego nigdy się nie wydarzyło. Gdy nadchodził ranek, o niczym już nie pamiętał, a przynajmniej próbował jej to wmówić. Raz, podczas pierwszego roku małżeństwa, poskarżyła mu się rano.

— Sprawiasz mi ból — oznajmiła. Zdobył się przynajmniej na to, by zrobić zawstydzoną minę.

— To nie byłem ja, pani — odburknął z urazą w głosie, jak dziecko przyłapane w kuchni na kradzieży ciastek z jabłkami. — To było wino. Piję za dużo wina.

Chcąc przepłukać sobie usta po tym wyznaniu, sięgnął po róg *ale*. Gdy uniósł go do ust, zdzieliła go w twarz rogiem, który sama trzymała w dłoni, tak mocno, że ułamała mu ząb. Po latach, podczas uczty, słyszała, jak mówił dziewce służebnej, że ta szczerba to pamiątka po walce zbiorowej. *Nasze małżeństwo rzeczywiście było walką* — pomyślała. *Można więc powiedzieć, że nie kłamał.*

Cała reszta była jednak łgarstwem. Cersei nie wątpiła, że Robert świetnie pamiętał, jak ją traktował nocami. Widziała to w jego oczach. Tylko udawał, że o niczym nie pamięta. To było łatwiejsze niż stawienie czoła wstydowi. Robert Baratheon był w głębi duszy tchórzem. Z czasem jego napaści stawały się coraz rzadsze. Podczas pierwszego roku małżeństwa brał ją co najmniej raz na dwa tygodnie, pod koniec zdarzało się to rzadziej niż raz na rok. Nigdy jednak nie zaprzestał tego całkowicie. Prędzej czy później zawsze zdarzała się noc, kiedy wypił za dużo i postanowił skorzystać ze swych praw. To, co zawstydzało go za dnia, sprawiało mu przyjemność w ciemności.

— Moja królowo? — odezwała się Taena Merryweather. — Dziwnie patrzysz. Źle się czujesz?

— Nie. To tylko… wspomnienia. — Zaschło jej w gardle. — Jesteś dobrą przyjaciółką, Taeno. Nie miałam prawdziwej przyjaciółki od…

Ktoś załomotał do drzwi.

Znowu? Zadrżała, słysząc natarczywy dźwięk. *Czyżby zaatakował nas kolejny tysiąc okrętów?* Włożyła szlafrok i podeszła do drzwi.

— Wybacz, że przeszkadzam, Wasza Miłość — rzekł wartownik. — Na dole jest lady Stokeworth. Błaga o audiencję.

— O tej porze? — warknęła Cersei. — Czy Falyse straciła rozum? Powiedz jej, że śpię. I że żelaźni ludzie mordują prostaczków na Tarczowych Wyspach. Powiedz, że nie spałam pół nocy. Przyjmę ją jutro.

Wartownik zawahał się.

— Wasza Miłość, jeśli łaska, ona... nie czuje się za dobrze, jeśli rozumiesz, co mam na myśli.

Cersei zmarszczyła brwi. Zakładała, że Falyse przybyła tu po to, by ją zawiadomić o śmierci Bronna.

— Niech i tak będzie. Ale najpierw muszę się ubrać. Zaprowadź ją do mojej samotni. Niech tam zaczeka.

Lady Merryweather zaczęła wstawać z łoża, by pójść z nią.

— Nie, zostań — poleciła królowa. — Przynajmniej jedna z nas powinna się trochę wyspać. To nie potrwa długo.

Lady Falyse miała opuchniętą, posiniaczoną twarz, oczy czerwone od łez i rozbitą dolną wargę. Jej ubranie było brudne i podarte.

— Bogowie, bądźcie łaskawi — powiedziała Cersei, wprowadzając ją do samotni i zamykając drzwi. — Co się stało z twoją twarzą?

Falyse najwyraźniej nie słyszała pytania.

— On go zabił — oznajmiła drżącym głosem. — Matko, zmiłuj się... on... on...

Zalała się łzami, dygocząc cała.

Cersei napełniła kielich winem i podsunęła go płaczącej kobiecie.

— Wypij to. Wino cię uspokoi. Tak jest. Jeszcze odrobinkę. A teraz przestań płakać i powiedz, co się stało.

Potrzeba było reszty dzbana, by królowa wreszcie zdołała wyciągnąć z lady Falyse całą smętną opowieść. Kiedy kobieta skończyła, Cersei nie wiedziała, czy się śmiać, czy wściekać.

— Na pojedynek? — powtórzyła. *Czy w całych Siedmiu Królestwach nie ma nikogo, na kim mogłabym polegać? Czy jestem jedyną osobą w Westeros, która ma choć trochę oleju w głowie?* — Chcesz mi powiedzieć, że ser Balman wyzwał Bronna na pojedynek?

— Powiedział, że to będzie p... p... proste. Mówił, że kopia to ry... rycerska broń, a B... Bronn nie jest prawdziwym ryce-rzem. Powiedział, że wysadzi go z siodła, a potem wykończy, kiedy tamten będzie leżał og... og... ogłuszony.

Bronn nie był rycerzem, to prawda. Był doświadczonym w bitwach zabójcą. *Twój kretyński mąż sam podpisał na siebie wyrok śmierci.*

— Wspaniały plan. Czy mogę zapytać, dlaczego się nie po-wiódł?

— B... Bronn wbił kopię w pierś biednego k... k... k... ko-nia Balmana. ... Balman... padający wierzchowiec przygniótł mu nogi. Balman krzyczał tak żałośnie...

Najemnicy nie żałują nikogo — mogłaby jej powiedzieć Cersei.

— Prosiłam was, żebyście zaaranżowali wypadek podczas polowania. Strzała, która nieoczekiwanie zboczyła z toru, upa-dek z konia, rozwścieczony dzik... człowiek może zginąć w lesie na bardzo wiele sposobów. Żaden z nich nie ma nic wspólnego z kopiami.

Falyse najwyraźniej jej nie słyszała.

— Kiedy próbowałam podbiec do Balmana, B... B... Bronn uderzył mnie w twarz. Zmusił go do w... wyznania wszystkie-go. Balman krzyczał, żeby sprowadzić maestera Frenkena, ale najemnik, on, on, on...

— Do wyznania? — To słowo nie spodobało się Cersei. — Mam nadzieję, że nasz dzielny ser Balman trzymał język za zębami.

— Bronn wbił mu sztylet w oko i powiedział, że mam znik-nąć ze Stokeworth przed zachodem słońca, bo inaczej czeka mnie taki sam los. Zagroził, że odda mnie żołnierzom z g... g... garnizonu, jeśli któryś z nich zechce mnie mieć. A kiedy rozka-załam im go pojmać, jeden z jego rycerzy miał czelność powie-dzieć, że mam zrobić tak, jak kazał lord Stokeworth. Nazwał go lordem Stokeworthem! — Lady Falyse złapała królową za dłoń. — Wasza Miłość, proszę mi dać rycerzy. Stu rycerzy! I kuszni-ków też. Muszę odzyskać zamek. Stokeworth należy do mnie!

Nie pozwolili mi nawet zabrać ubrań. Bronn powiedział, że należą teraz do jego żony. Wszystkie m... moje jedwabie i aksamity!

Łachy to teraz najmniejsze z twoich zmartwień. Królowa wyrwała palce z wilgotnego uścisku drugiej kobiety.

— Prosiłam was, żebyście zdmuchnęli świecę mogącą stać się zagrożeniem dla króla, a wy wylaliście na nią garnek dzikiego ognia. Czy twój durny Balman wplątał w to moje imię? Powiedz, że tego nie zrobił.

Falyse oblizała wargi.

— Cier... cierpiał ból. Bronn powiedział, że okaże mu łaskę, ale... Co się stanie z moją biedną matką?

Spodziewam się, że umrze.

— A jak uważasz?

Lady Tanda mogła już nie żyć. Bronn nie sprawiał wrażenia człowieka, który traciłby zbyt wiele czasu na opiekę nad staruszką ze złamanym biodrem.

— Musisz mi pomóc. Dokąd mam pójść? Co teraz pocznę?

Mogłabyś wyjść za Księżycowego Chłopca — omal nie powiedziała Cersei. *Jest prawie równie wielkim błaznem jak twój zmarły mąż.* Nie mogła ryzykować wojny tuż pod samą Królewską Przystanią, nie w tej chwili.

— Milczące siostry zawsze z chęcią przyjmują wdowy — oznajmiła królowa. — To spokojne życie, pełne kontemplacji, modlitwy i pracy na rzecz bliźnich. Przynoszą pocieszenie żywym i spokój umarłym.

I nic nie mówią. Nie mogła pozwolić, by ta kobieta krążyła po Siedmiu Królestwach, powtarzając niebezpieczne opowieści.

Falyse była jednak głucha na głos zdrowego rozsądku.

— Wszystko, co zrobiliśmy, zrobiliśmy dla Waszej Miłości. *Dumni ze swej wierności.* Powiedziałaś...

— Pamiętam. — Cersei rozciągnęła usta w wymuszonym uśmiechu. — Zostaniesz tu ze mną, pani, dopóki nie znajdziemy jakiegoś sposobu, by odzyskać twój zamek. Pozwól, że naleję ci jeszcze wina. Ono pomoże ci zasnąć. Jesteś zmęczona i zrozpaczona, łatwo to zauważyć. Moja biedna, droga Falyse. Proszę, wypij to.

Gdy kobieta zajęła się dzbanem, Cersei podeszła do drzwi i zawołała służące. Rozkazała Dorcas znaleźć lorda Qyburna i przyprowadzić go natychmiast. Jocelyn Swyft wysłała do kuchni.

— Przynieś chleba, paszetcików z mięsem i trochę jabłek. I wina. Jesteśmy spragnione.

Qyburn przyszedł, nim dostarczono posiłek. Lady Falyse zdążyła już wypić trzy kolejne kubki i zaczynała przysypiać, choć od czasu do czasu podrywała się raptownie, by znowu załkać. Królowa odwiodła Qyburna na bok i opowiedziała mu o szaleństwie ser Balmana.

— Nie mogę pozwolić, żeby Falyse rozpowiadała o tym po mieście. Żałoba odebrała jej rozum. Czy nadal potrzebujesz kobiet do swej… pracy?

— Tak, Wasza Miłość. Lalkarki już się prawie zużyły.

— Zabierz ją i zrób z nią, co zechcesz. Ale kiedy już zniknie w ciemnicy… czy muszę dodawać więcej?

— Nie musisz, Wasza Miłość. Rozumiem.

— Świetnie. — Królowa znowu się uśmiechnęła. — Słodka Falyse, jest tu maester Qyburn. On pomoże ci zasnąć.

— Och — wybełkotała Falyse. — Och, to dobrze.

Gdy drzwi zamknęły się za nimi, Cersei nalała sobie kolejny kielich wina.

— Otaczają mnie wrogowie i imbecyle — powiedziała do siebie. Nie mogła zaufać własnej rodzinie, nawet Jaimemu, który ongiś był jej drugą połową. *Miał być moim mieczem i moją tarczą, moim silnym prawym ramieniem. Dlaczego uparcie mi się sprzeciwia?*

Bronn był, rzecz jasna, tylko drobnym utrapieniem. Ani przez chwilę nie wierzyła, że istotnie ukrywa Krasnala. Jej mały, wypaczony braciszek był za sprytny, by pozwolił, żeby Lollys nadała swemu przeklętemu bękartowi jego imię. Wiedziałby, że z pewnością ściągnie to na nią gniew królowej. To lady Merryweather zwróciła uwagę Cersei na ten fakt. Miała rację. Szydercze imię z pewnością było pomysłem najemnika. Wyobrażała sobie, jak Bronn patrzy na swego pomarszczonego, czerwonego pasierba ssącego jeden z obrzękłych cycków Lollys. Najemnik w ręku trzymał kielich wina i uśmiechał się bezczelnie. *Uśmiechaj się, ile chcesz, ser Bronnie. Niedługo będziesz krzyczał. Raduj się swoją głupkowatą panią i zawłaszczonym zamkiem, dopóki możesz. Gdy nadejdzie czas, rozgniotę cię jak muchę.* Być może zleci to zadanie Lorasowi Tyrellowi, jeśli Rycerz Kwiatów zdoła wrócić żywy ze Smoczej Skały. *To by było cudowne. Gdyby bogowie okazali się łaskawi, obaj pozabijaliby się nawzajem, jak ser Arryk i ser Erryk.* A jeśli chodzi o Stokeworth... nie, robiło się jej niedobrze na myśl o tym zamku.

Gdy królowa wróciła do sypialni, Taena spała. Cersei kręciło się w głowie. *Za dużo wina i za mało snu* — powiedziała sobie. Nie każdej nocy dwukrotnie budziły ją tak pilne wieści. *Przynajmniej mogłam się obudzić. Robert byłby zbyt pijany, żeby wstać, nie mówiąc już o sprawowaniu rządów. To Jon Arryn musiałby się uporać z tym wszystkim.* Ucieszyła ją myśl, że jest lepszym władcą niż Robert.

Niebo za oknem zaczynało już jaśnieć. Cersei usiadła na łożu obok lady Merryweather. Słuchała jej cichego oddechu i przyglądała się, jak falują jej piersi. *Czy śni się jej Myr?* — zadała sobie pytanie. *A może ten kochanek z blizną, niebezpieczny ciemnowłosy mężczyzna, któremu nie sposób odmówić?* Była niemal całkowicie pewna, że nie śni się jej lord Orton.

Cersei ujęła w dłoń pierś drugiej kobiety. Z początku dotknęła jej delikatnie, czując w dłoni ciepło i aksamitną gładkość skóry. Ucisnęła ją lekko, a potem zaczęła przesuwać kciukiem wokół wielkiej, ciemnej sutki, w jedną i w drugą stronę, w jedną i w drugą, aż wreszcie poczuła jej sztywność. Uniosła spojrzenie i zobaczyła, że Taena ma otwarte oczy.

— Czy to ci sprawia przyjemność? — zapytała.

— Tak — odparła lady Merryweather.

— A to?

Cersei uszczypnęła mocno sutkę, ściskając ją między palcami. Myrijka wciągnęła gwałtownie powietrze.

— Boli.

— To tylko wino. Wypiłam dzbanek do kolacji i drugi z lady Stokeworth. Musiałam pić, żeby ją uspokoić. — Uszczypnęła również drugą sutkę Taeny, ciągnąc za nią tak mocno, że kobieta wciągnęła powietrze z bólu. — Jestem królową. Domagam się swoich praw.

— Rób, co zechcesz. — Taena miała włosy czarne jak Robert, nawet między nogami. Gdy Cersei jej tam dotknęła, poczuła, że są zupełnie wilgotne, podczas gdy włosy Roberta były suche i szorstkie. — Proszę — wydyszała Myrijka. — Zrób to, moja królowo. Zrób ze mną, co chcesz. Jestem twoja.

Nic to jednak nie dało. Nie potrafiła poczuć tego, co czuł Robert w te noce, gdy ją brał. Nie było w tym przyjemności, nie dla niej. Dla Taeny, owszem. Jej sutki były jak dwa czarne diamenty, a jej cipka gorąca i śliska. *Robert by cię pokochał, na godzinę.* Królowa wsunęła palec w myrijskie mokradła, a potem drugi, poruszając nimi rytmicznie. *Ale gdy już by się w ciebie spuścił, trudno by mu było przypomnieć sobie, jak miałaś na imię.*

Chciała się przekonać, czy z kobietą pójdzie jej równie łatwo jak zawsze z Robertem. *Dziesięć tysięcy twoich dzieci zginęło w mojej dłoni, Wasza Miłość* — pomyślała, wchodząc w Myr trzecim palcem. *Kiedy ty chrapałeś, zlizywałam twoich synów z twarzy i palców jednego po drugim. Wszystkich tych białych, lepkich książąt. Domagałeś się swych praw, mój panie, ale po ciemku zjadałam twoich dziedziców.* Taena zadrżała. Wydyszała jakieś słowa w obcym języku, a potem zadrżała znowu, wygięła plecy w łuk i krzyknęła. *Wrzeszczy, jakby wypruwali jej flaki* — pomyślała królowa. Przez chwilę wyobrażała sobie, że jej palce są dziczymi kłami i rozdzierają Myrijkę od krocza aż po gardło.

Ale to również nic nie pomogło.

Nigdy nie było jej dobrze z nikim oprócz Jaimego.

Gdy Cersei chciała cofnąć rękę, Taena złapała ją i pocałowała jej palce.

— Słodka królowo, jak mam ci sprawić przyjemność? — Przesunęła dłonią wzdłuż boku Cersei i dotknęła jej krocza. — Powiedz, czego ode mnie pragniesz, kochana.

— Zostaw mnie.

Cersei odtoczyła się od niej i wciągnęła z drżeniem nocną koszulę, by okryć nagość. Nadchodził świt. Niedługo nastanie ranek i wszystko popadnie w zapomnienie.

To się nigdy nie zdarzyło.

JAIME

Trąby zabrzmiały mosiężnym hukiem, mącąc ciszę niebieska-
wego zmierzchu. Josmyn Peckledon natychmiast zerwał się na
nogi, sięgając po pas z mieczem swego pana.

Chłopak ma dobre odruchy. •

— Banici nie dmą w trąby, by oznajmić swoje przybycie —
uspokoił go Jaime. — Nie będę potrzebował miecza. To na
pewno mój kuzyn, namiestnik zachodu.

Kiedy wyszedł z namiotu, jeźdźcy zsiadali już z koni — sześciu rycerzy oraz czterdziestu konnych łuczników i zbrojnych.

— Jaime! — ryknął kudłaty mężczyzna w pozłacanej kolczudze i lisim futrze. — Bardzo schudłeś i ubierasz się teraz na
biało! A do tego nosisz brodę!

— Mówisz o tym? To tylko marna szczecina w porównaniu
z twoją grzywą, kuzynku. — Dzika broda i krzaczaste wąsy ser
Davena przechodziły w gęste jak żywopłot bokobrody, a te
z kolei w splątaną, żółtą gęstwinę porastającą jego głowę. Czuprynę przygniótł mu nieco hełm, który właśnie zdjął. Gdzieś
w środku tej masy włosów można było wypatrzyć perkaty nos
oraz parę bystro spoglądających, orzechowych oczu. — Czyżby jakiś wyjęty spod prawa złoczyńca ukradł ci brzytwę?

— Poprzysiągłem, że nie zetnę włosów, dopóki nie po-
mszczę ojca. — Choć Daven Lannister przypominał z wyglądu
lwa, przemawiał łagodnie jak baranek. — Ale Młody Wilk
pierwszy dobrał się do Karstarka. Ograbił mnie z zemsty. —
Daven wręczył hełm giermkowi i przeczesał palcami włosy
tam, gdzie przycisnął je ciężar stali. — Lubię te włosiska. Noce
są coraz zimniejsze i odrobina kłaków ogrzewa człowiekowi
twarz. Do tego ciotka Genna zawsze mówiła, że mam cegłę

zamiast podbródka. — Poklepał Jaimego po ramionach. — Po Szepczącym Lesie baliśmy się o ciebie. Słyszeliśmy, że wilkor Starków rozerwał ci gardło.

— Czy płakałeś po mnie gorzkimi łzami, kuzynku?

— Połowa Lannisportu była w żałobie. Żeńska połowa. — Spojrzenie ser Davena padło na kikut. — A więc to prawda. Skurwysyny ucięły ci rękę.

— Mam nową, zrobioną ze złota. Jednoręczność ma wiele zalet. Piję teraz mniej wina, bo boję się je rozlać, i rzadko mam ochotę drapać się po tyłku podczas dworskich uroczystości.

— Tak, to zawsze coś. Może też powinienem sobie jedną odciąć. — Jego kuzyn ryknął śmiechem. — Czy to Catelyn Stark ci to zrobiła?

— Vargo Hoat.

Skąd się biorą te opowieści?

— Qohorik? — Ser Daven splunął. — To dla niego i dla jego Dzielnych Kompanionów. Mówiłem twojemu ojcu, że ja się zajmę furażowaniem, ale mi odmówił. Powiedział, że są zadania odpowiednie dla lwów, ale furażowanie lepiej zostawić kozłom i psom.

Jaime nie wątpił, że tak rzeczywiście brzmiały słowa lorda Tywina. Słyszał niemal jego głos.

— Chodź do środka, kuzynku. Musimy porozmawiać.

Garrett zapalił piecyki i rozżarzone węgle wypełniały namiot Jaimego czerwonawym blaskiem oraz ciepłem. Ser Daven zdjął płaszcz i rzucił go Małemu Lew.

— Jesteś chłopakiem Piperów? — mruknął. — Masz ten ich kurduplowaty wygląd.

— Jestem Lewys Piper, jeśli łaska, panie.

— Kiedyś stłukłem twojego brata na kwaśne jabłko w walce zbiorowej. Kurduplowaty dureń obraził się, kiedy go zapytałem, czy to jego siostra tańczy nago na tarczy.

— To herb naszego rodu. Nie mamy siostry.

— A szkoda. Wasz herb ma ładne cycki. Ale cóż za mężczyzna ukrywa się za nagą kobietą? Za każdym razem, gdy waliłem w tarczę twojego brata, czułem, że popełniam czyn niegodny rycerza.

— Dość już tego — przerwał mu ze śmiechem Jaime. — Daj chłopakowi spokój.

Pia grzała dla nich wino, mieszając łyżką w kociołku.

— Muszę się dowiedzieć, czego mam się spodziewać w Riverrun.

Jego kuzyn wzruszył ramionami.

— Oblężenie trwa. Blackfish siedzi w zamku, a my w obozach pod murami. Prawdę mówiąc, to cholernie nudne. — Ser Daven usiadł na obozowym stołku. — Tully powinien urządzić wycieczkę, żeby nam przypomnieć, że jesteśmy na wojnie. Dobrze by było, gdyby zarąbał przy okazji kilku Freyów. Na początek Rymana. On prawie ciągle jest pijany. Aha, i Edwyna też. Nie jest aż tak głupi jak jego ojciec, ale pełen nienawiści, jak czyrak ropy. I jeszcze naszego drogiego ser Emmona... nie, lorda Emmona, niech nas Siedmiu ma w swojej opiece, nie mogę zapominać o jego nowym tytule... nasz lord Riverrun nie robi nic poza pouczaniem mnie, jak mam kierować oblężeniem. Chce, żebym zdobył zamek, nie uszkadzając go, bo to teraz jego lordowska siedziba.

— Czy wino już się zagrzało? — zapytał dziewczynę Jaime.

— Tak, panie. — Mówiąc, Pia zasłaniała usta ręką. Peck podał wino na złotej tacy. Ser Daven zdjął rękawice i wziął kielich w dłoń.

— Dziękuję, chłopcze. A kim ty jesteś?

— Jestem Josmyn Peckledon, jeśli łaska, panie.

— Peck jest bohaterem znad Czarnego Nurtu — wyjaśnił Jaime. — Zabił dwóch rycerzy i wziął do niewoli dwóch następnych.

— Musisz być groźniejszy, niż na to wyglądasz, chłopcze. Czy to broda, czy zapomniałeś zmyć brud z twarzy? Żona Stannisa Baratheona ma bujniejsze wąsy od ciebie. Ile masz lat?

— Piętnaście, ser.

Ser Daven parsknął śmiechem.

— Wiesz, co jest najlepsze w bohaterach, Jaime? Wszyscy giną młodo i dzięki temu dla nas zostaje więcej kobiet. — Rzucił kielich giermkowi. — Nalej mi znowu, a ciebie również nazwę bohaterem. Jestem spragniony.

Jaime uniósł swój kielich lewą ręką i pociągnął łyk. Ciepło wypełniło mu pierś.

— Mówiłeś o Freyach, których śmierci pragniesz. Ryman, Edwyn, Emmon...

— I Walder Rivers — dodał Daven. — Ten skurwysyn. Wścieka go myśl, że jest bękartem, i nienawidzi wszystkich, którzy nimi nie są. Ale ser Perwyn wygląda na całkiem porządnego. Mogliby go oszczędzić. I kobiety też. Słyszałem, że mam się ożenić z jedną z nich. Swoją drogą, twój ojciec mógłby raczyć zapytać mnie o zdanie w tej sprawie. Mój ojciec przed bitwą pod Oxcross pertraktował z Paxterem Redwyne'em. Wiedziałeś o tym? Redwyne ma ładnie uposażoną córkę...

— Desmerę? — Jaime parsknął śmiechem. — Jak ci się podobają piegi?

— Jeśli mam wybierać między piegami a Freyami... no cóż, połowa pomiotu lorda Waldera wygląda jak gronostaje.

— Tylko połowa? Ciesz się. Widziałem żonę Lancela w Darry.

— Bramną Ami? Bogowie, bądźcie łaskawi, nie mogłem uwierzyć, że Lancel wybrał właśnie ją. Co się dzieje z tym chłopakiem?

— Zrobił się pobożny — odparł Jaime. — Ale to nie był jego wybór. Matka lady Amerei pochodzi z rodu Darrych. Nasz stryj doszedł do wniosku, że pomoże Lancelowi pozyskać prostaczków Darrych.

— Jak? Pierdoląc się z nimi? Wiesz, dlaczego zwą ją Bramną Ami? Otwiera swoją bramę dla każdego rycerza, który się napatoczy. Lancel będzie musiał poszukać płatnerza, który zrobi mu hełm z rogami.

— To nie będzie konieczne. Nasz kuzynek wrócił do Królewskiej Przystani, by zostać jednym z zaprzysiężonych mieczy Wielkiego Septona,

Ser Daven nie mógłby być bardziej zdziwiony, nawet gdyby Jaime mu oznajmił, że Lancel postanowił zostać komediancką małpką.

— Naprawdę? Żartujesz sobie ze mnie. Bramna Ami musi być bardziej gronostajowata, niż mi się zdawało, jeśli popchnęła chłopaka do takiego kroku.

Gdy Jaime żegnał się z lady Amerei, dziewczyna płakała cicho nad rozpadem swego małżeństwa, pozwalając, by pocieszał ją Lyle Crakehall. Jej łzy nie zaniepokoiły Jaimego nawet w połowie tak bardzo, jak twarde spojrzenia jej kuzynów na dziedzińcu.

— Mam nadzieję, że ty nie zamierzasz składać żadnych ślubów, kuzynku — powiedział Davenowi. — Freyowie są drażliwi, gdy w grę wchodzą umowy małżeńskie. Bardzo bym nie chciał znowu ich rozczarować.

Ser Daven prychnął pogardliwie.

— Och, ożenię się z moim gronostajem i odbędę pokładziny. Bez obaw. Pamiętam, co spotkało Robba Starka. Sądząc z tego, co mówi mi Edwyn, lepiej jednak będzie, jeśli wybiorę sobie dziewczynę, która jeszcze nie zakwitła, bo w przeciwnym razie mogę się przekonać, że Czarny Walder był tam przede mną. Idę o zakład, że miał Bramną Ami, i to wiele razy. Być może to wyjaśnia pobożność Lancela i nastrój jego ojca.

— Widziałeś się z ser Kevanem?

— Tak. Przejeżdżał tędy po drodze na zachód. Prosiłem go o pomoc w zdobyciu zamku, ale Kevan nie chciał nawet o tym słyszeć. Cały czas był w ponurym nastroju. Zachowywał się uprzejmie, ale chłodno. Przysięgałem mu, że nie prosiłem o tytuł namiestnika zachodu, zapewniałem, że ten zaszczyt powinien przypaść w udziale jemu. Oznajmił, że nie ma do mnie żalu, ale jego ton sugerował, że jest inaczej. Zatrzymał się tu na trzy dni i powiedział do mnie może ze trzy słowa. Szkoda, że nie chciał zostać. Przydałyby mi się jego rady. Nasi przyjaciele Freyowie nie odważyliby się prowokować ser Kevana, tak jak prowokują mnie.

— Opowiedz mi o tym — poprosił Jaime.

— Z chęcią, ale od czego by tu zacząć? Kiedy ja budowałem tarany i wieże oblężnicze, Ryman Frey wzniósł szafot. Codziennie o świcie prowadzi nań Edmure'a Tully'ego, zakłada mu pętlę na szyję i grozi, że go powiesi, jeśli zamek się nie podda. Blackfish nie zwraca na tę komediancką farsę najmniejszej uwagi, więc co wieczór Edmure'a sprowadza się na dół. Słyszałeś, że jego żona spodziewa się dziecka?

Jaime o tym nie słyszał.

— A więc po Krwawych Godach doszło do pokładzin?

— Podczas Krwawych Godów. Roslin jest ładniutka, prawie w ogóle nie przypomina gronostaja. I lubi Edmure'a, co dziwne. Perwyn mówi mi, że modli się, by to była dziewczynka.

Jaime zastanawiał się nad tym przez chwilę.

— Gdy na świat przyjdzie syn lorda Edmure'a, sam Edmure przestanie być potrzebny lordowi Walderowi.

— Ja też tak to widzę. Nasz dobry stryj Emm... ach, chciałem powiedzieć lord Emmon... pragnie, żeby Edmure'a natychmiast powieszono. Obecność lorda Tully w Riverrun niepokoi go równie mocno jak możliwość narodzin następnego. Codziennie błaga mnie, żebym przekonał Rymana do wykończenia Tully'ego, wszystko jedno, w jaki sposób. A tymczasem za drugi rękaw szarpie mnie lord Gawen Westerling. Blackfish trzyma w zamku jego panią żonę razem z trzema zasmarkanymi bachorami. Jego lordowska mość obawia się, że jeśli Freyowie powieszą Edmure'a, Blackfish zabije wszystkich Westerlingów. Jedną z nich jest mała królowa Młodego Wilka.

Jaime miał wrażenie, że spotkał już kiedyś Jeyne Westerling, choć nie przypominał sobie, jak wyglądała. *Musi być naprawdę piękna, jeśli była warta królestwa.*

— Ser Brynden nie zabije dzieci — zapewnił kuzyna. — Nie jest aż tak czarną rybą. — Zaczynał rozumieć, dlaczego Riverrun jeszcze nie padło. — Powiedz mi, jak rozmieściłeś oddziały, kuzynie.

— Otoczyliśmy cały zamek. Ser Ryman i Freyowie zajęli

pozycje na północ od Kamiennego Nurtu. Na południe od Czerwonych Wideł stacjonuje lord Emmon z ser Forleyem Presterem i resztką twojej dawnej armii, a także tymi lordami dorzecza, którzy po Krwawych Godach przeszli na naszą stronę. Powiem ci szczerze, że to ponura banda. Siedzą w namiotach i nie robią prawie nic więcej. Mój obóz leży między rzekami, naprzeciwko fosy i głównej bramy Riverrun. Zbudowaliśmy na rzece zaporę pływającą, w dół nurtu od zamku. Strzegą jej Manfryd Yew i Raynard Ruttiger, więc nikt nie ucieknie łodzią. Dałem im też sieci, żeby łowili ryby. To pomaga wykarmić wojska.

— Czy możemy wziąć zamek głodem?

Ser Daven potrząsnął głową.

— Blackfish wygnał z zamku wszystkie bezużyteczne gęby i ogołocił okolicę ze wszystkiego, co użyteczne. Ma tyle zapasów, że wystarczy ich dla ludzi i koni na dwa lata.

— A co z naszymi zapasami?

— Dopóki w rzekach będą ryby, nie umrzemy z głodu, ale nie wiem, jak mamy wykarmić konie. Freyowie sprowadzają prowiant i paszę z Bliźniaków, ale ser Ryman twierdzi, że ma ich za mało, by podzielić się z nami, więc musimy radzić sobie sami. Połowa ludzi, których wysyłam na poszukiwania, nie wraca. Niektórzy dezerterują. Innych znaleźliśmy na drzewach, z pętlami na szyjach.

— Widzieliśmy takich przedwczoraj — przyznał Jaime. Wisielców znaleźli zwiadowcy Addama Marbranda. Dyndali na dzikiej jabłoni, a twarze mieli zupełnie czarne. Rozebrano ich do naga i każdemu wciśnięto w usta dzikie jabłko. Na żadnym z trupów nie znaleźli ran. Nie ulegało wątpliwości, że zabici się poddali. Silny Dzik wpadł w furię na ten widok, przysięgając krwawą zemstę wszystkim, którzy wiążą i wieszają wojowników, jakby byli świniami.

— To mogli być banici — stwierdził ser Daven, wysłuchawszy opowieści Jaimego. — Albo i nie. Po okolicy krążą jeszcze bandy ludzi z północy. A ci lordowie Tridentu mogli ugiąć kolan, ale coś mi się zdaje, że w sercach nadal mają wilka.

Jaime zerknął na swych dwóch młodszych giermków, którzy stali obok piecyków i udawali, że nie słuchają. Lewys Piper i Garrett Paege byli synami lordów dorzecza. Polubił obu i bardzo by nie chciał oddać ich ser Ilynowi.

— Sznur sugeruje Dondarriona.

— Twój lord błyskawica nie jest jedynym człowiekiem, który potrafi zawiązać pętlę. Nie gadaj mi o lordzie Bericu. Jest tu, jest tam, jest wszędzie, ale jeśli wysłać za nim ludzi, rozpływa się bez śladu. Nie ma wątpliwości, że pomagają mu lordowie dorzecza. A przecież on jest cholernym lordem z pogranicza, jeśli potrafisz w to uwierzyć. Jednego dnia mówią nam, że nie żyje, a następnego, że nie można go zabić. — Ser Daven odstawił kielich. — Moi zwiadowcy meldują, że nocą na wzgórzach palą się ogniska. I w wioskach również. To jakiś nowy bóg...

Nie, stary.

— Dondarrionowi towarzyszy Thoros, gruby myrijski kapłan, który był towarzyszem od kielicha Roberta. — Złota dłoń leżała na blacie. Jaime dotknął jej, przyglądając się, jak żółty metal lśni w słabym blasku piecyka. — Policzymy się z Dondarrionem, jeśli będziemy musieli, ale pierwszeństwo musi mieć Blackfish. Z pewnością zdaje sobie sprawę, że jego położenie jest beznadziejne. Próbowaliście z nim pertraktować?

— Ser Ryman próbował. Podjechał podpity do bram zamku i zaczął wykrzykiwać groźby. Blackfish pojawił się na chwilę na murach i oznajmił, że nie będzie marnował pięknych słów dla kogoś tak obmierzłego. Potem strzelił z łuku prosto w zad klaczki Rymana. Zwierzę stanęło dęba, a Frey runął w błoto. Śmiałem się tak głośno, że o mało się nie zlałem. Gdybym to ja był na murach, przeszyłbym strzałą gardło tego kłamcy.

— Kiedy będę z nim pertraktował, przywdzieję zbroję z naszyjnikiem — zapewnił Jaime, uśmiechając się półgębkiem. — Zamierzam zaoferować mu wspaniałomyślne warunki.

Jeśli uda mu się zakończyć oblężenie bez przelewu krwi, nikt nie będzie mógł go oskarżyć, że walczył przeciwko rodowi Tullych.

— Możesz spróbować, panie, ale wątpię, czy słowa zapewnią nam zwycięstwo. Będziemy musieli wziąć zamek szturmem.

Były czasy, nie tak dawno temu, gdy Jaime z pewnością opowiedziałby się za takim samym rozwiązaniem. Wiedział, że nie może siedzieć tutaj dwa lata, by wziąć Blackfisha głodem.

— Cokolwiek zrobimy, musimy to zrobić szybko — oznajmił ser Davenowi. — Moje miejsce jest w Królewskiej Przystani, u boku króla.

— Tak jest — zgodził się jego kuzyn. — Nie wątpię, że siostra cię potrzebuje. Dlaczego odesłała Kevana? Myślałem, że mianuje go królewskim namiestnikiem.

— Nie chciał się zgodzić.

Nie był tak ślepy jak ja.

— Kevan powinien zostać namiestnikiem zachodu. Albo ty. Nie chcę powiedzieć, że nie jestem wdzięczny za ten zaszczyt, ale nasz stryj jest dwa razy starszy ode mnie i ma więcej doświadczenia jako dowódca. Ufam, że wie, iż o to nie prosiłem.

— Wie.

— A jak tam Cersei? Piękna jak zawsze?

— Promienna. — *Kapryśna.* — Złota. — *Fałszywa jak złoto głupców.* Ostatniej nocy śniło mu się, że przyłapał ją na pierdoleniu się z Księżycowym Chłopcem. Zabił błazna, a siostrze powybijał zęby złotą ręką, tak jak Gregor Clegane zrobił z Pią. W snach Jaime zawsze miał dwie ręce. Jedna z nich była zrobiona ze złota, ale funkcjonowała równie dobrze jak druga. — Im szybciej skończymy z Riverrun, tym szybciej będę mógł do niej wrócić.

Jaime nie wiedział jednak, co wtedy zrobi.

Rozmawiał z kuzynem jeszcze godzinę, nim namiestnik zachodu go opuścił. Potem Jaime przypiął złotą rękę i wdział brązowy płaszcz, by przejść się między namiotami.

Prawdę mówiąc, podobało mu się takie życie. Lepiej czuł się między żołnierzami w polu niż na królewskim dworze. Ludzie również najwyraźniej go lubili. Kiedyś, przy ognisku, trzej kusznicy zaproponowali, że podzielą się z nim upolowanym zającem. Innym razem młody rycerz zapytał go, jak najlepiej bronić się przed atakami przeciwnika walczącego młotem. Przy jeszcze innej okazji przypatrywał się, jak dwie praczki toczą walkę na płytkiej wodzie, siedząc na ramionach dwóch zbrojnych. Dziewczyny były lekko pijane i półnagie. Śmiały się i okładały zwiniętymi płaszczami, a kilkunastu mężczyzn zagrzewało je do boju. Jaime postawił miedzianą gwiazdę na blondynkę dosiadającą Raffa Słodyczka i przegrał ją, gdy obie dziewki runęły z pluskiem między trzciny.

Na drugim brzegu rzeki słychać było wycie wilków. Wiatr poruszał wierzbowym gajem. Jaime znalazł ser Ilyna Payne'a pod namiotem. Królewski kat ostrzył swój wielki miecz osełką.

— Chodź — powiedział. Milczący rycerz wstał, uśmiechając się półgębkiem. *On to lubi* — uświadomił sobie Jaime. *Sprawia mu przyjemność, że może mnie co noc upokarzać. A zabicie mnie może go ucieszyć jeszcze bardziej.* Jaime lubił sobie wyobrażać, że staje się coraz lepszy, ale postęp był powolny i kosztował go drogo. Pod stalą, wełną i utwardzaną skórą jego ciało pokrywał gobelin skaleczeń, strupów i siniaków.

Gdy wyprowadzali konie z obozu, zatrzymał ich wartownik, Jaime poklepał go złotą dłonią po ramieniu.

— Bądź czujny. Po okolicy kręcą się wilki.

Pojechali brzegiem Czerwonych Wideł do ruin spalonej wioski, które mijali po południu. Tam właśnie odbyli swój nocny taniec, pośród poczerniałych kamieni i wystygłych popiołów. Przez chwilę Jaime miał przewagę. Pozwolił sobie wówczas pomyśleć, że być może odzyskuje dawne umiejętności. Być może dzisiaj to Payne położy się spać posiniaczony i krwawiący.

Mogłoby się zdawać, że ser Ilyn usłyszał wówczas jego myśli. Sparował od niechcenia kolejne cięcie Jaimego i przeszedł do kontrataku, spychając przeciwnika do rzeki. Jaime poślizgnął się na błocie i wylądował na kolanach. Niemy rycerz przystawił sztych miecza do jego gardła, a oręż Jaimego wylądował w trzcinach. W blasku księżyca ślady po francy na twarzy Payne'a wydawały się wielkie jak kratery. Ser Ilyn wydał z siebie klekoczący dźwięk, który mógł być śmiechem, i przesunął miecz ku górze, zatrzymując sztych między wargami Jaimego. Dopiero potem schował broń.

Lepiej by było, gdybym rzucił wyzwanie Raffowi Słodyczkowi, dźwigając kurwę na plecach — pomyślał Jaime, strząsając błoto z pozłacanej dłoni. Miał ochotę zerwać ją i rzucić do rzeki. Nie było z niej żadnego pożytku, a jego lewa ręka była niewiele lepsza. Ser Ilyn wrócił do koni, pozwalając, by Jaime sam się podniósł. *Przynajmniej nogi nadal mam dwie.*

Ostatni dzień ich podróży był zimny i wietrzny. Wicher stukał nagimi, brązowymi konarami drzew i poruszał trzciną nad brzegiem Czerwonych Wideł. Choć Jaime miał na sobie zimowy płaszcz Gwardii Królewskiej, jadąc u boku Davena, czuł żelazne ukąszenia wichru. Było już późne popołudnie, gdy ujrzeli Riverrun wznoszące się na wąskim cyplu w miejscu, gdzie Kamienny Nurt łączył się z Czerwonymi Widłami. Zamek Tullych wyglądał jak wielki kamienny okręt o dziobie zwróconym w dół rzeki. Jego mury z piaskowca, skąpane w czerwonozłotym blasku słońca, wydawały się wyższe i potężniejsze, niż pamiętał Jaime. *Ten orzech niełatwo będzie rozłupać* — pomyślał przygnębiony. Jeśli Blackfish nie zechce go wysłuchać, nie będzie miał innego wyboru, jak złamać przysięgę, którą złożył Catelyn Stark. Śluby złożone królowi były ważniejsze.

Pływająca zapora i trzy wielkie obozy oblegających armii wyglądały dokładnie tak, jak opisał je jego kuzyn. Obozowisko ser Rymana Freya na północ od Kamiennego Nurtu było największe i panował w nim największy bałagan. Między namiotami ustawiono wielki, szary szafot, wysoki jak trebusz. Stała na nim samotna postać ze sznurem na szyi. *Edmure Tully.* Jaime poczuł ukłucie litości. *Stoi tam dzień po dniu ze sznurem wokół szyi... lepiej byłoby ściąć mu głowę i skończyć z tym wreszcie.*

Za szafotem ciągnęło się bezładne obozowisko pełne namiotów i ognisk. Freyowie i ich rycerze rozbili wielkie namioty w dogodnym miejscu, w górę rzeki od służących jako latryny rowów. Poniżej widać było liczne lepianki i wozy.

— Ser Ryman nie chce, żeby jego chłopakom się nudziło, więc daje im kurwy, walki kogutów i szczucie niedźwiedzia — oznajmił ser Daven. — Znalazł gdzieś nawet cholernego minstrela. Nasza ciotka sprowadziła z Lannisportu Wata Białozębego, jeśli potrafisz w to uwierzyć, więc Ryman oczywiście też musiał mieć śpiewaka. Czy nie moglibyśmy ustawić na rzece tamy i po prostu utopić tę całą bandę, kuzynku?

Jaime widział łuczników poruszających się za blankami na murach. Nad nimi powiewały chorągwie rodu Tullych ze srebrnym pstrągiem na polu w czerwono-niebieskie pasy. Na najwyższej wieży powiewała jednak inna flaga, długi, biały sztandar z wilkorem Starków.

— Gdy po raz pierwszy ujrzałem Riverrun, byłem giermkiem zielonym jak letnia trawa — oznajmił kuzynowi Jaime. — Stary Sumner Crakehall rozkazał mi przekazać wiadomość. Przysięgał, że nie może powierzyć jej krukowi. Lord Hoster zatrzymał mnie na dwa tygodnie, zastanawiając się nad odpowiedzią. Przy każdym posiłku musiałem siedzieć z jego córką Lysą.

— Nic dziwnego, że wdziałeś biel. Na twoim miejscu uczyniłbym to samo.

— Och, Lysa nie była jeszcze wówczas taka straszna.

Prawdę mówiąc, to była całkiem ładna dziewczyna. Delikatna, z dołeczkami na policzkach i długimi, kasztanowatymi włosami. *Ale była też nieśmiała. Rzadko się odzywała i często chichotała bez powodu. Nie miała w sobie ani śladu ognia Cersei.* Jej starsza siostra wydawała się bardziej interesująca, ale była już obiecana jakiemuś chłopakowi z północy, dziedzicowi Winterfell... jednakże w tamtym czasie żadna dziewczyna nie interesowała Jaimego nawet w połowie tak bardzo, jak sławny brat Hostera, który okrył się chwałą, walcząc z dziewięciogroszowymi królami na Stopniach. Przy stole ignorował biedną Lysę, prosząc Bryndena Tully'ego o opowieści o Maelysie Monstrualnym i Hebanowym Księciu. *Ser Brynden był wówczas młodszy niż ja teraz* — uświadomił sobie Jaime. *A ja byłem młodszy niż Peck.*

Najbliższy bród prowadzący przez Czerwone Widły znajdował się w górę rzeki od zamku. Żeby dotrzeć do obozu ser Davena, musieli przejechać przez obozowisko Emmona Freya, a potem minąć namioty lordów dorzecza, którzy ugięli kolan i przyjęto ich z powrotem w obręb królewskiego pokoju. Jaime zauważył chorągwie Lychesterów i Vance'ów, Roote'ów i Goodbrooków, żołędzie rodu Smallfordów i tańczącą dziewicę lorda Pipera... ale to chorągwie, których nie zobaczył, skłoniły go do zastanowienia. Nigdzie nie było widać srebrnego orła Mallisterów, czerwonego konia Brackenów, wierzby Rygerów ani splecionych ze sobą węży Paege'ów. Choć wszystkie te rody odnowiły hołd złożony Żelaznemu Tronowi, żaden z nich nie przyłączył się do oblężenia. Jaime wiedział, że Brackenowie walczą z Blackwoodami, co tłumaczyło ich nieobecność, ale pozostali...

Nasi nowi przyjaciele nie są prawdziwymi przyjaciółmi. Ich wierność jest bardzo płytka. Riverrun trzeba było zdobyć jak najszybciej. Jeśli oblężenie będzie się przeciągało, doda to tylko odwagi krnąbrnym lordom, takim jak Tytos Blackwood.

Gdy dotarli do brodu, ser Kennos z Kayce zadął w róg Herrocka. *To powinno wywabić Blackfisha na mury.* Ser Hugo i ser Dermot przeszli pierwsi przez rzekę, rozpryskując błotnistą, czerwonobrązową wodę. Nad ich głowami powiewał biały sztandar Gwardii Królewskiej oraz chorągiew Tommena z jeleniem i lwem. Jaime podążał tuż za nimi, prowadząc resztę kolumny.

Obóz Lannisterów rozbrzmiewał dźwiękiem drewnianych młotków. Budowano nową wieżę oblężniczą. Dwie inne były już gotowe, w połowie pokrywały je niewyprawione końskie skóry. Między nimi stał taran — pień drzewa o utwardzonym nad ogniem końcu, zawieszony na łańcuchach pod drewnianym okapem. *Widzę, że mój kuzynek nie tracił czasu.*

— Panie, gdzie mamy rozbić namiot? — zapytał Peck.

— Tam, na wzgórzu. — Jaime wskazał na nie złotą ręką, która nie była zbyt dobrze przystosowana do tego zadania. — Bagaż zostawicie tam, a tam rozciągnijcie sznury do przywiązywania koni. Będziemy korzystać z latryn, które mój kuzynek tak uprzejmie kazał dla nas wykopać. Ser Addamie, zbadaj obwód obozu w poszukiwaniu słabych punktów.

Jaime nie spodziewał się ataku, ale w Szepczącym Lesie również się go nie spodziewał.

— Czy mam zwołać gronostaje na naradę wojenną? — zapytał Daven.

— Najpierw muszę porozmawiać z Blackfishem. — Jaime skinął na Bezbrodego Jona Bettleya. — Rozwiń chorągiew pokoju i zanieś do zamku wiadomość. Poinformuj ser Bryndena Tully'ego, że chcę z nim pomówić jutro o brzasku. Podejdę do fosy i spotkam się z nim na moście zwodzonym.

— Panie. Łucznicy mogą... — odezwał się wyraźnie zaniepokojony Peck.

— Nic mi nie zrobią. — Jaime zsunął się z siodła. — Rozbijcie mój namiot i rozwińcie sztandary.

Przekonamy się, kto do mnie przybiegnie i jak szybko.

Nie trzeba było długo czekać. Pia zajęła się piecykiem, próbując rozpalić ogień. Peck poszedł jej pomóc. Ostatnio Jaime często zasypiał przy akompaniamencie dźwięków produkowanych przez nich w kącie namiotu. Gdy Garrett odpinał mu nagolenniki, poła namiotu uchyliła się nagle.

— Tu jesteś! — zagrzmiała ciotka Jaimego. Zajmowała sobą całe wejście. Zza jej pleców wyglądał mąż, Frey. — Już najwyższy czas. Nie uściskasz starej, grubej ciotki?

Wyciągnęła ramiona i Jaime nie miał innego wyboru, jak ją objąć.

Genna Lannister była w młodości atrakcyjną kobietą o obfitych kształtach. Zawsze groziło jej wylanie się z gorsecika. Teraz jej sylwetka zrobiła się kwadratowa. Twarz miała szeroką i gładką, a piersi ogromne, szyja zaś była grubą, różową kolumną. Ciała Genny starczyłoby na dwóch takich jak jej mąż. Jaime uścisnął ją obowiązkowo, czekając, aż uszczypnie go w ucho. Robiła to, odkąd sięgał pamięcią, ale dzisiaj się powstrzymała. Obsypała tylko jego policzki miękkimi, wilgotnymi pocałunkami.

— Przykro mi z powodu twojej straty.

— Mam teraz nową rękę, ze złota.

Pokazał ją Gennie.

— Bardzo ładna. Czy zrobią ci też złotego ojca? — zapytała ostrym tonem lady Genna. — Chodziło mi o Tywina.

— Człowiek taki jak Tywin Lannister rodzi się raz na tysiąc lat — oznajmił jej mąż. Emmon Frey był nerwowym człowieczkiem o ruchliwych dłoniach. Mógł ważyć dziesięć kamieni... ale tylko w kolczudze. Był cherlakiem odzianym w wełnę i w ogóle nie miał podbródka. Ten brak podkreślała jeszcze niedorzecznie wydatna grdyka. Połowę włosów stracił, nim jeszcze skończył trzydziestkę. Teraz miał sześćdziesiąt lat i pozostało mu tylko kilka białych kosmyków.

— Ostatnio docierały do nas różne dziwne opowieści — zaczęła lady Genna, gdy Jaime odesłał już Pię i giermków. — Sama już nie wiem, w co można wierzyć. Czy to prawda, że to Tyrion zabił Tywina? Może to tylko kalumnia rozpowszechniana przez twoją siostrę?

— Tak, to prawda.

Ciężar złotej dłoni doskwierał mu coraz bardziej. Jaime zaczął rozpinać rzemienie łączące ją z nadgarstkiem.

— Syn podniósł rękę przeciw ojcu? — oburzył się Emmon. — To monstrualne. W Westeros nastały mroczne czasy. Teraz, gdy Tywin nie żyje, boję się o nas wszystkich.

— Bałeś się o nas wszystkich, kiedy Tywin jeszcze żył. — Genna usadziła pokaźny tyłek na obozowym stoliku, który niepokojąco zaskrzypiał pod jej ciężarem. — Bratanku, opowiedz nam o naszym synu Cleosie i o tym, jak zginął.

Jaime rozpiął ostatni rzemień i odłożył rękę.

— Napadli na nas banici. Ser Cleos ich rozproszył, ale przypłacił to życiem.

Kłamstwo przyszło mu z łatwością. Widział, że usłyszeli je z przyjemnością.

— Chłopak był odważny. Zawsze ci to mówiłem. Miał to we krwi.

Gdy ser Emmon mówił, na jego wargach pojawiała się różowawa piana — efekt upodobania do żucia kwaśnego liścia.

— Jego kości powinno się pochować pod Skałą, w Komnacie Bohaterów — oznajmiła lady Genna. — Gdzie jest pogrzebany?

Nigdzie. Krwawi Komedianci rozebrali jego trupa i zostawili go padlinożernym wronom.

— Przy strumieniu — skłamał. — Kiedy wojna się skończy, odszukam to miejsce i odeślę go do domu.

W dzisiejszych czasach o nic nie było łatwiej niż o kości.

— Ta wojna... — Lord Emmon odchrząknął, poruszając grdyką w górę i w dół. — Z pewnością widziałeś machiny oblężnicze. Tarany, trebusze, wieże. Tak nie może być, Jaime. Daven chce zrobić wyłom w moich murach, rozwalić moje bramy... mówi o wrzącej smole, o podpaleniu zamku. Mojego zamku. — Sięgnął do rękawa, wydobył stamtąd dokument i podsunął go Jaimemu. — Mam tu dekret. Podpisany przez króla, przez Tommena, zobacz, to królewska pieczęć, jeleń i lew. Jestem prawowitym lordem Riverrun i nie pozwolę, żeby obrócono je w dymiące ruiny.

— Och, schowaj ten głupi papier — warknęła jego żona. — Dopóki w Riverrun siedzi Blackfish, równie dobrze możesz sobie podetrzeć nim dupę. — Choć lady Genna od pięćdziesięciu lat była żoną Freya, pozostała całą duszą i ciałem kobietą z rodu Lannisterów. *A tego ciała jest bardzo dużo.* — Jaime zdobędzie dla ciebie zamek — dodała.

— Oczywiście — zgodził się lord Emmon. — Ser Jaime, twój pan ojciec nie mylił się, wierząc we mnie, przekonasz się o tym. Zamierzam być twardy, ale sprawiedliwy dla swych nowych wasali. Blackwood i Bracken, Jason Mallister, Vance i Piper, wszyscy przekonają się, że Emmon Frey jest sprawiedliwym seniorem. Nawet mój ojciec, tak jest. Jest lordem Przeprawy, ale ja jestem lordem Riverrun. Syn ma obowiązek słuchać ojca, to prawda, lecz chorąży musi być posłuszny seniorowi.

Och, bogowie, bądźcie łaskawi.

— Nie jesteś jego seniorem, ser. Przeczytaj swój dokument. Przyznano ci Riverrun z jego ziemiami i dochodami, nic więcej. Najwyższym Lordem Tridentu jest Petyr Baelish. Riverrun będzie poddane władzy Harrenhal.

To nie spodobało się lordowi Emmonowi.

— Harrenhal to ruina. Zamek jest przeklęty i nawiedzany — sprzeciwił się. — A Baelish... to tylko liczygrosz, nie prawdziwy lord, jego pochodzenie...

— Jeśli jesteś niezadowolony z tego, co otrzymałeś, jedź do Królewskiej Przystani poskarżyć się mojej słodkiej siostrze.

Jaime nie wątpił, że Cersei pożre Emmona Freya i wydłubie resztki z zębów jego kośćmi. *O ile nie będzie zbyt zajęta pierdoleniem się z Osmundem Kettleblackiem.*

Lady Genna prychnęła pogardliwie.

— Nie ma sensu zawracać głowy Jej Miłości takimi nonsensami. Emm, czy nie mógłbyś wyjść na chwilę odetchnąć świeżym powietrzem?

— Świeżym powietrzem?

— Albo porządnie się odlać, jeśli wolisz. Muszę pomówić z bratankiem o rodzinnych sprawach.

Lord Emmon zaczerwienił się.

— Tak, tu rzeczywiście jest ciepło. Zaczekam na dworze, pani. Ser.

Jego lordowska mość zwinął dokument, pożegnał Jaimego płytkim ukłonem i niepewnym krokiem wyszedł z namiotu.

Trudno było nie gardzić Emmonem Freyem. Nowy lord Riverrun przybył do Casterly Rock w czternastym roku życia, by poślubić lwicę dwukrotnie młodszą od siebie. Tyrion zawsze mawiał, że Emmon otrzymał kłopoty z trawieniem w ślubnym darze od lorda Tywina. *Genna również odegrała swoją rolę.* Jaime pamiętał wiele uczt, podczas których Emmon grzebał w talerzu z ponurą miną, a jego żona wymieniała sprośne żarty z tym z domowych rycerzy, który akurat siedział po jej lewej stronie. Ich konwersację zawsze przerywały głośne wybuchy śmiechu. *Ale trzeba przyznać, że dała Freyowi czterech synów. Przynajmniej twierdzi, że to jego synowie.* Nikt w Casterly Rock nie miał odwagi zasugerować, że jest inaczej, a już zwłaszcza ser Emmon.

Gdy tylko Frey wyszedł, jego pani żona zatoczyła oczyma.

— Mój pan i władca. Co przyszło twojemu ojcu do głowy, że mianował go lordem Riverrun?

— Przypuszczam, że chodziło mu o twoich synów.

— Mnie również o nich chodzi. Emm będzie okropnym lordem. Ty może okazać się lepszy, jeśli będzie na tyle rozsądny, by uczyć się ode mnie, nie od ojca. — Rozejrzała się po namiocie. — Masz tu wino?

Jaime znalazł dzbanek i nalał jej trunku jedną ręką.

— Dlaczego tu przybyliście, pani? Trzeba było zostać w Casterly Rock, dopóki walki się nie skończą.

— Gdy tylko Emm usłyszał, że jest lordem, musiał natychmiast objąć swą siedzibę w posiadanie. — Lady Genna pociągnęła łyk i otarła usta rękawem. — Twój ojciec powinien był przyznać nam Darry. Jak może pamiętasz, Cleos ożenił się z jedną z córek oracza. Pogrążona w żałobie wdowa jest wściekła, że jej synowie nie odziedziczą ziem jej pana ojca. Bramna Ami pochodzi z Darrych tylko po matce. Moja dobra córka Jeyne jest jej ciotką, pełną siostrą lady Mariyi.

— Młodszą siostrą — przypomniał jej Jaime. — A Ty dostanie Riverrun. To cenniejsza zdobycz niż Darry.

— To zatruta zdobycz. Męska linia Darrych wygasła, ale Tullych nie. Ten jełop, ser Ryman, zakłada Edmure'owi pętlę na szyję, ale nie chce go powiesić. A w brzuchu Roslin rośnie nowy pstrąg. Moje wnuki nie będą bezpieczne w Riverrun, dopóki choć jeden dziedzic Tullych pozostanie przy życiu.

Jaime wiedział, że Genna się nie myli.

— Jeśli Roslin urodzi dziewczynkę...

— ...będzie ją można wydać za Ty'a, jeśli stary lord Walder się zgodzi. Tak, myślałam o tym. Ale równie prawdopodobny jest chłopiec, a jego mały kutasik skomplikowałby sprawę. Ponadto, jeśli ser Brynden przeżyje oblężenie, może zażądać Riverrun dla siebie... albo dla młodego Roberta Arryna.

Jaime pamiętał małego Roberta z Królewskiej Przystani. Choć chłopiec miał już cztery lata, nadal ssał cycki matki.

— Arryn nie pożyje wystarczająco długo, by doczekać się potomstwa. Poza tym, dlaczego lord Orlego Gniazda miałby pragnąć Riverrun?

— A dlaczego człowiek, który ma jeden garniec złota, miałby pragnąć drugiego? Ludzie są chciwi. Tywin powinien był przyznać Riverrun Kevanowi, a Darry Emmowi. Powiedziałabym mu to, gdyby raczył mnie zapytać, ale czy twój ojciec kiedykolwiek radził się kogokolwiek oprócz Kevana? — Genna westchnęła głęboko. — Nie mam pretensji do Kevana, że pragnął dla swojego chłopaka bezpieczniejszej siedziby. Za dobrze go znam.

— Wygląda na to, że Kevan i Lancel pragną czegoś zupełnie innego. — Opowiedział jej o tym, że Lancel postanowił wyrzec się żony i posiadłości, by walczyć za Świętą Wiarę. — Jeśli nadal chciałabyś otrzymać Darry, napisz do Cersei i przedstaw jej swoje racje.

Lady Genna machnęła lekceważąco kielichem.

— Nie, ten koń już opuścił stajnię. Emm wbił sobie do tej spiczastej głowy, że będzie władał dorzeczem. A Lancel... pewnie można to było przewidzieć. W końcu życie poświęcone obronie Wielkiego Septona nie różni się aż tak bardzo od życia poświęconego obronie króla. Obawiam się jednak, że Kevan będzie wściekły. Tak samo jak Tywin, kiedy uparłeś się, że przywdziejesz biel. Kevan przynajmniej ma jeszcze jednego dziedzica, Martyna. Może go ożenić z Bramną Ami zamiast Lancela, niech Siedmiu zmiłuje się nad nami wszystkimi. —

Genna westchnęła. — A jeśli już mowa o Siedmiu, dlaczego Cersei pozwoliła Wierze znowu się uzbroić?

Jaime wzruszył ramionami.

— Jestem pewien, że miała jakieś powody.

— Powody? — Lady Genna prychnęła pogardliwie. — Lepiej, żeby były dobre. Miecze i Gwiazdy sprawiały kłopoty nawet Targaryenom. Sam Aegon Zdobywca traktował Wiarę z wielką ostrożnością, nie chcąc, by sprzeciwiała się jego rządom. A kiedy Aegon umarł i lordowie zbuntowali się przeciwko jego synom, oba zakony stały się sercem rebelii. Popierali je co pobożniejsi lordowie i wielu prostaczków. Król Maegor był w końcu zmuszony wyznaczyć nagrody za głowy ich członków. Płacił smoka za głowę każdego nieskruszonego Syna Wojownika i srebrnego jelenia za skalp Brata Ubogiego, o ile dobrze pamiętam. Zabito ich tysiące, ale prawie równie wielu nadal grasowało po królestwie, nie składając broni, aż wreszcie Żelazny Tron uśmiercił Maegora i król Jaehaerys zgodził się ułaskawić wszystkich, którzy odłożą miecze.

— Bardzo mało z tego pamiętam — przyznał Jaime.

— Podobnie jak twoja siostra. — Genna pociągnęła kolejny łyk wina. — Czy to prawda, że Tywin uśmiechał się na marach?

— Gnił. Usta mu się od tego wykrzywiły.

— I to wszystko? — To ją wyraźnie zasmuciło. — Ludzie mówią, że Tywin nigdy się nie uśmiechał, ale robił to, gdy żenił się z twoją matką i gdy Aerys mianował go namiestnikiem. Tyg mówił, że uśmiechał się również wtedy, gdy Tarbeck Hall zwaliło się na głowę lady Ellyn, tej zdradzieckiej suki. I uśmiechał się, kiedy się urodziłeś, Jaime, widziałam to na własne oczy. Ty i Cersei, różowi i nieskazitelni, podobni do siebie jak dwie krople wody... oprócz tego, co było między waszymi nogami, oczywiście. Ależ mieliście płuca!

— Słuchajcie naszego ryku. — Jaime uśmiechnął się. — Za chwilę zaczniesz mi opowiadać, jak bardzo lubił się śmiać.

— Nie. Tywin nie ufał śmiechowi. Zbyt często słyszał, jak ludzie śmiali się z twojego dziadka. — Zmarszczyła brwi. —

Zapewniam cię, że komediancka farsa, jaką jest to oblężenie, na pewno by go nie rozśmieszyła. Jak zamierzasz ją zakończyć, skoro już tu przybyłeś?

— Będę pertraktował z Blackfishem.

— To nic nie da.

— Zaproponuję mu dobre warunki.

— Warunki wymagają zaufania. Freyowie zamordowali gości pod własnym dachem, a ty... nie chcę cię urazić, kochanie, ale zabiłeś pewnego króla, którego poprzysiągłeś bronić.

— I zabiję też Blackfisha, jeżeli się nie podda.

Te słowa zabrzmiały ostrzej, niż było to jego zamiarem, ale nie miał nastroju do wysłuchiwania, jak wypominają mu Aerysa Targaryena.

— A jak to zrobisz? Językiem? — W jej głosie brzmiała wzgarda. — Może i jestem starą grubą kobietą, ale nie mam twarogu zamiast mózgu, Jaime. Blackfish również nie. Czcze groźby na niego nie podziałają.

— Co więc mi radzisz?

Wzruszyła masywnymi ramionami.

— Emm chce, żeby ścięto Edmure'a. Choć raz może mieć rację. Ser Ryman zrobił z nas pośmiewisko tą szubienicą. Musisz zademonstrować ser Bryndenowi, że nasze groźby mają zęby.

— Zabicie Edmure'a zapewne zwiększy tylko determinację ser Bryndena.

— Bryndenowi Blackfishowi nigdy nie brakowało determinacji. Hoster Tully mógłby ci coś o tym opowiedzieć. — Lady Genna dopiła wino. — No cóż, nie zamierzam cię uczyć, jak toczyć wojnę. Znam swoje miejsce... w przeciwieństwie do twojej siostry. Czy to prawda, że Cersei spaliła Czerwoną Twierdzę?

— Tylko Wieżę Namiestnika.

Jego ciotka zatoczyła oczyma.

— Lepiej by zrobiła, gdyby zostawiła wieżę i spaliła namiestnika. Harys Swyft! Jeśli kiedykolwiek ktoś zasługiwał na

200

swój herb, to właśnie ser Harys. I Gyles Rosby, niech nas Siedmiu ma w swojej opiece. Myślałam, że umarł już przed wielu laty. Merryweather... twój ojciec zwał jego dziadka „Chichotkiem". Tywin twierdził, że jedyne, w czym Merryweather był dobry, to chichotanie z dowcipasów króla. Jego lordowska mość dosłużył się tym chichotaniem wygnania. Cersei wzięła też do rady jakiegoś bękarta, a do Gwardii Królewskiej Kettleblacka. Dzięki niej Wiara znowu się uzbroiła, a Braavosowie ściągają z ludzi długi w całym Westeros. Nic z tego by się nie wydarzyło, gdyby miała choć odrobinę rozsądku i zrobiła namiestnikiem twojego stryja.

— Ser Kevan odmówił przyjęcia tej pozycji.

— Mówił mi o tym. Ale nie wspomniał dlaczego. Nie powiedział mi bardzo wielu rzeczy. Nie chciał powiedzieć. — Lady Genna wykrzywiła twarz. — Kevan zawsze robił, o co go proszono. To niepodobne do niego uchylać się od obowiązku. Czuję, że coś tu śmierdzi.

— Mówił, że czuje się zmęczony.

„On wie". — Tak powiedziała mu Cersei, gdy stali nad trupem ojca. „Wie o nas".

— Zmęczony? — Ciotka Jaimego wydęła wargi. — Pewnie ma do tego prawo. Całe życie spędził w cieniu Tywina. To musiało być dla niego trudne. Tak jak dla wszystkich moich braci. Cień Tywina był długi i czarny, każdy z nich musiał walczyć o dostęp do słońca. Tygett starał się być niezależny, ale nie był w stanie dorównać twojemu ojcu i z upływem lat coraz bardziej go to gniewało. Gerion stroił sobie żarty. Lepiej drwić z gry, niż grać w nią i przegrać. Ale Kevan szybko się zorientował, jak stoją sprawy, i znalazł dla siebie miejsce u boku Tywina.

— A ty? — zapytał Jaime.

— To gra nie dla dziewcząt. Byłam ukochaną księżniczką naszego ojca... i Tywina również, aż do chwili, gdy go rozczarowałam. Mój brat nigdy się nie nauczył lubić smaku rozczarowania. — Genna wstała. — Powiedziałam już, co miałam do powiedzenia. Zrób to, co zrobiłby Tywin.

— Kochałaś go? — zapytał Jaime niespodziewanie nawet dla samego siebie.

Ciotka popatrzyła na niego dziwnie.

— Miałam siedem lat, gdy Walder Frey przekonał mojego pana ojca, żeby oddał moją rękę Emmowi. Jego drugiemu synowi, nawet nie dziedzicowi. Ojciec był trzecim synem, a młodsze dzieci zawsze pragną aprobaty starszych. Frey wyczuł w nim tę słabość i ojciec zgodził się tylko dlatego, by sprawić mu przyjemność. Zaręczyny ogłoszono podczas uczty, na której była obecna połowa zachodu. Ellyn Tarbeck roześmiała się w głos, a Czerwony Lew opuścił w gniewie komnatę. Reszta trzymała języki za zębami. Tylko Tywin ośmielił się sprzeciwić temu małżeństwu. Miał wtedy dziesięć lat. Ojciec zrobił się biały jak kobyle mleko, a Walder Frey drżał. — Uśmiechnęła się. — Jak mogłabym go nie pokochać? To nie znaczy, że podobało mi się wszystko, co robił, ani że lubiłam towarzystwo człowieka, jakim się stał... ale każda mała dziewczynka potrzebuje dużego brata, który będzie jej bronił, a Tywin był duży, nawet kiedy miał dziesięć lat. — Westchnęła. — Kto nas teraz obroni?

Jaime pocałował ją w policzek.

— Tywin zostawił syna.

— Masz rację. Prawdę mówiąc, tego właśnie boję się najbardziej.

To była dziwna odpowiedź.

— Czemu miałabyś się bać?

— Jaime — odparła, pociągając go za ucho — słodziutki. Znam cię od czasu, gdy byłeś dzieciątkiem u piersi Joanny. Uśmiechasz się jak Gerion i walczysz jak Tyg, jest też w tobie trochę z Kevana, bo w przeciwnym razie nie nosiłbyś tego białego płaszcza... ale to Tyrion jest synem Tywina, nie ty. Powiedziałam to kiedyś w oczy twojemu ojcu i potem nie odzywał się do mnie przez pół roku. Mężczyźni są takimi okropnymi durniami. Nawet tacy, którzy rodzą się raz na tysiąc lat.

CAT ZNAD KANAŁÓW

Obudziła się, zanim wzeszło słońce, w małym pokoiku na poddaszu, który dzieliła z córkami Brusca.

Cat zawsze budziła się pierwsza. Pod kocami, obok Talei i Brei, było jej ciepło i przytulnie. Słyszała ciche oddechy obu dziewcząt. Kiedy się poruszyła, usiadła i znalazła pantofle, Brea mruknęła coś przez sen i obróciła się na drugi bok. Od chłodu bijącego od szarych kamiennych murów ramiona Cat pokryła gęsia skórka. Ubrała się szybko w ciemności. Gdy wciągała bluzę przez głowę, Talea otworzyła oczy.

— Cat, bądź taka słodka i przynieś mi ubranie — zawołała. Była chudą dziewczyną, sama skóra, kości i łokcie. Zawsze skarżyła się, że jest jej zimno. Cat znalazła jej ubranie i Talea wciągnęła je pod kocami. Potem obie wywlekły jej starszą siostrę z łóżka, a Brea mamrotała rozespanym głosem jakieś groźby.

Gdy wszystkie trzy zeszły na dół po drabinie, Brusco i jego synowie wsiedli już do łodzi kołyszącej się na małym kanale za domem. Jak każdego ranka Brusco warknął na dziewczęta, każąc im się śpieszyć. Jego synowie pomogli Talei i Brei wsiąść do łodzi. Zadaniem Cat było odwiązanie cumy, rzucenie jej Brei i odepchnięcie obutą stopą łodzi od przystani. Synowie Brusca chwycili za tyczki. Cat rozpędziła się i skoczyła do oddalającej się od przystani łodzi.

Potem przez długi czas nie miała nic do roboty poza siedzeniem i ziewaniem. Brusco i jego synowie płynęli przez poprzedzający świt mrok, popychając łódź przez labirynt małych kanałów. Zanosiło się na rzadko tu widywany pogodny, bezchmurny dzień. W Braavos znano tylko trzy rodzaje pogody. Mgła

203

była niedobra, deszcz był gorszy, a najgorszy był deszcz ze śniegiem. Jednakże od czasu do czasu zdarzał się poranek, gdy wstawał różowo-błękitny świt, a powietrze przesycał ostry smak soli. Takie dni Cat lubiła najbardziej.

Kiedy dotarli do szerokiego, prostego wodnego traktu zwanego Długim Kanałem, zawrócili na południe, kierując się w stronę rybnego targu. Cat siedziała ze skrzyżowanymi nogami, tłumiąc ziewanie i próbując przypomnieć sobie szczegóły swego snu. *Znowu śniło mi się, że jestem wilkiem* — pomyślała. Najlepiej pamiętała zapachy: drzewo i ziemia, bracia z watahy, woń koni, jeleni i ludzi, każda z nich inna od pozostałych, a także ostry, gryzący odór strachu, zawsze taki sam. Niekiedy wilcze sny były na tyle wyraziste, że słyszała wycie braci nawet po przebudzeniu, a pewnego razu Brea powiedziała jej, że słyszała, jak warczała przez sen i miotała się pod kocem. Cat myślała, że to tylko głupie kłamstwo, ale Talea potwierdziła tę opowieść.

Nie powinnam śnić wilczych snów — powtarzała sobie dziewczynka. *Jestem teraz kotem, nie wilkiem. Jestem Cat znad Kanałów.* Wilcze sny należały do Aryi z rodu Starków. Bez względu na wszelkie starania nie mogła jednak uwolnić się od Aryi. Czy spała w świątyni czy w izdebce na poddaszu z córkami Brusca, nocą zawsze prześladowały ją wilcze sny... a czasami również inne.

Wilcze sny były najlepsze. Była w nich szybka i silna, ścigała zwierzynę na czele watahy. To tego drugiego snu nienawidziła, tego, w którym miała dwie nogi zamiast czterech. W tym śnie szukała matki, brnąc przez spustoszoną krainę pełną błota, krwi i ognia. Zawsze padał tam deszcz, a ona słyszała krzyki matki, ale potwór z głową psa nie pozwalał dziewczynce jej uratować. W tym śnie zawsze płakała, jak przerażony dzieciak. *Koty nigdy nie płaczą* — powtarzała sobie w duchu. *I wilki też nie. To tylko głupi sen.*

Łódź Brusca dopłynęła Długim Kanałem pod zielone, miedziane kopuły Pałacu Prawdy oraz wysokie, kwadratowe wieże

Prestaynów i Antaryonów. Potem przepłynęli pod potężnymi, szarymi łukami słodkowodnej rzeki, docierając do dzielnicy zwanej Miastem Iłu, gdzie budynki były mniejsze i nie tak wspaniałe. W późniejszej porze kanał wypełnią liczne wężowe łodzie i barki, ale przed świtem mieli go wyłącznie dla siebie. Brusco lubił docierać na targ w tej samej chwili, gdy Tytan obwieszczał rykiem wschód słońca. Głos niósł się nad laguną, osłabiony przez wielką odległość, lecz nadal wystarczająco donośny, by obudzić śpiące miasto.

Gdy Brusco i synowie cumowali łódź u nabrzeża targu, było tam już pełno sprzedawców śledzi i handlarek dorszy, poławiaczy ostryg i małży, zarządców, kucharzy, kumoszek oraz marynarzy z galer. Wszyscy targowali się głośno, oglądając uważnie poranny połów. Brusco chodził od łodzi do łodzi, przyglądając się małżom, a od czasu do czasu pukając swoją laską w skrzynię albo beczkę.

— Ta — mówił. — Tak jest. — *Puk, puk.* — Ta. — *Puk, puk.* — Nie, nie ta. Tutaj. — *Puk.* Nie był zbyt gadatliwy. Talea mówiła, że jej ojciec jest skąpy w słowach tak samo jak w wydatkach. Ostrygi, sercówki, kraby, omułki, czasami krewetki… Brusco kupował wszystko, zależnie od tego, co danego dnia prezentowało się najlepiej. Potem musieli przenieść wybrane przez niego skrzynie do łodzi. Brusco miał chore plecy i nie mógł dźwigać niczego, co było cięższe niż kufel brązowego *ale*.

Kiedy wracali do domu, Cat zawsze cuchnęła morską wodą i rybami. Tak się przyzwyczaiła do tego zapachu, że prawie już go nie czuła. Nie miała nic przeciwko tej pracy. Kiedy mięśnie albo plecy bolały ją od dźwigania ciężarów, powtarzała sobie, że staje się od tego silniejsza.

Gdy już załadowano wszystkie beczki, Brusco odpychał łódź od przystani, a jego synowie brali w ręce tyczki i wyprowadzali ją na Długi Kanał. Brea i Talea siedziały z przodu, szepcząc coś do siebie. Cat wiedziała, że mówią o chłopaku Brei, tym, z którym spotykała się na dachu, kiedy jej ojciec zasnął.

— Zawsze dowiedz się trzech nowych rzeczy, zanim do nas

wrócisz — rozkazał jej miły staruszek, wysyłając ją do miasta. Skrzętnie wykonywała jego polecenie. Czasami były to tylko trzy nowe słowa po braavosku, czasami zaś przynosiła powtarzane przez marynarzy opowieści o niezwykłych, cudownych wydarzeniach na szerokim świecie leżącym poza wyspami Braavos, o wojnach, deszczach ropuch i smokach wykluwających się z jaj. W innych dniach poznawała trzy nowe żarty, zagadki albo sztuczki stosowane w jakimś zawodzie. A od czasu do czasu udawało jej się poznać tajemnicę.

Braavos było miastem pełnym sekretów, miastem mgieł, masek i szeptów. Dowiedziała się, że sam fakt jego istnienia pozostawał tajemnicą przez sto lat, a jego położenie pozostawało nieznane przez trzykrotnie dłuższy czas.

— Dziewięć Wolnych Miast to córki dawnej Valyrii — tłumaczył jej miły staruszek — ale Braavos jest bękarcią córką, która uciekła z domu. Jesteśmy narodem kundli, potomkami niewolników, kurew i złodziei. Nasi przodkowie przybyli tu z połowy setki różnych krain w poszukiwaniu azylu. Uciekali przed smoczymi władcami, którzy obrócili ich w niewolników. Przybyło tu z nimi pół setki różnych bogów, ale jednego z nich wyznawali oni wszyscy.

— Tego o Wielu Twarzach.

— I wielu imionach — dodał miły staruszek. — W Qohorze zwą go Czarnym Kozłem, w Yi Ti Lwem Nocy, w Westeros Nieznajomym. Wszyscy ludzie muszą w końcu mu się pokłonić, bez względu na to, czy czczą Siedmiu, Pana Światła, Księżycową Matkę, Utopionego Boga czy Wielkiego Pasterza. Cała ludzkość należy do niego… bo w przeciwnym razie gdzieś na świecie istniałby lud, który żyje wiecznie. Słyszałaś kiedyś o takim ludzie?

— Nie — odpowiedziała jak zwykle Cat. — Wszyscy muszą umrzeć.

Kiedy zakradała się z powrotem do świątyni na wzgórzu w noc nowiu księżyca, miły staruszek zawsze na nią czekał.

— Czy dowiedziałaś się czegoś, czego nie wiedziałaś, opuszczając nas? — pytał wtedy.

— Wiem, czego Ślepy Beqqo dodaje do ostrego sosu, które-go używa do swoich ostryg — odpowiadała. — Wiem, że komedianci z „Błękitnej Latarni" wystawią *Lorda smętnego oblicza*, a komedianci ze „Statku" odpowiedzą im *Siedmioma pijanymi wioślarzami*. Wiem, że księgarz Lotho Lornel sypia w domu kupca-kapitana Moreda Prestayna, gdy tylko czcigodny kupiec-kapitan wypływa w rejs, i wyprowadza się, gdy „Lisica" wraca do portu.

— Dobrze jest wiedzieć te rzeczy. Kim jesteś?

— Nikim.

— Kłamiesz. Jesteś Cat znad Kanałów. Znam cię dobrze. Idź spać, dziecko. Rano będziesz musiała służyć.

— Wszyscy muszą służyć.

I służyła, trzy dni z każdych trzydziestu. Podczas nowiu była nikim, służką Boga o Wielu Twarzach odzianą w czarno-białą szatę. Chodziła z miłym staruszkiem przez wonną ciemność, niosąc żelazną latarnię. Myła umarłych, przeszukiwała ich ubrania i liczyła monety. Niekiedy pomagała też kucharce Ummie, siekając na kawałki wielkie, białe grzyby i usuwając ości z ryb. Ale tylko podczas nowiu. Przez resztę czasu była sierotą w zniszczonych, za dużych buciorach i brązowym płaszczu z wystrzępionym obrąbkiem, która pchała taczkę przez Port Łachmaniarza, krzycząc: „Sercówki, omułki, ostrygi!".

Wiedziała, że dzisiejszej nocy będzie nów. Wczoraj księżyc był zaledwie wąziutkim skrawkiem.

„Czy dowiedziałaś się czegoś, czego nie wiedziałaś, opuszczając nas?" — zapyta miły staruszek, gdy tylko ją zobaczy. *Wiem, że córka Brusca, Brea, spotyka się na dachu z chłopakiem, kiedy jej ojciec śpi* — pomyślała. *Talea mówi, że Brea pozwala, by jej dotykał, mimo że jest tylko dachowym szczurem, a wszystkie dachowe szczury są ponoć złodziejami.* To jednak była tylko jedna rzecz. Cat będzie potrzebowała jeszcze dwóch. Nie przejmowała się tym zbytnio. W porcie zawsze można było poznać nowe wieści.

Kiedy wrócili do domu, Cat pomogła synom Brusca rozładować łódź. Brusco z córkami podzielili małże na trzy taczki, układając je na warstwach wodorostów.

— Wróćcie, kiedy wszystko sprzedacie — powiedział dziewczętom Brusco, jak co rano, i wszystkie trzy wyruszyły w drogę. Brea pojechała z taczką do Fioletowego Portu, by sprzedawać małże braavoskim marynarzom, których statki tam kotwiczyły. Talea jak zwykle będzie szukała szczęścia w zaułkach otaczających Księżycową Sadzawkę albo pośród świątyń na Wyspie Bogów. Cat ruszyła w stronę Portu Łachmaniarza, tak jak robiła to w dziewięć dni z każdych dziesięciu.

Z Fioletowego Portu mogli korzystać tylko Braavosowie, od Zatopionego Miasta aż po Pałac Morskiego Lorda. Statki z siostrzanych miast oraz z całego szerokiego świata musiały zawijać do Portu Łachmaniarza, który był uboższy, prostszy i brudniejszy. Był też bardziej hałaśliwy, ponieważ na jego nabrzeżach i w okolicznych zaułkach tłoczyli się marynarze i kupcy z połowy setki różnych krain, mieszając się z tymi, którzy im służyli i na nich żerowali. Dla Cat ten port był ulubionym miejscem w całym Braavos. Uwielbiała hałas i niezwykłe zapachy, podobało się jej również, że widzi, jakie statki przybywają do miasta z wieczornym przypływem, a jakie opuszczają port. Kochała też marynarzy, krzykliwych Tyroshijczyków z ich grzmiącymi głosami i farbowanym zarostem; jasnowłosych Lyseńczyków zawsze targujących się z nią o cenę; przysadzistych, włochatych żeglarzy z Ibbenu, powtarzających przekleństwa niskimi, ochrypłymi głosami. Najbardziej jednak lubiła Letniaków o skórach ciemnych i gładkich jak drewno tekowe. Nosili barwne płaszcze z czerwonych, zielonych i żółtych piór, a wysokie maszty i białe żagle ich łabędzich statków wyglądały wspaniale.

Czasami spotykała też ludzi z Westeros, wioślarzy i żeglarzy z karak ze Starego Miasta, z handlowych galer z Duskendale, Królewskiej Przystani i Gulltown albo z brzuchatych winnych kog z Arbor. Cat znała braavoskie słowa na określenie różnych gatunków małży, ale w Porcie Łachmaniarza zachwalała swój towar w języku handlowym, używanym na nabrzeżach i w portowych tawernach. Była to prostacka mieszanina słów i fraz z kilkunastu różnych języków, wspomagana gestami rąk, przeważnie obraźliwymi. Te właśnie Cat lubiła najbardziej. Każdy mężczyzna, który ją zaczepiał, mógł zobaczyć figę albo otrzymać miano oślego pisiorka bądź wielbłądziej pizdy.

— Może i nigdy nie widziałam wielbłąda — mówiła im — ale wielbłądzią pizdę potrafię poznać po zapachu.

Zdarzało się, choć bardzo rzadko, że kogoś to rozgniewało, ale wtedy Cat wyciągała nożyk. Zawsze był bardzo dobrze naostrzony i umiała się nim posługiwać. Rudy Roggo nauczył ją tego w „Szczęśliwym Porcie", kiedy czekał, aż Lanna będzie wolna. Pokazał jej, jak ukrywać nożyk w rękawie i wysuwać go w razie potrzeby, a także jak przeciąć rzemień mieszka tak szybko i zręcznie, że zdąży wydać wszystkie monety, nim właściciel zauważy ich brak. Dobrze było to umieć, nawet miły staruszek to przyznawał; zwłaszcza nocą, gdy po mieście krążyły zbiry i dachowe szczury.

Cat znalazła sobie w porcie przyjaciół, tragarzy i komediantów, ludzi zajmujących się sprzedażą lin i naprawą żagli, właścicieli tawern, piwowarów, piekarzy, żebraków i kurwy. Kupowali od niej małże, opowiadali jej prawdziwe historie o Braavos i kłamstwa o swoim życiu albo śmiali się z tego, jak mówiła po braavosku. Nigdy się tym nie przejmowała. Pokazywała im tylko figę i nazywała ich wielbłądzimi pizdami. Ryczeli wtedy ze śmiechu. Gyloro Dothare nauczył ją sprośnych piosenek, a jego brat, Gyleno, pokazał miejsca, gdzie najlepiej biorą węgorze. Komedianci ze „Statku" zademonstrowali pozę, w jakiej powinien stać bohater, i nauczyli ją monologów z *Pieśni Rhoyne*, *Dwóch żon Zdobywcy* oraz *Pożądliwej żony kupca*. Quill, niski człowieczek o smutnym spojrzeniu, który układał dla „Statku" wszystkie zbereźne farsy, zaproponował, że nauczy ją, jak całuje kobieta, ale Tagganaro przywalił mu dorszem i położył temu kres. Cossomo Kuglarz pokazywał jej różne sztuczki. Potrafił połykać myszy i wyciągać je potem z jej uszu.

— To magia — zapewniał.

— Nieprawda — sprzeciwiała się Cat. — Cały czas miałeś mysz w rękawie. Widziałam, jak się ruszała.

„Ostrygi, omułki i sercówki" — tak brzmiały magiczne słowa Cat. Jak wszystkie dobre zaklęcia, mogły ją zaprowadzić niemal wszędzie. Wchodziła na pokład statków z Lys, Starego Miasta i z Ibbenu, by sprzedawać tam ostrygi. W niektóre dni przejeżdżała swoją taczką obok wież wielmożów i sprzedawała pieczone małże wartownikom w ich bramach. Raz nawet zachwalała swój towar na schodach Pałacu Prawdy, a gdy inny handlarz próbował ją stamtąd przepędzić, przewróciła jego wózek, wysypując ostrygi na bruk. Małże kupowali od niej celnicy z Szachownicowego Portu i wioślarze z Zatopionego Miasta, gdzie tylko kopuły i wieże budynków wystawały ponad zielone wody laguny. Pewnego dnia, gdy Brea leżała w łóżku z powodu miesięcznej krwi, Cat pojechała z taczką do Fioletowego Portu, żeby sprzedawać kraby i krewetki wioślarzom z wycieczkowej barki morskiego lorda, od dziobu po rufę wypełnionej roześmianymi ludźmi. Niekiedy wędrowała też wzdłuż słodkowodnej rzeki do Księżycowej Sadzawki. Sprzedawała małże zawadiackim zbirom w pasiastym atłasie oraz klucznikom i sędziom odzianym w skromne, brązowe lub szare płaszcze. Zawsze jednak wracała do Portu Łachmaniarza.

— Ostrygi, sercówki, omułki — krzyczała, pchając taczkę wzdłuż nabrzeża. — Małże, krewetki, omułki.

Szedł za nią brudny, pomarańczowy kot, przywabiony jej krzykiem. Potem pojawił się drugi, żałosne, mokre, bure zwierzę o przyciętym ogonie. Koty lubiły zapach Cat. Zdarzały się dni, kiedy — nim zaszło słońce — towarzyszyło jej już kilkanaście tych zwierząt. Od czasu do czasu dziewczynka rzucała im ostrygę i przyglądała się, któremu z nich uda się umknąć ze zdobyczą. Zauważyła, że największym kocurom rzadko udaje się ta sztuka; częściej łup przypadał w udziale jakiemuś mniejszemu, szybszemu zwierzęciu, chudemu, wrednemu i głodnemu. *Takiemu jak ja* — powtarzała sobie. Jej ulubieńcem był stary, chudy kocur o odgryzionym uchu. Przypominał jej kota, którego kiedyś ganiała po Czerwonej Twierdzy. *Nie, to była jakaś inna dziewczynka, nie ja.*

Zauważyła, że dwa statki, które stały wczoraj w porcie, odpłynęły, ale pojawiło się pięć nowych: mała karaka o nazwie „Bezwstydna Małpa", wielki ibbeński statek wielorybniczy cuchnący smołą, krwią i tranem, dwie sfatygowane kogi z Pentos oraz smukła, zielona galera ze Starego Volantis. Cat zatrzymywała się u stóp każdego z trapów, by dwukrotnie zachwalać swoje sercówki i ostrygi, raz w języku handlowym, a drugi raz w języku powszechnym Westeros. Marynarz ze statku wielorybniczego obsypał ją przekleństwami tak głośnymi, że spłoszył jej koty, a jeden z pentoshijskich wioślarzy zapytał, ile by chciała za sercówkę, którą ma między nogami, ale na innych statkach powiodło się jej lepiej. Mat z zielonej galery pożarł sześć ostryg i opowiedział jej, że jego kapitana zabili lyseńscy piraci, którzy próbowali wedrzeć się na pokład nieopodal Stopni.

— To był ten skurwysyn Saan, z „Synem Starej Matki" i „Valyrianinem". Udało się nam umknąć, ale z najwyższym trudem.

Okazało się, że mała „Bezwstydna Małpa" przypłynęła z Gulltown. Jej marynarze pochodzili z Westeros i ucieszyli się, że mają okazję porozmawiać z kimś w języku powszechnym. Jeden z nich zapytał, jak to się stało, że dziewczynka z Królewskiej Przystani sprzedaje małże w porcie Braavos, i musiała po raz kolejny powtórzyć swoją opowieść.

— Mamy tu spędzić cztery dni i cztery długie noce — oznajmił inny. — Powiedz, gdzie można znaleźć odrobinę rozrywki?

— Komedianci na „Statku" wystawiają *Siedmiu pijanych wioślarzy* — odpowiedziała Cat. — A w „Cętkowanej Piwnicy" pod bramami Zatopionego Miasta urządza się walki węgorzy. Możecie też pójść nad Księżycową Sadzawkę, gdzie nocą pojedynkują się zbiry.

— Wszystko to jest bardzo ciekawe — stwierdził inny marynarz — ale Watowi tak naprawdę chodziło o kobietę.

— Najlepsze kurwy są w „Szczęśliwym Porcie", obok miejsca, gdzie cumuje „Statek Komediantów". — Wyciągnęła rękę. Niektóre z portowych kurew były niebezpieczne, a marynarze świeżo przybyli z morza nigdy nie wiedzieli które. Najgorsza była S'vrone. Wszyscy mówili, że zamordowała i obrabowała kilkunastu mężczyzn, a potem stoczyła ich ciała do kanałów, żeby stały się strawą dla węgorzy. Pijana Córka potrafiła być słodka, gdy była trzeźwa, ale nie wtedy, gdy miała w sobie wino. A Jeyne Wrzodzianka była w rzeczywistości mężczyzną.

— Zapytajcie o Merry. Naprawdę nazywa się Meralyn, ale wszyscy mówią na nią Merry. Jest bardzo miła. — Za każdym razem, gdy Cat zaglądała do burdelu, Merry kupowała od niej dwanaście ostryg i dzieliła się nimi ze swymi dziewczętami. Wszyscy się zgadzali, że ma dobre serce.

— Dobre serce i największe cycki w Braavos — przechwalała się Merry.

Jej dziewczęta również były miłe. Wstydliwa Bethany, Marynarska Żona, jednooka Yna, która potrafiła przepowiedzieć przyszłość z kropli krwi, mała, ładna Lanna, a nawet Assadora, Ibbenka z wąsami. Może i brakowało im urody, ale były dobre dla Cat.

— Do „Szczęśliwego Portu" chodzą wszyscy tragarze — zapewniła marynarzy z „Bezwstydnej Małpy". — Merry mówi, że chłopaki rozładowują statki, a jej dziewczyny rozładowują mężczyzn, którzy na nich żeglują.

— A co z tymi pięknymi kurwami, o których śpiewają minstrele? — zainteresował się najmłodszy z małp, rudy, piegowaty chłopak, który nie mógł mieć więcej niż szesnaście lat. — Czy rzeczywiście są takie ładne? Gdzie mógłbym taką sobie kupić?

Jego towarzysze z załogi popatrzyli na niego i ryknęli śmiechem.

— Na siedem piekieł, chłopcze — rzekł jeden z nich. — Może nasz kapitan mógłby sobie kupić taką kurczyzanę, ale musiałby najpierw sprzedać cholerny statek. Takie pizdy są dla lordów i innych bogaczy, nie dla takich jak my.

Nie mylił się. Kurtyzany z Braavos słynęły na całym świecie. Minstrele układali o nich pieśni, złotnicy i jubilerzy obsypywali je darami, rzemieślnicy błagali, by zaszczyciły ich produkty swoją uwagą, magnaci handlowi płacili olbrzymie sumy, by towarzyszyły im na balach, ucztach albo przedstawieniach komediantów, a zbiry zabijały się nawzajem w ich imię. Pchając taczkę wzdłuż kanałów, Cat widziała niekiedy, jak któraś z nich przepływała obok, by spędzić wieczór z jakimś kochankiem. Każda kurtyzana miała własną barkę oraz służących, którzy wozili je na schadzki. Poetka zawsze trzymała w ręku książkę, Cień Księżyca nosiła tylko białe i srebrzyste stroje, a Królowej Merlingów nigdy nie widywano bez jej Syren, czterech świeżo zakwitłych dziewcząt, które nosiły jej tren i czesały włosy. Każda kurtyzana była niezwykle piękna, nawet Zakwefiona Dama, choć jej twarz oglądali tylko ci, których wzięła sobie za kochanków.

— Sprzedałam kiedyś kurtyzanie trzy sercówki — pochwaliła się marynarzom Cat. — Zawołała mnie, schodząc z barki.

Brusco wyraźnie powiedział dziewczynce, że nie wolno jej rozmawiać z żadną kurtyzaną, chyba że tamta odezwie się do niej pierwsza, ale ta kobieta uśmiechnęła się do niej i zapłaciła srebrem, dziesięć razy więcej, niż były warte małże.

— A która to była? Królowa Sercówek?

— Czarna Perła — odpowiedziała Cat. Merry mówiła, że Czarna Perła jest najsławniejszą ze wszystkich kurtyzan.

— Pochodzi od smoków — oznajmiła dziewczynce. — Pierwsza Czarna Perła była królową piratów. Westeroski książę wziął ją sobie za kochankę i miał z nią córkę, która również została kurtyzaną. Potem ta profesja przechodziła z matki na córkę aż po dziś dzień. Co ona ci powiedziała, Cat?

— „Kupię trzy sercówki" i „Czy masz trochę ostrego sosu, maleńka?".

— A co jej odpowiedziałaś?

— „Nie mam, pani" i „Nie mów do mnie maleńka. Nazywam się Cat" — wyjaśniła dziewczynka. — Powinnam mieć sos. Beqqo go ma i sprzedaje trzy razy więcej ostryg od Brusca.

Cat opowiedziała o Czarnej Perle również miłemu staruszkowi.

— Jej prawdziwe imię brzmi Bellegere Otherys — poinformowała go. To była jedna z trzech rzeczy, których się dowiedziała.

— To prawda — potwierdził cicho kapłan. — Jej matka nazywała się Bellonara, ale pierwsza Czarna Perła również miała na imię Bellegere.

Cat wiedziała jednak, że marynarzy z „Bezwstydnej Małpy" nie zainteresuje imię matki kurtyzany. Zapytała ich o wieści o Siedmiu Królestwach i o wojnie.

— Wojnie? — roześmiał się jeden z nich. — Jakiej wojnie? Nie ma żadnej wojny.

— Nie w Gulltown — uściślił drugi. — Ani nie w Dolinie. Mały lord nie pozwolił nas w nią wplątać, tak jak jego matka przed nim.

Jak jego matka przed nim. Pani Doliny była jej ciotką, siostrą jej matki.

— Czy lady Lysa...? — zapytała.

— ...nie żyje? — dokończył piegowaty chłopak z głową pełną kurtyzan. — Tak jest. Zamordował ją jej własny minstrel.

— Och. — *To nic dla mnie nie znaczy. Cat znad Kanałów nigdy nie miała ciotki. Nie miała.* Uniosła ramiona taczki i oddaliła się od „Bezwstydnej Małpy". Jej pojazd podskakiwał na bruku. — Ostrygi, sercówki, omułki — wołała. — Ostrygi, sercówki, omułki.

Sprzedała większość sercówek tragarzom rozładowującym wielką winną kogę z Arbor, a resztę ludziom trudzącym się przy remoncie myrijskiej galery handlowej uszkodzonej przez sztorm.

Po opuszczeniu portu spotkała Tagganara, który siedział oparty plecami o pale obok Cassa, Króla Fok. Tagganaro kupił od niej trochę omułek, a Casso zaszczekał i pozwolił, żeby uścisnęła mu płetwę.

— Lepiej pracuj ze mną, Cat — namawiał ją Tagganaro, wysysając małże z muszelek. Szukał nowego partnera, odkąd Pijana Córka przebiła nożem dłoń Małego Narba. — Zapłacę ci więcej niż Brusco i nie będziesz śmierdziała rybami.

— Casso lubi mój zapach — zauważyła. Król Fok zaszczekał, jakby chciał się z nią zgodzić. — Czy ręka Narba nie wyzdrowiała?

— Trzy palce nie chcą się zginać — poskarżył się Tagganaro w przerwie między pochłanianiem małży. — Co za pożytek z rzezimieszka, który nie potrafi poruszać palcami? Narbo zręcznie obrabiał ludziom kieszenie, ale nie miał szczęścia do kurew.

— Merry mówi to samo. — Cat poczuła się smutna. Lubiła Małego Narba, mimo że był złodziejem. — Co teraz zrobi?

— Mówi, że zostanie wioślarzem. Uważa, że dwa zdrowe palce do tego wystarczą, a morski lord zawsze szuka ludzi, którzy będą poruszać jego wiosłami. Ale ja mu mówię: „Narbo, nie rób tego. Morze jest zimniejsze niż dziewica i okrutniejsze niż kurwa. Lepiej utnij sobie rękę i zostań żebrakiem". Casso wie, że mam rację. Prawda, Casso?

Foka zaszczekała i Cat nie mogła powstrzymać uśmiechu. Rzuciła Tagganarowi jeszcze jednego małża i ruszyła w dalszą drogę.

Dzień miał się już ku końcowi, gdy Cat wreszcie dotarła do „Szczęśliwego Portu", który znajdował się naprzeciwko miejsca, gdzie cumował „Statek Komediantów". Niektórzy z nich siedzieli na jego przechylonym pokładzie, podając sobie z rąk do rąk bukłak wina, ale gdy zobaczyli Cat, zeszli na dół kupić ostrygi. Zapytała ich, jak idą przygotowania do wystawienia *Siedmiu pijanych wioślarzy*. Joss Ponury potrząsnął głową.

— Quence w końcu przyłapał Allaqua w łóżku ze Sloey. Rzucili się na siebie z komedianckimi mieczami, a potem obaj opuścili trupę. Wygląda na to, że dzisiaj będziemy mieli tylko pięciu pijanych wioślarzy.

— Postaramy się nadrobić braki w liczbie stanem upojenia

— oznajmił Myrmello. — Jestem pewien, że sprostam temu zadaniu.

— Mały Narbo chce zostać wioślarzem — poinformowała ich Cat. — Jeśli go przyjmiecie, będziecie mieli sześciu.

— Lepiej idź do Merry — poradził jej Joss. — Wiesz, że robi się skwaszona, kiedy nie dostanie ostryg.

Gdy jednak Cat wśliznęła się do burdelu, znalazła Merry w głównej sali. Kobieta siedziała z zamkniętymi oczyma, słuchając, jak Dareon gra na drewnianej harfie. Była tu również Yna, która splatała w warkocz piękne, długie, złote włosy Lanny. *Jeszcze jedna głupia piosenka miłosna.* Lanna zawsze błagała minstrela o głupie piosenki miłosne. Była najmłodszą z tutejszych kurew, miała tylko czternaście lat. Cat wiedziała, że Merry żąda za nią trzy razy więcej niż za inne dziewczyny.

Rozgniewał ją widok Dareona, który siedział sobie bezczelnie w burdelu, gapiąc się na Lannę, a jego palce tańczyły po strunach harfy. Kurwy zwały go czarnym minstrelem, ale nie nosił już teraz czerni. Dzięki zarobionym na śpiewaniu pieniądzom wrona przeobraziła się w pawia. Dziś Dareon przywdział piękny, fioletowy płaszcz obszyty futrem popielic, bluzę w biało-liliowe pasy oraz dwubarwne spodnie zbira, posiadał też jednak drugi płaszcz, jedwabny, oraz trzeci, z burgundowego aksamitu obszytego złotogłowiem. Jedyną czarną częścią jego garderoby były buty. Cat słyszała, jak chwalił się Lannie, że resztę wyrzucił do kanału.

— Skończyłem już z czernią — oznajmił.

Jest człowiekiem z Nocnej Straży — pomyślała, gdy śpiewał o jakiejś głupiej damie, która rzuciła się z jakiejś głupiej wieży, bo jej głupi książę zginął. *Powinna załatwić tych, którzy zabili jej księcia. A minstrel powinien być na Murze.* Kiedy Dareon po raz pierwszy pojawił się w „Szczęśliwym Porcie", Arya o mało nie zapytała go, czy nie zabierze jej ze sobą do Wschodniej Strażnicy, ale usłyszała, jak Dareon powiedział Bethany, że już tam nie wróci.

— Twarde prycze, solone dorsze i ciągła służba wartownicza, oto cały Mur — powiedział wówczas. — A poza tym we Wschodniej Strażnicy nie ma żadnej dziewczyny choć w połowie tak ładnej jak ty. Jak mógłbym cię zostawić?

Cat słyszała, że to samo, co Lannie, powiedział jednej z kurew z „Kociarni", a nawet kurtyzanie znanej jako Słowik, tej nocy, gdy występował w Domu Siedmiu Lamp.

Szkoda, że nie było mnie tu wtedy, gdy ten grubas mu przyładował. Kurwy Merry śmiały się z tego po dziś dzień. Yna mówiła, że gruby chłopak robił się czerwony jak burak za każdym razem, gdy go dotknęła, ale kiedy zaczął rozrabiać, Merry kazała go wywlec na zewnątrz i wrzucić do kanału.

Cat pomyślała o grubasie, przypominając sobie, jak uratowała go przed Terrem i Orbelem, gdy nagle podeszła do niej Marynarska Żona.

— Pięknie śpiewa — stwierdziła. — Bogowie z pewnością go kochali, jeśli dali mu taki głos, a do tego taką piękną twarz.

Ma piękną twarz i podłe serce — pomyślała Arya, lecz nie powiedziała tego na głos. Dareon poślubił kiedyś Marynarską Żonę, jako że sypiała ona wyłącznie z mężczyznami, którzy się z nią ożenili. W „Szczęśliwym Porcie" niekiedy odbywały się trzy albo cztery wesela na noc. Ślubów często udzielał wesoły, zapijaczony czerwony kapłan Ezzelyno. W innych przypadkach był to Eustace, który był ongiś septonem w Sepcie Za Morzem. Jeśli pod ręką nie było kapłana ani septona, jedna z kurew biegła na „Statek" po komedianta. Merry zawsze twierdziła, że komedianci są znacznie lepszymi kapłanami niż kapłani, zwłaszcza Myrmello.

Wesela były głośne i wesołe. Pito podczas nich bardzo dużo. Gdy tylko Cat zjawiała się ze swoją taczką, Marynarska Żona upierała się, że nowy mąż musi kupić kilka ostryg, by zapewnić sobie należytą sztywność podczas skonsumowania małżeństwa. Była w tym dobra i łatwo się śmiała, ale Cat odnosiła wrażenie, że kryje się w niej jakiś smutek.

Inne dziewczyny mówiły, że w dni, gdy kwitnie jej kwiat, Marynarska Żona odwiedza Wyspę Bogów i zna wszystkich bogów, którzy tam mieszkają, nawet tych, o których w Braavos już zapomniano. Mówiły, że modli się tam za swego pierwszego męża, prawdziwego męża, który zaginął na morzu, gdy była młodą dziewczyną w wieku Lanny.

— Myśli, że jeśli znajdzie odpowiedniego boga, może ześle on korzystne wiatry, które sprowadzą jej ukochanego z powrotem — wyjaśniła jednooka Yna, znająca ją najdłużej. — Ale ja modlę się, by to się nigdy nie stało. Jej ukochany nie żyje, wyczułam smak jego śmierci w jej krwi. Jeśli kiedykolwiek do niej wróci, to tylko jako trup.

Piosenka Dareona wreszcie się kończyła. Gdy w powietrzu wybrzmiały ostatnie dźwięki, Lanna westchnęła, a minstrel odłożył harfę i pociągnął dziewczynę sobie na kolana. Kiedy zaczął ją łaskotać, przerwała mu Cat.

— Ostrygi, jeśli ktoś ma ochotę — zawołała głośno. Merry otworzyła oczy.

— Świetnie — ucieszyła się. — Dawaj je tu, dziecko. Yno, przynieś trochę chleba i octu.

Gdy Cat opuszczała „Szczęśliwy Port" z wypchaną monetami sakiewką, w jej taczce zostały tylko wodorosty i sól, a czerwone, obrzmiałe słońce wisiało nisko na niebie za szeregiem masztów. Dareon również już wychodził. Gdy szli razem, powiedział Cat, że obiecał dziś wieczorem zaśpiewać w oberży „Pod Zielonym Węgorzem".

— Zawsze kiedy tam gram, wracam ze srebrem w sakiewce — pochwalił się. — Niekiedy przychodzą tam kapitanowie i właściciele. — Przeszli przez mały mostek i ruszyli dalej krętą uliczką. Cienie były coraz dłuższe. — Wkrótce będę grał w Fioletowym Porcie, a potem w Pałacu Morskiego Lorda — ciągnął Dareon. Pusta taczka Cat stukała na bruku, tworząc swego rodzaju grzechoczącą muzykę. — Wczoraj z kurwami jadłem śledzie, ale za rok będę się pożywiał cesarskimi krabami w towarzystwie kurtyzan.

— Co się stało z twoim bratem? — zapytała Cat. — Z tym

grubym? Czy znalazł statek do Starego Miasta? Mówił, że miał odpłynąć na „Ushanorze".

— Wszyscy mieliśmy na niej odpłynąć. Tak rozkazał lord Snow. Mówiłem Samowi, żeby zostawił starca, ale ten gruby głupiec nie chciał mnie słuchać. — Na jego włosach zalśniły ostatnie promienie zachodzącego słońca. — No cóż, teraz już jest za późno.

— Właśnie — zgodziła się Arya, gdy pogrążyli się w mroku krętego zaułka.

Kiedy Cat wróciła do domu Brusca, nad małym kanałem gęstniała już wieczorna mgła. Dziewczynka odstawiła taczkę, znalazła Brusca w jego gabinecie i mocno walnęła sakiewką w blat stołu, za którym siedział. Postawiła tam również buty.

Brusco poklepał sakiewkę.

— Znakomicie. A co to jest?

— Buty.

— Trudno o dobre buty — przyznał Brusco. — Ale te są na mnie za małe.

Uniósł jeden z nich i przyjrzał się mu uważnie.

— Dzisiaj będzie nów — przypomniała mu.

— W takim razie lepiej idź się pomodlić. — Brusco odsunął buty na bok i wysypał monety na blat, żeby je policzyć. — *Valar dohaeris*.

Valar morghulis — pomyślała.

Kiedy szła ulicami Braavos, mgła otaczała ją ze wszystkich stron. Gdy uchyliła drzwi z czardrewna i weszła do Domu Czerni i Bieli, drżała już lekko z zimna. Dzisiaj w środku paliło się niewiele świec, które migotały niczym spadłe na ziemię gwiazdy. W ciemności wszyscy bogowie byli nieznajomymi.

Po zejściu do piwnicy zdjęła wytarty płaszcz Cat, ściągnęła przez głowę jej brązową, cuchnącą rybami bluzę, zrzuciła jej pokryte plamami soli buty, wyszła z jej bielizny i wykąpała się w cytrynowej wodzie, by zmyć z siebie resztki zapachu Cat znad Kanałów. Kiedy wyszła z kąpieli, wyszorowana i różowa, brązowe włosy przylepiały się do jej policzków, a Cat zniknęła bez śladu. Przywdziała czyste szaty. Włożyła parę czystych, płóciennych pantofli i poszła do kuchni wybłagać od Ummy coś do jedzenia. Kapłani i akolici zjedli już kolację, ale kucharka zostawiła dla niej ładny kawałek smażonego dorsza z żółtymi, tłuczonymi rzepami. Pożarła to wszystko, wymyła półmisek i poszła pomóc dziewczynce przygotowywać eliksiry.

Jej zadanie polegało głównie na wchodzeniu na drabiny w poszukiwaniu różnych ziół i liści potrzebnych dziewczynce.

— Senniczka jest najłagodniejszą z trucizn — mówiła dziewczynka, ubijając wymieniony specyfik tłuczkiem w moździerzu. — Kilka ziarenek spowolni bijące za szybko serce i powstrzyma drżenie rąk, czyniąc człowieka spokojnym i silnym. Szczypta wywoła trwający całą noc sen bez marzeń sennych. Trzy szczypty spowodują sen, który nie ma końca. Ma bardzo słodki smak, więc lepiej dodawać ją do ciast, pasztetów i win z miodem. Masz, powąchaj jej słodycz. — Dziewczynka pozwoliła jej powąchać proszek, a potem posłała ją na górę po buteleczkę z czerwonego szkła. — To jest okrutniejsza trucizna, ale za to nie ma smaku i zapachu, więc łatwiej można ją ukryć. Ludzie zwą ją lyseńskimi łzami. Jeśli rozpuścić je w winie albo w wodzie, wżerają się we wnętrzności i zabijają, jak choroba brzucha. Powąchaj. — Arya wykonała polecenie, ale nic nie poczuła. Dziewczynka odstawiła łzy na bok i otworzyła pękaty, kamienny słoik.

— Tę pastę zaprawiono krwią bazyliszka. Nada ona pieczonemu mięsu smakowity aromat, ale spożycie jej powoduje gwałtowne szaleństwo u ludzi i zwierząt. Nawet mysz zaatakuje lwa, jeśli skosztuje krwi bazyliszka.

Arya przygryzła wargę.

— A czy to działa też na psy?

— Na wszystkie ciepłokrwiste zwierzęta.

Dziewczynka spoliczkowała ją.

Uderzona uniosła dłoń do policzka, bardziej zaskoczona niż rozgniewana.

— Dlaczego to zrobiłaś?

— To Arya z rodu Starków przygryza wargę, kiedy się zastanawia. Czy jesteś Aryą z rodu Starków?

— Jestem nikim — odparła gniewnie. — A kim ty jesteś?

Nie spodziewała się, że dziewczynka jej odpowie, ale zrobiła to.

— Urodziłam się jako jedyne dziecko starożytnego rodu, dziedzic mojego ojca — zaczęła. — Moja matka umarła, kiedy byłam mała. Nie pamiętam jej. Kiedy miałam sześć lat, ojciec ożenił się ponownie. Jego nowa żona była dla mnie dobra, aż sama urodziła córkę. Wtedy zapragnęła mojej śmierci, żeby jej dziecko mogło odziedziczyć majątek ojca. Powinna była poprosić o łaskę Boga o Wielu Twarzach, ale nie mogła się zdobyć na poświęcenie, jakiego by od niej zażądał. Dlatego postanowiła otruć mnie sama. Trucizna uczyniła mnie taką, jaką jestem teraz, ale mnie nie zabiła. Gdy uzdrowiciele z Domu Czerwonych Dłoni powiedzieli mojemu ojcu, co uczyniła, przyszedł tutaj i złożył w ofierze cały swój majątek oraz mnie. Ten o Wielu Twarzach wysłuchał jego modlitwy. Ja wstąpiłam na służbę w świątyni, a żona ojca otrzymała dar.

Arya przyjrzała się jej nieufnie.

— Czy to wszystko prawda?

— W tej opowieści jest prawda.

— I kłamstwa również?

— Jest w niej nieprawda i przesada.

Przez cały czas uważnie obserwowała twarz dziewczynki, ale nie dostrzegła tam żadnych znaków.

— Bóg o Wielu Twarzach zabrał dwie trzecie majątku twojego ojca, nie całość.

— Właśnie. To była przesada.

Arya uśmiechnęła się, uświadomiła sobie, że się uśmiecha, i uszczypnęła się w policzek. *Panuj nad twarzą* — powiedziała sobie. *Uśmiech jest sługą, powinien przychodzić na mój rozkaz.*

— A co było kłamstwem?

— Nie było kłamstwa. Skłamałam o kłamstwie.

— Naprawdę? A może kłamiesz teraz?

Nim jednak dziewczynka zdążyła odpowiedzieć, do pomieszczenia wszedł miły staruszek.

— Wróciłaś do nas — oznajmił z uśmiechem.

— Dzisiaj jest nów.

— To prawda. Powiedz mi, jakich trzech nowych rzeczy dowiedziałaś się od czasu, gdy nas opuściłaś?

Dowiedziałam się trzydziestu nowych rzeczy. Omal nie powiedziała tego na głos.

— Trzy palce Małego Narba nie chcą się zginać. Ma zamiar zostać wioślarzem.

— Dobrze jest to wiedzieć. I co jeszcze?

Cofnęła się myślą do dzisiejszych wydarzeń.

— Quence i Allaquo pokłócili się ze sobą i obaj opuścili „Statek", ale myślę, że wrócą.

— Tylko myślisz czy wiesz to na pewno?

— Tylko myślę — musiała przyznać, choć była tego pewna. Komedianci musieli jeść, tak samo jak wszyscy, a Quence i Allaquo nie byli wystarczająco dobrzy, żeby występować w „Błękitnej Latarni".

— Właśnie — zgodził się miły staruszek. — A trzecia rzecz?

Tym razem się nie wahała.

— Dareon nie żyje. Czarny minstrel, który nocował w „Szczęśliwym Porcie". W rzeczywistości był dezerterem z Nocnej Straży. Ktoś poderżnął mu gardło i wrzucił go do kanału, ale najpierw zabrał mu buty.

— Trudno o dobre buty.

— Właśnie.

Bardzo się starała, żeby jej twarz nic nie wyrażała.

— Ciekawe, kto to zrobił?

— Arya z rodu Starków.

— Ta dziewczynka? Myślałem, że opuściła Braavos. Kim jesteś?

— Nikim.

— Kłamiesz. — Spojrzał na dziewczynkę. — Zaschło mi

w gardle. Bądź tak uprzejma i przynieś kielich wina dla mnie i ciepłe mleko dla naszej przyjaciółki Aryi, która wróciła do nas tak niespodziewanie.

Wracając do świątyni, Arya zastanawiała się, jak zareaguje staruszek, kiedy mu opowie o Dareonie. Może będzie się na nią gniewał, a może ucieszy się, że dała minstrelowi dar Boga o Wielu Twarzach. Odgrywała tę rozmowę w głowie pół setki razy, jak komediant przed przedstawieniem. Ciepłe mleko nie przyszło jej jednak do głowy.

Gdy dziewczynka je przyniosła, Arya wypiła cały kubek. Lekko pachniało spalenizną i miało gorzki posmak.

— Idź spać, dziecko — powiedział miły staruszek. — Jutro będziesz musiała służyć.

Nocą znowu śniło się jej, że jest wilkiem, ale wyglądało to inaczej niż w poprzednich snach. Tym razem nie miała watahy. Była sama, skakała po dachach i biegała bezgłośnie wzdłuż brzegów kanałów, ścigając cienie we mgle.

A gdy obudziła się rano, była ślepa.

SAMWELL

„Cynamonowy Wiatr" był łabędzim statkiem z Miasta Wysokich Drzew na Wyspach Letnich, gdzie ludzie mieli czarne skóry, kobiety były rozwiązłe i oddawano cześć niezwykłym bogom. Na pokładzie nie było septona, który odmówiłby modlitwę za zmarłych, więc to zadanie przypadło Samwellowi Tarly'emu. Mijali właśnie spieczone słońcem południowe wybrzeże Dorne.

Sam przywdział czarny strój, by wypowiedzieć słowa, choć popołudnie było ciepłe, parne i prawie bezwietrzne.

— Był dobrym człowiekiem — zaczął, ale gdy tylko to powiedział, uświadomił sobie, że to nie są odpowiednie słowa. — Nie. Był wielkim człowiekiem. Był maesterem z Cytadeli, złożył przysięgę i nosił łańcuch. Był też zaprzysiężonym bratem z Nocnej Straży i zawsze dochowywał wierności. Gdy się narodził, nadano mu imię na cześć bohatera, który zginął zbyt młodo, ale choć żył bardzo długo, jego życie było równie bohaterskie. Nigdy nie urodził się mądrzejszy, lepszy ani łagodniejszy człowiek. Na Murze podczas jego służby zmieniło się kilkunastu lordów dowódców, ale on doradzał im wszystkim. Doradzał też królom. On również mógł zostać królem, ale kiedy zaproponowali mu koronę, powiedział, żeby oddali ją jego młodszemu bratu. Jak wielu ludzi zdobyłoby się na coś takiego? — Sam czuł, że nie będzie już mógł mówić długo. — Był krwią smoka, ale jego ogień już wygasł. Nazywał się Aemon Targaryen. A teraz jego warta się skończyła.

— A teraz jego warta się skończyła — wyszeptała Goździk, kołysząc w ramionach dziecko. Kojja Mo powtórzyła te słowa w języku powszechnym Westeros, a potem w języku letnim, dla Xhonda, swego ojca, i reszty zebranych marynarzy. Sam zwiesił głowę i wybuchnął płaczem. Łkał tak głośno i rozpaczliwie, że całe jego ciało się trzęsło. Goździk podeszła do niego i pozwoliła, by się wypłakał na jej ramieniu. Ona również miała w oczach łzy.

Pogoda była ciepła, wilgotna i zupełnie bezwietrzna. „Cynamonowy Wiatr" stał unieruchomiony na głębokim, błękitnym morzu, daleko od lądu.

— Czarny Sam powiedział dobre słowa — stwierdził Xhondo. — A teraz wypijmy za jego życie.

Krzyknął coś w języku letnim i na tylny pokład wytoczono beczułkę rumu z korzeniami, żeby pełniący służbę marynarze mogli wypić po kubku dla uczczenia pamięci starego, ślepego smoka. Znali go tylko przez krótką chwilę, ale Letniacy szanowali starców i sławili swych zmarłych.

Sam nigdy jeszcze nie pił rumu. Trunek miał niezwykły smak i uderzał do głowy. Z początku wydawał się słodki, ale zostawiał ognisty posmak, który palił język. Chłopak czuł się zmęczony, bardzo zmęczony. Bolał go każdy mięsień i czuł też ból w miejscach, gdzie nawet nie wiedział, że ma mięśnie. Kolana miał sztywne, jego dłonie pokrywały świeże pęcherze oraz lepkie, bolące plamy w miejscach, gdzie stare pęcherze pękły. Wydawało się jednak, że rum i smutek zmyły jego ból.

— Gdybyśmy tylko zdołali dowieźć go do Starego Miasta, arcymaesterzy mogliby go uratować — powiedział do Goździk, gdy oboje popijali rum na wysokim kasztelu dziobowym „Cynamonowego Wiatru". — Uzdrowiciele z Cytadeli są najlepsi w Siedmiu Królestwach. Przez chwilę myślałem... miałem nadzieję...

W Braavos wydawało się, że Aemon może wrócić do zdrowia. Słowa Xhonda, który opowiedział mu o smokach, niemalże przywróciły mu siły. Tej nocy zjadł wszystko, co dał mu Sam.

— Nikt nigdy nie szukał dziewczyny — mówił. — To miał być książę, którego obiecano, nie księżniczka. Myślałem, że to Rhaegar... dym oznaczał pożar, który pochłonął Summerhall w dzień jego narodzin, a sól łzy wylane nad tymi, którzy wówczas zginęli. Kiedy Rhaegar był młody, również tak sądził, ale potem zrodziło się w nim przekonanie, że to jego syn spełni proroctwo, ponieważ nocą, gdy Aegon został poczęty, nad Królewską Przystanią widziano kometę, a Rhaegar był pewien, że krwawiąca gwiazda musi być kometą. Jakimiż głupcami byliśmy, choć uważaliśmy się za tak mądrych! W tłumaczenie zakradł się błąd. Smoki nie są ani samcami, ani samicami, Barth dostrzegł tę prawdę, lecz są to jednym, to drugim, zmienne jak płomień. Język wyprowadził nas na manowce na cały tysiąc lat. To Daenerys jest tą, która zrodziła się pośród soli i dymu. Dowodem na to są smoki. — Wydawało się, że już samo mówienie o niej dodaje mu sił. — Muszę do niej popłynąć. Muszę. Gdybym tylko był choć dziesięć lat młodszy.

Staruszka ogarnęła taka determinacja, że samodzielnie wszedł na trap prowadzący na pokład „Cynamonowego Wiatru", gdy już Sam załatwił dla nich miejsce. Już przedtem oddał swój miecz i pochwę Xhondowi, żeby zadośćuczynić mu stratę płaszcza, który zniszczył, ratując grubasa przed utonięciem. Jedynymi wartościowymi przedmiotami, jakie im jeszcze zostały, były znalezione w podziemiach Czarnego Zamku księgi. Sam rozstawał się z nimi z wielką niechęcią.

— Mieliśmy je zawieźć do Cytadeli — wyjaśnił, gdy Xhondo go zapytał, dlaczego jest taki smutny. Kiedy mat przetłumaczył te słowa, kapitan ryknął śmiechem.

— Quhuru Mo mówi, że szarzy mężczyźni i tak dostaną te księgi — przetłumaczył Xhondo. — Tylko że teraz kupią je od Quhuru Mo. Maesterzy płacą dobrym srebrem za księgi, których nie mają, a czasami nawet czerwonym i żółtym złotem.

Kapitan chciał też dostać łańcuch Aemona, ale Sam odmówił. Wyjaśnił mu, że utrata łańcucha jest wielkim wstydem dla każdego maestera. Xhondo musiał to powtarzać kapitanowi trzy razy, nim wreszcie Quhuru Mo ustąpił. Kiedy targi dobiegły końca, Samowi zostały tylko buty, czarny strój, bielizna oraz pęknięty róg znaleziony przez Jona Snow na Pięści Pierwszych

Ludzi. *Nie miałem wyboru* — powiedział sobie. *Nie mogliśmy zostać w Braavos, a poza kradzieżą albo żebraniem nie było innego sposobu, byśmy mogli zapłacić za przejazd.* Nawet gdyby cena była trzykrotnie wyższa, uznałby ją za niską, gdyby tylko udało się bezpiecznie dostarczyć maestera Aemona do Starego Miasta.

Jednakże podczas rejsu na południe towarzyszyły im sztormy, a każda kolejna wichura ograbiała staruszka z sił i pozbawiała go ducha. W Pentos poprosił, by wyniesiono go na pokład, żeby Sam mógł mu namalować słowami obraz miasta. Ale to był ostatni raz, gdy wstał z kapitańskiego łóżka. Wkrótce potem jego umysł znowu zaczął błądzić. Kiedy „Cynamonowy Wiatr" okrążył Krwawiącą Wieżę i wpłynął do portu Tyrosh, Aemon nie mówił już o tym, że musi znaleźć statek, który zabierze go na wschód. Skupił uwagę na Starym Mieście i na arcymaesterach z Cytadeli.

— Musisz im wszystko opowiedzieć, Sam — mówił. — Arcymaesterom. Musisz im to wytłumaczyć. Ludzie, którzy byli w Cytadeli za moich czasów, nie żyją już od pięćdziesięciu lat. Ci nowi nigdy mnie nie znali. Moje listy... w Cytadeli z pewnością uważano je za bredzenie starca, któremu wiek odebrał rozum. Musisz ich przekonać, gdyż mnie się to nie udało. Opowiedz im, Sam... opowiedz im, jak jest na Murze... o upiorach i białych cieniach, o nagłym zimnie...

— Zrobię to — obiecał Sam. — Dołączę swój głos do twojego, maesterze. Obaj im o tym opowiemy.

— Nie — zaprzeczył starzec. — Ty musisz to zrobić. Opowiedz im. Proroctwo... sen mojego brata... lady Melisandre błędnie odczytała znaki. Stannis... Stannis ma w żyłach kapkę smoczej krwi, to prawda. Jego bracia również ją mieli. Odziedziczyli ją po Rhaelle, córeczce Jaja, która była matką ich ojca. Kiedy była mała, mówiła do mnie: „wujku maesterze". Pamiętałem o tym, więc pozwoliłem sobie na odrobinę nadziei... być może chciałem ją mieć... wszyscy się okłamujemy, kiedy pragniemy w coś uwierzyć. A Melisandre szczególnie, jak sądzę. To nie jest prawdziwy miecz, ona musi o tym wiedzieć... światło bez ciepła... bezwartościowy urok... to nie jest ten miecz, a fałszywe światło może nas tylko zaprowadzić głębiej w mrok, Sam. To Daenerys jest naszą nadzieją. Powiedz to tym z Cytadeli. Spraw, żeby cię wysłuchali. Muszą wysłać do niej maestera. Trzeba jej doradzać, uczyć ją i chronić. Przez wszystkie te lata trzymałem się życia, czekałem, obserwowałem, a teraz, gdy dzień wreszcie nadszedł, jestem za stary. Ja umieram, Sam. — Gdy to przyznał, z jego ślepych, białych oczu popłynęły łzy. — Śmierć nie powinna przerażać tak starego człowieka, ale ja się boję. Czy to nie głupie? Cały czas żyję w ciemności, czemu więc miałbym się bać jej nadejścia? Nie mogę jednak nie zastanawiać się, co będzie potem, gdy już ciepło opuści moje ciało. Czy będę wiecznie ucztował w złotej komnacie Ojca, jak mówią septonowie? Czy będę znowu rozmawiał z Jajem, przekonam się, że Daeron jest kompletny i szczęśliwy, usłyszę, jak moje siostry śpiewają swym dzieciom? A co, jeśli to władcy koni mają rację? Czy będę wiecznie jeździł po nocnym niebie na ogierze z płomienia? A może będę musiał znowu wrócić na ten padół smutku? Któż to wie? Któż był za ścianą śmierci i zobaczył to na własne oczy? Tylko upiory, a wiemy, jakie one są. Wiemy.

Sam niewiele mógł na to rzec, pocieszał jednak staruszka najlepiej, jak umiał. Potem przyszła Goździk i zaśpiewała mu piosenkę, bezsensowną rymowankę, której nauczyła ją jedna z pozostałych żon Crastera. Aemon uśmiechnął się i zasnął.

To był jeden z jego ostatnich dobrych dni. Później staruszek spał przez większość czasu, zwinięty pod stosem futer w kajucie kapitana. Czasami mamrotał coś przez sen. Kiedy się obudził, wołał Sama, twierdząc, że musi mu coś powiedzieć, ale często zapominał, co to miało być, nim chłopak przybył, a nawet gdy pamiętał, w jego mowie nie było składu. Bredził o snach i nie wymieniał imienia śniącego, mówił o szklanej świecy, która nie chciała się zapalić, i o jajach, z których nic nie mogło się wykluć. Mówił, że sfinks sam jest zagadką, a nie zadającym zagadki, cokolwiek by miało to znaczyć. Prosił Sama, by przeczytał mu fragment z księgi septona Bartha, którego pisma spalono podczas panowania Baelora Błogosławionego. Pewnego dnia obudził się z płaczem.

— Smok musi mieć trzy głowy — zawodził. — A ja jestem zbyt stary i słaby, żeby być jedną z nich. Powinienem być z nią i wskazywać jej drogę, ale ciało mnie zdradziło.

Gdy „Cynamonowy Wiatr" mijał Stopnie, maester Aemon często już zapominał, jak Sam ma na imię. Bywały dni, że brał go za jednego ze swych nieżyjących braci.

— Był zbyt słaby na tak długą podróż — powiedział Sam do Goździk na kasztelu dziobowym, pociągnąwszy kolejny łyczek rumu. — Jon powinien był to zrozumieć. Aemon miał sto dwa lata. Nie nadawał się do morskich podróży. Gdyby został w Czarnym Zamku, mógłby pożyć jeszcze dziesięć lat.

— Chyba że kobieta w czerwieni by go spaliła. — Nawet tutaj, kilka tysięcy mil od Muru, Goździk nie chciała wypowiadać na głos imienia lady Melisandre. — Pragnęła królewskiej krwi do swoich ogni. Val o tym wiedziała. Lord Snow też. Dlatego właśnie kazali mi zabrać dziecko Dalli i zostawić własne. Maester Aemon zasnął i już się nie obudził, ale gdyby został na Murze, spaliłaby go.

I tak spłonie — pomyślał przygnębiony Sam. *Teraz to ja będę musiał go spalić.* Targaryenowie zawsze oddawali swych zmarłych płomieniom. Quhuru Mo z pewnością nie pozwoliłby rozpalić pogrzebowego stosu na pokładzie „Cynamonowego Wiatru", wsadzili więc zwłoki Aemona do beczki z czarnobrzuchym rumem, żeby zachowały się do czasu dotarcia do Starego Miasta.

— Ostatniej nocy przed śmiercią zapytał, czy może potrzymać dziecko — mówiła Goździk. — Bałam się, że je upuści, ale tego nie zrobił. Kołysał je i nucił mu piosenkę. Chłopak Dalli wyciągnął rączkę i dotknął jego twarzy. Ciągnął go mocno za wargę, aż przestraszyłam się, że zrobi mu krzywdę, ale staruszek tylko się roześmiał. — Pogłaskała Sama po ręce. —

Moglibyśmy dać małemu na imię Maester, jeśli chcesz. Nie teraz, kiedy już będzie większy.

— Maester to nie imię. Ale mogłabyś dać mu na imię Aemon.

Goździk zastanowiła się nad tym.

— Dalla urodziła go podczas bitwy, kiedy wokół niej grały miecze. Tak właśnie powinno brzmieć jego imię. Aemon Zrodzony w Walce. Aemon Pieśń Stali.

Takie imię mogłoby się spodobać nawet mojemu panu ojcu. To imię dla wojownika. Chłopak był w końcu synem Mance'a Raydera. W jego żyłach nie płynęła tchórzliwa krew Sama.

— Tak. Daj mu tak na imię.

— Kiedy będzie miał dwa latka — zastrzegła. — Nie wcześniej.

— A gdzie jest teraz chłopiec? — zapytał Sam. Rum i smutek sprawiły, że dopiero w tej chwili uświadomił sobie, iż Goździk nie ma ze sobą dziecka.

— Z Kojją. Poprosiłam, żeby popilnowała go przez chwilę.

— Aha.

Kojja Mo była córką kapitana. Była wyższa niż Sam i smukła jak włócznia, a skórę miała czarną i gładką niczym polerowany gagat. Dowodziła czerwonymi łucznikami statku i z łatwością napinała podwójnie wygięty łuk z drewna złotego serca. Wypuszczone z niego strzały niosły na czterysta jardów. Gdy na Stopniach zaatakowali ich piraci, strzały Kojjy zabiły kilkunastu, podczas gdy te, które wypuścił Sam, wpadały tylko do wody. Jedyne, co Kojja Mo kochała bardziej niż swój łuk, to kołysać synka Dalli na kolanie i śpiewać mu w języku letnim. Książę dzikich stał się pieszczoszkiem wszystkich kobiet z załogi. Goździk powierzała go im bez obaw, choć żadnemu mężczyźnie nie ufała.

— To miło z jej strony — zauważył Sam.

— Z początku się jej bałam — wyznała Goździk. — Była taka czarna, a zęby miała takie wielkie i białe. Bałam się, że jest jakimś zwierzem albo potworem, ale niepotrzebnie. Jest dobra. Lubię ją.

— Wiem.

Jednym mężczyzną, jakiego Goździk znała przez większą część życia, był przerażający Craster. Reszta jej świata składała się z kobiet. *Boi się mężczyzn, ale nie kobiet* — uświadomił sobie Sam. Potrafił to zrozumieć. W Horn Hill on również wolał towarzystwo dziewczyn. Siostry były dla niego dobre, a choć inne dziewczęta czasami z niego drwiły, okrutne słowa łatwiej było znieść niż ciosy, którymi zasypywali go chłopcy z zamku. Nawet teraz, na pokładzie „Cynamonowego Wiatru", Sam czuł się pewniej w towarzystwie Kojjy Mo niż jej ojca, być może dlatego, że ona znała język powszechny, a mężczyzna nie.

— Ciebie też lubię, Sam — wyszeptała Goździk. — I lubię ten napój. Smakuje jak ogień.

Tak — pomyślał chłopak. *To trunek dla smoków.* Ich kubki były już puste, podszedł więc do beczułki i napełnił je na nowo. Zobaczył, że słońce wisi już nisko nad horyzontem, trzykrotnie większe niż zwykle. W jego czerwonawym blasku twarz Goździk wydawała się rumiana. Jeden kubek wypili za Kojję Mo, drugi za chłopczyka Dalli, a trzeci za dziecko Goździk, które zostało na Murze. Potem nie zostało im nic innego, jak wypić po dwa kubki za Aemona z rodu Targaryenów.

— Niech Ojciec osądzi go sprawiedliwie — rzekł Sam, pociągając nosem. Kiedy już uczcili pamięć maestera Aemona, po słońcu została tylko cienka, czerwona linia na horyzoncie, przypominająca ranę na niebie. Goździk powiedziała, że od trunku statek kręci się wokół niej, więc Sam pomógł jej zejść po drabinie do położonych na dziobie kwater dla kobiet.

Tuż za drzwiami kajuty wisiała lampa i, wchodząc, Sam uderzył o nią głową.

— Au — mruknął.

— Boli cię? — zapytała Goździk. Pochyliła się...

...i pocałowała go w usta.

Sam zdał sobie nagle sprawę, że odwzajemnia pocałunek. *Powiedziałem słowa* — pomyślał, ale jej ręce ciągnęły już za jego strój, rozwiązując sznurówki spodni. Przerwał na chwilę pocałunek.

— Nie możemy — zdołał powiedzieć.

— Możemy — odparła jednak Goździk i znowu zamknęła mu usta swoimi ustami. „Cynamonowy Wiatr" tańczył jak szalony wokół nich i Sam czuł smak rumu na języku dziewczyny. Nagle zorientował się, że jej piersi są nagie, a on ich dotyka. *Powiedziałem słowa* — pomyślał po raz drugi, lecz wtem jedna z jej sutek znalazła się w jego ustach. Była różowa i twarda, a kiedy ją possał, usta wypełniło mu mleko. Jego smak mieszał się ze smakiem rumu. Nigdy nie znał czegoś równie słodkiego i smacznego. *Jeśli to zrobię, nie będę lepszy od Dareona* — pomyślał Sam, ale to było zbyt przyjemne, by mógł przestać. Nagle jego kutas wydostał się na zewnątrz, wysuwając się ze spodni niczym gruby, różowy maszt. Wyglądało to tak głupio, że Sam mógłby się roześmiać, ale Goździk pchnęła go na swoją koję, uniosła spódnice wokół ud i opadła na niego z cichym jękiem. To było jeszcze lepsze niż sutki. *Jest taka wilgotna* — pomyślał zdyszany chłopak. *Nie wiedziałem, że kobieta może się tam zrobić taka wilgotna.*

— Jestem teraz twoją żoną — wyszeptała, przesuwając się rytmicznie nad nim. Sam jęknął. *Nie, nie możesz nią być* — zaprzeczył w duchu. *Powiedziałem słowa, powiedziałem słowa.* Na głos wyrzekł jednak tylko:

— Tak.

Potem Goździk zasnęła, obejmując go ramionami i wtulając twarz w jego pierś. Sam również potrzebował snu, ale był pijany rumem, kobiecym mlekiem i Goździk. Wiedział, że powinien wrócić do swego hamaka w kajucie dla mężczyzn, lecz było mu z nią tak przyjemnie, że z jakiegoś powodu nie mógł się ruszyć.

Przyszli inni, mężczyźni i kobiety. Słuchał, jak się całują, śmieją i kochają ze sobą. *To Letniacy. Tak u nich wygląda żałoba. Na śmierć odpowiadają życiem.* Czytał o tym gdzieś, dawno temu. Zastanawiał się, czy Goździk też o tym wiedziała, czy Kojja Mo powiedziała jej, co ma zrobić.

Oddychał zapachem jej włosów, gapiąc się na kołyszącą się nad nim lampę. *Nawet sama Starucha nie wyprowadziłaby mnie bezpiecznie z tej kabały.* Najlepsze, co mógłby zrobić, to wymknąć się ukradkiem i skoczyć do morza. *Jeśli się utopię, nikt nigdy się nie dowie, że okryłem się hańbą i złamałem śluby. A Goździk będzie mogła sobie znaleźć lepszego mężczyznę, nie takiego wielkiego, spasionego tchórza.*

Ocknął się rankiem w swym hamaku w kajucie dla mężczyzn. Xhondo krzyczał do niego coś o wietrze.

— Wiatr się wzmaga — darł się mat. — Wstawaj i bierz się do roboty, Czarny Samie. Wiatr się wzmaga.

Braki w słownictwie Xhondo nadrabiał głośnością. Sam postawił nogi na pokładzie i natychmiast tego pożałował. Głowa mu pękała, jeden z pęcherzy na dłoni rozerwał się w nocy i chciało mu się wymiotować.

Xhondo nie znał jednak litości i Sam nie miał innego wyjścia, jak z wysiłkiem wdziać czarny strój, który leżał na pokładzie pod hamakiem, wilgotny i ciśnięty bezładnie. Powąchał go, żeby sprawdzić, czy jest bardzo brudny, i poczuł zapach soli, morza i smoły, mokrego płótna i pleśni, owoców, ryb i czarnobrzuchego rumu, niezwykłych przypraw i egzotycznych gatunków drewna, a także uderzający do głowy bukiet swego własnego, zaschniętego potu. Poczuł też jednak Goździk: czystą woń jej włosów oraz słodki zapach mleka. Włożył strój z radością. Oddałby jednak bardzo wiele za ciepłe, suche skarpetki. Między palcami stóp zaczął mu wyrastać jakiś grzyb.

Kufer z księgami bynajmniej nie wystarczył, by opłacić przejazd dla czterech osób z Braavos do Starego Miasta. Na „Cynamonowym Wietrze" brakowało jednak ludzi, Quhuru Mo zgodził się więc ich przyjąć, pod warunkiem że będą pracować. Gdy Sam się sprzeciwił, mówiąc, że maester Aemon jest zbyt słaby, chłopczyk jest niemowlęciem, a Goździk panicznie boi się morza, Xhondo parsknął tylko śmiechem.

— Czarny Sam jest wielkim, grubym mężczyzną — oznajmił. — Czarny Sam będzie pracował za czterech.

Prawdę mówiąc, Sam miał tak niezgrabne ręce, że wątpił, czy wykonywał pracę choć jednego wprawnego marynarza. Starał się jednak. Szorował pokłady i skrobał je kamieniami. Ciągnął za łańcuch kotwiczny, zwijał liny, polował na szczury, zszywał rozdarte żagle, wrzącą smołą zalewał dziury w kadłubie, czyścił ryby i siekał owoce w kambuzie. Goździk również się starała. Radziła sobie w olinowaniu lepiej od Sama, choć od czasu do czasu widok tak wielkiego przestworu wody nadal sprawiał, że zamykała oczy.

Goździk — pomyślał Sam. *Co mam z nią zrobić?*

Dzień był długi, upalny i parny, a ból głowy czynił go jeszcze dłuższym. Sam zajął się linami, żaglami i innymi zadaniami, jakie zlecał mu Xhondo. Starał się, by jego spojrzenie nie wędrowało do beczki z rumem, w której przechowywano ciało maestera Aemona... ani do Goździk. Nie potrafiłby spojrzeć w oczy dzikiej dziewczynie po tym, co zrobili w nocy. Kiedy pojawiała się na pokładzie, on schodził na dół. Kiedy szła na dziób, on przemieszczał się na rufę. Kiedy się do niego uśmiechała, odwracał głowę, choć czuł się wówczas podle. *Trzeba było skoczyć do morza, kiedy jeszcze spała* — pomyślał. *Zawsze byłem tchórzem, ale do tej pory nie byłem wiarołomcą.*

Gdyby maester Aemon nie umarł, Sam zapytałby go, jak powinien postąpić. Gdyby na pokładzie był Jon Snow albo nawet Pyp czy Grenn, mógłby się zwrócić o radę do nich. Miał jednak tylko Xhonda. *On nawet nie zrozumiałby, co mówię. A nawet gdyby zrozumiał, poradziłby mi, żebym pierdolił się z nią dalej.*

„Pierdolić" było pierwszym słowem języka powszechnego, jakiego nauczył się Xhondo. Używał go z wielkim upodobaniem.

Sam miał szczęście, że „Cynamonowy Wiatr" był takim dużym statkiem. Na pokładzie „Kosa" Goździk dopadłaby go z łatwością. W Siedmiu Królestwach wielkie żaglowce z Wysp Letnich zwano „łabędzimi statkami" ze względu na ich białe, wydęte na wietrze żagle oraz figury dziobowe, które najczęściej wyobrażały ptaki. Choć były to potężne statki, mknęły po falach z niezrównaną gracją. Gdy „Cynamonowy Wiatr" dostawał od rufy silny powiew, mógł prześcignąć każdą galerę, choć podczas ciszy morskiej był bezradny. A na jego pokładzie znajdowało się mnóstwo miejsc, gdzie mógł ukryć się tchórz.

Pod koniec wachty Sam w końcu dał się złapać. Kiedy schodził na dół po drabinie, Xhondo chwycił go za kołnierz.

— Czarny Sam pójdzie z Xhondem — oznajmił. Pociągnął go za sobą i rzucił na pokład u stóp Kojjy Mo.

Daleko na północy nisko nad horyzontem unosiła się mgiełka. Kojja wskazała na nią.

— To jest wybrzeże Dorne. Piasek, skały, skorpiony i żadnej bezpiecznej przystani przez długie setki mil. Możesz tam dopłynąć, jeśli chcesz, i dojść do Starego Miasta na piechotę. Musiałbyś przejść przez głęboką pustynię, wspiąć się na parę gór i przepłynąć Strużycę. Albo możesz pójść do Goździk.

— Nic nie rozumiesz. Nocą...

— ...uczciliście pamięć umarłego i oddaliście cześć bogom, którzy stworzyli was oboje. Xhondo zrobił to samo. Ja musiałam opiekować się dzieckiem, ale w przeciwnym razie byłabym z nim. Wszyscy ludzie z Westeros uważają, że miłość to coś wstydliwego. Miłość nikomu nie przynosi wstydu. Jeśli wasi septonowie mówią, że jest inaczej, to znaczy, że waszych siedmiu bogów to z pewnością demony. Na wyspach wiemy lepiej. Nasi bogowie dali nam nogi, byśmy biegali, nosy, byśmy wąchali, i ręce, byśmy dotykali i czuli. Jakiż szalony, okrutny bóg dałby ludziom oczy, a potem powiedziałby, że muszą je cały czas trzymać zamknięte i nigdy nie patrzeć na piękno świata? To byłby potworny bóg, demon ciemności. — Kojja dotknęła Sama między nogami. — To również bogowie dali ci w jakimś celu, do... jak brzmi to westeroskie słowo?

— Pierdolenia — podpowiedział Xhondo.

— Tak, do pierdolenia. Po to, byś mógł sprawiać przyjemność i robić dzieci. Nie ma w tym wstydu.

Sam odsunął się od niej.

— Złożyłem śluby. „Nie wezmę sobie żony i nie spłodzę dzieci". Powiedziałem słowa.

— Ona zna te słowa. Ma w sobie wiele z dziecka, ale nie jest ślepa. Wie, dlaczego ubierasz się na czarno i płyniesz do Starego Miasta. Wie, że nie będzie mogła cię zatrzymać. Pragnie cię tylko na chwilę, to wszystko. Straciła ojca i męża, matkę i siostry, straciła dom i cały swój świat. Ma tylko ciebie i dziecko. Dlatego idź do niej albo płyń do brzegu.

Zdesperowany Sam spojrzał na mgiełkę unoszącą się nad odległym brzegiem. Wiedział, że nie miałby najmniejszych szans tam dopłynąć.

Poszedł do Goździk.

— To, co zrobiliśmy... gdybym mógł wziąć sobie żonę, wolałbym ciebie od każdej księżniczki czy szlachetnie urodzonej panny. Ale nie mogę. Nadal jestem wroną. Powiedziałem słowa, Goździk. Poszedłem z Jonem do lasu i powiedziałem słowa przed drzewem sercem.

— Drzewa na nas patrzą — wyszeptała dziewczyna, ocierając łzy z jego policzków. — W lesie nic nie umknie ich spojrzeniu... ale tu nie ma drzew. Tylko woda, Sam. Tylko woda.

CERSEI

Dzień był zimny, pochmurny i deszczowy. Lało przez cały ranek, a nawet gdy po południu deszcz przestał padać, chmury nie chciały się rozproszyć. Słońce nie pokazało się nawet na chwilę. Tak paskudna pogoda odebrała chęć na wycieczki nawet małej królowej. Zamiast pojechać gdzieś ze swymi kurami oraz świtą złożoną ze strażników i wielbicieli, Margaery spędziła cały dzień w Krypcie Dziewic w towarzystwie swych dam. Słuchały tam śpiewu Błękitnego Barda.

Aż do wieczoru dzień Cersei był niewiele lepszy. Gdy szare niebo zaczęło ciemnieć, powiadomiono ją, że „Słodka Cersei" przypłynęła z wieczornym przypływem i Aurane Waters błaga o audiencję.

Królowa natychmiast po niego wysłała. Gdy tylko wszedł do samotni, zorientowała się, że wieści są dobre.

— Wasza Miłość — oznajmił z szerokim uśmiechem. — Smocza Skała należy do ciebie.

— Wspaniale. — Ujęła go za obie ręce i pocałowała w policzki. — Wiem, że Tommen również się ucieszy. To znaczy, że będzie mógł zwolnić flotę lorda Redwyne'a i przepędzić żelaznych ludzi z Tarczowych Wysp.

Wieści z Reach z każdym krukiem stawały się coraz bardziej złowrogie. Żelaźni ludzie najwyraźniej nie zamierzali się zadowolić nowo zdobytymi skałami. Zapuszczali się licznymi oddziałami w górę Manderu, a nawet posunęli się do ataków na Arbor i otaczające je mniejsze wyspy. Redwyne'owie zostawili na swych wodach tylko kilkanaście okrętów. Wszystkie je zdobyli bądź zatopili żelaźni ludzie. A ostatnio dotarły do niej raporty, że szaleniec, który zwał się Euronem Wronim Okiem,

237

wysłał swe drakkary do Zatoki Szeptów, zagrażając Staremu Miastu.

— Gdy „Słodka Cersei" odpływała, lord Paxter ładował już zapasy na drogę powrotną — zameldował lord Waters. — Przypuszczam, że główna część jego floty wypłynęła już na morze. — Miejmy nadzieję, że szybko dotrą na miejsce i będzie im towarzyszyła lepsza pogoda niż dzisiaj. — Królowa pociągnęła Watersa ku sobie, zmuszając go, żeby usiadł obok niej na ławeczce w oknie wykuszowym. — Czy to ser Lorasowi musimy dziękować za ten triumf?

Uśmiech zniknął z jego twarzy.

— Niektórzy z pewnością tak powiedzą, Wasza Miłość.

— Niektórzy? — Obrzuciła go pytającym spojrzeniem. — Ale nie ty?

— Nigdy w życiu nie widziałem odważniejszego rycerza — odparł Waters. — Jednakże mogliśmy odnieść bezkrwawe zwycięstwo, a on doprowadził do rzezi. Zginęło tysiąc ludzi albo prawie tysiąc. W większości naszych. I to nie byli tylko prości żołnierze, Wasza Miłość, ale również rycerze i młodzi lordowie. Najlepsi i najodważniejsi.

— A sam ser Loras?

— Będzie tysiąc pierwszy. Po bitwie zanieśli go do zamku, lecz odniósł straszliwe rany. Stracił tak wiele krwi, że maesterzy nie chcieli nawet przystawić mu pijawek.

— Och, jakie to smutne. Tommen będzie zrozpaczony. Tak bardzo podziwiał naszego dzielnego Rycerza Kwiatów.

— Prostaczkowie również — zauważył jej admirał. — Kiedy Loras umrze, dziewczęta w całych Siedmiu Królestwach będą lały łzy w wino.

Cersei wiedziała, że Waters się nie myli. Gdy Loras odpływał, pod Błotnistą Bramą żegnały go trzy tysiące prostaczków, a trzy czwarte z tego stanowiły kobiety. Ten widok wywołał jej pogardę. Miała ochotę nakrzyczeć na nie, powiedzieć im, że są głupimi owcami, a jedyne, na co mogą liczyć od Lorasa Tyrella, to uśmiech i kwiat. Zamiast tego oznajmiła jednak, że Loras jest najdzielniejszym rycerzem w Siedmiu Królestwach, i uśmiechnęła się, gdy Tommen podarował mu miecz o rękojeści wysadzanej klejnotami, by służył mu podczas bitwy. Król uściskał też Rycerza Kwiatów, co nie leżało w planach Cersei, ale to już nie miało znaczenia. Mogła sobie pozwolić na szczodrość. Loras Tyrell był umierający.

— Opowiedz mi o tym — rozkazała. — Chcę się dowiedzieć wszystkiego, od początku do końca.

Kiedy skończył, w komnacie zrobiło się już ciemno. Królowa zapaliła kilka świec i posłała Dorcas do kuchni po chleb, ser i odrobinę gotowanej wołowiny z chrzanem. Podczas kolacji poprosiła Aurane'a, żeby powtórzył całą opowieść raz jeszcze. Pragnęła dokładnie zapamiętać wszystkie szczegóły.

— Nie chciałabym, żeby nasza droga Margaery usłyszała te wieści od kogoś obcego — oznajmiła. — Opowiem jej sama.

— Wasza Miłość jest nadzwyczaj łaskawa — odparł Waters z uśmiechem. *Z szelmowskim uśmiechem* — pomyślała królowa. Aurane nie przypominał księcia Rhaegara tak bardzo, jak się jej z początku zdawało. *Ma jego włosy, ale to samo można powiedzieć o połowie kurew z Lys, jeśli wierzyć opowieściom. Rhaegar był mężczyzną, a to tylko sprytny chłopak, nic więcej. Niemniej jest użyteczny, na swój sposób.*

Margaery przebywała w Krypcie Dziewic. Popijała wino i głowiła się w towarzystwie trzech kuzynek nad jakąś nową grą sprowadzoną z Volantis. Choć było już późno, wartownicy natychmiast wpuścili Cersei do środka.

— Wasza Miłość — zaczęła królowa. — Lepiej, żebyś usłyszała te wieści ode mnie. Aurane wrócił ze Smoczej Skały. Twój brat jest bohaterem.

— Zawsze o tym wiedziałam.

Margaery nie sprawiała wrażenia zaskoczonej. *Czemu miałaby być zaskoczona? Spodziewała się tego, od chwili gdy Loras wybłagał, by powierzono mu dowództwo.* Nim jednak Cersei skończyła opowieść, policzki młodszej królowej spłynęły łzami.

— Redwyne rozkazał saperom wydrążyć tunel pod murami zamku, ale dla Rycerza Kwiatów to był zbyt powolny sposób. Z pewnością myślał o ludziach twego pana ojca, cierpiących na Tarczach. Lord Waters mówi, że ser Loras rozkazał ruszyć do szturmu niespełna pół dnia po przejęciu dowództwa, gdy kasztelan lorda Stannisa odmówił rozstrzygnięcia kwestii oblężenia w pojedynku. Kiedy taran rozbił bramę, Loras pierwszy wdarł się do środka. Ponoć wjechał prosto w paszczę smoka, cały odziany w biel. Wywijał morgenszternem nad głową, zabijając wrogów po lewej i prawej.

Megga Tyrell płakała już otwarcie.

— Jak zginął? — zapytała. — Kto go zabił?

— Ten zaszczyt nie przypadł w udziale nikomu — odparła Cersei. — Ser Loras dostał bełtem w udo i drugim w bark, ale nadal walczył dzielnie, choć krew wypływała zeń strumieniami. Potem cios buzdygana złamał mu kilka żeber. Jeszcze później... ale nie, oszczędzę ci najgorszego.

— Powiedz mi — rzekła Margaery. — Żądam tego.

Żądasz? Cersei umilkła na chwilę, potem postanowiła, że to zignoruje.

— Gdy mur kurtynowy padł, obrońcy wycofali się do wewnętrznego donżonu. Tym razem Loras również prowadził szturm. Wylano na niego wrzący olej.

Lady Alla zrobiła się biała jak kreda i uciekła z komnaty.

— Lord Waters zapewnia, że maesterzy robią wszystko, co w ich mocy, ale obawiam się, że poparzenia są zbyt poważne.

— Cersei objęła Margaery. — Twój brat ocalił królestwo. — Pocałowała małą królową w policzek i poczuła smak jej łez. — Jaime opisze jego czyny w Białej Księdze, a minstrele będą o nim śpiewać przez tysiąc lat.

Margaery wyrwała się z jej objęć tak gwałtownie, że Cersei o mało się nie przewróciła.

— Jeszcze nie umarł — oznajmiła.

— To prawda, ale maesterzy mówią...

— Jeszcze nie umarł!

— Chciałam ci tylko oszczędzić…

— Wiem, czego chciałaś. Zostaw mnie.

Teraz wiesz, jak się czułam, kiedy umarł Joffrey. Cersei pokłoniła się. Jej twarz była zimną maską uprzejmości.

— Słodka córko, tak mi smutno z powodu twojej straty. Zostawię cię z żałobą.

Tej nocy lady Merryweather nie przyszła, a Cersei była zbyt niespokojna, by zasnąć. *Gdyby lord Tywin mógł mnie teraz zobaczyć, zrozumiałby, że ma dziedzica godnego Skały* — pomyślała, leżąc w łożu. Obok pochrapywała cicho w poduszkę Jocelyn Swyft. Margaery wkrótce będzie płakać gorzkimi łzami, tak jak ona płakała po Joffreyu. Mace Tyrell również może ronić łzy, ale nie dała mu powodu, by z nią zerwał. Cóż takiego w końcu uczyniła? Zaszczyciła tylko Lorasa swym zaufaniem. Sam padł przed nią na kolana, prosząc o powierzenie mu dowództwa. Widziała to połowa dworu.

Kiedy umrze, będę musiała postawić mu gdzieś posąg i urządzić pogrzeb, jakiego w Królewskiej Przystani jeszcze nie widziano. Prostaczkom to się spodoba. Tommenowi również. *Możliwe nawet, że biedny Mace mi podziękuje. A jeśli chodzi o jego panią matkę, o ile bogowie będą łaskawi, ta wiadomość ją zabije.*

Cersei od lat nie widziała tak ładnego wschodu słońca. Wkrótce po świcie pojawiła się Taena, która wyznała, że spędziła noc na pocieszaniu Margaery i jej dam. Piły wino, płakały i opowiadały sobie historie o Lorasie.

— Margaery nadal jest przekonana, że jej brat nie umrze — zameldowała Taena, gdy królowa wdziewała strojne suknie. — Ma zamiar wysłać swojego maestera, by się nim zaopiekował. Jej kuzynki modlą się o miłosierdzie Matki.

— Ja również się pomodlę. Chodź ze mną jutro do Septu Baelora. Zapalimy sto świec dla naszego dzielnego Rycerza Kwiatów. — Odwróciła się w stronę służącej. — Dorcas, przynieś mi koronę. Tę nową, jeśli łaska.

Była lżejsza od starej, zrobiona z jasnych, złotych nici

i ozdobiona szmaragdami, które błyszczały, gdy Cersei odwracała głowę.

— Przyszło czterech ludzi w sprawie Krasnala — poinformował ją ser Osmund, gdy Jocelyn wpuściła go do środka.

— Czterech?

Królowa poczuła się mile zaskoczona. Do Czerwonej Twierdzy napływał stały strumień donosicieli twierdzących, że wiedzą coś o Tyrionie, ale czterech jednego dnia było rzadkością.

— Tak jest — potwierdził Osmund. — Jeden z nich przyniósł głowę.

— Tego przyjmę najpierw. Przyprowadź go do mojej samotni.

Oby tym razem nie było pomyłek. Niech zemsta wreszcie się dokona, by Joff mógł odpocząć w pokoju.

Septonowie mówili, że liczba siedem jest święta dla bogów. Jeśli rzeczywiście tak było, może ta siódma głowa stanie się balsamem, którego łaknęła jej dusza.

Mężczyzna okazał się Tyroshijczykiem. Był niski, krzepki i spocony, a jego obłudny uśmieszek przywodził jej na myśl Varysa. Miał też rozwidloną brodę, farbowaną na zielono i różowo. Cersei od pierwszego wejrzenia poczuła do niego antypatię, była jednak skłonna zapomnieć o jego niedostatkach, jeśli w skrzynce, którą przyniósł ze sobą, rzeczywiście znajdowała się głowa Tyriona. Szkatuła była wykonana z cedrowego drewna, ozdobiona wzorami z kości słoniowej, wyobrażającymi pnącza i kwiaty. Zawiasy i zameczek zrobiono z białego złota. Była piękna, ale królową interesowało jedynie to, co kryło się w środku. *Przynajmniej jest wystarczająco duża. Tyrion miał groteskowo wielką głowę, jak na takiego karzełka.*

— Wasza Miłość — wyszeptał Tyroshijczyk, kłaniając się nisko. — Widzę, że rzeczywiście jesteś taka piękna, jak mówią opowieści. Nawet za wąskim morzem słyszeliśmy o twej wielkiej urodzie i o żalu, który rozdarł twoje łagodne serce. Nikt nie może przywrócić życia twemu odważnemu, młodemu synowi, ale mam nadzieję, że zdołam ci zaoferować balsam na twój ból.

— Położył dłoń na szkatule. — Przynoszę ci sprawiedliwość. Przynoszę ci głowę twego *valonqara*.

Starovalyriańskie słowo przeszyło ją dreszczem, lecz rozpaliło również iskierkę nadziei.

— Krasnal nie jest już moim bratem, jeśli w ogóle kiedykolwiek nim był — oznajmiła. — Nie wypowiem też jego imienia. To było ongiś dumne imię, zanim okrył je hańbą.

— W Tyrosh zwiemy go Czerwonorękim, bo z jego palców ścieka krew. Krew króla i krew ojca. Niektórzy powiadają, że zabił też matkę, torując sobie drogę z jej macicy okrutnymi pazurami.

Cóż to za bzdury — pomyślała Cersei.

— To prawda — potwierdziła. — Jeśli w tej szkatule rzeczywiście jest głowa Krasnala, otrzymasz ode mnie tytuł lordowski wraz z bogatymi ziemiami i twierdzami. — Tytuły nic nie kosztowały, a w dorzeczu było mnóstwo zniszczonych zamków, które stały opustoszałe pośród nieobsianych pól i spalonych wiosek. — Czekają na mnie na dworze. Otwórz szkatułę i pokaż, co masz w środku.

Tyroshijczyk zamaszystym gestem uniósł wieko i odsunął się z uśmiechem. Na miękkim niebieskim aksamicie spoczywała głowa karła, wpatrująca się w królową.

Cersei przyjrzała się jej uważnie.

— To nie jest mój brat. — Poczuła w ustach kwaśny posmak. *Pewnie trudno było na to liczyć, zwłaszcza po dobrych wieściach o Lorasie. Bogowie nigdy nie są aż tak łaskawi.* — Ten człowiek ma brązowe oczy. Tyrion miał jedno czarne i jedno zielone.

— Oczy, tak jest... Wasza Miłość, oczy twego brata... trochę zgniły. Pozwoliłem sobie zastąpić je szklanymi... ale niewłaściwego koloru, jak zauważyłaś.

To poirytowało ją jeszcze bardziej.

— Twoja głowa może mieć szklane oczy, ale moje są w porządku. Na Smoczej Skale można znaleźć chimery, które bardziej przypominają Krasnala niż ten karzeł. Jest łysy i dwukrotnie starszy od mojego brata. Co się stało z jego zębami?

Mężczyzna skulił się trwożnie, słysząc furię w jej głosie.

— Miał piękne złote zęby, Wasza Miłość, ale wyrwaliśmy... żałuję...

— Och, jeszcze nie. Ale pożałujesz.

Powinnam kazać go udusić. Niech rozpaczliwie próbuje wciągnąć powietrze, aż jego gęba zrobi się czarna, jak twarz mojego słodkiego syna. Miała już odpowiednie słowa na końcu języka.

— To była uczciwa pomyłka. Wszystkie karły wyglądają tak samo i... niech Wasza Miłość popatrzy, on nie ma nosa.

— Nie ma nosa, bo mu go uciąłeś.

— Nie!

Pot perlący się na jego czole zadawał kłam zaprzeczeniom.

— Tak. — W głosie Cersei pojawiła się jadowita słodycz. — Przynajmniej miałeś choć tyle rozsądku, by to zrobić. Poprzedni głupiec próbował mi wmówić, że nos Krasnala odrósł dzięki interwencji wędrownego czarodzieja. Wygląda jednak na to, że jesteś winien temu karłu nos. Ród Lannisterów zawsze płaci swe długi i ty również spłacisz swój. Ser Merynie, zaprowadź tego oszusta do Qyburna.

Ser Meryn Trant złapał Tyroshijczyka za ramię i wywlókł z komnaty, nie zważając na jego protesty. Kiedy już wyszli, Cersei spojrzała na Osmunda Kettleblacka.

— Ser Osmundzie, zabierz mi to z oczu i przyprowadź tych trzech następnych.

— Tak jest, Wasza Miłość.

Niestety, trzej kolejni kandydaci na informatorów okazali się równie bezużyteczni jak Tyroshijczyk. Jeden z nich oznajmił, że Krasnal ukrywa się w burdelu w Starym Mieście, gdzie zaspokaja mężczyzn ustami. Wizja była zabawna, ale Cersei nawet przez chwilę w to nie uwierzyła. Drugi utrzymywał, że widział Krasnala w trupie komediantów w Braavos. Trzeci zapewniał, że Tyrion został pustelnikiem w dorzeczu i zamieszkał na jakimś nawiedzanym przez duchy wzgórzu. Królowa wszystkim trzem odpowiedziała to samo:

— Jeśli będziecie tak uprzejmi i zaprowadzicie kilku moich odważnych rycerzy do tego karła, czeka was sowita nagroda — obiecała. — Pod warunkiem, że to rzeczywiście będzie Krasnal. W przeciwnym razie... no cóż, moi rycerze nie mają cierpliwości do oszustów ani głupców, którzy każą im uganiać się za cieniami. Tacy ludzie mogliby stracić język.

Wszyscy trzej informatorzy nagle stracili wiarę i przyznali, że mogli jednak widzieć jakiegoś innego karła.

Cersei nie miała dotąd pojęcia, że karzełki są tak pospolite.

— Czy te małe, wypaczone potworki zawojowały już cały świat? — poskarżyła się, gdy wyprowadzano ostatniego łowcę nagród. — Ile ich w końcu jest?

— Mniej niż było — odpowiedziała lady Merryweather. — Czy mogę prosić o zaszczyt towarzyszenia Waszej Miłości na dworze?

— Jeśli zdołasz wytrzymać te nudy — zgodziła się Cersei. — Robert w większości spraw był głupcem, ale w tym jednym przypadku miał rację. Władanie królestwem to męczące zajęcie.

— Przykro mi, że Wasza Miłość czuje się taka znużona. Czy nie mogłybyśmy gdzieś uciec i chwilę się zabawić? Niech królewski namiestnik wysłuchuje nużących petycji. Mogłybyśmy się przebrać za dziewki służebne i spędzić cały dzień wśród prostaczków, by podsłuchać, co mówią o upadku Smoczej Skały. Znam gospodę, w której śpiewa Błękitny Bard, gdy nie występuje przed małą królową, a także pewną piwnicę, gdzie czarodziej zamienia ołów w złoto, wodę w wino, a dziewczęta w chłopców. Być może zgodziłby się rzucić zaklęcie na nas. Czy Wasza Miłość nie chciałaby na jedną noc stać się mężczyzną?

Gdybym była mężczyzną, byłabym Jaimem — pomyślała królowa. *Gdybym była mężczyzną, mogłabym władać królestwem we własnym imieniu, a nie w imieniu Tommena.*

— Pod warunkiem, że ty pozostałabyś kobietą — odparła, wiedząc, że to właśnie pragnie usłyszeć Taena. — Postępujesz niegodziwie, kusząc mnie w ten sposób. Cóż byłaby ze mnie za królowa, gdybym zostawiła królestwo w drżących dłoniach Harysa Swyfta?

Taena wydęła wargi.

— Wasza Miłość jest zbyt obowiązkowa.

— To prawda — przyznała Cersei. — I pod koniec dnia z pewnością tego pożałuję. — Objęła lady Merryweather ramieniem. — Chodź.

Pierwszy z petycją zjawił się Jalabhar Xho, jak przystało jego randze jako wygnanego księcia. Choć w swym jaskrawym płaszczu z piór prezentował się wspaniale, przyszedł tu jako żebrak. Cersei wysłuchała jego zwyczajowych błagań o ludzi i broń, którzy pomogliby mu odzyskać Dolinę Czerwonych Kwiatów.

— Jego Miłość toczy własną wojnę, książę Jalabharze — odpowiedziała mu wreszcie. — Nie może w tej chwili dać ci ludzi. Być może za rok.

Tak zawsze odpowiadał mu Robert. Za rok Cersei powie mu „nigdy", ale nie dzisiaj. Smocza Skała należała do niej.

Potem przyszedł lord Hallyne z Cechu Alchemików, który poprosił, by jego piromantom pozwolono wykluć smocze jaja, które mogły wpaść w ręce królewskich żołnierzy na Smoczej Skale.

— Gdyby jakieś jaja tam zostały, Stannis z pewnością by je sprzedał, żeby pokryć koszty swego buntu — odpowiedziała królowa. Powstrzymała się przed stwierdzeniem, że ten plan to szaleństwo. Od czasu śmierci ostatniego targaryeńskiego smoka wszystkie podobne próby kończyły się śmiercią, katastrofą albo hańbą.

Następnie zjawiła się przed nią grupa kupców, którzy błagali, by tron wstawił się za nimi u Żelaznego Banku z Braavos. Braavosowie najwyraźniej żądali spłaty wszystkich długów i odmawiali udzielania nowych pożyczek. *Musimy założyć własny bank* — zdecydowała w duchu Cersei. *Złoty Bank z Lannisportu.* Gdy tron Tommena będzie już bezpieczny, być może będzie mogła wprowadzić ten pomysł w życie. Na razie mogła jedynie powiedzieć kupcom, by zapłacili braavoskim lichwiarzom należność.

Delegacji Wiary przewodniczył jej stary przyjaciel septon Raynard. Przez miasto eskortowało go sześciu Synów Wojownika, razem więc było ich siedmiu — święta i szczęśliwa liczba. Nowy Wielki Septon — albo Wielki Wróbel, jak przezwał go Księżycowy Chłopiec — robił wszystko w siódemkach. Rycerze mieli pasy w siedmiu kolorach Wiary. Gałki ich mieczy oraz grzebienie hełmów zdobiły kryształy. Nosili migdałowe tarcze w stylu rzadko spotykanym od czasów podboju. Widniał na nich herb niewidziany w Siedmiu Królestwach od stuleci: lśniący, tęczowy miecz na ciemnym polu. Qyburn mówił, że już prawie stu rycerzy przysięgło poświęcić życie i miecz Synom Wojownika, a codziennie zjawiają się następni. *Wszyscy upili się bogami. Kto by pomyślał, że w królestwie jest aż tylu szaleńców?*

Większość stanowili domowi i wędrowni rycerze, ale była wśród nich również garstka szlachetnie urodzonych: młodsi synowie, pomniejsi lordowie, starcy pragnący odpokutować za dawne grzechy. I Lancel. Cersei myślała, że Qyburn żartuje, kiedy powiedział, że jej mało rozgarnięty kuzyn wyrzekł się zamku, ziem oraz żony i wrócił do miasta, by przyłączyć się do Szlachetnego i Potężnego Zakonu Wojownika, teraz jednak Lancel stał przed nią razem z innymi pobożnymi głupcami.

Cersei nie spodobało się to w najmniejszym stopniu. Nie była też zachwycona nieustanną kłótliwością i niewdzięcznością Wielkiego Wróbla.

— Gdzie jest Wielki Septon? — zapytała Raynarda. — To jego wezwałam.

— Jego Wielka Świątobliwość przysłał mnie w swoim zastępstwie — odparł septon Raynard z żalem w głosie. — Prosił, bym powiedział Waszej Miłości, że Siedmiu wysłało go na bój z niegodziwością.

— A na czym ten bój polega? Będzie prawił kazania o czystości na Jedwabnej? Wydaje mu się, że modlitwą zmieni kurwy z powrotem w dziewice?

— Ojciec i Matka ukształtowali nasze ciała w tym celu, by mężczyzna mógł się łączyć z kobietą i płodzić prawowite potomstwo — rzekł Raynard. — To niskie i grzeszne, by ich święte części łączyły się ze sobą dla pieniędzy.

Owe świątobliwe słowa zabrzmiałyby bardziej przekonująco, gdyby królowa nie wiedziała, że septon Raynard miał specjalne przyjaciółki w każdym burdelu na Jedwabnej. Z pewnością doszedł do wniosku, iż powtarzanie świergolenia Wielkiego Wróbla jest lepsze od szorowania podłóg.

— Nie próbuj mnie pouczać — odparła. — Właściciele burdeli się skarżą i mają powody.

— Jeśli grzesznicy przemawiają, dlaczego cnotliwi mieliby ich słuchać?

— Ci grzesznicy wypełniają swymi monetami królewskie kufry — odparła bez ogródek królowa. — Ich pieniądze pomagają opłacić moje złote płaszcze i budować galery, które bronią naszych brzegów. Musimy też myśleć o kupcach. Jeśli w Królewskiej Przystani nie będzie burdeli, ich statki będą zawijały do Duskendale albo Gulltown. Jego Wielka Świątobliwość obiecał mi spokój na ulicach. Burdele pozwalają utrzymać ten spokój. Jeśli prostym mężczyznom zabraknie kurew, mogą się posunąć do gwałtów. Od tej pory niech Jego Wielka Świątobliwość modli się w sepcie, gdzie jego miejsce.

Królowa spodziewała się również wizyty lorda Gylesa, ale zamiast niego pojawił się wielki maester Pycelle z szarą twarzą i przepraszającą miną. Powiedział, że Rosby był dziś zbyt słaby, by wstać z łoża.

— Mówię to z przykrością, ale obawiam się, że lord Gyles będzie wkrótce musiał połączyć się ze szlachetnymi przodkami. Niech Ojciec osądzi go sprawiedliwie.

Jeśli Rosby umrze, Mace Tyrell i mała królowa mogą znowu spróbować wmusić mi Gartha Sprośnego.

— Lord Gyles cierpi na ten kaszel już od wielu lat i do tej pory jakoś nie umarł — poskarżyła się. — Przekasłał połowę panowania Roberta i całe Joffreya. Jeśli teraz umiera, to z pewnością dlatego, że ktoś tego chce.

Wielki maester Pycelle zamrugał z niedowierzaniem.

— Wasza Miłość? K... kto mógłby pragnąć śmierci lorda Gylesa?

— Być może jego dziedzic. — *Albo mała królowa.* — Jakaś kobieta, którą niegdyś wzgardził. — *Margaery, Mace i Królowa Cierni, czemu by nie? Gyles jest przeszkodą dla ich planów.* — Jakiś stary wróg. Albo nowy. Ty.

Starzec pobladł.

— W... Wasza Miłość żartuje. Po... podałem jego lordowskiej mości środki przeczyszczające, puściłem mu krew, zastosowałem kataplazmy i napary... mgła przyniosła mu lekką ulgę, a senniczka łagodzi gwałtowność kaszlu, ale obawiam się, że z krwią wykasłuje kawałki płuca.

— Skoro tak mówisz. Wróć do lorda Gylesa i zawiadom go, że nie udzielam mu pozwolenia na śmierć.

— Jak sobie życzysz, Wasza Miłość.

Pycelle pokłonił się sztywno.

Potem było jeszcze wielu penitentów, każdy nudniejszy od poprzedniego. A wieczorem, gdy wszyscy wreszcie poszli, zjadła z synem prostą kolację.

— Tommenie, odmawiając przed snem modlitwy, powiedz Matce i Ojcu, iż jesteś wdzięczny, że nadal jesteś dzieckiem — poleciła mu. — Królowanie to ciężka praca. Zapewniam, że nie będzie ci się podobała. Wszyscy zlatują się do króla jak stado zgłodniałych wron. Każdy chce wydziobać kawałek jego ciała.

— Tak, mamo — zgodził się chłopiec ze smutkiem w głosie. Cersei zrozumiała, że mała królowa opowiedziała mu o ser Lorasie. Ser Osmund powiedział jej, że Tommen płakał. *Jest młody. Kiedy osiągnie wiek Joffa, nie będzie nawet pamiętał, jak wyglądał Loras.*

— Jakoś bym wytrzymał to dziobanie — ciągnął jej syn. —

Powinienem codziennie chodzić z tobą na dwór, żeby słuchać. Margaery mówi...

— Stanowczo za wiele — warknęła Cersei. — Za pół grosika z radością wyrwałabym jej język.

— Nie waż się tak mówić! — krzyknął nagle Tommen. Jego pyzata buzia zrobiła się czerwona. — Masz zostawić jej język. Nie waż się jej dotknąć. Ja jestem królem, nie ty.

Wbiła w niego pełne niedowierzania spojrzenie.

— Co ty powiedziałeś?

— Ja jestem królem. Ja decyduję, komu się wyrwie język, nie ty! Nie pozwolę ci skrzywdzić Margaery. Nie pozwolę. Zabraniam ci.

Cersei złapała go za ucho i powlokła piszczącego chłopca do drzwi. Straż za nimi pełnił ser Boros Blount.

— Ser Borosie, Jego Miłość się zapomniał. Zaprowadź go, proszę, do jego sypialni i przyprowadź tam Pate'a. Chcę, żeby tym razem Tommen sam go wychłostał. Ma to robić tak długo, aż chłopak będzie krwawił z obu policzków. Jeśli Jego Miłość odmówi albo sprzeciwi się choć słowem, wezwij Qyburna i każ wyciąć Pate'owi język, żeby Jego Miłość zrozumiał, ile kosztuje bezczelność.

— Wedle rozkazu — wysapał ser Boros, spoglądając niespokojnie na króla. — Wasza Miłość, chodź ze mną, proszę.

Gdy nad Czerwoną Twierdzą zapadła noc, Jocelyn roznieciła ogień na kominku królowej, a Dorcas zapaliła świece przy łożu. Cersei otworzyła okno, by odetchnąć świeżym powietrzem, i zobaczyła, że nad miasto znowu nadciągnęły chmury, które przesłoniły gwiazdy.

— Noc jest bardzo ciemna, Wasza Miłość — wyszeptała Dorcas.

To prawda — pomyślała królowa. *Ale nie tak ciemna jak w Krypcie Dziewic albo na Smoczej Skale, gdzie leży poparzony, krwawiący Loras Tyrell, albo w ciemnicy pod zamkiem.* Nie wiedziała, skąd się u niej wzięła ta myśl. Przecież postanowiła, że nie będzie już myśleć o Falyse. *Pojedynek. Nie powinna była wychodzić za takiego głupca.* Ze Stokeworth nadeszły wieści mówiące, że lady Tanda zmarła z powodu przeziębienia i kaszlu, wywołanych złamanym biodrem. Przygłupią Lollys mianowano lady Stokeworth, a ser Bronn został jej lordem. *Tanda nie żyje, a Gyles jest umierający. Dobrze, że mamy Księżycowego Chłopca, bo inaczej musielibyśmy się obyć bez błaznów.* Królowa uśmiechnęła się i złożyła głowę na poduszce. *Kiedy pocałowałam ją w policzek, poczułam słony smak łez.*

Śnił się jej dobrze znany sen o trzech dziewczynkach w brązowych płaszczach, starej babie o obwisłej skórze na szyi i namiocie, w którym pachniało śmiercią.

W namiocie staruchy było ciemno. Jego szczyt był wysoki i spiczasty. Cersei nie chciała tam wchodzić, ale dziewczynki na nią patrzyły i nie mogła się cofnąć. We śnie było ich trzy, tak jak w rzeczywistości. Gruba Jeyne Farman trzymała się z tyłu, tak samo jak zawsze. To cud, że przyszła z nimi choć tutaj. Melara Hetherspoon była śmielsza, starsza, a także ładniejsza, choć piegowata. Wszystkie trzy wstały z łóżek, owinęły się w płaszcze z samodziału, postawiły kaptury i przemknęły się przez grunty turniejowe, by odwiedzić czarodziejkę. Melara słyszała, jak dziewki służebne szeptały między sobą, że potrafi ona rzucić klątwę, sprawić, że ktoś się zakocha, przywoływać demony i przepowiadać przyszłość.

W rzeczywistości dziewczęta były podekscytowane i zdyszane, szeptały po drodze, podniecenie zmagało się w nich ze strachem. We śnie wyglądało to inaczej. Namioty spowijał cień, a rycerze i służący, których mijały, byli utkani z mgły. Błądziły przez długi czas, nim wreszcie znalazły namiot staruchy. Gdy wreszcie to zrobiły, wszystkie pochodnie już się dopalały. Cersei patrzyła na dziewczęta, które skupiły się ciasno, szepcząc coś do siebie. „Wracajcie" — chciała im powiedzieć. „Nie idźcie tam. Nic tam dla was nie ma". Choć poruszała ustami, nie wydostały się z nich jednak żadne słowa.

Córka lorda Tywina pierwsza odchyliła połę i weszła do środka. Melara podążała tuż za nią. Jeyne Farman szła ostatnia, jak zwykle próbując się schować za koleżankami.

W namiocie pełno było zapachów. Cynamon i gałka muszkatołowa. Czarny i biały pieprz, czerwona papryka. Mleczko migdałowe i cebula. Goździki, palczatka cytrynowa i cenny szafran, a także jeszcze rzadsze, egzotyczne przyprawy. Jedynym źródłem światła był tu koksowy piecyk w kształcie głowy bazyliszka. W jego słabym, zielonym blasku ściany namiotu wydawały się zimne, martwe i zgniłe. Czy w rzeczywistości też tak to wyglądało? Cersei nie potrafiła sobie przypomnieć.

We śnie czarodziejka spała, tak jak kiedyś w rzeczywistości. „Zostawcie ją!" — chciała zawołać królowa. „Małe idiotki, nigdy nie budźcie śpiącej czarodziejki". Nie miała jednak języka i mogła tylko przypatrywać się bezradnie, jak pierwsza z dziewcząt zrzuciła płaszcz i kopnęła łóżko czarownicy, wołając:

— Budź się, chcemy, żebyś nam przepowiedziała przyszłość.

Kiedy Maggy Żaba otworzyła oczy, Jeyne Farman pisnęła ze strachu i uciekła z namiotu, gnając w noc na łeb na szyję. Mała, tłusta Jeyne, głupia i bojaźliwa, Jeyne o ziemistej cerze, która bała się każdego cienia. *Ale to ona okazała się z nas najmądrzejsza.* Jeyne po dziś dzień żyła na Pięknej Wyspie. Wyszła za jednego z chorążych swego brata i wydała na świat tuzin bachorów.

Starucha miała żółte oczy, otoczone zakrzepłą obwódką czegoś obrzydliwego. W Lannisporcie opowiadano, że kiedy jej mąż przywiózł ją ze wschodu razem z ładunkiem korzeni, była młoda i piękna, ale wiek i zło odcisnęły na niej swe piętno. Była niska, przysadzista i pokryta brodawkami. Miała obwisłe, krostowate, zielonkawe policzki. Zęby jej wypadły, a cycki zwisały do kolan. Jeśli ktoś za bardzo się do niej zbliżył, mógł poczuć fetor choroby, a kiedy się odzywała, jej oddech miał niezwykłą, silną, paskudną woń.

— A kysz — nakazała dziewczynkom ochrypłym szeptem.

— Przyszłyśmy po wróżbę — odezwała się młoda Cersei.

— A kysz — wychrypiała starucha po raz drugi.

— Słyszałyśmy, że potrafisz zajrzeć w przyszłość — powiedziała Melara. — Chcemy się tylko dowiedzieć, za kogo wyjdziemy za mąż.

— A kysz — powtórzyła Maggy po raz trzeci.

„Posłuchajcie jej" — krzyknęłaby królowa, gdyby miała język. „Jeszcze możecie uciec. Zwiewajcie stąd, małe idiotki!".

Dziewczynka o złotych lokach wsparła dłonie na biodrach.

— Wywróż nam przyszłość albo poskarżę się mojemu panu ojcu, a on każe cię wychłostać za bezczelność.

— Proszę — błagała Melara. — Tylko przepowiedz nam przyszłość i sobie pójdziemy.

— Są tutaj takie, które nie mają przyszłości — mruknęła Maggy straszliwym, niskim głosem. Zarzuciła sobie szatę na ramiona i skinęła na dziewczynki, nakazując im podejść bliżej.

— Chodźcie, jeśli nie chcecie odejść, głupie. Tak jest, chodźcie. Muszę skosztować waszej krwi.

Melara pobladła, ale Cersei nie. Lwica nie boi się żaby, choćby nie wiadomo jak starej i brzydkiej. Powinna była odejść, powinna była jej posłuchać, powinna była uciec. Ale ona wzięła sztylet, który podała jej Maggy, i przesunęła krzywe, żelazne ostrze po opuszce kciuka. Potem zrobiła to samo z kciukiem Melary.

W ciemnym, zielonym namiocie krew wydawała się raczej czarna niż czerwona. Bezzębne usta Maggy zadrżały na jej widok.

— Dajcie mi ją — wyszeptała. Kiedy Cersei podała jej rękę, wyssała krew. Dziąsła miała miękkie jak noworodek. Królowa do dzisiaj pamiętała, jak niezwykłe i miękkie były jej usta.

— Trzy pytania możecie zadać — oznajmiła starucha, gdy już się napiła. — Nie spodobają się wam moje odpowiedzi. Pytajcie albo znikajcie stąd.

Uciekajcie — pomyślała śniąca królowa. *Uciekajcie, nie odzywając się ani słowem.* Dziewczynka miała jednak za mało rozsądku, żeby się bać.

— Kiedy wyjdę za księcia? — zapytała.

— Nigdy. Wyjdziesz za króla.

Zdziwiona dziewczynka zmarszczyła czoło. Przez długie lata uważała, że te słowa znaczyły, iż poślubi Rhaegara dopiero po śmierci jego ojca, Aerysa.

— Ale będę królową? — zapytała jej młodsza wersja.

— Tak. — W żółtych oczach Maggy pojawił się błysk złośliwości. — Królową będziesz... dopóki nie nadejdzie inna, młodsza i piękniejsza, która cię obali i odbierze ci wszystko, co dla ciebie drogie.

— Jeśli spróbuje, każę mojemu bratu ją zabić.

Była jednak upartym dzieckiem i nawet w owej chwili nie chciała się zatrzymać. Zostało jej jeszcze jedno pytanie, jedna szansa ujrzenia przyszłego życia.

— Czy król i ja będziemy mieli dzieci? — zapytała.

— Och, tak. Szesnaścioro dla niego, troje dla ciebie.

Cersei nie widziała w tym sensu. Czuła w skaleczonym kciuku pulsujący ból, a jej krew skapywała na dywan. „Jak to możliwe?" — chciała zapytać, ale nie miała już więcej pytań.

Jednakże starucha jeszcze z nią nie skończyła.

— Złote będą ich korony i złote ich całuny — rzekła. — A kiedy już utoniesz we łzach, *valonqar* zaciśnie dłonie na twojej białej szyi i wyciśnie z ciebie życie.

— Co to jest *valonqar*? Jakiś potwór? — Przepowiednia nie spodobała się złotowłosej dziewczynce. — Jesteś kłamczuchą, paskudną, brodawkowatą żabą i starą, śmierdzącą dzikuską. Nie wierzę w ani jedno twoje słowo. Chodź, Melaro. Nie warto jej słuchać.

— Ja też mam trzy pytania — uparła się jej przyjaciółka. Gdy Cersei pociągnęła ją za ramię, wyszarpnęła się i spojrzała na staruchę. — Czy wyjdę za Jaimego? — palnęła.

Ty głupia dziewucho — pomyślała królowa, wściekła na nią nawet po tylu latach. *Jaime nawet nie wie o twoim istnieniu.* W życiu jej brata liczyły się wówczas tylko miecze, psy, konie... i ona, jego bliźniacza siostra.

— Ani za Jaimego, ani za nikogo — odparła Maggy. — Twoje dziewictwo dostaną robaki. Twoja śmierć jest tu teraz z tobą, maleńka. Czy nie czujesz jej oddechu? Jest bardzo blisko.

— Czujemy tylko twój oddech — odparła Cersei. Na stoliku, obok jej łokcia, stał słoiczek z jakimś gęstym specyfikiem. Złapała go i cisnęła nim prosto w oczy staruchy. W rzeczywistości Maggy wrzasnęła na nie w jakimś dziwacznym, cudzoziemskim języku i przeklęła je, gdy uciekały z namiotu. Jednakże we śnie twarz staruchy rozpłynęła się w smugi szarej mgły, aż wreszcie została tylko para przymrużonych, żółtych oczu, które wyglądały jak ślepia śmierci.

„*Valonqar* zaciśnie dłonie na twym gardle" — usłyszała królowa, ale nie był to głos staruchy. Z mgły wyłoniły się ręce, które następnie owinęły się wokół jej szyi. Były grube i silne. Nad nimi unosiła się jego twarz. Różnobarwne oczy łypały na nią szyderczo. „Nie!" — próbowała krzyknąć Cersei, ale palce karła wpiły się głęboko w jej szyję, zduszając wszelkie sprzeciwy. Wierzgała i wzywała pomocy, lecz nic to nie dało. Wkrótce z gardła kobiety wydostał się ten sam dźwięk, który wydał z siebie jej syn, straszliwy, cienki odgłos wsysanego rozpaczliwie w płuca powietrza, który towarzyszył ostatniemu oddechowi w życiu Joffa.

Obudziła się, dysząc w ciemności. Wokół jej szyi owijał się koc. Cersei zerwała go z siebie tak gwałtownie, aż się rozerwał, a potem usiadła w łożu. Jej piersi falowały gwałtownie. *To był sen* — powiedziała sobie. *Tylko stary sen i splątany koc, nic więcej.*

Taena znowu spędzała noc z małą królową, więc obok Cersei spała Dorcas. Cersei potrząsnęła gwałtownie dziewczyną.

— Wstawaj i idź po Pycelle'a. Przypuszczam, że będzie u lorda Gylesa. Przyprowadź go natychmiast.

Zaspana Dorcas podniosła się z łoża i zaczęła szukać ubrania. Sitowie szeleściło pod jej bosymi stopami.

Wydawało się, że minęły wieki, nim wreszcie wielki maester Pycelle wszedł do komnaty, szurając nogami. Stanął przed królową z pochyloną głową, mrugając opadającymi powiekami. Wyraźnie starał się powstrzymać ziewanie. Wydawało się, że ciężar długiego łańcucha maestera wiszącego na jego chuderlawej szyi ciągnie go ku podłodze. Pycelle był stary, odkąd Cersei sięgała pamięcią, ale były czasy, gdy prezentował się wspaniale: bogato odziany, pełen godności i nienagannie uprzejmy. Długa, biała broda nadawała mu wygląd mędrca. Jednakże Tyrion zgolił tę brodę, a to, co wyrosło na jej miejsce, wyglądało żałośnie. Rozsiane kępki rzadkich, łamliwych włosów nie ukrywały obwisłej, różowej skóry pod opadającym podbródkiem. *To nie jest mężczyzna, tylko ruina* — pomyślała. *Pobyt w ciemnicy ograbił go z resztek sił. Pobyt w ciemnicy i brzytwa Krasnala.*

— Ile masz lat? — zapytała go nagle.

— Osiemdziesiąt cztery, jeśli łaska.

— Przydałby mi się ktoś młodszy.

Oblizał wargi.

— Miałem tylko czterdzieści dwa, kiedy wybrało mnie konklawe. Kaeth miał w chwili wyboru osiemdziesiąt, a Ellendor prawie dziewięćdziesiąt. Przygniotło ich brzemię urzędu i obaj umarli przed upływem roku. Potem był Merion. Miał tylko sześćdziesiąt sześć lat, ale zmarł na przeziębienie po drodze do Królewskiej Przystani. Po tym fakcie król Aegon poprosił Cytadelę, żeby przysłała kogoś młodszego. Był pierwszym królem, któremu służyłem.

A Tommen będzie ostatnim.

— Potrzebny mi eliksir. Coś, co pomoże mi spać.

— Kielich wina przed snem często...

— Piję wino, ty bezmózgi kretynie. Potrzebuję czegoś mocniejszego. Czegoś, co nie pozwoli mi śnić.

— Wa... Wasza Miłość nie chce śnić?

— Co przed chwilą powiedziałam? Czy uszy słabują ci tak samo jak kutas? Przyrządzisz mi taki eliksir czy muszę rozkazać lordowi Qyburnowi, żeby znowu naprawił skutki twej nieudolności?

— Nie. Nie ma potrzeby zwracać się do tego… do Qyburna. Spanie bez snów. Dostaniesz taki eliksir.

— Świetnie. Możesz odejść. — Gdy jednak Pycelle zwrócił się ku drzwiom, zawołała go znowu. — Jeszcze jedno. Jak brzmią nauki Cytadeli w sprawie przepowiedni? Czy można przepowiedzieć przyszłość?

Staruszek zawahał się. Pomacał pomarszczoną dłonią pierś, jakby chciał pogłaskać brodę, której tam nie było.

— Czy można przepowiedzieć przyszłość? — powtórzył powoli. — Być może. W starych księgach są pewne zaklęcia… jednakże Wasza Miłość powinna raczej zapytać, czy powinno się ją przepowiadać? Na to odpowiedziałbym: „Nie. Pewne drzwi powinny pozostać zamknięte".

— Pamiętaj zamknąć moje, jak będziesz wychodził.

Powinna była odgadnąć, że jego odpowiedź okaże się równie bezużyteczna jak on sam.

Rankiem zjadła śniadanie z Tommenem. Chłopiec wydawał się znacznie spokojniejszy niż wczoraj. Najwyraźniej wychłostanie Pate'a spełniło swoje zadanie. Zjedli smażone jajka, podsmażany chleb, boczek oraz parę malinowych pomarańczy, świeżo przybyłych na statku z Dorne. Jej synowi towarzyszyły kotki. Gdy Cersei patrzyła, jak bawią się u jego nóg, poczuła się trochę lepiej. *Dopóki żyję, Tommenowi nie stanie się nic złego.* Jeśli będzie trzeba, zabije połowę lordów w Westeros i wszystkich prostaczków, żeby zapewnić mu bezpieczeństwo.

— Idź z Jocelyn — poleciła chłopcu po śniadaniu.

Potem wysłała po Qyburna.

— Czy lady Falyse jeszcze żyje?

— Tak. Ale zapewne nie jest jej zbyt… wygodnie.

— Rozumiem. — Cersei zastanawiała się przez chwilę. — Ten Bronn… nie mogę powiedzieć, by podobała mi się myśl, że mam wroga tak blisko. Cała jego władza pochodzi od Lollys. Gdyby nagle wróciła jej starsza siostra…

— Niestety — przerwał jej Qyburn — obawiam się, że lady

Falyse nie jest już w stanie władać Stokeworth. Ani nawet spożywać posiłków. Z przyjemnością przyznaję, że dowiedziałem się dzięki niej bardzo wiele, ale te nauki pociągnęły za sobą pewien koszt. Mam nadzieję, że nie posunąłem się zbyt daleko.

— Nie. — Bez względu na to, co mogłaby planować, było już na to za późno. Nie miało sensu rozwodzić się nad tym, co minęło. *Lepiej się stanie, jeśli ona umrze* — powiedziała sobie. *Nie chciałaby żyć po śmierci męża.* — Jeszcze jedno. Ostatniej nocy miałam straszliwy sen.

— Każdemu się to czasem zdarza.

— To był sen o czarownicy, którą odwiedziłam w dzieciństwie.

— Leśnej wiedźmy? One są z reguły nieszkodliwe. Znają się trochę na ziołach i na położnictwie, ale poza tym...

— Ona była kimś więcej. Połowa Lannisportu chodziła do niej po amulety i eliksiry. Była matką pomniejszego lorda, bogatego kupca, który otrzymał tytuł od mojego dziadka. Ojciec tego lorda znalazł ją gdzieś na wschodzie podczas wyprawy handlowej. Niektórzy powiadali, że rzuciła na niego czar, choć zapewne wystarczył ten czar, który miała między nogami. Ponoć nie zawsze była paskudna. Nie pamiętam, jak się nazywała. To było jakieś wschodnie imię, długie i dziwaczne. Prostaczkowie mówili na nią Maggy.

— *Maegi*?

— Czy tak to się wymawia? Przepowiadała przyszłość po wyssaniu krwi z palca.

— Magia krwi jest najmroczniejszą postacią czarów. Niektórzy powiadają, że również najpotężniejszą.

Cersei nie przypadła do gustu ta odpowiedź.

— Ta *maegi* wygłosiła pewne proroctwa. Z początku się z nich śmiałam, ale... przewidziała śmierć jednej z moich dziewcząt do towarzystwa. W chwili gdy usłyszałyśmy przepowiednię, dziewczyna miała jedenaście lat, była zdrowa jak koń i żyła bezpiecznie w Skale, ale wkrótce potem wpadła do studni i utopiła się.

Melara błagała ją, żeby nigdy nie wspominała o tym, co usłyszały owej nocy w namiocie *maegi*. „Jeśli nie będziemy o tym mówiły, wkrótce o wszystkim zapomnimy. To będzie tylko zły sen" — mówiła. „Złe sny nigdy się nie sprawdzają". Obie były wówczas tak młode, że te słowa wydawały się im niemal mądre.

— Czy nadal żal ci tej przyjaciółki z dzieciństwa? — zapytał Qyburn. — Czy to cię kłopocze, Wasza Miłość?

— Melary? Nie. Prawie już nie pamiętam, jak wyglądała. Rzecz w tym... *maegi* wiedziała, ile dzieci będę miała. Wiedziała też o bękartach Roberta, na wiele lat przed tym, nim spłodził pierwszego z nich. Zapowiedziała, że będę królową, ale przepowiedziała, że nadejdzie inna królowa... Powiedziała: „młodsza i piękniejsza" ...inna królowa, która odbierze mi wszystko, co kocham.

— I pragniesz udaremnić tę przepowiednię?

Bardziej niż czegokolwiek — pomyślała.

— A czy to możliwe?

— Och, tak. Nigdy w to nie wątp.

— A jak to zrobić?

— Sądzę, że Wasza Miłość wie.

Wiedziała. *Wiedziałam od samego początku* — pomyślała. *Już w tym namiocie. „Jeśli spróbuje, każę mojemu bratu ją zabić".*

Co innego jednak wiedzieć, co trzeba zrobić, a co innego wiedzieć, jak tego dokonać. Nie mogła już polegać na Jaimem. Najlepsza byłaby nagła choroba, lecz bogowie rzadko bywali tak przychylni. *Co więc zostaje? Nóż, poduszka, kubek jadu serca?* Każde z tych rozwiązań oznaczało problemy. Kiedy starzec umiera we śnie, nikogo to nie dziwi, ale nagła śmierć szesnastoletniej dziewczyny z pewnością wywoła kłopotliwe pytania. Poza tym Margaery nigdy nie sypiała sama. Choć ser Loras leżał umierający, zawsze kręcili się wokół niej mężczyźni z mieczami.

Ale miecze są obosieczną bronią. Ci sami mężczyźni, którzy jej strzegą, mogą ją przywieść do zguby. Dowody będą musiały okazać się tak nieodparte, że nawet pan ojciec Margaery nie będzie miał innego wyboru, jak zgodzić się na jej egzekucję. To nie będzie łatwe. *Kochankowie najpewniej się nie przyznają, wiedząc, że oni również straciliby głowy. Chyba że...*

Nazajutrz królowa spotkała na dziedzińcu Osmunda Kettleblacka, który toczył ćwiczebną walkę z jednym z bliźniaków Redwyne'ów. Królowa nie wiedziała, z którym, nigdy nie potrafiła ich od siebie odróżnić. Przypatrywała się przez chwilę walce, a potem przywołała do siebie ser Osmunda.

— Przejdź się ze mną kawałek — zażądała. — I wyznaj prawdę. Nie chcę słyszeć czczych przechwałek, zapewnień, że Kettleblackowie są trzy razy lepsi od innych rycerzy. Wiele zależy od twojej odpowiedzi. Jak biegle włada mieczem twój brat Osney?

— Biegle. Widziałaś go. Nie jest taki silny jak ja czy Osfryd, ale potrafi szybko wyprowadzić śmiertelny cios.

— Czy zdołałby pokonać ser Borosa Blounta, gdyby okazało się to konieczne?

— Borosa Brzuchatego? — Ser Osmund parsknął śmiechem. — A ile on ma lat? Czterdzieści? Pięćdziesiąt? Częściej bywa pijany niż trzeźwy, a nawet gdy jest trzeźwy, nadal pozostaje gruby. Jeśli nawet kiedyś potrafił walczyć, dawno już zapomniał tej sztuki. Tak jest, Wasza Miłość, jeśli trzeba zabić ser Borosa, Osney poradzi sobie z tym bez trudu. Dlaczego pytasz? Czy Boros dopuścił się jakiejś zdrady?

— Nie — odpowiedziała. *Ale Osney się dopuścił.*

BRIENNE

Pierwszego trupa znaleźli milę za rozstajami dróg.

Wisiał na gałęzi uschniętego drzewa, na którego poczerniałym pniu widać jeszcze było ślady pioruna, który je zabił. Wrony dobrały się do jego twarzy, a wilki pożywiały się dolnymi partiami zwisających nisko nad ziemią nóg. Poniżej kolan zostały tylko kości i szmaty... a także porządnie przeżuty but, do połowy pokryty błotem i pleśnią.

— Co on ma w ustach? — zapytał Podrick.

Brienne musiała wziąć się mocno w garść, żeby się temu przyjrzeć. Szarozielona twarz wisielca wyglądała okropnie, a otwarte usta były szeroko rozciągnięte. Ktoś wepchnął mu między zęby biały kamień o ostrych krawędziach. Kamień albo...

— Sól — stwierdził septon Meribald.

Po pięćdziesięciu jardach zauważyli drugie ciało. Padlinożercy ściągnęli je na dół i rozwłóczyli szczątki po ziemi, pod zerwanym sznurem zwisającym z gałęzi wiązu. Brienne mogłaby go nie zauważyć, gdyby Pies go nie wywęszył i nie popędził w zielsko, żeby zbadać sprawę.

— Co tam znalazłeś, Psie? — Ser Hyle zsunął się z siodła i wrócił z półhełmem w dłoni. W środku nadal była czaszka zabitego, a także trochę robaków i chrząszczy. — Dobra stal — oznajmił. — I nie za bardzo wgnieciona, chociaż lew stracił głowę. Pod, chciałbyś dostać hełm?

— Nie ten. W środku są robaki.

— Robaki się wymyje, chłopcze. Jesteś przewrażliwiony jak dziewczyna.

Brienne łypnęła spode łba na rycerza.

— Jest na niego za duży.

— Dorośnie do niego.

— Nie chcę go — oznajmił Podrick. Ser Hyle wzruszył ramionami i cisnął uszkodzony, ozdobiony lwem hełm w krzaki. Pies zaszczekał i podniósł nogę pod drzewem.

Potem znajdowali trupy niemal co sto jardów. Wisiały na jesionach i olchach, bukach i brzozach, modrzewiach i wiązach, starych, sękatych wierzbach i majestatycznych kasztanowcach. Każdy miał na szyi pętlę i wisiał na konopnym sznurze, każdemu włożono w usta sól. Niektórzy nosili opończe, szare, niebieskie bądź karmazynowe, choć wszystkie wyblakły od słońca lub deszczu tak bardzo, że trudno było odróżnić kolory. Inni mieli wyszyte na piersiach godła. Brienne wypatrzyła topory, strzały, kilka łososi, sosnę, dębowy liść, chrząszcze, koguty, głowę dzika, kilka trójzębów. *To złamani* — uświadomiła sobie. *Szumowiny z wielu armii, resztki pozostawione przez lordów.*

Byli wśród nich łysi i brodaci, młodzi i starzy, niscy i wysocy, grubi i chudzi. Rozdęci od rozkładu, z gnijącymi, napoczętymi przez padlinożerców twarzami wszyscy jednak wyglądali tak samo. „Na szubienicy wszyscy są braćmi". Brienne wyczytała to w jakiejś książce, choć nie pamiętała już jej tytułu.

Hyle Hunt pierwszy powiedział głośno to, czego wszyscy już się domyślali.

— To ludzie, którzy napadli na Solanki.

— Niech Ojciec osądzi ich surowo — rzekł Meribald, który był przyjacielem septona z miasteczka.

To, kim byli, obchodziło jednak Brienne znacznie mniej niż to, kto ich powiesił. Pętla była ponoć ulubioną metodą egzekucji Berica Dondarriona i jego bandy wyjętych spod prawa ludzi. Znaczyło to, że tak zwany lord błyskawica mógł być blisko.

Pies zaszczekał, a septon Meribald rozejrzał się wokół, marszcząc brwi.

— Czy moglibyśmy zwiększyć tempo? Słońce wkrótce zajdzie, a nocą trupy nie są zbyt miłymi kompanami. Za życia to byli źli i niebezpieczni ludzie. Wątpię, by po śmierci stali się lepsi.

— Nie zgadzam się — rzekł ser Hyle. — Tacy właśnie ludzie stają się po śmierci znacznie lepsi.

Popędził jednak konia piętami i cała grupka przyśpieszyła nieco.

Po chwili drzewa zaczęły rzednąć, ale trupów wciąż było tyle samo. Las przeszedł w błotniste pole, konary ustąpiły miejsca szubienicom. Kiedy wędrowcy się do nich zbliżali, stada wron zrywały się z wrzaskiem z ciał wisielców, a gdy już przejechali, wracały do uczty. *To byli źli ludzie* — powtarzała sobie Brienne, ale i tak zasmucił ją ten widok. Zmuszała się do przyglądania się wszystkim po kolei. Szukała znajomych twarzy. Wydawało jej się, że pamięta kilku z Harrenhal, ale w tym stanie trudno było mieć pewność. Żaden nie miał hełmu z głową ogara. Niewielu w ogóle posiadało hełmy. Większości zabrano przed powieszeniem broń, zbroje i buty.

Gdy Podrick zapytał o nazwę gospody, w której mieli spędzić noc, septon Meribald uczepił się tego tematu, być może pragnąc pomóc towarzyszom zapomnieć o makabrycznych strażnikach, których spotkali po drodze.

— Niektórzy zwą ją „Starą Gospodą". Karczma była w tym miejscu od wielu stuleci, choć obecny budynek wzniesiono za panowania pierwszego Jaehaerysa, króla, który zbudował królewski trakt. Powiadają, że Jaehaerys sypiał tu ze swoją królową podczas podróży po królestwie. Przez pewien czas gospoda nosiła na ich cześć nazwę „Pod Dwiema Koronami", aż wreszcie jeden z oberżystów wybudował dzwonnicę i nazwę zmieniono na „Pod Dzwonnikiem". Później karczma przeszła w ręce kalekiego rycerza zwanego Długim Jonem Heddle'em, który zajął się kowalstwem, gdy był już za stary, żeby walczyć. Wykuł nowy szyld — trójgłowego smoka z czarnego żelaza — który zawiesił na drewnianym słupie. Bestia miała tak duże rozmiary, że trzeba ją było wykonać w dwunastu fragmentach, połączonych sznurami i drutem. Kiedy wiatr wiał, smok stukał i brzęczał. Stąd wzięła się nazwa „Pod Brzęczącym Smokiem".

— Czy ten smoczy szyld jeszcze tam jest? — zainteresował się Podrick.

— Nie — odparł septon Meribald. — Kiedy syn kowala był już stary, bękart czwartego Aegona zbuntował się przeciwko swemu prawowicie urodzonemu bratu i wziął sobie za herb czarnego smoka. Te ziemie należały wówczas do lorda Darry'ego, a jego lordowska mość był zagorzałym stronnikiem króla. Na widok czarnego żelaznego smoka ogarnął go gniew. Zwalił słup, porąbał szyld na kawałki i cisnął je do rzeki. Po wielu latach jedną z głów smoka woda wyrzuciła na brzeg na Cichej Wyspie, choć wtedy była już czerwona od rdzy. Oberżysta nie wywiesił nowego szyldu, więc ludzie zapomnieli o smoku i zaczęli nazywać karczmę „Nadrzeczną Gospodą". W owych dniach Trident przepływał tuż pod jej tylnymi drzwiami. Goście ponoć łowili pstrągi, wystawiając wędkę przez okno. Była tu też przystań promu, więc wędrowcy mogli przepływać do Miasteczka Lorda Harrowaya i do Białych Murów.

— Opuściliśmy brzegi Tridentu na południe stąd i cały czas jechaliśmy na północ i na zachód. Oddaliliśmy się od rzeki.

— To prawda, pani — zgodził się septon. — Rzeka się przesunęła. Siedemdziesiąt lat temu. A może osiemdziesiąt? W czasach, gdy właścicielem gospody był dziadek starej Mashy Heddle. To ona opowiedziała mi tę historię. Masha była dobrą kobietą. Lubiła kwaśny liść i ciastka na miodzie. Kiedy nie miała dla mnie pokoju, pozwalała mi spać przy palenisku. Nigdy też nie wypuszczała mnie bez odrobiny chleba, sera i kilku starych ciastek.

— Czy nadal jest oberżystką? — zapytał Podrick.

— Nie. Powiesiły ją lwy. Słyszałem, że kiedy odeszły, jeden z jej bratanków próbował otworzyć gospodę na nowo, ale podczas wojny trakty są zbyt niebezpieczne dla zwykłych ludzi, więc ruch był mały. Sprowadził kurwy, ale nawet to nie pomogło. Słyszałem, że zabił go jakiś lord.

Ser Hyle wykrzywił twarz w ironicznym grymasie.

— Nigdy bym nie pomyślał, że prowadzenie gospody może być tak niebezpieczne.

— To bycie nisko urodzonym jest niebezpieczne, gdy wielcy lordowie grają w swoje gry o trony — stwierdził septon Meribald. — Mam rację, Psie?

Pies zaszczekał na znak zgody.

— A czy teraz gospoda ma jakąś nazwę? — zapytał Podrick.

— Prostaczkowie zwą ją gospodą na rozstajach dróg. Starszy Brat mówił mi, że dwie bratanice Mashy Heddle ponownie otworzyły interes. — Uniósł laskę. — Jeśli bogowie będą łaskawi, ten dym widoczny za wisielcami bije właśnie z jej kominów.

— Mogliby ją nazwać gospodą „Pod Szubienicą" — zauważył ser Hyle.

Jakkolwiek ją zwano, gospoda była wielka. Dwupiętrowy budynek górował nad błotnistymi rozstajami dróg, mury, wieżyczki i kominy wzniesiono z pięknego, białego kamienia, który migotał bladym, widmowym blaskiem na tle szarego nieba. Południowe skrzydło zbudowano na masywnych, drewnianych palach wbitych w zapadlisko porośnięte zielskiem oraz martwą, zbrązowiałą trawą. Z północnym skrzydłem łączyły się kryta strzechą stajnia oraz dzwonnica. Całość otaczał niski, omszały mur z popękanych, białych kamieni.

Przynajmniej nikt jej nie spalił. W Solankach znaleźli jedynie śmierć i zniszczenia. Gdy Brienne i jej towarzysze dotarli tam promem z Cichej Wyspy, ci, którzy przeżyli, już uciekli, zabitych pochowano, ale trup miasteczka pozostał na miejscu, spopielony i niepogrzebany. W powietrzu nadal unosiła się woń dymu, a krzyki krążących w górze mew wydawały się niemal ludzkie, jak lament zagubionych dzieci. Nawet zamek robił wrażenie opuszczonego i pogrążonego w rozpaczy. Był szary, jak popioły miasteczka, i składał się z kwadratowego donżonu otoczonego murem kurtynowym. Zbudowano go tu, by strzegł portu. Bramy były zamknięte na głucho. Gdy Brienne i jej towarzysze sprowadzili konie z promu, na murze nie poruszało się nic oprócz chorągwi. Septon Meribald musiał cały kwadrans tłuc laską o bramę wejściową, wspierany ujadaniem Psa, nim wreszcie na górze pojawiła się kobieta, która zapytała, co ich sprowadza.

Prom już wówczas odpłynął i zaczął padać deszcz.

— Jestem świętym septonem, dobra pani — zawołał Meribald. — A to są uczciwi wędrowcy. Szukamy schronienia przed deszczem i miejsca przy ogniu na noc.

Kobiety jednak nie wzruszyły jego prośby.

— Najbliższa gospoda jest na rozstajach dróg, na zachód stąd — oznajmiła. — Nie chcemy tu obcych.

Zniknęła i ani modlitwy Meribalda, ani szczekanie Psa, ani przekleństwa ser Hyle'a nie sprowadziły jej z powrotem. Musieli spędzić noc w lesie, w schronieniu zbudowanym z gałęzi.

W gospodzie na rozstajach dróg było jednak życie. Nim jeszcze dotarli do bramy, Brienne usłyszała odgłos kucia, słaby, ale miarowy. To był z pewnością brzęk stali.

— Kuźnia — odezwał się ser Hyle. — Albo mają tu kowala, albo duch starego oberżysty wykuwa nowego żelaznego smoka. — Wbił pięty w końskie boki. — Mam nadzieję, że mają tu też ducha kucharza. Potrzebuję tylko rumianego pieczonego kurczęcia, żeby świat znowu wydał mi się piękny.

Podwórko gospody było morzem brązowego błota, które wsysało końskie kopyta. Brzęk stali stał się tu głośniejszy i Brienne wypatrzyła daleko za stajniami, za wozem z połamanym kołem, czerwony blask kuźni. Zauważyła też konie w stajni oraz chłopczyka huśtającego się na zardzewiałych łańcuchach wiszących na starej szubienicy górującej nad dziedzińcem. Na ganku siedziały cztery dziewczynki, przyglądające się mu uważnie. Najmłodsza miała najwyżej dwa latka i była zupełnie naga. Najstarsza, dziewięcio- albo dziesięcioletnia, wstała, obejmując ją opiekuńczym gestem.

— Dziewczęta — zawołał do nich ser Hyle. — Biegnijcie po mamę.

Chłopiec puścił łańcuchy i popędził ku stajniom. Cztery dziewczynki wierciły się nerwowo.

— Nie mamy mam — powiedziała jedna po chwili.

— Ja kiedyś miałam mamę, ale ją zabili — dodała druga.

Najstarsza podeszła bliżej, chowając najmłodszą pod spódnicą.

— Kim jesteście? — zapytała.

— Uczciwymi wędrowcami szukającymi schronienia. Ja nazywam się Brienne, a to jest septon Meribald, dobrze znany w całym dorzeczu. Chłopak to mój giermek, Podrick Payne, a rycerz to ser Hyle Hunt.

Kucie ucichło nagle. Dziewczynka stojąca na ganku obrzuciła ich nieufnym spojrzeniem dziesięciolatki.

— Jestem Wierzba. Czy chcecie dostać nocleg?

— Nocleg, *ale* i gorące jadło, żeby wypełnić brzuchy — zawołał ser Hyle Hunt, zsuwając się z siodła. — Ty jesteś oberżystką?

Dziewczynka potrząsnęła głową.

— Moja siostra Jeyne. Nie ma jej tutaj. Do jedzenia mamy tylko koninę. Jeśli chcesz kurew, to też ich nie ma. Moja siostra je przegoniła. Ale mamy łóżka. Trochę puchowych, ale więcej sienników.

— I na pewno na wszystkich są pchły — zauważył ser Hyle.

— Macie pieniądze? Srebro?

— Srebro? — powtórzył ze śmiechem ser Hyle. — Za jedną noc i koński udziec? Chcesz nas obrabować, dziecko?

— Musicie zapłacić srebrem albo będziecie spać w lesie z wisielcami. — Wierzba zerknęła na osła, na beczułki i paczki, które dźwigał. — Czy to jedzenie? Skąd je macie?

— Ze Stawu Dziewic — odparł Meribald. Pies zaszczekał.

— Czy wszystkich gości tak wypytujecie? — zaciekawił się ser Hyle.

— Nie mamy wielu gości. Nie tylu, co przed wojną. Teraz po traktach wędrują głównie wróble albo jeszcze gorsi ludzie.

— Gorsi? — powtórzyła Brienne.

— Złodzieje — odpowiedział jej chłopięcy głos, dobiegający od strony stajni. — Rabusie.

Brienne odwróciła się i zobaczyła ducha.

Renly. Nawet uderzenie młotem w samo serce nie mogłoby być w połowie tak bolesne.

— Panie? — wydyszała.

— Panie? — Chłopak odgarnął opadający na oczy kosmyk. — Jestem tylko kowalem.

To nie Renly — uświadomiła sobie Brienne. *Renly nie żyje. Skonał w moich ramionach, w dwudziestym pierwszym roku życia. To tylko chłopak.* Chłopak, który wyglądał zupełnie jak Renly, wtedy gdy po raz pierwszy przybył na Tarth. *Nie, jest młodszy. Ma bardziej kwadratową żuchwę i bardziej krzaczaste brwi.* Renly był szczupły i gibki, natomiast ten chłopak miał potężne bary i muskularne prawe ramię, tak często oglądane u kowali. Miał na sobie długi skórzany fartuch, ale pod spodem jego pierś była naga. Policzki i podbródek porastała mu czarna szczecina, a gęste, czarne włosy sięgały poniżej uszu. Włosy króla Renly'ego również były czarne jak węgiel, ale zawsze mył je, czesał i szczotkował. Czasami ścinał je krótko, czasami zaś pozwalał, żeby opadały mu do ramion, albo wiązał je sobie z tyłu złotą wstążką, nigdy jednak nie były skołtunione ani pozlepiane od potu. Choć jego oczy miały taki sam ciemnoniebieski kolor, zawsze były ciepłe, miłe i pełne wesołości, a w oczach tego chłopaka kipiały gniew i podejrzliwość.

Septon Meribald również to zauważył.

— Nie zrobimy nikomu krzywdy, chłopcze. Kiedy Masha Heddle była tu oberżystką, zawsze miała dla mnie ciastka na miodzie. Czasami nawet pozwalała mi spać w łóżku, jeśli gospoda nie była pełna.

— Ona nie żyje — oznajmił chłopak. — Lwy ją powiesiły,

— Wieszanie to chyba w tych okolicach ulubiona rozrywka — zauważył ser Hyle Hunt. — Szkoda, że nie mam tu na własność kawałka ziemi. Zasiałbym konopie, sprzedawałbym sznur i zrobiłbym majątek.

— Te wszystkie dzieci — zapytała Brienne Wierzbę — to twoje... siostry? Bracia? Rodzina?

— Nie. — Dziewczynka gapiła się na nią w sposób, który Brienne świetnie znała. — To tylko... nie wiem... wróble czasami je tu przyprowadzają. Inne same tu trafiają. Jeśli jesteś kobietą, dlaczego ubierasz się jak mężczyzna?

— Lady Brienne jest dziewicą-wojownikiem, której zlecono misję — wyjaśnił septon Meribald. — W tej chwili jednak potrzebuje suchego łoża i ciepłego ognia. Tak jak my wszyscy. Moje stare kości mówią, że wkrótce znowu się rozpada. Macie dla nas pokoje?

— Nie — odparł młody kowal.

— Tak — oznajmiła Wierzba.

Oboje spojrzeli na siebie ze złością. Nagle dziewczynka tupnęła nogą.

— Oni mają jedzenie, Gendry. Maluchy są głodne.

Zagwizdała i nagle, jakby wypowiedziała zaklęcie, pojawiły się kolejne dzieci; spod ganka wyszli obdarci chłopcy o nieostrzyżonych włosach, a w wychodzących na podwórko oknach pojawiły się spłoszone dziewczynki. Niektóre z nich ściskały w rękach naładowane, gotowe do strzału kusze.

— Mogliby nazwać tę gospodę „Pod Kuszą" — zasugerował ser Hyle.

Lepiej byłoby „Pod Sierotą" — pomyślała Brienne.

— Wat, pomóż im z końmi — poleciła Wierzba. — Will, odłóż ten kamień, oni nie zrobią nam krzywdy. Ruta, Pate, biegnijcie po drwa do paleniska. Jonie Grosiku, pomóż septonowi z pakunkami. Ja zaprowadzę gości do pokojów.

W końcu zdecydowali się na trzy pokoje ulokowane obok siebie. Każdy z nich mógł się pochwalić łożem z piernatem, nocnikiem oraz oknem. W pokoju Brienne było nawet palenisko. Zapłaciła kilka dodatkowych grosików za drewno.

— Mam spać z tobą czy z ser Hyle'em? — zapytał Podrick, gdy otwierała okiennice.

— Nie jesteśmy na Cichej Wyspie — odpowiedziała. — Możesz zostać ze mną.

Zamierzała rankiem opuścić z Podrickiem towarzyszy. Sep-

269

ton Meribald wybierał się do Nutten, Riverbend i Miasteczka Lorda Harrowaya, ale Brienne nie widziała sensu wędrowania w tamtą stronę. Pies dotrzyma mu towarzystwa, a Starszy Brat przekonał ją, że nad Tridentem nie znajdzie Sansy Stark.

— Chcę wstać przed wschodem słońca, zanim ser Hyle się obudzi.

Brienne nadal nie wybaczyła mu tego, co wydarzyło się w Wysogrodzie... a poza tym Hunt, jak sam powiedział, nie składał żadnych przysiąg odnoszących się do Sansy.

— Dokąd pojedziemy, ser? To znaczy, pani?

Brienne nie potrafiła mu odpowiedzieć. Znaleźli się na rozstajach dróg, w dosłownym sensie; tu przecinały się trzy trakty: królewski, rzeczny i górski. Ten ostatni zaprowadzi ich na wschód, przez góry, do Doliny Arrynów, gdzie ongiś władała ciotka lady Sansy. Na zachód wiódł przybrzeżny trakt, który biegł wzdłuż Czerwonych Wideł, prowadząc do Riverrun i stryja Sansy, który był oblężony w zamku, ale jeszcze żył. Mogli też pojechać królewskim traktem na północ, minąć Bliźniaki oraz Przesmyk z jego bagnami i mokradłami. Jeśli uda się jej przedostać przez Fosę Cailin i ominąć tych, którzy obecnie nad nią panowali, kimkolwiek mogliby być, królewski trakt zaprowadzi ją do Winterfell.

Albo mogłabym pojechać nim na południe — pomyślała Brienne. *Mogłabym wrócić z podwiniętym ogonem do Królewskiej Przystani, wyznać ser Jaimemu, że mi się nie powiodło, oddać mu miecz i wsiąść na statek, który zawiezie mnie na Tarth, jak radził Starszy Brat.* To była gorzka myśl, ale jakąś częścią jaźni tęskniła za Wieczornym Dworem i za ojcem, inną zastanawiała się zaś, czy Jaime pocieszyłby ją, gdyby wypłakała mu się na ramieniu. Tego właśnie pragnęli mężczyźni, nieprawdaż? Miękkich, bezradnych kobiet, którymi musieliby się opiekować.

— Ser? Pani? Pytałem, dokąd się teraz udamy?

— Do wspólnej sali na kolację.

We wspólnej sali roiło się od dzieci. Brienne próbowała je

policzyć, ale nie chciały się zatrzymać nawet na chwilę, więc niektóre policzyła dwa albo trzy razy, a innych nie udało się jej policzyć w ogóle. W końcu dała za wygraną. Stoły ustawiono w trzy długie szeregi, a starsi chłopcy znosili ławy z zaplecza. Starsi to znaczy dziesięcio- albo dwunastoletni. Gendry był tu najbardziej dorosłym mężczyzną, ale to Wierzba wykrzykiwała rozkazy, jakby była królową w swoim zamku, a pozostałe dzieci tylko jej służyły.

Gdyby była szlachetnie urodzona, byłoby naturalne, że ona rozkazuje, a one jej słuchają. Brienne zastanawiała się, czy Wierzba może być kimś więcej, niżby się zdawało. Była za młoda i zbyt brzydka, żeby być Sansą Stark, ale mogła mieć tyle lat, ile jej młodsza siostra, a nawet lady Catelyn przyznawała, że Arya nie dorównywała urodą siostrze. *Brązowe oczy, brązowe włosy, chuda... czy to możliwe?* Brienne pamiętała, że Arya miała brązowe włosy, ale nie była pewna koloru jej oczu. *Brązowe i brązowe, czy tak było?* Czy to możliwe, że wcale nie zginęła w Solankach?

Na dworze robiło się już ciemno. Wierzba kazała zapalić cztery łojowe świeczki i poleciła dziewczynkom dołożyć drew do paleniska. Chłopcy pomogli Podrickowi Payne'owi zdjąć juki z osła i zanieśli do środka solonego dorsza, baraninę, jarzyny, orzechy oraz kręgi sera. Septon Meribald skierował się do kuchni, by nadzorować gotowanie owsianki.

— Niestety, pomarańcze już mi się skończyły i wątpię, żebym zobaczył następne przed wiosną — oznajmił jednemu z dzieciaków. — Jadłeś kiedyś pomarańczę, chłopcze? Wyciskałeś z niej słodki sok i wysysałeś go?

Chłopiec potrząsnął przecząco głową i septon pogłaskał go po włosach.

— Na wiosnę przywiozę ci jedną, pod warunkiem że będziesz grzeczny i pomożesz mi mieszać owsiankę.

Ser Hyle ściągnął buty, żeby ogrzać stopy przy ogniu. Kiedy Brienne usiadła przy nim, wskazał głową na drugi koniec sali.

— Na podłodze są ślady krwi. Pies obwąchuje właśnie to

miejsce. Wyszorowano ją, ale krew wsiąka głęboko w drewno i nie sposób się jej pozbyć.

— To gospoda, w której Sandor Clegane zabił trzech ludzi swego brata — przypomniała.

— Istotnie — zgodził się Hunt. — Ale któż mógłby rzec, że byli pierwszymi, którzy tu zginęli... albo że będą ostatnimi?

— Boisz się garstki dzieci?

— Czworo to byłaby garstka. Dziesięcioro to już byłby nadmiar. To jest kakofonia. Dzieci powinno się owijać w powijaki i wieszać na ścianie, dopóki dziewczynkom nie wyrosną piersi, a chłopcy nie będą musieli się golić.

— Żal mi ich. Wszystkie straciły rodziców. Niektóre nawet widziały, jak ich zabijano.

Hunt zatoczył oczyma.

— Zapomniałem, że rozmawiam z kobietą. Masz serce miękkie niczym piernat. Czy to możliwe? Gdzieś wewnątrz naszej mieczowej dziewki ukrywa się matka spragniona potomstwa. Tak naprawdę pragniesz różowego dzieciątka, które ssałoby twój cycek. — Ser Hyle wyszczerzył zęby w uśmiechu. — Słyszałem, że do tego potrzeba mężczyzny. Najlepszy byłby mąż. Czemu by nie ja?

— Jeśli nadal liczysz na to, że wygrasz ten zakład...

— Liczę na to, że zdobędę ciebie, jedyne żyjące dziecko lorda Selwyna. Znałem mężczyzn, którzy żenili się z kobietami słabymi na umyśle albo dziećmi u piersi dla majątków dziesięciokrotnie mniejszych niż Tarth. Przyznaję, że nie jestem Renlym Baratheonem, ale mam nad nim tę przewagę, iż nadal pozostaję wśród żywych. Niektórzy mogliby powiedzieć, że to moja jedyna zaleta. Oboje dobrze byśmy wyszli na tym małżeństwie. Ja dostałbym ziemie, a ty zamek pełen takich jak te. — Wskazał na dzieci. — Zapewniam cię, że jestem płodny. Wiadomo mi o przynajmniej jednym bękarcie, którego spłodziłem. I nie obawiaj się, nie ściągnę ci dziewczynki na głowę. Kiedy ostatnio chciałem ją odwiedzić, jej matka wylała na mnie cały kociołek zupy.

Brienne poczuła, że się rumieni.

— Mój ojciec ma dopiero pięćdziesiąt cztery lata. Nie jest jeszcze za stary, by wziąć sobie nową żonę i spłodzić z nią syna.

— Istnieje takie ryzyko... jeżeli twój ojciec ożeni się znowu, jego żona okaże się płodna i dziecko będzie synem. Zdarzało mi się stawać do gry, gdy szanse były mniejsze.

— I przegrywać. Graj w tę grę z kim innym, ser.

— Ty nigdy nie grałaś w nią z nikim. Gdy już tego spróbujesz, zmienisz zdanie. Po ciemku będziesz tak samo piękna jak inne kobiety. Twoje usta są stworzone do pocałunków.

— To usta — odparła Brienne. — Wszystkie usta są takie same.

— I wszystkie są stworzone do pocałunków — zgodził się uprzejmie Hunt. — Nie zamykaj dziś w nocy drzwi sypialni, a zakradnę się do twego łoża i dowiodę prawdziwości swoich słów.

— Jeśli to zrobisz, wyjdziesz stamtąd jako eunuch.

Brienne wstała i odeszła.

Septon Meribald zapytał, czy może odmówić z dziećmi modlitwę, ignorując małą dziewczynkę, która czołgała się nago po stole.

— Tak — zgodziła się Wierzba, porywając berbecia, zanim zdążył dotrzeć do owsianki. Wszyscy pochylili głowy i podziękowali Ojcu i Matce za ich hojne dary... wszyscy oprócz czarnowłosego chłopaka z kuźni, który skrzyżował ramiona na piersi, łypiąc spode łba na modlących się. Brienne nie była jedyną, która to zauważyła. Gdy modlitwa się skończyła, septon Meribald spojrzał na niego.

— A ty nie kochasz bogów, chłopcze? — zapytał.

— Nie twoich. — Gendry wstał nagle. — Mam dużo roboty. Wyszedł z gospody, nie zjadłszy ani kawałeczka.

— Czy kocha jakiegoś innego boga? — zapytał Hyle Hunt.

— Pana Światła — odpowiedział piskliwym głosikiem chudy, blisko sześcioletni chłopiec.

Wierzba zdzieliła go łyżką.

— Ben Papla. Jedzcie, zamiast zawracać szlachetnym gościom głowę.

Dzieci rzuciły się na kolację jak wilki na rannego jelenia. Kłóciły się o dorsza, darły jęczmienny chleb na kawałki i rozchlapywały wkoło owsiankę. Nawet wielki krąg sera nie przetrwał zbyt długo. Brienne zadowoliła się rybą, chlebem i marchwią, a septon Meribald na każdy zjedzony kęs dwa oddawał Psu. Na dworze zaczęło padać. W gospodzie buzował wesoło ogień, a wspólną salę wypełniały odgłosy żucia oraz ciosów wymierzanych dzieciom przez Wierzbę.

— Pewnego dnia ta dziewczynka stanie się dla kogoś okropnie jędzowatą żoną — zauważył ser Hyle. — Pewnie dla tego biednego ucznia kowalskiego.

— Ktoś powinien mu zanieść jedzenie, zanim wszystko zniknie.

— Ty jesteś tym kimś.

Owinęła w szmatkę trochę sera, piętkę chleba, suszone jabłko oraz dwa kawałki rozpadającego się dorsza. Podrick chciał pójść z nią, ale kazała mu zostać na miejscu i najeść się do syta.

— Niedługo wrócę.

Na podwórzu lał deszcz, więc Brienne okryła jedzenie płaszczem. Gdy przechodziła obok stajni, któryś z koni zarżał. *One też są głodne.*

Gendry był w kuźni. Pod skórzanym fartuchem miał nagą pierś. Wykuwał miecz, waląc w klingę z taką zapamiętałością, jakby była wrogiem. Pozlepiane od potu włosy opadały mu na czoło. Brienne przyglądała mu się przez chwilę. *Ma oczy i włosy Renly'ego, ale nie jego budowę. Lord Renly był raczej gibki niż muskularny... nie tak jak jego brat Robert, który cechował się legendarną siłą.*

Gendry zauważył ją dopiero wtedy, gdy przerwał pracę, by otrzeć pot z czoła.

— Czego tu chcesz?

— Przyniosłam ci kolację.

Rozwinęła szmatkę, by mu pokazać.

— Gdybym był głodny, to bym coś zjadł.

— Kowal musi jeść, żeby nie stracić siły.

— Jesteś moją matką?

— Nie. — Odłożyła jedzenie. — A kto nią był?

— Co ci do tego?

— Urodziłeś się w Królewskiej Przystani.

Świadczył o tym jego akcent.

— Tak jak wielu innych.

Zanurzył miecz w balii z deszczówką, żeby go zahartować. Rozżarzona stal zasyczała gniewnie.

— Ile masz lat? — zapytała Brienne. — Czy twoja matka jeszcze żyje? Kim był twój ojciec?

— Zadajesz za dużo pytań. — Odłożył miecz. — Matka nie żyje, a ojca nigdy nie znałem.

— Jesteś bękartem.

Uznał to za zniewagę.

— Jestem rycerzem. Ten miecz będzie należał do mnie, jak już go zrobię.

Dlaczego rycerz miałby pracować w kuźni?

— Masz czarne włosy i niebieskie oczy. Urodziłeś się w cieniu Czerwonej Twierdzy. Czy nikt nigdy nie zwrócił uwagi na twoją twarz?

— Co masz przeciwko mojej twarzy? Nie jest taka brzydka jak twoja.

— W Królewskiej Przystani z pewnością widywałeś króla Roberta.

Wzruszył ramionami.

— Czasami. Na turniejach, z daleka. I raz w Sepcie Baelora. Złote płaszcze odepchnęły nas na bok, żeby mógł przejść. A innym razem bawiłem się przy Błotnistej Bramie, kiedy wracał z polowania. Był tak pijany, że omal mnie nie stratował. Był z niego wielki, spasiony opój, ale był lepszym królem niż ci jego synowie.

To nie są jego synowie. Stannis mówił prawdę, tego dnia, kiedy spotkał się z Renlym. Joffrey i Tommen nie byli synami Roberta. Ale ten chłopak...

— Wysłuchaj mnie — zaczęła Brienne. Nagle usłyszała głośne, szalone ujadanie Psa. — Ktoś jedzie.

— To przyjaciele — stwierdził Gendry obojętnym tonem.

— Jacy przyjaciele?

Brienne podeszła do drzwi gospody i wyjrzała w deszcz. Chłopak znowu wzruszył ramionami.

— Wkrótce ich spotkasz.

Być może wolałabym ich nie spotykać — pomyślała Brienne, gdy pierwsi jeźdźcy wpadli na podwórze, rozpryskując wodę w kałużach. Przez plusk deszczu i szczekanie Psa przebił się cichy brzęk mieczy i kolczug ukrytych pod wystrzępionymi płaszczami. Policzyła jeźdźców. Dwóch, czterech, sześciu, siedmiu. Niektórzy z nich byli ranni, sądząc z tego, jak siedzieli w siodłach. Ostatnim z nich był potężnie zbudowany mężczyzna, dwukrotnie masywniejszy od pozostałych. Jego koń krwawił, chwiejąc się pod ciężarem jeźdźca. Wszyscy przybysze postawili kaptury, poza tym jednym. Twarz miał szeroką i bezwłosą, białą jak robak, a pucołowate policzki pokryte ropiejącymi wrzodami.

Brienne wessała powietrze przez zęby, wyciągając Wiernego Przysiędze. *Zbyt wielu* — pomyślała z rodzącym się strachem. *Jest ich zbyt wielu.*

— Gendry — rzekła cichym głosem. — Znajdź gdzieś miecz i zbroję. To nie są twoi przyjaciele. Oni nie są niczyimi przyjaciółmi.

— Co ty gadasz?

Chłopak podszedł do niej, trzymając w rękach młot.

Gdy jeźdźcy zsunęli się z siodeł, na południe od gospody uderzył piorun. Na pół uderzenia serca ciemność obróciła się w dzień. Topór zalśnił srebrnobłękitnym blaskiem, światło rozbłysło w kolczugach i płytowych zbrojach, a pod ciemnym kapturem pierwszego jeźdźca Brienne ujrzała żelazny pysk i szereg wyszczerzonych stalowych zębów.

Gendry również to zauważył.

— To on.

— Nie on. Jego hełm.

Brienne starała się, by w jej głosie nie było słychać strachu, ale w ustach miała sucho jak na pustyni. Domyślała się, kto nosił hełm Ogara. *Dzieci* — pomyślała.

Drzwi gospody otworzyły się ze stukiem. W deszcz wyszła Wierzba trzymająca w rękach kuszę. Dziewczynka krzyczała coś do jeźdźców, ale łoskot gromu zagłuszył jej słowa. Kiedy ucichł, Brienne usłyszała głos mężczyzny noszącego hełm Ogara:

— Jeśli do mnie strzelisz, wepchnę ci tę kuszę w pizdę i wyrucham cię nią. A potem wydłubię ci te jebane ślepia i każę ci je zjeść.

Dziewczynka zadrżała i cofnęła się o krok, przerażona furią w jego głosie.

Siedmiu — ponownie pomyślała zdesperowana Brienne. Wiedziała, że z siedmioma nie ma szans. *Nie mam szans i nie mam wyboru.*

Wyszła w deszcz, trzymając w dłoni Wiernego Przysiędze.

— Zostaw ją. Jeśli chcesz kogoś zgwałcić, spróbuj ze mną.

Banici odwrócili się jak jeden mąż. Jeden z nich roześmiał się, a drugi powiedział coś w nieznanym Brienne języku. Potężny mężczyzna o szerokiej białej twarzy wydał z siebie pełne złości *sssssssssssssssss*.

— Jesteś jeszcze brzydsza, niż cię zapamiętałem — stwierdził ze śmiechem mężczyzna w hełmie Ogara. — Wolałbym zgwałcić twojego konia.

— To koni chcemy — odezwał się jeden z rannych. — Świeżych koni i czegoś do żarcia. Ścigają nas banici. Oddajcie nam konie, a odjedziemy, nie krzywdząc nikogo.

— Pierdolę to. — Mężczyzna w hełmie Ogara wyszarpnął topór, który wisiał u siodła. — Chcę jej obciąć te cholerne kulasy. Potem postawię ją na kikutach, żeby mogła się przyglądać, jak wyrucham tę dziewczynkę od kuszy.

— A czym? — zadrwiła z niego Brienne. — Shagwell mówił, że obcięli ci męskość razem z nosem.

Chciała go sprowokować i udało jej się to. Rzucił się do ataku, wykrzykując przekleństwa. Rozbryzgiwał po drodze czarną wodę. Pozostali odsunęli się, by obejrzeć widowisko. Brienne modliła się, by tak właśnie zrobili. Stała nieruchomo jak kamień, czekając na niego. Było ciemno, a pod nogami mieli śliskie błoto. *Lepiej niech on przyjdzie do mnie. Jeśli bogowie będą łaskawi, poślizgnie się i przewróci.*

Bogowie nie spełnili jej pragnień, ale miecz jej nie zawiódł. *Pięć kroków, cztery, teraz* — odliczyła Brienne i Wierny Przysiędze uniósł się na spotkanie szarżującego przeciwnika. Stal zgrzytnęła o stal, ostrze przebiło łachmany i przedziurawiło kolczugę w tej samej chwili, gdy napastnik zamachnął się toporem. Uchyliła się na bok, a potem odsunęła, wyprowadzając cięcie na jego pierś.

Podążył za nią, chwiejąc się na nogach i krwawiąc.

— Ty kurwo! — ryczał gniewnie. — Dziwolągu! Dziwko! Dam cię psu do wyruchania, cholerna suko!

Wywijał toporem, kreśląc nim śmiercionośne łuki niczym bezlitosny, czarny cień, który stawał się srebrny, gdy tylko rozbłyskała błyskawica. Brienne nie miała tarczy, by powstrzymywać jego ciosy. Mogła jedynie odsuwać się od niego, odskakując to w tę, to w tamtą stronę, kiedy głownia przeszywała powietrze przed nią. W pewnej chwili jej noga omsknęła się na błocie i Brienne omal się nie przewróciła. Zdołała jakoś odzyskać równowagę, choć topór otarł się o jej lewe ramię. Przeszył ją gorący ból.

— Załatwiłeś dziwkę! — zawołał któryś z pozostałych.

— Zobaczymy, jak teraz zatańczy — dodał następny.

Rzeczywiście tańczyła, ciesząc się, że na nią patrzą. Lepsze to, niż gdyby mieli się wtrącić. Nie mogła walczyć w pojedynkę z siedmioma przeciwnikami, nawet jeśli jeden czy drugi był ranny. Stary ser Goodwin dawno już spoczywał w grobie, ale ona nadal słyszała jego szept. „Mężczyźni zawsze będą skłonni cię nie doceniać, a duma będzie im kazała zwyciężyć cię szybko, żeby nikt nie mógł powiedzieć, iż kobieta zmusiła ich do wielkiego wysiłku. Niech marnują siły na wściekłe ataki, a ty tymczasem oszczędzaj swoje. Czekaj i obserwuj uważnie, dziewczyno, czekaj i obserwuj uważnie". Czekała więc i obserwowała, przesuwała się w bok, potem do tyłu i znowu w bok, próbowała go ciąć w twarz, następnie w nogę, a później w ramię. Banita atakował coraz wolniej, topór w jego rękach z każdą chwilą stawał się cięższy. Brienne zmusiła go do odwrócenia się, żeby deszcz padał mu w oczy, a potem cofnęła się szybko o dwa kroki. Znowu uniósł topór, zaklął i popędził za nią. Jedna z jego stóp poślizgnęła się na błocie...

...i Brienne skoczyła mu na spotkanie, ściskając rękojeść w obu dłoniach. Pędzący na łeb, na szyję banita nadział się na sztych. Wierny Przysiędze przebił tkaninę, kolczugę, skórzaną kurtę i znowu tkaninę, a potem wbił się w trzewia i wyszedł z tyłu, ocierając się ze zgrzytem o kręgosłup. Topór wypadł z bezwładnych palców, walczący zderzyli się ze sobą, twarz Brienne uderzyła boleśnie o psi hełm. Kobieta poczuła na policzku dotknięcie zimnego metalu. Po stali spływały rzeczułki wody. Gdy uderzył kolejny piorun, Brienne ujrzała przez szczeliny wizury ból, strach i czyste niedowierzanie w oczach przeciwnika.

— Szafiry — wyszeptała do niego i szarpnęła gwałtownie klingą, aż zadrżał. Osunął się na nią całym ciężarem i nagle poczuła, że trzyma w ramionach trupa. Z nieba lały się strugi czarnego deszczu. Odsunęła się, pozwalając, by padł na ziemię...

...i Kąsacz rzucił się na nią z wrzaskiem.

Runął na Brienne niczym lawina mokrej wełny i białego jak mleko cielska, uniósł ją w górę i obalił na ziemię. Z pluskiem wylądowała w kałuży, woda wdarła się jej do nosa i zalała oczy. Uderzenie wybiło jej powietrze z płuc, z trzaskiem walnęła głową w jakiś częściowo zagrzebany w ziemi kamień.

— Nie — zdążyła tylko powiedzieć, zanim zwalił się na nią.

Jego ciężar wgniatał Brienne w błoto. Kąsacz jedną ręką złapał ją za włosy, odpychając jej głowę do tyłu, a drugą sięgał do gardła. Wierny Przysiędze wypadł dziewczynie z dłoni. Mogła walczyć tylko rękami, ale gdy walnęła go pięścią w twarz, to było tak, jakby uderzyła w kulę mokrego, białego ciasta. Zasyczał na nią.

Tłukła go raz po raz, uderzając kłębem dłoni w oko, ale wydawało się, że w ogóle nie czuł jej ciosów. Orała paznokciami jego nadgarstki, lecz on wciąż zaciskał uchwyt, mimo że zadrapania spływały krwią. Miażdżył ją, wyciskał z niej życie. Popchnęła jego ramiona, próbując go z siebie zrzucić, lecz okazał się ciężki jak koń. Nie była w stanie go ruszyć. Spróbowała go kopnąć w krocze, ale skończyło się na uderzeniu kolanem w brzuch. Kąsacz stęknął i wyrwał jej garść włosów.

Sztylet. Zdesperowana Brienne uczepiła się tej myśli. Przesunęła dłoń w dół, przeciskając palce pod jego cuchnącym kwaśno ciałem, aż wreszcie wymacała rękojeść. Kąsacz otoczył szyję Brienne dłońmi i zaczął walić jej głową o ziemię. Znowu uderzył piorun, tym razem wewnątrz jej czaszki. Mimo to zdołała zacisnąć palce i wyciągnąć sztylet z pochwy. Ciężar napastnika ją przygniatał, nie mogła więc unieść ręki, by wbić ostrze w jego ciało. Przesunęła sztyletem po jego brzuchu i poczuła między palcami ciepły płyn. Kąsacz znowu zasyczał, tym razem głośniej. Puścił na chwilę gardło Brienne, by uderzyć ją w twarz. Usłyszała trzask kości, ból oślepił ją na chwilę. Kiedy znowu spróbowała go ciąć, wyszarpnął jej sztylet i przycisnął przedramię kolanem, łamiąc je. Potem znowu złapał Brienne za głowę, próbując zerwać ją z ramion.

Słyszała szczekanie Psa i krzyki ludzi, a w przerwach między uderzeniami piorunów również szczęk stali. *Ser Hyle —* pomyślała. *Ser Hyle włączył się do walki.* Wszystko wydawało się jej jednak odległe i pozbawione znaczenia. Świat Brienne ograniczał się do rąk, które zaciskały się na jej gardle i majaczącej nad nią twarzy. Deszcz spływał z kaptura Kąsacza, który nachylił się niżej. Jego oddech cuchnął zgniłym serem.

Pierś Brienne wypełnił palący ból, a w jej czaszce szalała burza, która ją oślepiała. W ciele zgrzytały o siebie kości. Kąsacz niewiarygodnie szeroko rozdziawił usta. Zobaczyła jego zęby, żółte, krzywe i zaostrzone. Kiedy wbiły się w jej miękki policzek, ledwie to poczuła. Opadała po spirali w ciemność. *Nie mogę umrzeć* — powiedziała sobie. *Zostało mi jeszcze coś do zrobienia.*

Kąsacz odsunął od niej usta, wypełnione mięsem i krwią. Splunął, uśmiechnął się i ponownie zatopił zęby w jej ciele. Tym razem żuł i przełykał. *Pożera mnie* — uświadomiła sobie Brienne, ale nie miała już sił się bronić. Odnosiła wrażenie, że unosi się nad swoim ciałem, obserwując tę grozę z zewnątrz, jakby spotkała jakąś inną kobietę, jakąś głupią dziewczynę, której wydawało się, że jest rycerzem. *Zaraz nadejdzie koniec* — pomyślała. *Potem nie będzie już miało znaczenia, czy mnie zje.* Kąsacz odrzucił głowę do tyłu, znowu otworzył usta i zawył, wysuwając język — ostro zakończony i ociekający krwią. Był dłuższy, niż ludzki język miał prawo być. Sterczał z jego ust, czerwony, mokry i lśniący. Obrzydliwy. *Ma język długi na stopę* — pomyślała Brienne, nim ogarnęła ją ciemność. *Wygląda prawie jak miecz.*

JAIME

Broszy spinającej płaszcz ser Bryndena Tully'ego nadano kształt czarnej ryby, wykonanej z gagatu i ze złota. Jego kolczuga była szara i złowroga. Założył na nią nagolenice, naszyjnik, rękawice, płat przedni i nakolanki z poczernianej stali, lecz żaden z tych elementów nie był nawet w połowie tak ciemny jak mroczny wyraz twarzy, z jakim spoglądał na Jaimego Lannistera, czekając nań u końca zwodzonego mostu na kasztanowatym rumaku z czerwono-błękitnym rzędem.

Nie darzy mnie miłością. Tully miał twarz o wydatnych rysach, pooraną głębokimi bruzdami i ogorzałą od wiatru oraz proste i gęste, siwe włosy, Jaime jednak wciąż widział w nim młodego rycerza, który ongiś oczarował giermka opowieściami o dziewięciogroszowych królach. Kopyta Chwały uderzały głośno o deski mostu. Jaime długo zastanawiał się, czy wdziać na to spotkanie złotą czy białą zbroję. W końcu zdecydował się na skórzaną kurtkę i karmazynowy płaszcz.

Zatrzymał się w odległości jarda od Bryndena i przywitał starszego mężczyznę pochyleniem głowy.

— Królobójco — przywitał go Brynden.

Fakt, że zaczął rozmowę od tego przydomku, mówił bardzo wiele, ale Jaime postanowił trzymać nerwy na wodzy.

— Blackfish — odpowiedział. — Dziękuję, że się zjawiłeś.

— Jak rozumiem, wróciłeś po to, by dotrzymać przysiąg złożonych mojej bratanicy — rzekł ser Brynden. — O ile sobie przypominam, obiecałeś Catelyn, że oddasz jej córki w zamian za wolność. — Zacisnął usta. — Nie widzę dziewczynek. Gdzie one są?

Czy koniecznie chce mnie zmusić, żebym to powiedział?

— Nie mam ich.

— Szkoda. Czy w takim razie chcesz wrócić do niewoli? Twoja stara cela nadal jest wolna. Wysypaliśmy w niej świeże sitowie.

Nie wątpię, że przynieśliście też nowe, ładne wiadro do srania.

— To miło z waszej strony, ser, ale obawiam się, że nie mogę skorzystać z waszej gościnności. Wolę zostać w swym wygodnym namiocie.

— Podczas gdy Catelyn leży w wygodnym grobie.

Nie miałem nic wspólnego ze śmiercią lady Catelyn, a jej córek nie było już w Królewskiej Przystani, gdy tam wróciłem — mógłby odpowiedzieć. Miał już na czubku języka słowa o Brienne i mieczu, który jej dał, ale Blackfish patrzył na niego tak samo jak Eddard Stark, gdy znalazł go siedzącego na Żelaznym Tronie z krwią Obłąkanego Króla na mieczu.

— Przyszedłem mówić o żywych, nie o umarłych. O tych, którzy nie muszą zginąć, ale zginą...

— ...chyba że oddam ci Riverrun. Czy właśnie w tym momencie zagrozisz, że powiesisz Edmure'a? — Spoglądające spod krzaczastych brwi oczy Tully'ego wydawały się twarde jak kamień. — Mój bratanek nie ujdzie śmierci, cokolwiek bym uczynił. Powieś go i skończ wreszcie z tym. Przypuszczam, że Edmure zmęczył się już staniem na tym szafocie, tak samo jak ja zmęczyłem się oglądaniem go tam.

Ryman Frey to cholerny dureń. Nie ulegało wątpliwości, że komediancka farsa z Edmure'em i szubienicą zwiększyła tylko upór Blackfisha.

— Masz w zamku lady Sybelle i troje jej dzieci. Zwrócę ci bratanka w zamian za nie.

— Tak jak zwróciłeś córki lady Catelyn?

Jaime nie pozwolił się sprowokować.

— Stara kobieta i troje dzieci w zamian za twego seniora. Trudno byłoby liczyć na korzystniejszą wymianę.

Ser Brynden rozciągnął usta w twardym uśmiechu.

— Nie brak ci tupetu, Królobójco. Targi z wiarołomcami są

jak budowanie na lotnych piaskach. Cat powinna była zrozumieć, że nie wolno ufać komuś takiemu jak ty.

To Tyrionowi zaufała — omal nie powiedział Jaime. *Krasnal oszukał również i ją.*

— Obietnice, które złożyłem lady Catelyn, były wymuszone pod groźbą miecza.

— A przysięga, którą złożyłeś Aerysowi?

Poczuł świerzbienie w fantomowych palcach.

— Nie rozmawiamy o Aerysie. Czy wymienisz Westerlingów na Edmure'a?

— Nie. Mój król powierzył królową mojej opiece, a ja przysiągłem, że będę jej strzegł. Nie oddam jej Freyom na powieszenie.

— Dziewczynę ułaskawiono. Nic się jej nie stanie. Masz na to moje słowo.

— Twoje słowo honoru? Czy ty w ogóle wiesz, co to jest honor?

Koń.

— Złożę każdą przysięgę, jakiej zażądasz.

— Oszczędź mnie, Królobójco.

— Mam taki zamiar. Opuść chorągwie i otwórz bramy, a daruję twoim ludziom życie. Ci, którzy zechcą, będą mogli zostać w Riverrun na służbie u lorda Emmona. Pozostałym pozwolę odejść, dokąd zechcą, pod warunkiem że oddadzą broń i zbroje.

— Zastanawiam się, jak daleko zajdą nieuzbrojeni, zanim napadną ich „banici"? Obaj wiemy, że nie możesz pozwolić, by się przyłączyli do lorda Berica. A co będzie ze mną? Czy pokażecie mnie tłumom w Królewskiej Przystani i zetniecie jak Eddarda Starka?

— Pozwolę ci przywdziać czerń. Lordem dowódcą na Murze jest teraz bękart Neda Starka.

Blackfish przymrużył powieki.

— Czy to również robota twojego ojca? Przypominam sobie, że Catelyn nigdy nie ufała temu chłopakowi, podobnie jak Theonowi Greyjoyowi. Wygląda na to, że w obu przypadkach miała rację. Nie, ser, nie sądzę. Wolę zginąć w cieple, jeśli łaska, trzymając w dłoni miecz spływający czerwoną krwią lwów.

— Krew Tullych jest równie czerwona — przypomniał Jaime. — Jeśli nie poddasz zamku, będę musiał wziąć go szturmem. Zginą setki ludzi.

— Setki moich. Tysiące waszych.

— Twój garnizon zostanie wycięty w pień.

— Znam tę piosenkę. Czy zamierzasz ją zaśpiewać na melodię *Deszczów Castamere*? Moi ludzie wolą zginąć w walce, stojąc, niż na kolanach pod katowskim toporem.

Ta rozmowa nie idzie dobrze.

— Ten upór niczemu nie służy, ser. Wojna się skończyła, a twój Młody Wilk nie żyje.

— Zamordowano go wbrew wszystkim świętym prawom gościnności.

— To była robota Freyów, nie moja.

— Mów sobie, co chcesz. To śmierdzi Tywinem Lannisterem.

Jaime nie mógł temu zaprzeczyć.

— Mój ojciec również nie żyje.

— Niech Ojciec osądzi go sprawiedliwie.

To ci dopiero przerażająca perspektywa.

— Zabiłbym Robba Starka w Szepczącym Lesie, gdybym zdołał do niego dotrzeć. Jacyś głupcy stanęli mi na drodze. Czy ma znaczenie, w jaki sposób zginął? Chłopak nie żyje, a jego królestwo umarło razem z nim.

— Widzę, że jesteś nie tylko kaleką, lecz również ślepcem, ser. Unieś wzrok, a zobaczysz, że nad naszymi murami nadal powiewa wilkor.

— Widziałem go. Wydaje się bardzo samotny. Harrenhal padł. Seagard i Staw Dziewic również. Brackenowie ugięli kolan i oblegają Tytosa Blackwooda w Raventree. Piper, Vance, Mooton, wszyscy wasi chorążowie skapitulowali. Zostało tylko Riverrun. Mamy dwadzieścia razy więcej ludzi od was.

— Dwadzieścia razy więcej ludzi wymaga dwudziestokrotnie więcej prowiantu. Jak wygląda wasze zaopatrzenie, panie?

— Wystarczająco dobrze, byśmy mogli tu siedzieć aż po kres dni, jeśli będzie trzeba, podczas gdy wy pomrzecie z głodu w waszym zamku.

Jaime wypowiedział to kłamstwo najpewniej, jak tylko potrafił, licząc, że twarz go nie zdradzi.

Blackfish nie dał się nabrać.

— Być może po kres twoich dni. Nam nie brakuje zapasów, choć obawiam się, że nie zostawiliśmy na polach zbyt wiele dla gości.

— Możemy sprowadzić prowiant z Bliźniaków — skontrował Jaime. — Albo z zachodu, zza wzgórz, jeśli będzie trzeba.

— Skoro tak mówisz. Z pewnością nie zamierzam kwestionować słów tak honorowego rycerza.

Jaime obruszył się, słysząc wzgardę w jego głosie.

— Jest szybszy sposób na rozstrzygnięcie tej sprawy. Pojedynek. Mój reprezentant przeciwko twojemu.

— Czekałem, kiedy padnie ta propozycja. — Ser Brynden roześmiał się głośno. — Kto to będzie? Silny Dzik? Addam Marbrand? Czarny Walder Frey? — Pochylił się. — Czemu by nie nas dwóch, ser?

Kiedyś to byłaby słodka walka — pomyślał Jaime. *Piękny pokarm dla minstreli.*

— Kiedy lady Catelyn mnie uwolniła, kazała mi przysiąc, że nigdy już nie będę walczył przeciwko Starkom i Tullym.

— Bardzo wygodna przysięga, ser.

Twarz Jaimego pociemniała.

— Zwiesz mnie tchórzem?

— Nie. Zwę cię kaleką. — Blackfish wskazał głową na jego złotą rękę. — Obaj wiemy, że nie potrafisz tym walczyć.

— Mam dwie ręce.

Czy chcesz wyrzec się życia w imię dumy? — wyszeptał wewnętrzny głos.

— Niektórzy mogliby powiedzieć, że kaleka i starzec są god-

286

nymi rywalami — ciągnął Jaime. — Zwolnij mnie z przysięgi, jaką złożyłem lady Catelyn, a stawię ci czoło z mieczem w dłoni. Jeśli zwyciężę, Riverrun będzie należało do nas. Jeśli mnie zabijesz, odstąpimy od oblężenia.

Ser Brynden roześmiał się po raz kolejny.

— Choć bardzo bym się uradował z szansy odebrania ci złotego miecza i wycięcia z piersi czarnego serca, twoje obietnice są bezwartościowe. Twoja śmierć nie dałaby mi nic poza przyjemnością zabicia cię, a w tym celu nie zaryzykuję życia... choć ryzyko nie byłoby zbyt wielkie.

Całe szczęście, że Jaime nie miał miecza, bo w przeciwnym razie wydobyłby go i gdyby nie zabił go ser Brynden, z pewnością zrobiliby to łucznicy stojący na murach.

— Czy są jakieś warunki, które byś zaakceptował? — zapytał Blackfisha.

— Od ciebie? — Ser Brynden wzruszył ramionami. — Nie.

— W takim razie po co przyszedłeś na negocjacje?

— Oblężenie jest śmiertelnie nudne. Chciałem zobaczyć twój kikut, a także usłyszeć, w jaki sposób usprawiedliwiasz swe ostatnie zbrodnie. Twoje usprawiedliwienia zabrzmiały mniej przekonująco, niż się spodziewałem. Zawsze rozczarowujesz, Królobójco.

Blackfish zawrócił klacz i pokłusował w stronę Riverrun. Krata opuściła się błyskawicznie. Żelazne kolce wbiły się głęboko w błotnistą ziemię.

Jaime odwrócił głowę Chwały w stronę szyków oblegających i ruszył w długą drogę powrotną. Czuł na sobie spojrzenia Tullych na murach i Freyów czekających po drugiej stronie rzeki. *Jeśli nie są ślepi, wiedzą już, że Blackfish odrzucił moją propozycję.* Będzie musiał wziąć zamek szturmem. *Cóż znaczy dla Królobójcy jedna więcej złamana przysięga? Jeszcze trochę gówna we wiadrze.* Jaime postanowił, że będzie pierwszym, który wedrze się na mury. *I z tą moją złotą ręką zapewne pierwszym, który padnie.*

Kiedy wrócił do obozu, Mały Lew przytrzymał klacz za

uzdę, a Peck pomógł mu zsiąść. *Wydaje im się, że jestem takim kaleką, iż nie potrafię sam zleźć z konia?*

— I jak ci się powiodło, panie? — zapytał jego kuzyn, ser Daven.

— Nikt nie postrzelił mojego wierzchowca z łuku w zad. Poza tym osiągnąłem mniej więcej to samo, co ser Ryman. — Jaime wykrzywił twarz w grymasie. — Wygląda na to, że Czerwone Widły będą musiały stać się jeszcze czerwieńsze. — *To twoja wina, Blackfish.* — Zwołajcie naradę wojenną. Ser Addam, Silny Dzik, Forley Prester, nasi lordowie dorzecza… i nasi przyjaciele Freyowie. Ser Ryman, lord Emmon i kogo tam jeszcze zechcą ze sobą przyprowadzić.

Wszyscy zebrali się szybko. Skruszonych lordów Tridentu, których lojalność wkrótce miała zostać poddana próbie, reprezentowali lord Piper i obaj lordowie Vance'owie. Przedstawicielami zachodu byli ser Daven, Silny Dzik, Addam Marbrand i Forley Prester. Dołączył do nich lord Emmon Frey z żoną. Lady Genna zasiadła na stołku ze srogą miną wskazującą, że tylko czeka, by jakiś mężczyzna śmiał zakwestionować jej prawo do przebywania tutaj. Odważnych nie było. Freyowie przysłali ser Martyna Riversa zwanego Walderem Bękartem oraz pierworodnego syna Rymana, Edwyna, bladego, szczupłego mężczyznę o małym nosie i ciemnych, zwisających w strąkach włosach. Pod niebieskim płaszczem z jagnięcej wełny Edwyn miał kurtkę z cielęcej skóry, zdobioną pięknie żłobioną ślimacznicą.

— Przemawiam w imieniu rodu Freyów — oznajmił. — Mój ojciec jest dziś rano niedysponowany.

Ser Devan prychnął pogardliwie.

— Jest pijany czy tylko cierpi na zieloną chorobę po nadużyciu wina?

Edwyn miał wąsko zaciśnięte usta skąpca.

— Lordzie Jaime, czy muszę znosić taką nieuprzejmość? — zapytał.

— To prawda? — odpowiedział Jaime. — Czy twój ojciec rzeczywiście jest pijany?

Frey zacisnął usta jeszcze mocniej i zerknął na ser Ilyna Payne'a, który stał przy wejściu do namiotu. Królewski kat miał na sobie zardzewiałą kolczugę, a zza jego kościstego ramienia sterczał miecz.

— Mo... mojego ojca często boli brzuch, panie. Czerwone wino pomaga mu na trawienie.

— Na pewno trawi cholernego mamuta — zauważył ser Daven. Silny Dzik ryknął śmiechem, a lady Genna zachichotała.

— Dość już tego — uspokoił ich Jaime. — Musimy zdobyć zamek. — Kiedy jego ojciec przewodniczył naradzie, pozwalał najpierw przemawiać dowódcom. Jaime postanowił postąpić tak samo. — I co teraz zrobimy?

— Na początek powieśmy Edmure'a Tully'ego — zażądał lord Emmon Frey. — To przekona ser Bryndena, że nie żartujemy. Jeśli wyślemy głowę ser Edmure'a jego stryjowi, może go to skłonić do kapitulacji.

— Bryndena Blackfisha nie da się tak łatwo zastraszyć. — Karyl Vance, lord Wayfarer's Rest, wyglądał na melancholika. Połowę jego twarzy i szyi pokrywało znamię barwy wina. — Nawet własny brat nie zdołał go skłonić do małżeństwa.

Ser Daven potrząsnął kudłatą głową.

— Musimy szturmować mury. Mówiłem to od samego początku. Wieże oblężnicze, drabiny, taran do rozbicia bramy, oto, czego nam potrzeba.

— Ja poprowadzę szturm — zaoferował Silny Dzik. — Mówię wam, dajmy posmakować rybie ognia i stali.

— To moje mury — zaprotestował lord Emmon. — I to moją bramę chcecie rozbić. — Znowu wyciągnął z rękawa swój dokument. — Król Tommen przyznał mi...

— Wszyscy już widzieliśmy ten papier, stryjaszku — warknął Edwyn Frey. — Może byś dla odmiany pomachał nim przed nosem Blackfishowi?

— Szturm na mury będzie krwawy — zauważył Addam Marbrand. — Proponuję, żebyśmy zaczekali na bezksiężycową noc i wysłali dwunastu wybranych ludzi na drugi brzeg w łodzi z wygłuszonymi wiosłami. Wezmą ze sobą liny i haki, a potem wdrapią się na mury, żeby otworzyć bramę od środka. Sam ich poprowadzę, jeśli rada zechce.

— To szaleństwo — oznajmił bękart Walder Rivers. — Ser Brynden nie da się nabrać na takie sztuczki.

— Przeszkodą jest Blackfish — zgodził się Edwyn Frey. — Ma na hełmie czarnego pstrąga i łatwo go z daleka zauważyć. Proponuję, żebyśmy podtoczyli wieże oblężnicze bliżej, wypełnili je łucznikami i przypuścili udawany szturm na bramy. To wywabi ser Bryndena na mury. Niech wszyscy łucznicy wysmarują strzały kałem i zrobią z jego hełmu swój cel. Gdy tylko ser Brynden skona, Riverrun będzie nasze.

— Moje — odezwał się ser Emmon. — Riverrun jest moje. Znamię lorda Karyla pociemniało.

— Kał ma być twoim wkładem w oblężenie, Edwynie? Nie wątpię, że to śmiertelna trucizna.

— Blackfish zasługuje na szlachetniejszą śmierć, a ja jestem tym, który może mu ją zapewnić. — Silny Dzik walnął pięścią w stół. — Wyzwę go na pojedynek. Buzdygan, topór czy miecz, wszystko mi jedno. Starzec padnie pod moimi ciosami.

— A czemu miałby raczyć przyjąć twe wyzwanie, ser? — zapytał ser Forley Prester. — Co by zyskał na takim pojedynku? Czy odstąpimy od oblężenia, jeśli wygra? Nie wierzę w to. On również w to nie uwierzy. Pojedynek nic nie da.

— Znam Bryndena Tully'ego, odkąd byliśmy razem giermkami w służbie lorda Darry'ego — odezwał się Norbert Vance, ślepy lord Atranty. — Panowie, jeśli łaska, pozwólcie mi pójść z nim porozmawiać i wytłumaczyć, że jego położenie jest beznadziejne.

— On świetnie to rozumie — stwierdził lord Piper, niski, pękaty mężczyzna o krzywych nogach i zmierzwionej, rudej czuprynie, ojciec jednego z giermków Jaimego. Podobieństwo do chłopca rzucało się w oczy. — Nie jest cholernym głupcem, Norbercie. Ma oczy... i zbyt wiele rozsądku, żeby poddać się takim jak oni.

Wskazał grubiańskim gestem na Edwyna Freya i Waldera Riversa.

— Jeśli jego lordowska mość Piper chce zasugerować... — oburzył się Edwyn.

— Nie chcę niczego sugerować, Frey. Mówię to, co myślę, bez ogródek, jak uczciwy człowiek. Ale co ty możesz wiedzieć o uczciwych ludziach? Jesteś zdradziecką, kłamliwą łasicą, tak jak wszyscy w twojej rodzinie. Wolałbym wypić pintę szczyn, niż uwierzyć w słowo któregokolwiek z Freyów. — Pochylił się nad stołem. — Gdzie jest Marq? Słucham? Co zrobiliście z moim synem? Był gościem na waszym krwawym weselu.

— I pozostanie naszym honorowym gościem, dopóki nie dowiedziesz swej wierności dla Jego Miłości króla Tommena — odparł Edwyn.

— Z Marqiem do Bliźniaków pojechało pięciu rycerzy i dwudziestu zbrojnych — nie ustępował Piper. — Czy oni również są waszymi gośćmi, Frey?

— Niektórzy z rycerzy być może. Pozostali dostali to, na co zasłużyli. Lepiej trzymaj swój zdradziecki język za zębami, Piper, bo inaczej twój dziedzic wróci do ciebie w kawałkach.

Na naradach mojego ojca takie rzeczy się nie zdarzały — pomyślał Jaime, gdy Piper podniósł się chwiejnie.

— Powiedz to z mieczem w ręku, Frey — warknął niski mężczyzna. — A może potrafisz walczyć tylko gównem?

Drobna twarz Freya pobladła. Siedzący obok Walder Rivers podniósł się gwałtownie.

— Edwyn nie jest wojownikiem... ale ja nim jestem, Piper. Jeśli masz coś jeszcze do powiedzenia, chodź na zewnątrz.

— To narada wojenna, nie wojna — przypomniał im Jaime. — Siadajcie obaj.

Żaden z mężczyzn nie zareagował.

— Powiedziałem, siadajcie!

Walder Rivers usiadł. Lorda Pipera trudniej było zastraszyć. Wymamrotał pod nosem przekleństwo i wyszedł z namiotu.

— Czy mam wysłać za nim ludzi, żeby przyprowadzili go tu siłą, panie? — zapytał ser Daven.

— Wyślij ser Ilyna — zażądał Edwyn Frey. — Wystarczy nam głowa Pipera.

— Przez lorda Pipera przemawiał żal — rzekł Karyl Vance, spoglądając na Jaimego. — Marq jest jego pierworodnym synem, a wszyscy ci rycerze byli jego bratankami i kuzynami.

— Chciałeś powiedzieć zdrajcami i buntownikami — sprzeciwił się Edwyn Frey.

Jaime obrzucił go zimnym spojrzeniem.

— Bliźniaki również poparły sprawę Młodego Wilka — przypomniał Freyom. — A potem go zdradziliście. To znaczy, że jesteście dwa razy gorszymi zdrajcami niż Piper.

Z zadowoleniem zauważył, że z twarzy Edwyna zniknął uśmieszek. *Mam już dość narad na dziś* — zdecydował w duchu.

— To by było wszystko. Zajmijcie się przygotowaniami, panowie. Zaatakujemy z pierwszym brzaskiem.

Gdy lordowie wychodzili z namiotu, wiał północny wiatr. Jaime czuł smród freyowskich obozów położonych za Kamiennym Nurtem. Edmure Tully stał na wielkim szarym szafocie ze sznurem na szyi.

Ciotka Jaimego wyszła ostatnia. Jej mąż podążał tuż za nią.

— Lordzie bratanku — protestował Emmon. — Ten szturm na moją siedzibę... nie możesz tego robić. — Kiedy przełykał ślinę, jego grdyka poruszała się gwałtownie w dół i w górę. — Nie możesz. Za... zabraniam ci. — Znowu żuł kwaśny liść. Na jego wargach lśniła różowawa piana. — Zamek należy do mnie, mam na to dokument. Podpisany przez króla, przez małego Tommena... jestem prawowitym lordem Riverrun i...

— Nie jesteś nim, dopóki żyje Edmure Tully — przerwała lady Genna. — Wiem, że ma miękkie serce i słaby rozum, ale dopóki żyje, pozostaje zagrożeniem. Co zamierzasz w tej sprawie uczynić, Jaime?

To Blackfish jest zagrożeniem, nie Edmure.

— Zostaw Edmure'a mnie. Ser Lyle, ser Ilynie, chodźcie ze mną, jeśli łaska. Pora, bym odwiedził ten szafot.

Kamienny Nurt był głębszy i bardziej wartki niż Czerwone Widły, a najbliższy bród znajdował się wiele mil w górę rzeki. Gdy Jaime dotarł na brzeg, prom właśnie przed chwilą odpłynął, zabierając Waldera Riversa i Edwyna Freya. Czekając na jego powrót, Jaime powiedział swym ludziom, co zamierza zrobić. Ser Ilyn splunął do rzeki.

Gdy wszyscy trzej zeszli z promu na północnym brzegu, pijana markietanka zaproponowała, że sprawi Silnemu Dzikowi przyjemność ustami.

— Spraw przyjemność mojemu przyjacielowi — odparł ser Lyle, popychając ją w stronę ser Ilyna. Roześmiana kobieta spróbowała pocałować Payne'a w usta, lecz gdy ujrzała jego oczy, cofnęła się trwożnie.

Ścieżki między ogniskami pokrywało pełne śladów butów oraz kopyt brązowe błoto pomieszane z końskim łajnem. Wszędzie było widać bliźniacze wieże rodu Freyów, niebieskie na białym tle, przedstawione na tarczach i chorągwiach, można też jednak było zobaczyć herby pomniejszych rodów, które były wasalami Przeprawy: czaplę Erenfordów, widły Haighów, trzy gałązki jemioły lorda Charltona. Przybycie Królobójcy nie pozostało niezauważone. Staruszka sprzedająca prosiaki z kosza przystanęła na chwilę, by mu się przyjrzeć. Rycerz o twarzy, którą Jaime skądś znał, padł na jedno kolano. Dwaj zbrojni odlewający się w rowie odwrócili się i obsikali nawzajem.

— Ser Jaime — zawołał ktoś, ale on szedł przed siebie, nie odwracając się. Wszędzie wokół widział twarze ludzi, których ze wszystkich sił starał się zabić w Szepczącym Lesie, gdzie Freyowie walczyli pod chorągwiami z wilkorem Robba Starka. Złota ręka ciążyła mu u boku.

Prostokątny namiot Rymana Freya był największy w całym obozie. Jego szare ściany zszyto z prostokątnych kawałów płótna, upodobniając go do kamiennego muru, a dwa szczyty przywodziły na myśl Bliźniaki. Ser Ryman nie tylko nie był niedysponowany, ale wręcz zażywał rozrywki. Z namiotu dobiegał śmiech pijanej kobiety, mieszający się z dźwiękami drewnianej harfy oraz głosem minstrela. *Zajmę się tobą później, ser* — pomyślał Jaime. Walder Rivers stał przed swym skromnym namiotem, rozmawiając z dwoma zbrojnymi. Na tarczy miał herb rodu Freyów z odwróconymi kolorami, a wieże przecinała skośnica w prawą. Kiedy bękart zobaczył Jaimego, zmarszczył brwi. *To ci dopiero zimne, podejrzliwe spojrzenie. Ten człowiek jest bardziej niebezpieczny niż wszyscy jego prawowicie urodzeni bracia.*

Szafot miał dziesięć stóp wysokości. U wejścia straż pełnili dwaj włócznicy.

— Nie wejdziesz tu bez pozwolenia ser Rymana — oznajmił jeden z nich.

— To mówi, że wejdę. — Jaime dotknął palcem rękojeści miecza. — Pytanie brzmi: czy wejdę po twoim trupie?

Włócznicy odsunęli się na bok.

Na szafocie stał lord Riverrun, wpatrzony w zapadnię. Jego bose stopy pokrywało czarne, zaschnięte błoto. Edmure miał na sobie brudną, jedwabną bluzę w czerwono-niebieskie pasy Tullych, a na szyi konopny sznur. Na dźwięk kroków Jaimego uniósł głowę i oblizał suche, spękane wargi.

— Królobójca? — Na widok ser Ilyna otworzył szeroko oczy. — Lepszy miecz niż sznur. Zrób to, Payne.

— Ser Ilynie — rzekł Jaime. — Słyszałeś lorda Tully'ego. Zrób to.

Niemy rycerz ujął katowski miecz w obie dłonie. Oręż był długi i ciężki, tak ostry, jak tylko było to możliwe w przypadku zwykłej stali. Edmure bezgłośnie poruszył spękanymi ustami i zamknął oczy, gdy ser Ilyn uniósł miecz. Payne włożył w uderzenie cały ciężar swego ciała.

— Nie! Stój. Nie! — Na szafocie pojawił się zdyszany Edwyn Frey. — Mój ojciec już tu idzie. Tak szybko, jak tylko może. Jaime, musisz…

— „Wasza lordowska mość" byłoby bardziej na miejscu,

294

Frey — warknął Jaime. — Lepiej też nie próbuj mi mówić, co muszę.

Ser Ryman wspiął się na szafot, tupiąc ciężko. Towarzyszyła mu ladacznica o słomianych włosach, równie pijana jak on. Jej suknia miała z przodu sznurówki, ale ktoś rozwiązał je aż po pępek i piersi wylewały się na zewnątrz. Były wielkie i ciężkie, miały duże, brązowe sutki. Na głowie nosiła przekrzywiony diadem z kutego brązu, ozdobiony runami i otoczony szeregiem małych, czarnych mieczy. Na widok Jaimego wybuchnęła śmiechem.

— A kto to jest, na siedem piekieł?

— Lord dowódca Gwardii Królewskiej — odparł Jaime z zimną uprzejmością. — Mógłbym o to samo zapytać ciebie, pani.

— Pani? Nie jestem żadną panią. Jestem królową.

— Moja siostra zdziwi się, gdy o tym usłyszy.

— Lord Ryman ukoronował mnie osobiście. — Potrząsnęła szerokimi biodrami. — Jestem królową kurew.

Nie — pomyślał Jaime. *Ten tytuł również dzierży moja słodka siostra.*

Ser Ryman wreszcie odzyskał mowę.

— Zamknij gębę, dziwko. Lord Jaime nie przyszedł tu wysłuchiwać gadania nierządnic.

Ten Frey był masywnym mężczyzną o szerokiej twarzy, małych oczkach i miękkim, podwójnym podbródku. Jego oddech śmierdział winem i cebulą.

— Postanowiłeś zostać twórcą królowych, ser Rymanie? — zapytał Jaime. — To głupie. Tak samo jak cały ten interes z lordem Edmure'em.

— Ostrzegłem Blackfisha. Powiedziałem mu, że Edmure zginie, jeśli zamek się nie podda. Kazałem zbudować ten szafot, żeby zademonstrować, iż ser Ryman Frey nie zwykł wygłaszać czczych gróźb. W Seagardzie mój syn Walder tak samo potraktował Patreka Mallistera i lord Jason ugiął kolana, ale... Blackfish to zimny człowiek. Nie chciał się poddać, więc...

— ...powiesiliście lorda Edmure'a?

Frey poczerwieniał.

— Mój pan dziadek... gdybyśmy powiesili Tully'ego, nie mielibyśmy zakładnika, ser. Nie pomyślałeś o tym?

— Tylko głupiec wygłasza groźby, których nie jest skłonny spełnić. Gdybym zagroził, że uderzę cię w twarz, jeśli się jeszcze raz odezwiesz, a ty byś coś powiedział, to jak ci się wydaje, co bym zrobił?

— Ser, nie ro...

Jaime uderzył go na odlew złotą dłonią. Ser Ryman zatoczył się do tyłu i wpadł w ramiona swej dziwki.

— Masz tępą głowę, ser Rymanie, a do tego grubą szyję. Ser Ilynie, ilu uderzeń byś potrzebował, żeby ją przeciąć?

Królewski kat dotknął nosa jednym palcem.

Jaime ryknął śmiechem.

— To czcza przechwałka. Uważam, że trzech.

Ryman Frey padł na kolana.

— Nie zrobiłem nic...

— ...poza piciem i zabawianiem się z kurwami. Wiem o tym.

— Jestem dziedzicem Przeprawy. Nie możesz...

— Ostrzegałem cię, żebyś nic nie mówił.

Jaime zauważył, że Frey pobladł. *Pijak, głupiec i tchórz. Lepiej, żeby lord Walder go przeżył, bo inaczej będzie po Freyach.*

— Zabieraj się stąd, ser.

— Zabieraj?

— Słyszałeś, co powiedziałem. Masz stąd zniknąć.

— Ale... dokąd mam się udać?

— Do piekła albo do domu. Jak wolisz. Kiedy słońce wzejdzie, ma cię już nie być w obozie. Możesz zabrać ze sobą królową kurew, ale zostaw tę jej koronę. — Jaime przeniósł wzrok z ser Rymana na jego syna. — Edwynie, przekazuję ci dowództwo. Postaraj się nie być tak głupi jak twój ojciec.

— To nie powinno być zbyt trudne, panie.

— Wyślij do lorda Waldera wiadomość, że korona żąda przekazania wszystkich jeńców. — Jaime machnął złotą dłonią. — Ser Lyle, przyprowadź go.

Gdy miecz ser Ilyna przeciął sznur, Edmure Tully padł twarzą w dół na szafot. Z jego szyi nadal zwisał długi na stopę kawałek liny. Silny Dzik złapał za sznur i podniósł Tully'ego na nogi.

— Ryba na smyczy — oznajmił ze śmiechem. — Takiego widoku jeszcze nie oglądałem.

Freyowie rozstąpili się na boki, żeby ich przepuścić. Pod szafotem zebrał się tłum. Było w nim również kilkanaście markietanek w skąpych strojach. Jaime wypatrzył mężczyznę trzymającego w rękach harfę.

— Hej, ty. Minstrelu. Chodź tutaj.

Mężczyzna uchylił kapelusza.

— Wedle rozkazu.

Nikt nie odezwał się ani słowem, kiedy ruszyli w stronę promu. Kolumnę zamykał minstrel ser Rymana. Gdy jednak odbili od brzegu i ruszyli na drugą stronę Kamiennego Nurtu, Edmure Tully złapał Jaimego za ramię.

— Dlaczego?

Lannister zawsze płaci swe długi — pomyślał Jaime. *A ty jesteś jedyną monetą, jaka mi została.*

— Możesz to uznać za ślubny dar.

Edmure wbił weń nieufne spojrzenie.

— Ślubny dar?

— Słyszałem, że twoja żona jest urodziwa. Pewnie musi taka być, skoro zabawiałeś się z nią w łóżku, kiedy mordowano twoją siostrę i twego króla.

— O niczym nie wiedziałem. — Edmure oblizał spękane wargi. — Pod sypialnią stali skrzypkowie...

— A lady Roslin skutecznie odwracała twoją uwagę.

— Zmu... zmusili ją do tego. Lord Walder i reszta. Roslin nie chciała... płakała, ale myślałem, że to...

— Na widok twojej potężnej męskości? Zaiste, jestem pewien, że każda kobieta rozpłakałaby się, ujrzawszy coś podobnego.

— Nosi w łonie moje dziecko.

Nie — pomyślał Jaime. *To twoja śmierć rośnie w jej brzuchu.* Gdy dotarli do jego namiotu, odesłał Silnego Dzika i ser Ilyna, ale minstrelowi kazał zostać.

— Wkrótce może mi być potrzebna pieśń — powiedział mu.

— Lew, zagrzej wodę na kąpiel dla mojego gościa. Pio, znajdź mu jakieś czyste ubranie. Tylko bez lwów, jeśli łaska. Peck, przynieś wina dla lorda Tully'ego. Jesteś głodny, panie?

Edmure skinął głową, lecz jego oczy wciąż łypały podejrzliwie.

Jaime usiadł na stołku, czekając, aż Tully się wykąpie. Brud spływał z niego szarymi obłokami.

— Kiedy się najesz, moi ludzie odprowadzą cię do Riverrun. Co wydarzy się potem, zależy tylko od ciebie.

— Nie rozumiem.

— Twój stryj to stary człowiek. Nie przeczę, że jest waleczny, ale najlepszą część życia zostawił już za sobą. Nie ma żony, która by po nim płakała, ani dzieci, których musiałby bronić. Blackfish może liczyć jedynie na dobrą śmierć... ale tobie zostało jeszcze wiele lat, Edmure. I to ty jesteś prawowitym dziedzicem rodu Tullych, nie on. Stryj musi wykonywać twoje rozkazy. Los Riverrun jest w twoich rękach.

Edmure wytrzeszczył oczy.

— Los Riverrun...

— Jeśli poddasz zamek, nikt nie zginie. Twoi prostaczkowie będą mogli odejść w pokoju albo służyć lordowi Emmonowi. Ser Bryndenowi pozwolę przywdziać czerń, razem ze wszystkimi z garnizonu, którzy postanowią mu towarzyszyć. Tobie również, jeśli Mur ci odpowiada. Możesz również udać się do Casterly Rock jako mój jeniec, gdzie będziesz traktowany ze wszelkimi względami należnymi zakładnikowi twej rangi. Jeśli tego pragniesz, przyślę do ciebie twoją żonę. Jeśli jej dziecko okaże się chłopcem, będzie służyło lordowi Lannisterów jako paź i giermek, a po pasowaniu na rycerza przyznamy mu jakieś ziemie. Jeśli będzie dziewczynką, dopilnuję, by otrzymała dobry posag, gdy osiągnie odpowiedni wiek. Musisz tylko poddać zamek.

Edmure uniósł dłonie, patrząc, jak woda spływa między jego palcami.

— A jeśli tego nie zrobię?

Chcesz mnie zmusić, bym to powiedział? Pia z naręczem ubrań stała u wejścia do namiotu. Jego giermkowie również słuchali, podobnie jak minstrel. *Niech sobie słuchają* — pomyślał Jaime. *Niech cały świat słucha. To już nie ma znaczenia.* Rozciągnął usta w wymuszonym uśmiechu.

— Widziałeś, ilu nas jest, Edmure. Widziałeś drabiny, wieże, trebusze i tarany. Jeśli wydam rozkaz, mój kuzynek sforsuje waszą fosę i rozwali bramę. Zginą setki ludzi, przede wszystkim waszych. Pierwszą falę atakujących będą stanowili wasi dawni chorążowie, byście mogli na początek zabić ojców i braci ludzi, którzy zginęli za was w Bliźniakach. Drugą falą będą Freyowie. Ich mam pod dostatkiem. Moi ludzie z zachodu ruszą do ataku dopiero wówczas, gdy waszym łucznikom zabraknie strzał, a wasi rycerze będą tak zmęczeni, że ledwie zdołają unieść miecze. A kiedy zamek padnie, zabijemy wszystkich, których w nim znajdziemy. Wyrżniemy wasze stada, wyrąbiemy boży gaj, spalimy wieże i donżony. Rozkażę zburzyć mury i zmienić kurs Kamiennego Nurtu, by zalał ruiny. Kiedy skończę, nikt nie będzie nawet mógł poznać, że kiedyś stał tu zamek. — Jaime wstał. — Być może twoja żona urodzi bachora wcześniej. Na pewno będziesz chciał zobaczyć dziecko. Wyślę je do ciebie. Wystrzelone z trebusza.

Po jego przemowie nastała cisza. Edmure siedział w balii. Pia przyciskała ubrania do piersi. Minstrel naciągał strunę harfy. Mały Lew opróżniał piętkę czerstwego chleba, by służyła mu jako naczynie. Udawał, że nic nie słyszał. *Z trebusza* — pomyślał Jaime. Gdyby jego ciotka tu była, czy nadal uważałaby, że to Tyrion był synem Tywina?

Edmure wreszcie odzyskał głos.

— Mógłbym wyjść z tej balii i zabić cię na miejscu, Królobójco.

— Mógłbyś spróbować. — Jaime odczekał chwilę, ale Edmure nie ruszył się z miejsca. — Zostawię cię, byś mógł spokojnie zaspokoić głód. Minstrelu, zagraj naszego gościowi do posiłku. Mam nadzieję, że znasz tę pieśń?

— Tę o deszczu? Tak, panie. Znam.

Wydawało się, że Edmure dopiero w tej chwili dostrzegł minstrela.

— Nie. Tylko nie on. Zabierz go ode mnie.

— Ależ to jedynie pieśń — obruszył się Jaime. — Nie może mieć aż tak złego głosu.

CERSEI

Wielki maester Pycelle był stary, odkąd Cersei sięgała pamięcią, ale wydawało się, że w ciągu trzech ostatnich nocy postarzał się jeszcze o sto lat. Minęła cała wieczność, nim zdołał ugiąć przed nią sztywne kolano, a potem nie był w stanie się podnieść, dopóki nie szarpnął go w górę ser Osmund.

Cersei z niezadowoleniem przyjrzała się starcowi.

— Lord Qyburn poinformował mnie, że lord Gyles w końcu zakasłał po raz ostatni.

— Tak, Wasza Miłość. Zrobiłem, co tylko było w mojej mocy, by mógł odejść bez cierpień.

— Czyżby? — Królowa spojrzała na lady Merryweather. — Powiedziałam, że chcę, by Rosby żył, nieprawdaż?

— Powiedziałaś, Wasza Miłość.

— Ser Osmundzie, a co ty zapamiętałeś z tej rozmowy?

— Rozkazałaś wielkiemu maesterowi Pycelle'owi uratować go, Wasza Miłość. Wszyscy to słyszeliśmy.

Pycelle otworzył i zamknął usta.

— Wasza Miłość z pewnością wie, że zrobiłem dla tego nieszczęśnika wszystko, co tylko było możliwe.

— Tak jak dla Joffreya? Albo dla jego ojca, mojego ukochanego męża? Robert nie ustępował siłą żadnemu mężczyźnie w Siedmiu Królestwach, a ty pozwoliłeś, żeby zabił go dzik. Och, i nie zapominajmy o Jonie Arrynie. Z pewnością zabiłbyś też Neda Starka, gdybym ci pozwoliła zatrzymać go dłużej. Powiedz mi, maesterze, czy to w Cytadeli nauczyłeś się załamywać ręce i wygłaszać usprawiedliwienia?

Starzec wzdrygnął się, słysząc jej ton.

— Nikt nie potrafiłby zrobić więcej, Wasza Miłość. Za... zawsze służyłem wiernie.

— Tak jak wtedy, gdy poradziłeś królowi Aerysowi otworzyć bramy przed wojskami mojego ojca? Czy tak sobie wyobrażasz wierną służbę?

— Wtedy... błędnie oceniłem...

— Czy to była dobra rada?

— Wasza Miłość z pewnością wie...

— Wiem, że gdy mojego syna otruto, było z ciebie mniej pożytku niż z Księżycowego Chłopca. Wiem, że korona rozpaczliwie potrzebuje złota, a nasz lord skarbnik nie żyje.

Stary głupiec uczepił się tych słów.

— Przy... przygotuję listę ludzi zdolnych zająć miejsce lorda Gylesa w radzie.

— Listę. — Jego bezczelność rozśmieszyła Cersei. — Potrafię sobie wyobrazić, jakiego rodzaju listę mógłbyś mi przedstawić. Siwobrodzi staruszkowie, ambitni głupcy i Garth Sprośny. — Zacisnęła usta. — Ostatnio spędzasz sporo czasu w towarzystwie lady Margaery.

— Tak. Tak... królowa Margaery wpadła w głęboką rozpacz z powodu ser Lorasa. Daję jej środki nasenne i... eliksiry innego rodzaju.

— Nie wątpię. Powiedz, czy to nasza mała królowa rozkazała ci zabić lorda Gylesa?

— Za... zabić? — Oczy wielkiego maestera Pycelle'a zrobiły się wielkie jak jaja na twardo. — Wasza Miłość z pewnością nie sądzi... to był kaszel, na wszystkich bogów, ja... Wasza Miłość nie może... ona nie miała nic przeciwko lordowi Gylesowi. Po cóż królowa Margaery miałaby pragnąć...

— ...jego śmierci? Ależ po to, by zasadzić kolejną różę w radzie Tommena. Jesteś ślepy czy przekupiony? Rosby stał jej na drodze, więc postarała się, by znalazł się w grobie. Z twoją pomocą.

— Wasza Miłość, przysięgam, że lord Gyles umarł na kaszel.

— Jego usta drżały. — Zawsze byłem wierny koronie, króle-stwu... i... r... rodowi Lannisterów.

W tej kolejności? Strach Pycelle'a był aż nadto widoczny. *Już dojrzał. Pora ścisnąć owoc i posmakować soku.*

— Jeśli rzeczywiście jesteś tak lojalny, jak twierdzisz, dla-czego mnie okłamujesz? Nie próbuj zaprzeczać. Twój taniec wokół Dziewicy Margaery zaczął się jeszcze przed odjazdem ser Lorasa na Smoczą Skałę, więc oszczędź mi dalszych baje-czek o tym, że chciałeś tylko pocieszyć naszą pogrążoną w żalu dobrą córkę. Co cię skłania do tak częstych odwiedzin w Kryp-cie Dziewic? Z pewnością nie banalne rozmowy z Margaery. Czyżbyś się zalecał do tej jej francowatej septy? Albo obmacy-wał małą lady Bulwer? A może jesteś jej szpiegiem, informu-jesz ją o moich planach?

— Słu... służę. Maester przysięga służyć...

— Wielki maester przysięga służyć królestwu.

— Wasza Miłość, ona... ona jest królową...

— Ja jestem królową.

— Ale... ona jest żoną króla i...

— Wiem, kim ona jest. Chcę się dowiedzieć, po co cię po-trzebuje. Czy moja dobra córka źle się czuje?

— Źle? — Starzec pociągnął się za to, co zwał brodą, cien-kie, białe kosmyki porastające różową skórę na szyi. — N... nie, Wasza Miłość, nie można tak tego nazwać. Przysięgi, które złożyłem, zabraniają mi zdradzać...

— Przysięgi nie pocieszą cię zbytnio w ciemnicy — ostrzeg-ła go. — Powiesz mi prawdę albo każę cię zakuć w łańcuchy.

Pycelle padł na kolana.

— Błagam... byłem człowiekiem twego pana ojca i twoim przyjacielem w sprawie lorda Arryna. Nie mógłbym przeżyć w lochach, nie po raz drugi...

— Dlaczego Margaery wysyła po ciebie?

— Prosi o... prosi...

— Powiedz to!

Starzec skulił się.

— Miesięczną herbatę — wyszeptał. — Miesięczną herbatę na...

— Wiem, do czego służy miesięczna herbata. — *Mam to, czego chciałam.* — Proszę bardzo. Wstawaj z tych wątłych kolan i spróbuj sobie przypomnieć, co to znaczy być mężczyzną.

Pycelle spróbował się podźwignąć, ale trwało to tak długo, że w końcu musiała rozkazać Osmundowi Kettleblackowi, by znowu go podniósł.

— A jeśli chodzi o lorda Gylesa, z pewnością nasz Ojciec Na Górze osądzi go sprawiedliwie. Czy on nie zostawił dzieci? — spytała.

— Nie zostawił dzieci ze swego ciała, ale jest podopieczny...

— ...który nie jest z jego krwi. — Cersei zbyła to machnięciem ręki. — Gyles wiedział, że rozpaczliwie potrzebujemy złota. Z pewnością mówił ci, iż pragnie zostawić wszystkie swe ziemie i bogactwa w spadku Tommenowi.

Złoto Rosby'ego pomoże napełnić ich kufry, a jego ziemie i zamek będzie mogła komuś oddać w nagrodę za wierną służbę. *Być może lordowi Watersowi.* Aurane dawał już jej do zrozumienia, że potrzebuje siedziby. Bez niej jego lordowski tytuł był jedynie pustym zaszczytem. Cersei wiedziała o jego zakusach na Smoczą Skałę, ale uważała, że to zbyt wiele. Rosby było bardziej odpowiednie dla kogoś o jego urodzeniu i pozycji.

— Lord Gyles kochał Waszą Miłość z całego serca — mówił Pycelle. — Ale... jego podopieczny...

— ...z pewnością to zrozumie, gdy usłyszy od ciebie o ostatnim życzeniu lorda Gylesa. Idź i zrób to.

— Jeśli Wasza Miłość tego pragnie.

Wielki master Pycelle opuścił komnatę tak pośpiesznie, że omal się nie przewrócił o własne szaty.

Lady Merryweather zamknęła za nim drzwi.

— Miesięczna herbata — powiedziała, zwracając się ku królowej. — To bardzo nierozsądne z jej strony. Dlaczego zrobiła coś podobnego, podjęła takie ryzyko?

— Mała królowa ma pragnienia, których Tommen nie może jeszcze zaspokoić, gdyż jest za młody. — Gdy dorosła kobieta wychodziła za mąż za dziecko, zawsze istniało takie niebezpieczeństwo. *Zwłaszcza wtedy, gdy jest wdową. Może twierdzić, że Renly nigdy jej nie tknął, ale ja w to nie wierzę.* Kobiety piły miesięczną herbatę tylko z jednego powodu. Dziewice jej nie potrzebowały. — Mojego syna zdradzono. Margaery ma kochanka. To zdrada stanu. Karą za taki postępek jest śmierć. — Mogła tylko mieć nadzieję, że matka Mace'a Tyrella, ta jędza o pomarszczonej twarzy, pożyje wystarczająco długo, aby być świadkiem procesu. Nalegając, żeby Tommen i Margaery natychmiast się pobrali, lady Olenna skazała swą drogocenną różę na spotkanie z katem. — Jaime zabrał ze sobą ser Ilyna Payne'a. Pewnie będę musiała znaleźć nowego królewskiego kata, który zetnie jej głowę.

— Ja to zrobię — zaproponował Osmund Kettleblack ze swobodnym uśmiechem. — Margaery ma ładną szyjkę. Dobry, ostry miecz przetnie ją z łatwością.

— To prawda — przyznała Taena. — Ale pod Końcem Burzy stacjonuje jedna armia Tyrellów, a w Stawie Dziewic druga. Ich żołnierze również mają ostre miecze.

Zewsząd otaczają mnie róże. To irytowało Cersei. Nadal potrzebowała Mace'a Tyrella, nawet jeśli z chęcią pozbyłaby się jego córki. *Przynajmniej do chwili, gdy Stannis zostanie pokonany. Później nie będę już potrzebowała nikogo.* Jak jednak mogła się uwolnić od córki, nie tracąc jednocześnie ojca?

— Zdrada jest zdradą — oznajmiła. — Musimy jednak mieć dowód, coś bardziej namacalnego niż miesięczna herbata. Jeśli dowiedziemy jej niewierności, nawet jej własny pan ojciec będzie musiał ją potępić, bo w przeciwnym razie hańba córki spadnie również na niego.

Kettleblack przygryzł koniec wąsa.

— Musimy ich przyłapać na gorącym uczynku.

— Ale jak? Qyburn ma na nią oko dzień i noc. Jej służący biorą ode mnie pieniądze, ale przynoszą mi tylko nic nieznaczące drobiazgi. Nikt nigdy nie widział tego kochanka. Uszy pod jej drzwiami słyszą śpiewy, śmiech i plotki, nic użytecznego.

— Margaery jest za sprytna, by dała się tak łatwo złapać — zauważyła lady Merryweather. — Jej damy są murami jej zamku. Śpią z nią, ubierają ją, modlą się z nią, czytają i szyją. Kiedy nie poluje z sokołami ani nie jeździ konno, gra w „Zdobądź mój zamek" z małą Alysanne Bulwer. Gdy tylko są z nią mężczyźni, towarzyszy jej septa albo kuzynki.

— Musi czasem uwalniać się od swoich kur — nie ustępowała królowa. Nagle nasunęła się jej pewna myśl. — Chyba że jej damy również są w to zamieszane... być może nie wszystkie, ale niektóre...

— Kuzynki? — Nawet Taena wyraźnie w to powątpiewała.

— Wszystkie trzy są młodsze od małej królowej i bardziej niewinne.

— Nierządnice przebrane w dziewiczą biel. Przez to ich grzechy są jeszcze bardziej haniebne. Imiona tych dziewcząt okryją się wstydem na wieki. — Królowa niemal już czuła smak triumfu. — Taeno, twój pan mąż jest moim najwyższym sędzią. Musicie oboje zjeść dziś ze mną wieczerzę. — Chciała to zrobić jak najszybciej, zanim w małej główce Margaery zalęgnie się pomysł powrotu do Wysogrodu albo pożeglowania na Smoczą Skałę, by odprowadzić rannego brata do wrót śmierci. — Rozkażę kucharzom upiec dzika. Oczywiście, potrzebna też będzie muzyka, żeby pomogła nam w trawieniu.

Taena była bardzo bystra.

— Muzyka. Tak jest.

— Idź zawiadomić pana męża i postaraj się sprowadzić tego minstrela — rozkazała Cersei. — Ser Osmundzie, ty możesz zostać. Mamy wiele spraw do omówienia. Będzie mi potrzebny też Qyburn.

Niestety, okazało się, że w kuchniach nie mają dzika, a nie było już czasu, by wysłać myśliwych, kucharze zaszlachtowali więc jedną z zamkowych macior i podali szynkę z goździkami w polewie miodowej z suszonymi wiśniami. Nie spełniało to pragnień Cersei, ale musiało jej wystarczyć. Potem zjedli pieczone jabłka z ostrym, białym serem. Lady Taena radowała się każdym kęsem, w przeciwieństwie do swego męża, którego okrągła twarz podczas całego posiłku była blada jak płótno. Orton Merryweather pił mnóstwo wina i co chwila zerkał ukradkiem na minstrela.

— Bardzo mi żal lorda Gylesa — oznajmiła w końcu Cersei — ale śmiem twierdzić, że nikt z nas nie będzie tęsknił za jego kaszlem.

— To prawda. Sądzę, że nikt.

— Będziemy potrzebowali nowego lorda skarbnika. Gdyby nie niepokoje w Dolinie, sprowadziłabym tu z powrotem Petyra Baelisha, ale... mam ochotę wypróbować na tej pozycji ser Harysa. Nie może się spisać gorzej niż Gyles, a przynajmniej nie kaszle.

— Ser Harys jest królewskim namiestnikiem — zauważyła Taena.

Ser Harys jest zakładnikiem, i to kiepskim.

— Czas już, by Tommen miał silniejszego namiestnika.

Lord Orton oderwał spojrzenie od wina.

— Silniejszego. Oczywiście. — Zawahał się. — Ale kto...?

— Ty, panie. Masz to we krwi. Twój dziadek zastąpił mojego ojca jako namiestnik Aerysa. — *Zastąpienie Tywina Lannistera Owenem Merryweatherem było decyzją przywodzącą na myśl zastąpienie bojowego rumaka osłem, ale Owen był już starym, znużonym człowiekiem, gdy Aerys zaoferował mu tę pozycję. Był sympatyczny, lecz nieudolny. Jego wnuk był młodszy i... No cóż, przynajmniej ma silną żonę. Wielka szkoda, że Taena nie mogła zostać namiestnikiem. Była trzy razy więcej warta od swego męża, a do tego znacznie zabawniejsza, ale urodziła się jako kobieta i na domiar złego pochodziła z Myr. Dlatego Cersei będzie musiała zadowolić się Ortonem.* — Nie wątpię, że jesteś zdolniejszy od ser Harysa. — *Nawet zawartość mojego nocnika jest od niego zdolniejsza.* — Czy zgodzisz się służyć?

307

— Hmm... tak, oczywiście. To dla mnie wielki zaszczyt, Wasza Miłość.

Większy, niż zasługujesz.

— Dobrze służyłeś mi jako najwyższy sędzia, panie. I nadal będziesz mi służył w tych... czasach sądu. — Zauważywszy, że Merryweather zrozumiał jej słowa, królowa spojrzała z uśmiechem na minstrela. — Tobie również należy się nagroda za wszystkie słodkie pieśni, które grałeś nam podczas posiłku. Otrzymałeś od bogów hojny dar.

Minstrel pokłonił się.

— Wasza Miłość jest bardzo uprzejma.

— To nie uprzejmość — zaprzeczyła Cersei. — Tylko prawda. Słyszałam od Taeny, że zwiesz się Błękitnym Bardem.

— Rzeczywiście, Wasza Miłość.

Minstrel nosił niebieskie buty z miękkiej, cielęcej skóry i spodnie z niebieskiej wełny. Jego bluza była uszyta z jasnoniebieskiego jedwabiu z wszywkami z błyszczącego, również błękitnego atłasu. Posunął się nawet do tego, że na tyroshijską modłę ufarbował sobie włosy na ten kolor. Były długie i kręcone, opadały mu na ramiona i pachniały tak, jakby mył je w różanej wodzie. *Wodzie z niebieskich róż. Dobrze, że chociaż zęby ma białe.* To były dobre zęby, żaden z nich nie był nawet odrobinę krzywy.

— Nie masz innego imienia?

Jego policzki zaróżowiły się lekko.

— W dzieciństwie nosiłem imię Wat. To dobre imię dla chłopca od pługa, nie dla minstrela.

Oczy Błękitnego Barda miały ten sam kolor, co oczy Roberta. Cersei nienawidziła go już choćby z tego powodu.

— Łatwo jest zrozumieć, dlaczego jesteś ulubieńcem lady Margaery.

— Wasza Miłość jest bardzo łaskawa. Lady Margaery mówi, że sprawiam jej przyjemność.

— Och, w to nie wątpię. Czy mogę zobaczyć twoją lutnię?

— Jak Wasza Miłość sobie życzy.

Pod zasłoną uprzejmości pojawiła się nuta niepokoju, lecz minstrel podał lutnię Cersei. Nie odmawia się prośbie królowej.

Cersei szarpnęła za struny i uśmiechnęła się, słysząc ich dźwięk.

— Słodki i smutny jak miłość. Powiedz mi, Wat... kiedy pierwszy raz poszedłeś do łoża z Margaery? To było, zanim jeszcze poślubiła mojego syna czy później?

Przez chwilę wydawało się, że nie zrozumiał pytania. Gdy wreszcie je pojął, otworzył szeroko oczy.

— Ktoś wprowadził Waszą Miłość w błąd. Przysięgam, że nigdy...

— Kłamca! — Cersei uderzyła go lutnią w twarz tak mocno, że malowane drewno rozprysło się na drzazgi. — Lordzie Ortonie, wezwij moje straże. Niech zabiorą tego nędznika do lochów.

Twarz Ortona Merryweathera była wilgotna ze strachu.

— Czy ten... och, cóż za hańba, ośmielił się uwieść królową?

— Obawiam się, że było na odwrót, ale, tak czy inaczej, jest zdrajcą. Niech zaśpiewa przed lordem Qyburnem.

Niebieski Bard zbielał.

— Nie. — Z jego wargi, w miejscu, gdzie uderzyła go lutnia, skapywała krew. — Ja nigdy...

Merryweather złapał go za ramię.

— Matko, zmiłuj się, nie — prosił minstrel.

— Nie jestem twoją matką — poinformowała go Cersei.

Nawet w ciemnicy usłyszeli od niego tylko zaprzeczenia, modlitwy i błaganie o łaskę. Wkrótce krew z wybitych zębów spływała mu po podbródku i zlał się trzy razy w ciemnoniebieskie spodnie. Mimo to uparcie trzymał się swoich kłamstw.

— Czy to możliwe, że aresztowaliśmy niewłaściwego minstrela? — zapytała Cersei.

— Wszystko jest możliwe, Wasza Miłość. Nie obawiaj się, przyzna się, nim noc dobiegnie końca. — W lochach Qyburn ubierał się w strój z samodziału i skórzany, kowalski fartuch.

— Przykro mi, jeśli strażnicy potraktowali cię brutalnie — oznajmił Błękitnemu Bardowi. — Niestety, nie uczono ich uprzejmości. — Jego głos brzmiał miło i dobrodusznie. — Chcemy tylko usłyszeć prawdę.

— Powiedziałem prawdę — szlochał minstrel, przykuty żelaznymi okowami do zimnego kamiennego muru.

— Wiemy, że tego nie zrobiłeś. — Qyburn trzymał w dłoni brzytwę. Jej ostrze połyskiwało w blasku pochodni. Przeciął nią strój Błękitnego Barda, rozbierając go do naga. Zostawił tylko niebieskie buty o wysokich cholewach. Cersei z rozbawieniem zauważyła, że włosy między nogami młodzieńca są brązowe.

— Powiedz nam, w jaki sposób sprawiałeś przyjemność małej królowej — zażądała.

— Ja nigdy… śpiewałem, to wszystko. Grałem i śpiewałem. Jej damy ci powiedzą. Zawsze były z nami. Jej kuzynki.

— Z iloma z nich obcowałeś cieleśnie?

— Z żadną. Jestem tylko minstrelem. Proszę.

— Wasza Miłość — odezwał się Qyburn. — Być może ten nieszczęśnik tylko grał dla Margaery, podczas gdy ona przyjmowała innych kochanków?

— Nie. Proszę. Ona nigdy… Śpiewałem. Tylko śpiewałem…

Lord Qyburn przesunął dłonią po piersi Błękitnego Barda.

— Czy podczas igraszek miłosnych Margaery bierze w usta twoje sutki? — Ujął jedną z nich między kciukiem a palcem wskazującym i wykręcił. — Niektórzy mężczyźni to lubią. Ich sutki są równie wrażliwe jak kobiece.

Błysnęła brzytwa. Minstrel krzyknął. Na jego piersi czerwone oko zapłakało krwią. Cersei poczuła się niedobrze. Miała ochotę zamknąć oczy, odwrócić się, położyć temu kres. Była jednak królową i miała do czynienia ze zdradą. *Lord Tywin by się nie odwrócił.*

Z czasem Błękitny Bard opowiedział im całe swoje życie, poczynając od pierwszego dnia imienia. Jego ojciec był producentem świec i Wata również uczono tego fachu, ale już jako chłopiec przekonał się, że lepiej sobie radzi z lutnią. Kiedy miał dwanaście lat, uciekł z domu i przyłączył się do trupy muzyków, których słyszał na jarmarku. Przemierzył z nimi połowę Reach, nim w końcu dotarł do Królewskiej Przystani, licząc na to, że zdobędzie łaski na dworze.

— Łaski? — Qyburn zachichotał. — Czy tak teraz nazywają to kobiety? Obawiam się, że zdobyłeś ich zbyt wiele, przyjacielu... i to u niewłaściwej królowej. Prawdziwa królowa stoi teraz przed tobą.

Tak. Cersei pomyślała, że to wszystko wina Margaery Tyrell. Gdyby nie ona, Wat mógłby mieć długie i owocne życie. Śpiewałby swoje piosenki i sypiał ze świniarkami oraz córkami zagrodników. *To jej spiski mnie do tego zmusiły. Zbrukała mnie swymi zdradliwymi knowaniami.*

O świcie wysokie, niebieskie buty minstrela były już pełne krwi. Opowiedział, jak Margaery pieściła swe intymne części, przyglądając się, jak jej kuzynki zaspokajają go ustami. Zdarzało się też, że śpiewał dla niej, kiedy ona zaspokajała własne żądze z innymi kochankami.

— Kim oni byli? — zapytała królowa. Nieszczęsny Wat wymienił ser Tallada Wysokiego, Lamberta Turnberry'ego, Jalabhara Xho, bliźniaków Redwyne'ów, Osneya Kettleblacka, Hugha Cliftona i Rycerza Kwiatów.

To nie przypadło do gustu Cersei. Nie ośmieli się splugawić imienia bohatera ze Smoczej Skały. Poza tym nikt, kto znał ser Lorasa, nigdy by w to nie uwierzył. Redwyne'ów również nie mogła w to wplątać. Bez Arbor i jego floty królestwo nigdy nie uwolni się od Eurona Wroniego Oka i jego przeklętych żelaznych ludzi.

— Wymieniasz tylko imiona mężczyzn, których widziałeś w jej komnatach. Chcemy usłyszeć prawdę!

— Prawdę? — Wat skierował na nią jedno niebieskie oko, które zostawił mu Qyburn. Z dziury po przednich zębach wypływała krew. — Mogłem... się pomylić.

— Horas i Hobber nie brali w tym udziału, prawda?

— Nie brali — przyznał.

— A jeśli chodzi o ser Lorasa, jestem pewna, że Margaery bardzo się starała ukryć swoje występki przed bratem.

— Starała się. Teraz sobie przypominam. Kiedyś musiałem się ukryć pod łożem, bo ser Loras przyszedł ją odwiedzić. Mówiła mi, że on nie może o niczym wiedzieć.

— Ta piosenka podoba mi się bardziej. — Lepiej będzie nie mieszać do tego wielkich lordów. Ale ci pozostali... Ser Tallad był kiedyś wędrownym rycerzem, Jalabhar Xho był wygnańcem i żebrakiem, Clifton zaś tylko jednym ze strażników małej królowej. *A Osney jest ukoronowaniem tej listy.* — Wiem, że poczułeś się lepiej, kiedy już wyznałeś prawdę. Musisz wszystko dokładnie zapamiętać, żeby to powtórzyć na procesie Margaery. Gdybyś znowu zaczął kłamać...

— Nie zacznę. Powiem prawdę. A potem...

— ...pozwolę ci przywdziać czerń. Masz na to moje słowo. — Cersei spojrzała na Qyburna. — Dopilnuj, żeby oczyszczono i opatrzono mu rany. Daj mu też makowego mleka na ból.

— Wasza Miłość jest łaskawa. — Qyburn wrzucił zakrwawioną brzytwę do wiadra z octem. — Margaery może się zastanawiać, gdzie zniknął jej bard.

— Minstrele słyną z tego, że chodzą, dokąd chcą.

Wspinaczka po pogrążonych w mroku kamiennych schodach prowadzących z ciemnicy pozbawiła Cersei tchu w piersiach. *Muszę odpocząć* — pomyślała. Odkrywanie prawdy było męczące i bała się tego, co nieuchronnie zdarzy się potem. *Muszę być silna. Wszystko to robię dla Tommena i dla królestwa.* Wielka szkoda, że Maggy Żaba już nie żyła. *Szczam na twoje proroctwo, starucho. Mała królowa może być młodsza ode mnie, ale nigdy nie była piękniejsza, a wkrótce będzie martwa.*

Lady Merryweather czekała na nią w sypialni. Była ciemna noc, bliżej świtu niż zmierzchu. Jocelyn i Dorcas już spały, ale nie Taena.

— Czy to było straszne? — zapytała.

— Nawet nie masz pojęcia. Muszę się przespać, ale boję się snów.

Taena pogłaskała ją po włosach.

— Zrobiłaś to dla Tommena.

— Tak. Wiem, że to prawda. — Cersei zadrżała. — Boli mnie gardło. Bądź taka słodka i nalej mi trochę wina.

— Z przyjemnością. Pragnę tylko spełniać twoje życzenia.

Kłamczucha. Wiedziała, czego pragnie Taena. Niech i tak będzie. Jeśli się w niej zadurzyła, z pewnością ona i jej mąż dochowają jej wierności. Na świecie pełnym zdrajców było to warte kilku pocałunków. *Nie jest gorsza od większości mężczyzn. Przynajmniej mam pewność, że nie zrobi mi dziecka.*

Wino pomogło, ale to nie wystarczyło.

— Czuję się zbrukana — poskarżyła się królowa, stojąc przy oknie z kielichem w dłoni.

— Kąpiel dobrze ci zrobi, moja słodka.

Lady Merryweather obudziła Dorcas i Jocelyn, a potem wysłała je po gorącą wodę. Gdy już wypełniły balię, pomogła królowej się rozebrać, rozwiązując sznurówki zręcznymi palcami i ściągając suknię z ramion. Potem wysunęła się z własnej koszuli nocnej, zostawiając ją na posadzce.

Wykąpały się razem, Cersei leżała w ramionach Taeny.

— Tommenowi trzeba oszczędzić najgorszego — powiedziała Myrijce. — Margaery nadal prowadzi go co dzień do septu, żeby błagać bogów, by jej brat odzyskał zdrowie. — Ser Loras wciąż trzymał się życia z irytującym uporem. — Lubi też jej kuzynki. Będzie mu ciężko, gdy straci je wszystkie.

— Nie wszystkie trzy muszą być winne — zasugerowała lady Merryweather. — Niewykluczone, że jedna z nich nie brała w tym udziału... a jeśli to, czego była świadkiem, wzbudziło w niej wstyd i wstręt...

— ...można będzie ją przekonać, by zeznawała przeciwko pozostałym. Tak, bardzo dobrze, ale która z nich jest niewinna?

— Alla.

— Ta nieśmiała?

— Robi takie wrażenie, ale w rzeczywistości jest raczej sprytna. Zostaw ją mnie, moja słodka.

— Z chęcią. — Zeznania Błękitnego Barda z pewnością nie wystarczą. W końcu minstrele byli zawodowymi kłamcami. Alla Tyrell byłaby bardzo pomocna, jeśli Taena zdoła rozwiązać jej język.

— Ser Osney również się przyzna — dodała Cersei. — Pozostałym trzeba będzie wyjaśnić, że tylko wyznanie win może im zapewnić królewskie przebaczenie i Mur.

Jalabharowi Xho prawda wyda się atrakcyjna. Reszty nie była tak pewna, ale Qyburn miał dar przekonywania...

Kiedy wyszły z balii, nad Królewską Przystanią wstawał już świt. Skóra królowej była biała i pomarszczona od długiego przebywania w wodzie.

— Zostań ze mną — poprosiła Taenę. — Nie chcę spać sama.

Nim wsunęła się pod koce, odmówiła nawet modlitwę, prosząc Matkę o słodkie sny.

Nic to jednak nie dało. Bogowie jak zwykle okazali się głusi. Cersei śniło się, że znowu znalazła się w ciemnicy, ale tym razem to ona była przykuta łańcuchami do muru, nie minstrel. Była naga, a z jej piersi spływała krew. Krasnal odgryzł jej sutki.

— Proszę — błagała. — Proszę, nie moje dzieci. Nie krzywdź moich dzieci.

Tyrion uśmiechnął się tylko do niej szydercwo. On również był nagi. Porastały go sztywne włosy i przypominał raczej małpę niż człowieka.

— Zobaczysz, jak je ukoronują — zapowiedział. — A potem zobaczysz, jak zginą.

Wziął jej krwawiącą pierś w usta i zaczął ssać. Ból przeszył ją na podobieństwo rozgrzanego do czerwoności noża.

Obudziła się drżąca w ramionach Taeny.

— To był tylko zły sen — wyjaśniła słabym głosem. — Czy krzyczałam? Przepraszam.

— W świetle dnia sny obracają się w proch. Czy to znowu był karzeł? Dlaczego tak bardzo się boisz tego głupiego człowieczka?

— On mnie zabije. Przepowiedziano to, gdy miałam dziesięć lat. Chciałam się dowiedzieć, za kogo wyjdę za mąż, ale ona powiedziała...

— Ona?

— *Maegi* — Słowa wypłynęły z niej strumieniem. Wciąż jeszcze słyszała Melarę Hetherspoon, która zapewniała, że przepowiednie się nie spełnią, jeśli nigdy nie będą o nich mówiły. *Ale w studni nie była już taka cicha. Krzyczała wniebogłosy.* — Tyrion jest *valonqarem* — zakończyła. — Czy znacie to słowo w Myr? To po starovalyriańsku „mały braciszek".

Gdy Melara się utopiła, Cersei zapytała o to septę Saranellę. Taena ujęła jej dłoń i pogłaskała ją.

— To była podła kobieta, stara, chora i brzydka. Ty byłaś młoda i piękna, dumna i pełna życia. Mówiłaś, że mieszkała w Lannisporcie, więc z pewnością słyszała o karle i o tym, że zabił twoją panią matkę. Ze względu na twą pozycję nie odważyła się uderzyć w ciebie bezpośrednio, więc postanowiła zranić cię swym żmijowym językiem.

Czy to możliwe? Cersei pragnęła w to uwierzyć.

— Ale Melara zginęła, zgodnie z przepowiednią. Ja nie wyszłam za księcia Rhaegara. A Joffrey... karzeł zabił go na moich oczach.

— Jednego syna — zgodziła się lady Merryweather. — Masz też drugiego, słodkiego i silnego. Jemu nic się nie stanie.

— Dopóki będę żyła. — Gdy wypowiedziała te słowa na głos, łatwiej jej było w nie uwierzyć. *Tak, w świetle dnia sny obracają się w proch.* Słońce świeciło już na niebie, przesłonięte warstewką chmur. Cersei wysunęła się spod koców. — Zjem dziś śniadanie z królem. Chcę się zobaczyć z synem.

Wszystko to robię dla niego.

Tommen pomógł jej odzyskać równowagę. Nigdy nie wydawał się jej milszy niż tego ranka. Opowiadał o swych kotkach, polewając miodem kromkę jeszcze ciepłego razowego chleba.

— Ser Łowca złapał dziś mysz — poinformował matkę. — Ale lady Wąsik mu ją ukradła.

Nigdy nie był bardziej słodki i niewinny — pomyślała Cersei. *Jak zdoła władać tym okrutnym królestwem?* Jako matka pragnęła tylko go chronić, lecz jako królowa zdawała sobie sprawę, że musi być twardszy, bo inaczej Żelazny Tron z pewnością go pożre.

— Ser Łowca musi się nauczyć bronić swych praw — oznajmiła mu. — Na tym świecie słabi zawsze padają ofiarą silnych.

Król zastanowił się nad jej słowami, zlizując miód z palców.

— Kiedy ser Loras wróci, nauczy mnie walczyć kopią, mieczem i morgenszternem.

— Nauczysz się walczyć — obiecała królowa — ale nie od ser Lorasa. On już nie wróci, Tommenie.

— Margaery mówi, że wróci. Modlimy się za niego. Prosimy Matkę o zmiłowanie, a Wojownika o siłę dla niego. Elinor mówi, że to najtrudniejsza walka ser Lorasa.

Cersei wygładziła jego włosy, miękkie, złociste loki, które tak bardzo przypominały jej Joffa.

— Czy spędzisz popołudnie z żoną i jej kuzynkami?

— Nie dzisiaj. Margaery powiedziała, że musi dziś pościć, żeby się oczyścić.

Pościć, żeby się oczyścić... aha, przed Dniem Dziewicy. Minęło już wiele lat, odkąd Cersei przestała obchodzić to święto. *Miała trzech mężów, a mimo to próbuje nam wmówić, że nadal jest dziewicą.* Mała królowa, obleczona w nieskazitelną biel, poprowadzi swe kury do Septu Baelora, by zapalić wysokie, białe świece u stóp Dziewicy i zawiesić papierowe girlandy na jej świętej szyi. *Przynajmniej kilka ze swych kur.* W Dzień Dziewicy wdowom, matkom i kurwom zabraniano wstępu do septów, podobnie jak mężczyznom, by nie sprofanowały swoją obecnością świętych pieśni niewinności. Tylko dziewice mogły...

— Mamo, czy coś się stało?

Cersei pocałowała syna w czoło.

— Powiedziałeś coś bardzo mądrego, słodziutki. A teraz idź się pobawić z kotkami.

Potem wezwała do swej samotni ser Osneya Kettleblacka. Przyszedł prosto z dziedzińca, biła od niego woń potu. Gdy opadł na kolano, jak zwykle rozbierał ją wzrokiem.

— Wstań, ser, i usiądź obok mnie. Raz już sprawiłeś się dzielnie, wyświadczając mi wspaniałą przysługę, ale teraz będziesz miał twardszy orzech go zgryzienia.

— Tak jest, ja również mam dla ciebie coś twardego.

— To musi zaczekać. — Przesunęła lekko koniuszkami palców po jego bliznach. — Pamiętasz kurwę, która ci je zostawiła? Oddam ci ją, kiedy wrócisz z Muru. Pragniesz tego?

— Ciebie pragnę.

To była właściwa odpowiedź.

— Najpierw musisz się przyznać do popełnienia zdrady. Grzechy mogą zatruć duszę człowieka, jeśli pozwala się gnić im w ukryciu. Wiem, że z pewnością trudno ci żyć z tym, co uczyniłeś. Najwyższy czas, byś się uwolnił od wstydu.

— Wstydu? — powtórzył zdziwiony Osney. — Mówiłem Osmundowi, że Margaery tylko się ze mną bawi. Nigdy nie pozwala mi na nic więcej niż...

— Postępujesz bardzo szlachetnie, próbując ją osłaniać — przerwała mu Cersei. — Ale jesteś zbyt prawym rycerzem, byś mógł żyć ze swoją zbrodnią. Nie, musisz jeszcze dziś w nocy pójść do Wielkiego Septu Baelora i porozmawiać z Wielkim Septonem. Gdy człowiek popełnił tak straszliwe grzechy, tylko Jego Wielka Świątobliwość może go wybawić od piekielnych mąk. Opowiedz mu, jak spałeś z Margaery i z jej kuzynkami.

Osney zamrugał powiekami.

— Co? Z kuzynkami też?

— Z Meggą i z Elinor — zdecydowała Cersei. — Ale nigdy z Allą. — Ten drobny szczegół uczyni całą historię bardziej wiarygodną. — Alla płakała i błagała pozostałe, żeby przestały grzeszyć.

— Tylko z Meggą i z Elinor? Czy z Margaery też?

— Jak najbardziej z Margaery. To ona za tym wszystkim stała.

317

Zapoznała go ze swym planem. Gdy Osney jej słuchał, na jego twarzy powoli pojawiał się lęk.

— Gdy już zetniesz jej głowę, będę chciał otrzymać pocałunek, którego nigdy mi nie dała — oznajmił, kiedy skończyła.

— Dostaniesz tyle pocałunków, ile tylko zapragniesz.

— A potem Mur?

— Tylko na krótką chwilę. Tommen jest wyrozumiałym królem.

Osney podrapał się po naznaczonym bliznami policzku.

— Kiedy kłamię o jakiejś kobiecie, z reguły mówię, że nigdy się z nią nie pierdoliłem, a ona twierdzi, że było inaczej. I... nigdy jeszcze nie okłamałem Wielkiego Septona. Chyba pójdę za to do jakiegoś piekła. Jednego z tych gorszych.

Nieprzyjemnie zaskoczył królową. Pobożność była ostatnim, czego się spodziewała po Kettleblacku.

— Odmawiasz wykonania rozkazu?

— Nie. — Osney dotknął jej złocistych włosów. — Rzecz w tym, że najlepsze kłamstwa muszą mieć w sobie ziarenko prawdy... to dodaje im smaku. Chcesz, bym im powiedział, że pierdoliłem się z królową...

Omal go nie spoliczkowała. Powstrzymała się jednak. Posunęła się już zbyt daleko i stawka była za wysoka. *Wszystko to robię dla Tommena.* Odwróciła głowę, ujęła jego dłoń i pocałowała go w palce. Były szorstkie i stwardniałe od miecza. *Robert również miał takie dłonie* — pomyślała.

Zarzuciła mu ramiona na szyję.

— Nie chciałabym, byś uznał, że zrobiłam z ciebie kłamcę — wyszeptała ochryple. — Daj mi godzinę. Spotkamy się w mojej sypialni.

— Za długo już czekaliśmy. — Wsunął palce pod gorsecik jej sukni i pociągnął mocno. Jedwab rozdarł się z trzaskiem tak głośnym, że Cersei przestraszyła się, iż usłyszy go połowa Czerwonej Twierdzy.

— Resztę łachów zdejmij sama, zanim je z ciebie zedrę. Koronę możesz zostawić. Lubię cię w koronie.

KSIĘŻNICZKA W WIEŻY

Jej więzienie nie należało do uciążliwych.

Ta świadomość pocieszała Arianne. Po co jej ojciec zadawałby sobie tyle trudu, by zapewnić jej wszelkie wygody, jeśli zamierzał skazać ją na śmierć za zdradę? *Z pewnością nie planuje mnie zabić* — powtarzała sobie po raz setny. *Nie jest zdolny do takiego okrucieństwa. Pochodzę z jego krwi i nasienia, jestem jego dziedziczką, jego jedyną córką.* Jeśli będzie trzeba, rzuci się pod koła jego fotela, wyzna winy i będzie błagała go o łaskę. Ze łzami. Kiedy ujrzy łzy spływające po twarzy Arianne, z pewnością jej wybaczy.

Nie była jednak taka pewna, czy sama potrafi sobie wybaczyć.

— Areo — zapewniała swego strażnika, gdy ruszyli w długą podróż powrotną przez pustynię, zmierzając znad Zielonej Krwi do Słonecznej Włóczni. — Nie chciałam krzywdy Myrcelli. Musisz mi uwierzyć.

Hotah odpowiedział jedynie chrząknięciem. Arianne czuła jego gniew. Ciemna Gwiazda uciekł. Najgroźniejszy z niewielkiej grupki spiskowców. Umknął wszystkim ścigającym i z mieczem zbroczonym krwią zniknął na głębokiej pustyni.

— Znasz mnie, kapitanie — ciągnęła Arianne, gdy mijali kolejne mile. — Znasz mnie, odkąd byłam małą dziewczynką. Zawsze mnie strzegłeś, tak jak strzegłeś mojej pani matki, odkąd przybyłeś z nią z Wielkiego Norvos, by być jej tarczą w tym obcym kraju. Potrzebuję cię. Potrzebuję twojej pomocy. Nie chciałam...

— To, czego chciałaś, nie ma znaczenia — odparł Areo Hotah. — Liczy się tylko to, co uczyniłaś. — Jego oblicze zamarło w bezruchu, jak wykute z kamienia. — Przykro mi. Książę rozkazuje, a Hotah słucha.

Arianne spodziewała się, że zaprowadzą ją przed tron ojca stojący pod kopułą z barwionego szkła w Wieży Słońca, ale Hotah odwiózł ją do Włóczni i zostawił pod strażą seneszala jej ojca, Ricassa, oraz kasztelana, ser Manfreya Martella.

— Księżniczko — przywitał ją Ricasso. — Wybacz staremu ślepcowi, że nie wejdzie z tobą na górę. Moje nogi nie sprostają już tak wielkiej liczbie schodów. Przygotowano dla ciebie komnatę. Ser Manfrey zaprowadzi cię do niej. Będziesz tam oczekiwała na książęcą łaskę.

— Chyba raczej niełaskę. Czy moi przyjaciele będą uwięzieni ze mną?

Arianne rozłączono z Garinem, Dreyem i pozostałymi wkrótce po pojmaniu. Hotah nie chciał jej powiedzieć, co się z nimi stało.

— O ich losie zdecyduje książę — oznajmił kapitan. Ser Manfrey okazał się nieco bardziej rozmowny.

— Zabrano ich do Miasta z Desek, gdzie wsiądą na statek płynący do Ghaston Grey. Będą tam przebywali, dopóki książę nie zdecyduje, co z nimi zrobić.

Ghaston Grey było starym, rozsypującym się zamkiem, zbudowanym na skale na Morzu Dornijskim. W tym straszliwym więzieniu przetrzymywano najgorszych zbrodniarzy, którzy gnili tam, czekając na śmierć.

— Czy mój ojciec zamierza ich stracić? — Arianne nie potrafiła w to uwierzyć. — Zrobili to z miłości do mnie. Jeśli musi przelać czyjąś krew, powinna to być moja.

— Skoro tak mówisz, księżniczko.

— Chcę z nim porozmawiać.

— Spodziewał się, że możesz wyrazić takie życzenie.

Ser Manfrey ujął ją za ramię i poprowadził w górę po schodach. Szli tak długo, że Arianne aż się zdyszała. Włócznia miała sto pięćdziesiąt stóp wysokości, a jej cela znajdowała się prawie na samym szczycie. Arianne spoglądała na wszystkie mijane drzwi, zastanawiając się, czy gdzieś tu nie jest uwięziona któraś ze Żmijowych Bękarcic.

Gdy już zamknięto drzwi jej celi, Arianne dokładnie obejrzała swój nowy dom. Komnata była przestronna i widna, nie brakowało w niej też wygód. Na podłodze leżały myrijskie dywany, przyniesiono tu czerwone wino i książki. W kącie stał zdobny stół do gry w *cyvasse* z pionkami wyrzeźbionymi z kości słoniowej i onyksu, ale nie miała z kim grać, nawet gdyby miała na to ochotę. Na łożu leżały piernaty, a w wychodku było marmurowe siedzenie i kosz pełen ziół. Tak wysoko nad ziemią widoki były wspaniałe. Jedno okno wychodziło na wschód i mogła w nim oglądać wschód słońca nad morzem. Za drugim widziała Wieżę Słońca, Kręte Mury i Potrójną Bramę.

Obejrzenie celi zajęło jej mniej czasu niż zasznurowanie pary sandałów, ale przynajmniej powstrzymało na moment łzy. Znalazłszy miskę oraz dzbanek z chłodną wodą, umyła sobie ręce i twarz. Żadne szorowanie nie mogło jednak uwolnić jej od żalu. *Arys* — pomyślała. *Mój biały rycerz.* Oczy Arianne wypełniły się łzami i nagle zaczęła płakać. Jej ciałem targał szloch. Przypomniała sobie, jak ciężka halabarda Hotaha przecięła ciało i kości Arysa, jak jego głowa poleciała wysoko w powietrze. *Dlaczego to zrobiłeś? Dlaczego wyrzekłeś się życia? Nie kazałam ci tego robić, nie chciałam. Chciałam tylko... chciałam... chciałam...*

Nocą długo płakała przed snem... po raz pierwszy, ale nie ostatni. Nawet w snach nie odnajdywała spokoju. Śniło jej się, że Arys Oakheart ją pieści, uśmiecha się do niej, mówi, że ją kocha... ale z jego ciała sterczały bełty, a rany krwawiły, barwiąc białe szaty na czerwono. Częścią jaźni wiedziała, że to koszmarny sen. *Rankiem wszystko to zniknie* — powtarzała sobie księżniczka, ale gdy ranek nadszedł, nadal była w celi, ser Arys nadal nie żył, a Myrcella... *Nie chciałam tego, nie chciałam jej krzywdy. Pragnęłam tylko, żeby dziewczynka została królową. Gdyby nas nie zdradzono...*

— Ktoś zdradził — powiedział jej Hotah. Nadal gniewało ją

to wspomnienie. Arianne uczepiła się gniewu, rozpalała płomień w swym sercu. Gniew był lepszy niż łzy, lepszy niż żal czy poczucie winy. Ktoś zdradził. Ktoś, komu zaufała. Arys Oakheart zginął z tego powodu, szept zdrajcy był winny jego śmierci w takim samym stopniu jak halabarda kapitana. Krew, która spłynęła po twarzy Myrcelli, również była dziełem nieznanego sprzedawczyka. Ktoś zdradził. Ktoś, kogo kochała. To była najokrutniejsza ze wszystkich ran.

W nogach łoża znalazła cedrowy kufer pełen należących do niej ubrań. Zdjęła brudne, podróżne łachy, w których spała, i włożyła najbardziej wyzywający strój, jaki tam znalazła: jedwabną koszulę zakrywającą wszystko, ale nie zasłaniającą niczego. Książę Doran mógł ją traktować jak dziecko, lecz ona nie będzie się ubierała stosownie do tego. Wiedziała, że ten strój skonsternuje jej ojca, gdy książę Doran przyjdzie czynić jej wymówki z powodu Myrcelli. Liczyła na to. *Jeśli będę musiała płaszczyć się i płakać, niech on również poczuje się skrępowany.*

Spodziewała się owego dnia jego wizyty, ale gdy drzwi wreszcie się otworzyły, okazało się, że to tylko służba przyniosła południowy posiłek.

— Kiedy będę mogła zobaczyć się z ojcem? — zapytała, lecz nikt ze służących jej nie odpowiedział. Przynieśli koźlę pieczone z cytryną i miodem, a do tego liście winogron nadziewane rodzynkami, cebulą i grzybami oraz palącą smoczą paprykę.

— Nie jestem głodna — oznajmiła. Jej przyjaciele z pewnością jedli marynarskie suchary i soloną wołowinę po drodze do Ghaston Grey. — Zabierzcie to i przyprowadźcie księcia Dorana.

Zostawili jednak posiłek, a jej ojciec się nie pojawił. Po pewnym czasie głód osłabił determinację Arianne i księżniczka zjadła wszystko.

Potem nie zostało jej nic do roboty. Okrążyła komnatę dwa razy, następnie trzy i trzy razy trzy. Usiadła za stołem do *cyvasse* i machinalnie poruszyła słoniem. Przysiadła na ławeczce w oknie wykuszowym, próbując czytać, ale po chwili słowa zlały się w jedną plamę i Arianne uświadomiła sobie, że znowu płacze. *Arysie, mój słodki biały rycerzu, dlaczego to zrobiłeś? Trzeba było się poddać. Próbowałam ci to powiedzieć, ale słowa uwięzły mi w gardle. Ty odważny durniu, nie chciałam, żebyś zginął ani żeby Myrcella... och, bogowie bądźcie łaskawi, to jeszcze dziecko...*

W końcu wróciła do łoża. Na świecie zrobiło się ciemno i nie zostało jej nic poza snem. *Ktoś zdradził* — myślała. *Ktoś zdradził.* Garin, Drey i Cętkowana Sylva byli jej przyjaciółmi z dzieciństwa, równie bliskimi jak kuzynka Tyene. Nie potrafiła uwierzyć, by któreś z nich na nią doniosło... ale w takim przypadku zostawał tylko Ciemna Gwiazda, a jeśli on był zdrajcą, to dlaczego wyciągnął miecz na biedną Myrcellę? *Chciał ją zabić, nie ukoronować, powiedział to w Shandystone. Mówił, że tylko w ten sposób mogę wywołać wojnę, której pragnę.* To jednak nie miało sensu. Jeśli to ser Gerold był robakiem w jabłku, dlaczego miałby atakować Myrcellę?

Ktoś zdradził. Czy to mógł być ser Arys? Czy poczucie winy wzięło w nim górę nad żądzą? Czy kochał Myrcellę bardziej niż Arianne i zdradził swą nową księżniczkę, by zadośćuczynić za zdradę starej? Czy tak bardzo się wstydził swego uczynku, że wolał zginąć nad Zieloną Krwią, niż żyć z hańbą?

Ktoś zdradził. Kiedy ojciec do niej przyjdzie, dowie się od niego kto. Ale następnego dnia książę Doran również nie przyszedł. Ani jeszcze następnego. Księżniczka była sama. Mogła tylko spacerować po komnacie, płakać i leczyć rany. Za dnia próbowała czytać, lecz księgi, które jej dali, były śmiertelnie nudne: stare, nużące traktaty historyczne i geograficzne, opatrzone przypisami mapy, suchy jak kość wykład na temat dornijskich praw, *Siedmioramienna gwiazda*, *Żywoty Wielkich Septonów* oraz potężne tomisko traktujące o smokach, które jakimś sposobem czyniło je równie mało interesującymi jak traszki. Arianne wiele by oddała za egzemplarz *Dziesięciu tysięcy okrętów* albo *Miłostek królowej Nymerii*, czegokolwiek, co zajęłoby myśli i dałoby szansę zapomnienia o wieży na godzinę albo dwie. Nie pozwolono jej jednak na podobne rozrywki.

Musiała tylko wyjrzeć przez okno, by zobaczyć wielką kopułę ze złota i barwionego szkła na dole. Pod nią zasiadał na tronie jej ojciec. *Wkrótce mnie wezwie* — powtarzała sobie.

Nie dopuszczano do niej nikogo poza służbą: Borsem o porośniętej szczeciną żuchwie; wysokim, pełnym godności Timothem, dwiema siostrami, Morrą i Mellei, małą ładną Cedrą i starą Belandrą, która ongiś była towarzyszką snu jej matki. Przynosili posiłki, słali łoże i opróżniali nocnik, ale żadne z nich nie chciało z nią rozmawiać. Kiedy prosiła o wino, Timoth je przynosił. Jeśli zapragnęła jakiejś ulubionej potrawy, fig, oliwek albo papryki nadziewanej serem, wystarczyło, by powiedziała słówko Belandrze. Morra i Mellei zabierały brudne ubrania i przynosiły je z powrotem, czyste i świeże. Co drugi dzień wnoszono na górę balię i mała, nieśmiała Cedra szorowała jej plecy oraz pomagała uczesać włosy.

Jednakże żadne z nich nie odzywało się do niej ani słowem, nie chcieli też powiedzieć, co się dzieje na świecie poza jej klatką z piaskowca.

— Czy udało się pojmać Ciemną Gwiazdę? — zapytała któregoś dnia Borsa. — Czy nadal go poszukują?

Sługa odwrócił się tylko do niej plecami i odszedł.

— Ogłuchłeś? — warknęła Arianne. — Wracaj i odpowiedz mi. Rozkazuję ci.

Jedyną odpowiedzią był trzask zamykanych drzwi.

— Timothu — spróbowała następnego dnia. — Co się stało z księżniczką Myrcellą? Nie chciałam jej krzywdy. — Ostatni raz widziała małą księżniczkę podczas drogi powrotnej do Słonecznej Włóczni. Dziewczynka była za słaba, by usiedzieć na koniu i wieziono ją w lektyce. Głowę owiązano jej jedwabnym bandażem w miejscu, gdzie zranił ją Ciemna Gwiazda, a zielone oczy błyszczały w gorączce. — Błagam, powiedz mi, że nie umarła. Co to zaszkodzi, jeśli się tego dowiem? Powiedz mi, co się z nią dzieje.

Timoth nie chciał tego zrobić.

— Belandro — zaczęła Arianne kilka dni później. — Jeśli

kiedykolwiek kochałaś moją panią matkę, ulituj się nad jej nieszczęsną córką i powiedz mi, że ojciec zamierza mnie odwiedzić. Proszę. Proszę.

Belandra jednak również najwyraźniej straciła język.

*Czy tak mój ojciec wyobraża sobie tortury? Nie rozgrzane
żelaza ani łoże tortur, tylko milczenie?* To było tak bardzo podobne do Dorana Martella, że Arianne nie mogła powstrzymać
śmiechu. *Wydaje mu się, że jest sprytny, ale w rzeczywistości
jest tylko bezradny.* Postanowiła, że będzie się radować ciszą,
że wykorzysta ten czas, by wyzdrowieć i nabrać sił przed nad-
chodzącą próbą.

Wiedziała, że nie ma sensu bez końca wspominać ser Arysa.
Zamiast tego postanowiła pomyśleć o Żmijowych Bękarcicach,
zwłaszcza o Tyene. Arianne kochała wszystkie swe nieprawo
urodzone kuzynki, poczynając od drażliwej, wybuchowej Oba-
ry aż po najmłodszą Lorezę, która miała tylko sześć lat, ale to
Tyene zawsze była jej ulubienicą, zastępowała siostrę, której
Arianne nie miała. Księżniczka nigdy nie była blisko z braćmi.
Quentyn przebywał w Yronwood, a Trystane był za młody. Nie,
to zawsze była ona, Tyene, Garin, Drey i Cętkowana Sylva.
Czasami do ich zabaw przyłączała się Nym, a Sarella już wtedy
próbowała się wkręcić tam, gdzie nie było dla niej miejsca, ale
najczęściej bawili się w piątkę. Pluskali się w sadzawkach
i w fontannach Wodnych Ogrodów, ruszali do walki, jedno na
nagich plecach drugiego. Arianne i Tyene razem uczyły się czytać, jeździć konno i tańczyć. Kiedy miała dziesięć lat, Arianne
ukradła dzban wina i obie się upiły. Dzieliły ze sobą posiłki,
łoże i klejnoty. Podzieliłyby się też pierwszym mężczyzną, ale
Drey za bardzo się podniecił i spuścił się na palce Tyene w tej
samej chwili, gdy wyciągnęła mu go ze spodni. *Jej dłonie są
niebezpieczne.* Arianne uśmiechnęła się na to wspomnienie.

Im dłużej myślała o swych kuzynkach, tym bardziej było jej
ich brak. *Bardzo możliwe, że przetrzymują je tuż pode mną.*
Nocą Arianne zaczęła walić w podłogę piętą sandała, a gdy nikt
jej nie odpowiedział, wychyliła się przez okno i spojrzała w dół.

Widziała na dole inne okna. Były węższe niż w jej komnacie, niektóre z nich były nie więcej niż strzelnicami.

— Tyene! — zawołała. — Tyene, jesteś tu? Obaro, Nym? Słyszycie mnie? Ellario? Jest tam kto? Tyene?!

Księżniczka przez pół nocy wychylała się przez okno i krzyczała, aż rozbolało ją gardło, lecz nie doczekała się odpowiedzi. To przeraziło ją tak bardzo, że nie potrafiłaby tego ubrać w słowa. Gdyby Żmijowe Bękarcice były uwięzione we Włóczni, z pewnością usłyszałyby jej krzyki. Dlaczego jej nie odpowiedziały? *Jeśli ojciec je skrzywdził, nigdy mu nie wybaczę* — pomyślała. *Nigdy.*

Po dwóch tygodniach jej cierpliwość wyczerpała się niemal całkowicie.

— Chcę porozmawiać z ojcem — oświadczyła Borsowi swym najbardziej rozkazującym tonem. — Zaprowadź mnie do niego.

Nie zrobił tego. Potem spróbowała szczęścia z Timothem.

— Jestem już gotowa zobaczyć się z księciem — powiedziała, ale on tylko odwrócił się, jakby jej nie słyszał. Następnego ranka Arianne czekała pod drzwiami, gdy się otworzyły. Przemknęła obok Belandry, rzucając o ścianę półmiskiem z jajecznicą z przyprawami, ale wartownicy złapali ją, nim zdążyła przebiec trzy jardy. Ich również znała, lecz pozostali głusi na wszelkie błagania. Zaciągnęli ją z powrotem do celi, choć wyrywała się i wierzgała.

Doszła wówczas do wniosku, że będzie musiała być bardziej subtelna. Jej największą nadzieję stanowiła Cedra. Dziewczyna była młoda, naiwna i łatwowierna. Pamiętała, że Garin chwalił się kiedyś, iż z nią spał. Podczas następnej kąpieli, gdy Cedra namydlała jej barki, Arianne zaczęła mówić o wszystkim i o niczym.

— Wiem, że zakazano ci ze mną rozmawiać — wyjaśniła. — Ale mnie nikt nie zabraniał mówić do ciebie.

Opowiedziała jej o upale, o tym, co jadła wczoraj na kolację, i o tym, jak bardzo powolna i sztywna robi się biedna Belandra. Księżę Oberyn uzbroił wszystkie swe córki, ale Arianne Martell nie miała żadnego oręża poza sprytem. Dlatego uśmiechała się i czarowała Cedrę, nie żądając od niej w zamian żadnych słów ani nawet skinienia głową.

Następnego dnia, gdy dziewczyna przyniosła jej kolację, Arianne znowu zasypała ją słowami. Tym razem wspomniała też o Garinie. Na dźwięk jego imienia Cedra uniosła nieśmiało wzrok, omal nie rozlewając wina. *A więc tak to wygląda?* — pomyślała Arianne.

Podczas kolejnej kąpieli mówiła o swych uwięzionych przyjaciołach, szczególnie o Garinie.

— O niego obawiam się najbardziej — wyznała służce. — Sieroty są wolnymi duchami, żyją po to, by wędrować. Garin potrzebuje słońca i świeżego powietrza. Jeśli zamkną go w jakiejś wilgotnej celi o kamiennych murach, nie pożyje długo. W Ghaston Grey nie przetrwa nawet roku.

Cedra nie odpowiedziała ani słowem, ale jej twarz pobladła, gdy Arianne wynurzyła się z wody. Dziewczyna ściskała w rękach gąbkę tak mocno, że mydło skapywało na myrijski dywan.

Mimo to potrzeba było jeszcze czterech dni i dwóch kąpieli, by Cedra należała do niej.

— Proszę — wyszeptała dziewczyna, gdy Arianne namalowała słowami barwny obraz Garina rzucającego się z okna swej celi, by przed śmiercią jeszcze przez chwilę zakosztować wolności.

— Musisz mu pomóc. Proszę, nie pozwól mu zginąć.

— Niewiele mogę zrobić, dopóki pozostaję tu zamknięta — odpowiedziała szeptem księżniczka. — Ojciec nie chce się nawet ze mną zobaczyć. Tylko ty możesz uratować Garina. Kochasz go?

— Tak — odparła szeptem Cedra z rumieńcem na twarzy. — Ale jak mogę mu pomóc?

— Możesz przemycić list ode mnie — wyjaśniła Arianne. — Zrobisz to? Podejmiesz to ryzyko... dla Garina?

Cedra otworzyła szeroko oczy. Skinęła głową.

Mam kruka — pomyślała z triumfem Arianne. *Ale do kogo go wyślę?* Jedynym ze spiskowców, któremu udało się wymknąć z sieci jej ojca, był Ciemna Gwiazda. Niewykluczone jednak, że ser Gerolda udało się już złapać, a jeśli nie, z pewnością uciekł z Dorne. Potem przyszła jej do głowy matka Garina i sieroty z Zielonej Krwi. *Nie, nie one.* To musi *być ktoś, kto ma prawdziwą władzę, ktoś, kto nie uczestniczył w naszym spisku, ale może mieć powód, by nam sprzyjać.* Pomyślała o swej matce, lecz lady Mellario przebywała w dalekim Norvos, a poza tym książę Doran już od lat nie słuchał swej pani żony. *Ona również się nie nadaje. Potrzebuję lorda, wystarczająco potężnego, by mógł zastraszyć ojca, zmusić go do uwolnienia mnie.*

Najpotężniejszym z dornijskich lordów był Anders Yronwood, Królewska Krew, lord Yronwood i strażnik Szlaku Kości. Arianne wiedziała jednak, że nie ma sensu zwracać się o pomoc do człowieka, który był opiekunem jej brata Quentyna, *Nie.* Brat Dreya, ser Deziel Dalt, pragnął kiedyś ją poślubić, ale był zbyt posłuszny, by wystąpić przeciwko księciu. Poza tym rycerz z Cytrynowego Lasu mógłby być może zastraszyć jakiegoś poślednego lorda, ale z pewnością nie księcia Dorne. *Nie.* To samo dotyczyło ojca Cętkowanej Sylvy. *Nie.* Na koniec Arianne doszła do wniosku, że nadzieję rokuje tylko dwóch kandydatów: Harmen Uller, lord Hellholtu, oraz Franklyn Folwer, lord Skyreach i strażnik Książęcego Wąwozu.

„Połowa Ullerów jest na wpół obłąkana, a druga połowa jest gorsza" — jak mawiali ludzie. Ellaria Sand była naturalną córką lorda Harmena. Ją i jej córki uwięziono razem z resztą Żmijowych Bękarcic. To z pewnością rozgniewało jej ojca, a gdy Ullerowie wpadali w gniew, stawali się groźni. *Być może zbyt groźni.* Księżniczka nie chciała już narażać niczyjego życia.

Lord Fowler mógł być bezpieczniejszym wyborem. Zwano go Starym Jastrzębiem i nigdy nie przepadał za Andersem Yronwoodem. Swary między ich rodami trwały od tysiąca lat, od czasów, gdy podczas wojny Nymerii Fowlerowie opowiedzieli się po stronie Martellów, przeciw Yronwoodom. Bliźniaczki Fowlerów słynęły ze swej przyjaźni z lady Nym, ale czy dla Starego Jastrzębia będzie to miało jakiekolwiek znaczenie?

Arianne zastanawiała się nad tym całymi dniami, układając swój sekretny list.

— Daj człowiekowi, który ci to przyniesie, sto srebrnych jeleni — zaczęła. To powinno zapewnić, że list trafi do rąk adresata. Księżniczka napisała, gdzie jest, i błagała o ratunek. — O tym, kto uwolni mnie z tej celi, będę pamiętała, gdy nadejdzie pora ślubu.

To powinno przyciągnąć tłumy bohaterów. O ile książę Doran nie pozbawił jej praw, nadal pozostawała prawowitą dziedziczką Słonecznej Włóczni. Mężczyzna, który się z nią ożeni, będzie władał Dorne u jej boku. Arianne mogła się jedynie modlić o to, by jej wybawca okazał się młodszy niż staruszkowie, za których próbował ją w ciągu minionych lat wydać ojciec.

— Chcę, żeby mój małżonek miał zęby — powiedziała Doranowi, odrzucając ostatniego z kandydatów.

Nie ośmieliła się prosić o papier, by nie wzbudzić podejrzeń, napisała więc list na ostatniej karcie wyrwanej z *Siedmioramiennej gwiazdy* i wcisnęła go Cedrze do ręki podczas następnej kąpieli.

— Pod Potrójną Bramą jest miejsce, gdzie karawany uzupełniają zapasy przed przejściem przez głęboką pustynię — powiedziała Arianne. — Znajdź jakiegoś podróżnika zmierzającego w stronę Książęcego Wąwozu i obiecaj mu sto srebrnych jeleni, jeśli odda ten list do rąk lorda Fowlera.

— Zrobię to. — Cedra wsunęła list za gorsecik. — Znajdę kogoś, nim słońce zajdzie, księżniczko.

Następnego dnia dziewczyna jednak nie wróciła. Ani jeszcze następnego. Gdy nadszedł czas, by Arianne się wykąpała, to Morra i Mellei wypełniały jej balię, a także myły plecy i czesały włosy.

— Czy Cedra zachorowała? — zapytała księżniczka, ale żadna z nich nie chciała jej odpowiedzieć. *Złapali ją* — skonkludowała Arianne. *To jedyne wyjaśnienie.* Nocą prawie w ogóle nie spała ze strachu przed tym, co się wydarzy.

Gdy rankiem Timoth przyniósł jej śniadanie, księżniczka poprosiła o spotkanie z Ricassem, nie z ojcem. Nie ulegało wątpliwości, że nie może zmusić księcia Dorana, by do niej przyszedł, ale z pewnością zwykły seneszal nie zignoruje wezwania prawowitej dziedziczki Słonecznej Włóczni.

Zrobił to jednak.

— Powtórzyłeś moje słowa Ricassowi? — zapytała Timotha, gdy znowu go zobaczyła. — Powiedziałeś, że jest mi potrzebny?

Kiedy sługa nie chciał jej odpowiedzieć, Arianne złapała dzban czerwonego wina i wylała mu je na głowę. Mężczyzna opuścił komnatę, ociekając trunkiem. Jego twarz przerodziła się w maskę urażonej godności. *Ojciec pozwoli, żebym tu zgniła* — zdecydowała księżniczka. *Albo zamierza mnie wydać za jakiegoś starego, odrażającego głupca i będzie mnie tu trzymał aż do dnia pokładzin.*

Arianne Martell zawsze spodziewała się, że wyjdzie za jakiegoś wielkiego lorda, którego wybierze dla niej ojciec. Uczono ją, że do tego właśnie służą księżniczki... choć trzeba przyznać, że jej stryj Oberyn miał na ten temat inne zdanie.

— Jeśli chcecie wyjść za mąż, proszę bardzo — powtarzał córkom Czerwona Żmija. — Jeśli nie, korzystajcie z przyjemności tam, gdzie ją znajdziecie. Na tym świecie jest o nią trudno. Ale wybierajcie mądrze... a jeśli zwiążecie się z głupcem albo łotrem, nie liczcie, że was od niego uwolnię. Otrzymałyście ode mnie narzędzia potrzebne, by zrobić to samodzielnie.

Prawowita dziedziczka księcia Dorana nie cieszyła się wolnością, na jaką książę Oberyn pozwalał swym bękarcim córkom. Pogodziła się z myślą, że musi wyjść za mąż. Wiedziała, że Drey jej pragnie, podobnie jak jego brat Deziel, rycerz z Cytrynowego Lasu. Daemon Sand posunął się nawet do tego, że poprosił o jej rękę. Daemon był jednak bękartem, a poza tym książę Doran nie chciał, by wyszła za Dornijczyka.

Arianne to również zaakceptowała. Pewnego roku odwiedził ich brat króla Roberta i starała się ze wszystkich sił go uwieść, ale była jeszcze prawie dzieckiem i lord Renly sprawiał wrażenie raczej zdziwionego niż podekscytowanego jej wysiłkami. Potem, gdy Hoster Tully zaprosił ją do Riverrun, by poznała jego dziedzica, zapaliła dziękczynne świece dla Dziewicy, ale książę Doran odrzucił zaproszenie. Księżniczka była nawet skłonna rozważyć Willasa Tyrella, pomimo kalekiej nogi, ale ojciec nie chciał jej wysłać do Wysogrodu, by go poznała. I tak postanowiła tam się wybrać, przy pomocy Tyene, lecz książę Oberyn złapał je nad Vaith i odwiózł do domu. W tym samym roku książę Doran próbował ją wyswatać z Benem Beesburym, pomniejszym lordem, który miał jak nic osiemdziesiąt lat, a do tego był ślepy i bezzębny.

Beesbury zmarł kilka lat później. To pocieszało nieco Arianne. Jeśli nie żył, nie można jej było za niego wydać. A lord Przeprawy ożenił się po raz kolejny, więc on również jej nie groził. *Ale Estermont żyje i nie ma żony. Lord Rosby i lord Grandison również.* Grandisona zwano Siwobrodym, lecz gdy go spotkała, jego broda była już zupełnie biała. Podczas uczty powitalnej zasnął w przerwie między rybą a mięsem. Drey stwierdził, że tego właśnie należało się spodziewać, jako że ich gospodarz ma w herbie śpiącego lwa. Garin namawiał ją, by spróbowała, czy da radę zawiązać mu supeł na brodzie, nie budząc go — Arianne nie dała się sprowokować. Grandison robił sympatyczne wrażenie, był mniej zrzędliwy niż Estermont i miał lepsze zdrowie niż Rosby, lecz z pewnością nie zamierzała za niego wychodzić. *Nawet jeśli Hotah stanie za mną z halabardą.*

Następnego dnia nikt nie zjawił się, by ją poślubić. Ani jeszcze następnego. Cedra również nie wróciła. Arianne próbowała zdobyć Morrę i Mellei w ten sam sposób, ale nic to nie dało. Mogłaby mieć nadzieję na sukces, gdyby udało się jej porozmawiać z którąś na osobności, lecz obie siostry razem były głuche jak ściana. Księżniczka była już w takim stanie, że ucieszyłoby ją dotknięcie gorącego żelaza albo popołudnie spędzone na łożu tortur. Samotność doprowadzała ją do obłędu. *Za to, co uczyniłam, zasłużyłam na katowski topór, ale on nie chce mi dać nawet tego. Woli mnie tu zamknąć i zapomnieć, że kiedykolwiek żyłam.* Zastanawiała się, czy maester Caleotte przygotowuje już proklamację ogłaszającą jej brata Quentyna dziedzicem Dorne.

Dni mijały jeden po drugim. Było ich tak wiele, że Arianne straciła rachubę. Coraz więcej czasu spędzała w łożu, aż wreszcie nadszedł czas, gdy wstawała tylko do wychodka. Przyniesione przez służbę posiłki stygły nietknięte. Księżniczka zasypiała, budziła się, znowu zasypiała i nadal czuła się zbyt zmęczona, żeby wstać. Modliła się do Matki o zmiłowanie i do Wojownika o odwagę, a później znowu zasypiała. Stare posiłki zastępowano świeżymi, ale tych również nie jadła. Pewnego dnia, gdy poczuła się wyjątkowo silna, zaniosła danie do okna i wyrzuciła je na dziedziniec, żeby jej nie kusiło. Ten wysiłek wyczerpał ją tak bardzo, że dowlokła się z powrotem do łoża i przespała pół dnia.

W końcu jednak nadeszła chwila, gdy obudził ją dotyk szorstkiej dłoni potrząsającej ją za ramię.

— Mała księżniczko — rozległ się głos, który znała od dzieciństwa. — Wstawaj i ubieraj się. Książę cię wzywa.

Stał nad nią Areo Hotah, jej dawny przyjaciel i obrońca. Mówił do niej. Arianne uśmiechnęła się sennie. Dobrze było ujrzeć jego pomarszczoną, naznaczoną bliznami twarz i usłyszeć niski, ochrypły głos z silnym norvoshijskim akcentem.

— Co zrobiliście z Cedrą?

— Książę odesłał ją do Wodnych Ogrodów — wyjaśnił Hotah. — Opowie ci o tym. Najpierw musisz się wymyć i najeść.

Z pewnością wyglądała okropnie. Arianne wstała z łoża, słaba jak kot.

— Niech Morra i Mellei przygotują kąpiel — powiedziała Hotahowi. — Powiedz też Timothowi, żeby przyniósł mi coś do jedzenia. Ale nic ciężkiego. Jakiś zimny rosół albo trochę chleba z owocami.

— Dobrze — zgodził się Hotah. Nigdy w życiu nie słyszała słodszego głosu.

Kapitan czekał pod drzwiami, aż księżniczka wykąpie się, uczesze i zje odrobinę sera z owocami, które jej przynieśli. Wypiła też trochę wina, żeby uspokoić żołądek. *Boję się —* uświadomiła sobie. *Po raz pierwszy w życiu boję się własnego ojca.* Roześmiała się tak gwałtownie, że wino trysnęło jej nosem. Gdy nadszedł czas, by się ubrać, wybrała prostą suknię z płótna barwy kości słoniowej. Na rękawach i gorseciku fioletową nicią wyhaftowano winną latorośl z gronami. Arianne nie włożyła biżuterii. *Muszę wydawać się skromna, cnotliwa i skruszona. Muszę rzucić mu się do stóp i błagać o wybaczenie, bo w przeciwnym razie mogę już nigdy nie usłyszeć ludzkiego głosu.*

Gdy była gotowa, zapadł zmierzch. Arianne sądziła, że Hotah zaprowadzi ją do Wieży Słońca, by ojciec osądził córkę, poszli jednak do samotni księcia. Doran Martell siedział za stołem do *cyvasse*, wspierając podagryczne nogi na wyściełanym podnóżku, i bawił się onyksowym słoniem, którego obracał w czerwonych, obrzękłych dłoniach. Książę wyglądał gorzej niż kiedykolwiek dotąd. Twarz miał bladą i opuchniętą, a stawy tak zaczerwienione, że samo patrzenie na nie sprawiało jej ból. Gdy Arianne ujrzała go w takim stanie, z całego serca zapragnęła do niego podbiec... ale z jakiegoś powodu nie mogła się zdobyć na to, by paść na kolana i błagać o łaskę, tak jak zamierzała.

— Ojcze — powiedziała tylko.

Uniósł głowę, by na nią spojrzeć. Jego ciemne oczy przesłaniała mgła bólu. *Czy to przez podagrę? —* zastanawiała się Arianne. *Czy przeze mnie?*

— Volanteńczycy są niezwykłym, subtelnym narodem — mruknął, odstawiając słonia. — Byłem kiedyś w Volantis, po drodze do Norvos, gdzie poznałem Mellario. Bito wówczas we wszystkie dzwony, a na schodach tańczyły niedźwiedzie. Areo z pewnością pamięta ten dzień.

— Pamiętam — potwierdził niskim głosem Areo Hotah. — Bito w dzwony, niedźwiedzie tańczyły, a książę miał na sobie czerwono-złoto-pomarańczowy strój. Pani zapytała mnie, kto błyszczy tak jaskrawo.

Książę Doran uśmiechnął się słabo.

— Zostaw nas samych, kapitanie.

Hotah uderzył trzonkiem halabardy w posadzkę, odwrócił się na pięcie i wyszedł.

— Powiedziałem im, żeby postawili w twojej komnacie stół do *cyvasse* — rzekł jej ojciec, gdy zostali sami.

— A z kim miałam grać?

Dlaczego mówi o grze? Czyżby podagra odebrała mu rozum?

— Ze sobą. Czasami lepiej jest poznać grę, zanim zacznie się w nią grać. Jak dobrze ją znasz, Arianne?

— Wystarczająco dobrze, żeby grać.

— Ale nie, by wygrać. Mój brat kochał walkę dla samej walki, lecz ja uznaję tylko gry, w których mam szansę zwycięstwa. *Cyvasse* nie jest dla mnie. — Przyglądał się jej twarzy przez dłuższy czas. — Dlaczego? Powiedz mi, Arianne. Powiedz dlaczego.

— Dla honoru naszego rodu. — Gniewało ją brzmienie głosu ojca. Wydawał się taki smutny, zmęczony i słaby. *Jesteś księciem!* — miała ochotę krzyknąć na niego. *Powinieneś się wściekać!* — Swoją potulnością przynosisz wstyd całemu Dorne, ojcze. Twój brat pojechał do Królewskiej Przystani zamiast ciebie, a oni go zabili!

— Wydaje ci się, że o tym nie wiem? Oberyn jest przy mnie, gdy tylko zamknę oczy.

— Z pewnością mówi ci, żebyś je otworzył.

Usiadła przy stole do *cyvasse* naprzeciwko ojca.

— Nie pozwoliłem ci usiąść.

— To zawołaj Hotaha i każ mnie wychłostać za bezczelność. Możesz to zrobić. Jesteś księciem Dorne. — Dotknęła jednej z figur, ciężkiego konia. — Czy złapaliście ser Gerolda?

Doran potrząsnął głową.

— Bardzo bym tego pragnął. Postąpiłaś głupio, wciągając jego w to wszystko. Ciemna Gwiazda jest najniebezpieczniejszym człowiekiem w Dorne. Na spółkę wyrządziliście nam wielką szkodę.

Arianne niemalże bała się zadać następne pytanie.

— Myrcella. Czy...

— ...zginęła? Nie, choć Ciemna Gwiazda zrobił, co mógł. Wszyscy patrzyli na twojego białego rycerza i nikt nie jest do końca pewny, jak to się stało, ale wygląda na to, że jej koń spłoszył się w ostatnim momencie. Gdyby nie to, Ciemna Gwiazda rozłupałby dziewczynce czaszkę na pół, a tak przeciął jej tylko policzek aż do kości i odciął prawe ucho. Maester Caleotte zdołał uratować jej życie, ale żadna maść ani eliksir nie przywrócą jej urody. Była moją podopieczną, Arianne, zaręczoną z twoim bratem. Zhańbiłaś nas wszystkich.

— Nie chciałam jej krzywdy — zapewniła Arianne. — Gdyby Hotah się nie wtrącił...

— ...ogłosiłabyś Myrcellę królową, by wszcząć bunt przeciw jej bratu. Zamiast ucha straciłaby życie.

— Tylko gdybyśmy przegrali.

— Gdyby? Powinnaś powiedzieć „kiedy". Dorne jest najmniej ludnym z Siedmiu Królestw. Młody Smok podał przesadną liczebność naszych armii w tej swojej księdze, by uczynić swój triumf bardziej chwalebnym, a my z radością podlewaliśmy zasiane przez niego ziarno, by wrogowie uważali nas za potężniejszych niż w rzeczywistości, ale księżniczka powinna znać prawdę. Męstwo nie zastąpi liczebności. Dorne nie ma szans na zwycięstwo w wojnie z Żelaznym Tronem, nie samo. Niewykluczone jednak, że na to właśnie nas skazałaś. Czy jesteś z tego dumna? — Książę nie dał jej czasu na odpowiedź. — I co mam z tobą zrobić, Arianne?

Wybaczyć mi — pragnęła powiedzieć częścią jaźni, lecz jego słowa zraniły ją zbyt głęboko.

— Ależ to samo, co zawsze. Nie rób nic.

— W ten sposób raczej nie skłonisz mnie do przełknięcia gniewu.

— Lepiej przestań go przełykać, bo możesz się nim udławić.

Książę nie odpowiedział.

— Powiedz, skąd się dowiedziałeś o moich planach? — spytała.

— Jestem księciem Dorne. Ludzie chcą się wkupić w moje łaski.

Ktoś zdradził.

— Wiedziałeś, a mimo to pozwoliłeś nam odjechać z Myrcellą. Dlaczego?

— To był mój błąd, który okazał się fatalny w skutkach. Jesteś moją córką, Arianne. Małą dziewczynką, która przybiegała do mnie, gdy sobie rozbiła kolano. Trudno mi było uwierzyć, że spiskujesz przeciwko mnie. Musiałem poznać prawdę.

— Teraz ją znasz. Chcę się dowiedzieć, kto na mnie doniósł.

— Na twoim miejscu też bym tego chciał.

— Powiesz mi?

— Nie widzę powodu.

— Myślisz, że nie zdołam odkryć prawdy na własną rękę?

— Możesz spróbować. Dopóki ci się to nie uda, nie będziesz mogła ufać żadnemu z nich... a odrobina nieufności jest dobra dla księżniczek. — Książę Doran westchnął. — Rozczarowujesz mnie, Arianne.

— Przyganiała wrona krukowi. Ty mnie rozczarowujesz od lat, ojcze.

Nie zamierzała być z nim tak szczera, ale słowa same wyrwały się z jej ust. *Proszę, wreszcie to powiedziałam.*

— Wiem o tym. Jestem zbyt potulny, słaby i ostrożny... za bardzo wyrozumiały dla naszych wrogów... choć mam wrażenie, że w tej chwili przydałaby ci się odrobina tej wyrozumiałości. Powinnaś błagać o przebaczenie, zamiast prowokować mnie jeszcze bardziej.

— Proszę o wyrozumiałość tylko dla moich przyjaciół.

— To bardzo szlachetnie z twojej strony.

— Zrobili to z miłości do mnie. Nie zasługują na to, by umrzeć w Ghaston Grey.

— Tak się składa, że zgadzam się z tą opinią. Poza Ciemną Gwiazdą wszyscy twoi współspiskowcy byli tylko głupimi dziećmi. Niemniej to nie była nieszkodliwa partia *cyvasse*. Ty i twoi przyjaciele dopuściliście się zdrady. Mógłbym kazać ich ściąć.

— Mógłbyś, ale tego nie zrobisz. Dayne'owie, Daltowie, Santagarowie... nigdy byś się nie odważył sprowokować wrogości takich rodów.

— Odważę się na więcej, niż ci się śni... ale to na razie zostawmy. Ser Andreya wysłano do Norvos, gdzie będzie służył twojej matce przez trzy lata. Garin dwa następne lata spędzi w Tyrosh. Od jego kuzynów wśród sierot wziąłem pieniądze i zakładników. Lady Sylvy nie spotkała żadna kara, ale była już w wieku odpowiednim do małżeństwa. Ojciec wysłał ją na Zielony Kamień, żeby wyszła za lorda Estermonta. Jeśli zaś chodzi o Arysa Oakhearta, sam wybrał swój los i odważnie stawił mu czoło. Rycerz Gwardii Królewskiej... jak ty to zrobiłaś?

— Pierdoliłam się z nim, ojcze. O ile sobie przypominam, kazałeś mi zadbać o rozrywkę dla naszych szlachetnie urodzonych gości.

Poczerwieniał na twarzy.

— Czy to wszystko, czego było trzeba?

— Powiedziałam mu, że gdy Myrcella zostanie królową, pozwoli nam się pobrać. Pragnął mnie za żonę.

— Jestem pewien, że zrobiłaś wszystko, co tylko mogłaś, by powstrzymać go przed pohańbieniem ślubów — stwierdził jej ojciec.

Tym razem to Arianne poczerwieniała. Uwiedzenie ser Arysa zajęło jej pół roku. Choć Oakheart twierdził, że znał inne kobiety, zanim przywdział biel, nigdy by się tego nie domyśliła z jego poczynań. Jego pieszczoty były nieudolne, pocałunki nerwowe, a gdy byli ze sobą po raz pierwszy, spuścił nasienie na jej udo, gdy próbowała wprowadzić go ręką do środka. Co gorsza, trawił go wstyd. Gdyby dostała złotego smoka za każdy raz, gdy wyszeptał: „Nie powinniśmy tego robić", byłaby bogatsza od Lannisterów. *Czy zaatakował Areo Hotaha dlatego, że chciał mnie ratować?* — zastanawiała się Arianne. *Czy raczej dlatego, że chciał przede mną uciec, zmyć hańbę własną krwią?*

— On mnie kochał — usłyszała własny głos. — I zginął dla mnie.

— Jeśli tak było, może się okazać, że był pierwszym z wielu. Ty i twoi kuzyni pragnęliście wojny. Wasze życzenie może się spełnić. W stronę Słonecznej Włóczni zmierza powoli drugi rycerz Gwardii Królewskiej. Ser Balon Swann wiezie mi głowę Góry. Moi chorążowie starają się go powstrzymać, by dać mi trochę czasu. Wylowie przez osiem dni polowali z nim z psami i sokołami na Szlaku Kości, a gdy wyjechał z gór, lord Yronwood ucztował razem z nim przez dwa tygodnie. W tej chwili przebywa w Tor, gdzie lady Jordayne urządziła turniej na jego cześć. Kiedy dotrze do Wzgórza Duchów, przekona się, że lady Toland jest zdecydowana ją przelicytować. Prędzej czy później ser Balon musi jednak pojawić się w Królewskiej Włóczni, a gdy już to się stanie, będzie chciał się zobaczyć z księżniczką Myrcellą... a także ser Arysem, swym zaprzysiężonym bratem. Co mu powiemy, Arianne? Czy mam mu oświadczyć, że Oakheart zginął w wypadku na polowaniu albo zleciał ze śliskich schodów? A może poszedł popływać w Wodnych Ogrodach, pośliznął się na marmurze, uderzył w głowę i utonął?

— Nie — sprzeciwiła się Arianne. — Powiedz, że zginął, broniąc swej małej księżniczki. Powiedz ser Balonowi, że Ciemna Gwiazda próbował ją zabić, ale ser Arys stanął między nimi i ją uratował. — Tak właśnie powinni ginąć biali rycerze z Gwardii Królewskiej, oddając życie za tych, których przysięgli chronić. — Ser Balon może coś podejrzewać, tak jak ty, gdy Lannisterowie zabili twoją siostrę i jej dzieci, ale nie będzie miał dowodów...

— ...dopóki nie porozmawia z Myrcellą. A może to odważne dziecko również musi paść ofiarą tragicznego wypadku? To

338

oznaczałoby wojnę. Żadne kłamstwo nie ocali Dorne przed gniewem królowej, jeśli jej córka zginie, przebywając pod moją opieką.

On mnie potrzebuje — uświadomiła sobie Arianne. *Dlatego właśnie po mnie posłał.*

— Mogłabym podpowiedzieć Myrcelli, co ma rzec, ale dlaczego miałabym to zrobić?

Po twarzy jej ojca przebiegł spazm gniewu.

— Ostrzegam cię, Arianne, zaczyna mi już brakować cierpliwości.

— Do mnie? — *To bardzo do niego podobne.* — Dla lorda Tywina i Lannisterów zawsze miałeś wyrozumiałość Baelora Błogosławionego, ale dla własnej krwi ani trochę.

— Mylisz cierpliwość z wyrozumiałością. Pracowałem nad doprowadzeniem do upadku Tywina Lannistera już od dnia, gdy opowiedzieli mi o Elii i jej dzieciach. Miałem nadzieję, że odbiorę mu wszystko, co dla niego drogie, zanim go zabiję, ale wygląda na to, że jego karłowaty syn obrabował mnie z tej przyjemności. Znajduję pewne, niewielkie pocieszenie w wiedzy, że zginął okrutną śmiercią z rąk potwora, którego sam spłodził. Ale co się stało, to się nie odstanie. Lord Tywin wyje z bólu w piekle... gdzie wkrótce dołączą do niego tysiące innych, jeśli twoje szaleństwo da początek wojnie. — Jej ojciec wykrzywił twarz w grymasie bólu, jakby już same te słowa sprawiały mu cierpienie. — Czy tego właśnie pragniesz?

Księżniczka nie dała się zastraszyć.

— Pragnę, by moje kuzynki odzyskały wolność. By mojego stryja pomszczono. Pragnę otrzymać to, co mi się prawnie należy.

— Co ci się prawnie należy?

— Dorne.

— Dostaniesz Dorne po mojej śmierci. Tak ci śpieszno do tego, by się mnie pozbyć?

— Powinnam zadać ci to samo pytanie, ojcze. Już od lat próbowałeś się ode mnie uwolnić.

— Nieprawda.

— Czyżby? Czy mamy zapytać o to mojego brata?

— Trystane'a?

— Quentyna — wysyczała.

— Co z nim?

— Gdzie on jest?

— Jest gościem lorda Yronwooda na Szlaku Kości.

— Muszę przyznać, że biegle kłamiesz, ojcze. Nawet nie mrugnąłeś. Quentyn popłynął do Lys.

— Skąd ci to przyszło do głowy?

— Przyjaciel mi powiedział.

Ona też mogła mieć swoje tajemnice.

— Twój przyjaciel kłamał. Masz moje słowo na to, że twój brat nie popłynął do Lys. Przysięgam na słońce, włócznię i Siedmiu.

Arianne nie dała się nabrać tak łatwo.

— A więc to było Myr? Albo Tyrosh? Wiem, że przebywa gdzieś za wąskim morzem i wynajmuje najemników, by ukraść mi moje dziedzictwo.

Twarz jej ojca pociemniała.

— Podobny brak zaufania nie przynosi ci zaszczytu, Arianne. To Quentyn powinien spiskować przeciwko mnie. Odesłałem go z domu, gdy był jeszcze dzieckiem, za młodym, by rozumieć potrzeby Dorne. To raczej Anders Yronwood był jego ojcem, nie ja, a mimo to twój brat pozostaje wiernym i posłusznym synem.

— Czemu by nie? Faworyzujesz go. Zawsze go faworyzowałeś. Przypomina ciebie z wyglądu, myśli jak ty i zamierzasz zostawić mu Dorne, nie próbuj zaprzeczać. Czytałam twój list. — Słowa nadal płonęły w jej pamięci, jasno jak ogień. — „Pewnego dnia będziesz zasiadał tam, gdzie ja siedzę teraz, i władał całym Dorne". Tak mu napisałeś. Powiedz, ojcze, kiedy postanowiłeś mnie wydziedziczyć? Tego dnia, gdy narodził się Quentyn czy kiedy ja przyszłam na świat? Co ci uczyniłam, że tak mnie nienawidzisz?

Ku wściekłości Arianne jej oczy zaszły łzami.

— Nigdy cię nie nienawidziłem. — Głos Dorana brzmiał słabo i był pełen żalu. — Arianne, nic nie rozumiesz.

— Czy przeczysz, że napisałeś te słowa?

— Nie przeczę. To było wtedy, gdy Quentyn po raz pierwszy pojechał do Yronwood. Chciałem wówczas, by został moim następcą, to prawda. Wobec ciebie miałem inne plany.

— Och, tak — rzuciła ze wzgardą. — Były doprawdy wspaniałe. Gyles Rosby. Ślepy Ben Beesbury. Siwobrody Grandison. To były twoje plany. — Nie dała mu szansy odpowiedzieć. — Wiem, że jest moim obowiązkiem zapewnić Dorne dziedzica. Nigdy o tym nie zapominałam. Z chęcią wyszłabym za mąż, ale kandydaci, których mi przedstawiałeś, nie byli niczym innym jak zniewagą. Każdy z nich był kolejnym splunięciem w twarz. Jeżeli kiedykolwiek mnie kochałeś, jak mogłeś mnie zaoferować Walderowi Freyowi?

— Bo wiedziałem, iż nim wzgardzisz. Odkąd osiągnęłaś odpowiedni wiek, ludzie musieli widzieć, że szukam dla ciebie męża, ponieważ inaczej zaczęliby coś podejrzewać, ale nie ośmieliłem się zaproponować ci żadnego mężczyzny, którego mogłabyś zaakceptować. Byłaś obiecana innemu, Arianne.

Obiecana? Arianne popatrzyła na niego z niedowierzaniem.

— Co próbujesz mi powiedzieć? Czy to jakieś kolejne kłamstwo? Nigdy nie mówiłeś…

— Pakt zawarto w tajemnicy. Zamierzałem ci wszystko wyjawić, gdy osiągniesz odpowiedni wiek… myślałem, że kiedy będziesz pełnoletnia, ale…

— Mam już dwadzieścia trzy lata. Od siedmiu lat jestem dorosłą kobietą.

— Wiem o tym. Jeśli nawet utrzymywałem cię w nieświadomości zbyt długo, chodziło mi jedynie o to, żeby cię chronić. Arianne, twoja natura… dla ciebie tajemnica to tylko fascynująca opowieść, którą można wyszeptać Garinowi i Tyene nocą w łożu. Garin jest plotkarzem jak wszystkie sieroty, a Tyene nie ukrywa niczego przed Obarą i lady Nym. A gdyby one się dowiedziały... Obara zanadto lubi wino, a Nym jest zbyt blisko z bliźniaczkami Fowlerów. Kto zaś wie, komu one się zwierzają? Nie mogłem podejmować ryzyka.

Była całkowicie zbita z tropu. *Obiecana, byłam obiecana.*

— Kto to jest? Z kim byłam zaręczona przez te wszystkie lata?

— To już nie ma znaczenia. On nie żyje.

To zdezorientowało ją jeszcze bardziej.

— Staruszkowie są tacy wątli. To było złamane biodro, przeziębienie czy może podagra?

— Garnek płynnego złota. Książęta przygotowują misterne plany, a bogowie wyprowadzają ich na manowce. — Książę Doran machnął ze znużeniem zaczerwienioną dłonią. — Dorne będzie należało do ciebie. Masz moje słowo, jeśli ono coś jeszcze dla ciebie znaczy. Twojego brata Quentyna czeka trudniejsza droga.

— Jaka droga? — Arianne popatrzyła nań podejrzliwie. — Co przede mną ukrywasz? Siedmiu, zmiłujcie się nade mną, mam już dosyć tajemnic. Powiedz mi resztę, ojcze... albo mianuj Quentyna swym dziedzicem, wezwij Hotaha z jego halabardą i pozwól mi zginąć razem z kuzynkami.

— Naprawdę wierzysz, że skrzywdziłbym dzieci Oberyna? — Jej ojciec wykrzywił twarz w bolesnym grymasie. — Obarze, Nym i Tyene nie brakuje niczego oprócz wolności, a Ellaria i jej córki przebywają szczęśliwie w Wodnych Ogrodach. Dorea zrzuca morgenszternem pomarańcze z drzew, a Elia i Obella stały się postrachem sadzawek. — Westchnął. — Nie tak dawno sama się bawiłaś w tych sadzawkach. Jeździłaś na plecach starszej dziewczynki... była wysoka i miała blond włosy, cienkie i rozwichrzone...

— To była Jeyne Fowler albo jej siostra Jennelyn. — Minęły lata, odkąd Arianne ostatnio to wspominała. — Och, była jeszcze Frynne, córka kowala. Ale ona miała brązowe włosy. Moim ulubieńcem był jednak Garin. Kiedy go dosiadałam, nikt nie mógł nas pokonać, nawet Nym i zielonowłosa dziewczynka z Tyrosh.

ALAYNE

Obróciła żelazny pierścień i popchnęła drzwi, uchylając je leciutko.

— Słowiczku? — zawołała. — Mogę wejść?

— Uważaj, pani — ostrzegła ją stara Gretchel, załamując dłonie. — W maestera jego lordowska mość rzucił nocnikiem.

— Więc już nie ma drugiego, żeby rzucić nim we mnie. Czy nie masz nic do roboty? A ty, Maddy... czy wszystkie okna są zamknięte i zasłonięte, a meble zakryte?

— Wszystkie, pani — zapewniła Maddy.

— Lepiej, żeby tak było. — Alayne wśliznęła się do ciemnej sypialni. — To tylko ja, Słowiczku.

Ktoś pociągnął nosem w ciemności.

— Jesteś sama?

— Tak, panie.

— Podejdź bliżej. Ale tylko ty.

Alayne zamknęła za sobą drzwi. Były dębowe i grube na cztery cale. Maddy i Gretchel mogły sobie podsłuchiwać, ile tylko zechcą. I tak nic nie usłyszą. I całe szczęście. Gretchel umiała trzymać język za zębami, ale Maddy była bezwstydną plotkarą.

— Czy przysłał cię maester Colemon? — zapytał chłopiec.

— Nie — skłamała. — Usłyszałam, że mój Słowiczek źle się czuje. — Po spotkaniu z nocnikiem maester przybiegł do ser Lothora, a Brune przyszedł do niej.

— Jeśli potrafisz wywabić go z łoża, pani, to znakomicie — stwierdził rycerz. — Nie będę musiał wywlekać go stamtąd siłą.

Nie możemy do tego dopuścić — powiedziała sobie. Gdy Roberta potraktowano brutalnie, często dostawał ataku drgawek.

— Ta zielonowłosa dziewczynka była córką archonta. Miałem cię wysłać do Tyrosh na jej miejsce. Służyłabyś archontowi jako podczaszy i spotkałabyś się potajemnie z narzeczonym, ale twoja matka zagroziła, że zrobi sobie coś złego, jeśli ukradnę jej kolejne dziecko i... nie mogłem tego zrobić.

Jego opowieść jest coraz dziwniejsza.

— Czy tam właśnie popłynął Quentyn? Do Tyrosh, zalecać się do zielonowłosej córki archonta?

Jej ojciec wziął w rękę jedną z figur *cyvasse*.

— Muszę usłyszeć, skąd się dowiedziałaś, że Quentyn wyjechał za granicę. Twojemu bratu towarzyszyli Cletus Yronwood, maester Kedry oraz trzech spośród najlepszych młodych rycerzy lorda Yronwooda. Wyruszyli w długą, niebezpieczną podróż, nie wiedząc, jakie przyjęcie czeka ich u jej celu. Quentyn ma nam przynieść spełnienie naszych pragnień.

Przymrużyła powieki.

— A co jest spełnieniem naszych pragnień?

— Zemsta. — Mówił cicho, jakby bał się, że ktoś może podsłuchiwać. — Sprawiedliwość. — Obrzękłymi, podagrycznymi palcami książę Doran wcisnął w jej dłoń onyksowego smoka i wyszeptał: — Ogień i krew.

— Jesteś głodny, panie? — zapytała małego lorda. — Czy mam wysłać Maddy po jagody z bitą śmietaną albo po ciepły chleb z masłem?

Poniewczasie przypomniała sobie, że nie mają ciepłego chleba. Kuchnie były zamknięte, a piece wystygły. *Warto będzie rozpalić ogień, jeśli w ten sposób wywabi się Roberta z łoża* — pomyślała.

— Nie chcę jeść — oznajmił mały lord piskliwym, marudnym głosem. — Zostanę dzisiaj w łóżku. Jeśli chcesz, możesz mi poczytać.

— Tu jest za ciemno, żeby czytać. — W oknach wisiały grube zasłony i w komnacie było ciemno jak nocą. — Czy mój Słowiczek zapomniał, jaki dziś dzień?

— Nie zapomniałem — odparł. — Ale nigdzie nie idę. Chcę zostać w łóżku. Możesz mi poczytać o Skrzydlatym Rycerzu.

Skrzydlatym Rycerzem zwano ser Artysa Arryna. Legenda mówiła, że przepędził on Pierwszych Ludzi z Doliny i poleciał na wielkim sokole na szczyt Kopii Olbrzyma, by zabić Króla Gryfów. Istniało sto różnych opowieści o jego przygodach. Mały Robert znał wszystkie tak dobrze, że mógł je recytować z pamięci, ale i tak lubił ich słuchać.

— Słodziutki, musimy iść — powiedziała chłopcu. — Ale obiecuję, że kiedy dotrzemy do Księżycowych Bram, przeczytam ci dwie historie o Skrzydlatym Rycerzu.

— Trzy — zażądał natychmiast. Bez względu na to, co mu proponowano, Robert zawsze żądał więcej.

— Trzy — zgodziła się. — Czy mogę tu wpuścić trochę słońca?

— Nie. Od światła bolą mnie oczy. Chodź do łóżka, Alayne.

Pomimo sprzeciwu podeszła do okien, omijając stłuczony nocnik. Czuła jego smród lepiej, niż go widziała.

— Nie otworzę ich bardzo szeroko. Tylko tyle, żebym widziała buzię mojego Słowiczka.

Pociągnął nosem.

— Jeśli musisz.

Zasłony były z grubego, niebieskiego aksamitu. Odsunęła jedną z nich na długość palca i podwiązała. W snopie bladego porannego światła widać było tańczące drobiny kurzu. Małe, romboidalne szyby okna pokrywał szron. Alayne potarła jedną z nich otwartą dłonią. W oczyszczonej plamie ujrzała jaskrawobłękitne niebo i białą poświatę bijącą od gór. Orle Gniazdo spowił lodowy płaszcz, a górującą nad nim Kopię Olbrzyma pokrywał śnieg sięgający pasa.

Kiedy się odwróciła, zobaczyła, że Robert Arryn siedzi wsparty na poduszkach, spoglądając na nią. *Lord Orlego Gniazda i Obrońca Doliny*. Poniżej pasa okrywał go wełniany koc. Powyżej był nagi. Miał ziemistą cerę, włosy długie jak u dziewczynki, smukłe, pajęcze kończyny, miękką, wklęsłą klatkę piersiową, lekko wydatny brzuszek oraz wiecznie czerwone i załzawione oczy. *Nic nie poradzi na to, że urodził się mały i chorowity.*

— Wyglądasz dziś rano bardzo zdrowo, panie.

Uwielbiał, jak mu mówiono, że jest zdrowy i silny.

— Czy mam kazać Maddy i Gretchel przynieść gorącej wody na kąpiel? — spytała. — Maddy wyszoruje ci plecy i wymyje włosy przed drogą, żebyś był czysty i wyglądał po lordowsku. Czy to nie byłoby miłe?

— Nie. Nienawidzę Maddy. Ma brodawkę na oku i szoruje mnie tak mocno, że aż boli. Kiedy mama mnie myła, nigdy nie bolało.

— Powiem Maddy, żeby nie szorowała mojego Słowiczka tak mocno. Kiedy będziesz czysty, poczujesz się lepiej.

— Nie chcę się kąpać. Mówiłem ci, że głowa mnie okropnie boli.

— Czy mam ci przynieść ciepłą szmatkę na czoło? Albo kielich sennego wina? Ale tylko maleńki. Mya Stone czeka już na nas w Niebie i zmartwi się, jeśli zaśniesz. Wiesz, jak bardzo cię kocha.

— Ale ja jej nie kocham. To tylko dziewczyna od mułów. — Robert ponownie pociągnął nosem. — Maester Colemon dodał mi wczoraj do mleka czegoś paskudnego. Czułem to. Powiedziałem, że chcę słodkiego mleka, ale on mi go nie dał. Nawet kiedy mu rozkazałem. Jestem lordem i powinien robić to, co mu mówię. Nikt mnie nie słucha.

— Porozmawiam z nim — obiecała Alayne. — Pod warunkiem że wstaniesz z łoża. Na dworze jest pięknie, Słowiczku. Słonko świeci jasno, to idealny dzień na zejście z góry. Muły czekają już w Niebie z Myą...

Usta mu zadrżały.

— Nienawidzę tych śmierdzących mułów. Kiedyś jeden próbował mnie ugryźć! Powiedz Myi, że zostaję. — Wydawało się, że zaraz się rozpłacze. — Dopóki tu będę, nikt mnie nie skrzywdzi. Orle Gniazdo jest niezdobyte.

— Któż chciałby skrzywdzić mojego Słowiczka? Twoi lordowie i rycerze cię uwielbiają, a prostaczkowie z radością wykrzykują twoje imię.

Boi się — pomyślała. *I nie bez powodu.* Od chwili, gdy jego pani matka spadła w przepaść, chłopiec nie chciał nawet wyjść na balkon, a droga z Orlego Gniazda do Księżycowych Bram mogłaby przestraszyć każdego. Serce Alayne podchodziło do gardła, gdy szła na górę z lady Lysą i lordem Petyrem, a wszyscy się zgadzali, iż zejście jest jeszcze bardziej przerażające, bo cały czas trzeba było patrzeć w dół. Mya opowiadała o wielkich lordach i śmiałych rycerzach, którzy na tej trasie bledli i moczyli się w bieliznę. *A żaden z nich nie cierpiał na konwulsje.*

Niemniej jednak coś trzeba było zrobić. Na dole wciąż jeszcze trwała złota jesień, ale wśród górskich szczytów nastała zima. Przetrzymali już trzy śnieżyce oraz burzę lodową, która na dwa tygodnie zamieniła zamek w kryształ. Orle Gniazdo mogło być niezdobyte, lecz wkrótce stanie się również niedostępne, a zejście z każdym dniem robiło się coraz bardziej niebezpieczne. Większość służby i żołnierzy opuściła już zamek. Zostało tylko kilkanaścioro ludzi zajmujących się lordem Robertem.

— Słowiczku — zaczęła łagodnie. — Zejście będzie łatwiutkie, zobaczysz. Będą z nami ser Lothor i Mya. Jej muły szły tędy już tysiąc razy.

— Nienawidzę mułów — upierał się chłopiec. — Muły są niedobre. Mówiłem ci, że jak byłem mały, jeden próbował mnie ugryźć.

Alayne wiedziała, że Robert nigdy nie nauczył się porządnie jeździć. Muły, konie, osły, dla niego wszystko to były groźne bestie, straszliwe jak smoki albo gryfy. Przywieziono go do Doliny, kiedy miał sześć lat, jechał na górę z głową wtuloną w mleczne piersi matki, od tego czasu nie opuszczał już Orlego Gniazda.

Musieli jednak zjechać na dół, zanim lód na dobre odetnie im drogę. Nie sposób było przewidzieć, jak długo utrzyma się korzystna pogoda.

— Mya dopilnuje, żeby muły nie gryzły — zapewniła Alayne.

— A ja będę jechała tuż za tobą. Jestem tylko dziewczyną i nie jestem taka odważna i silna jak ty. Jeśli ja mogę to zrobić, ty z pewnością również, Słowiczku.

— Mógłbym to zrobić — zapewnił lord Robert. — Ale nie chcę. — Otarł grzbietem dłoni zasmarkany nos. — Powiedz Myi, że zostanę w łóżku. Może jutro zjadę na dół, jeśli poczuję się lepiej. Dzisiaj jest za zimno i boli mnie głowa. Możesz też dostać trochę słodkiego mleka i powiem Gretchel, żeby przyniosła nam plastry miodu. Będziemy spać, całować się i grać. Możesz mi też poczytać o Skrzydlatym Rycerzu.

— Poczytam. Trzy historie, tak jak obiecałam... kiedy zjedziemy do Księżycowych Bram.

Alayne brakowało już cierpliwości. *Musimy zaraz wyruszyć* — powtarzała sobie. *W przeciwnym razie, kiedy słońce zajdzie, będziemy jeszcze powyżej granicy śniegu.*

— Lord Nestor przygotował ucztę, żeby cię przywitać — dodała. — Będzie zupa grzybowa, dziczyzna i ciastka. Nie chciałbyś go rozczarować, prawda?

— A czy będą ciastka cytrynowe?

Lord Robert uwielbiał ciastka cytrynowe. Być może nauczył się je lubić od Alayne.

— Cytrynowiuteńkie — zapewniła. — Będziesz mógł zjeść tyle, ile tylko zechcesz.

— Sto? — zainteresował się. — Czy będę mógł zjeść sto?

— Jeśli będziesz miał ochotę.

Usiadła na łożu i wygładziła jego długie, miękkie włosy. *Ma piękne włosy.* Lady Lysa zawsze czesała je sama i strzygła wtedy, gdy wymagały skrócenia. Po jej śmierci Robert dostawał straszliwych drgawek, gdy tylko ktoś zbliżył się do niego z ostrym narzędziem, Petyr rozkazał więc, by pozwolono jego włosom rosnąć swobodnie. Alayne owinęła sobie loczek wokół palca.

— Czy teraz wstaniesz z łoża i pozwolisz, żebyśmy cię ubrały? — zapytała.

— Chcę sto ciastek cytrynowych i pięć historii!

Najchętniej dałabym ci sto klapsów i pięć policzków. Nie odważyłbyś się tak zachowywać, gdyby był tu Petyr. Mały lord odczuwał zdrowy strach przed ojczymem. Alayne rozciągnęła usta w wymuszonym uśmiechu.

— Jak sobie życzysz, panie. Ale najpierw musisz się umyć, ubrać i ruszyć w drogę. Chodź, zanim ranek minie.

Ujęła go stanowczo za ramię i wyciągnęła z łoża.

Nim jednak zdążyła zawołać służące, Słowiczek objął ją chudymi ramionami i pocałował. To był dziecięcy, niezgrabny pocałunek. Robert Arryn wszystko robił niezgrabnie. *Jeśli zamknę oczy, będę mogła udawać, że to Rycerz Kwiatów.* Ser Loras dał kiedyś Sansie Stark czerwoną różę, ale nigdy jej nie pocałował... a żaden Tyrell z pewnością nie pocałowałby Alayne Stone. Choć była ładna, urodziła się po niewłaściwej stronie łoża.

Gdy jednak wargi chłopca dotknęły jej warg, pomyślała o innym pocałunku. Po dziś dzień pamiętała, jak się czuła, gdy dotknęły jej jego okrutne usta. Przyszedł do Sansy po ciemku, gdy na niebie gorzał zielony ogień. *Wziął ode mnie piosenkę i pocałunek, a w zamian zostawił tylko zakrwawiony płaszcz.*

To nie miało znaczenia. Tamten dzień należał już do przeszłości i Sansa również.

Alayne odepchnęła małego lorda.

— Wystarczy. Będziesz mógł mnie znowu pocałować, kiedy dotrzemy do Bram, pod warunkiem że dotrzymasz słowa.

Maddy i Gretchel czekały pod drzwiami w towarzystwie maestera Colemona. Maester zmył kał z włosów i włożył nową szatę. Zjawili się również giermkowie Roberta. Terrance i Gyles zawsze potrafili zwęszyć kłopoty.

— Lord Robert czuje się już lepiej — oznajmiła służącym Alayne. — Przynieście mu wody na kąpiel, ale pamiętajcie, żeby go nie oparzyć. Nie ciągnijcie też za włosy, kiedy je rozczesujecie. On tego nie znosi.

Jeden z giermków zachichotał.

— Terrance, przynieś jego lordowskiej mości strój do konnej jazdy i jego najcieplejszy płaszcz — rozkazała, słysząc to, Alayne. — Gyles, ty możesz sprzątnąć rozbity nocnik.

Gyles Grafton skrzywił się.

— Nie jestem pomywaczką.

— Zrób, co kazała lady Alayne, bo inaczej usłyszy o tym Lothor Brune — ostrzegł go maester Colemon. Potem ruszył za dziewczyną w dół schodów. — Dziękuję za pomoc, pani. Potrafisz sobie z nim radzić. — Zawahał się. — Czy zauważyłaś u niego jakieś drżenia?

— Palce trochę mu się trzęsły, kiedy trzymałam go za rękę, ale to wszystko. Mówi, że dodałeś mu do mleka czegoś paskudnego.

— Paskudnego? — Colemon zamrugał powiekami, poruszając nerwowo grdyką. — Ja tylko… czy krwawi z nosa?

— Nie.

— Dobrze. Bardzo dobrze. — Łańcuch zadźwięczał cicho, gdy maester pochylił głowę wieńczącą śmiesznie długą i cienką szyję. — To zejście w dół… pani, najbezpieczniej byłoby, gdybym przygotował jego lordowskiej mości trochę makowego mleka. Mya Stone mogłaby go przywiązać do grzbietu najpewniej stąpającego muła i przespałby całą drogę.

— Lord Orlego Gniazda nie może zjeżdżać ze swej góry związany jak worek jęczmienia.

Tego przynajmniej Alayne była pewna. Ojciec ostrzegał ją, że nie mogą dopuścić, by ludzie się dowiedzieli, jak bardzo słabowity i tchórzliwy jest Robert. *Chciałabym, żeby tu był. On by wiedział, co trzeba zrobić.*

Petyr Baelish przebywał jednak na drugim końcu Doliny. Pojechał na ślub lorda Lyonela Corbraya. Lord Lyonel był bezdzietnym wdowcem w wieku czterdziestu kilku lat i miał się ożenić z dorodną, szesnastoletnią córką bogatego kupca z Gulltown. Petyr sam zaaranżował to małżeństwo. Posag panny młodej był ponoć niewiarygodny. Musiał taki być, jako że była nisko urodzona. Mieli tam się zjawić wasale Corbraya, lordowie Waxley, Grafton i Lynderly, a także garstka pomniejszych lordów i rycerzy na włościach... oraz lord Belmore, który ostatnio pogodził się z jej ojcem. Spodziewano się, że inni Lordowie Deklaranci odrzucą zaproszenie, więc obecność Petyra miała kluczowe znaczenie.

Alayne świetnie wszystko rozumiała, ale oznaczało to, że zadanie bezpiecznego sprowadzenia Słowiczka z góry spadło na jej barki.

— Daj jego lordowskiej mości kubek słodkiego mleka — poleciła maesterowi. — To powinno powstrzymać drgawki podczas podróży na dół.

— Dostał kubek niecałe trzy dni temu — sprzeciwił się maester.

— I dziś w nocy domagał się następnego, ale mu odmówiłeś.

— Minęło zbyt mało czasu. Pani, nie rozumiesz, w czym rzecz. Jak już wspominałem lordowi protektorowi, szczypta senniczki powstrzyma drgawki, ale ten środek nie opuszcza ciała i z czasem...

— Czas nie będzie miał znaczenia, jeśli jego lordowska mość dostanie po drodze ataku drgawek i spadnie z góry. Gdyby był tu mój ojciec, z pewnością nakazałby ci uspokoić lorda Roberta za wszelką cenę.

— Staram się, pani, ale ataki stają się coraz gwałtowniejsze, a krew ma już tak rzadką, że nie odważę się przystawiać mu więcej pijawek. Senniczka... jesteś pewna, że nie krwawił z nosa?

— Pociągał nosem — przyznała Alayne. — Ale nie widziałam krwi.

— Muszę pomówić z lordem protektorem. Ta uczta... zastanawiam się, czy to rozsądne po tak męczącym zejściu?

— To nie będzie wielka uczta — zapewniła dziewczyna. — Nie więcej niż czterdziestu gości. Lord Nestor i jego domownicy, Rycerz Bramy, kilku pomniejszych lordów wraz ze świtą...

— Wiesz, że lord Robert nie lubi obcych. Będzie tam picie, hałas... muzyka. On się boi muzyki.

— Muzyka go uspokaja — poprawiła maestera Alayne. — Zwłaszcza dźwięk stojącej harfy. To śpiewu nie może znieść, odkąd Marillion zabił jego matkę. — Alayne powtarzała to kłamstwo już tak wiele razy, że najczęściej teraz tak właśnie pamiętała owo wydarzenie. Ta druga wersja wydawała się jej tylko złym snem, który niekiedy dręczył ją nocami. — Lord Nestor nie będzie miał na uczcie minstreli, tylko flety i skrzypki, żeby przygrywać do tańca. — A co ona zrobi, kiedy zabrzmi muzyka? Irytujące pytanie. Serce i głowa udzielały na nie przeciwstawnych odpowiedzi. Sansa kochała tańczyć, ale Alayne... — Daj mu kubek słodkiego mleka przed wyruszeniem w drogę i drugi na uczcie, a nie powinniśmy mieć kłopotów.

— Zgoda. — Zatrzymali się u podstawy schodów. — Ale to musi być ostatni. Na co najmniej pół roku.

— Lepiej omów tę sprawę z lordem protektorem.

Otworzyła drzwi i wyszła na dziedziniec. Alayne wiedziała, że Colemon chce tylko dobra swojego podopiecznego, lecz to co było dobre dla chłopca imieniem Robert, nie zawsze było dobre dla lorda Arryna. Tak powiedział jej Petyr i było to prawdą. *Maestera Colemona obchodzi tylko chłopiec. Ojciec i ja musimy się martwić o ważniejsze sprawy.*

Dziedziniec pokrywał dawno spadły śnieg, a z tarasów i wież zwisały przypominające kryształowe włócznie sople. Orle Gniazdo zbudowano z pięknego, białego kamienia, a płaszcz zimy czynił je jeszcze bielszym. *Jest takie piękne* — pomyślała Alayne. *Takie niedostępne.* Choć bardzo się starała, nie potrafiła pokochać tego miejsca. Nawet gdy byli tu jeszcze strażnicy i służący, zamek wydawał się pusty jak grobowiec, a teraz, gdy Petyr Baelish odjechał, owo wrażenie jeszcze się nasiliło. Po Marillionie nikt już tu nie śpiewał. Nikt nigdy nie śmiał się zbyt głośno. Nawet bogowie tu milczeli. W Orlim Gnieździe był sept, ale nie było septona, był boży gaj, ale nie było drzewa serca. *Nikt tu nie odpowiada na modlitwy* — myślała często, choć niekiedy czuła się tak samotna, że musiała spróbować. Odpowiadał jej jednak tylko wiatr, który szumiał bez końca między siedmioma smukłymi, białymi wieżami i przy każdym porywie potrząsał Księżycowymi Drzwiami. *Zimą będzie jeszcze gorzej* — uświadomiła sobie. *Zamek zamieni się w mroźne, białe więzienie.*

Mimo to bała się myśli o jego opuszczeniu prawie równie mocno jak Robert. Po prostu ukrywała to lepiej. Jej ojciec mówił, że nie jest wstydem się bać, a tylko okazywać strach. Zapewniał, że wszyscy żyją w strachu. Alayne nie była jednak pewna, czy mu wierzy. Petyr Baelish nie bał się niczego. *Powiedział to tylko po to, żeby dodać mi odwagi.* Na dole będzie musiała być odważna, jako że szansa zdemaskowania była tam znacznie większa. Przyjaciele Petyra na dworze zawiadomili go, że królowa rozesłała ludzi poszukujących Krasnala i Sansy Stark. *Jeśli mnie znajdą, stracę głowę* — pomyślała, schodząc po skutych lodem kamiennych schodach. *Muszę przez cały czas być Alayne, w środku i na zewnątrz.*

W szopie, w której znajdował się kołowrót, spotkała Lothora Brune'a, który pomagał strażnikowi Mordowi oraz dwóm służącym załadować kufry z ubraniami oraz bele tkaniny do sześciu wielkich, dębowych wiader. W każdym z nich mogłoby się pomieścić trzech ludzi. Wielkie wciągarki były najprostszym sposobem na dostanie się do zamku Nieba, który leżał sześćset stóp poniżej. Gdyby nie one, trzeba by schodzić naturalnym skalnym kominem zaczynającym się w piwnicy. *Albo tą drogą, którą zszedł Marillion, a przed nim lady Lysa.*

— Chłopiec wstał? — zapytał ser Lothor.

— Już go kąpią. Za godzinę będzie gotowy.

— Miejmy nadzieję. Mya nie będzie czekać dłużej niż do południa.

Pomieszczenie nie było ogrzewane i przy każdym słowie z ust mężczyzny buchała para.

— Zaczeka — zapewniła go Alayne. — Musi zaczekać.

— Nie bądź taka pewna, pani. Ta dziewczyna sama jest w połowie mułem. Prędzej nas tu zostawi, żebyśmy zginęli z głodu, niż narazi na niebezpieczeństwo swoje zwierzaki — zakończył z uśmiechem. *Zawsze się uśmiecha, gdy mówi o Myi Stone.* Mya była znacznie młodsza niż ser Lothor, ale gdy jej ojciec aranżował małżeństwo między lordem Corbrayem a tą córką kupca, powiedział Alayne, że młode dziewczęta zawsze są najszczęśliwsze ze starszymi mężczyznami.

— Niewinność i doświadczenie tworzą razem idealne małżeństwo — oznajmił.

Dziewczyna zastanawiała się, co sądzi Mya o ser Lothorze. Ze swym spłaszczonym nosem, wydatną szczęką i siwymi, wełnistymi włosami Brune nie mógł uchodzić za przystojnego, ale nie był też brzydki. *To pospolita, ale uczciwa twarz.* Choć ser Lothor został rycerzem, był bardzo niskiego pochodzenia. Pewnej nocy opowiedział jej, że jest kuzynem Brune'ów z Brownhollow, starej rycerskiej rodziny z Przylądka Szczypcowego.

— Po śmierci ojca udałem się do nich — wyznał. — Ale nasrali na mnie i oznajmili, że nie jestem z ich krwi.

Nie chciał mówić o tym, co stało się później. Powiedział tylko, że wszystkiego, co wie o władaniu mieczem, nauczył się w prawdziwej walce. Na trzeźwo był cichym, silnym mężczyzną. *Petyr zapewnia, że on jest lojalny. Ufa mu na tyle, na ile ufa komukolwiek.* Pomyślała, że Brune byłby dobrą partią dla dziewczyny nieprawego pochodzenia, takiej jak Mya Stone. *Mogłoby być inaczej, gdyby ojciec ją uznał, ale tego nie zrobił. Na dokładkę Maddy mówi, że ona już nie jest dziewicą.*

Mord strzelił z bicza i pierwsza para wołów zaczęła chodzić

wkoło, obracając kołowrót. Łańcuch się rozwijał, grzechocząc po kamieniu, a rozkołysane, dębowe wiadro rozpoczęło długi zjazd do Nieba. *Biedne woły* — pomyślała Alayne. Przed opuszczeniem zamku Mord poderżnie im gardła i poćwiartuje je, zostawiając mięso dla sokołów. To, co z niego zostanie, gdy Orle Gniazdo otworzy się znowu, upiecze się na wiosenną ucztę, pod warunkiem że się nie zepsuje. Stara Gretchel mówiła, że solidny zapas twardego, zmrożonego mięsa zapowiada latem dobre plony.

— Pani — odezwał się ser Lothor. — Lepiej, żebyś się o tym dowiedziała. Mya nie jest sama. Towarzyszy jej lady Myranda.

— Och.

Wjeżdżała na górę tylko po to, żeby zaraz zjechać na dół? Myranda Royce była córką lorda Nestora. Gdy Sansa odwiedziła Księżycowe Bramy, jadąc do Orlego Gniazda z ciotką Lysą i lordem Petyrem, Myrandy tam nie było, ale Alayne wiele o niej słyszała od żołnierzy i dziewcząt służebnych w Orlim Gnieździe. Jej matka dawno już nie żyła, więc lady Myranda zarządzała zamkiem w imieniu ojca. Pogłoski mówiły, że gdy przebywa w zamku, jest tam znacznie weselej niż pod jej nieobecność.

— Prędzej czy później z pewnością spotkasz Myrandę Royce — ostrzegł ją Petyr. — Musisz być bardzo ostrożna. Ona lubi udawać radosne, głupiutkie dziewczę, ale pod tą maską jest znacznie bystrzejsza od ojca. Uważaj przy niej, co mówisz.

Będę uważała — pomyślała. *Ale nie spodziewałam się, że będę musiała zacząć tak szybko.*

— Robert się ucieszy. — Lubił Myrandę Royce. — Wybacz mi, ser. Muszę dokończyć pakowania.

Wspięła się sama na schody, wracając po raz ostatni do swego pokoju. Okna już szczelnie zamknięto i zatrzaśnięto okiennice, a meble nakryto tkaniną. Zabrano część jej rzeczy, a resztę zabezpieczono. Wszystkie jedwabie i brokaty lady Lysy miały tu zostać. Jej najbielsze płótna i najdelikatniejsze aksamity, bogate hafty i wspaniałe, myryjskie koronki — wszystko tu zostanie. Na dole Alayne będzie musiała ubierać się skromnie, jak przystało dziewczynie o skromnym pochodzeniu. *To nie ma znaczenia* — powiedziała sobie. *Nawet tutaj nie odważyłam się nakładać najlepszych strojów.*

Gretchel schowała pościel i wyłożyła resztę jej ubrań. Alayne miała już pod spódnicami wełniane rajtuzy, a pod nimi podwójną warstwę bielizny. Teraz dodała do tego jeszcze narzutę z jagnięcej wełny oraz futrzany płaszcz z kapturem, spinając go emaliowaną broszą w kształcie przedrzeźniacza, którą dostała od Petyra. Miała też szalik i parę skórzanych rękawiczek podszytych futrem, stanowiących komplet z parą butów do konnej jazdy. Gdy już wdziała to wszystko, poczuła się gruba i kosmata jak mały niedźwiadek. *Podczas jazdy w dół będę się cieszyć, że to mam* — musiała sobie powiedzieć. Spojrzała jeszcze po raz ostatni na swój pokój i wyszła. *Byłam tu bezpieczna* — pomyślała. *Ale na dole...*

Gdy Alayne wróciła do windy, znalazła tam Myę Stone, czekającą niecierpliwie w towarzystwie Lothora Brune'a i Morda. *Na pewno wjechała na górę w wiadrze, żeby zobaczyć, dlaczego to trwa tak długo.* Szczupła i żylasta Mya wydawała się twarda jak stary skórzany strój do jazdy konnej, który nosiła pod srebrzystą kolczą koszulą. Włosy miała czarne niczym skrzydła kruka, tak krótkie i wystrzępione, że Alayne podejrzewała, iż dziewczyna ścina je sztyletem. Najładniejsze w niej były oczy, duże i niebieskie. *Mogłaby być ładna, gdyby się ubierała jak dziewczyna.* Alayne zastanawiała się, czy ser Lothorowi Mya podoba się bardziej w żelazie i skórzanym stroju, czy też śni mu się odziana w koronki i jedwabie. Mya lubiła mawiać, że jej ojciec był kozłem, a matka sową, ale Alayne dowiedziała się prawdy od Maddy. *Tak* — pomyślała, spoglądając na dziewczynę — *to są jego oczy i jego włosy, gęste i czarne. Jego brat, Renly, też miał takie.*

— Gdzie on jest? — zapytała dziewczyna.

— Służba kąpie i ubiera jego lordowską mość,

— Lepiej niech się pośpieszą. Nie czujesz, że robi się coraz zimniej? Musimy zejść poniżej Śniegu, zanim zajdzie słońce.

— Czy wiatr jest silny? — zapytała Alayne.

— Mogło być gorzej... i będzie, jak się ściemni. — Mya odgarnęła znad oczu kosmyk włosów. — Jeśli kąpiel potrwa jeszcze długo, zostaniemy tu uwięzieni na całą zimę, nie mając nic do jedzenia oprócz siebie nawzajem.

Alayne nie wiedziała, co na to powiedzieć. Na szczęście uratowało ją przybycie Roberta Arryna. Mały lord miał na sobie strój z błękitnego jak niebo aksamitu, łańcuch ze złota i szafirów oraz białe niedźwiedzie futro. Jego giermkowie trzymali je za końce, żeby nie zamiatał nim po podłodze. Towarzyszył im maester Colemon w wytartym, szarym płaszczu obszytym futrem wiewiórek. Gretchel i Maddy podążały tuż za nimi.

Gdy Robert poczuł na twarzy dotknięcie zimnego wichru, skulił się trwożnie, ale Terrance i Gyles byli tuż za nim i nie mógł uciec.

— Panie, czy zjedziesz ze mną na dół? — zapytała Mya.

Zbyt obcesowo — pomyślała Alayne. *Powinna była przywitać go uśmiechem, powiedzieć mu, że wygląda dziś na silnego i odważnego.*

— Chcę Alayne — oznajmił lord Robert. — Zjadę na dół tylko z nią.

— Zmieścimy się w wiadrze we troje.

— Tylko z Alayne. Ty cuchniesz nieładnie, jak muł.

— Jak sobie życzysz.

Twarz Myi nie zdradzała żadnych uczuć.

Niektóre z łańcuchów przytwierdzono do wiklinowych koszy, inne do mocnych, dębowych wiader. Największe z nich były wyższe niż Alayne, a ich ciemnobrązowe klepki otoczono żelaznymi pierścieniami. Mimo to serce podchodziło jej do gardła, gdy wzięła Roberta za rękę i pomogła mu wsiąść. Kiedy klapa zamknęła się za nimi, drewno otoczyło ich ze wszystkich stron. Tylko od góry wiadro było otwarte. *Tak jest lepiej* — powtarzała sobie. *Nie możemy patrzeć w dół.* Pod nimi było tylko Niebo i niebo. Sześćset stóp nieba. Przez chwilę zastanawiała się, jak długo potrzebowała jej ciotka, by zlecieć na dół i jak brzmiała ostatnia myśl lady Lysy, gdy góra pomknęła jej na spotkanie. *Nie, nie wolno mi o tym myśleć. Nie wolno!*

— W drogę! — zakrzyknął ser Lothor i ktoś popchnął mocno wiadro, które zakołysało się, przechyliło, zaszurało po powierzchni i zawisło w powietrzu. Alayne usłyszała trzask bicza Morda i grzechot łańcucha. Zaczęli zjeżdżać w dół, najpierw w gwałtownych szarpnięciach, potem bardziej gładko. Twarz Roberta była blada, a oczy podpuchnięte, ale ręce mu nie drżały. Orle Gniazdo nad nimi kurczyło się powoli. Podniebne cele nadawały zamkowi wygląd przywodzący na myśl plaster miodu. *Plaster wykonany z lodu* — pomyślała dziewczyna. *Zamek ze śniegu.* Słyszała wiatr świszczący wokół wiadra.

Gdy pokonali sto stóp, potrząsnął nimi nagły podmuch. Wiadro zakołysało się na boki, wirując w powietrzu, a potem uderzyło mocno w skalną ścianę. Posypały się na nich kawałki lodu i śniegu. Dębina głośno zatrzeszczała. Robert wciągnął gwałtownie powietrze i wtulił się w Alayne, kryjąc twarz między jej piersiami.

— Wasza lordowska mość jest odważny — odezwała się Alayne, czując, że chłopiec drży. — Ja się boję tak bardzo, że prawie nie mogę mówić, ale ty nie boisz się wcale.

Poczuła, że skinął głową.

— Skrzydlaty Rycerz się nie bał i ja też się nie boję — pochwalił się z twarzą wtuloną w jej gorsecik. — Jestem Arrynem.

— Czy mój Słowiczek mógłby mnie mocno przytulić? — zapytała, choć trzymał się jej już tak kurczowo, że ledwie mogła oddychać.

— Jak chcesz — wyszeptał. Wczepieni w siebie nawzajem kontynuowali zjazd w dół, do Nieba.

Mówić na nie „zamek" to jak nazwać kałużę na podłodze wychodka jeziorem — pomyślała Alayne, gdy wiadro się otworzyło i po wyjściu z niego znaleźli się w zamku etapowym. Niebo było niewiele więcej niż murem w kształcie półksiężyca, zbudowanym ze starych, niepołączonych zaprawą kamieni. Mur okalał kamienistą półkę skalną i ziejący wylot jaskini. Wewnątrz znajdowały się magazyny i stajnie, długa, naturalna komnata i wykute w skale uchwyty prowadzące na górę, do Orlego Gniazda. Grunt przed wejściem do jaskini był usiany głazami, a ziemne rampy zapewniały dostęp do muru. Widoczne sześćset stóp wyżej Orle Gniazdo było tak małe, że mogłaby je zamknąć w dłoni, na dole zaś ciągnęła się zielono-złota Dolina.

W zamku etapowym czekało na nich dwadzieścia mułów, a także dwóch mulników i lady Myranda Royce. Córka lorda Nestora okazała się niską, pulchną kobietą. Była rówieśniczką Myi, ale w przeciwieństwie do tej szczupłej, żylastej dziewczyny Myranda była miękka i pachniała słodko. Miała szerokie biodra, grubą talię i bardzo wielkie piersi, a do tego gęste kasztanowe loki, rumiane policzki, małe usta i parę brązowych, pełnych życia oczu. Gdy Robert wygramolił się z wiadra, uklękła w śniegu, by pocałować go w dłoń i w policzki.

— Wasza lordowska mość, ależ wyrosłeś! — zawołała.

— Naprawdę? — zapytał zadowolony Robert.

— Wkrótce będziesz wyższy ode mnie — skłamała kobieta. Potem wstała i strzepnęła śnieg ze spódnicy. — A ty na pewno jesteś córką lorda protektora — dodała, gdy wiadro, grzechocząc, ruszyło w górę. — Słyszałam, że jesteś piękna. Widzę, że to prawda.

Alayne dygnęła.

— Jesteś bardzo łaskawa, pani.

— Łaskawa? — powtórzyła ze śmiechem starsza dziewczyna. — To by było okropnie nudne. Pragnę być złośliwa. Musisz mi opowiedzieć wszystkie swe sekrety po drodze na dół. Czy mogę ci mówić Alayne?

— Jeśli sobie życzysz, pani.

Ale nie wydobędziesz ze mnie żadnych sekretów.

— „Panią" jestem w Księżycowych Bramach. Tu, na szlaku, możesz mnie zwać Randą. Ile masz lat, Alayne?

— Czternaście, pani.

Postanowiła, że Alayne Stone będzie starsza od Sansy Stark.

— Rando. Wydaje mi się, że minęło już sto lat, odkąd byłam

w tym wieku. Byłam wtedy taka niewinna. Czy nadal jesteś niewinna, Alayne?

Zaczerwieniła się.

— Nie powinnaś… tak, oczywiście.

— Zachowujesz cnotę dla lorda Roberta? — zadrwiła z niej
lady Myranda. — Czy może jakiś namiętny giermek marzy
o twoich łaskach?

— Nie — zaprzeczyła Alayne.

— Ona jest moją przyjaciółką — zaprotestował w tej samej
chwili Robert. — Terrance i Gyles jej nie dostaną.

Przybyło drugie wiadro, które lekko opadło na wzgórek
zmarzniętego śniegu. Wyszedł z niego maester Colemon w towarzystwie giermków Terrance'a i Gylesa. Trzecim kursem zje-
chały na dół Maddy i Gretchel, a także Mya Stone. Dziewczyna bezzwłocznie przejęła dowodzenie nad grupą.

— Nie chcielibyśmy zrobić zatoru na górze — oznajmiła
pozostałym mulnikom. — Ja zabiorę lorda Roberta i jego towarzyszy. Ossy, ty zwieziesz na dół ser Lothora i całą resztę, ale
zaczekaj z godzinę, żebym zdążyła się oddalić. Marchewa, zaj-
miesz się skrzyniami i kuframi. — Spojrzała na Roberta Arryna. Jej czarne włosy powiewały na wietrze. — Na którym mule
pragniesz dziś pojechać, panie?

— Wszystkie śmierdzą. Niech będzie ten szary, z odgryzionym uchem. Chcę, żeby Alayne pojechała ze mną. I Myranda też.

— Tam, gdzie szlak będzie wystarczająco szeroki. Chodź,
panie, wsadzimy cię na muła. Powietrze pachnie śniegiem.

Minęło jeszcze pół godziny, nim byli gotowi do wyruszenia
w drogę. Gdy wszyscy dosiedli już mułów, Mya Stone wydała
krótki rozkaz i dwóch zbrojnych z Nieba otworzyło przed nimi
bramy. Mya ruszyła przodem, a opatulony w niedźwiedzie futro lord Robert podążał tuż za nią. Dalej jechały Alayne i Myranda Royce, potem Gretchel i Maddy, a za nimi Terrance Lynderly i Gyles Grafton. Kolumnę zamykał maester Colemon prowadzący drugiego muła, obładowanego skrzynkami pełnymi
ziół i medykamentów.

Gdy wyjechali za mur, wiatr przybrał gwałtownie na sile. Znajdowali się powyżej linii drzew i nic nie osłaniało ich przed działaniem żywiołów. Alayne ucieszyła się, że ubrała się tak ciepło. Płaszcz łopotał za nią hałaśliwie na wietrze. Kiedy nagły powiew zerwał jej kaptur, roześmiała się, ale jadący przed nią lord Robert poruszył się nerwowo.

— Jest za zimno — powiedział. — Powinniśmy wrócić i zaczekać, aż zrobi się cieplej.

— Na dole będzie cieplej, panie — zapewniła Mya. — Przekonasz się, gdy już tam dotrzemy.

— Wcale nie chcę się przekonywać — zaprotestował Robert, ale Mya puściła jego słowa mimo uszu.

Drogę stanowił krzywy ciąg kamiennych stopni wykutych w górskim stoku. Muły znały każdy jej cal i Alayne bardzo się z tego cieszyła. Tu i ówdzie kamień popękał pod wpływem niezliczonych okresów mrozu i odwilży. Po obu stronach szlaku widać było plamy czepiającego się skały, oślepiająco białego śniegu. Słońce świeciło jasno, niebo było błękitne, a w górze krążyły sokoły, unoszące się na wietrze.

Tutaj, na górze, stok był najbardziej stromy i schody wiły się serpentynami, zamiast wieść prosto w dół. *Na górę wjechała Sansa Stark, ale na dół zjeżdża Alayne Stone.* To była dziwna myśl. Przypomniała sobie, że podczas drogi na górę Mya Stone ostrzegła ją, by patrzyła przed siebie. Kazała jej patrzeć w górę, nie w dół... ale kiedy zjeżdżali w dół, nie było to możliwe. *Mogłabym zamknąć oczy. Muł zna drogę, nie potrzebuje mnie.* Tak jednak mogłaby postąpić Sansa, ta strachliwa dziewczynka. Alayne była już kobietą i cechowała się bękarcią odwagą.

Z początku jechali gęsiego, ale niżej ścieżka stawała się szersza i można było jechać parami. Dogoniła ją Myranda Royce.

— Dostaliśmy list od twojego ojca — oznajmiła od niechcenia, jakby siedziały i szyły spokojnie w towarzystwie septy. — Pisze, że wraca już do domu i ma nadzieję wkrótce ujrzeć swą ukochaną córkę. Wspomina też, że Lyonel Corbray sprawia wrażenie zadowolonego z nowej żony i jej posagu. Mam nadzieję, że lord Lyonel nie zapomni, że to z nią musi odbyć pokładziny. Lady Waynwood pojawiła się na weselisku w towarzystwie rycerza z Dziewięciu Gwiazd. Lord Petyr pisze, że wszyscy byli zdumieni.

— Anya Waynwood? Naprawdę? — Najwyraźniej liczba Lordów Deklarantów spadła z sześciorga do trzech. — Czy jest coś jeszcze? — zapytała. Orle Gniazdo było tak odludne, że Alayne gorąco pragnęła usłyszeć jakieś wieści z szerokiego świata, choćby nawet trywialne czy mało znaczące.

— Od twojego ojca już nic, ale przyleciały też inne ptaki. Wojna trwa wszędzie, tylko nie tutaj. Riverrun się poddało, lecz nad Smoczą Skałą i Końcem Burzy nadal powiewa chorągiew lorda Stannisa.

— Lady Lysa postąpiła bardzo mądrze, nie pozwalając, by wplątano nas w wojnę.

Myranda wykrzywiła usta w chytrym uśmieszku.

— W rzeczy samej, ta dobra pani była istnym wcieleniem mądrości. — Kobieta usadowiła się wygodniej na grzbiecie wierzchowca. — Dlaczego muły muszą być takie kościste i wredne? Mya za słabo je karmi. Jazda na tłustym mule byłaby znacznie wygodniejsza. Mamy nowego Wielkiego Septona, słyszałaś o tym? Aha, i dowódcą Nocnej Straży został młody chłopak, jakiś bękarci syn Eddarda Starka.

— Jon Snow? — palnęła zaskoczona Alayne.

— Snow? Tak, to pewnie będzie Snow.

Nie myślała o Jonie od wieków. Był tylko jej przyrodnim bratem, ale... Robb, Bran i Rickon nie żyli, więc Jon Snow był jedynym bratem, jaki jej pozostał. *Teraz ja również jestem bękartem, tak samo jak on. Och, tak słodko byłoby znowu się z nim zobaczyć.* Ale oczywiście to nie mogło się zdarzyć. Alayne Stone nie miała braci, nieprawo urodzonych ani innych.

— Nasz kuzyn Spiżowy Yohn urządził w Runestone walkę zbiorową — ciągnęła Myranda Royce. — Niedużą, tylko dla giermków. Laur zwycięzcy miał zdobyć Harry Dziedzic i tak też się stało.

— Harry Dziedzic?

— Podopieczny lady Waynwood, Harrold Hardyng. Teraz pewnie powinno się go zwać ser Harrym. Spiżowy Yohn pasował go na rycerza.

— Och. — Alayne była zdziwiona. Dlaczego podopieczny lady Waynwood miałby zostać jej dziedzicem? Przecież miała synów z własnej krwi. Jeden z nich, ser Donnel, był Rycerzem Krwawej Bramy. Nie chciała jednak wyjść na głupią, powiedziała więc tylko: — Modlę się, by okazał się godny tego zaszczytu.

Lady Myranda prychnęła pogardliwie.

— Ja modlę się o to, by złapał francę. No wiesz, ma córkę z nieprawego łoża z jakąś nisko urodzoną dziewczyną. Mój pan ojciec miał nadzieję wydać mnie za Harry'ego, ale lady Waynwood nie chciała o tym słyszeć. Nie wiem, czy to mnie uznała za nieodpowiednią, czy tylko mój posag. — Westchnęła. — Potrzebny mi nowy mąż. Miałam już jednego, ale go zabiłam.

— Naprawdę? — zapytała wstrząśnięta Alayne.

— Och, tak. Umarł na mnie. We mnie, prawdę mówiąc. Mam nadzieję, że wiesz, co się dzieje w małżeńskim łożu?

Pomyślała o Tyrionie, o Ogarze i o tym, jak ją pocałował. Skinęła głową.

— To musiało być okropne, pani. Taka śmierć. Kiedy, hmm, kiedy...

— ...pierdolił się ze mną? — Wzruszyła ramionami. — To z pewnością było krępujące. A także nieuprzejme. Nie zdobył się nawet na to, żeby zrobić mi dziecko. Starcy mają słabe nasienie. Tak oto zostałam mało używaną wdową. Harry mógłby trafić znacznie gorzej. Jestem pewna, że trafi. Lady Waynwood zapewne wyda go za jedną ze swoich wnuczek albo wnuczek Spiżowego Yohna.

— Skoro tak mówisz, pani — odparła Alayne, przypominając sobie ostrzeżenie Petyra.

— Rando. No, słucham, potrafisz to powiedzieć. Ran-do.

— Rando.

— Tak jest znacznie lepiej. Obawiam się, że muszę cię przeprosić. Wiem, że uznasz mnie za okropną bezwstydnicę, ale spałam z tym ładnym chłopcem, Marillionem. Nie wiedziałam, że jest potworem. Pięknie śpiewał i potrafił robić swoimi palcami najsłodsze rzeczy. Nigdy bym z nim nie poszła do łoża, gdybym wiedziała, że wypchnie lady Lysę przez Księżycowe Drzwi. Z zasady nie sypiam z potworami. — Przyjrzała się twarzy i piersiom Alayne. — Jesteś ładniejsza ode mnie, ale ja mam większy biust. Maesterzy mówią, że duże piersi wcale nie dają więcej mleka niż małe, jednak ja w to nie wierzę. Widziałaś kiedyś mamkę z małymi cyckami? Ty masz duże, jak na dziewczynę w tym wieku, ale to są bękarcie piersi, więc nie zamierzam się nimi przejmować. — Myranda podjechała bliżej. — Mam nadzieję, że wiesz, iż nasza Mya nie jest już dziewicą?

Wiedziała. Gruba Maddy wyszeptała jej to pewnego razu do ucha, gdy Mya przywiozła do zamku zapasy.

— Maddy mi powiedziała.

— Pewnie, że tak. Maddy ma usta wielkie jak uda, a uda ma ogromne. To był Mychel Redfort. Był kiedyś giermkiem Lyna Corbraya. Prawdziwym giermkiem, nie takim, jak ten gburowaty chłopak, który służy teraz ser Lynowi. Ponoć zgodził się go przyjąć wyłącznie dlatego, że mu za to zapłacono. Mychel był najlepszym z młodych szermierzy w Dolinie, i był też bardzo rycerski… tak przynajmniej myślała biedna Mya do chwili, gdy poślubił jedną z córek Spiżowego Yohna. Jestem pewna, że lord Horton nie dał mu wyboru, ale i tak okrutnie potraktował biedną Myę.

— Ser Lothor ją lubi. — Alayne zerknęła na jadącą dwadzieścia kroków niżej dziewczynę od mułów. — A nawet więcej niż lubi.

— Lothor Brune? — Myranda uniosła brwi. — A czy ona o tym wie? — Nie czekała na odpowiedź. — Biedaczysko nie ma u niej szans. Mój ojciec próbował znaleźć męża dla Myi, ale ona odrzuciła wszystkich kandydatów. Ta dziewczyna sama jest w połowie mułem.

Alayne mimo woli polubiła starszą dziewczynę. Od czasu biednej Jeyne Poole nie miała przyjaciółki, z którą mogłaby poplotkować.

— Myślisz, że ona podoba mu się w tych skórach i kolczudze? — zapytała Myrandę, która wydawała się taka światowa.

— Czy raczej śni mu się spowita w jedwabie i aksamity?

— Jest mężczyzną. Śni mu się nago.

Chce, żebym znowu się zaczerwieniła.

Lady Myranda musiała chyba usłyszeć jej myśli.

— Rumienisz się na taki ładny różowy kolor. Kiedy ja się rumienię, wyglądam jak jabłko. No, ale nie robiłam tego od lat. — Pochyliła się w stronę Alayne. — Czy twój ojciec zamierza znowu się ożenić?

— Ojciec?

Alayne nigdy się nad tym nie zastanawiała. Z jakiegoś powodu ten pomysł mocno ją zaniepokoił. Przypomniała sobie wyraz twarzy Lysy Arryn wypadającej przez Księżycowe Drzwi.

— Wszyscy wiemy, jak bardzo oddany był lady Lysie — ciągnęła Myranda. — Ale nie może wiecznie obchodzić żałoby. Potrzebna mu ładna, młoda żona, która pomoże zapomnieć o żalu. Tak sobie myślę, że mógłby wybierać z połowy szlachetnie urodzonych dziewcząt w Dolinie. Któż byłby lepszy mężem niż nasz śmiały lord protektor? Choć wolałabym, żeby nie nazywał się Littlefinger. Czy jego palec rzeczywiście jest taki mały?

— Jego palec? — Alayne znowu się zaczerwieniła. — Nie wiem... nigdy...

Lady Myranda buchnęła śmiechem tak głośnym, aż Mya Stone obejrzała się w ich stronę.

— Mniejsza z tym, Alayne. Jestem pewna, że jest wystarczająco duży.

Przejechały pod wyrzeźbionym przez wiatr łukiem, gdzie z jasnego kamienia zwisały długie sople, kapiąc wodą. Za tym przejściem ścieżka stawała się węższa i prowadziła stromo w dół na odcinku co najmniej stu stóp. Myranda była zmuszona zostać z tyłu. Alayne popuściła mułowi wodze. Szlak był stromy i dziewczyna uczepiła się mocno siodła. Schody, wytarte przez podkute kopyta niezliczonych mułów, które tędy przechodziły, przypominały w tym miejscu szereg płytkich, kamiennych misek. Zbierała się w nich woda, lśniąca złocistym blaskiem w popołudniowym słońcu. *Teraz to jest woda* — pomyślała Alayne. *Ale kiedy zapadnie zmrok, zamieni się w lód.* Uświadomiła sobie, że wstrzymuje oddech. Wypuściła powietrze z płuc. Mya Stone i lord Robert dotarli już prawie do skalnej iglicy, za którą stok znowu stawał się bardziej płaski. Starała się patrzeć na nich i tylko na nich. *Nie spadnę* — powiedziała sobie. *Muł Myi dowiezie mnie do celu.* Wiatr szalał wokół niej, gdy zjeżdżała w dół, stopień po stopniu, podskakując w siodle. Wydawało się, że trwa to całe życie.

Nagle znalazła się na dole. Kuliła się razem z Myą i małym lordem pod wykręconą, skalną iglicą. Przed nimi ciągnęło się wysokie, skalne siodło, wąskie i skute lodem. Alayne słyszała zawodzenie wiatru. Czuła, jak szarpie jej płaszczem. Pamiętała to miejsce z czasu, gdy wjeżdżała na górę. Bała się go wówczas i teraz bała się również.

— Droga jest szersza, niż się wydaje — mówiła Mya do lorda Roberta radosnym tonem. — Jard szerokości i najwyżej osiem jardów długości. To nic.

— Nic — zgodził się Robert. Ręka mu drżała.

O nie — pomyślała Alayne. *Błagam. Nie tutaj. Nie teraz.*

— Najlepiej przeprowadzić muły za wodze — mówiła Alayne. — Jeśli wasza lordowska mość raczy pozwolić, najpierw zrobię to z moim, a potem wrócę po twojego.

Lord Robert nie odpowiedział. Gapił się na wąskie siodło zaczerwienionymi oczyma.

— To nie potrwa długo, panie — zapewniła Mya, Alayne jednak wątpiła, czy chłopiec ją słyszy.

Gdy nieprawo urodzona dziewczyna wyprowadziła muła zza osłony skały, wicher uderzył ją prosto w twarz. Jej płaszcz uniósł się gwałtownie w górę. Mya zachwiała się i przez pół uderzenia serca wydawało się, że zwieje ją w przepaść. Zdołała jednak jakoś odzyskać równowagę i ruszyła przed siebie.

Alayne ujęła urękawicznioną rączkę Roberta, żeby powstrzymać drżenie.

— Słowiczku — powiedziała. — Boję się. Potrzymaj mnie za rękę i pomóż mi przejść. Wiem, że ty się nie boisz.

Popatrzył na nią. Jego źrenice były małe jak czarne punkty, a oczy wielkie i białe niczym gotowane jajka.

— Nie boję się?

— Nie ty. Jesteś moim skrzydlatym rycerzem, ser Słowiczku.

— Skrzydlaty Rycerz potrafił latać — wyszeptał Robert.

— Wyżej niż góry.

Uścisnęła jego dłoń.

Lady Myranda dołączyła do nich pod iglicą.

— Potrafił — potwierdziła, gdy tylko zorientowała się, co się dzieje.

— Ser Słowiczek — powtórzył lord Robert i Alayne zrozumiała, że nie odważy się czekać na powrót Myi. Pomogła chłopcu zsiąść i, trzymając się za ręce, przeszli po nagim, skalnym siodle. Płaszcze łopotały za nimi, targane wiatrem. Ze wszystkich stron otaczały ich pustka i niebo, stoki przepaści opadały ostro po obu stronach. Pod nogami mieli lód i kamienne okruchy, w każdej chwili gotowe się omsknąć. Wicher zawodził przeraźliwie. *Brzmi całkiem jak wilk* — pomyślała Sansa. *Duch wilka, wielki jak góry.*

Po chwili znaleźli się po drugiej stronie. Mya Stone roześmiała się głośno i uniosła Roberta, by go uściskać.

— Uważaj — ostrzegła Alayne. — Może ci zrobić krzywdę, kiedy tak się miota. Nie wygląda na to, ale może.

Znalazły dla niego miejsce w skalnej szczelinie na tyle głębokiej, że osłoniła go przed zimnym wiatrem. Alayne opiekowała się chłopcem, aż konwulsje minęły, a Mya wróciła do pozostałych, by pomóc im przejść na drugą stronę.

W Śniegu czekały na nich świeże muły oraz ciepła kozina duszona z cebulą. Alayne zjadła posiłek z Myą i Myrandą.

— A więc jesteś nie tylko piękna, lecz również odważna — zauważyła Myranda.

— Nieprawda. — Zarumieniła się, słysząc ten komplement. — Bardzo się bałam. Chyba bym tamtędy nie przeszła, gdyby nie lord Robert. — Spojrzała na Myę Stone. — O mało co byś spadła.

— Mylisz się. Ja nigdy nie spadam.

Włosy Myi osunęły się na policzek, zasłaniając jedno oko.

— Powiedziałam „o mało". Widziałam. Nie bałaś się?

Mya potrząsnęła głową.

— Pamiętam mężczyznę, który podrzucał mnie do góry, gdy byłam maleńka. Sięgał głową do nieba i podrzucał mnie tak wysoko, że wydawało mi się, iż lecę. Oboje się śmialiśmy, śmialiśmy się tak bardzo, że nie mogłam złapać oddechu, a w końcu się zlałam. Wtedy roześmiał się jeszcze głośniej. Nigdy się nie bałam, kiedy mnie podrzucał. Wiedziałam, że zawsze mnie złapie, zawsze przy mnie będzie. — Odgarnęła włosy. — Ale pewnego dnia już go nie było. Mężczyźni przychodzą i odchodzą. Kłamią, umierają albo nas opuszczają. Ale góra nie jest mężczyzną, a ja jestem córką góry. Ufam mojemu ojcu i moim mułom. Nie spadnę. — Złapała za wyszczerbioną skalną ostrogę i podniosła się. — Lepiej już kończcie. Przed nami jeszcze długa droga i czuję zapach nadchodzącej śnieżycy.

Śnieg zaczął sypać, gdy opuszczali Kamień, największy i najniżej położony z trzech zamków etapowych, które broniły drogi do Orlego Gniazda. Zapadał zmierzch. Lady Myranda zasugerowała, żeby zawrócili, spędzili noc w Kamieniu i w dalszą drogę ruszyli rano, ale Mya nie chciała o tym słyszeć.

— Jutro śnieg może być gruby na pięć stóp, a stopnie mogą się zrobić zdradliwe nawet dla moich mułów — stwierdziła. — Lepiej jedźmy dalej. Nie będziemy się śpieszyć.

Tak też zrobili. Poniżej Kamienia stopnie były szersze i mniej strome, a szlak wił się pośród wysokich sosen oraz szarozielonych drzew strażniczych, które porastały dolną część stoków Kopii Olbrzyma. Wydawało się, że muły Myi znają każdy korzeń i kamień po drodze, a nawet jeśli o którymś zapomniały, pamiętała o nim ich nieprawo urodzona przewodniczka. Minęła połowa nocy, nim wreszcie ujrzeli w padającym śniegu światła Księżycowych Bram. Ostatni odcinek drogi był najłatwiejszy. Śnieg sypał miarowo, pokrywając cały świat bielą. Słowiczek zasnął w siodle, kołysząc się w rytm ruchów muła. Nawet lady Myranda zaczęła ziewać i skarżyć się, że jest zmęczona.

— Przygotowaliśmy dla was wszystkich komnaty — powiedziała do Alayne. — Ale jeśli chcesz, możesz dziś dzielić ze mną łoże. Jest wystarczająco duże dla czterech osób.

— To byłby dla mnie zaszczyt, pani.

— Rando. Masz szczęście, że jestem taka zmęczona. Marzę tylko o tym, by się położyć i zasnąć. Z reguły damy, które śpią ze mną, muszą zapłacić podatek pościelowy i opowiedzieć o wszystkich niegodziwościach, jakie popełniły.

— A jeśli nie popełniły żadnych niegodziwości?

— No cóż, w takim razie muszą mi wyznać wszystkie niegodziwości, które chciałyby popełnić. Ciebie to oczywiście nie dotyczy. Wystarczy spojrzeć na twoje różowe policzki i duże, niebieskie oczy, żeby zrozumieć, jak bardzo jesteś cnotliwa. — Znowu ziewnęła. — Mam nadzieję, że masz ciepłe stopy. Nie znoszę spać z dziewczynami, które mają zimne.

Gdy wreszcie dotarli do zamku ojca lady Myrandy, ona również zasnęła, a Alayne marzyła o jej łożu. *Będą tam piernaty* — mówiła sobie. *Miękkie, ciepłe i głębokie, nakryte stosem futer. Przyśni mi się słodki sen, a kiedy się obudzę, usłyszę szczekanie psów, kobiety plotkujące przy studni i szczęk mieczy na dziedzińcu. A potem będzie uczta, z muzyką i tańcami.* W Orlim Gnieździe panowała martwa cisza i Alayne stęskniła się za krzykami oraz śmiechem.

Gdy jednak zsiadała z muła, z donżonu wyszedł jeden ze strażników Petyra.

— Lady Alayne — zawołał. — Lord protektor na ciebie czeka.

— Już wrócił? — zdziwiła się.

— Wieczorem. Znajdziesz go w zachodniej wieży.

Było już bliżej świtu niż zmierzchu i większość ludzi w zamku spała, ale nie Petyr Baelish. Gdy Alayne go znalazła, siedział przy kominku, popijając grzane wino w towarzystwie trzech mężczyzn, których nie znała. Kiedy weszła, wszyscy wstali. Petyr uśmiechnął się ciepło.

— Alayne. Chodź, pocałuj ojca.

Objęła go posłusznie i ucałowała w policzek.

— Przepraszam, że ci przeszkodziłam, ojcze. Nikt mi nie powiedział, że masz towarzystwo.

— Nigdy mi nie przeszkadzasz, słodziutka. Właśnie opowiadałem tym dobrym rycerzom, jaką posłuszną mam córkę.

— Posłuszną i piękną — zauważył młody elegancki rycerz o gęstej blond grzywie opadającej poniżej ramion.

— Zaiste — poparł go drugi, krzepki mężczyzna o gęstej, czarnej, upstrzonej plamkami siwizny brodzie, dużym, czerwonym nochalu pokrytym siecią spękanych żyłek i sękatych dłoniach wielkich jak szynki. — O tym szczególe nie wspomniałeś, panie.

— Gdyby to była moja córka, postąpiłbym tak samo — wtrącił ostatni z rycerzy, niski, żylasty, uśmiechający się z przekąsem mężczyzna o spiczastym nosie i nastroszonych, pomarańczowych włosach. — Zwłaszcza w rozmowie z takimi grubianami jak my.

Alayne parsknęła śmiechem.

— Jesteście grubianami? — zapytała żartem. — A ja was wzięłam za dzielnych rycerzy.

— Są rycerzami — potwierdził lord Petyr. — Ale ich dzielność trzeba będzie dopiero poddać próbie. Możemy jednak mieć nadzieję. Pozwól, że ci przedstawię ser Byrona, ser Morgartha i ser Shadricha. Panowie, to lady Alayne, moja naturalna i bardzo bystra córka... z którą chciałbym teraz chwilę porozmawiać, więc muszę na razie was przeprosić.

Trzej rycerze pokłonili się i wyszli, a blondyn pocałował ją na pożegnanie w rękę.

— Wędrowni rycerze? — zapytała Alayne, gdy drzwi zamknęły się za nimi.

— Głodni rycerze. Doszedłem do wniosku, że dobrze by było, gdybyśmy mieli wokół siebie trochę więcej mieczy. Czasy są interesujące, moja słodka, a gdy czasy są interesujące, mieczy nigdy nie jest zbyt wiele. Do Gulltown wrócił „Król Merlingów" i stary Oswell ma do opowiedzenia kilka ciekawych historii.

Wiedziała, że nie ma sensu pytać, co to za historie. Gdyby Petyr chciał, żeby to wiedziała, sam by jej powiedział.

— Nie spodziewałam się, że wrócisz tak szybko — powiedziała. — Cieszę się, że cię widzę.

— Nigdy bym się tego nie domyślił z pocałunku, który od ciebie otrzymałem. — Przyciągnął Alayne do siebie, ujął jej twarz w dłonie i wpił się ustami w jej usta, nie cofając ich przez długi czas. — O, to jest pocałunek, który mówi: „witaj w domu". Następnym razem postaraj się spisać lepiej.

— Tak, ojcze.

Poczuła, że się czerwieni.

Najwyraźniej jednak nie miał jej tego za złe.

— Nie uwierzyłabyś w połowę rzeczy, które wydarzyły się w Królewskiej Przystani, słodziutka. Cersei popełnia jeden idiotyzm za drugim, a pomaga jej w tym rada złożona z głuchych, głupich i ślepych. Zawsze przewidywałem, że doprowadzi królestwo do bankructwa i sama się zniszczy, ale nie spodziewałem się, że to się stanie tak szybko. To irytujące. Liczyłem, że będę miał cztery, pięć spokojnych lat, które pozwolą mi zasiać pewne nasiona i pozwolić, by pewne owoce dojrzały, ale teraz... całe szczęście, że chaos jest moim żywiołem. Pięciu królów zostawiło nam w spadku bardzo niewiele pokoju i porządku, a obawiam się, że i to nie przeżyje trzech królowych.

— Trzech królowych? — zapytała Alayne, nie rozumiejąc, o co mu chodzi.

Petyr jednak jej tego nie wyjaśnił.

— Przywiozłem mojej słodkiej dziewczynce podarunek.

Zaskoczył i ucieszył Alayne.

— Czy to suknia?

Słyszała, że w Gulltown są dobre krawcowe, a była już bardzo znużona szarymi strojami.

— Coś lepszego. Zgaduj raz jeszcze.

— Biżuteria?

— Żadne klejnoty nie mogą się równać z oczyma mojej córki.

— Cytryny? Udało ci się dostać trochę cytryn?

Obiecała Słowiczkowi ciastka cytrynowe, a do ciastek cytrynowych potrzeba cytryn.

Petyr Baelish ujął ją za rękę i pociągnął sobie na kolana.

— Przywiozłem ci kontrakt małżeński.

— Małżeństwo... — Poczuła ucisk w gardle. Nie chciała wychodzić ponownie za mąż, nie w tej chwili, być może już nigdy. — Nie... nie mogę wyjść za mąż. Ojcze, ja... — Spojrzała na drzwi, żeby się upewnić, czy są zamknięte. — ...ja już mam męża — wyszeptała. — Wiesz o tym.

Petyr położył palec na jej ustach, by ją uciszyć.

— Karzeł poślubił córkę Neda Starka, nie moją. Tak czy inaczej, to tylko zaręczyny. Z małżeństwem musimy zaczekać, aż Cersei upadnie, a Sansa bezpiecznie zostanie wdową. Musisz też poznać chłopaka i zdobyć jego aprobatę. Lady Waynwood stanowczo oznajmiła, że nie zmusi go do małżeństwa wbrew jego woli.

— Lady Waynwood. — Alayne ledwie mogła w to uwierzyć. — Dlaczego miałaby wydać jednego ze swoich synów za... za...

— ...bękarta? Przede wszystkim jesteś bękartem lorda protektora, nigdy o tym nie zapominaj. Waynwoodowie to bardzo stary i dumny ród, ale nie są tak bogaci, jak mogłoby się zdawać. Przekonałem się o tym, gdy zacząłem skupować ich długi. Co prawda, lady Anya nigdy nie sprzedałaby syna za złoto... ale podopieczny to co innego. Młody Harry jest tylko jej kuzynem, a posag, jaki zaoferowałem lady Anyi, jest jeszcze większy od tego, który właśnie zgarnął Lyonel Corbray. Musiał taki być, by zgodziła się narazić na gniew Spiżowego Yohna. To pokrzyżuje wszystkie jego plany. Jesteś obiecana Harroldowi

Hardyngowi, słodziutka, pod warunkiem że uda ci się zdobyć jego chłopięce serce, co dla ciebie nie powinno być trudne.

— Harry'emu Dziedzicowi? — Alayne próbowała sobie przypomnieć, co Myranda opowiadała o nim po drodze. — Niedawno pasowano go na rycerza. I ma bękarcią córkę z jakąś nisko urodzoną dziewczyną.

— A drugi bękart, z inną dziewką, jest w drodze. Harry z pewnością potrafi być czarujący. Ma miękkie, rudoblond włosy i ciemnoniebieskie oczy, a kiedy się uśmiecha, robią mu się dołeczki na policzkach. Słyszałem też, że jest bardzo rycerski. — Uśmiechnął się do niej figlarnie. — Słodziutka, możesz być nieprawego pochodzenia, ale gdy ogłosimy te zaręczyny, będą ci zazdrościły wszystkie szlachetnie urodzone dziewczęta w Dolinie, a także niektóre w dorzeczu i w Reach.

— Dlaczego? — zapytała zbita z tropu Alayne. — Czy ser Harrold... jak może być dziedzicem lady Waynwood? Czy ona nie ma synów z własnej krwi?

— Ma trzech — przyznał Petyr. Czuła w jego oddechu woń wina, goździków i gałki muszkatołowej. — A także córki i wnuków.

— Czy oni wszyscy nie dziedziczą przed Harrym? Nic z tego nie rozumiem.

— Zaraz zrozumiesz. Posłuchaj. — Petyr ujął dłoń Alayne i pogłaskał delikatnie palcem jej wewnętrzną powierzchnię. — Zacznijmy od lorda Jaspera Arryna, ojca Jona Arryna. Miał troje dzieci, dwóch synów i córkę. Jon był z nich najstarszy, więc jemu przypadło Orle Gniazdo i tytuł lordowski. Jego siostra Alys wyszła za ser Elysa Waynwooda, stryja obecnej lady Waynwood. — Uśmiechnął się półgębkiem. — Elys i Alys, czy to nie zabawne? Młodszy syn lorda Jaspera, ser Ronnel Arryn, poślubił dziewczynę z rodu Belmore'ów, ale zrobił jej tylko jednego dzieciaka, nim umarł na chorobę brzucha. Ich syn Elbert rodził się w jednym łożu, a biedny Ronnel umierał w drugim, tuż obok. Słuchasz uważnie, słodziutka?

— Tak. Byli Jon, Alys i Ronnel, ale Ronnel umarł.

— Świetnie. Jon Arryn ożenił się trzy razy, ale dwie pierwsze żony nie dały mu dzieci, więc przez wiele lat jego dziedzicem był bratanek, Elbert. Tymczasem jednak Elys pracowicie obrabiał Alys, która co roku wydawała na świat kolejnego potomka. Dała mu w sumie dziewięcioro dzieci, osiem córek i jednego drogocennego syna, który również nazywał się Jasper, nim wreszcie zmarła z wyczerpania. Heroiczne wysiłki, jakich wymagało spłodzenie chłopaka, na nic się nie zdały, bo kiedy miał trzy lata, kopnął go w głowę koń. Potem dwie córki umarły na francę i zostało sześć. Najstarsza wyszła za ser Denysa Arryna, dalekiego kuzyna lordów Orlego Gniazda. W Dolinie żyje kilka gałęzi rodu Arrynów, a wszystkie są tak samo dumne, jak ubogie, pomijając tylko Arrynów z Gulltown, którzy mieli na tyle rozsądku, że żenili się z córkami kupców. Są bogaci, ale mało okrzesani, więc nikt o nich nie mówi. Ser Denys wywodził się z jednej z tych ubogich i dumnych gałęzi... lecz okrył się sławą na turniejach, był przystojny, dzielny i nadzwyczaj uprzejmy. Nosił też owo magiczne nazwisko Arryn, co czyniło go idealnym kandydatem na męża najstarszej córki Waynwoodów. Ich dzieci byłyby Arrynami i zostałyby dziedzicami Orlego Gniazda, gdyby Elbertowi przydarzyło się coś złego. No cóż, tak się składa, że Elbertowi przydarzył się Obłąkany Król Aerys. Znasz tę historię?

Znała ją.

— Obłąkany Król go zamordował.

— W rzeczy samej. A niedługo później ser Denys opuścił ciężarną żonę i wyruszył na wojnę. Zginął w Bitwie Dzwonów, z powodu nadmiernej dzielności i uderzenia toporem. Kiedy jego żona o tym usłyszała, umarła z żalu, a jej nowo narodzony syn wkrótce podążył w jej ślady. Niemniej jednak Jon Arryn znalazł sobie podczas wojny nową żonę. Miał powody, by wierzyć, że jest płodna, jestem więc pewien, że był pełen nadziei. Oboje jednak wiemy, że wszystko, co mu dała Lysa, to seria martwo urodzonych dzieci, poronień i biedny Słowiczek. Wróćmy więc do pięciu pozostałych córek Elysa i Alys. Najstarszą straszliwie oszpeciła ta sama franca, która zabiła jej siostry, więc dziewczyna została septą. Drugą uwiódł najemnik. Ser Elys ją wygnał, a gdy jej bękarci syn umarł w kołysce, przystąpiła do milczących sióstr. Trzecia wyszła za lorda Sutków, lecz okazała się bezpłodna. Czwartą porwali Spaleni, gdy jechała do dorzecza, by wyjść za któregoś z Brackenów. Zostaje najmłodsza, ta wyszła za rycerza na włościach zaprzysiężonego Waynwoodom, dała mu syna, którego nazwała Harroldem, i umarła. — Odwrócił dłoń Alayne i delikatnie pocałował ją w nadgarstek. — A teraz powiedz mi, słodziutka, dlaczego Harry jest dziedzicem?

Otworzyła szeroko oczy.

— Nie jest dziedzicem lady Waynwood, tylko Roberta. Jeśli Robert umrze...

Petyr uniósł brwi.

— Nie „jeśli", tylko „kiedy". Nasz biedny, dzielny Słowiczek jest bardzo chorowitym chłopcem. To tylko kwestia czasu. Kiedy umrze, Harry Dziedzic zostanie lordem Harroldem, Obrońcą Doliny i lordem Orlego Gniazda. Chorążowie Jona Arryna nigdy nie pokochają mnie ani naszego głupiego, drżącego Roberta, ale Młodego Sokoła pokochają z pewnością... a kiedy przybędą na jego wesele i pokażesz się im z długimi, rdzawymi włosami, w biało-szarym płaszczu panny z wilkorem wyszytym na plecach... każdy rycerz w Dolinie poprzysięgnie ci pomoc w odzyskaniu dziedzictwa. Oto są moje dary dla ciebie, moja słodka Sanso... Harry, Orle Gniazdo i Winterfell. Nie uważasz, że zasłużyłem na jeszcze jeden pocałunek?

BRIENNE

To tylko zły sen — pomyślała. Jeśli jednak był to sen, dlaczego tak ją bolało?

Deszcz przestał padać, ale cały świat był mokry. Jej płaszcz wydawał się równie ciężki jak kolczuga. Sznury, którymi związano jej ręce, namiękły od wody, ale zacisnęły się od tego jeszcze mocniej. Brienne wykręcała ręce na wszystkie strony, lecz nie zdołała ich uwolnić. Nie wiedziała, kto i dlaczego ją związał. Próbowała pytać o to cienie — nie odpowiadały. Być może nie słyszały jej słów. Być może nie istniały naprawdę. Ukryta pod warstwami mokrej wełny i rdzewiejącej kolczugi skóra Brienne płonęła w gorączce. Kobieta zastanawiała się, czy wszystko to jest jedynie majakiem.

Czuła pod sobą konia, choć nie pamiętała, jak się na nim znalazła. Leżała twarzą w dół na jego zadzie, jak worek owsa. Związano jej ręce w nadgarstkach i nogi w kostkach. Było wilgotno, a ziemię spowijała mgła. Każdy krok konia był dla Brienne niczym uderzenie w głowę. Słyszała głosy, ale widziała tylko ziemię pod kopytami konia. Miała połamane kości. Jej twarz spuchła, policzek był lepki od krwi, a przy każdym kroku ramię przeszywał ból. Słyszała, jak z oddali, głos wołającego ją Podricka,

— Ser? — powtarzał chłopak. — Ser? Pani? Ser? Pani?

Jego głos był słaby i trudno go było usłyszeć. W końcu zapadła cisza.

Śniło się jej, że znowu znalazła się w dole z niedźwiedziem w Harrenhal, ale tym razem stał przed nią Kąsacz, potężny, łysy, o białym jak robak ciele. Jego policzki pokrywały ropiejące wrzody. Był nagi, bawił się własnym członkiem i zgrzytał spiłowanymi zębami. Brienne rzuciła się do ucieczki.

— Mój miecz — wołała. — Wierny Przysiędze. Proszę. —
Ci, którzy ją obserwowali, nie odpowiedzieli. Byli tam Renly,
Zręczny Dick i Catelyn Stark. Przyszli również Shagwell, Pyg
i Timeon oraz trupy wisielców z zapadniętymi policzkami,
obrzękniętymi językami i pustymi oczodołami. Brienne zakwi-
liła z przerażenia na ich widok. Kąsacz złapał ją za ramię, przyciągnął do siebie i wygryzł kawał jej twarzy.

— Jaime! — usłyszała własny krzyk. — Jaime.

Nawet w głębinach snu ból jej nie opuszczał. Twarz ją piekła. Bark krwawił. Każdy oddech był cierpieniem. Wzdłuż ramienia przebiegały błyskawice agonii. Prosiła krzykiem o maestera.

— Nie mamy maestera — odpowiedział dziewczęcy głos. —
Tylko mnie.

Szukam dziewczyny — przypomniała sobie Brienne. *Szlachetnie urodzonej trzynastoletniej dziewicy o niebieskich oczach
i kasztanowatych włosach.*

— Pani? — zapytała. — Lady Sanso?

Jakiś mężczyzna ryknął śmiechem.

— Bierze cię za Sansę Stark.

— Nie może tak jechać zbyt długo. Umrze.

— Jednego lwa mniej. Nie będę po niej płakał.

Brienne słyszała, że ktoś się modli. Pomyślała o septonie
Meribaldzie, ale słowa się nie zgadzały. *Noc jest ciemna i pełna strachów. Sny też.*

Jechali przez mroczny las, cichy i wilgotny. Drzewa rosły
blisko siebie, ziemia była miękka, a zostawiane przez konia ślady wypełniała krew Brienne. Obok niej jechali lord Renly, Dick
Crabb i Vargo Hoat. Z gardła Renly'ego ciekła krew. Z odgry-
zionego ucha Kozła sączyła się ropa.

— Dokąd jedziemy? — pytała Brienne. — Dokąd mnie za-
bieracie?

Żaden z nich jej nie odpowiedział. *Jak mogliby mi odpowiedzieć? Wszyscy nie żyją.* Czy to znaczyło, że ona również
umarła?

Lord Renly szedł przed nią, jej słodki, uśmiechnięty król.
Prowadził konia dziewczyny między drzewami. Brienne próbowała go zawołać, powiedzieć, jak bardzo go kocha, ale gdy się obejrzał i skrzywił na nią, zorientowała się, że to wcale nie Renly. Renly nigdy się nie krzywił. *Zawsze miał dla mnie uśmiech* — pomyślała. *Poza tą chwilą...*

— Zimno — powiedział jej król ze zdziwieniem w głosie. Pojawił się cień, choć nie było człowieka, który by go rzucał, i krew jej słodkiego lorda trysnęła przez zieloną stal naszyjnika zbroi prosto na jej ręce. Zawsze był ciepły, ale krew miał zimną jak lód. *To nie dzieje się naprawdę* — powiedziała sobie Brienne. *To kolejny zły sen. Wkrótce się obudzę.*

Niosący ją koń zatrzymał się nagle. Ktoś złapał ją brutalnie. Zobaczyła czerwone snopy blasku popołudniowego słońca, przesączające się między gałęziami kasztanowca. Koń grzebał w zeschłych liściach w poszukiwaniu kasztanów, a obok poruszali się rozmawiający cichymi głosami mężczyźni. Dziesięciu, dwunastu, może więcej. Brienne nie poznawała ich twarzy. Leżała na ziemi, wsparta plecami o pień drzewa.

— Wypij to, pani — powiedziała dziewczyna. Uniosła kubek do ust Brienne. Trunek był okropnie kwaśny i kobieta go wyplała.

— Wody — wydyszała. — Proszę. Wody.

— Woda nie pomoże na ból. To pomoże. Odrobinę.

Dziewczyna ponownie podsunęła jej kubek.

Picie sprawiało Brienne ból. Wino spływało po podbródku, skapując na pierś. Gdy opróżniła kubek, dziewczyna napełniła go z bukłaka. Brienne wypiła tak chciwie, że aż się rozkasłała.

— Starczy.

— Nie starczy. Masz złamaną rękę i kilka żeber. Dwa, może trzy.

— Kąsacz.

Brienne przypomniała sobie jego ciężar, przygniatające jej pierś kolano.

— Tak. To był prawdziwy potwór.

Wszystko do niej wróciło: przeszywające niebo błyskawice, błotnista ziemia, deszcz bębniący cicho o ciemną stal hełmu Ogara, straszliwa siła rąk Kąsacza. Nagle poczuła, że już dłużej nie zniesie więzów. Próbowała się od nich uwolnić, ale otarła sobie skórę jeszcze bardziej. Związano ją zbyt mocno. Na sznurze była zakrzepła krew.

— Czy on nie żyje? — Brienne zadrżała. — Kąsacz. Czy on nie żyje?

Pamiętała, jak jego zęby wbiły się w ciało jej twarzy. Na myśl, że może jeszcze żyć i przebywać na wolności, chciało się jej krzyczeć.

— Nie żyje. Gendry wbił mu włócznię w kark. Wypij, pani, bo inaczej wleję ci je do gardła.

Wypiła wino.

— Szukam dziewczyny — wyszeptała w przerwie między łykami. O mało nie powiedziała „siostry". — Szlachetnie urodzonej trzynastoletniej dziewicy. Ma niebieskie oczy i kasztanowate włosy.

— Nie jestem nią.

Rzeczywiście. Brienne to widziała. Dziewczyna była tak chuda, że wyglądała na zagłodzoną. Wiązała brązowe włosy w warkocz, a jej oczy wyglądały starzej, niżby należało. *Brązowe włosy, brązowe oczy, nieładna. Sześć lat starsza Wierzba.*

— Jesteś siostrą Wierzby. Oberżystką.

— Może i tak. — Dziewczyna przymrużyła powieki. — I co z tego?

— Jak się nazywasz? — zapytała Brienne. Zaburczało jej w brzuchu. Bała się, że może zwymiotować.

— Heddle. Tak samo jak Wierzba. Jeyne Heddle.

— Jeyne, rozwiąż mi ręce. Proszę. Zmiłuj się. Sznur ociera mi nadgarstki. Krwawię.

— Nie wolno mi tego zrobić. Masz pozostać związana aż do chwili...

— ...gdy staniesz przed panią. — Renly przystanął za dziewczyną, odgarniając z oczu czarne włosy.

Nie Renly. Gendry.

— Ona chce, byś odpowiedziała za swoje zbrodnie — dodał.

— Przed panią. — Brienne zakręciło się w głowie od wypitego wina. Trudno jej było myśleć. — Kamienne Serce. O nią chodzi? — Lord Randyll wspominał o niej w Stawie Dziewic. — Pani Kamienne Serce?

— Niektórzy tak ją zwą. Inni nadają jej odmienne imiona. Milcząca Siostra. Matka Bez Miłosierdzia. Wieszaczka.

Wieszaczka. Gdy tylko Brienne zamknęła oczy, widziała trupy kołyszące się na nagich, brązowych konarach, ich czarne, obrzękłe twarze. Nagle ogarnął ją rozpaczliwy strach.

— Podrick. Mój giermek. Gdzie jest Podrick? I pozostali... ser Hyle, septon Meribald, Pies. Co zrobiliście z Psem?

Gendry i dziewczyna wymienili spojrzenia. Brienne spróbowała się podnieść. Zdołała wesprzeć się na jednym kolanie, nim świat zawirował wokół niej.

— To ty zabiłaś psa, pani — usłyszała głos Gendry'ego, zanim znowu pochłonęła ją ciemność.

Znalazła się z powrotem w Szeptach. Stała pośród ruin, naprzeciwko Clarence'a Crabba. Był olbrzymi i groźny, dosiadał tura jeszcze bardziej kudłatego niż on. Rozwścieczona bestia grzebała nogą w ziemi, ryjąc w niej głębokie bruzdy. Zęby Crabba były spiłowane. Brienne sięgnęła po miecz, ale przekonała się, że pochwa jest pusta.

— Nie! — zakrzyknęła, gdy ser Clarence rzucił się do szarży. To było nieuczciwe. Nie mogła walczyć bez magicznego miecza. Dał go jej ser Jaime. Na myśl o tym, że zawiedzie go, tak jak zawiodła lorda Renly'ego, zachciało się jej płakać. — Mój miecz. Proszę. Muszę znaleźć mój miecz.

— Dziewka chce odzyskać miecz — odezwał się czyjś głos.

— A ja chcę, żeby Cersei Lannister wzięła mi w usta. No i co z tego?

— Jaime nazwał go Wiernym Przysiędze. Proszę.

Ale oni jej nie słuchali. Clarence Crabb rzucił się na nią i ściął jej głowę. Brienne runęła w jeszcze głębszą ciemność.

Śniło się jej, że leży na łodzi, wspierając głowę na czyichś kolanach. Otaczały ich cienie, zakapturzeni mężczyźni w kolczugach i skórzanych kurtach, którzy poruszali wytłumionymi wiosłami, przewożąc ich przez spowitą we mgle rzekę. Brienne zlewał pot. Paliło ją gorąco, lecz z jakiegoś powodu jednocześnie drżała z zimna. We mgle było pełno twarzy.

— Piękna — wyszeptały wierzby na brzegu.

— Dziwoląg, dziwoląg — powtarzały jednak trzciny.

Brienne zadrżała.

— Przestańcie — błagała. — Niech ktoś każe im przestać.

Gdy znowu się ocknęła, Jeyne podsunęła jej do ust kubek gorącej zupy. *Cebulowa* — pomyślała Brienne. Wypiła tyle, ile zdołała, aż wreszcie zakrztusiła się kawałkiem marchewki. Kaszel sprawiał jej straszliwy ból.

— Spokojnie — powiedziała dziewczyna.

— Gendry — wycharczała. — Muszę pomówić z Gendrym.

— Zawrócił, kiedy dotarliśmy do rzeki, pani. Wrócił do kuźni. Musi zapewnić bezpieczeństwo Wierzbie i dzieciom.

Nikt nie zapewni im bezpieczeństwa. Znowu się rozkasłała.

— Ach, niech się udławi. Zaoszczędzimy na sznurze.

Jeden z cieni odepchnął dziewczynę na bok. Miał na sobie zardzewiałą kolczugę i pas nabijany ćwiekami, u którego wisiały miecz i sztylet. Do ramion lepił mu się żółty szynel, brudny i przemoczony. Wyżej miał stalową głowę szczerzącego kły psa.

— Nie — jęknęła Brienne. — Ty nie żyjesz. Zabiłam cię.

Ogar wybuchnął śmiechem.

— Coś ci się pokręciło. To ja cię zabiję. Zrobiłbym to od razu, ale pani chce cię powiesić.

Powiesić. To słowo przeszyło ją ukłuciem strachu. Spojrzała na dziewczynę, Jeyne. *Jest za młoda, by mogła być tak twarda.*

— Chleb i sól — wydyszała Brienne. — W gospodzie… septon Meribald nakarmił dzieci… łamaliśmy się chlebem z twoją siostrą…

— Prawo gościnności nie znaczy już tyle, co kiedyś — oznajmiła dziewczyna. — Od czasu, gdy pani wróciła z wesela. Niektórzy z tych, co wiszą nad rzeką, też myśleli, że są gośćmi.

— Ale my myśleliśmy inaczej — dodał Ogar. — Chcieli dostać łoża, lecz daliśmy im drzewa.

— Drzew mamy więcej — zauważył inny cień. Pod zardzewiałym, garnczkowym hełmem rysowała się jednooka twarz. — Ich nam nie zabraknie.

Gdy nadszedł czas, by ruszać w drogę, włożyli jej na głowę skórzany kaptur. Nie było w nim otworów na oczy. Kaptur tłumił otaczające dźwięki. Na języku wciąż jeszcze czuła smak cebuli, ostry jak świadomość poniesionej klęski. *Chcą mnie powiesić.* Pomyślała o Jaimem, o Sansie, o ojcu, który został na Tarthu. Ucieszyła się, że ma kaptur. Pomagał ukryć łzy, które wypełniły jej oczy. Po chwili uległa znużeniu i powolnym, miarowym ruchom konia.

Tym razem śniło się jej, że wróciła do domu, do Wieczornego Dworu. Za wysokimi łukami okien dworu jej pana ojca widziała zachodzące słońce. *Byłam tam bezpieczna. Bezpieczna.*

Miała na sobie jedwabie i brokaty, niebiesko-czerwoną suknię podzieloną na cztery pola, ozdobione złotymi słońcami i srebrnymi półksiężycami. Na innej dziewczynie ta suknia mogłaby wyglądać ładnie, ale nie na niej. Miała dwanaście lat, czuła się niezgrabna i zażenowana. Czekała na spotkanie z młodym rycerzem, za którego chciał ją wydać ojciec, sześć lat od niej starszym chłopakiem, który pewnego dnia z pewnością okryje się chwałą. Bała się tej chwili. Piersi miała za małe, a dłonie i stopy zbyt wielkie. Włosy uparcie sterczały do góry, a obok nosa zrobił się jej pryszcz.

— Będzie miał dla ciebie różę — obiecał jej ojciec, ale róża była bezużyteczna, róża nie zapewni jej bezpieczeństwa. To miecz był jej potrzebny. *Wierny Przysiędze. Muszę odnaleźć dziewczynę. Odzyskać jego honor.*

Wreszcie drzwi się otworzyły i narzeczony Brienne wszedł do komnaty jej ojca. Próbowała go przywitać, tak jak ją nauczono, ale z jej ust popłynęła krew. Czekając, odgryzła sobie język. Wypluła go na podłogę u stóp młodego rycerza i ujrzała obrzydzenie na jego twarzy.

— Piękna Brienne — oznajmił drwiącym tonem. — Widziałem maciory ładniejsze od ciebie.

Cisnął różę w twarz dziewczyny. Kiedy się oddalał, gryfy na jego płaszczu zamigotały, zmieniając się w lwy. *Jaime!* — pragnęła krzyknąć. *Jaime, wróć po mnie!* Ale jej język leżał na podłodze obok róży, w kałuży krwi.

Brienne obudziła się nagle, dysząc ciężko.

Nie wiedziała, gdzie się znajduje. Było tu zimno i duszno, pachniało ziemią, robakami i pleśnią. Leżała na pryczy pod stertą owczych skór, nad głową miała skałę, ze ścian wysuwały się korzenie. Jedynym źródłem światła była łojowa świeczka paląca się w kałuży stopionego tłuszczu.

Zrzuciła z siebie skóry. Zauważyła, że ktoś zdjął z niej zbroję i ubranie. Miała na sobie giezło z brązowej wełny, cienkie, ale świeżo uprane. Przedramię włożono jej w łubki i owiązano płótnem. Jedna połowa twarzy wydawała się wilgotna i zesztywniała. Kiedy jej dotknęła, poczuła jakiś wilgotny kataplazm, pokrywający policzek, żuchwę i ucho. *Kąsacz...*

Wstała. Nogi ugięły się pod nią, a w głowie zakręciło się jej gwałtownie.

— Jest tu kto?

Coś poruszyło się w jednej z pogrążonych w cieniu nisz po drugiej stronie świecy. Siwy staruszek odziany w łachmany. Okrywające go koce spadły na ziemię. Usiadł i potarł powieki.

— Lady Brienne? Przestraszyłaś mnie. Miałem sen.

Nie — pomyślała. *To ja miałam sen.*

— Co to za miejsce? Czy to loch?

— Jaskinia. Jak szczury musimy się kryć w norach, gdy węszą za nami psy, a tych psów z dnia na dzień jest coraz więcej. — Miał na sobie wystrzępione pozostałości starej, różowo-białej szaty. Jego włosy były długie, siwe i splątane, a obwisłą skórę na policzkach i podbródku porastała szorstka szczecina. — Jesteś głodna? Dasz radę utrzymać w żołądku kubek mleka? Może odrobinę chleba z miodem?

— Oddaj mi moje ubranie. I miecz. — Bez kolczugi czuła

się jak naga. Chciała też mieć u boku Wiernego Przysiędze. — I wskaż mi drogę wyjścia. Chcę stąd wyjść.

Podłoże jaskini stanowiła ziemia i kamienie. Czuła pod podeszwami stóp jego twardość. Nadal nie opuszczała jej osobliwa lekkość, jakby unosiła się w powietrzu. Przedmioty rzucały dziwne cienie w migotliwym blasku świec. *To duchy zabitych* — pomyślała. *Tańczą wokół mnie, ale ukrywają się, gdy próbuję na nie spojrzeć.* Wszędzie widziała dziury, szczeliny i rozpadliny, ale nie miała pojęcia, który korytarz wychodzi na zewnątrz, który wiedzie dalej w głąb jaskini, a który prowadzi donikąd. We wszystkich panowała nieprzenikniona ciemność.

— Czy mogę dotknąć twojego czoła, pani? — Dłoń jej strażnika była pełna blizn i stwardnień, lecz dotyk dziwnie delikatny. — Gorączka ustąpiła — oznajmił z akcentem z Wolnych Miast. — I całe szczęście. Jeszcze wczoraj byłaś gorąca jak piec. Jeyne bała się, że możemy cię stracić.

— Jeyne. To ta wysoka dziewczyna?

— Nie kto inny. Chociaż nie jest taka wysoka jak ty, pani. Ludzie przezwali ją Długą Jeyne. To ona nastawiła ci rękę i założyła łubki, biegle jak maester. Zrobiła też, co tylko mogła, w sprawie twarzy, oczyściła rany wrzącym *ale*, żeby powstrzymać martwicę. Niemniej… ukąszenie przez człowieka to paskudna sprawa. Nie wątpię, że właśnie ono jest źródłem gorączki. — Siwy mężczyzna dotknął jej obandażowanej twarzy. — Musieliśmy wyciąć część ciała. Obawiam się, że twoja twarz nie będzie wyglądała ładnie.

Nigdy tak nie wyglądała.

— To znaczy, że będę miała blizny?

— Pani, ten stwór wyżarł ci pół policzka.

Brienne musiała wzdrygnąć się trwożnie.

— Każdy rycerz ma blizny po walce — ostrzegł ją ser Goodwin, gdy poprosiła go, by nauczył ją posługiwania się mieczem. — Jesteś pewna, że tego właśnie chcesz, dziecko?

Jej stary nauczyciel mówił jednak o ranach od miecza. Nie mógłby przewidzieć spiłowanych zębów Kąsacza.

— Po co nastawiliście mi kości i oczyściliście rany, jeśli macie zamiar mnie powiesić?

— No właśnie, po co? — Spojrzał na świecę, jakby nie mógł już dłużej patrzeć na Brienne. — Słyszałem, że dzielnie walczyłaś w gospodzie. Cytryn nie powinien był opuszczać rozstajów dróg. Kazano mu siedzieć w ukryciu, gdzieś blisko, i zjawić się natychmiast, gdy tylko zobaczy dym z komina... ale kiedy dotarły do niego wieści, że Wściekłego Psa z Solanek widziano, jak zmierzał na północ wzdłuż Zielonych Wideł, połknął przynętę. Ścigaliśmy tę bandę już od bardzo dawna... powinien był wiedzieć lepiej. Minęło pół dnia, zanim się zorientował, że komedianci wykorzystali·strumień, by ukryć ślady, i zawrócili. Potem stracił jeszcze więcej czasu, bo musiał ominąć kolumnę freyowskich rycerzy. Gdyby nie ty, Cytryn i jego ludzie mogliby znaleźć w gospodzie tylko trupy. Być może właśnie dlatego Jeyne opatrzyła twoje rany. Cokolwiek innego mogłaś uczynić, te rany odniosłaś honorowo, walcząc o najlepszą ze spraw.

Cokolwiek innego mogłaś uczynić.

— Co takiego waszym zdaniem uczyniłam? — zapytała. — Kim jesteście?

— Na początku byliśmy królewskimi ludźmi — odparł. — Ale królewscy ludzie muszą mieć króla, a my nie mamy żadnego. Byliśmy też braćmi, ale teraz nasze bractwo się rozpadło. Prawdę mówiąc, nie wiem, kim jesteśmy ani dokąd zmierzamy. Wiem tylko, że droga przed nami jest mroczna, a ognie nie zdradziły mi, co czeka na jej końcu.

Ja to wiem. Widziałam trupy wiszące na drzewach.

— Ognie — powtórzyła Brienne. Nagle wszystko zrozumiała. — Jesteś myrijskim kapłanem. Czerwonym czarodziejem.

Spojrzał na swe wystrzępione szaty i uśmiechnął się ze smutkiem.

— Chyba raczej różowym szarlatanem. Tak, jestem Thoros, ongiś z Myr... kiepski kapłan i jeszcze gorszy czarodziej.

— Jesteś towarzyszem Dondarriona. Lorda błyskawicy.

— Błyskawica pojawia się i po chwili gaśnie, znikając bez

śladu. Obawiam się, że światło lorda Berica opuściło ten świat. Jego miejsce zajął inny, mroczniejszy cień.

— Ogar?

Kapłan wydął wargi.

— Ogar spoczywa już w grobie.

— Widziałam go. W lesie.

— To były tylko majaki, pani.

— Powiedział, że mnie powiesi.

— Nawet sny mogą kłamać. Pani, kiedy ostatnio jadłaś? Na pewno umierasz z głodu.

Uświadomiła sobie, że to prawda. W brzuchu miała pustkę.

— Tak... tak, chętnie bym coś zjadła. Dziękuję.

— Proszę bardzo. Usiądź. Jeszcze porozmawiamy, ale najpierw coś zjesz. Zaczekaj.

Thoros zapalił ogarek od płomienia topiącej się świecy i zniknął w czarnej dziurze pod skalną półką. Brienne została sama w małej jaskini. *Ale na jak długo?*

Krążyła po komorze, szukając jakiejś broni. Mogłoby to być cokolwiek: drąg, maczuga, sztylet. Znalazła jednak tylko kamienie. Jeden z nich pięknie pasował do jej dłoni... ale pamiętała, co wydarzyło się w Szeptach, gdy Shagwell próbował użyć kamienia do walki przeciw nożowi. Usłyszawszy kroki wracającego kapłana, wypuściła kamień z ręki i wróciła na miejsce.

Thoros przyniósł chleb, ser oraz miskę gulaszu.

— Wybacz — powiedział. — Reszta mleka skwaśniała, a miodu już nie ma. Zaczyna nam brakować żywności. Ale tym się przynajmniej nasycisz.

Gulasz był zimny i tłusty, chleb twardy, a ser jeszcze twardszy. Brienne nigdy w życiu nie jadła nic, co byłoby choć w połowie tak smaczne.

— Czy moi towarzysze tu są? — zapytała kapłana, wygarniając z miski ostatnią łyżkę gulaszu.

— Septona puszczono wolno. Nie zrobi nikomu krzywdy. Pozostali czekają na sąd.

— Na sąd? — Zmarszczyła brwi. — Podrick Payne to jeszcze dziecko.

— Mówi, że jest giermkiem.

— Wiesz, jak chłopcy lubią się przechwalać.

— Giermkiem Krasnala. Sam przyznał, że walczył w bitwach. Twierdzi, że nawet zabijał.

— To tylko dziecko — powtórzyła. — Zlitujcie się.

— Pani — odparł Thoros. — Nie wątpię, że gdzieś w Siedmiu Królestwach można jeszcze odnaleźć dobroć, litość i przebaczenie, ale nie szukaj ich tutaj. To jaskinia, nie świątynia. Kiedy ludzie muszą żyć jak szczury w ciemnościach pod ziemią, szybko zapominają o litości, tak samo jak o mleku i miodzie.

— A co ze sprawiedliwością? Czy można ją znaleźć w jaskiniach?

— Sprawiedliwość. — Thoros uśmiechnął się blado. — Pamiętam ją. Miała dobry smak. Kiedy dowodził nami Beric, walczyliśmy o sprawiedliwość. Przynajmniej tak sobie powtarzaliśmy. Byliśmy królewskimi ludźmi, rycerzami, bohaterami... ale niektórzy rycerze są mroczni i straszliwi, pani. Wojna z nas wszystkich robi potwory.

— Chcesz powiedzieć, że jesteście potworami?

— Chcę powiedzieć, że jesteśmy ludźmi. Nie tylko ty odniosłaś rany, lady Brienne. Niektórzy z moich braci byli dobrymi ludźmi, gdy to się zaczęło. Inni byli... powiedzmy, mniej dobrzy. Są jednak tacy, którzy powiadają, że mężczyzny nie poznaje się po tym, jak zaczyna, ale po tym, jak kończy. Przypuszczam, że to samo dotyczy kobiet. — Kapłan wstał. — Obawiam się, że nasz wspólny czas dobiega końca. Słyszę już moich braci. Nasza pani posłała ich po ciebie.

Brienne usłyszała ich kroki i ujrzała blask pochodni.

— Mówiłeś, że pojechała do Fairmarket.

— Bo tak było. Wróciła, kiedy spaliśmy. Ona nigdy nie sypia.

Nie będę się bała — próbowała sobie powiedzieć, ale było już na to za późno. *Nie pozwolę, żeby zobaczyli mój strach —*

obiecała więc sobie. Było ich czterech, twardzi mężczyźni o wychudłych twarzach, odziani w kolczugi, zbroje łuskowe i skórzane kurty. Poznała jednego z nich, jednookiego z jej snów.

Najwyższy z nich miał na sobie żółty płaszcz, brudny i wystrzępiony.

— Smakowało ci? — zapytał. — Mam nadzieję, że tak, bo to ostatni posiłek w twoim życiu. — Był muskularny, miał brązowe włosy, brodę i złamany nos, który zrósł się krzywo. *Znam go* — pomyślała Brienne.

— Ty jesteś Ogarem.

Wyszczerzył zęby w uśmiechu. Wyglądały okropnie, były krzywe i brązowe od próchnicy.

— Pewnie tak, skoro poprzedniego wzięłaś i zabiłaś.

Odwrócił głowę i splunął.

Przypomniała sobie błyskawice i błoto pod stopami.

— To Rorge'a zabiłam. On zabrał hełm z grobu Clegane'a, a ty ukradłeś go z jego trupa.

— Nie słyszałem, żeby się sprzeciwiał.

Zatrwożony Thoros wessał powietrze w płuca.

— Czy to prawda? Hełm zabitego? Już tak nisko upadliśmy?

Potężnie zbudowany mężczyzna łypnął na niego spode łba.

— To dobra stal.

— W tym hełmie nie ma nic dobrego — sprzeciwił się czerwony kapłan. — Podobnie jak w ludziach, którzy go nosili. Sandor Clegane był udręczoną duszą, a Rorge bestią w ludzkiej skórze.

— Nie jestem żadnym z nich.

— Dlaczego więc pokazujesz światu ich twarz? Okrutną, wyszczerzoną, wykrzywioną... czy taki właśnie pragniesz się stać, Cytryn?

— Ten widok napełni moich wrogów strachem.

— Ten widok napełnia mnie strachem.

— To zamknij oczy. — Mężczyzna w żółtym płaszczu skinął gwałtownie dłonią. — Bierzcie kurwę.

Brienne nie próbowała się opierać. Było ich czterech, a ona

była ranna i osłabiona, a do tego miała na sobie tylko wełniane giezło. Gdy szli krętym korytarzem, musiała pochylać głowę, żeby się w nią nie uderzyć. Droga wiodła stromo pod górę i zakręcała dwukrotnie, nim wreszcie weszli do większej komory. Było tam pełno banitów.

Pośrodku wykopano dół na ogień. W powietrzu unosił się siny dym. Mężczyźni tłoczyli się wokół ogniska, by się ogrzać. Inni stali pod ścianami albo siedzieli ze skrzyżowanymi nogami na siennikach. Były tu również kobiety, a nawet kilkoro dzieci wyglądających zza matczynych spódnic. Jedyna znana Brienne twarz należała do Długiej Jeyne Heddle.

W przecinającej jaskinię szczelinie ustawiono na kozłach stół. Siedziała za nim spowita w szary płaszcz z kapturem kobieta. W rękach trzymała koronę, diadem z brązu otoczony pierścieniem żelaznych mieczy. Wpatrywała się w nią, głaszcząc palcami klingi, jakby chciała sprawdzić ich ostrość. Pod kapturem błyszczały oczy.

Szary był kolorem milczących sióstr, służebnic Nieznajomego. Brienne poczuła przebiegający wzdłuż kręgosłupa dreszcz. *Kamienne Serce.*

— Pani — oznajmił potężnie zbudowany mężczyzna. — To ona.

— Ehe — dodał Jednooki. — Kurwa Królobójcy.

Wzdrygnęła się.

— Dlaczego tak mnie nazywasz?

— Gdybym dostał srebrnego jelenia za każdym razem, gdy wymieniałaś jego imię, byłbym bogaty jak twoi przyjaciele Lannisterowie.

— To tylko... nie rozumiecie...

— Nie rozumiemy, tak? — Wielki mężczyzna ryknął śmiechem. — Coś mi się zdaje, że jednak rozumiemy. Cuchniesz lwem, pani.

— Nieprawda.

Z grupy wystąpił inny banita, młodszy mężczyzna w brudnej baranicy. Trzymał w ręce Wiernego Przysiędze.

389

— To nam mówi, że prawda. — W jego głosie pobrzmiewał zimny akcent północy. Wysunął miecz z pochwy i położył go przed Kamiennym Sercem. W blasku ogniska wydawało się niemal, że czerwone i czarne zmarszczki w metalu się poruszają, ale kobieta w szarej szacie patrzyła tylko na gałkę: złotą głowę lwa z rubinowymi oczami, które lśniły niczym dwie czerwone gwiazdy.

— Jest jeszcze to. — Thoros z Myr wydobył z rękawa pergamin i położył go obok miecza. — Dokument opatrzony pieczęcią młodocianego króla. Stwierdza, że jego okaziciel wykonuje misję zleconą przez niego.

Pani Kamienne Serce odłożyła miecz, żeby przeczytać list.

— Dał mi ten miecz w dobrym celu — zapewniła Brienne. — Ser Jaime przysiągł Catelyn Stark…

— A potem jego przyjaciele poderżnęli jej gardło — przerwał mężczyzna w żółtym płaszczu. — Wiemy wszystko o Królobójcy i jego przysięgach.

To nic nie da — uświadomiła sobie Brienne. *Moje słowa ich nie przekonają.* Nie dała jednak za wygraną.

— Obiecał lady Catelyn, że zwróci jej córki, ale gdy dotarliśmy do Królewskiej Przystani, już ich tam nie było. Jaime rozkazał mi odnaleźć lady Sansę…

— A gdybyś ją znalazła, co miałaś z nią zrobić? — zapytał młody człowiek z północy.

— Chronić ją. Zabrać w jakieś bezpieczne miejsce.

Wielki mężczyzna ryknął śmiechem.

— Do lochu Cersei?

— Nie.

— Zaprzeczaj, ile chcesz. Ten miecz świadczy, że kłamiesz. Mamy uwierzyć, że Lannisterowie rozdają wrogom miecze zdobione złotem i rubinami? Że Królobójca chce, byś ukryła dziewczynę przed jego bliźniaczą siostrą? A ten papier z królewską pieczęcią jest pewnie po to, żebyś w razie potrzeby miała czym sobie podetrzeć dupę? Jest jeszcze towarzystwo, w którym się obracasz… — Mężczyzna odwrócił się i skinął dłonią. Szeregi banitów rozstąpiły się i przyprowadzono dwóch kolejnych jeńców. — Chłopak był giermkiem samego Krasnala — powiedział do pani Kamienne Serce. — Ten drugi to jeden z cholernych domowych rycerzy cholernego Randylla Tarly'ego, pani.

Hyle'a Hunta pobito tak okropnie, że niemal nie sposób było go poznać. Potknął się, gdy go popchnęli, i omal się nie przewrócił. Podrick złapał go za ramię.

— Ser — rzekł przygnębiony chłopak na widok Brienne. — To znaczy pani. Przepraszam.

— Nie masz za co przepraszać. — Brienne spojrzała na panią Kamienne Serce. — O jakąkolwiek zdradę mnie oskarżasz, Podrick i ser Hyle nie mieli z nią nic wspólnego.

— Są lwami — oznajmił Jednooki. — To wystarczy. Uważam, że powinniśmy ich powiesić. Tarly powiesił już ze dwudziestu naszych. Najwyższy czas, byśmy odpłacili mu tym samym.

Ser Hyle uśmiechnął się blado do Brienne.

— Pani, szkoda, że za mnie nie wyszłaś, kiedy ci się oświadczyłem — rzekł. — Obawiam się, że teraz ty umrzesz jako dziewica, a ja jako nędzarz.

— Puśćcie ich — błagała Brienne.

Kobieta w szarych szatach nie odpowiedziała. Przyjrzała się mieczowi i dokumentowi, a potem popatrzyła na koronę z brązu i żelaza. Na koniec sięgnęła ręką do szyi, jakby chciała sama się udusić. Ale zamiast tego przemówiła... jej głos był słaby, urywany, udręczony. Zdawało się, że dobiega z gardła. Brzmieniem przypominał ochrypły charkot konającego. *To język potępionych* — pomyślała Brienne.

— Nie rozumiem. Co ona powiedziała?

— Pyta, jak się nazywa twój miecz — wyjaśnił młody mężczyzna w baranicy.

— Wierny Przysiędze — odparła Brienne.

Kobieta w szarych szatach zasyczała przez palce. Jej oczy były dwoma punktami czerwieni gorejącymi w cieniu. Znowu przemówiła.

— Nie. Mówi, że powinnaś go zwać Zdrajcą Przysięgi. Wykuto go z myślą o zdradzie i morderstwie. Zwie go Fałszywym Przyjacielem, tak jak ty okazałaś się fałszywa.

— Dla kogo byłam fałszywa?

— Dla niej — odparł mężczyzna. — Czyżbyś zapomniała, pani, że kiedyś przysięgłaś jej służbę?

Dziewica z Tarthu przysięgała służbę tylko jednej kobiecie.

— To niemożliwe — wyszeptała. — Ona nie żyje.

— Śmierć i prawo gościnności — mruknęła Długa Jeyne Heddle. — I jedno, i drugie nie znaczy już tyle, co kiedyś.

Pani Kamienne Serce opuściła kaptur i odwinęła szary, wełniany szalik, który zasłaniał jej twarz. Włosy miała suche i kruche, białe jak kość, czoło zaś pokrywały zielono-szare cętki oraz brązowe plamy rozkładu. Ciało na policzkach zwisało w rozdartych strzępach, od oczu aż po żuchwę. Niektóre ze szram wypełniała zakrzepła krew, inne były szeroko rozwarte, odsłaniając kości czaszki.

Jej twarz — pomyślała Brienne. *Miała taką silną, przystojną twarz, taką gładką i miękką skórę.*

— Lady Catelyn? — Jej oczy wypełniły łzy. — Mówili... mówili, że nie żyjesz.

— Bo nie żyje — potwierdził Thoros z Myr. — Freyowie poderżnęli jej gardło od ucha do ucha. Kiedy znaleźliśmy ją nad rzeką, była martwa już od trzech dni. Harwin błagał mnie, żebym dał jej pocałunek życia, ale minęło zbyt wiele czasu. Nie chciałem tego zrobić, więc lord Beric pocałował ją zamiast mnie i płomień życia przeszedł od niego do niej. Wtedy... ożyła. Niech Pan Światła ma nas w swej opiece. Ożyła.

Czy nadal śnię? — zadała sobie pytanie Brienne. *Czy to kolejny koszmar zrodzony z zębów Kąsacza?*

— Nigdy jej nie zdradziłam. Powiedz jej to. Przysięgam na Siedmiu. Przysięgam na mój miecz.

Stwór, który ongiś był Catelyn Stark, ponownie złapał się za gardło, zaciskając palcami długą, makabryczną szramę w szyi, i wykrztusił jeszcze parę słów.

— Ona mówi, że słowa to tylko wiatr — oznajmił człowiek z północy. — Musisz dowieść swej wierności.

— Jak? — zapytała Brienne.

— Swoim mieczem. Zwiesz go Wiernym Przysiędze, tak? W takim razie dotrzymaj przysięgi, którą jej złożyłaś. Tak powiedziała.

— Czego ode mnie chce?

— Chce, żeby jej syn wrócił do życia albo żeby ludzie, którzy go zabili, zginęli — odparł potężny mężczyzna w żółtym płaszczu. — Chce nakarmić wrony, tak jak zrobili to na Krwawych Godach. Freyami i Boltonami, tak jest. Tych damy jej tylu, ilu tylko zapragnie. Od ciebie chce tylko Jaimego Lannistera.

Jaime. To imię było jak nóż wbity w jej brzuch.

— Lady Catelyn, nie... nie rozumiesz, Jaime... uratował mnie przed gwałtem, kiedy pojmali nas Krwawi Komedianci, a potem wrócił po mnie, wskoczył bez broni do dołu z niedźwiedziem... przysięgam, że nie jest już takim człowiekiem jak kiedyś. Kazał mi odnaleźć Sansę i ją chronić, nie mógł mieć nic wspólnego z Krwawymi Godami.

Lady Catelyn wbiła palce głęboko w gardło. Z jej ust posypały się słowa, zdławione, urywane i zimne jak lód.

— Powiedziała, że musisz wybrać — oznajmił człowiek z północy. — Weźmiesz miecz i zabijesz Królobójcę albo zawiśniesz za zdradę. Powiedziała: „miecz albo pętla". Powiedziała: „wybieraj".

Brienne przypomniała sobie swój sen, w którym czekała w komnacie ojca na chłopaka, za którego miała wyjść za mąż. W tym śnie odgryzła sobie język. *Usta miałam pełne krwi.* Zaczerpnęła z drżeniem tchu.

— Odmawiam dokonania takiego wyboru.

Zapadła długa cisza. Potem pani Kamienne Serce przemówiła znowu. Tym razem Brienne zrozumiała jej słowa. Wypowiedziała tylko dwa.

— Powieście ich — wychrypiała.

— Wedle rozkazu, pani — zgodził się potężny mężczyzna.

Ponownie związali Brienne nadgarstki i wyprowadzili ją z jaskini. Droga na powierzchnię była długa i kręta. Nadszedł już ranek, co ją zaskoczyło. Między drzewami przesączały się ukośne snopy blasku wschodzącego słońca. *Mają tyle drzew do wyboru* — pomyślała. *Nie będą musieli prowadzić nas daleko.*

I nie prowadzili. Banici zatrzymali się pod krzywą wierzbą, zarzucili Brienne pętlę na szyję, zacisnęli mocno sznur i przerzucili drugi koniec przez konar. Hyle'a Hunta i Podricka Payne'a zaprowadzono pod wiązy. Ser Hyle wołał, że on zabije Jaimego Lannistera, ale Ogar zdzielił go w twarz, żeby się zamknął. Ponownie włożył hełm.

— Jeśli chcecie wyznać swym bogom popełnione zbrodnie, to będzie odpowiednia chwila.

— Podrick nie zrobił wam żadnej krzywdy. Mój ojciec zapłaci za niego okup. Tarth zwą szafirową wyspą. Wyślijcie chłopaka z moimi kośćmi do Wieczornego Dworu, a dostaniecie szafiry, srebro, co tylko zechcecie.

— Ja chcę odzyskać żonę i córkę — odparł Ogar. — Czy twój ojciec może mi je oddać? Jeśli nie, mam go w dupie. Chłopak zgnije razem z tobą. Wasze kości ogryzą wilki.

— Masz zamiar powiesić tę sukę, Cytryn? — zapytał Jednooki. — Czy może postanowiłeś zagadać ją na śmierć?

Ogar wziął sznur z rąk człowieka, który go trzymał.

— Zobaczymy, czy potrafi tańczyć — oznajmił i pociągnął mocno.

Brienne poczuła, że sznur się zacisnął i wpił się w jej skórę, unosząc podbródek ku górze. Ser Hyle elokwentnie przeklinał banitów, ale Podrick ani na chwilę nie uniósł wzroku, nawet gdy jego stopy uniosły się nad ziemię. *Jeśli to kolejny sen, pora się obudzić. A jeśli to rzeczywistość, pora umrzeć.* Widziała tylko Podricka, pętlę zaciśniętą wokół jego chudej szyi, poruszające się spazmatycznie nogi. Otworzyła usta. Pod wierzgał nogami, dusił się, umierał. Brienne wciągnęła rozpaczliwie powietrze w płuca, czując, że sznur ją dusi. Nic nigdy nie bolało jej tak bardzo.

Wykrzyczała słowo.

CERSEI

Septa Moelle była białowłosą jędzą o rysach twarzy ostrych jak topór i ustach wydętych w grymasie permanentnej dezaprobaty. *Idę o zakład, że ona zachowała dziewictwo po dziś dzień —* pomyślała Cersei. *Na pewno jest już twarde i sztywne jak garbowana skóra.* Kobiecie towarzyszyło sześciu rycerzy Wielkiego Wróbla z tęczowymi mieczami ich odrodzonego zakonu wyobrażonymi na migdałowych tarczach.

— Septo. — Cersei siedziała pod Żelaznym Tronem, odziana w zielony jedwab i złote koronki. — Przekaż Jego Wielkiej Świątobliwości, że się na niego gniewamy. Posunął się za daleko. — Na jej palcach i w złotych włosach błyszczały szmaragdy. Oczy dworu i miasta były skierowane na nią. Pragnęła, by wszyscy ujrzeli córkę lorda Tywina. Gdy ta komediancka farsa wreszcie dobiegnie końca, zrozumieją, że mają tylko jedną prawdziwą królową. *Ale najpierw musimy odtańczyć ten taniec i nie postawić ani jednego fałszywego kroku.* — Lady Margaery jest kochającą, wierną żoną mojego syna, jego towarzyszką i pomocnicą. Jego Wielka Świątobliwość nie ma żadnego powodu podnosić rękę na jej osobę ani więzić jej i jej młodych kuzynek. Żądamy, by natychmiast je uwolnił.

Złowrogie lico septy Moelle nie zmieniło wyrazu.

— Przekażę słowa Waszej Miłości Jego Wielkiej Świątobliwości, ale muszę ze smutkiem oznajmić, że młodej królowej i jej dam nie można zwolnić, dopóki nie dowiodą swej niewinności.

— Niewinności? Ależ wystarczy tylko spojrzeć na ich słodkie, młode twarzyczki, by zrozumieć, że są całkowicie niewinne.

— Za słodką twarzą często kryje się grzeszne serce.

— Jakie czyny zarzuca się tym młodym dziewczętom i kto je oskarża? — zapytał lord Merryweather, siedzący za stołem rady.

— Megga Tyrell i Elinor Tyrell są oskarżone o lubieżność, cudzołóstwo i spisek mający na celu popełnienie zdrady stanu. Alla Tyrell jest oskarżona o to, że była świadkiem ich hańby i pomagała im ją ukryć. A królowa Margaery jest oskarżona o to wszystko, a także o zdradę małżeńską i zdradę stanu.

Cersei dotknęła dłonią piersi.

— Powiedz mi, kto rozpowszechnia takie kalumnie o mojej dobrej córce! Nie wierzę w ani jedno słowo. Mój słodki syn kocha lady Margaery z całego serca. Z pewnością nie byłaby tak okrutna, żeby go oszukiwać.

— Oskarżycielem jest rycerz, który służy tobie. Ser Osney Kettleblack przyznał się do cielesnego obcowania z królową samemu Wielkiemu Septonowi, przed ołtarzem Ojca.

Za stołem rady Harys Swyft wciągnął gwałtownie powietrze, a wielki maester Pycelle odwrócił spojrzenie. Rozległ się cichy dźwięk, jakby w sali tronowej wypuszczono na wolność tysiąc os. Niektóre z dam siedzących na galerii zaczęły się nagle wymykać. Podążał za nimi strumień pomniejszych lordów i rycerzy, którzy zajmowali miejsca z tyłu sali. Złote płaszcze wypuszczały wszystkich, ale królowa rozkazała ser Osfrydowi zapamiętać każdego, kto uciekł. *Róża Tyrellów nagle przestała pachnieć tak ładnie.*

— Przyznaję, że ser Osney jest młody i pożądliwy — rzekła królowa. — Ale mimo to jest wiernym rycerzem. Jeśli twierdzi, że w tym uczestniczył... nie, to niemożliwe. Margaery jest dziewicą!

— Nie jest. Zbadałam ją osobiście, na rozkaz Jego Wielkiej Świątobliwości. Jej dziewictwo nie jest nienaruszone. Mogą to potwierdzić septa Aglantine, septa Melicent, a także osobista septa królowej Margaery, Nysterica, którą zamknięto w celi pokutniczej za współudział w hańbie królowej. Zbadano również lady Meggę i lady Elinor. Okazało się, że obie też nie są już dziewicami.

Osy bzyczały tak głośno, że Cersei ledwie słyszała własne myśli. *Mam nadzieję, że mała królowa i jej kuzynki znalazły dużo przyjemności w tych konnych przejażdżkach.*

Lord Merryweather walnął pięścią w stół.

— Lady Margaery uroczyście przysięgła przed Jej Miłością królową i jej zmarłym ojcem, że jest dziewicą. Wielu z tu obecnych słyszało to na własne uszy. Lord Tyrell również zapewnił o jej niewinności, podobnie jak lady Olenna, która, jak wszyscy wiemy, pozostaje poza wszelkimi podejrzeniami. Chcesz nas przekonać, że ci szlachetni ludzie nas okłamali?

— Być może oni również padli ofiarą oszustwa, panie — odparła septa Moelle. — Nie potrafię ci odpowiedzieć na to pytanie. Mogę jedynie zaświadczyć prawdziwość tego, co odkryłam, badając królową.

Wizja tej skwaszonej staruchy wkładającej pomarszczone paluchy w różową cipkę Margaery była tak zabawna, że Cersei omal nie roześmiała się w głos.

— Domagamy się, by Jego Wielka Świątobliwość pozwolił naszym maesterom zbadać naszą dobrą córkę, by się przekonać, czy w tych kalumniach kryje się źdźbło prawdy. Wielki maestrze Pycelle, pójdziesz z septą Moelle do septu Baelora Umiłowanego i przyniesiesz nam prawdę o dziewictwie naszej Margaery.

Twarz Pycelle'a przybrała kolor kwaśnego mleka. *Na spotkaniach rady staremu durniowi gęba się nie zamyka, ale teraz, gdy potrzebuję od niego kilku słów, odebrało mu mowę* — pomyślała królowa.

— Nie ma potrzeby, bym badał jej… jej części intymne — wydusił wreszcie z siebie drżącym głosem starzec. — Mówię to z żalem… ale królowa Margaery nie jest dziewicą. Prosiła mnie, bym przyrządził jej miesięczną herbatę. Nie jeden raz, lecz wielokrotnie.

Wrzawa, jaką przywitano te słowa, spełniła wszelkie nadzieje Cersei Lannister.

Nawet królewski herold stukający laską w podłogę nie był

w stanie uciszyć tumultu. Królowa pozwoliła, by brzmiał on przez kilka uderzeń serca, radując się hańbą małej królowej. Gdy już minęła wystarczająco długa chwila, Cersei wstała z kamienną twarzą i rozkazała złotym płaszczom opróżnić salę. *To koniec Margaery Tyrell* — pomyślała z radością. Trzej biali rycerze otoczyli ją ze wszystkich stron, gdy opuszczała komnatę przez królewskie drzwi za Żelaznym Tronem. Boros Blount, Meryn Trant i Osmund Kettleblack byli ostatnimi królewskimi gwardzistami, którzy zostali w mieście.

Pod drzwiami stał Księżycowy Chłopiec. Trzymał w dłoni grzechotkę i gapił się na całe to zamieszanie, wytrzeszczając szeroko oczy. *Może i jest błaznem, ale przynajmniej tego nie ukrywa. Maggy Żaba również powinna nosić błazeński strój. Nic nie wiedziała o przyszłości.* Cersei modliła się o to, by stara oszustka otrzymała należną karę w piekle. Młoda królowa, której nadejście przepowiedziała, upadła, a jeśli to proroctwo mogło się nie sprawdzić, cała reszta również. *Nie będzie złotych całunów ani valonqara. Wreszcie uwolniłam się od twej starczej złośliwości.*

Resztka małej rady wyszła z komnaty w ślad za królową. Harys Swyft wyglądał na oszołomionego. Potknął się w drzwiach i przewróciłby się, gdyby Aurane Waters nie złapał go za ramię. Nawet Orton Merryweather był wyraźnie zaniepokojony.

— Prostaczkowie lubią małą królową — przypomniał. — To im się nie spodoba. Obawiam się tego, co się może wydarzyć, Wasza Miłość.

— Lord Merryweather ma rację — poparł go lord Waters. — Jeśli Wasza Miłość raczy zezwolić, zwoduję resztę naszych nowych dromon. Kiedy na Czarnym Nurcie pojawią się okręty z chorągwiami króla Tommena na masztach, miasto przypomni sobie, kto tu sprawuje rządy. To zapobiegnie kolejnym zamieszkom.

Reszty nie dopowiedział na głos. Gdy już dromony znajdą się na Czarnym Nurcie, będą mogły przeszkodzić Mace'owi Tyrellowi w przeprawie przez rzekę, tak jak kiedyś Tyrion przeszkodził w niej Stannisowi. Po tej stronie Westeros Wysogród nie miał własnej floty. Tyrellowie musieli polegać na flocie Redwyne'ów, która właśnie wracała do Arbor.

— To rozsądna propozycja — zgodziła się królowa. — Dopóki sztorm nie minie, chcę, żeby twoje okręty pozostały z pełnymi załogami na rzece.

Ser Harys Swyft był tak blady i spocony, że wydawało się, iż zaraz zemdleje.

— Gdy wieści o tym dotrą do lorda Tyrella, jego furia nie będzie znała granic. Ulice spłyną krwią...

Rycerz od żółtego kurczaka — pomyślała Cersei. *Powinieneś wybrać sobie za herb robaka, ser. Kurczak jest dla ciebie zbyt śmiały. Jeśli Mace Tyrell nie odważy się nawet przypuścić szturmu na Koniec Burzy, to wydaje ci się, że śmie zadrzeć z bogami?*

— Nie możemy dopuścić do rozlewu krwi — stwierdziła, gdy już przestał biadolić. — Nie zamierzam na to pozwolić. Sama pójdę do Septu Baelora porozmawiać z królową Margaery i Wielkim Septonem. Wiem, że Tommen kocha ich oboje i chciałby, żebym doprowadziła do zawarcia pokoju między nimi.

— Pokoju? — Ser Harys otarł czoło aksamitnym rękawem. — Jeśli pokój jest możliwy... to wielka odwaga z twojej strony...

— Może okazać się konieczny jakiegoś rodzaju proces — oznajmiła królowa — by udowodnić fałszywość tych podłych kalumnii i kłamstw oraz pokazać światu, że nasza słodka Margaery jest niewinna, o czym wszyscy wszak wiemy.

— Zaiste — zgodził się Merryweather. — Jednakże Wielki Septon może pragnąć osobiście osądzić królową, tak jak Wiara sądziła ludzi w dawnych czasach.

Mam taką nadzieję — pomyślała Cersei. *Tego rodzaju sąd z pewnością nie potraktuje przychylnie zdradzieckich królowych, które rozkładały nogi dla minstreli i profanowały święte rytuały Dziewicy, by ukryć swą hańbę.*

— Najważniejsze, abyśmy poznali prawdę. Jestem pewna, że co do tego wszyscy się zgadzamy. A teraz, panowie, muszę was przeprosić. Idę zobaczyć się z królem. W takiej chwili nie powinien być sam.

Gdy matka wróciła do Tommena, chłopiec był zajęty łowieniem kotów na wędkę. Dorcas zrobiła mu myszkę z kawałków futra i przywiązała ją do długiego sznurka na końcu wędki. Koty uwielbiały ją gonić, a chłopiec z zachwytem podrywał ją w górę, gdy na nią skakały. Zdziwił się, gdy Cersei wzięła go w ramiona i pocałowała w czoło.

— Co się stało, mamo? Czemu płaczesz?

Dlatego, że jesteś bezpieczny — chciała mu powiedzieć. *Dlatego, że nigdy nie stanie ci się nic złego.*

— Wydaje ci się. Lwy nigdy nie płaczą. — Później będzie miała czas opowiedzieć mu o Margaery i o jej kuzynkach. — Mam tu dla ciebie kilka nakazów do podpisania.

Z myślą o spokoju ducha króla królowa nie umieściła imion na nakazach aresztowania. Tommen podpisał je in blanco i z ochotą wcisnął pieczęć w ciepły lak, tak jak zawsze. Potem odesłała go z Jocelyn Swyft.

Gdy przyszedł ser Osfryd Kettleblack, inkaust już wysychał. Cersei sama wpisała nazwiska: ser Tallad Wysoki, Jalabhar Xho, Hamish Harfiarz, Hugh Clifton, Mark Mullendore, Bayard Norcross, Lambert Turnberry, Horas Redwyne, Hobber Redwyne oraz pewien prostak o imieniu Wat, znany jako Błękitny Bard.

— Tak wielu.

Ser Osfryd przerzucił papiery. Wyraźnie obawiał się napisanych na nich słów, jakby były karaluchami łażącymi po papierze. Żaden z Kettleblacków nie umiał czytać.

— Dziesięciu. Masz sześć tysięcy złotych płaszczy. Uważam, że to powinno wystarczyć, by sobie poradzić z dziesięcioma ludźmi. Niektórzy z tych bystrzejszych mogli już uciec, jeśli pogłoski w porę dotarły do ich uszu. To nie ma znaczenia, ucieczka sprawi tylko, że wydadzą się jeszcze bardziej winni. Ser Tallad to kawał głąba i może spróbować stawiać opór. Pamiętajcie, że nie może zginąć przed przyznaniem się do winy. Żadnemu z pozostałych nie zróbcie krzywdy. Niektórzy z nich mogą być niewinni.

Było ważne, aby okazało się, że bliźniacy Redwyne'owie zostali fałszywie oskarżeni. To dowiedzie, że wyroki na pozostałych są sprawiedliwe.

— Zgarniemy wszystkich, nim słońce wzejdzie, Wasza Miłość. — Ser Osfryd zawahał się. — Pod drzwiami Septu Baelora zebrał się tłum.

— Jaki tłum? — Cersei bała się wszelkich niespodzianek. Przypomniała sobie, co powiedział lord Waters o zamieszkach. *Nie pomyślałam, jak zareagują prostaczkowie. Margaery była ich umiłowaną pieszczoszką.* — Ilu ich jest?

— Około setki. Domagają się, żeby Wielki Septon zwolnił małą królową. Możemy ich rozpędzić, jeśli sobie życzysz.

— Nie. Niech sobie krzyczą aż do ochrypnięcia. Wróbla to nie wzruszy. On słucha tylko bogów. — Była w tym pewna ironia. Jego Wielka Świątobliwość miał pod swymi drzwiami rozgniewaną tłuszczę, a przecież to taki właśnie tłum dał mu kryształową koronę. *Którą natychmiast sprzedał.* — Wiara ma teraz własnych rycerzy — dodała. — Niech oni bronią septu. Och i zamknij też miejskie bramy. Nikt nie wejdzie do Królewskiej Przystani ani jej nie opuści bez mojego pozwolenia, dopóki sprawa się nie rozstrzygnie.

— Wedle rozkazu, Wasza Miłość.

Ser Osfryd pokłonił się i wyszedł poszukać kogoś, kto przeczyta dla niego nakazy.

Gdy słońce zaszło, wszyscy oskarżeni o zdradę zostali już aresztowani. Hamish Harfiarz zemdlał, kiedy po niego przyszli, a ser Tallad Wysoki zranił trzy złote płaszcze, nim pozostałym udało się go obezwładnić. Cersei dopilnowała, by bliźniakom Redwyne'om przyznano wygodne pokoje w wieży. Cała reszta powędrowała do lochów.

— Hamish ma trudności z oddychaniem — poinformował królową Qyburn, gdy odwiedził ją w nocy. — Domaga się maestera.

— Powiedz mu, że dostanie go, gdy tylko przyzna się do winy. — Zastanawiała się przez chwilę. — Jest za stary, by mógł być jednym z kochanków, ale Margaery z pewnością kazała mu śpiewać i grać dla siebie, gdy zabawiała się z innymi mężczyznami. Będą nam potrzebne szczegóły.

— Pomogę mu w przypomnieniu ich sobie, Wasza Miłość.

Nazajutrz lady Merryweather pomogła Cersei ubrać się przed wizytą u małej królowej.

— To nie może być nic zbyt bogatego ani zdobnego — stwierdziła królowa. — Znajdź mi coś skromnego i pobożnego dla Wielkiego Septona. Na pewno będzie chciał, żebym się z nim pomodliła.

Na koniec zdecydowała się na miękką, wełnianą suknię, która okrywała ją od szyi aż po kostki. Szata miała tylko kilka małych pnączy wyhaftowanych złotą nicią na gorseciku i rękawach, żeby złagodzić wrażenie surowości. Co ważniejsze, jeśli będzie zmuszona uklęknąć, brązowy kolor pomoże ukryć brud.

— Gdy ja będę pocieszała dobrą córkę, ty porozmawiaj z jej trzema kuzynkami — rozkazała Taenie. — Zdobądź Allę, jeśli ci się uda, ale uważaj, co mówisz. Możliwe, że nie tylko bogowie będą cię słuchać.

Jaime zawsze powtarzał, że najtrudniejsze są chwile przed bitwą, oczekiwanie na mającą się zacząć rzeź. Gdy Cersei wyszła na dwór, przekonała się, że niebo jest szare i zachmurzone. Nie mogła ryzykować, że zaskoczy ją ulewa i przybędzie do Septu Baelora, ociekając wodą. To znaczyło, że musi skorzystać z lektyki. Do swej eskorty wyznaczyła dziesięciu lannisterskich strażników domowych i Borosa Blounta.

— Zwolennicy Margaery mogą być za głupi, żeby odróżnić jednego Kettleblacka od drugiego — oznajmiła ser Osmundowi. — A ja nie mogę ci pozwolić zabijać prostaczków. Lepiej nie wchodź im w oczy przez pewien czas.

Gdy jechały przez miasto, Taenę nagle dopadły wątpliwości.

— Ten proces — zaczęła cicho. — Co się stanie, jeśli Margaery zażąda, by o jej winie bądź niewinności rozstrzygnęła próba walki?

Przez usta Cersei przemknął uśmieszek.

— Jest królową i jej honoru może bronić tylko rycerz Gwardii Królewskiej. Każde dziecko w Westeros słyszało o tym, jak książę Aemon Smoczy Rycerz bronił swej siostry, królowej Naerys, przed oskarżeniami ser Morghila. Jednakże ser Loras został poważnie ranny i obawiam się, że rola księcia Aemona musi przypaść któremuś z jego zaprzysiężonych braci. — Wzruszyła ramionami. — Ale któremu? Ser Arys i ser Balon przebywają w dalekim Dorne, Jaime jest w Riverrun, a ser Osmund jest bratem człowieka, który ją oskarża. To znaczy, że zostają jej tylko... ojej...

— Boros Blount i Meryn Trant. — Lady Taena parsknęła śmiechem.

— Tak jest. W dodatku ser Meryn ostatnio był niezdrów. Przypomnij mi, żebym mu o tym powiedziała, kiedy wrócimy do zamku.

— Zrobię to, moja słodka. — Taena ujęła dłoń Cersei i pocałowała ją. — Modlę się o to, bym nigdy cię nie rozgniewała. W gniewie jesteś straszna.

— Każda matka zrobiłaby to samo, by bronić swych dzieci — stwierdziła Cersei. — Kiedy zamierzasz sprowadzić na dwór tego swojego chłopaka? Jak on się nazywa? Russell? Mógłby ćwiczyć z Tommenem.

— Wiem, że byłby zachwycony, ale... sytuacja jest bardzo niepewna i pomyślałam, że lepiej zaczekać, aż niebezpieczeństwo minie.

— To już niedługo — zapewniła Cersei. — Wyślij wiadomość do Długiego Stołu. Niech Russell spakuje swój najlepszy wams i drewniany miecz. Nowy przyjaciel pomoże Tommenowi zapomnieć o żalu, gdy już Margaery straci swą małą główkę.

Wysiadły z lektyki pod posągiem Baelora Błogosławionego. Królowa z zadowoleniem zauważyła, że sprzątnięto stamtąd kości i inne odpadki. Ser Osfryd mówił prawdę: tłum nie był ani tak liczny, ani tak wojowniczy jak wróble, które zgromadziły się tu przedtem. Ludzie stali w małych grupkach, spoglądając ponuro na drzwi Wielkiego Septu, których strzegł szereg septonów nowicjuszy z drągami w dłoniach. *Nie mają stali* — zauważyła w duchu Cersei. To było albo bardzo mądre, albo bardzo głupie. Nie była do końca pewna, która z tych ewentualności jest prawdziwa.

Nikt nie próbował jej zatrzymywać. Prostaczkowie i nowicjusze rozstąpili się przed nią. Gdy znalazły się w Komnacie Lamp, spotkali je trzej rycerze w tęczowych szatach Synów Wojownika.

— Przyszłam porozmawiać z dobrą córką — oznajmiła Cersei.

— Jego Wielka Świątobliwość oczekiwał twej wizyty. Jestem ser Theodan Wierny, dawniej zwany ser Theodanem Wellsem. Zechciej pójść ze mną, Wasza Miłość.

Wielkiego Wróbla zastała, jak zwykle, na klęczkach. Tym razem modlił się przed ołtarzem Ojca. Nie przerwał modlitwy, gdy królowa do niego podeszła. Musiała niecierpliwie czekać, aż skończy. Dopiero potem wstał i przywitał ją ukłonem.

— Wasza Miłość. To smutny dzień.

— Bardzo smutny. Czy pozwolisz nam porozmawiać z Margaery i jej kuzynkami?

Postanowiła zademonstrować pokorę. W rozmowie z tym człowiekiem tak zapewne będzie najlepiej.

— Jeśli tego pragniesz. Przyjdź później do mnie, dziecko. Musimy się razem pomodlić.

Małą królową zamknięto na szczycie jednej ze smukłych wież Wielkiego Septu. Jej cela miała osiem stóp długości i sześć szerokości. Nie było tam żadnych mebli poza siennikiem i ławą modlitewną, a do tego dzban wody, *Siedmioramienna gwiazda* i świeca, przy której Margaery mogła ją czytać. Jedyne okno było niewiele szersze niż strzelnica.

Margaery była bosa i drżała z zimna. Miała na sobie utkaną z samodziału koszulę siostry nowicjuszki. Włosy miała rozczochrane, a stopy brudne.

— Zabrali mi ubranie — poskarżyła się mała królowa, gdy tylko zostały same. — Miałam koronkową suknię koloru kości słoniowej ze słodkowodnymi perłami na gorseciku, ale septy odważyły się podnieść na mnie ręce i rozebrały mnie do naga. Moje kuzynki potraktowały tak samo. Megga przewróciła jedną septę na świecznik i jej szata zajęła się ogniem. Ale boję się o Allę. Zrobiła się biała jak mleko. Tak się bała, że nawet nie mogła płakać.

— Biedne dziecko. — Nie było tu krzeseł, więc Cersei usiadła na sienniku obok małej królowej. — Lady Taena poszła z nią porozmawiać, by wiedziała, że o niej nie zapomnieliśmy.

— Nie pozwala mi nawet się z nimi zobaczyć — oburzała się Margaery. — Zamknął nas wszystkie w osobnych celach. Dopóki się nie zjawiłaś, odwiedzały mnie tylko septy. Jedna z nich przychodzi co godzinę, żeby zapytać, czy jestem gotowa przyznać się do cudzołóstwa. Nie pozwalają mi nawet spać. Budzą mnie, by domagać się zeznań. Ostatniej nocy wyznałam sepcie Unelli, że mam ochotę wydrapać jej oczy.

Szkoda, że tego nie zrobiłaś — pomyślała Cersei. *Gdybyś oślepiła jakąś biedną, starą septę, to z pewnością przekonałoby Wielkiego Wróbla o twojej winie.*

— Obawiam się, że twoje kuzynki przesłuchują w taki sam sposób.

— Niech będą przeklęci — warknęła Margaery. — Oby wszystkich pochłonęło siedem piekieł. Alla jest nieśmiała i delikatna, jak mogą jej to robić? A Megga... wiem, że śmieje się głośno jak portowa dziwka, ale w głębi duszy nadal jest małą dziewczynką. Kocham je wszystkie, a one kochają mnie. Jeśli temu wróblowi wydaje się, że zmusi je, by mnie kłamliwie oskarżyły...

— Obawiam się, że one również są oskarżone. Wszystkie trzy.

— Moje kuzynki? — Margaery pobladła. — Alla i Megga to jeszcze prawie dzieci. Wasza Miłość, to... to ohydne. Czy zabierzesz nas stąd?

— Gdybym tylko mogła. — Jej głos był przepojony smutkiem. — Strzegą was nowi rycerze Jego Wielkiej Świątobliwości. Żeby was uwolnić, musiałabym tu wysłać złote płaszcze i sprofanować święte miejsce rozlewem krwi. — Cersei ujęła dłoń Margaery. — Nie byłam jednak bezczynna. Zatrzymałam wszystkich, których ser Osney wymienił jako twoich kochanków. Jestem pewna, że zapewnią Jego Wielką Świątobliwość o twej niewinności i potwierdzą ją przysięgą na twoim procesie.

— Na procesie? — W głosie dziewczyny pojawił się autentyczny strach. — Czy koniecznie musi dojść do procesu?

— Jak inaczej mogłabyś dowieść swej niewinności? — Cersei uścisnęła uspokajająco dłoń Margaery. — Oczywiście, masz prawo wyboru rodzaju procesu. Jesteś przecież królową. Rycerze Gwardii Królewskiej poprzysięgli cię bronić.

Margaery zrozumiała natychmiast.

— Próba walki? Ale Loras jest ranny...

— Ma sześciu braci.

Margaery spojrzała na nią zdumiona. Wyrwała dłoń z uścisku.

— Drwisz ze mnie? Boros to tchórz, Meryn jest stary i powolny, twój brat to kaleka, dwaj następni wyjechali do Dorne, a Osmund jest cholernym Kettleblackiem. Loras ma dwóch braci, nie sześciu. Jeśli ma się odbyć próba walki, chcę, żeby moim obrońcą był Garlan.

— Ser Garlan nie jest rycerzem Gwardii Królewskiej — oznajmiła Cersei. — Gdy w grę wchodzi honor królowej, prawo i obyczaj wymagają, by jej obrońcą był jeden z zaprzysiężonych siedmiu. Obawiam się, że Wielki Septon będzie na to nalegał.

Dopilnuję tego.

Margaery przez chwilę nie odpowiadała. Przymrużyła powieki w wyrazie podejrzliwości.

— Blount albo Trant — stwierdziła wreszcie. — To musiałby być jeden z nich. To by ci odpowiadało, prawda? Osney Kettleblack z obu zrobiłby siekane mięso.

Na siedem piekieł. Cersei zrobiła urażoną minę.

— Niesprawiedliwie mnie osądzasz, córko. Pragnę tylko...

— ...mieć swego syna wyłącznie dla siebie. Nigdy nie znajdzie żony, której byś nie nienawidziła. Nie jestem twoją córką, dzięki bogom. Zostaw mnie.

— Postępujesz głupio. Chcę tylko ci pomóc…

— …znaleźć się w grobie. Prosiłam, żebyś mnie zostawiła. Czy mam zawołać moje strażniczki, żeby cię stąd wywlekły, ty wredna, zdradliwa, niegodziwa suko?

Cersei uniosła spódnice, zbierając resztki godności.

— Sytuacja z pewnością jest dla ciebie bardzo przerażająca. Wybaczę ci te słowa. — Tutaj, podobnie jak na dworze, nigdy nie było wiadomo, kto może podsłuchiwać. — W twojej sytuacji również bym się bała. Wielki maester Pycelle przyznał, że dawał ci miesięczną herbatę, a twój Błękitny Bard… na twoim miejscu, pani, modliłabym się do Staruchy o mądrość i do Matki o zmiłowanie. Obawiam się, że wkrótce możesz bardzo potrzebować obu.

Cztery zasuszone septy odprowadziły królową na dół. Każda z nich wydawała się bardziej wątła od poprzedniej. Dotarły na poziom ziemi, ale schodziły dalej, ku sercu wzgórza Visenyi. Schody kończyły się głęboko pod ziemią, dochodząc do długiego korytarza oświetlonego szeregiem migoczących pochodni.

Wielki Septon czekał na nią w małej, siedmiobocznej komnacie audiencyjnej. Pomieszczenie było skromnie urządzone. Nagie kamienne ściany, grubo ciosany stół, trzy krzesła i ława modlitewna. W ścianach wyrzeźbiono twarze Siedmiu. Cersei pomyślała, że rzeźby są prymitywne i brzydkie, ale mają w sobie pewną moc, zwłaszcza w oczach. Wykonano je z onyksu, malachitu i żółtego kamienia księżycowego. Z jakiegoś powodu twarze dzięki nim wydawały się żywe.

— Rozmawiałaś z królową — stwierdził Wielki Septon.

Ja jestem królową — miała ochotę powiedzieć, powstrzymała się jednak.

— Tak.

— Wszyscy ludzie grzeszą, nawet królowie i królowe. Ja również zgrzeszyłem i uzyskałem przebaczenie. Nie może jednak być przebaczenia bez wyznania grzechów. A królowa nie chce ich wyznać.

— Być może jest niewinna.

— Nie jest. Zbadały ją święte septy, które zaświadczyły, że nie jest już dziewicą. Piła miesięczną herbatę, by zamordować w łonie owoc swych cudzołożnych aktów. Namaszczony rycerz przysiągł na swój miecz, że obcował cieleśnie z nią i z dwiema z jej trzech kuzynek. Zapewnia, że spali z nią również inni. Wymienił wielu mężczyzn zarówno znacznych, jak i niskiego stanu.

— Moje złote płaszcze zamknęły ich wszystkich w lochach — zapewniła Cersei. — Do tej pory przesłuchano tylko jednego, minstrela zwanego Błękitnym Bardem. To, co wyznał, było niepokojące, niemniej jednak modlę się, by podczas procesu moja dobra córka dowiodła swej niewinności. — Zawahała się. — Tommen bardzo kocha swoją małą królową, Wasza Świątobliwość. Obawiam się, że jemu i jego lordom może być trudno osądzić ją sprawiedliwie. Być może to Wiara powinna przeprowadzić proces?

Wielki Wróbel złożył chude dłonie w piramidkę.

— Tak właśnie sobie pomyślałem, Wasza Miłość. Maegor Okrutny odebrał ongiś Wierze miecze, a Jaehaerys Pojednawca pozbawił nas szal sądzenia. Któż jednak jest prawdziwie godzien, by sądzić królową, jeśli nie Siedmiu Na Górze i ich zaprzysiężone sługi na dole? Tę sprawę rozstrzygnie święty trybunał złożony z siedmiorga sędziów. Będą wśród nich trzy przedstawicielki waszej niewieściej płci. Dziewica, matka i starucha. Któż lepiej potrafiłby osądzić niegodziwość kobiet?

— Tak by było najlepiej. Rzecz jasna, Margaery ma prawo zażądać, by o jej winie bądź niewinności rozstrzygnęła próba oręża. W takim przypadku jej obrońcą musi być jeden z siedmiu rycerzy Tommena.

— Rycerze Gwardii Królewskiej byli prawowitymi obrońcami króla i królowej już od czasów Aegona Zdobywcy. W tej sprawie Korona i Wiara przemawiają jednym głosem.

Cersei ukryła twarz w dłoniach, jakby w żałobie. Kiedy uniosła głowę, w jednym z jej oczu błyszczała łza.

— Zaiste nastały smutne dni — stwierdziła. — Niemniej cieszę się, że osiągnęliśmy zgodę w tak wielu sprawach. Wiem, że Tommen by ci podziękował, gdyby tu był. Musimy razem odkryć prawdę.

— Zrobimy to.

— Powinnam już wracać do zamku. Jeśli się zgodzisz, zabiorę ze sobą ser Osneya Kettleblacka. Mała rada będzie chciała go przesłuchać i usłyszeć jego oskarżenia na własne uszy.

— Nie — odparł wielki septon.

To było tylko jedno słowo, jedno małe słowo, ale Cersei poczuła się, jakby chluśnięto jej w twarz lodowatą wodą. Zamrugała powiekami. Jej pewność siebie zachwiała się na moment.

— Zapewniam, że ser Osney będzie dobrze strzeżony.

— Jest dobrze strzeżony tutaj. Chodź. Pokażę ci.

Cersei czuła, że spoglądają na nią oczy Siedmiu, zrobione z nefrytu, malachitu i onyksu. Przeszył ją dreszcz strachu, zimny jak lód. *Jestem królową* — powiedziała sobie. *Córką lorda Tywina.* Ruszyła z niechęcią za Wielkim Septonem.

Ser Osney nie przebywał daleko. Mroczną komnatę zamykały ciężkie, żelazne drzwi. Wielki Septon wyjął klucz, otworzył je, a potem zabrał pochodnię ze ściany, by oświetlić pomieszczenie.

— Ty pierwsza, Wasza Miłość.

Osney Kettleblack kołysał się na dwóch ciężkich, zawieszonych u sufitu łańcuchach. Był nagi. Ubiczowano go. Skórę z pleców i barków zdarto mu niemal całkowicie. Również jego nogi i tyłek pokrywały liczne czerwone pręgi i rany.

Królowa ledwie mogła znieść ten widok. Odwróciła się, spoglądając na Wielkiego Septona.

— Co mu zrobiliście?

— Z wielkim zapałem poszukiwaliśmy prawdy.

— Powiedział wam prawdę. Przyszedł do was z własnej woli i wyznał popełnione grzechy.

— To prawda. Tak właśnie uczynił. Słyszałem już wiele spowiedzi, Wasza Miłość, ale rzadko zdarzało mi się spotkać człowieka tak uradowanego tym, że dopuścił się podobnie straszliwych przewin.

— Ubiczowaliście go!

— Nie może być pokuty bez bólu. Nikt nie powinien żałować sobie bicza. Tak właśnie powiedziałem ser Osneyowi. Rzadko czuję się tak blisko bogów jak wtedy, gdy bracia biczują mnie za moją niegodziwość, choć nawet najgorsze z moich grzechów żadną miarą nie są tak straszliwe jak te, które on popełnił.

— A... ale — wyjąkała — głosicie miłosierdzie Matki.

— Tego słodkiego mleka ser Osney zakosztuje w życiu przyszłym. W *Siedmioramiennej gwieździe* jest napisane, że wszystkie grzechy mogą być wybaczone, lecz zbrodnie zawsze trzeba ukarać. Osney Kettleblack jest winien zdrady i morderstwa, a karą za zdradę jest śmierć.

Nie może tego zrobić, jest tylko kapłanem.

— Wiara nie ma prawa skazać nikogo na śmierć, bez względu na to, jakie zbrodnie popełnił.

— Jakie zbrodnie popełnił. — Wielki Septon powtórzył powoli te słowa, jakby ważył je na szalach. — To dziwne, Wasza Miłość, ale z im większą pilnością stosujemy bicz, tym bardziej zmieniają się przewinienia ser Osneya. Teraz chce nas przekonać, że nigdy nie tknął Margaery Tyrell. Czyż nie tak, ser Osneyu?

Osney Kettleblack otworzył oczy. Ujrzawszy stojącą przed nim królową, przesunął językiem po spierzchniętych wargach.

— Mur — powiedział. — Obiecałaś mi Mur.

— Jest szalony — zaprotestowała Cersei. — Doprowadziliście go do szaleństwa.

— Ser Osneyu — zapytał Wielki Septon wyraźnym, stanowczym głosem — czy obcowałeś cieleśnie z królową?

— Tak. — Łańcuchy zagrzechotały cicho, gdy Osney wykręcił ciało. — Z tą tutaj. To z tą królową się pierdoliłem. To ona

410

kazała mi zabić starego Wielkiego Septona. Nie miał żadnych strażników. Wszedłem do jego komnaty, kiedy spał, i nakryłem mu twarz poduszką.

Cersei odwróciła się i rzuciła do ucieczki.

Wielki Septon próbował ją pochwycić, ale był tylko starym wróblem, a ona lwicą ze Skały. Odepchnęła go na bok, dobiegła do drzwi i zatrzasnęła je za sobą z głośnym brzękiem. *Kettleblackowie, potrzebuję Kettleblacków. Przyślę tu Osfryda ze złotymi płaszczami i Osmunda z Gwardią Królewską. Osney wszystkiemu zaprzeczy, gdy tylko go uwolnią, a ja pozbędę się tego Wielkiego Septona, tak samo jak poprzedniego.* Cztery stare septy zastąpiły jej drogę, wyciągając ku niej pomarszczone ręce. Jedną przewróciła na podłogę, a drugiej rozorała twarz paznokciami. Dopadła do schodów, lecz w połowie drogi na górę przypomniała sobie o Taenie Merryweather. Zatrzymała się, dysząc ciężko. *Niech mnie Siedmiu ma w swojej opiece —* modliła się. *Taena wie wszystko. Jeśli ją też zatrzymają i ubiczują...*

Zdołała dobiec do septu, ale nie dalej. Czekały tam na nią kobiety, kolejne septy i milczące siostry, młodsze niż cztery staruchy na dole.

— Jestem królową! — zawołała, odsuwając się od nich. — Każę was za to ściąć. Wszystkie stracicie głowy. Przepuśćcie mnie.

One jednak podniosły na nią ręce. Cersei pobiegła do ołtarza Matki, ale pochwyciły ją tam. Było ich chyba ze dwadzieścia. Choć wierzgała wściekle, zawlokły ją po schodach do wieży. Gdy już znalazła się w celi, trzy milczące siostry ją przytrzymały, a septa imieniem Scolera rozebrała do naga. Zabrała nawet bieliznę. Inna septa rzuciła jej koszulę z samodziału.

— Nie macie prawa — wrzeszczała królowa. — Jestem z rodu Lannisterów, puśćcie mnie, mój brat was zabije, Jaime porozcina was od gardeł po pizdy, puśćcie mnie! Jestem królową!

— Królowa powinna się modlić — oznajmiła septa Scolera, nim zostawiły ją nagą w zimnej, posępnej celi.

411

Ona jednak nie była potulną Margaery Tyrell. Nie zamierzała wdziać ich nędznej koszuli i pogodzić się z uwięzieniem. *Pokażę wam, co to znaczy zamknąć lwicę w klatce* — pomyślała. Porwała koszulę na sto strzępów, znalazła dzban z wodą i rozbiła go o ścianę, a potem tak samo postąpiła z nocnikiem. Gdy nikt się nie zjawił, zaczęła walić w drzwi pięściami. Jej strażnicy byli na dole, na placu. Dziesięciu lannisterskich zbrojnych i ser Boros Blount. *Kiedy się o tym dowiedzą, przyjdą tu mnie uwolnić i zawloką cholernego Wielkiego Wróbla w łańcuchach do Czerwonej Twierdzy.*

Krzyczała, kopała i wyła pod drzwiami albo pod oknem, aż jej gardło wypełnił palący ból. Nikt nie odpowiedział ani nie przyszedł na ratunek. W celi robiło się już ciemno. Cersei zaczęła dygotać. *Jak mogli mnie tak zostawić, nawet bez ognia? Jestem ich królową.* Teraz żałowała, że podarła koszulę, którą jej dali. Na leżącym w kącie sienniku położono wytarty koc z cienkiej, brązowej wełny. Był szorstki i drapał, ale nie miała nic innego. Cersei skuliła się pod nim, żeby nie drżeć z zimna, i wkrótce zasnęła wyczerpana.

Po pewnym czasie ktoś obudził ją potrząsaniem. W celi było ciemno choć oko wykol. Przy sienniku klęczała ogromna, brzydka kobieta ze świecą w dłoni.

— Kim jesteś? — zapytała królowa. — Przyszłaś mnie uwolnić?

— Jestem septa Unella. Chcę, żebyś opowiedziała mi wszystko o morderstwach i cudzołóstwach, jakich się dopuściłaś.

Cersei odtrąciła jej dłoń.

— Zapłacisz za to głową. Nie waż się mnie dotykać. Zostaw mnie.

Kobieta wstała.

— Wasza Miłość, wrócę za godzinę. Być może będziesz już wówczas gotowa wyznać grzechy.

Jedna godzina, potem druga i trzecia. Tak minęła najdłuższa noc w życiu Cersei Lannister, pomijając noc ślubu Joffreya. Gardło bolało ją od krzyku tak bardzo, że ledwie mogła przełykać ślinę. W celi zrobiło się lodowato zimno. Rozbiła nocnik, więc musiała przykucnąć w kącie i patrzeć, jak mocz spływa po podłodze. Gdy tylko zamknęła oczy, znowu zjawiała się Unella, która budziła ją potrząsaniem i pytała, czy jest gotowa wyznać grzechy.

Dzień również nie przyniósł jej ulgi. O wschodzie słońca septa Moelle ofiarowała jej miskę wodnistej, szarej kaszy. Cersei cisnęła nią w głowę kobiety. Gdy jednak przynieśli jej świeży dzban wody, była tak spragniona, że musiała się napić. A kiedy dostarczono jej nową koszulę, cienką, szarą i zalatującą pleśnią, wciągnęła ją przez głowę, by ukryć swoją nagość. Gdy zaś wieczorem znowu przyszła Moelle, Cersei zjadła chleb z rybą i zażądała wina do popicia. Zamiast wina pojawiła się jednak septa Unella, by — jak co godzina — zapytać, czy królowa jest gotowa wyznać grzechy.

Co się dzieje? — zastanawiała się Cersei, gdy wąski skrawek nieba za oknem znowu zaczął ciemnieć. *Dlaczego nikt nie przyszedł mnie uwolnić?* Nie potrafiła uwierzyć, by Kettleblackowie opuścili swego brata. Co robiła jej rada? *Tchórze i zdrajcy. Kiedy stąd wyjdę, każę wszystkich ściąć i znajdę na ich miejsce lepszych ludzi.*

Trzykrotnie w ciągu dnia słyszała odległe krzyki dobiegające z placu, ale tłum wykrzykiwał imię Margaery, nie Cersei.

Zbliżał się świt drugiego dnia i królowa wylizywała resztki owsianki z dna miski, gdy drzwi jej celi otworzyły się nagle i do środka wszedł lord Qyburn. O mało nie rzuciła mu się w ramiona.

— Qyburnie — wyszeptała. — O bogowie, tak się cieszę, że widzę twoją twarz. Zabierz mnie do domu.

— Nie pozwolą mi na to. Ma cię osądzić święty trybunał siedmiu za morderstwo, zdradę i cudzołóstwo.

Cersei była tak zmęczona, że w pierwszej chwili te słowa nie miały dla niej sensu.

— Tommen. Powiedz mi, co z moim synem. Czy nadal jest królem?

413

— Tak, Wasza Miłość. Nic mu nie grozi. Jest bezpieczny w murach Warowni Maegora, broni go Gwardia Królewska. Ale czuje się samotny. Niespokojny. Pyta o ciebie i o swą małą królową. Jak dotąd nikt go nie poinformował o twej... twych...

— ...trudnościach? — zasugerowała. — A co z Margaery?

— Ją również czeka proces. Ma ją osądzić ten sam trybunał co ciebie. Przekazałem Błękitnego Barda Wielkiemu Septonowi, zgodnie z rozkazem Waszej Miłości. Jest teraz tutaj, gdzieś pod nami. Moi szeptacze mówią mi, że go biczują, ale jak dotąd śpiewa tę samą słodką pieśń, której go nauczyliśmy.

Tę samą słodką pieśń. Cersei była otępiała z braku snu. *Wat, naprawdę nazywa się Wat.* Jeśli bogowie będą łaskawi, Wat może skonać pod uderzeniami bicza i Margaery nie będzie już w stanie podważyć jego zeznań.

— Gdzie są moi rycerze? Ser Osfryd... wielki septon zamierza zabić jego brata Osneya, jego złote płaszcze muszą...

— Osfryd Kettleblack nie dowodzi już Strażą Miejską. Król usunął go z urzędu i mianował na jego miejsce kapitana Smoczej Bramy, niejakiego Humfreya Watersa.

Cersei była tak zmęczona, że nie zrozumiała ani słowa.

— Dlaczego Tommen miałby to zrobić?

— To nie jego wina. Kiedy rada podsuwa mu dekret, pisze na nim swoje imię i stawia pieczęć.

— Moja rada... kto? Kto mógłby to uczynić? Nie ty?

— Niestety, usunięto mnie z rady, choć jak dotąd pozwalają mi kontynuować pracę z szeptaczami eunucha. Królestwem władają ser Harys Swyft i wielki maester Pycelle. Wysłali kruka do Casterly Rock z prośbą do twego stryja, by wrócił na dwór i został regentem. Jeśli ma zamiar się zgodzić, lepiej niech się śpieszy, bo Mace Tyrell przerwał oblężenie Końca Burzy i maszeruje tu ze swą armią. Ponoć Randyll Tarly również zmierza ku nam ze Stawu Dziewic.

— Czy lord Merryweather się na to zgodził?

— Merryweather zrezygnował z członkostwa w radzie i uciekł do Długiego Stołu razem z żoną. To ona pierwsza przyniosła nam wieści o... oskarżeniach wysuniętych przeciwko Waszej Miłości.

— Wypuścili Taenę. — To była najlepsza wiadomość, jaką usłyszała od chwili, gdy Wielki Wróbel powiedział jej „nie". — A co z lordem Watersem? Jego okręty... jeśli ich załogi zejdą na brzeg, powinno mu wystarczyć ludzi, żeby...

— Gdy tylko wieści o obecnych kłopotach Waszej Miłości dotarły nad rzekę, lord Waters rozwinął żagle, wysunął wiosła i wypłynął z całą flotą na morze. Ser Harys obawia się, że zamierza przejść na stronę lorda Stannisa. Pycelle uważa zaś, iż popłynął na Stopnie, by zacząć karierę pirata.

— Wszystkie te moje piękne dromony. — Cersei omal się nie roześmiała. — Mój pan ojciec mawiał, że bękarty są zdradliwe z natury. Szkoda, że go nie posłuchałam. — Zadrżała. — Jestem zgubiona, Qyburnie.

— Nie. — Ujął ją za rękę. — Jest jeszcze nadzieja. Wasza Miłość ma prawo dowieść swej niewinności w próbie walki. Moja królowo, twój obrońca jest gotów. W całych Siedmiu Królestwach nie ma męża, który mógłby się mu oprzeć. Wystarczy, że wydasz rozkaz...

Tym razem nie mogła już powstrzymać śmiechu. To było zabawne, okropnie, wręcz obrzydliwie zabawne.

— Bogowie drwią sobie ze wszystkich naszych planów i nadziei. Mam obrońcę, którego żaden mąż nie pokona, ale nie wolno mi z niego skorzystać. Jestem królową, Qyburnie. Mojego honoru może bronić jedynie zaprzysiężony brat Gwardii Królewskiej.

— Rozumiem. — Z twarzy Qyburna zniknął uśmiech. — Wasza Miłość, jestem w kropce... nie wiem, co ci radzić...

Nawet w takim stanie, wyczerpana i przerażona, królowa zdawała sobie sprawę, że nie odważy się powierzyć swego losu trybunałowi złożonemu z wróbli. Nie mogła też liczyć na interwencję ser Kevana, nie po słowach, które padły między nimi podczas ich ostatniego spotkania. *To będzie musiała być próba walki. Nie ma innego wyjścia.*

— Qyburnie, jeśli darzysz mnie miłością, błagam, wyślij dla mnie list. Przez kruka, jeśli możesz, a jeśli nie, to przez jeźdźca. Do Riverrun, do mojego brata. Opowiedz mu, co się wydarzyło, i napisz... napisz...

— Słucham, Wasza Miłość?

Oblizała z drżeniem wargi.

— Przybywaj natychmiast. Pomóż mi. Ratuj mnie. Potrzebuję cię bardziej niż kiedykolwiek dotąd. Kocham cię. Kocham cię. Kocham cię. Przybywaj natychmiast.

— Wedle rozkazu. „Kocham cię" trzy razy?

— Trzy. — Musi do niego dotrzeć. — Przybędzie. Wiem, że przybędzie. Jaime jest moją jedyną nadzieją.

— Moja królowo — rzekł Qyburn. — Czy... zapomniałaś? Ser Jaime nie ma prawej ręki. Gdyby bronił cię w próbie walki i przegrał...

Opuścimy ten świat razem, tak jak razem na niego przyszliśmy.

— Nie przegra. Nie Jaime. Nie, gdy chodzi o moje życie.

JAIME

Nowy lord Riverrun rozgniewał się tak bardzo, że aż się trząsł.

— Oszukano nas — zawołał. — Ten człowiek nas okłamał! — Gdy wskazał palcem na Edmure'a Tully'ego, z jego ust poleciały różowe kropelki śliny. — Każę go ściąć! Ja władam w Riverrun. Tak mówi królewski dekret i...

— Emmonie — przerwała mu żona. — Lord dowódca wie o królewskim dekrecie. Ser Edmure też o nim wie. Nawet chłopcy stajenni o nim wiedzą.

— Jestem lordem i każę go ściąć!

— A za jaką zbrodnię? — Choć Edmure był straszliwie wychudzony, i tak wyglądał na lorda znacznie bardziej niż Emmon Frey. Wdział pikowany wams z czerwonej wełny ze skaczącym pstrągiem wyhaftowanym na piersi. Buty miał czarne, a spodnie niebieskie. Rdzawokasztanowe włosy umył i ostrzygł, a rudą brodę krótko przyciął. — Zrobiłem wszystko, czego ode mnie żądano.

— Tak? — Jaime Lannister nie zmrużył oka od chwili, gdy Riverrun otworzyło bramy. Głowa bolała go dotkliwie. — Nie przypominam sobie, żebym ci kazał pozwolić uciec ser Bryndenowi.

— Zażądałeś, bym oddał ci zamek, nie stryja. Chcesz obciążyć mnie winą za to, że twoi ludzie pozwolili mu przemknąć się przez swoje linie?

Jaimego to nie rozbawiło.

— Gdzie on jest? — zapytał, celowo okazując irytację. Jego ludzie trzykrotnie przeszukali Riverrun, ale nigdzie nie znaleźli Bryndena Tully'ego.

— Nie powiedział mi, dokąd się wybiera.

— A ty go nie spytałeś. Jak udało mu się wydostać?

— Ryby umieją pływać. Nawet czarne — odparł z uśmiechem Edmure.

Jaime czuł wielką pokusę, by zdzielić go w gębę złotą ręką. Gdyby wybił Tully'emu kilka zębów, odechciałoby mu się uśmiechów. Jak na człowieka, który miał spędzić resztę życia jako więzień, Edmure był stanowczo zbyt zadowolony z siebie.

— Mamy pod Casterly Rock cele ciasne jak zbroja. Nie można się w nich odwrócić, usiąść ani sięgnąć do nóg, gdy szczury zaczynają obgryzać stopy. Może zechciałbyś udzielić innej odpowiedzi?

Z twarzy lorda Edmure'a zniknął uśmiech.

— Dałeś mi słowo, że będę traktowany honorowo, jak przystoi komuś mojej rangi.

— I tak się stanie — zgodził się Jaime. — Szlachetniejsi rycerze od ciebie zmarli w męczarniach w tych lochach i wielu wielkich lordów również, a nawet paru królów, jeśli dobrze pamiętam lekcje historii. Jeśli zechcesz, twoja żona będzie mogła otrzymać sąsiednią celę. Nie chciałbym was rozdzielać.

— On naprawdę odpłynął — odparł naburmuszonym tonem Edmure. Miał takie same niebieskie oczy jak jego siostra Catelyn i Jaime dostrzegał w nich teraz tę samą pogardę. — Unieśliśmy kratę w Wodnej Bramie. Nie na całą wysokość, tylko na jakieś trzy stopy. To wystarczyło, żeby pod powierzchnią utworzyło się przejście, ale brama nadal wyglądała na zamkniętą. Mój stryj jest dobrym pływakiem. Po zmierzchu przemknął się pod kolcami. *Pod naszą pływającą zaporą z pewnością prześlizgnął się w ten sam sposób.* Bezksiężycowa noc, znudzeni strażnicy, czarna ryba w czarnej wodzie płynąca cicho z prądem. Jeśli nawet Ruttiger, Yew czy którykolwiek z jego ludzi usłyszał plusk, na pewno pomyślał, że to żółw albo pstrąg. Edmure odczekał większą część dnia, nim ściągnął chorągiew z wilkorem Starków na znak kapitulacji. Gdy zamek przechodził z rąk do rąk, zapanowało takie zamieszanie, że Jaimego dopiero rano zawiadomiono, iż wśród jeńców nie ma Blackfisha.

Podszedł do okna i wyjrzał na rzekę. Był pogodny jesienny dzień, a woda lśniła w blasku słońca. *Blackfish może już być trzydzieści mil w dół rzeki.*

— Musisz go znaleźć — nalegał Emmon Frey.

— Znajdziemy — zapewnił Jaime, choć wcale nie był tego pewien. — Już wysłałem za nim psy i tropicieli. — Na południowym brzegu rzeki poszukiwaniami dowodził ser Addam Marbrand, a na północnym ser Dermot z Deszczowego Lasu. Jaime zastanawiał się, czy nie wysłać również lordów dorzecza, ale Vance, Piper i reszta tej zgrai prędzej pomogliby Blackfishowi w ucieczce, niż zakuli go w kajdany. Zważywszy na wszystko razem, Jaime nie miał zbyt wiele nadziei. — Może się nam wymykać przez pewien czas, ale prędzej czy później będzie musiał wypłynąć.

— A co, jeśli spróbuje odzyskać mój zamek?

— Masz załogę złożoną z dwustu ludzi. — Prawdę mówiąc, była ona zbyt liczna, ale lord Emmon był człowiekiem lękliwego usposobienia. Przynajmniej nie będzie miał trudności z wykarmieniem garnizonu. Blackfish rzeczywiście zostawił w Riverrun mnóstwo zapasów. — Ser Brynden zadał sobie wiele trudu, by nas opuścić, i wątpię, by miał się tu zakraść z powrotem.

Chyba że na czele bandy ludzi wyjętych spod prawa. Jaime nie wątpił, że Blackfish zamierza kontynuować walkę.

— To twoja siedziba i ty musisz jej bronić — oznajmiła mężowi lady Genna. — Jeśli nie potrafisz, puść ją z dymem i uciekaj do Skały.

Lord Emmon otarł usta. Jego dłoń zrobiła się czerwona i lepka od kwaśnego liścia.

— To prawda. Riverrun należy do mnie i żaden człowiek mi go nie odbierze.

Na pożegnanie obrzucił Edmure'a Tully'ego podejrzliwym spojrzeniem, nim lady Genna wyciągnęła go z samotni.

— Czy chciałbyś mi powiedzieć coś jeszcze? — zapytał Jaime Edmure'a, gdy zostali sami.

— To była samotnia mojego ojca — odparł Tully. — Stąd właśnie władał dorzeczem, mądrze i sprawiedliwie. Lubił siadać przy tym oknie. Światło było tu dobre, a gdy tylko uniósł wzrok znad biurka, widział rzekę. Kiedy oczy mu się męczyły, prosił Cat, żeby mu czytała. Tam pod drzwiami zbudowaliśmy kiedyś z Littlefingerem zamek z drewnianych klocków. Nigdy się nie dowiesz, jak niedobrze mi się robi, gdy widzę cię w tej komnacie, Królobójco. Nigdy się nie dowiesz, jak bardzo tobą gardzę.

Mylił się.

— Gardzili mną ludzie więcej warci od ciebie, Edmure. — Jaime wezwał strażnika. — Zabierz jego lordowską mość do wieży. Dopilnuj, żeby dali mu coś do jedzenia.

Lord Riverrun wyszedł bez słowa. Jutro wyruszy w drogę na zachód. Jego eskortą będzie dowodził ser Forley Prester. Miała się ona składać ze stu ludzi, w tym dwudziestu rycerzy. *Lepiej podwoić tę liczbę. Lord Beric może spróbować uwolnić Edmure'a przed dotarciem do Złotego Zęba.* Jaime nie chciał być zmuszony do pojmania Tully'ego po raz trzeci.

Wrócił na krzesło lorda Hostera, rozwinął mapę Tridentu i przycisnął ją złotą dłonią. *Dokąd bym się udał na miejscu Blackfisha?*

— Lordzie dowódco? — W otwartych drzwiach stał strażnik. — Przy wejściu czekają lady Westerling i jej córka, tak jak rozkazałeś.

Jaime odsunął mapę na bok.

— Wprowadź je.

Dobrze, że dziewczyna też nie zniknęła. Jeyne Westerling była królową Robba Starka. To dla niej stracił wszystko. Gdyby nosiła w brzuchu wilka, mogłaby się okazać bardziej niebezpieczna niż Blackfish.

Nie wyglądała jednak na niebezpieczną. Była smukłą dziewczyną, piętnasto-, najwyżej szesnastoletnią, raczej młodzieńczo niezgrabną niż pełną gracji. Miała wąskie biodra, piersi wielkości jabłek, gęste, brązowe loki oraz łagodne, również brązowe oczy łani. *Ładna jak na dziecko* — pomyślał Jaime. *Ale nie warto tracić dla niej królestwa.* Twarz dziewczyny była obrzmiała, a na czole miała strup, częściowo skryty za opadającym lokiem.

— Co ci się stało? — zapytał.

Dziewczyna odwróciła głowę.

— To nic — zapewniła jej matka, kobieta o surowej twarzy, odziana w suknię z zielonego aksamitu. Na długiej, chudej szyi miała naszyjnik ze złotych muszelek. — Nie chciała oddać małej korony, którą dostała od buntownika, a gdy próbowałam jej ją zdjąć, bezczelna dziewczyna szarpała się ze mną.

— Była moja — łkała Jeyne. — Nie miałaś prawa. Robb kazał ją zrobić dla mnie. Kochałam go.

Matka uniosła dłoń, by ją spoliczkować, ale Jaime stanął pomiędzy nimi.

— Nie waż się — ostrzegł lady Sybell. — Siadajcie obie. — Dziewczyna skuliła się na krześle jak przestraszone zwierzątko, ale jej matka siedziała sztywno, z głową wysoko uniesioną.

— Napijecie się wina? — zapytał. Dziewczyna nie odpowiedziała.

— Nie, dziękuję — odparła jej matka.

— Jak sobie życzycie. — Jaime spojrzał na córkę. — Przykro mi z powodu twojej straty. Chłopak był odważny, trzeba to przyznać. Muszę ci zadać jedno pytanie. Czy nosisz jego dziecko, pani?

Jeyne zerwała się z krzesła i uciekłaby z komnaty, gdyby strażnik stojący w drzwiach nie złapał jej za ramię.

— Nie nosi — zapewniła lady Sybell, gdy jej córka próbowała się wyrwać z uścisku. — Dopilnowałam tego, tak jak rozkazał twój pan ojciec.

Jaime skinął głową. Tywin Lannister nie był człowiekiem, który przeoczyłby podobny szczegół.

— Puść dziewczynę — rozkazał strażnikowi. — Na razie z nią skończyłem. — Zapłakana Jeyne uciekła korytarzem, a Jaime popatrzył na jej matkę. — Ród Westerlingów otrzymał ułaskawienie, twój brat Rolph został mianowany lordem Castamere. Czy pragniesz od nas czegoś jeszcze?

— Twój pan ojciec obiecał mi godne małżeństwa dla Jeyne i jej młodszej siostry. Przysiągł, że to będą lordowie albo dziedzice, nie młodsi synowie ani domowi rycerze.

Lordowie albo dziedzice. Oczywiście. Westerlingowie byli starym, dumnym rodem, ale lady Sybell pochodziła z rodu Spicerów, którzy byli tylko nobilitowanymi kupcami. Jaime przypominał sobie, że jej babcia była jakąś na wpół obłąkaną czarownicą ze wschodu. Ponadto Westerlingowie byli zubożali. Młodsi synowie byli najlepszym, na co w normalnej sytuacji mogłyby liczyć córki Sybell Spicer, ale porządny garniec lannisterskiego złota mógł nawet wdowę po zabitym buntowniku uczynić atrakcyjną dla jakiegoś lorda.

— Dostaniesz te małżeństwa — zapewnił Jaime. — Ale Jeyne musi zaczekać z zamążpójściem pełne dwa lata. Gdyby wyszła za mąż zbyt wcześnie i urodziła dziecko, niektórzy z pewnością by szeptali, że ojcem był Młody Wilk.

— Mam też dwóch synów — przypomniała lady Westerling. — Rollam jest ze mną, ale Raynald jest rycerzem i pojechał z buntownikami do Bliźniaków. Gdybym wiedziała, co ma się tam wydarzyć, nigdy bym do tego nie dopuściła. — W jej głosie pojawiła się nuta wyrzutu. — Raynald nic nie wiedział o… o porozumieniu z twoim panem ojcem. Możliwe, że jest jeńcem w Bliźniakach.

Albo nie żyje. Walder Frey z pewnością również nie słyszał o żadnym „porozumieniu".

— Zapytam o to. Jeśli ser Raynald nadal jest jeńcem, zapłacimy za niego okup.

— Wspomniano również o małżeństwie dla niego. O dziewczynie z Casterly Rock. Twój pan ojciec wspominał, że jeśli wszystko pójdzie zgodnie z planem, Raynald otrzyma od niego Joy.

Lord Tywin kieruje naszymi poczynaniami nawet zza grobu.

— Joy jest naturalną córką mojego zmarłego stryja Geriona. Jeśli pragniesz, możemy ogłosić zaręczyny, ale ze ślubem trzeba będzie zaczekać. Joy ma chyba dziewięć czy dziesięć lat.

— Naturalną córką? — Lady Sybell wyglądała, jakby połknęła cytrynę. — Chcesz, żeby dziedzic Westerlingów poślubił dziewczynę nieprawego pochodzenia?

— Z pewnością nie chcę, żeby Joy wyszła za syna jakiejś podstępnej, zdradliwej suki. Ona zasługuje na coś lepszego. — Jaime z radością udusiłby wredną babę jej własnym naszyjnikiem. Joy była słodkim, choć samotnym dzieckiem. Jej ojciec był ulubionym stryjem Jaimego. — Twoja córka jest warta dziesięć razy więcej od ciebie, pani. Odjedziecie jutro z Edmure'em i ser Forlayem. Do tej pory lepiej nie pokazuj mi się na oczy.

Zawołał strażnika i lady Sybell wyszła, zaciskając mocno usta. Jaime zastanawiał się, ile lord Gawen wiedział o knowaniach żony. *Co w ogóle wiedzą mężczyźni?*

Edmure'owi i Westerlingom towarzyszyła eskorta złożona z czterystu ludzi. Jaime w ostatniej chwili podwoił jej liczebność. Odprowadził odjeżdżających kilka mil, by porozmawiać z ser Forleyem Presterem. Choć ser Forley nosił na opończy byczą głowę, a na hełmie rogi, w niczym nie przypominał byka. Był niskim, szczupłym, upartym mężczyzną o zadartym nosie, łysej głowie i brązowej, posiwiałej brodzie. Wyglądał raczej na oberżystę niż na rycerza.

— Nie wiemy, gdzie jest Blackfish — przypomniał mu Jaime. — Ale jeśli będzie mógł uwolnić Edmure'a, z pewnością to zrobi.

— Nie dopuścimy do tego, panie. — Jak większości oberżystów, ser Forleyowi nie brakowało oleju w głowie. — Przed nami pojadą zwiadowcy, a nocami będziemy fortyfikować obozy. Wyznaczyłem dziesięciu ludzi, którzy będą strzegli Tully'ego dniem i nocą. To moi najlepsi łucznicy. Jeśli zboczy ze szlaku choćby na stopę, wyrośnie mu tyle piór, że rodzona matka wzięłaby go za gęś.

— Świetnie. — Jaime wolałby, żeby Tully dotarł do Casterly Rock bezpiecznie, ale gdyby miał uciec, lepiej, by zginął. — Każ też kilku łucznikom pilnować córki lorda Westerlinga.

— Dziewczyny Gawena? — zapytał wyraźnie zmieszany ser Forley. — Ona jest...

— ...wdową po Młodym Wilku — dokończył Jaime. — I w związku z tym, gdyby udało się jej uciec, byłaby dwa razy groźniejsza niż Edmure.

— Wedle rozkazu, panie. Będziemy jej strzegli.

Galopując wzdłuż kolumny z powrotem do Riverrun, Jaime musiał minąć Westerlingów. Lord Gawen skinął do niego głową z poważną miną, ale lady Sybell spoglądała przez niego na wskroś, a jej oczy były zimne jak kawałki lodu. Jeyne w ogóle go nie zauważyła. Jechała ze spuszczonym spojrzeniem, skryta pod płaszczem z kapturem. Piękne szaty, które nosiła pod spodem, były rozdarte. *Rozdarła je sama, na znak żałoby —* uświadomił sobie Jaime. *Jej matka z pewnością nie była zadowolona.* Zastanawiał się, czy Cersei rozdarłaby szatę, gdyby dowiedziała się o jego śmierci.

Nie pojechał prosto do zamku, lecz skierował się na drugi brzeg Kamiennego Nurtu, by porozmawiać z Edwynem Freyem o przekazaniu jeńców jego pradziadka. Zastęp Freyów zaczął zwijać obóz kilka godzin po kapitulacji Riverrun. Chorążowie lorda Waldera i wolni w jego służbie wracali do domu. Na miejscu zostało już niewielu Freyów, ale Jaime znalazł Edwyna i jego stryja bękarta w namiocie tego drugiego.

Obaj ślęczeli nad mapą, spierając się ze sobą zawzięcie, ale umilkli, gdy tylko Jaime wszedł do środka.

— Lordzie dowódco — przywitał go Rivers z zimną uprzejmością.

— Masz na rękach krew mojego ojca, ser — wygarnął jednak Edwyn.

— A to dlaczego? — zapytał zaskoczony Jaime.

— To ty go odesłałeś do domu, prawda?

Ktoś musiał.

— Czyżby ser Rymana spotkało coś złego?

— Powieszono go razem z jego towarzyszami. Banici dopadli ich sześć mil na południe od Fairmarket.

— Dondarrion?

— On albo Thoros, albo ta kobieta, Kamienne Serce.

Jaime zmarszczył brwi. Ryman Frey był głupcem, tchórzem i moczymordą. Nikt nie będzie po nim płakał, a już zwłaszcza inni Freyowie. Sądząc po suchych oczach Edwyna, nawet jego synowie nie pogrążą się w zbyt głębokim żalu. *Niemniej... ci banici są coraz śmielsi, jeśli odważyli się powiesić dziedzica lorda Waldera niespełna dzień drogi od Bliźniaków.*

— Ilu ludzi miał ze sobą ser Ryman? — zapytał.

— Trzech rycerzy i dwunastu zbrojnych — odpowiedział Rivers. — Mogłoby się niemal wydawać, że banici wiedzieli, iż będzie wracał do Bliźniaków z małą eskortą.

Edwyn wykrzywił usta.

— Idę o zakład, że to robota mojego brata. Pozwolił uciec banitom, gdy zamordowali Merretta i Petyra. Teraz wiemy dlaczego. Po śmierci mojego ojca już tylko ja stoję między Czarnym Walderem a Bliźniakami.

— Nie masz na to dowodu — zauważył Walder Rivers.

— Nie potrzebuję dowodu. Znam Czarnego Waldera.

— Twój brat przebywa w Seagardzie — nie ustępował Rivers. — Skąd mógłby wiedzieć, że ser Ryman wraca do Bliźniaków?

— Ktoś go zawiadomił — odparł Edwyn gorzkim tonem. — Możesz być pewien, że ma szpiegów w tym obozie.

A ty masz swoich w Seagardzie. Jaime wiedział, że wrogość między Edwynem a Czarnym Walderem sięga głęboko, ale guzik go obchodziło, który z nich odziedziczy po pradziadku tytuł lorda Przeprawy.

— Wybacz, że zakłócam twoją żałobę — zaczął z ironią w głosie — ale musimy rozważyć też inne sprawy. Gdy wrócisz do Bliźniaków, zawiadom, proszę, lorda Waldera, że król Tommen żąda przekazania wszystkich jeńców pojmanych podczas Krwawych Godów.

Ser Walder zmarszczył brwi.

— Ci jeńcy są wartościowi, ser.

— Gdyby nie mieli wartości, Jego Miłość by o nich nie prosił.

Frey i Rivers wymienili spojrzenia.

— Mój pan pradziadek będzie oczekiwał rekompensaty za tych jeńców.

I otrzyma ją, gdy tylko wyrośnie mi nowa ręka — pomyślał Jaime.

— Każdy z nas ma jakieś oczekiwania — odparł ze spokojem. — Powiedz mi, czy wśród tych jeńców jest ser Raynald Westerling?

— Rycerz od muszelek? — zadrwił Edwyn. — Karmi ryby na dnie Zielonych Wideł.

— Był na dziedzińcu, gdy nasi ludzie przyszli załatwić wilkora — wyjaśnił Walder Rivers. — Whalen zażądał jego miecza, a on oddał mu go posłusznie, ale gdy kusznicy zaczęli strzelać do zwierza, wyrwał Whalenowi topór i uwolnił potwora z sieci, którą na niego zarzucili. Whalen mówi, że Westerling oberwał jednym bełtem w bark, a drugim w brzuch, ale i tak zdołał dobiec do balustrady i skoczyć do rzeki.

— Zostawił na stopniach ślady krwi — dodał Edwyn.

— Czy znaleźliście jego trupa? — zapytał Jaime.

— Znaleźliśmy potem chyba z tysiąc trupów. Jak już spędzą w wodzie kilka dni, wszystkie wyglądają tak samo.

— Słyszałem, że to samo dotyczy wisielców — zauważył Jaime i wyszedł z namiotu.

Następnego ranka z obozu Freyów zostało niewiele poza muchami, końskim łajnem oraz opustoszałym szafotem ser Rymana nad brzegiem Kamiennego Nurtu. Kuzynek Jaimego chciał się dowiedzieć, co ma zrobić z tą konstrukcją, a także ze wszystkimi machinami oblężniczymi, jakie wybudował: taranami, wieżami i trebuszami. Daven proponował, by zawlekli je do Raventree i tam zrobili z nich użytek, ale Jaime kazał mu wszystko spalić, poczynając od szafotu.

— Sam załatwię się z lordem Tytosem. Nie będzie potrzeba wieży oblężniczej.

Daven uśmiechnął się pod krzaczastą brodą.

— Pojedynek, kuzynku? To nie wygląda na sprawiedliwe rozwiązanie. Tytos to siwy staruszek.

Siwy staruszek z dwiema rękami.

Po zmierzchu ćwiczyli z ser Ilynem całe trzy godziny. Noc okazała się jedną z jego lepszych. Gdyby to była prawdziwa walka, Payne zabiłby go tylko dwa razy. Regułą było sześć śmierci, a niekiedy bywało gorzej.

— Jeśli będę tak ćwiczył jeszcze rok, stanę się równie dobry jak Peck — stwierdził Jaime. Payne wydał z siebie swój klekoczący dźwięk zastępujący śmiech.

— Chodź, wypijemy trochę dobrego czerwonego wina Hostera Tully'ego.

Wino stało się częścią ich conocnego rytuału. Ser Ilyn był doskonałym towarzyszem do kielicha. Nigdy nie przerywał Jaimemu, nigdy mu nie zaprzeczał, nigdy się na nic nie skarżył, nie prosił o łaski ani nie opowiadał długich, bezsensownych historii. Nie robił nic poza piciem i słuchaniem.

— Powinienem kazać wyciąć języki wszystkim swoim przyjaciołom — stwierdził Jaime, wypełniając kielichy. — I krewnym również. Niema Cersei byłaby słodka. Chociaż brakowałoby mi jej języka podczas pocałunków. — Pociągnął łyk. Wino było ciemnoczerwone, słodkie i mocne. Rozgrzało mu przełyk. — Już nie pamiętam, kiedy zaczęliśmy się całować. Z początku to było niewinne. Ale potem przestało takie być. — Wypił resztę wina i odstawił kielich na bok. — Tyrion opowiadał mi kiedyś, że większość kurew nie chce się całować z klientami. Mówił, że mogą się z nimi pierdolić do woli, ale nigdy nie pozwalają im poczuć smaku swych ust. Sądzisz, że moja siostra całuje się z Kettleblackiem?

Ser Ilyn nie odpowiedział.

— Myślę, że nie uchodziłoby, żebym zabił swego zaprzysiężonego brata. Powinienem go wykastrować i wysłać na Mur. Tak właśnie zrobili z Lucamore'em Lubieżnym. Co prawda, ser Osmund mógłby nie być z tego zbyt zadowolony. Nie mogę też

427

zapominać o jego braciach. Bracia bywają niebezpieczni. Gdy Aegon Niegodny skazał ser Terrence'a Toyne'a na śmierć za to, że sypiał z jego kochanką, bracia Toyne'a bardzo się starali go zabić. Nie udało im się tylko dzięki Smoczemu Rycerzowi. To jest opisane w Białej Księdze. Jest tam wszystko poza tym, co mam zrobić z Cersei.

Ser Ilyn przejechał palcem po gardle.

— Nie — sprzeciwił się Jaime. — Tommen stracił już brata i człowieka, którego uważał za ojca. Gdybym zabił jego matkę, znienawidziłby mnie... a jego słodka mała żona znalazłaby sposób na to, by obrócić ową nienawiść na korzyść Wysogrodu.

Uśmiech, który pojawił się na ustach ser Ilyna, nie spodobał się Jaimemu. *To brzydki uśmiech. I brzydka dusza.*

— Za dużo gadasz — rzucił.

Następnego dnia ser Dermot z Deszczowego Lasu wrócił z pustymi rękami. Gdy zapytano go, co znalazł, odpowiedział:

— Wilki. Setki cholernych bydlaków. — Stracił przez nie dwóch wartowników. Bestie wypadły z mroku i ich zabiły. — To byli uzbrojeni ludzie w kolczugach i utwardzanych skórach, ale zwierzaki się ich nie bały. Nim Jate skonał, powiedział, że przewodniczką stada była wilczyca monstrualnych rozmiarów. Wilkorzyca, sądząc z tego, co mówił. Wilki dostały się też między konie. Cholerne skurwysyny zabiły mojego ulubionego gniadosza.

— Pierścień ognisk wokół waszego obozu mógłby je powstrzymać — stwierdził Jaime. Nie był jednak tego pewien. Czy wilkorzyca ser Dermota mogła być tą samą, która zaatakowała Joffreya nieopodal rozstajów dróg?

Nie zważając na wilki, ser Dermot zabrał świeże konie oraz więcej ludzi i następnego ranka ponownie wyruszył na poszukiwania Bryndena Tully'ego. Po południu tego samego dnia lordowie Tridentu przyszli do Jaimego z prośbą o pozwolenie na powrót do swych włości. Zgodził się. Gdy wyszli, lord Karyl Vance został jeszcze na chwilę.

— Lordzie Jaime, musisz pojechać do Raventree — powiedział. — Dopóki pod jego bramami stoi Jonos, Tytos nigdy się nie podda, ale wiem, że przed tobą ugnie kolan.

Jaime podziękował mu za radę.

Po lordach dorzecza wyjechał Silny Dzik. Pragnął wrócić do Darry, tak jak obiecał, żeby walczyć z banitami.

— Przemierzyliśmy połowę cholernego królestwa i właściwie po co? Po to, żebyś mógł nastraszyć Edmure'a Tully'ego tak, że aż się zlał w portki? Z tego nie będzie pieśni. Potrzebna mi walka. Chcę dorwać Ogara, Jaime. Jego albo tego lorda z pogranicza.

— Głowa Ogara należy do ciebie, jeśli zdołasz mu ją ściąć — odparł Jaime. — Ale Berica Dondarriona trzeba pojmać żywcem i odstawić do Królewskiej Przystani. Tysiąc ludzi musi ujrzeć jego śmierć, bo inaczej znowu ożyje.

Silny Dzik nie był z tego zadowolony, ale w końcu się zgodził. Następnego dnia wyjechał w towarzystwie giermka i grupy zbrojnych, a także Bezbrodego Jona Bettleya, który doszedł do wniosku, że polowanie na banitów jest lepsze od powrotu do słynącej ze szpetoty żony. Ponoć miała ona brodę, której brakowało jej mężowi.

Jaime musiał jeszcze rozstrzygnąć sprawę garnizonu. Wszyscy żołnierze jak jeden mąż przysięgli, że nic nie wiedzą o planach ser Bryndena

— Kłamią — upierał się Emmon Frey, lecz Jaime w to nie wierzył.

— Jeśli nikomu nie zwierzył się ze swych planów, nikt nie będzie mógł go zdradzić — zauważył. Lady Genna zasugerowała, żeby poddać kilku żołnierzy torturom, ale Jaime odmówił.

— Dałem Edmure'owi słowo, że jeśli się podda, jego ludzie będą mogli odejść bez szkody.

— To było bardzo rycerskie — stwierdziła jego ciotka. — Ale w tej chwili potrzebujemy siły, nie rycerskości.

Zapytaj Edmure'a, jak bardzo jestem rycerski — pomyślał Jaime. *Zapytaj go o trebusz.* Z jakiegoś powodu nie sądził, by spisujący kroniki maesterzy mieli go pomylić z księciem Aemonem Smoczym Rycerzem. Mimo to czuł się dziwnie usatysfakcjonowany. Wojna była już właściwie wygrana. Smocza Skała padła i nie wątpił, że Koniec Burzy wkrótce spotka ten sam los. Stannis mógł sobie zostać na Murze. Ludzie z północy będą mieli dla niego równie mało miłości, co lordowie burzy. Jeśli nie wykończy go Roose Bolton, zrobi to zima.

On zaś wykonał zadanie w Riverrun, nie stając do walki przeciwko Starkom ani Tullym. Gdy już pojmie Blackfisha, będzie mógł wrócić do Królewskiej Przystani. *Moje miejsce jest u boku króla. U boku mego syna.* Czy Tommen powinien się o tym dowiedzieć? Prawda mogłaby go kosztować tron. *Wolisz mieć ojca czy fotel, chłopcze?* Jaime chciałby poznać odpowiedź na to pytanie. *Lubi stemplować papiery swoją pieczęcią.* Chłopiec mógłby mu zresztą nie uwierzyć. Cersei powiedziałaby mu, że to nieprawda. *Moja słodka siostra kłamczucha.* Będzie musiał znaleźć jakiś sposób, by uwolnić Tommena z jej szponów, zanim zrobi z chłopca kolejnego Joffreya. A skoro już o tym mowa, powinien też znaleźć mu nową małą radę. *Jeśli uda się odsunąć Cersei, być może ser Kevan zgodzi się zostać namiestnikiem.* A jeśli nie, no cóż, w Siedmiu Królestwach nie brakowało zdolnych ludzi. Dobrym kandydatem byłby Forley Prester albo Roland Crakehall. A jeśli będzie potrzebny ktoś, kto nie pochodzi z zachodu, żeby ułagodzić Tyrellów, zawsze był jeszcze Mathis Rowan... albo nawet Petyr Baelish. Littlefinger był bystry i sympatyczny, a do tego zbyt nisko urodzony, by mógł stać się zagrożeniem dla wielkich lordów. Nie miał też własnych wojsk. *Idealny namiestnik.*

Żołnierze Tullych opuścili zamek następnego ranka, zostawiając broń i zbroje. Każdemu z nich pozwolono zabrać prowiant na trzy dni i ubranie, które miał na sobie. Wszyscy złożyli też uroczystą przysięgę, że nigdy nie wyruszą w pole przeciwko lordowi Emmonowi albo rodowi Lannisterów.

— Jeśli będziesz miał szczęście, może jeden na dziesięciu jej dotrzyma — stwierdziła lady Genna.

— Znakomicie. Wolę walczyć z dziewięcioma niż z dziesięcioma. Ten dziesiąty mógłby się okazać tym, który mnie zabije.

— Pozostałych dziewięciu zrobi to równie szybko.

— Lepsze to, niż umrzeć w łożu.

Albo zginąć w wychodku.

Dwaj mężczyźni nie chcieli odejść z pozostałymi. Ser Desmond Grell, stary dowódca zbrojnych lorda Hostera, wolał przywdziać czerń, podobnie jak ser Robin Ryger, kapitan straży Riverrun.

— Ten zamek był moim domem od czterdziestu lat — stwierdził Grell. — Mówisz, że mogę odejść swobodnie, ale dokąd miałbym się udać? Jestem już za stary i zbyt tęgi, żeby zostać wędrownym rycerzem, a na Murze zawsze potrzebują ludzi.

— Jak sobie życzycie — odparł Jaime, choć było to dla niego cholernym utrudnieniem. Pozwolił im zatrzymać broń i zbroje oraz wyznaczył dwunastu ludzi Gregora Clegane'a na eskortę, rozkazując odprowadzić jeńców do Stawu Dziewic. Na ich dowódcę wyznaczył Rafforda, tego, którego zwali Słodyczkiem.

— Dopilnuj, żeby dotarli do Stawu Dziewic bez szkody — powiedział — bo w przeciwnym razie to, co ser Gregor zrobił Kozłowi, wyda się niewinnym żarcikiem w porównaniu z tym, co ja uczynię tobie.

Mijały kolejne dni. Lord Emmon zwołał na dziedziniec wszystkich mieszkańców Riverrun, zarówno ludzi lorda Edmure'a, jak i własnych, i przez prawie trzy godziny ględził o tym, czego od nich oczekuje jako ich nowy lord i pan. Od czasu do czasu wymachiwał swym dokumentem, chłopcy stajenni, dziewki służebne i kowale słuchali go, milcząc posępnie, a na wszystkich siąpił lekki deszczyk.

Przemowy słuchał również minstrel, ten, którego Jaime zabrał ser Rymanowi Freyowi. Spotkał go stojącego w otwartych drzwiach, gdzie było sucho.

— Jego lordowska mość powinien był zostać minstrelem — stwierdził mężczyzna. — Ta przemowa jest dłuższa niż ballada z pogranicza, a on chyba nie wziął nawet przerwy na oddech.

Jaime nie mógł powstrzymać śmiechu.

— Lord Emmon nie musi oddychać, dopóki może żuć. Zamierzasz ułożyć o tym pieśń?

— Komiczną. Będzie się nazywała *Mowa do ryb*.

— Tylko nie śpiewaj jej nigdzie, gdzie może cię usłyszeć moja ciotka.

Jaime nigdy dotąd nie zwracał na minstrela zbytniej uwagi. Był to niski człowieczek odziany w obszarpane, zielone portki i wystrzępioną bluzę, również zieloną, ale trochę jaśniejszą. Dziury w niej załatano kawałkami brązowej skóry. Nos miał długi i ostry, uśmiechał się szeroko, a rzadkie, brązowe włosy opadały mu na kołnierz, skołtunione i niemyte. *Ma jak nic pięćdziesiątkę* — pomyślał Jaime. *To wędrowny harfiarz, ciężko doświadczony przez życie.*

— Czy nie byłeś z ser Rymanem, kiedy cię spotkałem? — zapytał.

— Tylko od dwóch tygodni.

— Myślałem, że odjedziesz z Freyami.

— Ten tam też jest Freyem — odparł minstrel, wskazując głową na lorda Emmona. — Dobrze byłoby spędzić zimę w takim miłym, ciepłym zamku. Wat Białozęby odjechał z ser Forleyem, więc pomyślałem sobie, że może uda mi się zdobyć jego miejsce. Co prawda, Wat ma wysoki słodki głos, któremu tacy jak ja nigdy nie dorównają, ale za to ja znam dwa razy więcej sprośnych piosenek, z przeproszeniem waszej lordowskiej mości.

— Powinieneś świetnie się dogadać z moją ciotką — stwierdził Jaime. — Jeśli chcesz tu przezimować, musisz się postarać, żeby twoja muzyka przypadła do gustu lady Gennie. Ona jest tu najważniejsza.

— A nie ty?

— Moje miejsce jest u boku króla. Nie zabawię tu długo.

— Słyszę to z wielkim żalem, panie. Znam lepsze pieśni niż *Deszcze Castamere*. Mógłbym ci zagrać... och, najróżniejsze rzeczy.

— Innym razem — odparł Jaime. — Jak się nazywasz?

— Tom z Siedmiu Strumieni, za pozwoleniem. — Minstrel włożył kapelusz. — Ale najczęściej zwą mnie Tomem Siódemką.

— Śpiewaj słodko, Tomie Siódemko.

Nocą śniło mu się, że znowu znalazł się w Wielkim Sepcie Baelora i pełni straż przy zwłokach ojca. W sepcie było ciemno i cicho. Nagle z cieni wynurzyła się jakaś kobieta, która podeszła powoli do mar.

— Siostro? — przywitał ją.

Ale to nie była Cersei. Kobieta była milczącą siostrą, spowitą w szary strój. Kaptur i zasłona ukrywały jej twarz, widział jednak odbicia świec w zielonych sadzawkach jej oczu.

— Siostro, potrzebujesz czegoś ode mnie? — zapytał.

Jego ostatnie słowa poniosły się echem po sepcie:

— *emnieemnieemnieemnieemnie.*

— Nie jestem twoją siostrą, Jaime. — Uniosła delikatną, białą dłoń i zdjęła kaptur z głowy. — Czy już mnie zapomniałeś?

Jak mogłem zapomnieć kogoś, kogo nigdy nie znałem? Te słowa uwięzły mu w gardle. Znał ją, ale minęło już tak wiele czasu...

— A czy pana ojca też zapomniałeś? Zastanawiam się, czy w ogóle go kiedykolwiek znałeś. — Miała zielone oczy, a jej włosy wyglądały jak złote nici. Nie potrafił określić jej wieku. *Może mieć piętnaście lat* — pomyślał. *Albo pięćdziesiąt.* Weszła na stopnie i stanęła obok mar.

— Nigdy nie potrafił znieść, gdy ludzie się z niego śmiali. Tego właśnie nienawidził najbardziej.

— Kim jesteś?

Musiał to usłyszeć z jej ust.

— Pytanie brzmi, kim ty jesteś?

— To sen.

— Czyżby? — Uśmiechnęła się ze smutkiem. — Policz swoje ręce, dziecko.

Jedna. Miał tylko jedną rękę, mocno zaciśniętą na rękojeści miecza.

— W snach zawsze mam dwie ręce.

433

Uniósł prawą rękę i bez zrozumienia wpatrzył się w brzydki kikut.

— Wszyscy śnimy o tym, czego nie możemy mieć. Tywin marzył o tym, że jego syn zostanie wielkim rycerzem, a córka królową. O tym, że będą tak silni, odważni i piękni, iż nikt nigdy nie odważy się z nich śmiać.

— Jestem rycerzem — stwierdził Jaime. — A Cersei jest królową.

Po jej policzku spłynęła łza. Kobieta uniosła kaptur i odwróciła się do niego plecami. Jaime ją zawołał, ale już się oddalała. Szelest jej ocierającej się o posadzkę spódnicy brzmiał jak kołysanka. *Nie opuszczaj mnie* — pragnął zawołać, ale oczywiście opuściła ich już dawno.

Obudził się w mroku, drżąc z zimna. W komnacie panował lodowaty chłód. Jaime kikutem zrzucił koce. Ogień na kominku wygasł, a wiatr otworzył szeroko okno. Wstał i ruszył przez ciemny pokój, by zamknąć okiennice, ale gdy dotarł do okna, poczuł pod bosą stopą coś mokrego. Wzdrygnął się zaskoczony. W pierwszej chwili pomyślał, że to krew, ale krew nie mogłaby być taka zimna.

To był śnieg wpadający przez okno.

Zamiast zamknąć okiennice, Jaime otworzył je szeroko. Dziedziniec na dole pokrywała cienka warstewka bieli, która z każdą chwilą stawała się coraz grubsza. Na blankach pojawiły się białe czepce. Płatki śniegu opadały bezgłośnie. Kilka z nich wpadło przez okno, by stopnieć na jego twarzy. Jaime czuł własny oddech.

Śnieg w dorzeczu. Jeśli padał tutaj, równie dobrze mógł padać w Lannisporcie i w Królewskiej Przystani. *Zima maszeruje na południe, a połowa spichrzów jest pusta.* Niezebrane plony na polach były stracone. To przeraziło go bardziej niż wszyscy wrogowie, jakich spotykał na polu bitwy. Nie będzie już więcej siewów, koniec z nadziejami na ostatnie żniwa. Zadał sobie pytanie, jak jego ojciec nakarmi królestwo, lecz nagle przypomniał sobie, że Tywin Lannister nie żyje.

Gdy nadszedł ranek, śnieg sięgał już kostek. W bożym gaju, gdzie między drzewami zgromadziły się zaspy, był jeszcze głębszy. Giermkowie, chłopcy stajenni i szlachetnie urodzeni paziowie znowu zamienili się w dzieci pod wpływem tego zimnego, białego zaklęcia i obrzucali się śnieżkami na dziedzińcach i na murach. Jaime słyszał ich śmiechy. Były czasy, całkiem niedawne, gdy sam lepił w najlepsze śnieżki i rzucał nimi w Tyriona albo wsuwał je od tyłu pod suknie Cersei. *Ale żeby ulepić porządną śnieżkę, potrzeba dwóch rąk.*

Ktoś zapukał do drzwi.

— Zobacz, kto to, Peck.

Okazało się, że to stary maester Riverrun. W pomarszczonej dłoni ściskał list. Twarz Vymana była biała jak świeżo spadły śnieg.

— Wiem — przywitał go Jaime. — Z Cytadeli przyleciał biały kruk. Nadeszła zima.

— Nie, panie. To był ptak z Królewskiej Przystani. Pozwoliłem sobie… Nie wiedziałem…

Podał mu list.

Jaime przeczytał go, siedząc na ławeczce w oknie wykuszowym, skąpany w świetle zimnego białego poranka. Słowa Qyburna były zwięzłe i rzeczowe, słowa Cersei szalone i rozgorączkowane. „Przybywaj natychmiast. Pomóż mi. Ratuj mnie. Potrzebuję cię bardziej niż kiedykolwiek dotąd. Kocham cię. Kocham cię. Kocham cię. Przybywaj natychmiast".

Vyman czekał w drzwiach. Jaime zdał sobie sprawę, że Peck również mu się przygląda.

— Chcesz wysłać odpowiedź, panie? — zapytał maester po długiej chwili milczenia.

Na liście wylądował płatek śniegu. Kiedy się stopił, inkaust zaczął się rozmazywać. Jaime zwinął papier tak ciasno, jak tylko mógł to zrobić, i podał go Peckowi.

— Nie — odparł. — Wrzuć to do ognia.

SAMWELL

Ostatni etap rejsu był najbardziej niebezpieczny. W Tyrosh ostrzeżono ich, że w Cieśninach Redwyne'ów roi się od drakkarów. Główna część floty Arbor przebywała po drugiej stronie Westeros, więc żelaźni ludzie złupili Ryamsport, a Vinetown i Rozgwiazdowy Port zdobyli, robiąc z nich bazy, z których atakowali statki płynące do Starego Miasta.

Trzykrotnie widzieli z bocianiego gniazda drakkary. W dwóch przypadkach były jednak daleko z tyłu i „Cynamonowy Wiatr" z łatwością je prześcignął. Trzeci pojawił się niedługo przed zachodem słońca, odcinając im drogę do Zatoki Szeptów. Kiedy zobaczyli, że wiosła drakkara się poruszyły, pokrywając miedzianą taflę wód białą pianą, Kojja Mo wysłała swych łuczników na kasztele. Ich potężne łuki z drewna złotego serca miały zasięg jeszcze większy niż dornijskie, cisowe. Kojja zaczekała, aż drakkar zbliży się na odległość dwustu jardów, i dopiero wtedy kazała strzelać. Sam wystrzelił razem z innymi i tym razem miał wrażenie, że jego strzała dotarła do okrętu przeciwnika. Wystarczyła jedna seria. Drakkar zakręcił na południe w poszukiwaniu bezpieczniejszego łupu.

Gdy wpłynęli do Zatoki Szeptów, zapadł już granatowy zmierzch. Goździk stała na dziobie z dzieckiem na ręku, gapiąc się na zbudowany na klifach zamek.

— To Trzy Wieże — wyjaśnił Sam. — Siedziba rodu Costayne'ów.

Rysujący się na tle wieczornych gwiazd zamek o oknach wypełnionych migotliwym blaskiem pochodni wyglądał wspaniale, ale Sam zasmucił się na jego widok. Ich podróż dobiegała już końca.

— Jest bardzo wysoki — zauważyła Goździk.

— Zaczekaj, aż zobaczysz Wysoką Wieżę.

Dziecko się rozpłakało. Dzika dziewczyna rozpięła bluzę i podała mu pierś. Uśmiechała się, głaszcząc chłopczyka po miękkich, brązowych włoskach. *Pokochała to dziecko prawie tak samo jak to, które zostawiła na Murze* — uświadomił sobie Sam. Miał nadzieję, że bogowie będą łaskawi dla obu chłopców.

Żelaźni ludzie dotarli nawet na osłonięte wody Zatoki Szeptów. Rankiem, gdy „Cynamonowy Wiatr" płynął dalej w stronę Starego Miasta, o kadłub zaczęły się obijać spływające ku morzu trupy. Na niektórych przysiadły grupki wron, które wzbijały się w powietrze z głośnym protestem, gdy łabędzi statek potrącał ich groteskowo obrzmiałe tratwy. Na brzegu widzieli spalone pola i puszczone z dymem wioski, a na płyciznach i łachach pełno było wraków. Przeważały wśród nich statki kupieckie i rybackie łodzie, ale widzieli też porzucone drakkary oraz szczątki dwóch wielkich dromon. Jedna spłonęła aż do linii wodnej, a druga miała wielką dziurę w burcie w miejscu, gdzie uderzył w nią taran.

— Była bitwa — stwierdził Xhondo. — Niedawno.

— Kto byłby tak szalony, żeby napadać na ziemie położone równie blisko Starego Miasta?

Xhondo wskazał na częściowo zatopiony wrak drakkara spoczywający na płyciźnie. Na rufie wisiały resztki chorągwi, wystrzępione i brudne od dymu. Sam nigdy jeszcze nie widział takiego godła: czerwone oko z czarną źrenicą, pod czarną, żelazną koroną podtrzymywaną przez dwie wrony.

— Czyja to chorągiew? — zapytał Sam, ale Xhondo wzruszył tylko ramionami.

Następny dzień był zimny i mglisty. Gdy „Cynamonowy Wiatr" mijał kolejną złupioną wioskę rybacką, z mgły wyłoniła się wojenna galera zmierzająca powoli ku nim. Nazywała się „Łowczyni". Jej nazwę wypisano za figurą dziobową wyobrażającą smukłą dziewczynę odzianą w liście i trzymającą w ręku włócznię. Uderzenie serca później po obu jej stronach pojawiły się dwie mniejsze galery przypominające parę chartów podążających tuż za panem. Ku uldze Sama nad schodkową białą wieżą Starego Miasta z jej koroną z płomieni powiewała chorągiew króla Tommena z jeleniem i lwem.

Kapitan „Łowczyni" był wysokim mężczyzną odzianym w szary jak dym płaszcz z obszyciem z czerwonego niczym żar atłasu. Podpłynął swoją galerą do „Cynamonowego Wiatru", uniósł wiosła i zawiadomił ich krzykiem, że wchodzi na pokład. Jego kusznicy i łucznicy Kojjy Mo spoglądali na siebie nad wąskim pasmem wody, a on przeszedł na drugi statek w towarzystwie sześciu rycerzy, przywitał Quhuru Mo skinieniem głowy, potem zaś zażądał, by pokazano mu ładownie. Ojciec i córka, naradziwszy się krótko ze sobą, wyrazili zgodę.

— Wybaczcie — rzekł kapitan, skończywszy inspekcję. — Przykro mi, że uczciwi ludzie muszą być narażeni na podobne nieuprzejmości, ale lepsze to, niż wpuścić żelaznych ludzi do Starego Miasta. Zaledwie dwa tygodnie temu banda tych cholernych skurwysynów zdobyła w cieśninach tyroshijski statek handlowy. Zabili załogę, przebrali się w jej stroje i za pomocą zdobytych barwników ufarbowali sobie zarost na pół setki różnych kolorów. Po dostaniu się do portu zamierzali go podpalić, a potem otworzyć bramę od środka, gdy my walczylibyśmy z pożarem. Mogłoby im się udać, ale wpadli na „Panią Wieży". Żona jej wiosłomistrza jest Tyroshijką. Kiedy zobaczył te wszystkie zielone i fioletowe brody, przywitał statek po tyroshijsku i nikt z załogi nie potrafił mu odpowiedzieć.

Sam był przerażony.

— Z pewnością nie zamierzają napaść na Stare Miasto...

Kapitan „Łowczyni" obrzucił go zaciekawionym spojrzeniem.

— To nie są zwykli łupieżcy. Żelaźni ludzie zawsze plądrowali, gdzie tylko mogli. Uderzali nagle z morza, zabierali trochę złota i dziewcząt, a potem odpływali, ale rzadko przybywały więcej niż jeden czy dwa drakkary, a nigdy więcej niż sześć. Z tym już koniec. Nękają nas teraz setki ich okrętów, przypływających z Tarczowych Wysp albo z niektórych skał wokół Arbor. Zdobyli Rafę Kamiennego Kraba, Wyspę Świń i Pałac Syreny. Są też inne gniazda na Skale Podkowy i na Kolebce Bękarta. Bez floty lorda Redwyne'a mamy za mało okrętów, by stawić im czoło.

— A co robi lord Hightower? — oburzył się Sam. — Mój ojciec zawsze powtarzał, że on jest bogaty jak Lannisterowie i mógłby wystawić trzy razy liczniejszą siłę zbrojnych niż jakikolwiek inny chorąży Wysogrodu.

— Nawet więcej, gdyby wytarł bruki do czysta — zgodził się kapitan. — Ale miecze nie zdadzą się na wiele przeciw żelaznym ludziom, chyba że ci, którzy je noszą, nauczą się chodzić po wodzie.

— Hightower musi coś zrobić.

— Z całą pewnością. Lord Leyton zamknął się na szczycie swej wieży z Szaloną Dziewicą i studiuje księgi z zaklęciami. Może przywoła armię z głębin. A może nie. Baelor buduje galery, Gunthor dowodzi portem, Garth szkoli rekrutów, a Humfrey popłynął do Lys po morskich najemników. Jeśli uda mu się wydusić porządną flotę od tej kurwy, jego siostry, będziemy mogli zacząć odpłacać żelaznym ludziom tą samą monetą. Do tego czasu możemy jedynie strzec zatoki i czekać, aż ta suka, która włada w Królewskiej Przystani, spuści wreszcie ze smyczy lorda Paxtera.

Gorycz brzmiąca w ostatnich słowach kapitana wstrząsnęła Samem równie mocno jak to, co usłyszał od niego przedtem. *Jeśli Królewska Przystań straci Stare Miasto i Arbor, całe królestwo się rozpadnie* — uświadomił sobie, odprowadzając wzrokiem odpływającą „Łowczynię" oraz jej siostry.

Zastanawiał się, czy nawet Horn Hill jest naprawdę bezpieczne. Ziemie Tarlych leżały na gęsto zalesionym pogórzu, trzysta mil na północny wschód od Starego Miasta i daleko od morskich brzegów. Żelaźni ludzie i ich drakkary nie powinny im zagrozić, nawet jeśli jego pan ojciec walczył w dorzeczu, a w zamku został tylko słaby garnizon, ale Młody Wilk z pewnością również wierzył, że Winterfell jest całkowicie bezpieczne, aż do chwili, gdy Theon Sprzedawczyk wdrapał się nocą na jego mury. Sam nie mógł znieść myśli, że pokonał z Goździk i dzieckiem tak długą drogę, teraz zaś może być zmuszony porzucić ich pośrodku wojny.

Borykał się z wątpliwościami przez resztę rejsu. Nie wiedział, co zrobić. Zapewne Goździk i dziecko mogliby zostać z nim w Starym Mieście. Miało ono mury znacznie potężniejsze od zamku jego ojca i broniły ich tysiące ludzi, nie garstka, jaką zapewne zostawił lord Randyll w Horn Hill, gdy pomaszerował do Wysogrodu na wezwanie swego seniora. Gdyby jednak się na to zdecydował, musiałby ich jakoś ukryć. W Cytadeli nie pozwalano, by nowicjusze mieli żony albo faworyty, przynajmniej nie otwarcie. *Jeśli zostanę z Goździk jeszcze długo, jak znajdę siły, by ją opuścić?* A musiał ją opuścić albo zdezerterować. *Powiedziałem słowa* — pomyślał z przygnębieniem. — *Gdybym zdezerterował, zapłaciłbym głową. W czym pomogłoby to Goździk?*

Pomyślał, że mógłby ubłagać Koję Mo i jej ojca, by zabrali dziką dziewczynę na Wyspy Letnie. To rozwiązanie jednak również nie było bezpieczne. Gdy „Cynamonowy Wiatr" opuści Stare Miasto, będzie musiał znowu przepłynąć Cieśniny Redwyne'ów. Tym razem może mieć mniej szczęścia. A jeśli wiatr ucichnie i cisza morska unieruchomi Letniaków? Jeżeli opowieści, które słyszał, mówiły prawdę, żelaźni ludzie porwaliby Goździk, by uczynić z niej poddaną albo morską żonę, a dziecko zapewne wrzuciliby do morza, żeby nie przeszkadzało.

To będzie musiało być Horn Hill — zdecydował w końcu Sam. *Gdy już dotrzemy do Starego Miasta, wynajmę wóz z kilkoma końmi i sam ją tam zawiozę.* W ten sposób będzie mógł sprawdzić, jak wygląda zamek i jego garnizon, a jeśli zauważy coś niepokojącego, zawsze będzie mógł wrócić z dziewczyną do Starego Miasta.

Dotarli do portu zimnym deszczowym rankiem. Mgła była tak gęsta, że z całego miasta widzieli jedynie światło Wysokiej

Wieży. Wzdłuż portu ciągnęła się pływająca zapora złożona z dwóch tuzinów zbutwiałych wraków połączonych łańcuchami. Tuż za nią stała linia okrętów, ciągnąca się od trzech wielkich dromon do ogromnego czteropokładowego okrętu flagowego lorda Hightowera, „Honoru Starego Miasta". „Cynamonowy Wiatr" ponownie musiał się poddać inspekcji: tym razem na pokład wszedł syn lorda Leytona, Gunthor, odziany w płaszcz ze srebrnogłowiu narzucony na szarą, emaliowaną zbroję łuskową. Ser Gunthor studiował kilka lat w Cytadeli i znał język letni. Obaj z Quhuru Mo zamknęli się w kapitańskiej kajucie, by porozmawiać w cztery oczy.

Sam wykorzystał ten czas, by wyjaśnić Goździk swoje plany.

— Najpierw Cytadela. Oddamy listy od Jona i opowiemy o śmierci maestera Aemona. Mam nadzieję, że arcymaesterzy wyślą wózek po ciało. Potem załatwię wóz i konie, żeby zawieźć cię do Horn Hill, do mojej matki. Wrócę tak szybko, jak będę mógł, ale to może być dopiero jutro.

— Jutro — powtórzyła i pocałowała go na szczęście.

Po dłuższym czasie ser Gunthor wyszedł z kajuty i rozkazał unieść łańcuch, by „Cynamonowy Wiatr" mógł wpłynąć do portu. Gdy łabędzi statek cumował, Sam podszedł do Kojjy Mo i trzech jej łuczników, którzy stali obok trapu. Letniacy wyglądali wspaniale w płaszczach z piór, które nosili tylko na lądzie. Sam czuł się przy nich jak łachmaniarz w workowatym, czarnym stroju, wyblakłym płaszczu i pokrytych plamami soli buciorach.

— Jak długo zostaniecie w porcie? — zapytał.

— Dwa dni, dziesięć dni, kto to wie? Tyle, ile będzie trzeba, by opróżnić ładownie i napełnić je na nowo. — Kojja wyszczerzyła zęby w uśmiechu. — Mój ojciec musi też odwiedzić szarych maesterów. Ma księgi do sprzedania.

— Czy Goździk może zostać na pokładzie, dopóki nie wrócę?

— Może zostać, jak długo zechce. — Kojja dźgnęła Sama palcem w brzuch. — Nie je tak dużo jak niektórzy.

— Nie jestem już taki gruby jak kiedyś — bronił się Sam. Długi rejs na południe spowodował, że stracił na wadze. Przysłużyły się temu wszystkie wachty, podczas których nie miał do jedzenia nic oprócz owoców i ryb. Letniacy uwielbiali owoce i ryby.

Sam zszedł po trapie razem z łucznikami, ale gdy znaleźli się na lądzie, poszli swoimi drogami. Miał nadzieję, że pamięta, jak trafić do Cytadeli. Stare Miasto było labiryntem, a on nie miał czasu na błądzenie.

Siąpił deszcz, więc bruk był mokry i śliski, a zaułki spowijała tajemnicza mgła. Sam starał się ich unikać, trzymając się przybrzeżnej drogi, która wiła się wzdłuż brzegu Miodowiny, zmierzając ku sercu miasta. Dobrze było znowu czuć pod stopami stałą ziemię zamiast kołyszącego się pokładu, lecz mimo to czuł się skrępowany. Ludzie patrzyli na niego z balkonów i z okien, spoglądali z otworów ciemnych drzwi. Na „Cynamonowym Wietrze" znał każdą twarz, a tutaj gdziekolwiek spojrzał, widział nieznajomych. Jeszcze gorsza była myśl, że może go zobaczyć ktoś, kto go pozna. Lorda Randylla Tarly'ego znano w Starym Mieście, lecz niewielu darzyło go miłością. Sam nie wiedział, czy gorzej by było, gdyby rozpoznał go jeden z wrogów jego ojca czy któryś z jego przyjaciół. Postawił kaptur i przyśpieszył kroku.

Bramy Cytadeli strzegła para wysokich, zielonych sfinksów o ciałach lwów, skrzydłach orłów i ogonach węży. Jeden z nich miał twarz mężczyzny, a drugi kobiety. Tuż za wejściem znajdowała się Komnata Skrybów, gdzie mieszkańcy Starego Miasta przychodzili w poszukiwaniu akolitów, którzy spisywali ich testamenty i czytali im listy. W otwartych boksach siedziało kilku znudzonych skrybów, czekających na klientów. W innych straganach kupowano i sprzedawano księgi. Sam zatrzymał się przy stoisku z mapami i zerknął na ręcznie rysowaną mapę Cytadeli, by sprawdzić, jak najkrótszą drogą dotrzeć do Dworu Seneszala.

Trasa rozwidlała się u stóp posągu króla Daerona Pierwszego, który siedział na wielkim, kamiennym koniu, wskazując mieczem w stronę Dorne. Na głowie Młodego Smoka przysiadła mewa, a na jego mieczu dwie. Sam skręcił w lewo, idąc drogą biegnącą wzdłuż rzeki. W Porcie Łez widział, jak dwóch akolitów pomaga jakiemuś staruszkowi wsiąść do łodzi przed krótką podróżą na Krwawą Wyspę. Za nim wsiadła młoda matka, trzymająca w ramionach dziecko niewiele starsze od dziecka Goździk. Pod przystanią grupka kuchcików brodziła na płyciznach, łapiąc żaby. Potem minął go strumień różowolicych nowicjuszy zmierzających w stronę septoru. *Trzeba było tu przybyć, gdy miałem ich lata* — pomyślał Sam. *Gdybym uciekł z domu i przybrał fałszywe imię, mógłbym zniknąć w tłumie nowicjuszy. Ojciec udawałby, że Dickon jest jego jedynym synem. Wątpię, by chciało mu się mnie szukać, chyba żebym zabrał muła. Wtedy mógłby mnie dorwać, ale tylko po to, by odzyskać zwierzę.*

Pod Dworem Seneszala rektorzy zakuwali w dyby jakiegoś nieco już starszego nowicjusza.

— Kradł żywność z kuchni — wyjaśnił jeden z nich akolitom, którzy przyglądali się temu, czekając, aż będą mogli zacząć ciskać w więźnia zgniłymi jarzynami. Wszyscy obrzucili zaciekawionymi spojrzeniami Sama, który przeszedł obok nich w czarnym płaszczu wydętym na wietrze niczym żagiel.

Za drzwiami znajdowała się sala o kamiennej posadzce i wysokich łukach okien. W jej końcu siedział na podwyższeniu mężczyzna o wynędzniałej twarzy, skrobiący coś w księdze gęsim piórem. Choć był odziany w szatę maestera, nie miał na szyi łańcucha. Sam odchrząknął.

— Dzień dobry.

Mężczyzna uniósł wzrok i najwyraźniej nie spodobało mu się to, co zobaczył.

— Pachniesz nowicjuszem.

— Mam nadzieję wkrótce nim zostać. — Sam wyjął listy, które dał mu Jon Snow. — Wyruszyłem z Muru z maesterem Aemonem, ale on zmarł podczas podróży. Gdybym mógł pomówić z seneszalem…

— Jak się nazywasz?

— Samwell. Samwell Tarly.

Mężczyzna zapisał imię w księdze i wskazał piórem na ławę pod ścianą.

— Usiądź tam. Wezwę cię, gdy nadejdzie twoja kolej.

Sam spoczął na ławie.

Inni ludzie przychodzili i odchodzili. Niektórzy zostawiali wiadomości i oddalali się, a niektórzy rozmawiali z siedzącym na podwyższeniu mężczyzną, który wpuszczał ich przez drzwi za swymi plecami na wiodące ku górze kręte schody. Jeszcze inni siadali na ławach, czekając na wezwanie. Sam był niemal pewien, że kilku z tych, którzy się go doczekali, przyszło po nim. Gdy zdarzyło się to po raz czwarty i piąty, wstał i podszedł do siedzącego za biurkiem mężczyzny.

— Jak długo to jeszcze potrwa?

— Seneszal to ważny człowiek.

— Przybyłem aż z Muru.

— W takim razie spokojnie możesz jeszcze trochę poczekać. — Mężczyzna machnął gęsim piórem. — Usiądź sobie pod oknem.

Sam wrócił na ławę. Minęła kolejna godzina. Inni ludzie podchodzili do mężczyzny na podwyższeniu, czekali parę chwil i wprowadzano ich do środka. Odźwierny przez cały ten czas nawet nie spojrzał na Sama. Mgła na dworze rzedniała i po pewnym czasie przez okna wpadło do środka blade światło słońca. Sam zaczął się wpatrywać w tańczące w blasku drobinki kurzu. Ziewnął raz, potem drugi. Zdarł skórę z pękniętego pęcherza na dłoni, następnie oparł głowę o ścianę i zamknął oczy.

Z pewnością zasnął, gdyż nagle usłyszał, że mężczyzna za biurkiem wywołał czyjeś imię. Sam zerwał się nagle, a potem opadł z powrotem na ławę, gdy sobie uświadomił, że to nie jego wezwano.

— Musisz dać Lorcasowi grosik, bo inaczej będziesz tu czekał trzy dni — odezwał się ktoś do niego. — Co sprowadza człowieka z Nocnej Straży do Cytadeli?

Mówiący był drobnym, szczupłym, przystojnym młodzieńcem odzianym w spodnie z koźlej skóry i obcisłą, zieloną brygantynę wysadzaną żelaznymi ćwiekami. Miał skórę barwy jasnobrązowego *ale* oraz gęste, krótko przycięte, czarne, kręcone włosy z dwoma małymi zakolami nad wielkimi, czarnymi oczyma.

— Lord dowódca chce obsadzić opuszczone zamki — wyjaśnił Sam. — Potrzebujemy więcej maesterów, żeby się zajmowali krukami... Powiedziałeś grosik?

— Grosik wystarczy. Za srebrnego jelenia Lorcas zaniesie cię do seneszala na plecach. Jest akolitą już od pięćdziesięciu lat. Nienawidzi nowicjuszy, zwłaszcza szlachetnie urodzonych.

— Skąd wiesz, że jestem szlachetnie urodzony?

— A skąd ty wiesz, że jestem półkrwi Dornijczykiem? — wycedził młodzieniec z miękkim dornijskim akcentem, uśmiechając się szeroko.

Sam wyciągnął grosik.

— Jesteś nowicjuszem?

— Akolitą. Alleras, przez niektórych zwany Sfinksem.

Sam poderwał się nagle na to ostatnie słowo.

— Sfinks jest zagadką, nie zadającym zagadki — palnął. — Wiesz, co to znaczy?

— Nie. Czy to zagadka?

— Też chciałbym to wiedzieć. Jestem Samwell Tarly. Sam.

— Miło cię poznać. A jaką sprawę ma Samwell Tarly do arcymaestera Theobalda?

— To seneszal? — zapytał zdziwiony Sam. — Maester Aemon mówił, że on się nazywa Norren.

— Od dwóch cykli księżyca mamy nowego. Seneszal zmienia się co roku. Wyznaczają go przez losowanie spośród arcymaesterów. Większość z nich uważa, że to niewdzięczne zadanie, które odciąga ich od właściwej pracy. W tym roku czarny kamyk wyciągnął arcymaester Walgrave, ale jego umysł nie jest już zbyt sprawny, więc Theobald zaproponował, że go zastąpi. To szorstki, ale dobry człowiek. Powiedziałeś maester Aemon?

— Tak.

— Aemon Targaryen?

— Tak się ongiś zwał, ale większość ludzi nazywała go po prostu maesterem Aemonem. Zmarł podczas rejsu na południe. Jak to się stało, że o nim słyszałeś?

— Jak mógłbym nie słyszeć? Był nie tylko najstarszym żyjącym maesterem, lecz również najstarszym człowiekiem w Westeros. Widział na własne oczy więcej historii, niż arcymaester Perestan w życiu się nauczył. Mógłby nam bardzo wiele opowiedzieć o panowaniu swego ojca i stryja. Ile właściwie miał lat?

— Sto dwa.

— Dlaczego w tym wieku wyruszył na morze?

Sam zastanawiał się przez chwilę nad tym pytaniem. Nie był pewien, ile powinien powiedzieć. *Sfinks jest zagadką, nie zadającym zagadki* — pomyślał. Czy to możliwe, że maester Aemon miał na myśli tego Sfinksa? To nie wydawało się prawdopodobne.

— Lord dowódca Snow odesłał go, żeby uratować mu życie — rozpoczął niepewnie. Nieskładnie opowiedział o królu Stannisie i Melisandre z Asshai. Zamierzał na tym poprzestać, ale jedno prowadziło do drugiego i po chwili zaczął mówić o Mansie Rayderze i jego dzikich, o królewskiej krwi i o smokach. Nim zdążył się zorientować, z jego ust wypłynęła cała opowieść: upiory na Pięści Pierwszych Ludzi, Inny na swym martwym koniu, zamordowanie Starego Niedźwiedzia w Twierdzy Crastera, Goździk i ich ucieczka, Białedrzewo i Mały Paul, Zimnoręki i kruki, wybór Jona na lorda dowódcę, „Kos", Dareon, Braavos, smoki, które Xhondo widział w Qarthu, „Cynamonowy Wiatr" i wszystko, co maester Aemon wyszeptał mu przed śmiercią. Pominął tylko tajemnice, których poprzysiągł dochować, o Branie Starku i jego towarzyszach oraz o dzieciach, które zamienił Jon Snow.

— Daenerys jest jedyną nadzieją — zakończył. — Aemon powiedział, że Cytadela musi natychmiast wysłać do niej maestera, by sprowadzić ją do Westeros, zanim będzie za późno.

Alleras z uwagą wysłuchał wszystkiego. Od czasu do czasu

mrugał powiekami, ale ani razu się nie zaśmiał ani nie przerwał Samowi. Gdy ten już skończył, Sfinks lekko dotknął jego przedramienia drobną, smagłą dłonią.

— Zaoszczędź grosik, Sam — rzekł. — Theobald nie uwierzy nawet w połowę tej opowieści, ale są tacy, którzy mogą w nią uwierzyć. Pójdziesz ze mną?

— Dokąd?

— Porozmawiać z arcymaesterem.

Maester Aemon mówił mu, że musi wszystko opowiedzieć arcymaesterom.

— Zgoda. — Zawsze będzie mógł wrócić do seneszala jutro, z grosikiem w dłoni. — Czy to daleko?

— Niedaleko. Na Wyspie Kruków.

Żeby się dostać na Wyspę Kruków, nie potrzebowali łodzi. Ze wschodnim brzegiem łączył ją stary, drewniany most zwodzony.

— Krukarnia jest najstarszym budynkiem w Cytadeli — wyjaśnił Alleras, gdy przechodzili nad toczącą powoli swe wody Miodowiną. — W Erze Herosów była ponoć twierdzą pirackiego lorda, który napadał na przepływające rzeką statki.

Mury porastał tu mech i pnącza, a po murach, zamiast łuczników, chodziły kruki. Mostu zwodzonego za pamięci żyjących nie podnoszono ani razu.

W zamku było chłodno i ciemno. Dziedziniec wypełniało prastare czardrzewo, które rosło tu, odkąd zbudowano mury. Twarz wyrzeźbioną w jego pniu porastał ten sam fioletowy mech, który zwisał grubymi kobiercami z gałęzi. Połowa konarów wyglądała na uschnięte, ale na pozostałych szumiała jeszcze garstka czerwonych liści. Tam właśnie lubiły siadać kruki. Na drzewie było ich pełno, a jeszcze więcej przycupnęło w łukach okien na całym dziedzińcu. Ziemia była upstrzona ptasimi odchodami. Gdy przecinali dziedziniec, jeden z ptaków przefrunął nad nimi. Sam słyszał, jak pozostałe powtarzają *quork* do siebie.

— Arcymaester Walgrave ma komnaty w zachodniej wieży,

pod białą ptaszarnią — wyjaśnił Alleras. — Białe i czarne kruki kłócą się ze sobą jak Dornijczycy i Pogranicznicy. Dlatego trzymają je oddzielnie.

— Ale czy on zrozumie, co mu opowiadam? — zaniepokoił się Sam. — Mówiłeś, że jego umysł nie jest już zbyt sprawny.

— Ma dobre i złe dni — odparł Alleras. — Ale to nie do niego idziemy.

Otworzył drzwi północnej wieży i ruszył na górę. Sam wspinał się za nim. Ze szczytu dobiegało skrzeczenie i łopot skrzydeł, a od czasu do czasu również gniewny wrzask obudzonego ptaszyska.

Na górze, pod drzwiami z dębiny i żelaza, siedział blady młodzieniec mniej więcej w wieku Sama, wpatrujący się intensywnie prawym okiem w płomień świecy. Lewe oko przesłaniał mu kosmyk rudoblond włosów,

— Czego tam wypatrujesz? — zapytał go Alleras. — Swego przeznaczenia? Swojej śmierci?

Jasnowłosy młodzieniec odwrócił wzrok od świecy, mrugając intensywnie.

— Nagich kobiet — wyjaśnił. — A kto to znowu?

— Samwell. Świeży nowicjusz. Przyszedł zobaczyć się z Magiem.

— Cytadela nie jest już taka jak kiedyś — poskarżył się blondyn. — Przyjmują teraz wszystkich. Śniade psy i Dornijczyków, świniarczyków, kaleki, kretynów, a teraz również odzianego na czarno wieloryba. A ja myślałem, że lewiatany są szare.

Z jednego ramienia zwisała mu półpeleryna w zielono-złote pasy. Był bardzo przystojny, ale jego spojrzenie wydawało się chytre, usta zaś okrutne.

Sam go znał.

— Leo Tyrell. — Gdy wypowiedział to nazwisko, poczuł się, jakby znowu był siedmioletnim chłopcem i za chwilę miał się zlać w bieliznę. — Jestem Sam z Horn Hill. Syn lorda Randylla Tarly'ego.

— Naprawdę? — Leo przyjrzał mu się ponownie. — Chyba rzeczywiście. Twój ojciec wszystkim opowiadał, że nie żyjesz. Albo że chciałby, byś nie żył? — Uśmiechnął się. — Czy nadal jesteś tchórzem?

— Nie — skłamał Sam. Jon rozkazał mu tak mówić. — Jeździłem za Mur i walczyłem w bitwach. Nazywają mnie Samem Zabójcą.

Nie wiedział, dlaczego się do tego przyznał. Słowa same wypadły mu z ust.

Leo parsknął śmiechem, ale nim zdążył odpowiedzieć, drzwi za jego plecami otworzyły się.

— Włąź do środka, Zabójco — warknął stojący w wejściu mężczyzna. — I ty też, Sfinksie. Szybko.

— Sam — odezwał się Alleras. — To jest arcymaester Marwyn.

Marwyn nosił na byczej szyi łańcuch z ogniwami z wielu metali. Gdyby nie to, można by go wziąć raczej za portowego zbira niż za maestera. Głowę miał nieproporcjonalnie dużą, a wysunięte do przodu barki i potężna żuchwa sprawiały wrażenie, że zaraz zerwie komuś łeb z karku. Choć był niski i przysadzisty, miał potężną klatkę i bary, a także twardy, okrągły piwny brzuszek uwydatniający się pod skórzaną kamizelką, którą wdziewał zamiast szat maestera. Z uszu i nozdrzy sterczała mu biała szczecina, miał krzaczaste brwi i nos złamany w wielu miejscach, zęby zaś pokrywały mu czerwone plamy od kwaśnego liścia. Miał też największe łapska, jakie Sam w życiu widział.

Gdy się zawahał, jedna z tych dłoni złapała go za ramię i Marwyn wciągnął Sama do środka. Pokój był wielki i okrągły. Wszędzie leżało pełno ksiąg i zwojów, ciśniętych na stoły i ułożonych na podłodze w stosy wysokie na cztery stopy. Na kamiennych murach wisiały wyblakłe gobeliny i postrzępione mapy. Na kominku, pod miedzianym kociołkiem, palił się ogień. Z kociołka dobywała się woń spalenizny. Poza kominkiem jedynym źródłem światła była wysoka, czarna świeca ustawiona pośrodku pokoju.

Jej blask był nieprzyjemnie jaskrawy. W tej świecy było coś dziwnego. Płomień nie migotał nawet wtedy, gdy arcymaester Marwyn zatrzasnął drzwi tak mocno, że z pobliskiego stołu pospadały papiery. Jej światło wpływało też dziwnie na kolory. Biel wydawała się w nim jasna jak świeżo spadły śnieg, żółć błyszczała niczym złoto, czerwień zamieniała się w płomień, za to cienie były tak czarne, że wyglądały jak dziury w świecie. Sam wbił w nią wzrok. Świeca miała trzy stopy wysokości, była smukła jak miecz i miała ostre, powykrzywiane krawędzie. Była też czarna i błyszcząca.

— Czy to...?

— ...obsydian — wyjaśnił drugi mężczyzna obecny w pokoju, blady, pulchny młodzieniec o ziemistej cerze, zaokrąglonych plecach, miękkich dłoniach, blisko osadzonych oczach i plamach od jedzenia na szatach.

— Zwą go smoczym szkłem. — Arcymaester Marwyn wpatrywał się przez chwilę w świecę. — Płonie, ale ogień go nie pochłania.

— To co karmi płomień?

— A co karmi smoczy ogień? — Marwyn usiadł na stołku. — Wszystkie czary Valyrii miały korzenie w krwi albo w ogniu. Czarodzieje z Włości potrafili dzięki tym szklanym świecom przenikać wzrokiem góry, morza i pustynie. Siedząc przed tymi świecami, mogli wciskać się w sny ludzi i zsyłać im wizje albo rozmawiać z kimś, kto przebywał na drugim końcu świata. Myślisz, że to mogłoby być użyteczne, Zabójco?

— Nie potrzebowalibyśmy już kruków.

— Tylko po bitwach. — Arcymaester oderwał od beli kwaśny liść, włożył go do ust i zaczął żuć. — Opowiedz mi wszystko, co mówiłeś naszemu dornijskiemu Sfinksowi. Wiem już na ten temat bardzo wiele, ale jakieś szczegóły mogły umknąć mojej uwagi.

Marwyn nie był człowiekiem, któremu można odmówić. Sam zawahał się chwilę, a potem powtórzył raz jeszcze całą opowieść. Arcymaester, Alleras i drugi nowicjusz słuchali go z uwagą.

— Maester Aemon był przekonany, że proroctwo mówi o Daenerys Targaryen... nie o Stannisie, księciu Rhaegarze czy o książątku, któremu rozbito głowę o ścianę.

— Zrodzony pośród soli i dymu, pod krwawiącą gwiazdą. Znam je. — Marwyn odwrócił głowę i splunął na posadzkę kapką czerwonej flegmy. — Ale nie ufałbym mu. Gorghan ze Starego Ghis napisał kiedyś, że proroctwo jest jak zdradliwa kobieta. Bierze ci członka w usta, a ty jęczysz z przyjemności i myślisz, jakie to słodkie, jakie miłe, jakie dobre... ale potem ona zaciska zęby i twoje jęki przechodzą w krzyk bólu. Taka jest natura proroctwa według Gorghana. Gdy tylko może, odgryzie ci fiuta. — Pożuł przez chwilę. — Ale z drugiej strony...

Alleras podszedł do Sama.

— Aemon popłynąłby do niej, gdyby tylko miał siły. Chciał, żebyśmy wysłali do niej maestera, który będzie jej doradzał, chronił ją i przywiedzie ją bezpiecznie do domu.

— Naprawdę? — Arcymaester Marwyn wzruszył ramionami. — Być może lepiej się stało, że zmarł przed przybyciem do Starego Miasta. W przeciwnym razie szare owce mogłyby poczuć się zmuszone go zabić, a w takim przypadku biedni staruszkowie załamaliby z rozpaczy pomarszczone dłonie.

— Zabić go? — zapytał wstrząśnięty Sam. — Dlaczego?

— Gdybym ci powiedział, mogliby zabić również ciebie. — Marwyn rozciągnął usta w makabrycznie wyglądającym uśmiechu. Między zębami spływał mu czerwony sok krwawego liścia. — Jak ci się wydaje, kto ostatnim razem uśmiercił wszystkie smoki? Waleczni smokobójcy z mieczami w dłoniach? — Splunął. — W świecie, który chce zbudować Cytadela, nie będzie miejsca dla czarów, proroctw ani szklanych świec, nie wspominając już o smokach. Zapytaj sam siebie, dlaczego pozwolili, by Aemon Targaryen marnował życie na Murze, choć powinni przyznać mu rangę arcymaestera. Winna była jego krew. Nie mogli mu zaufać. Tak samo, jak nie ufają mnie.

— I co teraz zrobisz? — zapytał Alleras zwany Sfinksem.

— Popłynę do Zatoki Niewolniczej zamiast Aemona. Łabędzi statek, na którym przypłynął tu Zabójca, będzie w sam raz. Jestem pewien, że szare owce wyślą swego człowieka na galerze. Jeśli wiatry będą mi sprzyjały, powinienem dotrzeć do niej pierwszy. — Marwyn ponownie spojrzał na Sama. Zmarszczył brwi. — A ty... ty powinieneś tu zostać i wykuć swój łańcuch. Na twoim miejscu zrobiłbym to szybko. Nadejdzie czas, gdy będziesz potrzebny na Murze. — Spojrzał na nowicjusza o ziemistej twarzy. — Znajdź Zabójcy suchą celę. Będzie w niej mieszkał i pomagał ci zajmować się krukami.

— A... a... ale — wyjąkał Sam — inni arcymaesterzy, seneszal... co mam im powiedzieć?

— Że są bardzo mądrzy i dobrzy. Że Aemon rozkazał ci powierzyć się ich opiece. Że zawsze marzyłeś o nadejściu dnia, gdy będziesz mógł nosić łańcuch i służyć powszechnemu dobru, że służba jest najwyższym zaszczytem, a posłuszeństwo najwyższą cnotą... ale cokolwiek zechcesz im powiedzieć, nie wspominaj ani słowem o proroctwach ani o smokach, chyba że chcesz znaleźć w swej owsiance truciznę. — Marwyn złapał brudny, skórzany płaszcz wiszący na kołku przy drzwiach, zarzucił go na plecy i zawiązał ciasno. — Sfinksie, zaopiekuj się nim.

— Zrobię to — zapewnił Alleras, ale arcymaester już wyszedł. Słyszeli jego oddalające się kroki.

— Dokąd poszedł? — zapytał oszołomiony Sam.

— Do portu. Mag nie uznaje marnowania czasu — wyjaśnił z uśmiechem Alleras. — Muszę ci coś wyznać. Nasze spotkanie nie było przypadkiem, Sam. Mag rozkazał mi przechwycić cię, zanim zdążysz pomówić z Theobaldem. Wiedział, że przybędziesz.

— Skąd?

Sfinks wskazał głową na szklaną świecę.

Sam przez chwilę spoglądał na jej dziwny, jasny blask, a potem zamrugał i odwrócił wzrok. Na dworze zapadał już zmrok.

— Pod moją celą w zachodniej wieży jest druga, wolna. Schody stamtąd prowadzą prosto do komnat Walgrave'a —

oznajmił młodzieniec o ziemistej cerze. — Jeśli nie przeszkadza ci krakanie kruków, będziesz miał ładny widok na Miodowinę. Może być?

— Pewnie tak.

Musiał gdzieś spać.

— Przyniosę ci kilka wełnianych narzut. Kamienne mury nocą robią się zimne, nawet tutaj.

— Dziękuję. — Blady, pulchny młodzieniec miał w sobie coś, co budziło antypatię, ale Sam nie chciał wydać się nieuprzejmy.

— Naprawdę nie nazywam się Zabójca — wyjaśnił. — Jestem Sam. Samwell Tarly.

— Ja mam na imię Pate — odparł młodzieniec. — Jak ten świniarczyk.

A TYMCZASEM NA MURZE...

— Hej, chwileczkę! — wołają z pewnością w tej chwili niektó-rzy z was. — Chwileczkę, chwileczkę! A gdzie Dany i smoki? Gdzie Tyrion? Jona Snow też prawie nie widzieliśmy... To nie może być wszystko...

Rzeczywiście, to nie wszystko. Będzie jeszcze więcej. Ko-lejna książka dorównująca objętością tej.

Nie zapomniałem o pozostałych postaciach. Wręcz przeciw-nie, napisałem o nich bardzo dużo. Całe mnóstwo stron. Wiele rozdziałów. Nie przestawałem pisać, aż wreszcie dotarło do mnie, że książka zrobiła się za gruba, by można ją było wydać w jednym tomie... a do końca zostało jeszcze sporo. Aby opo-wiedzieć całą planowaną historię, konieczne będą dwa tomy.

Najprostszym rozwiązaniem byłoby wziąć to, co już napisa-łem, podzielić mechanicznie na pół, opublikować pierwszą po-łowę, dodając zwrot: „ciąg dalszy nastąpi". Im dłużej jednak się nad tym zastanawiałem, tym bardziej byłem przekonany, że lep-sza dla czytelników będzie książka opowiadająca całą historię połowy postaci od takiej, która opowiada połowę historii wszystkich postaci. Na takie też rozwiązanie się zdecydowałem.

Tyrion, Jon, Dany, Stannis i Melisandre, Davos Seaworth i reszta postaci, które kochacie albo kochacie nienawidzić, po-jawią się w następnym roku (a przynajmniej mam taką szczerą nadzieję) w *Tańcu ze smokami*, który skupi się na wydarzeniach rozgrywających się na Murze oraz za morzem, tak jak niniejsza książka koncentrowała się na wydarzeniach w Królewskiej Przystani.

George R.R. Martin

Czerwiec 2005

DODATEK

KRÓLOWIE I ICH DWORY

KRÓLOWA REGENTKA

CERSEI LANNISTER, Pierwsza Tego Imienia, wdowa po {królu Robercie I Baratheonie}, królowa wdowa, protektorka królestwa, pani Casterly Rock i królowa regentka

— dzieci królowej Cersei:
    — {KRÓL JOFFREY I BARATHEON}, otruty na swym weselu, dwunastoletni chłopiec
    — KSIĘŻNICZKA MYRCELLA BARATHEON, dziewięcioletnia dziewczynka, podopieczna księcia Dorana Martella w Słonecznej Włóczni
    — KRÓL TOMMEN I BARATHEON, ośmioletni król
        — jego kotki, SER ŁOWCA, LADY WĄSIK, BUCIK
— bracia królowej Cersei:
    — SER JAIME LANNISTER, jej bliźniaczy brat, zwany KRÓLOBÓJCĄ, lord dowódca Gwardii Królewskiej
    — TYRION LANNISTER, zwany KRASNALEM, karzeł, oskarżony i skazany za królobójstwo i zabójstwo krewnego
        — PODRICK PAYNE, giermek Tyriona, dziesięcioletni chłopak
— stryjowie, ciotka i kuzyni królowej Cersei
    — SER KEVAN LANNISTER, jej stryj
        — SER LANCEL, syn ser Kevana, dawniej giermek króla Roberta i kochanek Cersei, ostatnio mianowany lordem Darry

— {WILLEM}, syn ser Kevana, zamordowany w Riverrun
— MARTYN, bliźniaczy brat Willema, giermek
— JANEI, córka ser Kevana, trzyletnia dziewczynka
— LADY GENNA LANNISTER, ciotka Cersei, mąż ser Emmon Frey
— {SER CLEOS FREY}, syn Genny, zabity przez banitów
— SER TYWIN FREY, zwany TY, syn Cleosa
— WILLEM FREY, syn Cleosa, giermek
— SER LYONEL FREY, drugi syn lady Genny
— {TION FREY}, syn Genny, zamordowany w Riverrun
— WALDER FREY, zwany CZERWONYM WALDEREM, najmłodszy syn lady Genny, paź w Casterly Rock
— TYREK LANNISTER, kuzyn Cersei, syn nieżyjącego brata jej ojca, Tygetta
— LADY ERMESANDE HAYFORD, małoletnia żona Tyreka
— JOY HILL, bękarcia córka zaginionego stryja królowej Cersei, Geriona, jedenastoletnia dziewczynka
— CERENNA LANNISTER, kuzynka Cersei, córka jej nieżyjącego wuja Stafforda
— MYRIELLE LANNISTER, kuzynka Cersei, siostra Cerenny
— SER DAVEN LANNISTER, kuzyn Cersei, syn Stafforda
— SER DAMION LANNISTER, dalszy kuzyn, żona Shiera Crakehall
— SER LUCION LANNISTER, ich syn
— LANNA, ich córka, mąż lord Antario Jast
— LADY MARGOT, jeszcze odleglejsza kuzynka, mąż lord Titus Peake

— mała rada króla Tommena:
— {LORD TYWIN LANNISTER}, królewski namiestnik
— SER JAIME LANNISTER, lord dowódca Gwardii Królewskiej
— SER KEVAN LANNISTER, starszy nad prawami
— VARYS, eunuch, starszy nad szeptaczami
— WIELKI MAESTER PYCELLE, doradca i uzdrowiciel
— LORD MACE TYRELL, LORD MATHIS ROWAN, LORD PAXTER REDWYNE, członkowie rady

— Gwardia Królewska Tommena:
— SER JAIME LANNISTER, lord dowódca
— SER MERYN TRANT
— SER BOROS BLOUNT, usunięty, a potem przywrócony
— SER BALON SWANN
— SER OSMUND KETTLEBLACK
— SER LORAS TYRELL, Rycerz Kwiatów
— SER ARYS OAKHEART, z księżniczką Myrcellą w Dorne

— świta Cersei w Królewskiej Przystani:
— LADY JOCELYN SWYFT, jej dama do towarzystwa
— SENELLE i DORCAS, służąca i pokojówka
— LUM, CZERWONY LESTER, HOKE, zwany KOŃSKĄ NOGĄ, KRÓTKOUCHY i PUCKENS, strażnicy

— KRÓLOWA MARGAERY, z rodu Tyrellów, szesnastoletnia dziewczyna, wdowa po królu Joffreyu I Baratheonie, a przed nim po lordzie Renlym Baratheonie
— dwór Margaery w Królewskiej Przystani:
— MACE TYRELL, lord Wysogrodu, jej ojciec
— LADY ALERIE z rodu Hightowerów, jej matka
— LADY OLENNA TYRELL, jej babcia, starsza wiekiem wdowa zwana KRÓLOWĄ CIERNI
— ARRYK I ERRYK, strażnicy lady Olenny, bliźniacy wzrostu siedmiu stóp zwani LEWYM i PRAWYM
— SER GARLAN TYRELL, brat Margaery, DZIELNY
— jego żona, LADY LEONETTE z rodu Fossowayów
— SER LORAS TYRELL, jej najmłodszy brat, Rycerz Kwiatów, zaprzysiężony brat z Gwardii Królewskiej
— damy do towarzystwa Margaery:
— jej kuzynki, MEGGA, ALLA i ELINOR TYRELL
— narzeczony Elinor, ALYN AMBROSE, giermek
— LADY ALYSANNE BULWER, ośmioletnia dziewczynka
— MEREDYTH CRANE, zwana MERRY

— LADY TAENA MERRYWEATHER
— LADY ALYCE GRACEFORD
— SEPTA NYSTERICA, siostra w Wierze
— PAXTER REDWYNE, lord Arbor
— jego bliźniaczy synowie, SER HORAS i SER HOBBER
— MAESTER BALLABAR, jego uzdrowiciel i doradca
— MATHIS ROWAN, lord Goldengrove
— SER WILLAM WYTHERS, kapitan straży Margaery
— HUGH CLIFTON, młody, przystojny strażnik
— SER PORTIFER WOODWRIGHT i jego brat, SER LU-
CANTINE

— dwór Cersei w Królewskiej Przystani:
— SER OSFRYD KETTLEBLACK i SER OSNEY KETT-
LEBLACK, młodsi bracia ser Osmunda Kettleblacka
— SER GREGOR CLEGANE, zwany GÓRĄ, KTÓRA
JEŹDZI, umierający bolesną śmiercią z powodu zatrutej
rany
— SER ADDAM MARBRAND, dowódca Straży Miejskiej
w Królewskiej Przystani („złotych płaszczy")
— JALABHAR XHO, książę Doliny Czerwonych Kwiatów,
wygnaniec z Wysp Letnich
— GYLES ROSBY, lord Rosby, dręczony przez kaszel
— ORTON MERRYWEATHER, lord Długiego Stołu
— TAENA, jego żona, kobieta z Myr
— LADY TANDA STOKEWORTH
— LADY FALYSE, jej starsza córka i dziedziczka
— SER BALMAN BYRCH, mąż lady Falyse
— LADY LOLLYS, jej młodsza córka, ciężarna i słaba na
umyśle
— SER BRONN ZNAD CZARNEGO NURTU, jej mąż,
były najemnik
— {SHAE}, markietanka i służąca Lollys, uduszona
w łożu lorda Tywina
— MAESTER FRENKEN, w służbie lady Tandy
— SER ILYN PAYNE, królewski kat

— RENNIFER LONGWATERS, główny podklucznik w lochach Czerwonej Twierdzy

— RUGEN, podklucznik odpowiedzialny za ciemnicę

— LORD HALLYNE PIROMANTA, mądrość Cechu Alchemików

— NOHO DIMITTIS, przedstawiciel Żelaznego Banku z Braavos

— QYBURN, nekromanta, ongiś maester z Cytadeli, później służący w Dzielnych Kompanionach

— KSIĘŻYCOWY CHŁOPIEC, królewski błazen i trefniś

— PATE, ośmiolatek służący jako chłopiec do bicia króla Tommena

— ORMOND ZE STAREGO MIASTA, królewski harfiarz i bard

— SER MARK MULLENDORE, który stracił małpkę i pół ręki w bitwie nad Czarnym Nurtem

— AURANE WATERS, bękart z Driftmarku

— LORD ALESANDER STAEDMON, zwany GROSZOLUBEM

— SER RONNET CONNINGTON, zwany RUDYM RONNETEM, rycerz z Gniazda Gryfów

— SER LAMBERT TURNBERRY, SER DERMOT Z DESZCZOWEGO LASU, SER TALLAD, zwany WYSOKIM, SER BAYARD NORCROSS, SER BONIFER HASTY, zwany BONIFEREM DOBRYM, SER HUGO VANCE, rycerze zaprzysiężeni Żelaznemu Tronowi

— SER LYLE CRAKEHALL zwany SILNYM DZIKIEM, SER ALYN STACKSPEAR, SER JON BETTLEY, zwany BEZBRODYM JONEM, SER STEFFON SWYFT, SER HUMFREY SWYFT, rycerze zaprzysiężeni Casterly Rock

— JOSMYN PECKLEDON, giermek, bohater znad Czarnego Nurtu

— GARRETT PAEGE i LEW PIPER, giermkowie będący zakładnikami

— ludzie z Królewskiej Przystani:
  — WIELKI SEPTON, Ojciec Wiernych, Głos Siedmiu na Ziemi, słabowity starzec
    — SEPTON TORBERT, SEPTON RAYNARD, SEPTON LUCEON, SEPTON OLLIDOR, z Najpobożniejszych, służący Siedmiu w Wielkim Sepcie Baelora
    — SEPTA MOELLE, SEPTA AGLANTINE, SEPTA HE-LICENT, SEPTA UNELLA, z Najpobożniejszych, służące Siedmiu w Wielkim Sepcie Baelora
    — „wróble", najpokorniejsi z ludzi, cechujący się gwałtowną pobożnością
  — CHATAYA, właścicielka drogiego burdelu
    — ALAYAYA, jej córka
    — DANCY, MAREI, dwie z dziewczyn Chatayi
  — BRELLA, służąca, do niedawna na służbie lady Sansy Stark
  — TOBHO MOTT, mistrz płatnerski
  — HAMISH HARFIARZ, postarzały minstrel
  — ALARIC Z EYSEN, minstrel, który wiele podróżował
  — WAT, minstrel, każący się zwać BŁĘKITNYM BARDEM
  — SER THEODAN WELLS, pobożny rycerz, potem nazwany SER THEODANEM WIERNYM

Na chorągwi króla Tommena widnieje jeleń w koronie, herb Baratheonów, czarny na złotym tle, oraz lew Lannisterów, złoty na karmazynowym tle, walczące.

KRÓL NA MURZE

STANNIS BARATHEON, Pierwszy Tego Imienia, drugi syn lorda Steffona Baratheona i lady Cassany z rodu Estermontów, lord Smoczej Skały, tytułujący się królem Westeros

— KRÓLOWA SELYSE z rodu Florentów, jego żona, obecnie przebywająca we Wschodniej Strażnicy
   — KSIĘŻNICZKA SHIREEN, ich jedyne dziecko, jedenastoletnia dziewczynka
   — PLAMA, jej głupkowaty błazen
— EDRIC STORM, jego bękarci bratanek, syn króla Roberta i lady Deleny Florent, dwunastoletni chłopiec, żeglujący przez wąskie morze na statku „Szalony Prendos"
   — SER ANDREW ESTERMONT, kuzyn króla Stannisa, człowiek króla, dowódca eskorty Edrica
   — SER GERALD GOWER, LEWYS, zwany RYBACZKĄ, SER TRISTON Z TALLY HILL, OMER BLACKBERRY, ludzie króla, strażnicy i opiekunowie Edrica

— dwór Stannisa w Czarnym Zamku:
   — LADY MELISANDRE Z ASSHAI, zwana KOBIETĄ W CZERWIENI, kapłanka R'hllora, Pana Światła
   — MANCE RAYDER, król za Murem, jeniec skazany na śmierć

— syn Raydera i jego żony, {DALLI}, nowo narodzony „książę dzikich", któremu nie nadano jeszcze imienia
— GOŹDZIK, mamka dziecka, dzika dziewczyna
  — jej syn, kolejne nowo narodzone dziecko, któremu jeszcze nie nadano imienia, spłodzone przez jej ojca {CRASTERA}
— SER RICHARD HORPE, SER JUSTIN MASSEY, SER CLAYTON SUGGS, SER GODRY FARRING, zwany ZABÓJCĄ OLBRZYMA, LORD HARWOOD FELL, SER CORLISS PENNY, ludzie królowej i rycerze
— DEVAN SEAWORTH i BRYEN FARRING, królewscy giermkowie

— dwór Stannisa we Wschodniej Strażnicy:
— SER DAVOS SEAWORTH, zwany CEBULOWYM RYCERZEM, lord Deszczowego Lasu, admirał wąskiego morza i królewski namiestnik
— SER AXELL FLORENT, stryj królowej Selyse, przywódca ludzi królowej
— SALLADHAR SAAN z Lys, pirat i morski najemnik, kapitan „Valyrianina" oraz dowódca floty galer

— garnizon Stannisa na Smoczej Skale:
— SER ROLLAND STORM, zwany BĘKARTEM Z NOCNEJ PIEŚNI, człowiek króla, kasztelan Smoczej Skały
— MAESTER PYLOS, uzdrowiciel, nauczyciel i doradca
  — „OWSIANKA" i „MINÓG", dwaj strażnicy więzienni

— lordowie zaprzysiężeni Smoczej Skale:
— MONTERYS VELARYON, Lord Pływów i władca Driftmarku, sześcioletni chłopiec
— DURAM BAR EMMON, lord Ostrego Przylądka, piętnastoletni chłopak

— garnizon Stannisa w Końcu Burzy:
— SER GILBERT FARRING, kasztelan Końca Burzy

— LORD ELWOOD MEADOWS, zastępca ser Gilberta
— MAESTER JURNE, doradca i uzdrowiciel ser Gilberta

— lordowie zaprzysiężeni Końcowi Burzy:
— ELDON ESTERMONT, lord Zielonego Kamienia, wuj
króla Stannisa, wujeczny dziadek króla Tommena, ostroż-
ny przyjaciel obu
— SER AEMON, syn i dziedzic lorda Eldona, z królem
Tommenem w Królewskiej Przystani
— SER ALYN, syn ser Aemona, również z królem
Tommenem w Królewskiej Przystani
— SER LOMAS, brat lorda Eldona, wuj i stronnik króla
Stannisa, w Końcu Burzy
— SER ANDREW, syn ser Lomasa, towarzyszy Edri-
cowi Stormowi w drodze przez wąskie morze
— LESTER MORRIGEN, lord Wroniego Gniazda
— LORD LUCOS CHYTTERING, zwany MAŁYM LUCO-
SEM, szesnastoletni chłopak
— Davos Seaworth, lord Deszczowego Lasu
— MARYA, jego żona, córka cieśli
— {DALE, ALLARD, MATTHOS, MARIC}, ich czte-
rej najstarsi synowie, zaginieni w bitwie na Czarnym
Nurcie
— DEVAN, giermek, z królem Stannisem w Czarnym
Zamku
— STANNIS, dziesięcioletni chłopiec, z lady Maryą na
Przylądku Gniewu
— STEFFON, sześcioletni chłopiec, z lady Maryą na
Przylądku Gniewu

Król Stannis wybrał sobie na herb gorejące serce Pana Światła —
czerwone serce otoczone pomarańczowymi promieniami na żółtym
polu. W jego centrum umieszczono czarnego jelenia w koronie,
herb rodu Baratheonów.

KRÓL WYSP I PÓŁNOCY

Greyjoyowie z Pyke utrzymują, że pochodzą od Szarego Króla z Ery Herosów. Legenda mówi, że Szary Król władał samym morzem i wziął sobie za żonę syrenę. Aegon Smok położył kres rodowi królów Żelaznych Wysp, ale pozwolił żelaznym ludziom wskrzesić pradawny zwyczaj i wybrać tego, który będzie nimi władał. Ich wybór padł na lorda Vickona z Pyke. Herbem Greyjoyów jest złoty kraken na czarnym polu. Ich dewiza brzmi „My Nie Siejemy".

Pierwszy bunt Balona Greyjoya przeciw Żelaznego Tronowi stłumili król Robert I Baratheon oraz lord Eddard Stark z Winterfell, ale podczas chaosu, który nastał po śmierci króla Roberta, lord Balon ponownie ogłosił się królem i wysłał swoje okręty, by zaatakowały północ.

BALON GREYJOY, Dziewiąty Tego Imienia Od Czasów Szarego Króla, król Żelaznych Wysp i północy, Król Morza i Skały, Syn Morskiego Wichru, Lord Kosiarz Pyke, zabity podczas upadku z mostu
— wdowa po królu Balonie, KRÓLOWA ALANNYS z rodu Harlawów
— ich dzieci:
— {RODRIK}, ich najstarszy syn, zabity podczas pierwszego buntu Balona
— {MARON}, zabity podczas pierwszego buntu Balona

— ASHA, ich córka, kapitan „Czarnego Wichru" i zdobyw-
czyni Deepwood Motte
— THEON, każący się tytułować księciem Winterfell, zwany przez ludzi z północy THEONEM SPRZEDAWCZY-
KIEM

— rodzeni i przyrodni bracia króla Balona:
— {HARLON}, zmarł w młodości na szarą łuszczycę
— {QUENTON}, zmarł w kołysce
— {DONEL}, zmarł w kołysce
— EURON, zwany WRONIM OKIEM, kapitan „Ciszy"
— VICTARION, lord kapitan Żelaznej Floty, kapitan „Żelaz-
nego Zwycięstwa"
— {URRIGON}, zmarł z powodu zakażonej rany
— AERON, zwany MOKRĄ CZUPRYNĄ, kapłan Utopio-
nego Boga
— RUS i NORJEN, dwaj z jego akolitów, „utopieni"
— {ROBIN}, zmarł w kołysce

— domownicy króla Balona w Pyke:
— MAESTER WENDAMYR, uzdrowiciel i doradca
— HELYA, ochmistrzyni zamku

— wojownicy i zaprzysiężeni ludzie króla Balona:
— DAGMER, zwany ROZCIĘTĄ GĘBĄ, kapitan „Pijącego
Pianę", dowódca żelaznych ludzi w Torrhen's Square
— BLUETOOTH, kapitan drakkara
— ULLER, SKYTE, wioślarze i wojownicy

— PRETENDENCI DO TRONU Z MORSKIEGO KAMIENIA
NA KRÓLEWSKIM WIECU NA STAREJ WYK

GYLBERT FARWYND, lord Samotnego Światła
— poplecznicy Gylberta: jego synowie GYLES, YGON,
YOHN

ERIK IRONMAKER, zwany ERIKIEM ROZBIJACZEM KO-
WADEŁ i ERIKIEM SPRAWIEDLIWYM, starzec, ongiś
sławny kapitan i łupieżca
— poplecznicy Erika: jego wnukowie UREK, THORMOR,
DAGON

DUNSTAN DRUMM, Dłoń z Kości, lord Starej Wyk
— poplecznicy Dunstana: jego synowie DENYS i DONNEL
oraz ANDRIK NIEUŚMIECHNIĘTY, mężczyzna olbrzy-
miego wzrostu

ASHA GREYJOY, jedyna córka Balona Greyjoya, kapitan „Czarnego Wichru"
— poplecznicy Ashy: QARL PANIENKA, TRISTIFER BO-
TLEY i SER HARRAS HARLAW
— kapitanowie i zwolennicy Ashy: LORD RODRIK HAR-
LAW, LORD BAELOR BLACKTYDE, LORD MEL-
DRED MERLYN, HARMUND SHARP

VICTARION GREYJOY, brat Balona Greyjoya, kapitan „Żelaznego Zwycięstwa" i lord kapitan Żelaznej Floty
— poplecznicy Victariona: RUDY RALF STONEHOUSE,
RALF CHROMY i NUTE BALWIERZ
— kapitanowie i zwolennicy Victariona: HOTHO HARLAW,
ALVYN SHARP, FRALEGG SILNY, ROMNY WEA-
VER, WILL HUMBLE, MAŁY LENWOOD TAWNEY,
RALF KENNING, MARON VOLMARK, GOROLD
GOODBROTHER
— ludzie z załogi Victariona: WULF JEDNOUCHY, RA-
GNOR PYKE
— nałożnica Victariona, smagła, niema kobieta pozbawiona
języka, podarunek od jego brata Eurona

EURON GREYJOY, zwany WRONIM OKIEM, brat Balona
Greyjoya i kapitan „Ciszy"

— poplecznicy Eurona: GERMUND BOTLEY, LORD ORK-
WOOD Z ORKMONT, DONNOR SALTCLIFFE
— kapitanowie i zwolennicy Eurona: TORWOLD BRĄZO-
WY ZĄB, JON MYRE MAŁA GĘBA, RODRIK WOL-
NO URODZONY, RUDY WIOŚLARZ, LEWORĘCZNY
LUCAS CODD, QUELLON HUMBLE, HARREN PÓŁ-
SIWY, KEMMETT PYKE BĘKART, QARL PODDANY,
KAMIENNA RĘKA, RALF PASTERZ, RALF Z LORD-
SPORTU
— ludzie z załogi Eurona: CRAGORN

— chorążowie Balona, lordowie z Żelaznych Wysp:

NA PYKE
— {SAWANE BOTLEY}, lord Lordsportu, utopiony przez Eu-
rona Wronie Oko
— {HARREN}, jego najstarszy syn, zabity w Fosie Cailin
— TRISTIFER, jego drugi syn i prawowity dziedzic, wy-
dziedziczony przez stryja
— SYMOND, HARLON, VICKON i BENNARION, jego
młodsi synowie, również wydziedziczeni
— GERMUND, jego brat, mianowany lordem Lordsportu
— synowie Germunda, BALON i QUELLON
— SARGON i LUCIMORE, przyrodni bracia Sawane'a
— WEX, niemy dwunastoletni chłopak, bękarci syn Sar-
gona, giermek Theona Greyjoya
— WALDON WYNCH, lord Iron Holt

NA HARLAW
— RODRIK HARLAW zwany CZYTACZEM, lord Harlaw,
lord Dziesięciu Wież, Harlaw z Harlaw
— LADY GWYNESSE, jego starsza siostra
— LADY ALANNYS, jego młodsza siostra, wdowa po kró-
lu Balonie Greyjoyu
— SIGFRYD HARLAW, zwany SIGFRYDEM SREBRNO-
WŁOSYM, jego stryjeczny wuj, pan Dworu Harlawów

— HOTHO HARLAW, zwany HOTHEM GARBUSEM,
z Wieży Przebłysków, kuzyn
— SER HARRAS HARLAW zwany RYCERZEM, rycerz
z Szarego Ogrodu, kuzyn
— BOREMUND HARLAW, zwany BOREMUNDEM BŁĘ-
KITNYM, pan Pagórka Piekielnicy, kuzyn
— chorążowie i zaprzysiężeni ludzie lorda Rodrika:
— MARON VOLMARK, lord Volmarku
— MYRE, STONETREE i KENNING
— domownicy lorda Rodrika
—TRZYZĘBA, jego ochmistrzyni, stara baba

NA BLACKTYDE
— BAELOR BLÁCKTYDE, lord Blacktyde, kapitan „Żegla-
rza Nocy"
— ŚLEPY BEN BLACKTYDE, kapłan Utopionego Boga

NA STAREJ WYK
— DUNSTAN DRUMM, kapitan „Władcy Gromu"
— NORNE GOODBROTHER z Shatterstone
— STONEHOUSE
— TARLE, zwany TARLE'EM PO TRZYKROĆ UTOPIO-
NYM, kapłan Utopionego Boga

NA WIELKIEJ WYK
— GOROLD GOODBROTHER, lord Hammerhorn
— jego synowie, GREYDON, GRAN i GORMOND, tro-
jaczki
— jego córki, GYSELLA i GWIN
— MAESTER MURENMURE, uzdrowiciel, nauczyciel i doradca
— TRISTON FARWYND, lord Przylądka Foczych Skór
— SPARR
— jego syn i dziedzic, STEFFARION
— MELDRED MERLYN, lord Pebbleton

NA ORKMONT
— ORKWOOD Z ORKMONT
— LORD TAWNEY

NA SALTCLIFFE
— LORD DONNOR SALTCLIFFE
— LORD SUNDERLY

NA MNIEJSZYCH WYSPACH I SKAŁACH
— GYLBERT FARWYND, lord Samotnego Światła
— STARZEC SZARA MEWA, kapłan Utopionego Boga

RÓŻNE RODY, DUŻE I MAŁE

RÓD ARRYNÓW

Arrynowie pochodzą od królów Góry i Doliny. Ich herbem jest księżyc i sokół, biały na jasnobłękitnym tle. Ród Arrynów nie wziął udziału w wojnie pięciu królów. Dewiza Arrynów brzmi: „Wysoko Jak Honor".

ROBERT ARRYN, lord Orlego Gniazda, Obrońca Doliny, tytułowany przez matkę prawdziwym namiestnikiem wschodu, chorowity ośmioletni chłopiec, niekiedy zwany SŁOWICZKIEM
— jego matka, {LADY LYSA} z rodu Tullych, wdowa po lordzie Jonie Arrynie, zginęła wypchnięta przez Księżycowe Drzwi
— jego ojczym, PETYR BAELISH, zwany LITTLEFINGE-REM, lord Harrenhal, Najwyższy Lord Tridentu, lord protektor Doliny
  — ALAYNE STONE, naturalna córka lorda Petyra, trzynastoletnia dziewczyna, w rzeczywistości Sansa Stark
  — SER LOTHOR BRUNE, najemnik w służbie lorda Petyra, kapitan straży Orlego Gniazda
  — OSWELL, posiwiały zbrojny w służbie lorda Petyra, zwany niekiedy KETTLEBLACKIEM

— domownicy lorda Roberta w Orlim Gnieździe:
  — MARILLION, młody, przystojny minstrel, ulubieniec lady Lysy, oskarżony o jej zamordowanie
  — MAESTER COLEMON, doradca, uzdrowiciel i nauczyciel

472

— MORD, brutalny strażnik więzienny ze złotymi zębami
— GRETCHEL, MADDY i MELA, służące

— chorążowie lorda Roberta, lordowie Doliny:
— LORD NESTOR ROYCE, wielki zarządca Doliny i kasztelan Księżycowych Bram
— SER ALBAR, syn i dziedzic lorda Nestora
— MYRANDA, zwana RANDĄ, córka lorda Nestora, wdowa, ale prawie nieużywana
— domownicy lorda Nestora:
— SER MARWYN BELMORE, kapitan straży
— MYA STONE, mulniczka i przewodniczka, bękarcia córka króla Roberta I Baratheona
— OSSY i MARCHEWA, mulnicy
— LYONEL CORBRAY, lord Heart's Home
— SER LYN CORBRAY, jego brat i dziedzic, posiadacz sławnego miecza zwanego Smętną Damą
— SER LUCAS CORBRAY, jego młodszy brat
— JON LYNDERLY, lord Snakewood
— TERRANCE, jego syn i dziedzic, młody giermek
— EDMUND WAXLEY, rycerz z Wickenden
— GEROLD GRAFTON, lord Gulltown
— GYLES, jego młodszy syn, giermek
— TRISTON SUNDERLAND, lord Trzech Sióstr
— GODRIC BORRELL, lord Słodkiej Siostry
— ROLLAND LONGTHORPE, lord Długiej Siostry
— ALESANDOR TORRENT, lord Małej Siostry

— Lordowie Deklaranci, chorążowie rodu Arrynów, którzy złączyli swe siły w obronie młodego lorda Roberta:
— YOHN ROYCE, zwany SPIŻOWYM YOHNEM, lord Runestone, ze starszej gałęzi rodu Royce'ów
— SER ANDAR, jedyny żyjący syn Spiżowego Yohna, dziedzic Runestone
— domownicy Spiżowego Yohna:
— MAESTER HELLIWEG, nauczyciel, uzdrowiciel, doradca

— SEPTON LUCOS
— SER SAMWELL STONE, zwany SILNYM SAMEM STONE, dowódca zbrojnych
— chorążowie i zaprzysiężeni ludzie Spiżowego Yohna:
— ROYCE COLDWATER, lord Coldwater Burn
— SER DAMON SHETT, rycerz z Mewiej Wieży
— UTHOR TOLLETT, lord Szarej Doliny
— ANYA WAYNWOOD, pani Żelaznych Dębów
— SER MORTON, jej najstarszy syn i dziedzic
— SER DONNEL, jej drugi syn, Rycerz Bramy
— WALLACE, jej najmłodszy syn
— HARROLD HARDYNG, jej podopieczny, giermek często zwany HARRYM DZIEDZICEM
— BENEDAR BELMORE, lord Silnej Pieśni
— SER SYMOND TEMPLETON, rycerz z Dziewięciu Gwiazd
— {EON HUNTER}, lord Longbow Hall, niedawno zmarły
— SER GILWOOD, najstarszy syn i dziedzic lorda Eona, zwany obecnie MŁODYM LORDEM HUNTEREM
— SER EUSTACE, drugi syn lorda Eona
— SER HARLAN, najmłodszy syn lorda Eona
— domownicy Młodego Lorda Huntera:
— MAESTER WILLAMEN, doradca, uzdrowiciel, nauczyciel
— HORTON REDFORT, lord Redfort, trzykrotnie żonaty
— SER JASPER, SER CREIGHTON, SER JON, jego synowie
— SER MYCHEL, jego najmłodszy syn, niedawno pasowany na rycerza, żona Ysilla Royce z Runestone

— wodzowie klanów z Gór Księżycowych:
— SHAGGA, SYN DOLFA, Z KAMIENNYCH WRON, obecnie herszt bandy w królewskim lesie
— TIMETT, SYN TIMETTA, ZE SPALONYCH
— CHELLA, CÓRKA CHEYKA, Z CZARNYCH USZU
— CRAWN, SYN CALORA, Z KSIĘŻYCOWYCH BRACI

RÓD FLORENTÓW

Florentowie z Jasnej Wody są chorążymi Wysogrodu. Po wybuchu wojny pięciu królów lord Alester Florent w ślad za swym seniorem opowiedział się za królem Renlym, lecz jego brat, ser Axell, wybrał Stannisa, męża jego bratanicy, Selyse. Po śmierci Renly'ego lord Alester również przeszedł na stronę Stannisa, przyprowadzając za sobą całe siły Jasnej Wody. Stannis mianował lorda Alestera swym namiestnikiem, a dowództwo nad flotą powierzył bratu żony, ser Imry'emu Florentowi. Ser Imry zginął wraz z flotą w bitwie na Czarnym Nurcie. Lord Alester próbował następnie wynegocjować pokój, co król Stannis uznał za zdradę. Alestera oddano czerwonej kapłance Melisandre, która spaliła go w ofierze dla R'hllora.

Żelazny Tron również uznał Florentów za zdrajców z powodu ich poparcia dla buntu Stannisa. Wyjęto ich spod prawa, a Jasną Wodę wraz z jej ziemiami przyznano ser Garlanowi Tyrellowi. Florentowie w herbie mają lisią głowę otoczoną wieńcem kwiatów.

{ALESTER FLORENT}, lord Jasnej Wody, spalony jako zdrajca
— jego żona, LADY MELARA z rodu Crane'ów
— ich dzieci:
    — ALEKYNE, pozbawiony praw dziedzic Jasnej Wody, zbiegł do Starego Miasta, by szukać schronienia u Hightowerów
    — LADY MELESSA, żona lorda Randylla Tarly'ego
    — RHEA, żona lorda Leytona Hightowera

— jego rodzeństwo:
  — SER AXELL, człowiek królowej, służący swej bratanicy Selyse we Wschodniej Strażnicy
  — {SER RYAM}, zginął po upadku z konia
    — SELYSE, jego córka, żona króla Stannisa I Baratheona
      — SHIREEN BARATHEON, ich jedyne dziecko
    — {SER IMRY}, jego najstarszy syn, poległ w bitwie na Czarnym Nurcie
    — SER ERREN, jego drugi syn, jeniec w Wysogrodzie
— SER COLIN, kasztelan Jasnej Wody
  — DELENA, jego córka, mąż SER HOSMAN NORCROSS
    — jej naturalny syn, EDRIC STORM, bękart króla Roberta I Baratheona
    — ALESTER NORCROSS, jej najstarszy syn z prawego łoża, dziewięcioletni chłopiec
    — RENLY NORCROSS, jej drugi syn z prawego łoża, trzyletni chłopiec
  — MAESTER OMER, najstarszy syn ser Colina, na służbie w Starym Dębie
  — MERRELL, najmłodszy syn ser Colina, giermek w Arbor
— RYLENE, siostra lorda Alestera, mąż ser Rycherd Crane

RÓD FREYÓW

Freyowie są chorążymi rodu Tullych, lecz nie zawsze pilnie wypełniali swoje obowiązki. Po wybuchu wojny pięciu królów Robb Stark zdobył poparcie lorda Waldera, przysięgając poślubić jedną z jego córek albo wnuczek. Gdy zamiast tego ożenił się z lady Jeyne Westerling, Freyowie, działając w porozumieniu z Roose'em Boltonem, zamordowali Młodego Wilka oraz jego zwolenników podczas uczty weselnej znanej potem jako Krwawe Gody.

WALDER FREY, lord Przeprawy
— jego dziedzice po pierwszej żonie {LADY PERRZE z rodu Royce'ów}:
    — {SER STEVRON}, ich najstarszy syn, zmarły po bitwie pod Oxcross
        — żona {Corenna Swann}, zmarła na wyniszczającą chorobę
        — najstarszy syn Stevrona, SER RYMAN, dziedzic Bliźniaków
            — syn Rymana, EDWYN, ożeniony z Janyce Hunter
            — córka Edwyna, WALDA, dziewięcioletnia dziewczynka
            — syn Rymana, WALDER, zwany CZARNYM WALDEREM
            — syn Rymana, {PETYR}, zwany PETYREM PRYSZ-

CZEM, powieszony w Starych Kamieniach, żona Mylenda Caron
— córka Petyra, PERRA, pięcioletnia dziewczynka
— żona {Jeyne Lydden}, zmarła po upadku z konia
— syn Stevrona, {AEGON}, półgłówek zwany DZWO- NECZKIEM, zabity podczas Krwawych Godów przez Catelyn Stark
— córka Stevrona, {MAEGELLE}, zmarła w połogu, mąż ser Dafyn Vance
  — córka Maegelle, MARIANNE VANCE, panna
  — syn Maegelle, WALDER VANCE, giermek
  — syn Maegelle, PATREK VANCE
— żona {Marsella Waynwood}, zmarła w połogu
— syn Stevrona, WALTON, żona Deana Hardyng
  — syn Waltona, STEFFON, zwany SŁODKIM
  — córka Waltona, WALDA, zwana PIĘKNĄ WALDĄ
  — syn Waltona, BRYAN, giermek

— SER EMMON, drugi syn lorda Waldera, żona Genna z rodu Lannisterów
  — syn Emmona, {SER CLEOS}, zabity przez banitów w pobliżu Stawu Dziewic, żona Jeyne Darry
    — syn Cleosa, TYWIN, dwunastoletni giermek
    — syn Cleosa, WILLEM, dziesięcioletni paź w Ashe- marku
— syn Emmona, SER LYONEL, żona Melesa Crakehall
— syn Emmona, {TION}, giermek zamordowany przez Rickarda Karstarka w Riverrun
— syn Emmona, WALDER, zwany CZERWONYM WAL- DEREM, czternastoletni chłopak, giermek w Casterly Rock

— SER AENYS, trzeci syn lorda Waldera, żona {Tyana Wyl- de}, zmarła w połogu
  — syn Aenysa, AEGON ZRODZONY Z KRWI, człowiek wyjęty spod prawa

— syn Aenysa, RHAEGAR, żona {Jeyne Beesbury},
zmarła na wyniszczającą chorobę
   — syn Rhaegara, ROBERT, trzynastoletni chłopiec
   — córka Rhaegara, WALDA, jedenastoletnia dziewczynka, zwana BIAŁĄ WALDĄ
   — syn Rhaegara, JONOS, ośmioletni chłopiec

— PERRIANE, córka lorda Waldera, mąż ser Leslyn Haigh
   — syn Perriane, SER HARYS HAIGH
      — syn Harysa, WALDER HAIGH, pięcioletni chłopiec
   — syn Perriane, SER DONNEL HAIGH
   — syn Perriane, ALYN HAIGH, giermek

— po drugiej żonie {LADY CYRENNIE z rodu Swannów}:
   — SER JARED, czwarty syn lorda Waldera, żona {Alys
Frey}
      — syn Jareda, {SER TYTOS}, zabity przez Sandora
Clegane'a podczas Krwawych Godów, żona Zhoe
Blanetree
         — córka Tytosa, ZIA, czternastoletnia dziewczyna
         — syn Tytosa, ZACHERY, dwunastoletni chłopiec,
zaprzysiężony Wierze, uczy się w sepcie w Starym Mieście
      — córka Jareda, KYRA, mąż {ser Garse Goodbrook},
zabity podczas Krwawych Godów
         — syn Kyry, WALDER GOODBROOK, dziewię-
cioletni chłopiec
         — córka Kyry, JEYNE GOODBROOK, sześciolet-
nia dziewczynka
   — SEPTON LUCEON, służący w Wielkim Sepcie Baelora

— po trzeciej żonie, {LADY AMAREI z rodu Crakehallów}:
   — SER HOSTEEN, żona Bellena Hawick
      — syn Hosteena, SER ARWOOD, żona Ryella Royce
         — córka Arwooda, RYELLA, pięcioletnia dziew-
czynka

— bliźniaczy synowie Arwooda, ANDROW i ALYN, czteroletni chłopcy

— córka Arwooda, HOSTELLA, nowo narodzone niemowlę

— LADY LYTHENE, mąż lord Lucias Vypren

— córka Lythene, ELYANA, mąż ser Jon Wylde

  — syn Elyany, RICKARD WYLDE, czteroletni chłopiec

— syn Lythene, SER DAMON VYPREN

— SYMOND, żona Betharios z Braavos

— syn Symonda, ALESANDER, minstrel

— córka Symonda, ALYX, siedemnastoletnia panna

— syn Symonda, BRADAMAR, dziesięcioletni chłopiec, oddany na wychowanie Oro Tendyrisowi, kupcowi z Braavos

— SER DANWELL, ósmy syn lorda Waldera, żona Wynafrei Whent

  — {wiele poronień i martwo urodzonych dzieci}

— {MERRETT}, powieszony w Starych Kamieniach, żona Mariya Darry

  — córka Merretta, AMEREI, zwana AMI, szesnastoletnia wdowa, mąż {ser Pate znad Niebieskich Wideł}, zabity przez ser Gregora Clegane'a

  — córka Merretta, WALDA, zwana GRUBĄ WALDĄ, piętnastoletnia żona lorda Roose'a Boltona, lorda Dreadfort

  — córka Merretta, MARISSA, trzynastoletnia panna

  — syn Merretta, WALDER, zwany MAŁYM WALDEREM, siedmioletni chłopiec, wzięty do niewoli w Winterfell, gdzie przebywał jako podopieczny lady Catelyn Stark

— {SER GEREMY}, utonął, żona Carolei Waynwood

  — syn Geremy'ego, SANDOR, dwunastoletni chłopiec, giermek

  — córka Geremy'ego, CYNTHEA, dziewięcioletnia dziewczynka, podopieczna lady Anyi Waynwood

— SER RAYMUND, żona Beony Beesbury
  — syn Raymunda, ROBERT, akolita w Cytadeli
  — syn Raymunda, MALWYN, na służbie u alchemika w Lys
  — bliźniacze córki Raymunda, SERRA i SARRA
  — córka Raymunda, CERSEI, zwana PSZCZÓŁKĄ
  — bliźniaczy synowie Raymunda, JAIME i TYWIN, nowo narodzeni

— po czwartej żonie, {LADY ALYSSIE z rodu Blackwoodów}:
— LOTHAR, dwunasty syn lorda Waldera, zwany KULAWYM LOTHAREM, żona Leonella Lefford
  — córka Lothara, TYSANE, siedmioletnia dziewczynka
  — córka Lothara, WALDA, pięcioletnia dziewczynka
  — córka Lothara, EMBERLEI, dwuletnia dziewczynka
  — córka Lothara, LEANA, nowo narodzona
— SER JAMMOS, trzynasty syn lorda Waldera, żona Sallei Paege
  — syn Jammosa, WALDER, zwany DUŻYM WALDEREM, ośmioletni chłopiec, giermek służący Ramsayowi Boltonowi
  — bliźniaczy synowie Jammosa, DICKON i MATHIS, pięcioletni chłopcy
— SER WHALEN, czternasty syn lorda Waldera, żona Sylwa Paege
  — syn Whalena, HOSTER, dwunastoletni chłopiec, giermek ser Damona Paege'a
  — córka Whalena, MERIANNE, zwana MERRY, jedenastoletnia dziewczynka
— MORYA, córka lorda Waldera, mąż ser Flement Brax
  — syn Moryi, ROBERT BRAX, dziewięcioletni chłopiec, paź w Casterly Rock
  — syn Moryi, WALDER BRAX, sześcioletni chłopiec
  — syn Moryi, JON BRAX, trzyletni chłopiec
— TYTA, córka lorda Waldera, zwana TYTĄ DZIEWICĄ

481

— po piątej żonie, {LADY SARYI z rodu Whentów}:
— bez potomstwa

— po szóstej żonie, {LADY BETHANY z rodu Rosbych}:
— SER PERWYN, piętnasty syn lorda Waldera
— {SER BENFREY}, szesnasty syn lorda Waldera, zmarł
z powodu rany otrzymanej na Krwawych Godach, żona
Jyanna Frey, kuzynka
— córka Benfreya, DELLA, zwana GŁUCHĄ DEL-
LĄ, trzyletnia dziewczynka
— syn Benfreya, OSMUND, dwuletni chłopiec
— MAESTER WILLAMEN, siedemnasty syn lorda Walde-
ra, na służbie w Longbow Hall
— OLYVAR, osiemnasty syn lorda Waldera, dawniej gier-
mek służący Robbowi Starkowi
— ROSLIN, szesnastoletnia dziewczyna, poślubiła lorda Ed-
mure'a Tully'ego na Krwawych Godach

— po siódmej żonie, {LADY ANNARZE z rodu Farrin-
gów}:
— ARWYN, córka lorda Waldera, czternastoletnia panna
— WENDEL, dziewiętnasty syn lorda Waldera, trzynasto-
letni chłopiec, paź w Seagardzie
— COLMAR, dwudziesty syn lorda Waldera, obiecany
Wierze, jedenastoletni chłopiec
— WALTYR, zwany TYREM, dwudziesty pierwszy syn
lorda Waldera, dziesięcioletni chłopiec
— ELMAR, ostatni syn lorda Waldera, dziewięcioletni
chłopiec, przez krótką chwilę zaręczony z Aryą Stark
— SHIREI, najmłodsze dziecko lorda Waldera, siedmio-
letnia dziewczynka

— jego ósma żona, LADY JOYEUSE z rodu Erenfordów
— obecnie spodziewa się dziecka

— naturalne dzieci lorda Waldera z rozmaitymi matkami:

— WALDER RIVERS, zwany WALDEREM BĘKAR-
TEM
  — syn Waldera Bękarta, SER AEMON RIVERS
  — córka Waldera Bękarta, WALDA RIVERS
— MAESTER MELWYS, na służbie w Rosby
— JEYNE RIVERS, MARTYN RIVERS, RYGER RI-
VERS, RONEL RIVERS, MELLARA RIVERS i inne

RÓD HIGHTOWERÓW

Hightowerowie ze Starego Miasta są jednym z najstarszych i najdumniejszych rodów w Westeros. Wywodzą swe pochodzenie od Pierwszych Ludzi. Byli ongiś królami i władali Starym Miastem oraz jego okolicami od Zarania Dni. Chętnie przywitali Andalów, zamiast stawiać im opór, a potem ugięli kolan przed królami Reach i wyrzekli się korony, zachowując jednak starożytne przywileje. Choć lordowie Wysokiej Wieży są potężni i wyjątkowo bogaci, tradycyjnie woleli handel od wojaczki i rzadko odgrywali znaczącą rolę w wojnach toczonych w Westeros. Hightowerowie mieli największy wpływ na założenie Cytadeli i ochraniają ją po dziś dzień. Są subtelni i wyrafinowani, zawsze byli wielkimi patronami nauki i Wiary. Powiadają też, że niektórzy z nich parali się alchemią, nekromancją oraz innymi czarodziejskimi sztukami.

W herbie ród Hightowerów ma białą schodkową wieżę, ukoronowaną ogniem na szarym jak dym polu. Ich dewiza brzmi: „Oświetlamy Drogę".

LEYTON HIGHTOWER, głos Starego Miasta. Lord Portu, lord Wysokiej Wieży, Obrońca Cytadeli, Światło Przewodnie Południa, zwany STARCEM ZE STAREGO MIASTA
— LADY RHEA z rodu Hightowerów, jego czwarta żona
— najstarszy syn i dziedzic lorda Leytona, SER BAELOR, zwany BAELOREM PROMIENNYM UŚMIECHEM, żona Rhonda Rowan

- córka lorda Leytona, MALORA, zwana SZALONĄ DZIEWICĄ
- córka lorda Leytona, ALERIE, mąż lord Mace Tyrell
- syn lorda Leytona, SER GARTH, zwany GREYSTEE-LEM
- córka lorda Leytona, DENYSE, mąż ser Desmond Red-wyne
  - jej syn, DENYS, giermek
- córka lorda Leytona, LEYLA, mąż ser Jon Cupps
- córka lorda Leytona, ALYSANNE, mąż lord Arthur Ambrose
- córka lorda Leytona, LYNESSE, mąż lord Jorah Mormont, obecnie pierwsza konkubina Tregara Ormollena z Lys
- syn lorda Leytona, SER GUNTHOR, żona Jeyne Fossoway z Fossowayów pieczętujących się zielonym jabłkiem
- najmłodszy syn lorda Leytona, SER HUMFREY

- chorążowie lorda Leytona:
  - TOMMEN COSTAYNE, lord Trzech Wież
  - ALYSANNE BULWER, pani Czarnej Korony, ośmioletnia dziewczynka
  - MARTYN MULLENDORE, lord Wyżyn
  - WARRYN BEESBURY, lord Honeyholtu
  - BRANSTON CUY, lord Słonecznikowego Dworu

- ludzie ze Starego Miasta:
  - EMMA, dziewka służebna pracująca „Pod Piórem i Kuflem", gdzie kobiety są chętne, a cydr okrutnie mocny
    - ROSEY, jej córka, piętnastoletnia dziewczyna, której dziewictwo będzie kosztowało złotego smoka

- Arcymaesterzy z Cytadeli:
  - ARCYMAESTER NORREN, seneszal w minionym roku, jego pierścień, laska i maska są zrobione z elektrum
  - ARCYMAESTER THEOBALD, seneszal w nowym roku, jego pierścień, laska i maska są zrobione z ołowiu

— ARCYMAESTER EBROSE, uzdrowiciel, jego pierścień, laska i maska są zrobione ze srebra
— ARCYMAESTER MARWYN, zwany MARWYNEM MAGIEM, jego pierścień, laska i maska są zrobione z valyriańskiej stali
— ARCYMAESTER PERESTAN, historyk, jego pierścień, laska i maska są zrobione z miedzi
— ARCYMAESTER VAELLYN, zwany VAELLYNEM OCTEM, astronom, jego pierścień, laska i maska są zrobione z brązu
— ARCYMAESTER RYAM, jego pierścień, laska i maska są zrobione z żółtego złota
— ARCYMAESTER WALGRAVE, staruszek o wątpliwych władzach umysłowych, jego pierścień, laska i maska są zrobione z czarnej blachy stalowej
— GALLARD, CASTOS, ZARABELO, BENEDICT, GARIZON, NYMOS, CETHERES, WILLIFER, MOLLOS, HARODON, GUYNE, AGRIVANE, OCLEY, arcymaesterzy

— maesterzy, akolici i nowicjusze z Cytadeli:
— MAESTER GORMON, który często zastępuje Walgrave'a
— ARMEN, akolita, który wykuł cztery ogniwa, zwany AKOLITĄ
— ALLERAS, zwany SFINKSEM, akolita, który wykuł trzy ogniwa, zapalony łucznik
— ROBERT FREY, szesnastoletni chłopak, akolita, który wykuł dwa ogniwa
— LORCAS, akolita, który wykuł dziewięć ogniw, służący seneszalowi
— LEO TYRELL, zwany LENIWYM LEO, szlachetnie urodzony nowicjusz
— MOLLANDER, nowicjusz, który urodził się ze szpotawą stopą
— PATE, który opiekuje się krukami arcymaestera Walgrave'a, niezbyt obiecujący nowicjusz
— ROONE, młody nowicjusz

RÓD LANNISTERÓW

Lannisterowie z Casterly Rock pozostają najważniejszą siłą wspierającą pretensje króla Tommena do Żelaznego Tronu. Chełpią się pochodzeniem od Lanna Sprytnego, legendarnego przechery z Ery Herosów. Złoto Casterly Rock i Złotego Zęba uczyniło z nich najbogatszy z wielkich rodów. Ich herbem jest złoty lew na karmazynowym polu, a dewiza brzmi: „Słuchajcie Mojego Ryku!".

{TYWIN LANNISTER}, lord Casterly Rock, Tarcza Lannisportu, namiestnik zachodu, namiestnik królewski, zamordowany w wychodku przez karłowatego syna
— dzieci lorda Tywina:
— CERSEI, bliźniacza siostra Jaimego, obecnie pani Casterly Rock
— SER JAIME, bliźniaczy brat Cersei, zwany KRÓLOBÓJCĄ
— TYRION, zwany KRASNALEM, karzeł i zabójca krewnych

— rodzeństwo lorda Tywina i jego potomkowie:
— SER KEVAN LANNISTER, żona Dorna z rodu Swyftów
— LADY GENNA, jego siostra, mąż ser Emmon Frey, obecnie lord Riverrun
— najstarszy syn Genny, {SER CLEOS FREY}, żona Jeyne z rodu Darrych, zabity przez banitów

— najstarszy syn Cleosa, SER TYWIN FREY, zwany
TY, obecnie dziedzic Riverrun
— drugi syn Cleosa, WILLEM FREY, giermek
— drugi syn Genny, SER LYONEL FREY
— trzeci syn Genny, {TION FREY}, giermek, zamordowa-
ny w Riverrun
— najmłodszy syn Genny, WALDER FREY, zwany CZER-
WONYM WALDEREM, giermek w Casterly Rock
— WAT BIAŁOZĘBY, minstrel służący lady Gennie
— {SER TYGETT LANNISTER}, zmarły na francę
— TYREK, syn Tygetta, zaginiony, prawdopodobnie zmarły
— LADY ERMESANDE HAYFORD, młodociana
żona Tyreka
— {GERION LANNISTER}, zaginiony na morzu
— JOY HILL, bękarcia córka Geriona, jedenastoletnia
dziewczynka

— inni bliscy kuzyni lorda Tywina:
— {SER STAFFORD LANNISTER}, kuzyn i brat żony lor-
da Tywina, zabity w bitwie pod Oxcross
— CERENNA i MYRIELLE, córki ser Stafforda
— SER DAVEN LANNISTER, syn ser Stafforda
— SER DAMION LANNISTER, kuzyn, żona lady Shiera
Crakehall
— ich syn, SER LUCION
— ich córka, LANNA, mąż lord Antario Jast
— LADY MARGOT, kuzynka, mąż lord Titus Peake

— domownicy w Casterly Rock:
— MAESTER CREYLEN, uzdrowiciel, nauczyciel i doradca
— VYLARR, kapitan straży
— SER BENEDICT BROOM, dowódca zbrojnych
— WAT BIAŁOZĘBY, minstrel

— chorążowie i zaprzysiężeni ludzie, lordowie zachodu:
— DAMON MARBRAND, lord Ashemarku

— SER ADDAM MARBRAND, jego syn i dziedzic, do-
wódca Straży Miejskiej w Królewskiej Przystani
— ROLAND CRAKEHALL, lord Crakehall
— brat Rolanda {SER BURTON}, zabity przez banitów
— syn i dziedzic Rolanda, SER TYBOLT
— drugi syn Rolanda, SER LYLE, zwany SILNYM DZI-
KIEM
— najmłodszy syn Rolanda, SER MERLON
— SEBASTON FARMAN, lord Pięknej Wyspy
— JEYNE, jego siostra, mąż SER GARETH CLIFTON
— TYTOS BRAX, lord Hornvale
— SER FLEMENT BRAX, jego brat i dziedzic
— QUENTEN BANEFORT, lord Banefort
— SER HARYS SWYFT, dobry ojciec ser Kevana Lannistera
— syn ser Harysa, SER STEFFON SWYFT
— córka ser Steffona, JOANNA
— córka ser Harysa, SHIERLE, mąż ser Melwyn Sarsfield
— REGENARD ESTREN, lord Wyndhall
— GAWEN WESTERLING, lord Turni
— jego żona, LADY SYBELL z rodu Spicerów
— jej brat, SER ROLPH SPICER, niedawno mianowany
lordem Castamere
— jej kuzyn, SER SAMWELL SPICER
— ich dzieci:
— SER RAYNALD WESTERLING
— JEYNE, wdowa po Robbie Starku
— ELEYNA, dwunastoletnia dziewczyna
— ROLLAM, dziewięcioletni chłopiec
— LORD SELMOND STACKSPEAR
'— jego syn, SER STEFFON STACKSPEAR
— jego młodszy syn, SER ALYN STACKSPEAR
— TERRENCE KENNING, lord Kayce
— SER KENNOS Z KAYCE, rycerz w jego służbie
— LORD ANTARIO JAST
— LORD ROBIN MORELAND
— LADY ALYSANNE LEFFORD

— LEWYS LYDDEN, lord Głębokiej Jaskini
— LORD PHILIP PLUMM
　— jego synowie, SER DENNIS PLUMM, SER PETER PLUMM i SER HARWYN PLUMM, zwany TWARDYM KAMIENIEM
— LORD GARRISON PRESTER
　— SER FORLEY PRESTER, jego kuzyn
— SER GREGOR CLEGANE, zwany GÓRĄ, KTÓRA JEŹDZI
— SANDOR CLEGANE, jego brat
— SER LORENT LORCH, rycerz na włościach
— SER GARTH GREENFIELD, rycerz na włościach
— SER LYMOND VIKARY, rycerz na włościach
— SER RAYNARD RUTTIGER, rycerz na włościach
— SER MANFRED YEW, rycerz na włościach
— SER TYBOLT HETHERSPOON, rycerz na włościach
　— {MELARA HETHERSPOON}, jego córka, utopiła się w studni, gdy była podopieczną w Casterly Rock

RÓD MARTELLÓW

Dorne było ostatnim z Siedmiu Królestw, które poprzysięgło wierność Żelaznemu Tronowi. Krew, obyczaje i historia różnią je od pozostałych królestw. Gdy wybuchła wojna pięciu królów, Dorne nie przyłączyło się do niej. Po zaręczynach Myrcelli Baratheon z księciem Trystane'em Słoneczna Włócznia poparła króla Joffreya. Na sztandarze Martellów widnieje czerwone słońce przebite złotą włócznią. Ich dewiza brzmi: „Niezachwiani, Nieugięci, Niezłomni".

DORAN NYMEROS MARTELL, lord Słonecznej Włóczni, książę Dorne
— jego żona, MELLARIO z Wolnego Miasta Norvos
— ich dzieci:
— KSIĘŻNICZKA ARIANNE, dziedziczka Słonecznej Włóczni
— GARIN, mleczny brat i towarzysz Arianne, sierota z Zielonej Krwi
— KSIĄŻĘ QUENTYN, niedawno pasowany na rycerza, przez długi czas podopieczny lorda Yronwooda z Yronwood
— KSIĄŻĘ TRYSTANE, ich młodszy syn, zaręczony z Myrcellą Baratheon
— rodzeństwo księcia Dorana:
— {KSIĘŻNA ELIA}, zgwałcona i zamordowana podczas splądrowania Królewskiej Przystani

— {RHAENYS TARGARYEN}, jej córka zamordowana podczas splądrowania Królewskiej Przystani
— {AEGON TARGARYEN}, niemowlę zamordowane podczas splądrowania Królewskiej Przystani
— {KSIĄŻĘ OBERYN}, zwany CZERWONĄ ŻMIJĄ, zabity przez ser Gregora Clegane'a podczas próby walki
— ELLARIA SAND, faworyta księcia Oberyna, naturalna córka lorda Harmena Ullera
— ŻMIJOWE BĘKARCICE, nieślubne córki księcia Oberyna:
— OBARA, dwadzieścia osiem lat, córka Oberyna z kurwą ze Starego Miasta
— NYMERIA, zwana LADY NYM, dwadzieścia pięć lat, jego córka ze szlachcianką z Volantis
— TYENE, dwadzieścia trzy lata, córka Oberyna z septą
— SARELLA, dziewiętnaście lat, jego córka z zajmującą się handlem kobietą z Wysp Letnich, która była kapitanem „Pierzastego Pocałunku"
— ELIA, czternaście lat, jego córka z Ellarią Sand
— OBELLA, dwanaście lat, jego córka z Ellarią Sand
— DOREA, osiem lat, jego córka z Ellarią Sand
— LOREZA, sześć lat, jego córka z Ellarią Sand

— dwór księcia Dorana w Wodnych Ogrodach:
— AREO HOTAH z Norvos, kapitan straży
— MAESTER CALEOTTE, doradca, uzdrowiciel i nauczyciel
— około sześćdziesięciorga dzieci, wysoko i nisko urodzonych, synów i córek lordów, rycerzy, sierot, kupców, rzemieślników i chłopów, jego podopiecznych

— dwór księcia Dorana w Słonecznej Włóczni:
— KSIĘŻNICZKA MYRCELLA BARATHEON, jego podopieczna, zaręczona z księciem Trystane'em

— SER ARYS OAKHEART, zaprzysiężona tarcza Myrcelli
— ROSAMUND LANNISTER, towarzyszka Myrcelli, daleka kuzynka
— SEPTA EGLANTINE, spowiedniczka Myrcelli
— MAESTER MYLES, doradca, uzdrowiciel i nauczyciel
— RICASSO, seneszal Słonecznej Włóczni, ślepy starzec
— SER MANFREY MARTELL, kasztelan Słonecznej Włóczni
— LADY ALYSE LADYBRIGHT, lord skarbnik
— SER GASCOYNE znad Zielonej Krwi, zaprzysiężona tarcza księcia Trystane'a
— BORS i TIMOTH, służący ze Słonecznej Włóczni
— BELANDRA, CEDRA, siostry MORRA i MELLEI, służące ze Słonecznej Włóczni

— chorążowie księcia Dorana, lordowie Dorne:
— ANDERS YRONWOOD, lord Yronwood, strażnik Szlaku Kości, Królewska Krew
— SER CLETUS, jego syn, znany z leniwego oka
— MAESTER KEDRY, uzdrowiciel, nauczyciel i doradca
— HARMEN ULLER, lord Hellholtu
— ELLARIA SAND, jego naturalna córka
— SER ULWYCK ULLER, jego brat
— DELONNE ALLYRION, pani Bożejłaski
— SER RYON, jej syn i dziedzic
— SER DAEMON SAND, naturalny syn Ryona, Bękart z Bożejłaski
— DAGOS MANWOODY, lord Królewskiego Grobu
— MORS i DICKON, jego synowie
— SER MYLES, jego brat
— LARRA BLACKMONT, lady Blackmont
— JYNESSA, jej córka i dziedziczka
— PERROS, jej syn, giermek
— NYMELLA TOLAND, pani Wzgórza Duchów

— QUENTYN QORGYLE, lord Piaskowca
  — SER GULIAN, jego najstarszy syn i dziedzic
  — SER ARRON, jego drugi syn
— SER DEZIEL DALT, rycerz z Cytrynowego Lasu
  — SER ANDREY, jego brat i dziedzic, zwany DREYEM
— FRANKLYN FOWLER, lord Skyreach, zwany STARYM
  JASTRZĘBIEM, strażnik Książęcego Wąwozu
  — JEYNE i JENNELYN, jego bliźniacze córki
— SER SYMON SANTAGAR, rycerz z Cętkowanego Lasu
  — SYLVA, jego córka i dziedziczka, zwana CĘTKOWA-
    NĄ SYLVĄ z uwagi na piegi
  — EDRIC DAYNE, lord Starfall, giermek
    — SER GEROLD DAYNE, zwany CIEMNĄ GWIAZ-
      DĄ, rycerz z Wysokiego Azylu, jego kuzyn i chorą-
      ży
— TREBOR JORDAYNE, lord Tor
  — MYRIA, jego córka i dziedziczka
— TREMOND GARGALEN, lord Słonego Brzegu
— DAERON VAITH, lord Czerwonych Wydm

RÓD STARKÓW

Starkowie wywodzą swoje pochodzenie od Brandona Budowniczego i Królów Zimy. Od tysiącleci władali w Winterfell jako królowie północy, aż wreszcie Torrhen Stark, Król, Który Uklęknął, postanowił poprzysiąc wierność Aegonowi Smokowi, zamiast stawić mu czoło w bitwie. Kiedy król Joffrey nakazał stracić lorda Eddarda Starka, ludzie z północy wypowiedzieli wierność Żelaznemu Tronowi i ogłosili syna lorda Eddarda, Robba, królem północy. Podczas wojny pięciu królów Robb zwyciężył we wszystkich bitwach, ale został zdradzony i zamordowany przez Freyów i Boltonów w Bliźniakach, na weselu swego wuja.

{ROBB STARK}, król północy i król Tridentu, lord Winterfell, najstarszy syn Eddarda Starka, lorda Winterfell, i lady Catelyn z rodu Tullych, szesnastoletni młodzieniec zwany MŁODYM WILKIEM, zamordowany na Krwawych Godach
— {SZARY WICHER}, jego wilkor, zabity na Krwawych Godach
— jego rodzeni bracia i siostry:
— SANSA, jego siostra, mąż Tyrion z rodu Lannisterów
— {DAMA}, jej wilkorzyca, zabita w zamku Darry
— ARYA, jedenastoletnia dziewczynka, zaginiona i uważana za zmarłą
— NYMERIA, jej wilkorzyca, grasująca w dorzeczu
— BRANDON, zwany BRANEM, kaleki dziewięcioletni chłopiec, dziedzic Winterfell, uważany za zmarłego

— LATO, jego wilkor

— towarzysze i opiekunowie Brana:

— MEERA REED, szesnastoletnia dziewczyna, córka lorda Howlanda Reeda ze Strażnicy nad Szarą Wodą

— JOJEN REED, jej brat, trzynastoletni chłopak

— HODOR, słaby na umyśle chłopak wzrostu siedmiu stóp

— RICKON, czteroletni chłopiec, uważany za zmarłego

— KUDŁACZ, jego wilkor, czarny i agresywny

— towarzyszka i opiekunka Rickona, OSHA, dzika kobieta, ongiś wzięta do niewoli i służąca w Winterfell

— jego przyrodni bękarci brat, JON SNOW, z Nocnej Straży

— DUCH, wilkor Jona, biały i niemy

— zaprzysiężeni ludzie Robba:

— {DONNEL LOCKE, OWEN NORREY, DACEY MORMONT, SER WENDEL MANDERLY, ROBIN FLINT}, zabici na Krwawych Godach

— HALLIS MOLLEN, kapitan straży, odwożący kości Eddarda Starka do Winterfell

— JACKS, QUENT, SHADD, strażnicy

— stryjowie i kuzyni Robba:

— BENJEN STARK, młodszy brat jego ojca, zaginiony podczas wyprawy za Mur, uważany za zmarłego

— {LYSA ARRYN}, siostra jego matki, pani Orlego Gniazda, mąż lord Jon Arryn, wypchnięta przez Księżycowe Drzwi

— jej syn, ROBERT ARRYN, lord Orlego Gniazda i obrońca Doliny, chorowity chłopiec

— EDMURE TULLY, lord Riverrun, brat jego matki, wzięty do niewoli na Krwawych Godach

— LADY ROSLIN z rodu Freyów, świeżo poślubiona żona Edmure'a

— SER BRYNDEN TULLY, zwany BLACKFISHEM, stryj jego matki, kasztelan Riverrun

— chorążowie Młodego Wilka, lordowie północy:

— ROOSE BOLTON, lord Dreadfort, sprzedawczyk
— {DOMERIC}, jego prawowity syn i dziedzic, zmarły na chorobę brzucha
— RAMSAY BOLTON (dawniej RAMSAY SNOW), naturalny syn Roose'a, zwany BĘKARTEM BOLTONA, kasztelan Dreadfort
  — WALDER FREY i WALDER FREY, zwani DUŻYM WALDEREM i MAŁYM WALDEREM, giermkowie Ramsaya
  — {FETOR}, zbrojny słynący z obrzydliwego zapachu, zabity, gdy udawał Ramsaya
  — „ARYA STARK", jeniec lorda Roose'a, podstawiona dziewczyna zaręczona z Ramsayem
  — WALTON, zwany NAGOLENNIKIEM, kapitan Roose'a
  — BETH CASSELL, KYRA, RZEPA, BANDY, SHYRA, PALLA i STARA NIANIA, kobiety z Winterfell, w niewoli w Dreadfort

— JON UMBER, zwany GREATJONEM, lord Ostatniego Domostwa, jeniec w Bliźniakach
  — {JON}, zwany SMALLJONEM, najstarszy syn i dziedzic Greatjona, zabity podczas Krwawych Godów
  — MORS, zwany WRONOJADEM, stryj Greatjona, kasztelan Ostatniego Domostwa
  — HOTHER, zwany KURWISTRACHEM, stryj Greatjona, również kasztelan Ostatniego Domostwa

— {RICKARD KARSTARK}, lord Karholdu, ścięty za zdradę i zamordowanie jeńca
  — {EDDARD}, jego syn, zabity w Szepczącym Lesie
  — {TORRHEN}, jego syn, zabity w Szepczącym Lesie
  — HARRION, jego syn, jeniec w Stawie Dziewic

— ALYS, córka lorda Rickarda, piętnastoletnia dziewczyna
— stryj Rickarda, ARNOLF, kasztelan Karholdu

— GALBART GLOVER, pan Deepwood Motte, nieżo-
naty
— ROBETT GLOVER, jego brat i dziedzic
— żona Robetta, SYBELLE, z rodu Locke'ów
— ich dzieci:
— GAWEN, trzyletni chłopiec
— ERENA, dziecko u piersi
— podopieczny Galbarta, LARENCE SNOW, naturalny syn {lorda Halysa Hornwooda}, trzynastoletni
chłopak

— HOWLAND REED, lord Strażnicy nad Szarą Wodą, wy-
spiarz
— jego żona, JYANA, z wyspiarzy
— ich dzieci:
— MEERA, młoda łowczyni
— JOJEN, chłopak pobłogosławiony zielonym wzrokiem

— WYMAN MANDERLY, lord Białego Portu, straszliwie
gruby
— SER WYLIS MANDERLY, jego najstarszy syn i dziedzic, bardzo gruby, jeniec w Harrenhal
— żona Wylisa, LEONA z rodu Woolfieldów
— WYNAFRYD, ich córka, dziewiętnastoletnia
panna
— WYLLA, ich córka, piętnastoletnia panna
— {SER WENDEL MANDERLY}, jego drugi syn, zabity podczas Krwawych Godów
— SER MARLON MANDERLY, jego kuzyn, dowódca garnizonu w Białym Porcie

— MAESTER THEOMORE, doradca, uzdrowiciel, nauczyciel

— MAEGE MORMONT, pani Niedźwiedziej Wyspy
— {DACEY}, jej najstarsza córka i dziedziczka, zabita podczas Krwawych Godów
— ALYSANE, LYRA, JORELLE, LYANNA, jej córki
— {JEOR MORMONT}, jej brat, lord dowódca Nocnej Straży, zabity przez własnych ludzi
— SER JORAH MORMONT, syn lorda Jeora, ongiś lord Niedźwiedziej Wyspy, rycerz skazany na wygnanie

— {SER HELMAN TALLHART}, pan Torrhen's Square, zabity pod Duskendale
— {BENFRED}, jego syn i dziedzic, zabity przez żelaznych ludzi na Kamiennym Brzegu
— EDDARA, jego córka, jeniec w Torrhen's Square
— {LEOBALD}, jego brat, zabity w Winterfell
— żona Leobalda, BERENA z rodu Hornwoodów, jeniec w Torrhen's Square
— ich synowie, BRANDON i BEREN, również jeńcy w Torrhen's Square

— RODRIK RYSWELL, lord Strumieniska
— BARBREY DUSTIN, jego córka, pani Barrowton, wdowa po {lordzie Willamie Dustinie}
— HARWOOD STOUT, jej lennik, drobny lord z Barrowton
— {BETHANY BOLTON}, jego córka, druga żona lorda Roose'a Boltona, zmarła na gorączkę
— ROGER RYSWELL, RICKARD RYSWELL, ROOSE RYSWELL, jego kłótliwi kuzyni i chorążowie

— {CLEY CERWYN}, lord Cerwyn, zabity w Winterfell

— JONELLE, jego siostra, trzydziestodwuletnia panna
— LYESSA FLINT, pani Wdowiej Strażnicy
— ONDREW LOCKE, lord Starego Zamku, starzec
— HUGO WULL, zwany WIELKIM WIADREM, wódz klanu
— BRANDON NORREY, zwany NORREYEM, wódz klanu
— TORREN LIDDLE, zwany LIDDLE'EM, wódz klanu

Na chorągwi Starków widnieje szary wilkor biegnący po białym lodowym polu. Ich dewiza brzmi: „Nadchodzi zima".

RÓD TULLYCH

Lord Edmyn Tully z Riverrun jako jeden z pierwszych lordów dorzecza poprzysiągł wierność Aegonowi Zdobywcy. Zwycięski Aegon nagrodził go, czyniąc Tullych seniorami całego dorzecza. Herbem Tullych jest skaczący pstrąg, srebrny na polu pokrytym czerwono-niebieskimi zmarszczkami. Ich dewiza brzmi: „Rodzina, Obowiązek, Honor".

EDMURE TULLY, lord Riverrun, wzięty do niewoli na własnym ślubie, jeniec Freyów
— LADY ROSLIN z rodu Freyów, młoda żona Edmure'a
— {LADY CATELYN STARK}, jego siostra, wdowa po lordzie Eddardzie Starku z Winterfell, zabita na Krwawych Godach
— {LADY LYSA ARRYN}, jego siostra, wdowa po Jonie Arrynie z Orlego Gniazda, wypchnięta przez Księżycowe Drzwi w Orlim Gnieździe
— SER BRYNDEN TULLY, zwany BLACKFISHEM, stryj Edmure'a, kasztelan Riverrun
— domownicy lorda Edmure'a w Riverrun:
— MAESTER VYMAN, doradca, uzdrowiciel i nauczyciel
— SER DESMOND GRELL, dowódca zbrojnych
— SER ROBIN RYGER, kapitan straży

— DŁUGI LEW, ELWOOD, DELP, strażnicy
— UTHERYDES WAYN, zarządca Riverrun

— chorążowie Edmure'a, lordowie Tridentu:
— TYTOS BLACKWOOD, lord Raventree Hall
— {LUCAS}, jego syn, zabity podczas Krwawych
Godów
— JONOS BRACKEN, lord Kamiennego Płotu
— JASON MALLISTER, lord Seagardu, więzień we
własnym zamku
— PATREK, jego syn, uwięziony razem z ojcem
— SER DENYS MALLISTER, stryj lorda Jasona,
człowiek z Nocnej Straży
— CLEMENT PIPER, lord Zamku Pinkmaiden
— jego syn i dziedzic, SER MARQ PIPER, wzięty
do niewoli na Krwawych Godach
— KARYL VANCE, lord Wayfarer's Rest
— jego starsza córka i dziedziczka, LIANE
— jego młodsze córki, RHIALTA i EMPHYRIA
— NORBERT VANCE, ślepy lord Atranty
— jego najstarszy syn i dziedzic, SER RONALD
VANCE, zwany ZŁYM
— jego młodsi synowie, SER HUGO, SER ELLE-
RY, SER KIRTH i MAESTER JON
— THEOMAR SMALLWOOD, lord Żołędziowego
Dworu
— jego żona, LADY RAVELLA z rodu Swannów
— ich córka, CARELLEN
— WILLIAM MOOTON, lord Stawu Dziewic
— SHELLA WHENT, pozbawiona dziedzictwa pani
Harrenhal
— SER WILLIS WODE, rycerz w jej służbie
— SER HALMON PAEGE
— LORD LYMOND GOODBROOK

RÓD TYRELLÓW

Tyrellowie zdobyli znaczenie jako namiestnicy królów Reach, choć zapewniają, że pochodzą od Gartha Zielonorękiego, króla ogrodnika Pierwszych Ludzi. Gdy ostatni król z rodu Gardenerów zginął na Polu Ognia, jego namiestnik Harlen Tyrell poddał Wysogród Aegonowi Zdobywcy. Aegon przyznał mu zamek oraz panowanie nad Reach. Mace Tyrell na początku wojny pięciu królów poparł Renly'ego Baratheona i oddał mu rękę swej córki Margaery. Po śmierci Renly'ego Wysogród zawarł sojusz z rodem Lannisterów, a Margaery została zaręczona z królem Joffreyem.

MACE TYRELL, lord Wysogrodu, namiestnik południa, Obrońca Pogranicza i Wielki Marszałek Reach
— jego żona, LADY ALERIE z rodu Hightowerów ze Starego Miasta
— ich dzieci:
— WILLAS, najstarszy syn, dziedzic Wysogrodu
— SER GARLAN, zwany DZIELNYM, ich drugi syn, niedawno mianowany lordem Jasnej Wody
— jego żona, LADY LEONETTE z rodu Fossowayów
— SER LORAS, Rycerz Kwiatów, ich najmłodszy syn, zaprzysiężony brat z Gwardii Królewskiej
— MARGAERY, ich córka, dwukrotnie zamężna i dwukrotnie owdowiała
— towarzyszki i damy dworu Margaery:

— jej kuzynki, MEGGA, ALLA i ELINOR TY-
RELL
— narzeczony Elinor, ALYN AMBROSE, giermek
— LADY ALYSANNE BULWER, LADY ALYCE GRACE-
FORD, LADY TAENA MERRYWEATHER, MEREDYTH
CRANE, zwana MERRY, SEPTA NYSTERICA, jej towarzyszki
— jego owdowiała matka, LADY OLENNA z rodu Redwyne'ów, zwana KRÓLOWĄ CIERNI
— ARRYK i ERRYK, jej strażnicy, zwani LEWYM
i PRAWYM
— siostry Mace'a:
— LADY MINA, żona Paxtera Redwyne'a, lorda Arbor
— ich dzieci:
— SER HORAS REDWYNE, bliźniaczy brat Hobbe-
ra, noszący przezwisko SLOBBER
— SER HOBBER REDWYNE, bliźniaczy brat Hora-
sa, noszący przezwisko BOBER
— DESMERA REDWYNE, szesnastoletnia dziewczyna
— LADY JANNA, żona ser Jona Fossowaya
— stryjowie i kuzyni Mace'a:
— stryj Mace'a, GARTH, zwany SPROŚNYM, lord seneszal
Wysogrodu
— bękarci synowie Gartha, GARSE i GARRETT FLO-
WERS
— stryj Mace'a, SER MORYN, lord dowódca Straży Miejskiej Starego Miasta
— syn Moryna, {SER LUTHOR}, żona lady Elyn Norridge
— syn Luthora, SER THEODORE, żona lady Lia Serry
— córka Theodore'a, ELINOR
— syn Theodore'a, LUTHOR, giermek
— syn Luthora, MAESTER MEDWICK
— córka Luthora, OLENE, mąż ser Leo Blackbar
— syn Moryna, LEO, zwany LENIWYM LEO, nowicjusz
w Cytadeli Starego Miasta

— stryj Mace'a, MAESTER GORMON, uczony z Cytadeli
— kuzyn Mace'a, {SER QUENTIN}, zginął pod Ashford
  — syn Quentina, SER OLYMER, żona lady Lysa Meadows
    — synowie Olymera, RAYMUND i RICKARD
    — córka Olymera, MEGGA
— kuzyn Mace'a, MAESTER NORMUND, na służbie
  w Blackcrown
— kuzyn Mace'a, {SER VICTOR}, zabity przez Uśmiechniętego Rycerza z Bractwa z Królewskiego Lasu
  — córka Victora, VICTARIA, mąż {lord Jon Bulwer},
    zmarł na letnią gorączkę
    — ich córka, LADY ALYSANNE BULWER, ośmio-
      letnia dziewczynka
  — syn Victora, SER LEO, żona lady Alys Beesbury
    — córki Leo, ALLA i LEONA
    — synowie Leo, LYONEL, LUCAS i LORENT

— domownicy Mace'a w Wysogrodzie:
  — maester LOMYS, doradca, uzdrowiciel i nauczyciel
  — IGON VYRWEL, kapitan straży
  — SER VORTIMER CRANE, dowódca zbrojnych
  — BUTTERBUMPS, błazen i trefniś, straszliwie otyły

— jego chorążowie, lordowie Reach:
  — RANDYLL TARLY, lord Horn Hill
  — PAXTER REDWYNE, lord Arbor
    — SER HORAS i SER HOBBER, jego bliźniaczy sy-
      nowie
    — uzdrowiciel lorda Paxtera, MAESTER BALLABAR
  — ARWYN OAKHEART, pani Starego Dębu
    — najmłodszy syn lady Arwyn SER ARYS, zaprzysię-
      żony brat z Gwardii Królewskiej
  — MATHIS ROWAN, lord Goldengrove, żona Bethany
    z rodu Redwyne'ów
  — LEYTON HIGHTOWER, głos Starego Miasta, Lord
    Portu

— HUMFREY HEWETT, lord Dębowej Tarczy
  — FALIA FLOWERS, jego bękarcia córka
— OSBERT SERRY, lord Południowej Tarczy
  — SER TALBERT, jego syn i dziedzic
— GUTHOR GRIMM, lord Szarej Tarczy
— MORIBALD CHESTER, lord Zielonej Tarczy
— ORTON MERRYWEATHER, lord Długiego Stołu
  — LADY TAENA, jego żona, kobieta z Myr
    — RUSSELL, jej syn, ośmioletni chłopiec
— LORD ARTHUR AMBROSE, żona lady Alysanne Hightower

— jego rycerze i zaprzysiężeni ludzie:
  — SER JON FOSSOWAY, z Fossowayów pieczętujących się zielonym jabłkiem
  — SER TANTON FOSSOWAY, z Fossowayów pieczętujących się czerwonym jabłkiem

Herbem Tyrellów jest złota róża na trawiastozielonym polu, a ich dewiza brzmi: „Zbieramy Siły".

BUNTOWNICY, WYRZUTKI, PROSTACZKOWIE
I ZAPRZYSIĘŻENI BRACIA

PANIĄTKA, WĘDROWCY I ZWYKLI LUDZIE

— SER CREIGHTON LONGBOUGH i SER ILLIFER BEZ GROSZA, wędrowni rycerze i towarzysze podróży
— HIBALD, tchórzliwy i skąpy kupiec
  — SER SHADRICH Z CIENISTEGO WĄWOZU, zwany SZALONĄ MYSZĄ, wędrowny rycerz służący Hibaldowi
— BRIENNE, DZIEWICA Z TARTHU, zwana też BRIENNE ŚLICZNOTKĄ albo PIĘKNĄ, panna, której zlecono zadanie
  — LORD SELWYN GWIAZDA WIECZORNA, lord Tarthu, jej ojciec
  — {WIELKI BEN BRODACZ}, SER HYLE HUNT, SER MARK MULLENDORE, SER EDMUND AMBROSE, {SER RICHARD FARROW}, {WILL BOCIAN}, SER HUGH BEESBURY, SER RAYMOND NAYLAND, HARRY SAWYER, SER OWEN INCHFIELD, ROBIN POTTER, jej dawni zalotnicy
— RENFRED RYKKER, lord Duskendale
  — SER RUFUS LEEK, jednonogi rycerz w jego służbie, kasztelan Brunatnego Fortu w Duskendale
— WILLIAM MOOTON, lord Stawu Dziewic
  — ELEANOR, jego najstarsza córka i dziedziczka, trzynastoletnia dziewczyna
— RANDYLL TARLY, lord Horn Hill, dowodzący siłami króla Tommena nad Tridentem
  — DICKON, jego syn i dziedzic, młody giermek

— SER HYLE HUNT, zaprzysiężony człowiek w służbie rodu Tarlych

— SER ALYN HUNT, kuzyn ser Hyle'a, również służący lordowi Randyllowi

— DICK CRABB, zwany ZRĘCZNYM DICKIEM, Crabb ze Szczypcowego Przylądka

— EUSTACE BRUNE, lord Dyre Den
— BENNARD BRUNE, rycerz z Brownhollow, jego kuzyn

— SER ROGER HOGG, rycerz z Rogu Maciory

— SEPTON MERIBALD, bosy septon
— jego pies, PIES

— STARSZY BRAT z Cichej Wyspy
— BRAT NARBERT, BRAT GILLAM, BRAT RAWNEY, bracia pokutujący z Cichej Wyspy

— SER QUINCY COX, rycerz z Solanek, zniedołężniały starzec

— w starej gospodzie na rozstajach dróg:
— JEYNE HEDDLE, zwana DŁUGĄ JEYNE, oberżystka, wysoka osiemnastoletnia dziewka
— WIERZBA, jej siostra, łatwo łapie za łyżkę
— RUTA, PATE, JON GROSIK, BEN, sieroty z gospody
— GENDRY, uczeń kowalski, bękarci syn króla Roberta I Baratheona, nieświadomy swego pochodzenia

— w Harrenhal:
— RAFFORD, zwany RAFFEM SŁODYCZKIEM, GĘBOSRAJ, DUNSEN, ludzie z garnizonu
— BEN CZARNY KCIUK, kowal i płatnerz
— PIA, dziewka służebna, ongiś ładna
— MAESTER GULIAN, uzdrowiciel, nauczyciel i doradca

— w Darry:
— LADY AMEREI FREY, zwana BRAMNĄ AMI, młoda, kochliwa wdowa zaręczona z lordem Lancelem Lannisterem

— matka lady Amerei, LADY MARIYA z rodu Darrych, wdowa po Merretcie Freyu
— siostra lady Amerei, MARISSA, trzynastoletnia dziewczyna
— SER HARWYN PLUMM, zwany TWARDYM KAMIENIEM, dowódca garnizonu
— MAESTER OTTOMORE, uzdrowiciel, nauczyciel i doradca

— w gospodzie „Pod Klęczącym Mężczyzną":
— SHARNA, oberżystka, kucharka i położna
— jej mąż, zwany MĘŻEM
— CHŁOPIEC, wojenna sierota
— GORĄCA BUŁKA, piekarczyk, obecnie sierota

BANICI I ZŁAMANI

{BERIC DONDARRION }, ongiś lord Blackhaven, sześciokrotnie zabity
— EDRIC DAYNE, lord Starfall, dwunastoletni chłopak, giermek lorda Berica
— SZALONY ŁOWCA z Kamiennego Septu, jego chwilowy sojusznik
— ZIELONOBRODY, tyroshijski najemnik
— ANGUY ŁUCZNIK, mistrz łuku z Dornijskiego Pogranicza
— MERRIT Z KSIĘŻYCOWEGO MIASTA, WATTY MŁYNARZ, BAGIENNA MEG, JON Z NUTTEN, ludzie z jego bandy

PANI KAMIENNE SERCE, zakapturzona kobieta, zwana niekiedy MATKĄ BEZ MIŁOSIERDZIA, MILCZĄCĄ SIOSTRĄ, WIESZCZKĄ
— CYTRYN, zwany CYTRYNOWYM PŁASZCZEM, były żołnierz
— THOROS Z MYR, czerwony kapłan
— HARWIN, syn Hullena, człowiek z północy, dawniej w służbie lorda Eddarda Starka z Winterfell
— JACK SZCZĘŚCIARZ, poszukiwany mężczyzna o jednym oku
— TOM Z SIEDMIU STRUMIENI, minstrel o wątpliwej reputacji, zwany TOMEM SIEDEM STRUN albo TOMEM SIÓDEMKĄ

— LUDZKI LUKE, NOTCH, MUDGE, BEZBRODY DICK, banici

SANDOR CLEGANE, zwany OGAREM, ongiś zaprzysiężona tarcza króla Joffreya, później zaprzysiężony brat z Gwardii Królewskiej, ostatnio widziano go, gdy konał na gorączkę na brzegach Tridentu

{VARGO HOAT} z Wolnego Miasta Qohor, zwany KOZŁEM, kapitan najemników cechujący się niewyraźną mową, zabity w Harrenhal przez ser Gregora Clegane'a
— jego Dzielni Kompanioni, zwani też Krwawymi Komediantami:
— URSWYCK, zwany WIERNYM, jego zastępca
— {SEPTON UTT}, powieszony przez lorda Berica Dondarriona
— TIMEON Z DORNE, GRUBY ZOLLO, RORGE, KĄSACZ, PYG, SHAGWELL BŁAZEN, TOGG JOTH z Ibbenu, TRZYPALCA NOGA, zbiegowie, którzy rozpierzchli się na cztery wiatry

— w burdelu „Pod Brzoskwinią" w Kamiennym Sepcie
— RUTA, rudowłosa właścicielka
— ALYCE, CASS, LANNA, JYZENE, HELLY, DZWONKA, niektóre z jej brzoskwiń
— w Żołędziowym Dworze, siedzibie rodu Smallwoodów:
— LADY RAVELLA, z domu Swann, żona lorda Theomara Smallwooda
— tu i ówdzie:
— LORD LYMOND LYCHESTER, starzec o słabującym umyśle, który ongiś powstrzymał na moście ser Maynarda
— jego młody opiekun, MAESTER ROONE
— duch z Wysokiego Serca
— Pani Liści
— septon z Sallydance

ZAPRZYSIĘŻENI BRACIA Z NOCNEJ STRAŻY

JON SNOW, bękart z Winterfell, dziewięćset dziewięćdziesiąty ósmy lord dowódca Nocnej Straży
— DUCH, jego biały wilkor
— jego zarządca, EDDISON TOLLETT, zwany EDDEM CIERPIĘTNIKIEM

LUDZIE Z CZARNEGO ZAMKU:
— BENJEN STARK, pierwszy zwiadowca, od dawna zaginiony, uważany za zmarłego
— SER WYNTON STOUT, stary zwiadowca, słabujący na umyśle
— KEDGE BIAŁE OKO, BEDWYCK, zwany GIGANTEM, MATTHAR, DYWEN, GARTH SZARE PIÓRO, ULMER Z KRÓLEWSKIEGO LASU, ELRON, PYPAR, zwany PYPEM, GRENN, zwany ŻUBREM, BERNARR, zwany CZARNYM BERNARREM, GOADY, TIM STONE, CZARNY JACK BULWER, GEOFF, zwany WIEWIÓRKĄ, BRODATY BEN, zwiadowcy
— BOWEN MARSH, lord zarządca
— TRZYPALCY HOBB, zarządca i główny kucharz
— {DONAL NOYE}, jednoręki płatnerz i kowal, zabity pod bramą przez Maga Mocarnego
— OWEN, zwany GŁĄBEM, TIM SPLĄTANY JĘZYK,

MULLY, CUGEN, DONNEL HILL, zwany SŁOD-
KIM DONNELEM, LEWORĘCZNY LEW, JEREN,
WICK WHITTLESTICK, zarządcy
— OTHELL YARWYCK, pierwszy budowniczy
  — ZAPASOWY BUT, HALDER, ALBETT, BARYŁA,
    budowniczowie
  — CONWY, GUEREN, wędrowni werbownicy
  — SEPTON CELLADOR, zapijaczony duchowny
  — SER ALLISER THORNE, były dowódca zbrojnych
  — LORD JANOS SLYNT, były dowódca Straży Miej-
    skiej w Królewskiej Przystani, przez krótki czas lord
    Harrenhal
  — MAESTER AEMON (TARGARYEN), uzdrowiciel
    i doradca, studwuletni ślepiec
    — zarządca Aemona, CLYDAS
    — zarządca Aemona, SAMWELL TARLY, grubas
      i mól książkowy
  — ŻELAZNY EMMETT, dawniej ze Wschodniej Straż-
    nicy, dowódca zbrojnych
    — HARETH, zwany KONIEM, bliźniaki ARRON
      i EMRICK, ATŁAS, SKOCZEK, rekruci w trakcie
      szkolenia

LUDZIE Z WIEŻY CIENI:
SER DENYS MALLISTER, dowódca Wieży Cieni
  — jego zarządca i giermek, WALLACE MASSEY
  — MAESTER MULLIN, uzdrowiciel i doradca
  — {QHORIN PÓŁRĘKI}, główny zwiadowca, zabity przez
    Jona Snow za Murem
  — bracia z Wieży Cieni:
  — {GIERMEK DALBRIDGE, EGGEN}, zwiadowcy zabici
    w Wąwozie Pisków
  — KAMIENNY WĄŻ, zwiadowca zaginiony w Wąwozie
    Pisków, dokąd wyruszył bez konia

514

LUDZIE ZE WSCHODNIEJ STRAŻNICY:
COTTER PYKE, dowódca
— MAESTER HARMUNE, uzdrowiciel i doradca
— STARY OBDARTUS, kapitan „Kosa"
— SER GLENDON HEWETT, dowódca zbrojnych
— bracia ze Wschodniej Strażnicy:
— DAREON, zarządca i minstrel

W TWIERDZY CRASTERA (ZDRAJCY):
— DIRK, który zamordował Crastera, swego gospodarza
— OLLO OBCIĘTA RĘKA, który zabił swego lorda dowódcę, Jeora Mormonta
— GARTH Z GREENAWAY, MAWNEY, GRUBBS, ALAN Z ROSBY, byli zwiadowcy
— KARL SZPOTAWA STOPA, OSS SIEROTA, MAMROCZĄCY BILL, byli zarządcy

DZICY albo WOLNI LUDZIE

MANCE RAYDER, król za Murem, jeniec w Czarnym Zamku
— {DALLA}, jego żona, zmarła przy porodzie
— ich nowo narodzony syn, zrodzony w walce, któremu
jeszcze nie nadano imienia
— VAL, jej młodsza siostra, „księżniczka dzikich", jeniec
w Czarnym Zamku

— wodzowie i kapitanowie dzikich:
— {HARMA}, zwana PSIM ŁBEM, zabita pod Murem
— HALLECK, jej brat
— LORD KOŚCI, drwiąco przezywany GRZECHOCZĄCĄ
KOSZULĄ, rabuś i wódz hufca wojowników
— {YGRITTE}, młoda włóczniczka z jego hufca, kochanka
Jona Snow, zabita podczas ataku na Czarny Zamek
— RIK, zwany DŁUGĄ WŁÓCZNIĄ, członek jego hufca
— RAGWYLE, LENYL, członkowie jego hufca
— {STYR}, magnar Thennu, zabity podczas ataku na Czarny Zamek
— SIGORN, syn Styra, nowy magnar Thennu
— TORMUND, Król Miodu z Rumianego Dworu, zwany
ZABÓJCĄ OLBRZYMA, SAMOCHWAŁĄ, DMĄCYM
W RÓG, ŁAMACZEM LODU, PIORUNOWĄ PIĘŚCIĄ,
MĘŻEM NIEDŹWIEDZIC, MÓWIĄCYM Z BOGAMI
i OJCEM ZASTĘPÓW.

— synowie Tormunda, TOREGG WYSOKI, TORWYND POTULNY, DORMUND i DRYN, jego córka MUNDA
— PŁACZKA, łupieżca i wódz hufca wojowników
— {ALFYN WRONOBÓJCA}, łupieżca zabity przez Qhorina Półrękiego z Nocnej Straży
— {ORELL}, zwany ORELLEM ORŁEM, zmiennoskóry zabity przez Jona Snow w Wąwozie Pisków
— {MAG MAR TUN DOH WEG}, zwany MAGIEM MOCARNYM, olbrzym, zabity przez Donala Noye'a pod bramą Czarnego Zamku
— VARAMYR, zwany SZEŚĆ SKÓR, zmiennoskóry panujący nad trzema wilkami, cieniokotem i śnieżnym niedźwiedziem
— {JARL}, młody łupieżca, kochanek Val, zabity wskutek upadku z Muru
— GRIGG KOZIOŁ, ERROK, BODGER, DEL, WIELKI CZYRAK, KONOPNY DAN, HENK HEŁM, LENN, CHWYTNA STOPA, dzicy łupieżcy

{CRASTER} z Twierdzy Crastera, zabity przez Dirka z Nocnej Straży, gościa pod jego dachem
— GOŹDZIK, jego córka i żona
— nowo narodzony syn Goździk, któremu jeszcze nie nadano imienia
— DYAH, PAPROTKA, NELLA, trzy z dziewiętnastu żon Crastera

ZA WĄSKIM MORZEM

KRÓLOWA ZA WODĄ

DAENERYS TARGARYEN, Pierwsza Tego Imienia, królowa Meereen, królowa Andalów, Rhoynarów i Pierwszych Ludzi, władczyni Siedmiu Królestw, protektorka królestwa, *khaleesi* Wielkiego Morza Trawy, zwana DAENERYS ZRODZONĄ W BURZY, NIESPALONĄ i MATKĄ SMOKÓW
— jej smoki, DROGON, VISERION, RHAEGAL
— jej brat {RHAEGAR}, książę Smoczej Skały, zabity przez Roberta Baratheona nad Tridentem
 — córka Rhaegara, {RHAENYS}, zamordowana podczas splądrowania Królewskiej Przystani
 — syn Rhaegara, {AEGON}, niemowlę zamordowane podczas splądrowania Królewskiej Przystani
— jej brat, {VISERYS}, Trzeci Tego Imienia, zwany ŻEBRACZYM KRÓLEM, ukoronowany płynnym złotem
— jej pan mąż, {DROGO}, *khal* Dothraków, zmarł z powodu zakażonej rany
 — ich martwo urodzony syn, {RHAEGO}, zabity w macicy matki przez *maegi* Mirri Maz Duur

— jej Gwardia Królowej:
 — SER BARRISTAN SELMY, zwany BARRISTANEM ŚMIAŁYM, dawniej lord dowódca Gwardii Królewskiej króla Roberta
 — JHOGO, *ko* i brat krwi, bicz

— AGGO, *ko* i brat krwi, łuk
— RAKHARO, *ko* i brat krwi, *arakh*
— SILNY BELWAS, eunuch, dawniej niewolnik walczący
na arenach

— jej kapitanowie i dowódcy:
— DAARIO NAHARIS, ekstrawagancki tyroshijski najemnik, dowódca kompanii Wron Burzy
— BEN PLUMM, zwany BRĄZOWYM BENEM, najemnik mieszanej krwi, dowódca kompanii Drugich Synów
— SZARY ROBAK, eunuch, dowódca Nieskalanych, kompanii pieszych eunuchów
— GROLEO z Pentos, dawniej kapitan wielkiej kogi „Saduleon", obecnie admirał bez floty

— jej służące:
— IRRI i JHIQUI, szesnastoletnie dothrackie dziewczyny
— MISSANDEI, naathijska skryba i tłumaczka

— jej znani i przypuszczalni wrogowie:
— GRAZDAN MO ERAZ, szlachcic z Yunkai
— KHAL PONO, dawniej *ko* khala Drogo
— KHAL JHAQO, dawniej *ko* khala Drogo
— MAGGO, jego brat krwi
— NIEŚMIERTELNI Z QARTHU, grupa czarnoksiężników
— PYAT PREE, qartheński czarnoksiężnik
— ZASMUCENI, qartheńska gildia skrytobójców
— SER JORAH MORMONT, dawniej lord Wyspy Niedźwiedziej
— {MIRRI MAZ DUUR}, kapłanka i *maegi*, służąca Wielkiemu Pasterzowi z Lhazaru

— jej niepewni sojusznicy, dawni i obecni:
— XARO XHOAN DAXOS, magnat handlowy z Qarthu
— QUAITHE, nosząca maskę władczyni cieni z Asshai
— ILLYRIO MOPATIS, magister z Wolnego Miasta Pentos, który zaaranżował jej małżeństwo z khalem Drogo

— CLEON WIELKI, król-rzeźnik z Astaporu
— KHAL MORO, dawny sojusznik khala Drogo
— RHOGORO, jego syn i *khalakka*
— KHAL JOMMO, dawny sojusznik khala Drogo

Targaryenowie są krwią smoka, pochodzą od potężnych możnowładców starożytnych Włości Valyriańskich. O ich dziedzictwie świadczą oczy barwy liliowej, fiołkowej bądź indygo oraz srebrnozłote włosy. W rodzie Targaryenów brat często żenił się z siostrą, kuzyn z kuzynką, stryj z bratanicą. Założyciel dynastii, Aegon Zdobywca, wziął sobie za żony obie siostry i z obiema spłodził synów. Na chorągwi Targaryenów widnieje trójgłowy smok, czerwony na czarnym tle. Głowy symbolizują Aegona i jego siostry. Dewiza Targaryenów brzmi: „Ogień i krew".

W BRAAVOS

FERREGO ANTARYON, morski lord Braavos
— QARRO VOLENTIN, Pierwszy Miecz Braavos, jego obrońca
— BELLEGERE OTHERYS, zwana CZARNĄ PERŁĄ, kurtyzana pochodząca od królowej piratów o tym samym imieniu
— ZAWOALOWANA DAMA, KRÓLOWA MERLINGÓW, CIEŃ KSIĘŻYCA, CÓRKA ZMIERZCHU, SŁOWIK, POETKA, sławne kurtyzany
— TERNESIO TERYS, kupiec-kapitan z „Córki Tytana"
  — YORKO i DENYO, dwaj z jego synów
— MOREDO PRESTAYN, kupiec-kapitan z „Lisicy"
— LOTHO LORNEL, sprzedawca starych ksiąg i zwojów
— EZZELYNO, czerwony kapłan, często pijany
— SEPTON EUSTACE, okryty hańbą i suspendowany
— TERRO I ORBELO, para zbirów
— ŚLEPY BEQQO, sprzedawca ryb
— BRUSCO, sprzedawca ryb
  — jego córki, TALEA i BREA
— MERALYN, zwana MERRY, właścicielka „Szczęśliwego Portu", burdelu położonego nieopodal Portu Łachmaniarza
  — MARYNARSKA ŻONA, kurwa ze „Szczęśliwego Portu"
    — LANNA, jej córka, młoda kurwa
  — WSTYDLIWA BETHANY, JEDNOOKA YNA, ASSADORA Z IBBENU, kurwy ze „Szczęśliwego Portu"

— RUDY ROGGO, GYLORO DOTHARE, GYLENO DO-THARE, skryba zwany PIÓREM, COSSOMO CZARO-DZIEJ, klienci „Szczęśliwego Portu"

— TAGGANARO, portowy złodziej

— CASSO, KRÓL FOK, jego tresowana foka

— MAŁY NARBO, jego dorywczy wspólnik

— MYRMELLO, JOSS PONURY, QUENCE, ALLAQUO, SLOEY, komedianci występujący co noc na „Statku"

— S'VRONE, portowa kurwa o morderczych skłonnościach

— PIJANA CÓRKA, kurwa o niepewnym usposobieniu

— JEYNE WRZODZIANKA, kurwa o niepewnej płci

— MIŁY STARUSZEK i DZIEWCZYNKA, słudzy Boga o Wielu Twarzach w Domu Czerni i Bieli

— UMMA, świątynna kucharka

— PRZYSTOJNIAK, GRUBAS, PANIĄTKO, SROGOLICY, ZEZOWATY, GŁODOMÓR, sekretni słudzy Tego o Wielu Twarzach

— ARYA z rodu Starków, dziewczynka z żelazną monetą, znana też jako ARRY, NAN, ŁASICA, GOŁĄBEK, SOLA i CAT

— QUHURU MO z Miasta Wysokich Drzew na Wyspach Letnich, kapitan statku kupieckiego „Cynamonowy Wiatr"

— KOJJA MO, jego córka, czerwona łuczniczka

— XHONDO DHORU, mat z „Cynamonowego Wiatru"